国家社科基金
后期资助项目

# 非裔美国文学史
# （1619—2010）

History of African American Literature: 1619-2010

庞好农◎著

中央编译出版社

## 图书在版编目（CIP）数据

非裔美国文学史（1619—2010）/ 庞好农著.
—北京：中央编译出版社，2013.12
ISBN 978-7-5117-1937-9

Ⅰ.①非…
Ⅱ.①庞…
Ⅲ.①美国黑人-文学史-研究-1619～2010
Ⅳ.①I712.09

中国版本图书馆 CIP 数据核字（2013）第 282490 号

### 非裔美国文学史（1619—2010）

| | |
|---|---|
| 出 版 人 | 刘明清 |
| 出版统筹 | 薛晓源 |
| 责任编辑 | 苗永姝 |
| 责任印制 | 尹　珺 |
| 出版发行 | 中央编译出版社 |
| 地　　址 | 北京西城区车公庄大街乙5号鸿儒大厦B座（100044） |
| 电　　话 | （010）52612345（总编室）　（010）52612335（编辑室）<br>（010）66161011（团购部）　（010）52612332（网络销售）<br>（010）66130345（发行部）　（010）66509618（读者服务部） |
| 网　　址 | www.cctphome.com |
| 经　　销 | 全国新华书店 |
| 印　　刷 | 北京金瀑印刷有限公司 |
| 开　　本 | 787毫米×960毫米　1/16 |
| 字　　数 | 396千字 |
| 印　　张 | 25 |
| 版　　次 | 2013年12月第1版第1次印刷 |
| 定　　价 | 78.00元 |

本社常年法律顾问：北京市吴栾赵阎律师事务所律师　闫军　梁勤
凡有印装质量问题，本社负责调换。电话：（010）66509618

# 国家社科基金后期资助项目
# 出版说明

后期资助项目是国家社科基金设立的一类重要项目，旨在鼓励广大社科研究者潜心治学，支持基础研究多出优秀成果。它是经过严格评审，从接近完成的科研成果中遴选立项的。为扩大后期资助项目的影响，更好地推动学术发展，促进成果转化，全国哲学社会科学规划办公室按照"统一设计、统一标识、统一版式、形成系列"的总体要求，组织出版国家社科基金后期资助项目成果。

全国哲学社会科学规划办公室

# 目 录

**第一章 非裔美国文学的萌芽阶段** …………………………………… 1
    一、概　述 …………………………………………………………… 1
    二、非洲文明——非裔美国人引以为自豪的历史 ………………… 2
    三、大西洋奴隶贸易和中间通道 …………………………………… 5
    四、1619 年至 1746 年间来到北美的非洲人 ……………………… 9
    五、1746 年至 1799 年的美国历史背景 …………………………… 16
    六、非裔美国人的早期口头文学（1746 年之前）………………… 23
    七、早期非裔美国文学的书面作品（1746—1799）……………… 32

**第二章 南北战争前的非裔美国文学（1800—1865）** ……………… 54
    一、概　述 …………………………………………………………… 54
    二、1800 年至 1865 年的美国历史概况 …………………………… 55
    三、1800 年至 1865 年非裔美国文学的发展概况 ………………… 64
    四、美国内战前的非裔美国诗歌 …………………………………… 66
    五、南北战争前的非裔美国小说 …………………………………… 73
    六、早期非裔美国戏剧 ……………………………………………… 86
    七、南北战争前的非裔美国散文 …………………………………… 88

**第三章 南北战争后的非裔美国文学（1865—1902）** ……………… 99
    一、概　述 …………………………………………………………… 99
    二、1865 年至 1902 年的美国历史背景 …………………………… 101
    三、1865 年至 1902 年的非裔美国文学概况 ……………………… 106
    四、南北战争后的非裔美国诗歌 …………………………………… 109
    五、南北战争后的非裔美国小说 …………………………………… 116
    六、南北战争后的非裔美国戏剧 …………………………………… 127

七、南北战争后的非裔美国奴隶叙事 …………………………… 130

**第四章　非裔美国文学的成熟期（1903—1945）** …………… 135
　一、概　述 …………………………………………………………… 135
　二、1903年至1945年期间的非裔美国历史 ……………………… 137
　三、1903年至1945年的非裔美国文学概况 ……………………… 144
　四、迅猛发展中的非裔美国诗歌 …………………………………… 151
　五、非裔美国小说 …………………………………………………… 165
　六、非裔美国戏剧 …………………………………………………… 182
　七、非裔美国散文 …………………………………………………… 185

**第五章　非裔美国文学的大发展（1945—1979）** …………… 190
　一、概　述 …………………………………………………………… 190
　二、1945年至1979年的非裔美国历史 …………………………… 192
　三、1945年至1979年的非裔美国文学概述 ……………………… 202
　四、非裔美国诗歌 …………………………………………………… 207
　五、非裔美国小说 …………………………………………………… 216
　六、非裔美国戏剧 …………………………………………………… 245
　七、非裔美国散文 …………………………………………………… 255

**第六章　1980年以来的非裔美国文学** ………………………… 263
　一、概　述 …………………………………………………………… 263
　二、1980年以来非裔美国人的社会环境 ………………………… 265
　三、1980年以来非裔美国文学的繁荣 …………………………… 278
　四、非裔美国诗歌 …………………………………………………… 281
　五、非裔美国小说 …………………………………………………… 293
　六、非裔美国戏剧 …………………………………………………… 342
　七、非裔美国散文 …………………………………………………… 354

**英文参考文献** ………………………………………………………… 361
**中文参考文献** ………………………………………………………… 375
**非裔美国历史与文学大事年表** ……………………………………… 380

# 第一章　非裔美国文学的萌芽阶段

## 一、概　述

美国奴隶制与非裔美国文学的起源有着密切的关系。在奴隶制社会，美国白人奴隶主把黑奴看做是私有财产，认为黑奴愚钝，与动物无异。黑奴没有人身自由和宗教信仰自由，更无组建家庭、稳定生活的权利。奴隶主无视黑奴的家庭观念，经常按照自己的需要任意出售黑奴的家人。黑奴的妻子、丈夫或子女经常被贩卖或转卖，最后不知去向。未被卖掉的黑奴子女很早便与父母分离，尚未成年就被奴隶主强迫在种植园里没日没夜地劳作。在北美大陆的大多数英属殖民地，向黑奴传授文化知识是违法行为。因此，早期的非裔美国文学是从口头文学开始的，后来逐渐产生书面文学。在奴隶制里生存下来很是不易："许多非裔美国人没能活下来，而活下来的那些人都被压迫得奄奄一息，谈不上什么做人的尊严。"（Worley: 1）非裔美国人为了缓释在奴隶制下生存的无奈和痛苦，创造出口头文学和书面作品来表达自己的喜怒哀乐或对美好生活的向往。

早期的非裔美国人通过灵歌、劳动号子、歌谣或民间传说来表达一个反复出现的主题：弱者一定会战胜强者；较强一方也许能够控制较弱一方的人身自由，但是较强一方的"强"并非永恒的，也不是无法改变的。非裔美国人对未来的坚定信念来源于非洲传统文化的强大生命力对他们的影响。早期的非裔美国文学直接或间接地反映了非裔美国人的奴隶生活，这些口头形式的文学有助于表达当时黑奴们的人际关系、欲望和恐惧，消解他们在生活中遇到的迷惘和痛苦，同时也有助于表述他们来到北美大陆后新形成的文化见解、社会习俗和宗教思想。早期非裔美国人的民间传说包含了不少非洲大陆世代相传的古老传说。这些故事有的像寓言，有的讲述历史，有的只为逗趣，黑奴流传的口头传说通常颂扬某个伟大的民族或某位英雄人物，蕴含丰富的哲理，有些故事还含有对自然现象的解释。

早期非裔美国文学的口头作品和书面作品是早期非裔美国人智慧的结晶，对非裔美国文学的发展有着重要的影响，非裔美国作家也把这些萌芽阶段的文学作品视为文学创作的宝贵源泉之一。口头文学阶段是非裔美国文学传统形成的重要阶段，一般认为早期口头文学对后来书面作品中的主题构思、人物塑造、艺术手法、价值观和文体建构等都有着重大的影响。早期非裔美国文学传统来源于非洲黑人文化与美国白人文学的融合。也可以说，非裔美国文学是在多重文化的熏陶和融合中发展起来的，白人文化的影响与非裔美国口头文学传统时常碰撞，产生的张力一直影响着非裔美国文学的发展。正如德克斯特·费希尔所言："在追溯非裔美国文学的发展过程时，有一个重要原则需要牢记在心：非裔美国文学传统来源于众多的文化传统、学识影响和不同大陆和文明的社会习俗。"（Fisher：235）非裔美国文学传统是非洲根文化与欧洲文化相融合后产生的新文化传统，并且以灵歌、世俗歌曲、布道和其他口头形式留传于世，以幽默、轻快和悲情为主旋律，勾勒出美国黑人种族的自画像——勤劳、勇敢和聪明。

## 二、非洲文明——非裔美国人引以为自豪的历史

反观人类起源史和古代非洲文明史，我们可以更好地认知美国的黑人问题和非裔美国文学的形成与发展。现在的非裔美国史都习惯追溯到古老的非洲，乐于把黑人民族与非洲联系起来。从"非裔美国人"这一术语，就可以看到黑人的文化传统中有一部分是与非洲文明紧密联系在一起的。非裔美国人对灿烂的非洲文明引以为自豪，认为非裔美国人并非天生就该受人凌辱。非裔美国人在西半球被买卖、奴役和压迫的历史只是非裔美国人历史长河中的一小段黑暗历程，而其祖先在非洲大陆曾创造的文明成就毫不逊色于白人崇尚的古希腊文明或古罗马文明。

非洲大陆的面积有三千多万平方公里，大约是亚洲大陆面积的三分之二。在数百万年前，美洲板块与非洲板块分离开来。大约16万年前，人科动物的祖先就生活在非洲，在进化过程中，只有后来被称之为"人"的人科动物能够习惯于两脚直立行走，制造劳动工具，根据需要

取水，使用语言和设法取火；这些能力的求得为他们的进化提供了前提和基础。经过优胜劣汰，这些人科动物慢慢进化成现代人，早期的人为了寻找更好的生存环境，开始成群结队，不断向外迁徙。大约10万年前，有些人跨过苏伊士地峡，来到中东地区；4万年前，他们中的一些人继续往北迁徙，在现在称之为"欧洲"的地方定居下来。其他人在3.5万年前继续往东走，来到澳大利亚；3万年前，其中一部分人离开澳大利亚继续往北行进，跋山涉水来到中国。在3万年至1.5万年前，来到中国的那部分人中又分离出一部分人越过白令陆桥进入北美大陆；1.2万年前，其中又有一部分人离开北美大陆，继续往南，进入了现在的南美大陆。(Collins：8)

由此可见，非洲大陆是人类文明最早的发源地之一。美国学者小列洛恩·贝尼特说："在尼罗河谷，非洲文明的成就和亚洲文明一样大。黑人，或今天被称之为'黑人'的人是最早使用工具、画画、种植和敬奉神灵的人们之一。"(Bennett：5) 最早的人类肤色都是黑色的，肤色的深浅程度随着他们向世界各地迁徙的情况而发生变化。总的来讲，他们越往北走，肤色就变得越浅，渐渐变成白肤色；如果他们的居住地越靠近赤道，肤色就显得越深。随着时光的流逝，人的肤色分化越来越明显，就有了白种人、黄种人和棕色人，而留在非洲大陆的人仍然保留着原来的黑肤色。"在古代非洲，黑肤色没有什么不好的说法。事实上，肤色不黑反而会遭人非议。白种人有时会因其肤色白得'不自然'而被人讥讽。"(Bennett：5) 在古代，黑人享有很高的声誉，并受到各种肤色的人的尊重。黑人聚居的古埃塞俄比亚靠近现在埃及的南部地区，曾被誉为众神的度假圣地。

埃及文明（公元前3500年至公元前600年）被公认为人类五大文明之一，其他四大文明分别是古巴比伦文明（公元前4000年至公元前2250年）、古希腊文明（公元前3000年至公元前1100年）、古印度文明（公元前2000年）和古代中国文明（公元前1600年）。长期被视为"黑色大陆"的非洲地区现在被公认为是人类最早开启智慧、生火做饭的地方。在很长的一段历史时期里，学界认为古非洲人比白人进化得晚，因此，"黑人"成为原始和愚昧的代名词。然而，出乎人们意料的是，现在的考古发现揭示出黑人是古埃及文明的开拓者和强大古苏丹国的建设者。

非洲黑人文明是撒哈拉以南非洲黑人各民族在本土各个历史时期所创造的物质文明和精神文明的总和。（艾周昌、舒运国：1）金属冶炼、文字和城市遗址等在撒哈拉以南的非洲均已出现，这表明非洲大陆在远古时期已经从蛮荒阶段进入文明时代，非洲黑人文明的存在已经是一个不争的事实。从东非的奥尔杜瓦伊峡谷、撒哈拉的洞穴和尼罗河谷出土的骨头碎片和谷物外壳来看，古非洲人的文明程度大大超出了人们的估计。这为非裔美国人对其祖先的口头赞誉提供了实物佐证。一系列惊人的考古发现显示了人类远古时期在非洲的生存状况。考古学家 L. S. B. 利基博士①和一些学者的研究证明"人类诞生在非洲，人在那里开始使用工具，这个新诞生的人类后来迁徙到欧洲和亚洲"（Bennett：4）。苏丹和尼罗河谷的考古成果进一步确认了以前的发现：古黑人文化是埃及文明的重要组成部分。在苏丹喀土穆附近出土的文物和在尼罗河流域的厄尔巴达里地区考古发现表明："石器时代的黑人为尼罗河谷的文明发展奠定了基础，在世界上最早的制陶城市被发现之前，他们就已经开始制作陶器了。"（Bennett：4）

美国白人，不管其祖先来自何地，均把公元前4世纪的古希腊人或古罗马人当做自己的文化祖先；与之相对应的是，非裔美国人把古埃及人视为自己的祖先。与此同时，近年来非裔美国学界把古埃及视为非洲古代文明的象征和非裔美国人祖先的发祥地。考古学家发现，古埃及墓碑或墓石上精美刻画的人物形象看上去的确很像黑人；于是，古埃及的灿烂文明就被非裔美国人视为自己民族的文化源头。古埃及题材曾出现在哈莱姆文艺复兴时期著名黑人艺术家艾伦·道格拉斯（Aaron Douglass，1899—1979）的作品里。道格拉斯在油画《建设更多的堂皇大厦》里运用象征手法，将非洲三千年的历史表现出来：背景为法老头像，中间是古代的碑石，最前面屹立着现代社会的高楼大厦。道格拉斯以画的方式再现古埃及，以一个广泛认同的方式证明非裔美国文化中的主体部分起源于有着灿烂古文明的埃及。今天，把古埃及认同为非裔美国文化发源地的人们通常被称为"非洲中心主义者"，持有这种观点的非裔美国人越来越多。

---

① L. S. B. 利基博士（L. S. B. Leakey，1903—1972），英国考古学家和人类学家。他在东非发现有175万年历史的人类化石（1959），把它定名为"东非人"（今称"南方古猿类"），并据此认为人类进化中心是非洲而不是亚洲。

古埃及对地中海地区也有过重大影响。古埃及第 25 个王朝是最富有的朝代之一，位于现在的苏丹，其国王是来自古实国的黑人。在现代社会，白人对古埃及文化的崇尚，也大大提高了非裔美国人的种族自尊心。19 世纪中期，照相术发明之后，印有金字塔和古埃及巨大墓石的图片广为流传，考古学家从埃及古墓发掘出的金银财宝和艺术品在美国和欧洲各地巡回展出，很受欢迎，使世界人民加深了对埃及文明或非洲文明的了解。非洲黑人文明是世界文明的一颗璀璨明珠，对人类文明的发展作出了巨大的贡献。

非洲大陆，民族众多，各个民族都有自己的神话传说，分别讲述着世界、人类和民族的起源。他们把许多自然现象视为超人的神灵，塑造了食人怪兽、拟人化动物和英雄人物等各种形象，体现了非洲各族人民对自然界的敏锐观察力和伟大想象力。非洲神话传说具有三大特点：（1）神与人同形同性，共居于大地。（2）各民族神话中各有自己的最高神，大多数的神是自然现象拟人化的再现。（3）非洲神话集中体现了非洲人的世界观和价值观。（郭鸿雁：50）非洲神话是非洲文化和艺术的结合体，不仅推动了非洲本土文化的发展，而且还孕育了非洲人的民族精神。这些神话传说也随着非洲黑奴传入美洲，成为非裔美国文化的重要组成部分，对非裔美国文学的形成和发展有着重大影响。

## 三、大西洋奴隶贸易和中间通道

在大西洋奴隶贸易开始之前，非洲大陆已进入奴隶制时代，奴隶买卖交易不仅在非洲大陆内存在，也有一些非洲奴隶被卖往欧洲或西亚。从第一批非洲人买到西半球的时间推算，奴隶制在非洲的建立已有一千多年历史。奴隶贸易跨过撒哈拉沙漠，进入红海地区，使得东非奴隶贸易持续了好几个世纪。1642 年克里斯托弗·哥伦布（Christopher Columbus, c.1451—1505）为西班牙王国发现了加勒比群岛，1500 年佩德罗·阿尔瓦雷斯·卡布拉尔（Pedro Alvares Cabral, 1467—1520）为葡萄牙发现了巴西。这些海上探险和新大陆的发现，为以后大西洋奴隶贸易的出现铺平了道路。加勒比群岛和巴西地区适合于办大型甘蔗种植园，发展制糖业。欧洲对糖的需求量非常大；美洲的甘蔗种植园为了满足欧洲市场的需要，不断扩大生产规模，因此对劳动力的需求也不断扩大。1501

年欧洲殖民者第一次用船把非洲奴隶从西班牙运到美洲大陆，紧接着1505年又把第二批奴隶运到美洲。直到1518年，才有奴隶直接从非洲运到加勒比群岛。加勒比群岛种植园刚开办时，使用了大量的土著印第安人，但到了16世纪中期，欧洲人和非洲人带来的传染病在加勒比群岛流行，许多印第安人死亡，种植园劳动力更为紧缺。为了满足种植园主对劳动力的需求，非洲黑人被源源不断地掳到美洲，被迫为奴。于是，非洲人代替土著印第安人，成为北美大陆的主要劳动力。到16世纪末，大西洋奴隶贸易量维持在每年一万人左右。17世纪中期，荷兰人以低价向美洲倾销奴隶，导致奴隶贸易量大增。17世纪下半叶，荷兰在奴隶贸易中获得暴利，引起英国和法国的嫉妒和贪婪之心。1650年至1700年期间，英法两国的奴隶贩子，获得皇家授权，组建从事奴隶贸易的公司，从利物浦、南特和其他大西洋港口调集船队，专门从事奴隶贸易。最后，英法奴隶贩子击败了荷兰，在奴隶贸易中独占鳌头。（Collins：131—132）

大西洋奴隶贸易不同于以前非洲部落酋长与欧洲商人、阿拉伯商人之间的奴隶贸易，因为大西洋奴隶贸易在贩卖奴隶人数和对非洲人口生态及社会结构的破坏程度上，都远远超过后者。大西洋奴隶贸易持续了四百多年，数千万非洲人从西非海岸被卖到南美洲和北美洲。在不同的历史时期，贩卖奴隶的主要地区有所变化，这对大西洋沿岸的非洲社会结构造成很大的破坏性。"18世纪里大多数奴隶贸易都出现在黄金海岸、贝宁海岸和比夫拉地区。"（Collins：130）为了在大西洋奴隶贸易中捞取利益，非洲部落的酋长们建立起各种抓捕和贩卖非洲黑人的机构和队伍，形成了新的部落政治和社会格局。欧洲人贩卖奴隶的技术和设备不但没给非洲带来技术进步，反而拉大了非洲与欧洲的技术差距。美洲对奴隶的需求刺激了非洲奴隶制的恶性发展，破坏了非洲的传统文化，导致许多部落和种族的灭绝。把人当成财产和商品后，非洲奴隶主对黑人的生命更加冷漠、更加功利化。在抓捕、贩卖、奴役和转运奴隶过程中发生的残暴事件，惨不忍睹。非裔美国人在奴隶贸易中所遭受的心灵创伤再过几百年也难以抚平。

大西洋奴隶贸易从1501年一直延续到19世纪中期，美国内战（1861—1865）结束后，个别地区仍有人从事奴隶贩卖活动。通过大西洋的中间通道卖到美洲的非洲奴隶总数至今还没有一个确切的统计数字。"美国学者菲利普·柯丁经过有关数据的仔细研究和估算，认为大西洋奴隶贸易把大约9500万非洲人贩卖到美洲大陆为奴。他进一步推算说,在这个数目中,仅有39.9万非洲人被卖到北美的13个英属殖民地。"(Jackson:4)

大多数奴隶来自西非的沿海地区。美国学者小勒罗伊·贝尼特说:"他们来自不同的种族、不同的部落,有的来自勇猛的豪萨族、性情温和的曼丁哥族、富于创造力的约鲁巴族,有的来自伊波斯族、埃菲克斯族和克鲁斯族,还有的来自傲慢的凡丁斯族、好战的阿散蒂族、精明的达赫明斯族、比尼斯族和森嘎里斯族。"(Bennett:38)这些被抓的黑人中有非洲的王子、贵族、牧师、商人、俘虏和奴隶,奴隶贩子用脚镣和手铐把他们两个一组地拴在一起编成队,用鞭子驱赶着往海边走。在奴隶贩子的皮鞭下,他们不得不步行数百公里,来到大西洋海岸,奴隶贩子像对待牲口一样检查他们的身体,然后把他们塞进奴隶贩运船的船舱。抓捕黑人的奴隶贩子大多是非洲本土黑人。他们熟悉当地的地理环境,了解黑人聚居地的分布;他们经常佩带刀枪,冲进村庄和城镇,捕捉劳动力强的成年男子,但为了捞取更多的经济利益,妇女儿童也时常成为他们捕捉的对象,几乎所有非洲人都沦为了奴隶贸易的猎物。奴隶贩子认为被掳黑人只不过是猎物,是赚钱的货物而已,根本没有考虑过其民族、宗教信仰或语言等因素,在奴隶贩子之间的讨价还价中,被掳黑人与其子女的未来都被无情毁灭了。成为白人帮凶的非洲奴隶贩子也时常沦为白人的奴隶,曾有白人奴隶贩子证实说:"今天卖掉别人的非洲人,明天他自己也可能被人卖掉。"美国学者依拉·贝宁(Ira Berlin)在《成千上万的人死了:北美奴隶制的前两百年》(*Many Thousands Gone: The First Two Centuries of Slavery in North America*,1998)里还讲述了这样一个故事:一个非洲本土的奴隶贩子贩卖一批奴隶后,出于社交需要,他和白人喝酒庆祝买卖成交,他在狂欢中喝了一杯又一杯的酒。但是,第二天醒来后,他却发现自己被挂上奴隶牌子,胸口也被烙上奴隶标志。他和被他卖掉的奴隶关在同一个船舱,白人船长站在一边,俯视着他,哈哈大笑。(Berlin:102)由此可见,白人并没有把非洲本土的奴隶贩子视为与他们平等的人。大西洋奴隶贸易中,"在非洲大陆上实施抓捕黑人的具体行动中,由白人直接出面的绑架活动相对来讲很少"(Bruce:20)。事实上,非洲的许多部落酋长或国王卖给白人奴隶贩子的黑人,或是他们自己的奴隶,或是他们专门抓来卖钱的黑人。没有这些非洲黑人酋长或国王的参与,非洲的奴隶贸易绝不会形成这么大的市场。正如小列洛恩·贝尼特所说："非洲人和欧洲人都参与了奴隶贸易。"（Bennett：38）这也正是现代非裔美国人感到很难堪、很难面对的事实——几百年前他们是被自己的祖先卖掉的。虽然非洲黑奴来源于非洲大陆的各个地区，但从宏观上来看，在大西洋奴隶贸易中某个非洲地区的黑奴被贩卖到美洲某个地区可以划分出一个大概的分布格局。20世纪中期和后期一些非裔美国人到非洲大陆去寻祖，不少人找到了他们的祖先留在非洲大陆的后代。

从非洲西海岸到美洲大陆东海岸之间的跨大西洋航程，一般被称为"中间通道"，实际上这是一条充满噩梦和罪恶的水上通道，因为所有被掳的非洲黑奴都是通过此航线运往美洲各地的。当时的船只按上船奴隶的数量从奴隶贩子那里收取费用，对于贪婪的船主而言，多装一个奴隶就意味着多赚一份钱，而船上奴隶的死亡是奴隶贩子的损失，与船主无关。因此，船主总是千方百计地超载，以追求经济利润的最大化。有记载显示："除去船员和船上的给养，一艘只有90吨的轮船竟装载了390名奴隶。由于贩奴船只超载现象极为普遍，英国国会被迫规定：200吨位的船只，每三吨的容积装载奴隶不得超过五人。"（Franklin：56）这一规定在实际营运中并未得到真正的落实。装载更多的奴隶意味着赚取更多的运费，很少有贩奴船主能抑制住贪婪而不竭力往船上多塞进几个奴隶。由于装运的奴隶过多，奴隶在船上几乎没有站、坐或躺的足够地方，奴隶被两个两个地拴在一起，手脚都被链子锁着，连微微伸展四肢的空间都没有。船上的人员拥挤和恶劣的卫生状况经常引起疾病的爆发和传染病的肆虐。奴隶在运输过程中死亡率之高，令人触目惊心。

大约90%从"中间通道"幸存下来的非洲黑人被送往巴西和加勒比海热带地区的甘蔗种植园当奴隶。由于所需奴隶可以通过"中间通道"得到源源不断的补充，种植园主为了经济利益，驱使奴隶拼命干活，大量黑奴被活活累死，黑奴生育子女的可能性非常小。大西洋奴隶贸易给非洲大陆造成严重的人口生态失衡，并形成了一个可怕的供需轮动链条：一批奴隶在美洲大陆累死；随后，新一批非洲大陆的黑人就会被贩卖，以填补空缺。

大西洋奴隶贸易是人类历史上值得注意的人口大迁移之一，在这个奴隶贸易中出现的残忍和野蛮事件罄竹难书。数百年后的今天，当历史学家和读者再次接触到这部非裔美国人的血泪史时，仍会悲愤不已。面对如此残忍的奴隶贸易，任凭是谁都会感到震惊。

## 四、1619 年至 1746 年间来到北美的非洲人

北美殖民地时期，大多数非裔奴隶都集中在切萨皮克地区、卡罗来纳地区或佐治亚低洼地区的种植园，为奴隶主种植烟草、稻米、甘蔗和棉花。同时，还有一些黑奴在南方边远地区和中部或北部殖民地的小农场里干活。黑奴帮白人盖房子，制鞋，烤面包，酿造啤酒，制帽，织布或缝衣。他们还负责打扫街道，拖板车拉货和其他一切体力活；他们在殖民地的港口装卸货物，也为奴隶主出海打鱼。此外，从弗吉尼亚到纽约的路上随处可见"冶炼种植园"，黑人在里面从事冶炼工作，把矿石炼成各种金属。女性黑奴主要在白人奴隶主家里干家务杂活，如做饭、洗衣、照顾小孩或洗餐具，从事一切白人妇女不愿干的重活。不少历史书说，白人为殖民地的建设和发展作出了重大贡献；其实，被奴役的黑人作出的贡献更大。黑奴为白人奴隶主劳动一辈子，却没有任何报酬。现在，不少历史学家认为，黑奴三百年的无偿劳动为后来美国资本主义发展奠定了雄厚的经济基础。在 17 世纪的北美英属殖民地里，不管白人愿不愿意承认，黑人与白人是处于一种共生关系，尽管这种关系是不平等的。白人从经济上剥削黑奴，从政治上压迫他们，从生活上虐待他们，从文化上侮辱他们。黑人与白人的关系充满着难以调和的冲突。在所有的北美英属殖民地里，白人剥夺了黑人的一切公民权利，认为黑人低贱，视他们为会劳动的牲口。

### 1. 来到北美大陆的第一批非洲契约奴①及其后继者

"荷兰战士"（"Dutch Man of War"）号西班牙海盗船在公海上洗劫了一艘开往西印度群岛的船只，抢得了一船非洲"人货"。海盗船行驶途中需补充供给，便停靠在北美大陆的詹姆斯敦（Jamestown）——英国在北美大陆建立的第一个永久性居住地。船长急需食物，提出用"人货"作交换；"人货"就是在海上抢来的 20 名非洲黑人。美国学者小列洛

---

① 契约奴通常是指于 17 和 18 世纪出现在英属北美殖民地的一些贫穷白人，他们大多来自英国或一些欧洲国家。由于贫困、政治或宗教等原因，他们前往北美大陆寻找更好的生存机会。由于付不起路费，他们只好与船主或雇主订立契约，以4—7 年的无偿劳役抵偿船资。契约期一满，他们就能获得自由，在北美英属殖民地获得正常的公民权。

恩·贝尼特指出，成交后，"安特尼、伊萨贝娜、佩德罗和其他17名非洲人于1619年8月踏上了北美海岸。从此黑人在美国的历史开始了"（Bennett：30）。

1619年，詹姆斯敦还没有关于奴隶制的相关法律，这20名非洲人就按惯例成了契约奴。他们在规定的年限为主人无偿劳动。如果主人满意的话，他们才有可能获得自由。在烟草种植园，这些黑奴和来自英国的白人契约奴一起干活。不论是白人契约奴，还是非洲黑奴，他们的劳动强度一样大，生活条件也没有什么差异。第一批黑奴后来都获得了自由，少数人还发了财。爱德华·康特里曼在《美国奴隶制是怎样开始的？》（*How Did American Slavery Begin?*，1999）一书中提到："在这20个非洲人里，有个名叫安特尼·约翰逊的人在历史上小有名气。他熬过契约期后，拼命劳作，积攒钱财，购置了自己的土地，并拥有了一定数量的契约奴。"（Countryman：4）安特尼的契约奴中也有一些白人，那些白人像为其他白人主人干活一样，为黑人安特尼效劳，一直干到契约期满。当时，种族界限并不明显，对黑人的种族歧视尚未形成氛围，也没有法律依据。

在法律上，契约奴不能等同于奴隶。但是，从美国黑奴史的角度来看，到达詹姆斯敦的这20名非洲人揭开了北美殖民地黑奴制的序幕。此后，被贩卖到北美殖民地的非洲黑奴越来越多。越往后到达美洲的非洲黑奴得到的待遇就越差，白人奴隶主越来越不把他们当人看。在奴隶主的皮鞭下，很多黑奴被活活累死，他们没有结婚或组建家庭的权利。非洲黑人被卖到北美大陆后，就被斩断了与非洲的文化联系，他们的非洲语言被禁用，非洲习俗也被禁止。黑奴想学英语，白人奴隶主不会专门教授。黑奴只有在白人奴隶主指挥干活的叫骂声中，慢慢揣摩英语单词的发音和句子的含义。随着时光的流逝，这些黑奴渐渐地能听懂基本的英语，但由于没经过专门的语言教学，黑奴的英语口语显得很不标准。这一语言获得的恶劣背景给几百年来黑人的英语使用打上了令人感伤的烙印，时常成为白人种族主义者歧视和讥笑黑人的谈资。被掳到北美的黑奴信奉的是非洲大陆的原始宗教，起初并不知晓白人的基督教，也不知道欧洲的法律制度。他们处于被隔离、被监禁的状态，难以逃脱奴隶制的桎梏。北美殖民地初期，非洲黑奴的数量并不多。以弗吉尼亚为例，1660年非洲黑人的数量也不过几百人。可是，"他们的数量已超过英国本土的任何地方。1680年，黑人上升到3000人，占弗吉尼亚总人口的

6.25%；1690 年，黑人达到 9345 人或占该殖民地总人口的 15.33%；在 1700 年，黑人人口飙升到 16390 人或占该殖民地总人口的 26%；在 1745 年，黑人已经达到 220582 人，占该殖民地总人口的 40%"（Rice：52）。

尽管殖民主义者总认为非洲人不太像人类，1619 年至 1640 年期间的殖民地法律中却没有针对黑奴的条款。然而，从 1624 年起，一些殖民地的司法当局在处理黑奴问题时开始出现了种族偏见和种族歧视的苗头，为以后白人至上论的盛行打下了基础。奴隶制在北美大陆是渐进式发展的，不同殖民地的发展方式也有所差异。1641 年，英属马萨诸塞殖民地通过立法，成为第一个承认奴隶制合法化的殖民地。此后，在处理涉及黑人的案件时，一些英属殖民地相继颁布了专门惩罚或奴役黑人的条例；1662 年，弗吉尼亚立法规定黑奴母亲生下的孩子也终身为奴。这条法令的恶果是使黑奴的奴隶身份终身化和世袭化。"于是，弗吉尼亚在立法上把黑人低人一等的观念推进到第二阶段。"（Countryman：96）之后，大多数殖民地的立法机构开始在立法时加入针对黑人的终身奴隶制条款和世袭奴隶制条款。17 世纪 80 年代，渐渐出现了一整套针对黑奴的法规。此后，非洲黑人一旦被卖到北美大陆，就不再是契约奴，而是终身奴隶，其子女也会世代为奴。北美殖民地针对非洲黑奴的种族歧视开始蔓延，白人与黑人之间的种族鸿沟开始不断加大。进入 18 世纪后，殖民地的立法机关渐渐支持奴隶制度的合法性。弗吉尼亚种植园的疯狂发展，导致劳动力严重短缺。为了降低劳动力成本，该殖民地的立法机构站在白人奴隶主的立场，通过了动产奴隶法，终身性地剥夺了黑人的人身自由。黑人不再是有契约期限的奴仆，而是白人奴隶主的终身财产。紧接着，其他北美英属殖民地纷纷仿效，推行动产黑奴制度。这个灭绝人性的法律为英属北美殖民地种植园经济的繁荣提供了廉价、稳定的劳动力，以牺牲世代黑奴的人身自由和基本人权为代价换来美国殖民地经济的大繁荣。

18 世纪初，北美黑奴制得到几乎所有殖民地官方机构的正式认可。"细节性的司法支持，各个殖民地可能不太相同，但是他们都赋予奴隶主对奴隶完全的、绝对的控制权，奴隶主对奴隶的处置可以随心所欲，为所欲为。"（Rice：100）在动产奴隶制下，非洲黑奴终身失去了自由，过着痛苦、艰辛而且没有前途的悲惨生活。失去人身自由的黑人，同时也失去了坚守黑人文化传统的权力和机会。非洲根文化在北美殖民地遭到摧毁性的打击。近年来，哈佛大学教授小亨利·路易斯·盖茨（Henry Louis Gates, Jr.）等人通过对非裔美国文化的抢救性发掘，找到了某些非洲宗教信仰、文化习俗和语言形式幸存下来的零星证据。实际上，当时推行动产奴隶制法令的目的就是要阻止非洲人及其后代建立和拥有一个有悖于奴隶主利益的文化基石。这种奴隶制之下的奴隶，就不是个体意义上的人，而是"社会意义上的非人"，这样的"非人"在法律意义上不能拥有家庭、个人荣誉、社会群体、历史或未来。这种奴隶制的立法初衷就是要在奴隶的心中建立一种完全与人类切断联系的疏离感，把奴隶与外界的联系局限在对奴隶主意志的绝对依赖和服从上。"自力更生、吃苦耐劳、勤俭克己之类的美国清教主义精神，不适用于奴隶。因为对那些失去人身所有权的人来讲，自我的概念是没有意义的，也没有适用的场合。"（Gates: 130—131）非洲黑人在北美大陆生存环境的恶化与种植园的恶性发展息息相关。种植园是以剥削粗放劳动力为主的野蛮生产组织形式。对资本和财富贪婪无比的奴隶主从殖民地当局那里谋取政治特权，剥夺非洲黑人的人身权利，把"人"变成"动物"，这是资本使人丧失人性的典型事例。

### 2. 非洲人变成非裔美国人的漫长而痛苦的历程

早期北美英属殖民地的统治者对奴隶的肤色或种族来源并不太在意。白人奴隶主最初试图把北美印第安人强迫为奴，但没有成功；后来也曾有白人奴隶主企图迫使破产的白人终生为奴，但也失败了。当这些尝试行不通的时候，奴隶主把注意力转向了非洲人。为什么非洲人比贫穷的白人和印第安人更适合为奴呢？当时的欧洲国家都在法律上废除了奴隶制，强迫贫穷白人终身为奴的行为有违当时的法律。如果白人被强迫为奴，受害者有权向殖民地当局或本国政府告发，寻求人身保护。白人的肤色和其他殖民地居民的肤色是一致的，他们一旦逃跑，混进人群后，就不好找了。印第安人也会逃跑；他们熟悉环境，家人就居住在附近的山林里。印第安人奴隶制失败的另一原因就是印第安人容易生病，死亡率极高。非洲黑人就没有这些不足之处。非洲人身体强壮，据说一名非洲人的劳力可抵四名印第安人。而且，非洲人的价格便宜，买一名十年契约期的爱尔兰人或英国人所花的钱可以买到一名终身为奴的非洲黑人。黑人很好辨认；他们虽然也会逃跑，但由于其黑肤色的显眼性，即使跑进人群也很容易被抓获。美国学者小列洛恩·贝尼特说："最重要的是，没有人保护他们。再有，就是不像爱尔兰人或英格兰人那样数量有限，非洲黑人的供应似乎取之不尽，用之不竭。早期的北美殖民地统治者闭上眼睛一想。为什么不呢？"（Bennett 37）这样，非洲人就被选中做北美的奴隶，满足北美资本主义发展和商业贪欲的需求。与此同时，非洲人的厄运就开始了。

在白人心目中，非洲黑奴不是十足的人类。为了根除黑人的非洲文化意识，奴隶主经常按欧洲人的习惯给他们重新取名。例如，1727年奴隶主罗伯特·卡特驯服新奴隶时，为了使他们与非洲文化传统隔离开来，用英国小孩的昵称来给他们取名为"汤姆"、"詹米"、"莫尔"或"兰特"等，似乎是想让这些奴隶永远都处于孩提时代。有时，他还用牲口的名字来称谓黑奴，如"跳马"，似乎表明这些奴隶与人类有天壤之别。有一次，他心血来潮，开玩笑似地给奴隶取一些像希神"赫拉克列斯"或古罗马政治家"加图"之类的名字，用神或伟大人物的名字来嘲弄这些在白人眼里愚蠢无比的奴隶。美国学者爱德华·康特里曼认为："卡特的奴隶都没有姓，这是他故意抹掉奴隶家族意识的表现，奴隶永远只有小名，没有大名，也就意味着他们永远长不大。"（Countryman：20）后来形成惯例，几乎所有的奴隶都采用了奴隶主的姓氏。如果某个奴隶被卖掉，那么他就得改姓新主人的姓。这种重新取姓的方式对非裔美国人的生活习俗产生了极坏的影响，不利于非裔美国人传承原有的非洲文化传统。

非洲黑奴在非洲获取的许多劳动技能在北美的种植园里失去了用处。他们在奴隶主的皮鞭下重新学习烟草、棉花、甘蔗等作物的种植技术，总是遭到言语侮辱和暴力惩罚。种植园主讨厌黑人用非洲方言交谈；一旦听到，就会嘲笑或责骂。种植园主常骂新来的黑人"举止粗俗野蛮，语言奇怪多变，头脑简单肤浅"（Countryman：20），通常把这些黑奴安排在劳动强度大、地理位置偏远的种植园里劳动。因为畅通的"中间通道"使奴隶价格异常便宜，所以，奴隶主对奴隶的生存条件漠不关心。奴隶成群居住在种植园的棚子里，睡在地上，衣服单薄，没有被褥，而且没有人身自由，不能随意离开种植园。黑奴孤身生活，没有家庭，也没有亲戚，与社会隔绝开来，缺乏正常的人际交往。

1663年，"弗吉尼亚还立法规定任何［白人］基督教徒［……］与黑人男性或女性通奸，应缴纳平时同类罚款的两倍"（Jackson：7）。十年后，马里兰也立法禁止白人与黑人通婚。18世纪前的北美殖民地并存着两种社会制度，即奴隶制和种族等级制度。这样的社会制度破坏了非裔美国人的生存环境，同时也亵渎了白人所标榜的民主、自由和平等精神。

在奴隶制社会里，特别是在美国南方，黑奴被剥夺了受教育和学习文化的权利。"教授非洲来的黑人读书、写字是违法的；把《圣经》拿给黑人阅读也是犯罪行为"（Bennett：70）。18世纪中期，大约400万黑人被剥夺了受教育的权利。在奴隶制里，家庭的神圣性被亵渎；孩子经常被奴隶主从母亲手里抢去卖掉。实际上，黑奴生父的身份时常也难以确定，因为黑人母亲不仅会遭到白人的强奸，有时还会遭到黑奴的强奸。美国学者小列洛恩·贝尼特说："密西西比法庭曾认为，强奸女奴在普通法或民法里不成立。肯塔基的法院也认为，奴隶的生父身份未被我们的法律承认。"（Bennett：71）黑奴妇女被剥夺人权后在美国社会失去了立足之地，成为既被白人性剥削又被白人压迫的贱民。

非洲来的黑奴就是这样在奴隶制中煎熬着，随着时光的流逝，渐渐熟悉和适应了北美的生活环境。他们虽然处于逆境，但也时常以自己的方式反抗奴隶主。其实，奴隶制一开始时，反抗奴隶主的事件就时有发生。奴隶主强迫黑奴改名时，就有黑奴悄悄地记住自己以前的名字。"在哈德逊河畔、库珀河畔、圣约翰河畔、密西西比河畔，非洲人转变成非裔美国人的情况差异很大，他们的各种遭遇构成了北美殖民地的非裔美国历史。"（Countryman：20）非洲黑人就这样在血泪中，在被白人不当人看的社会环境里变成白人社会迟迟不愿承认的非裔美国人。他们在北美殖民地的生活经历给今后的生活留下了难以抚平的精神创伤。

### 3. 北美黑奴和白人契约奴的区别

北美殖民地时期，种植园里从事体力劳动的既有非洲黑奴，也有白人契约奴。他们都处于奴隶主的残酷剥削和压迫之下，但是与白人契约奴相比，非洲黑奴的生活条件和前途更为悲惨。他们之间的差异主要表现在以下三个方面：

首先，白人契约奴来到北美大陆通常是自愿的，而黑奴来到北美大陆是被迫的。在整个17世纪，弗吉尼亚的劳动力主要由白人契约奴构成。他们不是像非洲黑人那样是被绑架而来的,而是以承诺给主人当几年契约奴抵船资的方式来到美洲的。他们的契约期长短不一,有的四年、有的五年、还有的六年或七年;他们的合同也与人们在欧洲与雇主签订的合同类似。他们的契约期限一到,即可获得自由。可是,非洲黑奴几乎都是奴隶贩子花钱买来,然后又被转卖到美洲的。他们在被卖给奴隶主时无权签署任何合同或契约。因此,他们的契约期限没有尽头,更确切地说,通常是终身的。他们一到北美英属殖民地,就进入了法律的真空地带。奴隶制早已于1102年在英国本土就被定为非法,但是英国当局对殖民地推行的奴隶制既没有采取措施强行取缔,也没有公开认可。

其次,虽然非洲黑奴也像白人契约奴一样在种植园里干活,但是他们的前途与白人契约奴是完全不一样的。尽管第一批的20个非洲契约奴和随后一段时期里被卖到北美洲的黑人一样,无权选择是到詹姆斯敦还是到北美的其他殖民地,但从法律层面上来讲,他们的境况与白人契约奴一样。也许黑人的契约期要长一些,但当时的英属殖民地还没有处理黑奴问题的专门法律,也就没人从法律意义上把黑人的身份区别于白人。但是,几十年后,北美殖民当局立法把黑奴变成终身奴隶,其子女也被迫终身为奴。"像其他欧洲人一样,英国人长期以来认为黑人与他们不同,黑人是异族人,黑人的黑肤色被赋予了一系列表示劣等或低下的象征含义。"(Rice:53)美国学者依拉·贝宁在《成千上万的人死了:北美奴隶制的前两百年》一书中指出:"白人契约奴渐渐从事租赁,或拥有自己的一小块土地,但黑人奴隶就不可能了。"(Berlin:109)奴隶制在剥夺黑奴人身权利和社会权利的同时也阻塞了黑奴获得自由和财富的道路。

最后,白人契约奴再穷,也是受所在国法律保护的;而黑人在北美殖民地是不受任何国家法律保护的"劳动牲口"。17世纪下半叶,把非洲黑奴定位成终身奴隶的法律在北美英属殖民地广为推行。弗吉尼亚的穷人和弱势群体中,唯从非洲来的黑人最孤立无援,最容易成为种植园主追求廉价劳动力的受害者。与白人契约奴不一样,甚至与爱尔兰人或苏格兰人也不一样,黑人即使遭到虐待,在英国或美国也找不到人来为自己主持公道。白人契约奴也会受到白人奴隶主的虐待;无土地的白人自由民也过着贫穷的生活,但白人贫民还有可能从政治上寻求援助。正如美国学者杜恩坎·赖斯指出:"黑人作为一个群体,是唯一一个在政府部门没有朋友的人,也不懂得如何申冤。他们被视为异教徒,不可能有办法改变商人或种植园主对他们的虐待，因为他们已丧失了基本的人身权利。"（Rice：55）1660年左右，奴隶制已牢牢地扎根在英属殖民地的经济生活中，黑人和白人之间的界限分明。白人拥有私人财产，同时在法律上是自由人；而黑人没有任何个人财产，自己本身就是他人的财产。当时的北美殖民地有少量的自由黑人，但是这些黑人的人身权利和公民权利并不稳定，他们随时有可能被白人投入奴隶制，变成他人的财产。

## 五、1746 年至 1799 年的美国历史背景

### 1. 美国革命时期的社会状况

18世纪40年代以前，直接从非洲运到北美英属殖民地的黑奴很少。北美的黑人和白人之间的关系是奴隶与主人之间的共生关系，白人文化占绝对主导地位。18世纪40年代以后，大量非洲人被奴隶贩子通过大西洋的"中间通道"直接从非洲贩运到北美，他们的到来给北美英属殖民地造成很大的非洲文化影响。美国学者迪肯森·布鲁斯曾指出："随着非洲黑奴的增多，美国黑奴中的文化自治愿望越来越强烈，这个愿望产生于他们与白人共处于欧洲文化占主导地位的社会环境。"（Bruce：6）北美英属殖民地从非洲进口黑奴的数量从18世纪末开始减少。"根据1790年第一次美国人口普查的统计结果，全国大约五分之一的人口是非裔美国人。"（Painter：39）他们分布在刚诞生的美利坚合众国的北部、西部和南部。1799年约70%的非裔美国人出生在美国。19世纪初，几乎整个美国的黑人都是在美国出生的，而且不少人的父母，甚至祖父母也是在美国出生的。在黑奴进口数量减少的同时，欧洲白人移居美国的数量却急剧增加。当时出现了一个有趣的现象：在美国土生土长的黑人数量有超过土生土长的美国白人的趋势。正如内尔·埃文·佩恩特尔所言："美国黑人是继土著印第安人之后最美国化的种族。"（Painter：37）

18世纪中期，奴隶制已成为美国经济体制的重要组成部分，但种族问题并未能成为当时社会的主要矛盾。北美殖民地的民众和政治家正忙于从事争取北美13个殖民地获得独立的政治斗争和军事斗争，无暇顾及日益尖锐的种族矛盾。尽管如此，当时还是出现了反对奴隶贸易的抗议声，一些殖民地甚至采取对奴隶进口征收高额税收的办法来

予以抑制；一些宗教团体，特别是贵格会，公开质疑一个人奴役另一个人的合法性和合理性。随着北美资本主义的发展，美国南方和北方对待黑奴制的态度逐渐产生差异：南方种植园从事劳动力密集型生产，需要大量使用黑奴，而北方主要从事工业生产，相比之下使用的黑奴并不多。但是，社会上尚未出现成熟的废奴思想和声势较大的废奴运动。殖民者的白人几乎不关心奴隶制问题，他们所关注的是殖民地与英国当局的政治经济关系和如何取得独立的问题。针对当时主流社会漠视黑奴问题的社会状况，约翰·霍普·富兰克林指出："如果非裔美国人既不合谋造反，也不帮助法国人或印第安人的话，根本就没有人会注意到非裔美国人的生存状况。"（Franklin：126）也就是说，如果非裔美国人不斗争、不反抗，他们是不可能改变自己的生存状况的，指望白人大发慈悲也是不现实的。

18世纪中后期，随着种族冲突的不断激化，种族界限更加严格，对奴隶的管理体制也更加残酷。早在17世纪60年代，殖民地立法机关就通过了一些法规，把"非洲人"等同于"奴隶"，使美国奴隶制合法化。这些合法化措施渐渐发展成为独特的"奴隶法令"，授予奴隶主对奴隶的绝对控制权和处置权。他们不仅控制奴隶的一举一动，禁止奴隶聚会，而且还有权用酷刑处置逃亡奴隶。即使奴隶主野蛮虐待没有过错的奴隶，也不会受到任何法律追究。

在美国南方的奴隶制下，总的来讲，奴隶在种植园里过着生不如死的生活，但在个别地区，奴隶可以享有一些自治的权利和一定限度的自由。这样的事例数量极少，但却是21世纪美国历史学界的重要关注点之一。在南卡罗来纳的查尔斯顿，有些奴隶主允许奴隶保留小块自留地，用来种植蔬菜或其他作物，获得的收成或卖了作物的钱归奴隶自己所有；在个别乡镇，善于经营的奴隶甚至垄断了当地的市场，并取得相当的经济独立地位。此外，在奴隶主的授权下，一些黑奴参与海上和陆上的运输业，对南卡罗来纳的经济发展产生了不小的影响，使这一地区经济繁荣程度可以与新英格兰地区媲美。这些奴隶商人和从事技术工作的奴隶积攒了足够的钱后，可以用钱购买自己的自由。购买自由这一机会的出现动摇了美国南部地区把奴隶与肤色画等号的习俗和惯例。这些黑奴商人和黑奴技术工人可以被看做是19世纪末黑人中产资产阶级和黑人工人阶级的先驱。

1763年"七年战争"① 结束后，英国与其北美殖民地的关系更加不稳定。当时的政治形势对奴隶制的存留问题产生了重大影响。黑奴之间相互传递殖民地政局不稳的信息，很多黑奴跃跃欲试，想利用这个时机解决自己的自由问题。美国学者迪肯森·布鲁斯指出："18世纪60年代革命形势风起云涌的时候，殖民地各地的奴隶自发起来反抗奴隶主的暴行。随着殖民地白人与英国当局的矛盾激化，奴隶们的反抗精神也增强了。"（Bruce：39）当时的革命思想启蒙了非裔美国人的政治觉悟，他们与白人在奴隶制问题和种族问题方面的斗争越来越尖锐。在美国革命蓬勃发展之际，不少非裔美国作家提出了跨种族的人类平等理念。詹姆斯·欧铁斯（James Otis，1725—1783）在1746年的演讲《英国殖民地的权利》（"The Rights of the British Colonies"）中指出："按自然之法，与所有人一样，包括白人和黑人，所有殖民地的居民都是生而自由的。"（qtd. Bruce：40）

1783年北美13个殖民地在乔治·华盛顿的领导下，经过浴血奋战，赢得了独立战争的胜利，成功摆脱了英国的政治和经济控制。非裔美国人虽然在国家层面上的废奴工作未能获得成功，但在局部地区争取自由的斗争取得了不小的成就。为了争取南方各州加入联邦，美国宪法的制定者在宪法中写进了保护奴隶制的几个条款，特别是臭名昭著的《五分之三妥协案》（"three-fifths compromise"）。这个妥协案规定在计算选票时一个奴隶可以算做五分之三个人。然而，黑奴并没有获得真正意义上的选举权。这个妥协案只不过是南方白人奴隶主用奴隶人数捞选票、多占议会席位的诡计罢了。与此同时，宾夕法尼亚和纽约的废奴主义者，在北美最大的反对奴隶制的宗教团体贵格会的支持下，发出号召，要求各州渐渐废除奴隶制。其中以"道德说服"而著称的渐进方式在实践中获得了重大成功，改变了许多白人政治家和白人民众对奴隶制问题的看法。1777年弗蒙特宣布禁止奴隶制；1780年宾夕法尼亚通过了废奴法案；之后，罗德岛在1784年、康涅狄格在1784年和纽约在1799年相继宣布废除奴隶制。（Gates：131—132）虽然法令获得通过，但是大量奴隶并未被释放，因为废奴法只是废除了奴隶血统论和奴隶身份继承法，只

---

① "七年战争"（Seven Years' War）是法国和印第安人于1754年在北美爆发的一场重要军事冲突，于1763年结束，交战双方签署了《休伯特斯伯格和巴黎条约》（*The Treaties of Hubertusburg and Paris*）。

适用于奴隶的孩子,即奴隶子女不必世代为奴。受当时社会条件的限制,美国北方的废奴工作进展得不彻底,导致奴隶制苟延残喘至19世纪中期。

1783年《巴黎条约》① 签订后,美国南方遭遇了严重的经济萧条。烟草种植遭到土力耗尽和市场饱和的双重打击,稻谷和靛蓝的生产几乎无法为种植园主带来利润。种植园对奴隶的需求骤然缩减,市场上的奴隶价格持续下降,奴隶制似乎有寿终正寝的迹象。但奴隶主不愿束手待毙,他们不惜一切代价,苦苦支撑,期盼转机。1793年轧棉机的发明使南方种植园经济的发展出现了转机。一位名叫伊莱·惠特尼②的北方大学生到南方种植园游玩时,碰巧看到猫把爪伸进篱笆抓鸡的情景。猫未抓住鸡,但却抓到一大把鸡毛。惠特尼由此而获得了采用铁栅栏似的工具从棉铃上剥离棉花的灵感,进而发明了轧棉机。这一发明解决了手工剥离棉铃的技术难题,极大地提高了棉铃处理和棉花生产的效率,刺激了棉花的种植园经济,使得棉花很快成为美国南方最重要的农产品,改变了美国南方的经济结构和美国南方的历史。轧棉机的出现一方面促进了南方农业的发展,另一方面也引起种植园对劳动力的需求增大,激活了快要倒闭的美国奴隶交易市场,导致成千上万的非洲人源源不断地从非洲被贩卖到北美为奴,垂死的奴隶制又复活了。美国学者约翰·霍普·富兰克林指出:"18世纪末美国进口奴隶的贸易市场重新焕发了生机。"(Franklin:149)南方奴隶人口从1790年的70万猛增至1799年的100余万。

### 2. 美国革命对种族关系的重大影响及其局限性

美国高涨的革命精神与当时奴隶制的社会状况是格格不入的。许多革命领导人意识到黑人动产奴隶制与他们的革命主张不相容。他们反对英国乔治三世的主要理由之一就是国王支持国际奴隶贸易。托马斯·杰斐逊指责英国国王:"他[国王]发动了一场反人性的残酷战争,侵害了一个从未得罪过他的远方民族的最神圣的生命权和自由权,把他们捕

---

① 《巴黎条约》(Treaty of Paris)于1783年9月3日签订。北美13州邦联议会于1784年1月14日批准了该条约,英国国王于1784年4月9日批准该条约,正式结束大不列颠联合王国和美利坚合众国之间的战争。此条约标志着英国正式承认美国独立。
② 伊莱·惠特尼(Eli Whitney, 1765—1825)是18世纪末至19世纪初的美国发明家、机械工程师、企业家和轧棉机的发明者。

掳，带到另一个半球做奴隶，在运输途中导致许多黑人悲惨死去。"（Darksdale and Kinnamon：3）杰斐逊猛烈抨击英国参与大西洋奴隶贸易的罪恶行径，认为这是对人的尊严的极大亵渎。

本杰明·富兰克林也反对奴隶制。他坚决弘扬约翰·伍尔曼①和安瑟尼·本尼日特②所倡导的人道主义传统，后来被推选为"美国废奴协会"的第一任会长。该协会于1775年在费城成立。富兰克林赞成废除奴隶制，积极参与救助奴隶制受害者的活动。1790年，年事已高的富兰克林仍然关心废奴事业，呼吁第一届美国国会应尽一切努力督促奴隶主减轻对奴隶的剥削和压迫，让奴隶得到更多的人身自由。除了富兰克林和杰斐逊之外，18世纪末的其他美国思想家和政治家也大声疾呼，反对奴隶制。

反对奴隶制的呼声在立法方面也产生了积极的影响。美国独立战争爆发时，北美13个殖民地都存在奴隶制问题。25年后，所有的州，包括佐治亚和南卡罗来纳，都立法废除了国际奴隶贸易。1787年大陆会议禁止在《西北法令》③适用地区实施奴隶制。在马里兰、特拉华和弗吉尼亚的梅森—迪克森分界线④以南地区，也出现了一些废除了奴隶制的地方。

独立战争对黑奴反对奴隶制的斗争产生了很大的影响，给他们提供了挑战动产奴隶制的机会，有助于削弱按白人至上论建立起来的社会体系。美国革命"把种植园主分为爱国者和保皇者，但这些种植园主为了自己的利益，希望各地政府继续维护奴隶制。在很多情况下，地方政

---

① 约翰·伍尔曼（John Woolman，1720—1772）是北美殖民地时期的商人、贵格会传教士和早期废奴主义者。

② 安瑟尼·本尼日特（Anthony Benezet，1713—1784），美国教育家和废奴主义者。像伍尔曼一样，他也反对征收战争税。他创建第一个废奴协会"释放非法拘禁黑人协会"。他死后，本杰明·富兰克林和本杰明·拉西博士重建了这个协会，并改名为"美国废奴协会"。

③ 《西北法令》是美国邦联国会的一项法令。这个法令批准组建了西北专区，这个区域包括五大湖以南、俄亥俄河以北和以西、密西西比河以东的地区。1789年美国国会稍作修改后就确认了这个法令。这个法令开了一个先例，美国可以通过以接纳新州的方式向西拓展，而不是扩大现存的那些州的面积。而且，这个专区禁止奴隶制的举措在当时的美国有着重大的意义，有助于把俄亥俄建成位于阿巴拉契亚山脉和密西西比河之间蓄奴州和自由州的分界线。这个分界线的确定有助于平衡美国内战前蓄奴州和自由州在美国政坛的势力。

④ 梅森—迪克森分界线（Mason-Dickson Line）是美国宾夕法尼亚州和马里兰州的分界线，也是南北征战之前美国的南北区域分界线。这条分界线是美国历史上文化和经济的分界线。其名称是为了纪念发现宾夕法尼亚和马里兰之间的地理分界线的18世纪英国探险者梅森和迪克森。

府……转而反对奴隶主阶级"（Berlin: 220）。除了当时的革命思想之外，基督教的福音传道遍布各个殖民地，宣传上帝关于人生而平等的思想，与革命的理想主义遥相呼应，向各地政府施加了不小的压力。

在美国北方的殖民地，革命思想和革命活动给非裔美国人生存状态的改善产生了积极的巨大影响。美国革命打击了北方奴隶制的发展，北方奴隶制问题得以分步骤解决。北方先是重新定位奴隶制的合法性，然后默许一些奴隶在北方的存在，最后彻底废除奴隶制。独立战争期间，北方的英属殖民地都颁布了奴隶解放计划。美国学者依拉·贝宁指出："北方自由黑人的数量从18世纪70年代的数百人猛升到18世纪90年代的4万人，奴隶的总人数急剧下降。再过一段时间，北方的许多州有望变成自由州。"（Berlin: 228）

为什么独立战争后支持"奴隶制"的势力又开始猖獗了呢？因为美国独立战争时的革命精神没能坚持下去，刚刚建立的"民主政体"还太年轻，无力解决复杂的种族问题和奴隶制问题。热衷于抽象正义的政治家们，废奴立场不够坚定，没能顶住蓄奴派的压力和经济利益的诱惑，见风使舵，在奴隶制问题上不断让步。由此看来，独立战争绝不是现代意义上的一次社会革命，因为在美国宪法会议的制宪审议中，代表大资产者利益的政治集团获胜，抑制了革命主张的实施，奴隶制问题没能从根本上改变。美国学者约翰·霍普·富兰克林讽刺道："当出席制宪会议的代表们于1787年9月回到家中，反思三个月来采取的解决社会动荡的政治和经济措施时，也许最成功的就是抑制了废奴运动的发展。"（Darksdale and Kinnamon: 4）在当时的社会状况下，非裔美国人内部也出现了分化：有奴隶和自由民之分；有城市非裔美国人与农村非裔美国人之分；有纯非洲血统的黑人与混血儿之分。随着北方黑人群体里新的分化因素不断出现，他们的政治主张和经济要求也呈现多元化。

### 3.《独立宣言》和《美国宪法》对非裔美国人的巨大影响

《独立宣言》是1776年7月3日在北美第二次大陆会议上通过的政治声明，宣布北美13个殖民地从即日起成为独立的联邦，与英国处于交战状态。《独立宣言》主要是由托马斯·杰斐逊等人执笔撰写的。这个宣言正式解释了为什么在美国革命战争爆发一年多后才于7月2日由大陆会议投票决定脱离英国，宣布独立。美国的国庆节，即独立日，设定在每年的7月4日，这一天是《独立宣言》被大陆会议批准的日子。该宣言阐释了独立的正义性，历数了英王乔治三世对殖民地人民进行掠夺和欺凌的种种罪行，宣称坚决维护人的自然权利，包括革命的权利。《独立宣言》是用于宣布独立的法律文件，但该宣言的第一个句子是人权的总宣言："我们认为以下这些真理是不言而喻的：人生而平等，上帝赋予他们一些不可剥夺的权利，其中包括生命权、自由权和追求幸福生活的权利。"（*Declaration of Independence*, 53）这个句子被称为是"英语中最著名的句子之一"和"美国历史上最有力、最重要的词语"，代表美国为之而奋斗的价值观。社会边缘群体则用之来捍卫自己的权利。这个句子也极大影响了亚伯拉罕·林肯的世界观和价值观，他把《独立宣言》当做其政治主张的基石和解释美国宪法的纲领性文件。

北美的非洲黑人被系统性地从法律上剥夺了人权。17世纪颁布的《黑色法典》，禁止非裔美国人和白人通婚，宣扬白人至上论，实际上就是专门用来对付非裔美国人的。为了拉拢南方奴隶主加入美国的独立大业，美国的开国之父们在签署新生美利坚合众国立国的法律文件时，故意搁置了黑奴的人权问题，崇高的革命理想因此而蒙羞。

另一个对非裔美国人有着重大政治影响的是《美国宪法》。该法于1787年9月15日在制宪会议上通过，成为美国的根本大法，奠定了美国政治制度的法律基础，被公认为世界上第一部成文宪法。1789年3月4日，该宪法正式生效。《美国宪法》是美国公民的基本法律，也是美国政府运行的指导原则。美国的宪法建立在七个基本原则之上：人民主权、共和制、联邦制、三权分立、制约与均衡、有限政府和个人权利。但是，最初通过的《美国宪法》里有三项条款剥夺了非裔美国人的人权和公民权：（1）对外奴隶贸易在宪法签署后20年内仍然有效；（2）在自由州拘捕的逃亡奴隶应交还给其原来的奴隶主；（3）在选票比例分配和纳税方面，非裔美国人按五分之三个人计算。非裔美国人仍然不是法律意义上完整的"人"，美国革命的崇高理想与美国独立后的政治状况严重背离。

独立战争胜利后，由于黑人政治权利被白人统治者剥夺，废奴运动遭到重创。不过，这场革命极大地启发了美国黑人的政治思想觉悟，他们认为《独立宣言》所揭示的真理不是白人政治家所能否认或曲解的，坚信自己在上帝面前与白人是平等的，确信"生命权、自由权和追求幸福生活的权利"不仅是白人的专利，而是所有美国人（包括非裔美国人)的合法权益。美国学者伯纳德·贝尔说:"尽管处于不利的社会地位,许多奴隶仍然坚持向立法机构请愿,要求获得自由。"(Bell:8)非裔美国人以《独立宣言》和《美国宪法》中关于人类平等和社会正义的理念为思想武器,与白人种族主义者作斗争,争取自己的合法权益。虽然非裔美国人没能获得真正的平等权,但是这两个法律文件给非裔美国人争取自由的斗争带来了巨大的希望,成为黑人与白人种族主义者进行斗争的有力武器。

## 六、非裔美国人的早期口头文学(1746年之前)

从1619年第一批非洲黑人到达弗吉尼亚詹姆斯敦至1808年大西洋奴隶贸易被依法取缔的这段时间是非裔美国文学传统萌芽和形成的重要阶段。在此期间,非洲黑人在北美英属殖民地的社会地位从契约奴降低到失去一切人身自由的终身奴隶。同时,他们渐渐完成了从非洲黑人到非裔美国人的演绎过程,慢慢地把英语作为自己的母语,把基督教作为自己的信仰。一些白人牧师冲破种族主义者的层层阻挠,向黑人传播基督教教义。非洲黑奴在接受基督教教义的同时,也获得了宗教意义上人人平等的思想。不少黑人成为基督徒后,对奴隶制的非正义性有了新的认识,开始流露出不满或以各种形式表达自己的抗议。一些黑奴渐渐掌握了英语,具有基本的读写能力,帮奴隶主做算账、清点货物或统计之类的工作,还有少数奴隶开始用英语创作诗歌。但是在北美殖民地时期和美国独立后的相当一段时间里,大多数殖民地当局都明文禁止白人教黑人读书写字。当时出现了一个荒谬的悖论:一方面白人不准黑人学文化,另一方面白人又声称黑人之所以为奴是因为黑人没有足够的智商接受文化教育。

非裔美国文学起源于早期非洲黑人来到北美大陆后所创作的民间口头文学。这些口头文学所传达的文学精神,对后世的非裔美国作家有着重大的影响。非裔美国民间传说是早期非裔美国口头文学的重要表达形式之一,给我们研究非裔美国口头文学提供了第一手资料,通常被视为非裔美国文学的重要源头之一。非裔美国民间传说与其他民族的民间传说一样,但其讲述的故事具有美国黑人经历的独特性。正如美国作家理查德·赖特(Richard Wright)指出,黑人是美国特制的"社会产物",

黑人的民间故事由许多传说构成，反映出独特的民间经历。（Baker：20）因此，从黑人民间传说我们可以看到独具特色的民间英雄形象、音乐形式和宗教信仰习俗。

残存的非洲口头文化成分与耳濡目染的白人文化成分不断融合，渐渐在北美种植园和北美城镇建构了一个可以同时满足黑人心理需求和社会需求的新文化体系，即非裔美国文化。这个体系中的白人文化元素和黑人文化元素虽然是互补的，但是在形式上和着重点上既不同于以前的欧洲文化，也不同于古老的非洲文化。美国学者伯纳德·贝尔认为："非裔口头文学的根，也就是残存的非洲文化元素与白人文化的独特融合，主要出现在美国南方，特别是乔治亚海岛和密西西比三角洲地区。"（Bell：17）这些口头形式时常出现在黑奴的话语或歌声里。黑奴的非洲文化成分绝大部分来源于非洲的古老传说。早期非裔美国口头文学形式从17世纪一直流传下来，没有具体的作者，但这些文学形式是殖民地时期非裔美国人艺术表达的主要方式。帕特里夏·里根斯·希尔在《呼唤与应答：非裔美国文学传统河边文集》（*Call and Response：The Riverside Anthology of the African American Literary Tradition*，1998）中指出："从一开始，黑人口头文学传统就成为黑人抵抗白人文化同化或文化灭绝之举的主要形式，而且这种形式还根据时代特点不断地发生变化。"（Hill，*Call and Response*，10）早期非裔美国口头文学的主要形式有民间传说、劳动歌曲、歌谣和灵歌。从中，我们能够感受到美国黑人在奴隶制的恶劣社会环境中谋求生存时所表达出来的幽默、睿智、期盼和悲情。

### 1. 民间传说

非裔美国民间传说（Folklore）生动地反映了非裔美国人在早期奴隶制中的生活和思想。从广义上讲，民间传说是指一个民族在口头上世代相传的故事或笑话。在早期非裔美国人中流传的民间传说常被用来解释一些社会现象，表达黑奴们认同的价值观和伦理道德。美国学者尼吉尔·托马斯说："民间传说中的主要人物有传道士、黑鬼坏蛋、黑人摩西，最有名的是骗子。"（Thomas：x）"巴克赢得自由之法"和"会飞的人"之类的民间故事给黑人带来希望和快乐。（Worley：xviii）通过非洲、欧洲和欧美民间传说的对比研究，我们可以发现早期非裔美国民间传说的来源地主要是非洲和欧洲，也有黑奴把欧洲民间传说改编成具有非洲特色的故事。

美国南方黑奴中流传的大多数是关于小动物用诡计和智慧战胜更凶猛动物的故事，与非洲民间传说有着非常明显的联系。足智多谋的非洲"兔子"和"乌龟"成了北美黑人奴隶母亲经常讲给孩子们的故事的主角。在这些故事里，黑人母亲教孩子们怎样用传统的智慧从奴隶制的压迫中寻求生路。在奴隶制时期，甚至在非裔美国人的整个历史中，成千上万的黑人母亲和父亲都是用这些非洲民间传说来向下一代传播黑人祖祖辈辈所认同的道德价值观和行为规范，揭示自然现象，同时也让孩子们从这些故事中得到娱乐和启迪。有些民间传说反映了非洲文化启蒙，还有不少民间传说试图解答关于宇宙起源的问题，或解答生存环境是怎样形成的问题。帕特里夏·里根斯·希尔认为："讲述招魂、巫术和关于非洲飞人神话的宗教故事虽然被改编成新世界的版本，但仍然呈现出非洲的文化概念和风俗习惯。"（Hill, *Call and Response*, 18）

传到新世界的非洲民间传说主要是有关兔子、乌龟和柏油娃娃的系列动物"机灵鬼"故事。在奴隶们讲述这些故事时，足智多谋的"机灵鬼"非洲兔成为最受欢迎的"兔子兄弟"，而聪明的非洲龟却演绎成美国神龟的变种。以非洲原型为基础，这些动物"机灵鬼"不仅智胜比它们强大的动物来谋取食物或求生，而且还以此来追求人类社会常见的其他欲望，如权利、地位、财富、幸福和性伴侣等。故事"为什么兔子跑了？"就包含有柏油娃娃故事的基本成分。在奴隶版的故事里，兔子也遭受和母羊一样的命运：兔子搬起石头砸自己的脚，为算计其他动物做了柏油娃娃，自己反被粘上了。（Hill, *Call and Response*, 59）这些民间传说体现了黑人的智慧，有助于黑人建立种族自信心和自尊心。

在"机灵鬼"系列动物故事（如"十足的庄稼"和"为什么鳄鱼兄弟的藏身之处如此粗硬？"）里不仅有说明解释，而且还有心理分析。擅长计谋的动物（像"约翰故事系列"中"交换梦想"里的奴隶一样）象征美国的黑奴，如愿以偿地战胜了虐待非裔美国人的那个"奇怪制度"。（Baker: 20）

如果非裔美国人想在美国奴隶制下寻求生路，他们就不得不掌握成为杰出"机灵鬼"所使用的策略和方法。以兔子兄弟为中心人物的系列民间故事所传授的就是这方面的经验。兔子兄弟运用智慧与比它强大得多的动物打交道。黑奴在听故事时总会在轻快的氛围里赞赏兔子的机灵和聪明。在白人面前讲述这些故事时，黑奴们故意掩饰这些角色的功绩，因为这些故事的讽刺对象显而易见，即"不可一世"的白人，黑奴的孩子们都清楚其中的含义。在非裔美国口头文学的"机灵鬼"传统里，狡猾的诡计隐含在娱乐性的讽喻故事里，故事的矛头都是指向欺凌黑人的白人。在废除奴隶制之前，这个口头文学传统就已经存在；在废除奴隶制之后，美国南方的种族歧视仍然猖獗，非裔美国口头文学中的"机灵鬼"传统继续发展，影响了一代又一代非裔美国人。

像斯戴卡里之类的"黑人坏蛋"形象在殖民地后期的民间传说里很常见，尤其在北方的黑奴口中广为流传。这些故事把斯戴卡里描写成下层社会的一名城市黑人，他为达到目的不择手段，把女人视为自己要征服、羞辱和控制的敌人，而不是爱恋的伴侣。美国学者尼吉尔·托马斯说："在酒后狂语中敌视黑人妇女的话语毫无疑问是白人社会强加在非裔美国男性身上的性禁忌所导致的。"（Thomas：37）出于对奴隶主、私刑和法制的惧怕，黑人母亲通常教育自己的孩子要戴假面具，要压抑自己的男性欲望和冲动，以免招来杀身之祸。一般而言，"黑人坏蛋"羞辱和征服妇女（战场就是床）的欲望来源于他对白人性剥削黑人妇女的强烈不满。他在白人主宰的社会里无所作为，痛恨白人男子对黑人妇女的性占有。然而，可悲的是，这些"黑人坏蛋"把对白人男性的仇恨转嫁给了无辜的黑人女性。

非裔美国民间传说中有不少非洲黑奴为反抗终身奴役而臆想出的复仇故事。总体而言，这些民间传说为非裔美国文学传统的建立奠定了坚实基础。虽然这个时期的非裔美国文学还处于口头阶段，但黑奴们的思想和意识在后来非裔美国文学书面阶段的形成和发展中起着重要的作用。

## 2. 吼叫声和劳动歌曲

吼叫声（Shout）是非裔美国民歌的一个重要特色。非裔美国民歌形式，特别是劳动歌曲，与非洲文化成分有着非常明显的关联。奴隶们终年从事体力劳动，如划船、装卸码头、剥玉米、稻谷脱粒、推磨、纺纱织布等。为了消解繁重、枯燥的体力劳动带来的乏味与疲劳，黑奴们创造了合乎劳动节拍的伴唱或伴奏，这是最早的非裔美国民间音乐形式。这些劳动歌曲含有许多尘世音乐的成分，如讽刺、批判、赞扬、嘲讽、流言飞语和抗议。近年来，非裔美国劳动歌曲受到评论界越来越多的关注。民俗学家哈罗德·库尔兰德（Harold Courlander, 1908—1996）在《美国黑人民间音乐》（*Negro Folk Music USA*, 1963）一书中讲述了他亲身经历过的一个事件。有天晚上，他路过尼日利亚的一个村庄，听到有人在树丛里发出怪异的吼叫；紧接着，在另一片树丛里有人发出相同的吼叫，作为回应。（Hill, *Call and Response*, 12）一个人的吼叫声与另一个人的应答声非常接近于黑人早期劳动歌曲中的"呼唤与应答"模式。这种模式对美国黑人文学创作的发展有着重大影响。

与其非洲祖先一样，北美殖民地的黑奴们也爱随着劳动的节奏唱歌。奴隶工人在安放铁轨时，在给铁轨上铆钉时，在抬重物时，都会用喊劳动号子的方式来缓释劳动强度。当奴隶工人在抡起铁锤唱歌时，其歌声总是伴随着铁锤落下发出的"当当"声。在下面这首劳动歌曲里，一名黑奴铁匠以幽默的方式边抡铁锤边唱道：

> 它不会杀我，宝贝，它不会杀我。
> 拿着这个铁锤——哈
> 拿去交给船长
> 告诉他我走了，宝贝，
> 告诉他我走了。
>
> （Brown: 25—26）

在这首劳动歌曲里，奴隶歌手把自己比做铁锤，以轻快的方式消解内心的苦闷。

在美国南方，黑奴在种植园里干活时也喜欢唱劳动歌曲，以此来缓解生活的痛苦和不幸。

### 采摘一大包棉花

> 跳下去，转一圈，采摘一大包棉花。
> 跳下去，转一圈，一天摘一大包。
> 跳下去，转一圈，采摘一大包棉花。
> 跳下去，转一圈，一天摘一大包。

啊，上帝呀，一天采摘一大包呀！
啊，上帝呀，一天采摘一大包呀！

我和我的女儿能采摘一大包棉花，
我和我的女儿能一天摘一大包……
我和我的妻子能采摘一大包棉花，
我和我的妻子能一天摘一大包……

我和我的朋友能采摘一大包棉花，
我和我的朋友能一天摘一大包……

我和我的爸爸能采摘一大包棉花，
我和我的爸爸能一天摘一大包……
啊，上帝呀，采摘一大包棉花呀！
啊，上帝呀，一天摘一大包呀！

(Gates: 52—53)

这首劳动歌曲的歌词重复率高，向上帝控诉的语气强，歌唱的速度随着歌手的情绪和劳动节奏的变化而变化。它呈现了歌手在棉花地里艰苦劳作的情景，同时也流露了与自然亲近的生活情趣。这首歌是美国南方棉花种植园里黑奴劳动状况的真实写照。

### 3. 歌谣

歌谣（Ballad）类似叙事诗，一般在民间广为流传，唱的时候曲调重复，由短小简洁的诗节构成，通常带有叠歌。一些歌谣采集者很惊奇地听到非洲黑奴唱歌谣《我的家乡在伦敦》("In London-town where I was born")。其实，奴隶唱的这个歌谣是从白人那里学来的英格兰或苏格兰的传统歌谣。像《芭芭拉·艾伦》("Barbara Allen")和《蔷薇丛》("The Briary Bush")之类的民谣在黑奴中风靡一时，把老歌谣的一些诗节放在另一个歌谣里吟唱也是很普遍的。歌谣《青蛙先生去求爱，他真的骑马去了》就是一个例子。有时候我们还会发现"黑奴熟悉的歌词——'谁将让你的小脚穿上鞋，谁将让你的手戴上手套'——来自老歌谣《洛奇·罗夜的少女》"（Brown：23）。

早期的非裔美国人并不满足于唱白人的歌谣，他们还创作了歌颂黑人英雄的歌谣。黑奴的歌谣颂扬黑奴心目中的英雄，如亡命之徒"斯达卡利"，半神话性质的"铁路比尔"和"夜盗军营仓库"的"坏蛋拉撒路"。其中，讲述"法兰克和约翰尼"事迹的民谣有无数个版本。法兰克和约翰尼，像民谣《凯西·琼》中的英雄一样，都是勇敢仗义的黑人，深受黑奴们的喜爱。这些英雄人物睡觉时带着手枪，足智多谋，勇敢无畏，表明黑人们所崇拜的英雄并不是顺从奴隶主、只知在地里下苦力的黑奴。下面便是一首歌颂黑人英雄的流行歌谣：

**野黑小子比尔**

我是野黑小子比尔
来自里得·培帕尔。
我以前不想干活，将来也不想。

我杀死了老板。
我打倒了马。
我没用苹果酱生吃了鹅。

我就是逃跑了的比尔，
我知道他们想杀我
但是老默瑟尔没抓到我，他永远也抓不到！

（Gates：44—45）

这首歌谣赞誉了黑人比尔的大胆无畏。比尔是黑人勇敢和智慧的化身，他反抗奴隶主之举是其他黑奴一直想做却未做的事。这首歌谣彰显了黑奴在奴隶制岁月里的反抗精神。

其他歌谣中的英雄人物虽然没有比尔那么大胆，但也反映了黑奴的反抗意图。《老狗布鲁》讲述了一条爬树狗的故事。这条狗把荣誉视为自己的生命，到死也坚守自己的名誉。早期黑奴把在生活中遇到的悲剧故事变成歌谣。像中世纪的吟游诗人一样，他们到处传播这些故事，如："一场大暴雨袭击了查尔斯顿镇，火车失事了，大船沉没了，弗洛伊德埋葬了肯塔基，孟菲斯暴发的大洪水扑向了新奥尔良。"（Brown：25）《棉铃象甲的歌谣》是一个现代版的奴隶歌谣，讲述了一只小跳蚤的故事。为了寻找一个合适的地方安家，这只跳蚤从墨西哥一直蹦到得克萨斯。歌谣很好地反映了早期黑奴的善恶观，贴切地表达了他们的理想，尽管这个理想在当时并不现实。

### 4. 灵歌

灵歌（Spiritual）指的是早期非裔美国人喜欢吟唱的宗教性民歌。美国学者伯纳德·贝尔指出："灵歌，像其他布道话语一样，深受《圣经》影响，讲述的是群体经历，其特色是以'呼唤与应答'方式来编排内容，含有间或性的押韵、随灵感而涌出的描写性词句和一些充满激情的话语。"（Bell：26）而且，黑人灵歌在很大程度上倚重于《圣经》措辞和《圣经》思想。在白人的旧赞美诗集里也经常能看到许多与此相似的福音传道的赞美诗。这些灵歌具有较强的基督教色彩，表达了黑奴对来世的渴望和捍卫自我的抗争精神。

黑人对奴隶制的抗议还反映在像《玛丽，你别哭》("Mary, Don't You Weep"）和《去吧，摩西》("Go Down, Moses"）之类的歌谣里。黑人的孤独感和无家可归感反映在使人难以忘怀的弦乐《我感觉像是个没有妈妈的孩子》、《意味着自己的笑声》和《巴克赢得自由之法》等歌谣里。这些歌谣显现了黑奴的幽默感和抗争思想。美国学者小豪斯顿·A.贝克说："黑奴在奴隶制里的痛苦经历生动地再现在灵歌《约翰·亨利》里，他们通过每日的祷告把美好的生活寄托于来世。"（Baker：4）这些灵歌反映了早期美国黑人的生存状况。最著名的一首早期黑人灵歌如下：

### 去吧，摩西

去吧，摩西，
在埃及的土地上走下去
告诉老法老
放我的族人走。

趁希伯来人的故土还在埃及版图内的时候
放我的族人走

压迫太重，他们受不了
放我的族人走。

去吧，摩西，
在埃及的土地上走下去
告诉老法老
放我的族人走。

"上帝这样说了，"摩西大胆地说，
"放我的族人走；
如果不行，我会把你第一胎生出的人砸死
放我的族人走。"

"他们不愿再在奴役中苦干，
放我的族人走；
让他们带着埃及的战利品离开，
放我的族人走。"

上帝告诉了摩西以后干什么
放我的族人走
引领以色列人的孩子们
放我的族人走。

去吧，摩西，
在埃及的土地上走下去
告诉老法老
放我的族人走。

(Gates：14)

　　这首灵歌借用了《圣经》里的故事：法老在古埃及把以色列人扣留下来做奴隶。摩西代表上帝的旨意，在古埃及向法老提出自己的严正要求，责令法老给予古以色列人自由，让他们回到自己的家乡。在这首灵歌里，黑人把自己等同于以色列人，坚信自己也是上帝的子孙。根据《圣经》，上帝从不容忍人类社会有奴隶制的存在。白人也是上帝的信徒，应该服从上帝的旨意，把自由还给美国黑奴。这首灵歌是黑人反对白人压迫、争取人身自由最强烈的呐喊。

对黑奴及其后代来讲，世俗灵歌和宗教灵歌的区别不大。宗教类灵歌也不仅是在教堂或宗教仪式上演唱，黑奴在劳动、娱乐、休息和周日祷告的时候都会唱。大多数黑人灵歌并不只是关于基督的，也讲述《旧约》中的上帝、上帝的门徒或其他人物的故事。黑人灵歌采用基督教故事中的人物意象，摩西、约伯、丹尼尔、参孙和伊齐基尔等人物经常出现在黑人灵歌里。基督教是白人奴隶主唯一允许在黑奴中传播的宗教。黑人接受了基督教后，又按自己的需要改编了教义，把基督教义与非洲的原始宗教成分结合起来。到17世纪时，很多奴隶成为基督教徒，灵歌的宗教色彩更加浓重。"在形式方面，这些灵歌采用了中西部非洲原始的'呼唤与应答'模式"（Gates：6），并带有显著的黑人文化特色。

早在1700年之前，黑人就开始创作灵歌，并代代相传。黑人灵歌在形式、内容和演唱风格方面与非洲英雄史诗有许多共同之处。非洲口头史诗的构成要素是长篇叙事故事、赞美诗歌曲、圣歌、布道、祷告文和即兴演唱。相似的是，"灵歌也有冗长的史诗叙事、赞美诗、布道和祷告文、抒情歌曲和诗歌、经常也有即兴演唱，包括非洲的启应轮流吟唱、重叠的'呼唤与应答'模式"（Hill, *Call and Response*, 35）。由此可见，黑人灵歌与古非洲历史有着不可分割的血肉联系。

## 七、早期非裔美国文学的书面作品（1746—1799）

美国革命时期的社会状况促成的种族关系模式如下：非裔美国人被定义为顺从、低贱和劣等的动物或半动物；而白人则被定义为起主导作用的、高人一等的、能力超群的人类。这个模式在社会上的认同和实施，使非裔美国人的生存状况更加恶劣。但是，这个种族关系模式为早期非裔美国文学提供了一个值得关注的中心，对早期非裔美国文学传统的形成和发展产生了巨大的影响。

最早的非裔美国文学作品可以追溯到1746年。早在1680年，摩根·

戈德温①就声称非洲人不是人类，理由是非裔美国人不能像白人那样创作出文学作品。根据这个逻辑，没有文化的非裔美国人就是野蛮人，野蛮人就等同于动物。非裔美国人的读写能力与非裔美国人身份之间的相互推定关系为"非洲人到底是不是人"的争论提供了替台词。白人一方面声称非裔美国人学不会读写，而另一方面又禁止非裔美国人学习读写，这岂不构成了一个荒谬的悖论？1693年南卡罗来纳爆发了美国革命前规模最大的一次奴隶起义——斯多诺起义。此后，白人立法者制定了严酷的法律，规定掌握了下列两个东西的非裔美国人必受法律的严惩：一是文化；二是打鼓。此后，白人教非裔美国人学文化的事件被认定为重罪。对非裔美国人实施文化扼杀的后果是，"几乎所有的奴隶都成了文盲"（Worley：xvii）。

在禁止黑奴学习文化知识的奴隶制时期，也有一些开明的奴隶主，不相信非裔美国人没有掌握读写能力的智商；还有的白人通过以教授非裔美国人学文化的事件来作实验，检验非裔美国人是否能掌握英语，其心理动机类似于现代人教狗识字的猎奇心。一般来讲，女奴隶主更热心于教授非裔美国人学识字。然而，黑奴毕竟不同于动物，一旦被开启了智慧之窗，就会产生强烈的求知欲望。于是，有些黑奴便利用白人孩子学文化的机会偷师学艺，或者想方设法诱使白人儿童教他们识字。随着时间的推移，一些奴隶成功冲破白人的文化压抑和封锁，掌握了英语语言的阅读和写作，少数非裔美国人开始尝试着进行文学创作。

获得文化教育机会的少数黑奴在文学创作中主要是从欧洲文学作品和非洲口头民间文学传统中吸收养分。在非洲传统文化里，音乐和诗歌是紧密连在一起的。早期的非裔美国作家以非洲根文化为文学创作的精神源泉，模仿欧美白人文学作品的表达形式，结合黑人对《圣经》神话和象征主义的独特见解，开始创作诗歌和散文表达他们对世界的看法。

早期非裔美国作家的身份仍然是奴隶，因此他们的作品中时常流露出对美国奴隶制的不满。奴隶制与美国民主制度的初衷相违背，不少白人也对北美奴隶制的合法性表示质疑。对奴隶问题的争论引起白人对黑奴文学作品的关注。一些白人废奴主义者明确指出，黑奴作家描述的奴隶制真实状况和他们对奴隶制的亲身感受是任何白人作家都替代不了的。更为重要的是，一些黑奴作家不仅叙述了自己的奴隶经历，而且还表达

---

① 摩根·戈德温（Morgan Godwyn, 1640—1685），英国圣公会牧师和传教士。

了废奴的思想。正如美国学者迪肯森·D. 布鲁斯所说："这一步为将在19世纪登上美国文坛的非裔美国文学提供了重要的先决条件和背景。"（Bruce: 38）当非裔美国文学开始萌芽的时候，菲利丝·惠特莱（Phillis Wheatley）和奥拉多·厄奎阿娄（Olaudah Equiano）等作家开创了非裔美国文学的文本表达模式，为后来的非裔美国作家提供了范例。弗雷德里克·道格拉斯（Frederick Douglass）、哈丽雅特·A. 雅各布斯（Harriet A. Jacobs）等作家在吸取惠特莱和厄奎阿娄的文学艺术精华后创作出非裔美国文学的优秀作品。

18世纪非裔美国文学书面作品的出现与开明奴隶主的帮助是分不开的。非裔美国文学书面作品最先出现在北方殖民地，特别是新英格兰地区。在这些地区，不同种族的人们居住在一起，种族偏见和种族歧视没有南方那么严重。第一位非裔美国作家露西·泰莉（Lucy Terry）就是生活在这样的社会环境里。泰莉的诗歌中只有《巴尔斯之战》（"Bars Fight"）一首得以保存至今。这首诗歌写于1746年，但直到1893年才得以出版。这首诗歌为我们研究非裔美国文学的诞生和发展提供了有用的材料。跟早期的黑奴作家一样，为了使作品得以发表，泰莉采用了18世纪英国文学传统中的作品结构和创作技巧。此外，朱庇特·哈蒙（Jupiter Hammon）和菲利丝·惠特莱等作家也经常遵循这些规则，但他们不是单纯的欧洲文化传统模仿者。他们像奴隶民间歌手和故事讲述者一样，用白人文学作品的叙述方式来表达关于黑奴与自由的主题。正如美国学者希尔所言："他们的作品以《圣经》或新古典主义形式、习语和语言为面纱，提出了从反对奴隶制到要求立即废除奴隶制的直接性政治抗议。"（Hill, *Call and Response*, 19）

18世纪下半叶由美国黑奴或前奴隶用英语创作的作品是世界文学史上的一个奇迹，引起美国评论界和国际学术界越来越多的关注；不少专家学者开始致力于这方面的研究。在人类奴隶史上，只有英国和美国的黑奴才创造出了这样杰出的文学。这种文学以现身说法的形式揭露奴隶制的荒谬性和反人类性，证实了黑奴渴望自由和文化的强烈要求，宣扬了欧洲启蒙运动的理性梦想和美国启蒙运动关于公民自由的梦想。非裔美国作家把这些梦想结合在一起，融入其文学作品。小亨利·路易斯·盖茨认为："奴隶制本身的土壤和废除奴隶制的要求后来被证明是受压迫者创作压迫主题的沃土。从奴隶制的罪恶中生长出不少优秀的文学作品，

所产生的力量有助于动摇和推翻那个制度。"（Gates: xxvii）

英属北美殖民地的白人文化和非裔美国文化的相互作用有助于早期非裔美国文学的发展。席卷18世纪下半叶的宗教狂热"大觉醒"、美国循道宗教义的传播和美国独立革命的熊熊烈火为非裔美国书面文学的产生和发展提供了社会土壤和环境。两位早期非裔美国诗人朱庇特·哈蒙和菲利丝·惠特莱深受循道宗教义福音传播的影响。他们最早发表的诗歌是《夜思：以忏悔的哭泣声赢得上帝的拯救》（"An Evening Thought: Salvation by Christ with Penetential Cries"）和《为乔治·怀特菲尔德的去世而祈祷》（"On the Death of the Rev. Mr. George Whitefield"）。早期最重要的散文作家是奥拉多·厄奎阿娄和本杰明·班尼克（Benjamin Banneker）。这些作家的创作热忱主要来源于美国革命的激进政治主张，特别是那些与自由理念和平等精神相关的主张。早期非裔美国文学有两个基本主题：对基督教博爱精神的深信不疑和对自由平等的现实追求。后者在今天仍然是非裔美国文学的中心主题。因此，早期非裔美国作家具有极强的预见能力。他们的作品是非裔美国文学传统的开山之作，同时也被视为美国文学的有机组成部分。早期非裔美国文字的主要体裁有诗歌和散文。

## 1. 早期非裔美国诗歌

18世纪中叶是非裔美国诗歌形成的重要时期。这一时期的非裔美国诗歌刻意模仿英美白人的诗歌形式和诗歌传统，譬如露西·泰莉模仿早期的英国民间歌谣；朱庇特·哈蒙模仿英国诗人的抒情诗和循道宗赞美诗；菲利丝·惠特莱模仿约翰·德莱顿（John Dryden）和亚历山大·蒲柏（Alexander Pope）等诗人的新古典主义诗歌。（Fisher: 246）然而，在模仿的过程中，早期非裔美国诗人能动地加入了非裔美国文化元素，改进和发展了欧美文学的传统，创造出独特的诗歌形式。

（1）露西·泰莉（Lucy Terry, 1730? —1821）

露西·泰莉是非裔美国文学史上最早的非裔美国诗人。她出生于大约1730年，童年时被人从非洲卖到北美的罗德岛，然后又被转卖到马萨诸塞的迪尔菲尔德。1735年，5岁的泰莉接受洗礼，正式成为基督教徒。巧合的是，1735年正是福音传道的宗教狂热席卷马萨诸塞西部的时候，牧师约拿珊·爱德华兹以充满激情的布道，在诺珊浦敦地区掀起了"大

"觉醒"的宗教运动。诺珊浦敦地区靠近泰莉小时候生活过的地方迪尔菲尔德。也许与倡导博爱精神相关，这场宗教运动为泰莉以黑人身份成为基督徒提供了便利条件。在迪尔菲尔德生活期间，泰莉喜欢讲故事，成为当地颇受欢迎的讲故事高手。

泰莉于1756年与自由黑人阿比加·普林斯结婚。普林斯是康涅狄格地区沃林福德的当地居民，曾是本杰明·杜利特尔牧师的奴隶。普林斯比泰莉大24岁。这段婚姻幸福而美满，延续了36年，他们一共生育了6个孩子。也许是她的主人给了她自由人身份，也许是她丈夫用钱赎回她的自由，泰莉后来的确获得了自由。由于她嫁给了自由人，根据当时的立法，她的孩子生下来就是自由人。从1762年起，泰莉一家居住在弗蒙特州，先是住在该州的吉尔福德，然后搬到尚德兰德，在镇上以房屋租赁为生，后来又搬回到吉尔福德。不久，普林斯去世。泰莉又回到尚德兰德居住，但她每年都会乘马车回来给丈夫扫墓。泰莉于1821年去世，享年约91岁。

泰莉的诗歌《巴尔斯之战》（"Bars Fight"）是迄今为止发现的最早的非裔美国文学作品，该诗的译文如下：

  8月，那是25号
  1746年
  印第安人设伏
  一些很勇敢的人被杀死
  他们的名字，我永远难忘
  塞缪尔·艾伦像英雄一样战死了
  虽然他勇敢无畏
  他的脸，我们再也看不到了。
  伊利亚撒·霍克斯被当场杀死
  他还没来得及反抗
  在他反抗之前，印第安人发现了，
  被当即射杀。
  奥利弗·安穆敦，被杀死了
  带给朋友们的巨大悲伤和痛苦；
  西米恩·安穆敦，他们发现他死了

被众多棍棒击中头部；
阿多尼加·吉勒特，我们听说，
失去了妻子，他很爱的妻子；
约翰·萨德勒从水上逃走，
躲过了这场恐怖的屠杀；
尤妮斯·艾伦看见印第安人来了，
为了活命，想逃跑，
她穿的衬裙太紧，迈不开步，
那些可怕的人没抓她，
而是举起战斧劈向她的脑袋，
她躺在地上奄奄一息；
小塞缪尔·艾伦，啊！前一天，
被送到了加拿大。

(Mullane: 25)

这首诗是泰莉目睹了一场印第安人伏击白人的事件后写下的。事件于1746年8月25日发生在迪尔菲尔德的一个被称为"巴尔斯"的地方，当地土话的意思就是"草坪"。在战斗中，土著印第安人打败了泰莉所熟悉的白人。这首诗描写出生动的视觉意象，文本清新，以喜剧般的冷讽叙述了整个悲剧事件。该诗可以看做是美国文学史上第一首用象征主义手法来描写的诗歌。通过印第安人与白人的争斗，泰莉揭示出生存竞争和种族误解可能引起生活在同一地盘上的种族之间的殊死搏斗。她以戏剧手法描写出一道惨烈画卷：一群欧洲裔美国白人在战斗中或被杀死，或在逃跑中被击毙，幸运逃脱杀戮的人寥寥无几。这种写法带有西非民间传说的风格。

这首诗歌是用押韵的四音步偶句诗体写成，经人们一百多年的口头相传，直到1855年才被乔赛亚·吉尔伯特·荷兰（Josiah Gilbert Holland）收录在其著作《西马萨诸塞之史》（*History of Western Massachusetts*）中。美国学者德尔垂·马拉恩说："这首诗歌会使人想起殖民地时期流行的囚房叙事类作品。在这类作品里作家讲述他或她被印第安人监禁的悲惨经历。这首诗建立起黑人妇女在美国早期文学史上的中心地位。"（Mullane: 24）从这首诗歌，我们可以看到："她是向前发展的美国体系的一个自愿的学徒。在描写《巴尔斯之战》的基础上,她是一个愿意使用与那个系统相联系的语言规则、文化思想和文学形式的学徒。"(Jackson:33)这首诗歌的重要性不仅在于以诗歌的形式表达故事内容,还在于它揭示了一些关于泰莉的个人信息和她对所述事件的态度。这首诗歌几乎可以看做是非裔美国文学书面创作的滥觞。(Bruce:32)因其独特的文学贡献,泰莉被公认为美国文学史上第一位非裔美国诗人和非裔美国诗歌传统最早的开拓者。

(2)朱庇特·哈蒙(Jupiter Hammon,1711—1806?)

朱庇特·哈蒙于1711年10月3日出生在北美大陆的长岛。与露西·泰莉一样,他也很长寿。他去世的具体年代还未确定,很可能是在1806年前后。他是劳埃德家族的奴隶,伺候过这个家族的祖孙三代。劳埃德家族是长岛昆斯村的大地主。据哈蒙所述,劳埃德家族的人都对他很好,鼓励他发挥文学才干。哈蒙写了不少宗教劝说类的诗歌,在奴隶中的威望也很高,被称为"奴隶传教士"和"领头人"。哈蒙的第一首诗《夜思:以忏悔的哭泣声赢得上帝的拯救》于1761年发表。1778年他发表了诗歌《向埃塞沃比亚女诗人菲利丝·惠特莱小姐致辞》("An Address to Miss Phillis Wheatley, Ethiopian Poetess"),称赞惠特莱是那个时代的杰出诗人,其中的一些赞美之词广为流传。(Inge:1)哈蒙的诗歌展示了早期黑人诗歌的创作水平和黑奴们的宗教信仰。

哈蒙的作品主要模仿了英国诗人约翰·韦斯利①和埃塞克·瓦兹②的措辞和韵律,表达了对循道宗教义的虔诚信奉。他的诗歌,如《夜思》和《仁慈的主人与本分的奴仆》等,揭示了基督教对黑奴生活和意识形态的巨大影响。他用白人主人传授的宗教知识撰写了这些诗歌,但这些作品在诗歌艺术上并没有多大的创新。以当下的文学批评标准看,这些诗歌算不上是好诗,但值得注意的是,一个被奴役了多年的奴隶居然有激情用诗歌表达自己的宗教见解,并且在一家殖民地文学作品出版机构把其诗歌发表出来,这是很难得的。这个事件在非裔美国文学的发展史

---

① 约翰·韦斯利(John Wesley,1703—1791),基督教循道宗教义创始人,英国诗人,曾创作过9000多首赞美诗。
② 埃塞克·瓦兹(Issac Watts,1674—1748)被公认为"英国赞美诗之父"。他创作了750首赞美诗,是英国第一个多产且受欢迎的赞美诗作者。他的许多赞美诗今天还在被人们吟诵,并被翻译成多国语言。

上具有非凡的意义，开创了非裔美国文学作品出版的先例。

哈蒙最著名的诗歌是《夜思》（"An Evening Thought"）。这首诗开头部分的几个诗节摘选如下：

> 基督前来拯救，
> 上帝唯一的儿子：
> 现在为每一个人赎罪，
> 爱他神圣话语的每一个人。
>
> 亲爱的耶稣，现在给每个民族，
> 还没有信仰上帝的每个民族
> 你的神灵，你的恩惠，
> 拯救灵魂的上帝呀。
>
> 亲爱的耶稣，我们对着你哭泣，
> 让我们假做准备活动；
> 别把你那温和的目光移开；
> 我们寻求你真正的拯救。

（Mullane：27）

这首诗歌在主题上反映出诗人对基督教虔诚性的关注，认为上帝是人类的唯一拯救者，作者企图以来世获得拯救的办法来调和基督教理想与现实奴隶制的矛盾。哈蒙之后的作家也在不断探索如何解决这个矛盾。哈蒙在这首诗歌里所使用的结构与英国赞美诗的结构非常相似。该诗共有88行，模仿民谣的诗节模式，形式合乎规范，内容表达生动，赢得白人读者和黑人读者的一致赞赏。更为重要的是，《夜思》揭示出循道宗教义对哈蒙人生观和世界观的形成性影响，显示出诗人对基督教教义的深刻理解，表达了诗人对18世纪初以来埃塞克·瓦兹和约翰·韦斯利等人所开拓的英国赞美诗形式的独到见解，诗歌中的自我意识比哈蒙在美国革命时期写的诗歌更加明显。《夜思》的创作质量接近《巴尔斯之战》，比哈蒙撰写的其他作品更受公众和学界的关注。然而，这首诗并没有涉及当时的敏感话题——种族或奴隶制。

哈蒙的文学创作深受美国独立革命的影响,其作品时常流露出对当时社会状况的不满。这类诗歌,如《冬天篇》("A Winter Piece")和《对纽约州黑人的致辞》("An Address to the Negroes of the State of New York")等,受到社会排斥,直到18世纪80年代才得以发表。他发表的诗歌与露西·泰莉未发表的诗歌相映生辉,有助于早期非裔美国文学传统的形成。虽然他没有为黑人民族的解放事业摇旗呐喊,但其诗歌《向埃塞沃比亚女诗人菲利丝·惠特莱小姐的致辞》的最后三个诗节里却隐含有对不合理社会制度的间接批判。

19
卑贱的灵魂也将飞向上帝那里,
　　离开尘世的一切,
就像一接到信息就动身,
　　去体验更神圣的生活。

20
请注意!灵魂会随风飘走,
　　当我们离世的时候,
离开用泥土建成的小屋,
　　一刹那间。

21
现在荣誉最重要,
　　一致赞赏,
由大家给予,不断地,
　　天上神灵也给予。

(Darksdale and Kinnamon:78)

从以上三个诗节可见,非裔美国人虽然社会地位低贱,但在死后也能得到上帝的恩惠。在上帝的庇佑下,非裔美国人的灵魂也能在天堂过着快乐的生活。诗歌认为所有的非裔美国人都盼望来世过上幸福生活,这是非裔美国文学史上间接表达种族抗议的第一个作品。

(3) 菲利丝·惠特莱（Phillis Wheatley, 1753?—1784）

菲利丝·惠特莱是第一位把自己的书出版并赢得国际声誉的非裔美国作家，也是非裔美国文学史上最有争议、最令人困惑的作家之一。当时许多白人读了她的诗歌后，觉得难以置信，如此精美的诗歌居然出自一名黑人妇女之手。因此，1772年的一天，惠特莱被殖民地当局传唤到法庭，接受讯问。列席庭审的有波士顿的学者、牧师和高官。经过仔细的考核后，他们得出结论，惠特莱是其诗歌的真正作者，并联合签署了一份证明，作为前言附在她出版的书里。这部书的名称是《关于宗教和道德之各种主题的诗歌》（*Poems on Various Subjects, Religious and Moral*），于1773年在伦敦出版。

惠特莱出生在西非，1761年被奴隶贩子卖到美国。波士顿的白人约翰·惠特莱先生买下她，把她作为礼物送给妻子。惠特莱夫妇给她取名为菲利丝·惠特莱，把她留在身边当女儿看待。当时，惠特莱只有8岁。惠特莱夫妇注重开发这个孩子的潜能，教她学习了语法、天文学、古代史、地理、《圣经》和拉丁语经典作品，特别是维吉尔和奥维德①的诗歌。在当时，不论是与白人还是黑人相比，她都可谓博学多才。"对一名奴隶而言，无论任何时候，她都算得上得宠。她对作诗的爱好早在14岁时就显现出来了。惠特莱在家里很少干家务，至多就是给桌子或椅子掸掸灰。"（Jackson: 39）除《圣经》外，她喜欢阅读亚历山大·蒲柏和荷马的诗歌，最喜欢的诗人是17世纪英国诗人约翰·弥尔顿。她发表的第一首诗歌是哀悼当时著名的英国福音传道者乔治·怀特菲尔德的挽歌。这首诗于1770年出现在单面印刷品上。1772年惠特莱到伦敦旅游，出版了诗集《关于宗教和道德之各种主题的诗歌》。1773年惠特莱夫妇解除了她的奴隶身份，使她成为自由公民。1778年，她与波士顿的自由黑人约翰·彼得斯结婚，婚后育有三个子女，但都不幸夭折。

惠特莱善于就生活中的重要事件作诗抒发情感，比如《致华盛顿将军阁下》（"To His Excellency General Washington"）。这首诗是她献给大陆军总司令乔治·华盛顿的。她采用的英雄偶句诗体、超越主题的真挚情感和深刻的圣经含义都反映了当时流行的新古典主义艺术风格。（Worley: 6）她的其他重要诗歌有《美国》（"America", 1767），《致自然神

---

① 奥维德（Publius Naso Ovidius, 43BC—17AD），古罗马诗人，代表作为长诗《变形记》，其他重要作品还有《爱的艺术》、《岁时记》、《哀歌》等。

论者》("An Address to the Deist", 1767) 和《致新英格兰剑桥大学》("To the University of Cambridge, in New England", 1767)。

在保罗·劳伦斯·邓巴（Paul Laurence Dunbar）于19世纪90年代登上文坛之前，惠特莱在黑人诗坛上独占鳌头，她的文学造诣和诗歌天赋远远高于露西·泰莉和朱庇特·哈蒙。新古典主义是那个时代流行的文体，也是惠特莱非常热爱和倾心的文学创作方法。她研读拉丁诗人和英国诗人的作品，博取众家之长。从她的诗歌中，读者能感受到弥尔顿的诗歌风格。亚历山大·蒲柏是英国新古典主义的主要实践者，其诗歌也是惠特莱模仿的范本之一。在其诗集《关于宗教和道德之各种主题的诗歌》的39首诗中，除5首外，其他全部以英雄偶句诗体写成，在诗的结构和形式方面沿袭了蒲柏的风骨，诗歌的措辞和韵律方面的风格近似蒲柏，她对高难度诗体形式的掌握和运用令人叹服。一名被贩卖为奴的非洲黑人女孩，吟唱当时白人认同的情感，其优美的词句、无可挑剔的韵律，使波士顿和伦敦的绅士贵妇们为之惊讶。但是，有别于蒲柏诗歌中的某些睿智和嘲讽之处，惠特莱的诗歌显得更加多愁善感、更加虔诚；蒲柏的诗歌中表现出无拘无束的地方，她却表现出蹩脚忸怩的模仿。此外，惠特莱还按社会认同的文体撰写说教性的挽歌，告诫牛津大学的学生们在读书期间要潜心学业，并且以抽象的语言赞扬了乔治·华盛顿和"哥伦比亚"。她的大多数思想在当时诗歌中都极为常见。其诗歌《自由》赞扬了摆脱英国暴君束缚所得到的自由，但她没有提及美国黑人被奴役的问题，只是在诗歌中小心谨慎地谈论自己所感兴趣的话题。

也许是因为其脆弱的社会地位，惠特莱在创作中避免使用讽刺手法。她遵从蒲柏和新古典主义的创作方法，在诗歌创作中添加了很浓的宗教色彩。她采用的主题给读者以丰富的想象空间，在诗歌《论回忆》和《论想象》中可见一斑。创作中，她喜欢使用拟人手法，其作品臻于逻辑、语气客观。她的诗歌能使读者联想起人类美好的情感，分享到她的快乐。

与露西·泰莉和朱庇特·哈蒙一样，惠特莱是当时美国奴隶制社会环境里一个特殊的个例。她不但没有从事非人的体力劳动，而且接受了较高的文化教育。在她创作的诗歌中几乎看不到关于奴隶悲惨生活的场景或描述。(Jackson: 43) 但是，在下面这首诗歌《被从非洲带到美洲》里，她提及黑人是如何到美洲的：

是上帝的恩惠把我从异教的他乡带来，
启蒙我愚钝的灵魂
世上有一个上帝，还有一个救世主；
我完全不知救赎，也不知如何寻求救赎，
一些人带着蔑视的目光看着我们黑人民族，
"他们的肤色像魔鬼一样吓死人了。"
请记住 基督徒，黑人，和该隐一样黑，
也能使道德得到完善，加入去天国的行列。

(Gates：171)

  这首诗表明黑人是被上帝从非洲带到美洲的，歧视黑人的黑肤色是没有道理的。她指出非裔美国人，虽然皮肤黑，但他们信奉上帝，也能得到上帝的恩惠。这样，她用自己掌握的宗教知识抨击了白人的种族偏见。

  从现存的历史文献来看，惠特莱是在以欧洲文化为中心的白人文化移入中成长起来的一名非裔美国人。在美国内战之前，她的诗歌和生活被北方的废奴主义者看做是非裔美国人自然权利得到体现的象征，也成为后代非裔美国人引以为自豪的典范。然而作为诗人，她的内在价值存在较大争议，因为她对非裔美国文学艺术的影响微乎其微。不论是在形式还是在内容方面，她都没有给后来的非裔美国诗人留下些许具有种族特色的东西。与惠特莱同时代的白人也不是每个人都有写诗的能力，因此她的文学才干得到不少白人的青睐和羡慕。正如美国学者布里顿·杰克逊所言："通过自己杰出的写诗才干，惠特莱成为黑人民族内在能力的一个典型代表。正因为其独特才干，她才能在奴隶制社会获得脱颖而出的机遇。"（Jackson：46）在现代美国学界，不少专家对惠特莱没有成为黑人政治权益的代言人有非议，还有激进的学者指责她是白人圈养的文化奴仆。但是，著名黑人妇女作家爱丽丝·沃克（Alice Walker）持不同的看法，她在《搜寻母亲的花园》（*In Search of Our Mothers' Gardens*, 1983）中的一篇论文里说：

  但是最后，惠特莱，我们理解了她。当我们读着你那平静、挣扎、爱恨交织的诗句时，不再有窃笑。现在我们知道了，你不是一个傻瓜，也不是一名背叛者；只是一名在病中的黑人小女孩，被人从你的家乡和祖国抓走，使你成为一名奴隶；你仅是一名妇女，仍然努力吟唱能表现你天赋的歌；尽管在他乡，这些异族人欣赏你那令人困惑的歌喉。重要的不是你唱过了什么，而是你和我们众多的祖先一起，传承了歌的概念。（Walker：237）

沃克认为当代的作家和读者不应该拿现代的标准来评价惠特莱。她的思想和意识当然会受制于她所生活的时代和社会环境。惠特莱取得的最大艺术成就就是：以自己作为范例，说明黑人与白人一样聪明；如果被给予机会，非裔美国人也能学会读书和创作。惠特莱和她同时代非裔美国作家的文学尝试为 18 世纪末和 19 世纪初非裔美国文学的发展奠定了基础。

### 2. 早期非裔美国散文

18 世纪中期至 18 世纪末，非裔美国散文的主要形式有公开信、请愿书和记叙文。最早的非裔美国散文于 1760 年发表，题目是《不同寻常的苦难与出人意料的判决：由黑人布里敦·哈蒙亲自执笔所写的叙事》(*A Narrative of the Uncommon Sufferings and Surprising Deliverance of Briton Hammon, A Negro Man, Written by Himself*)。在这篇文章中，哈蒙间接提及美国革命的思想。但是，当时的其他散文作家则更为直接地把黑人的地位与美国革命联系起来。1774 年，前奴隶凯撒·萨特（Caesar Sarter）在马萨诸塞的一份报纸上发表了一封公开信，列出了奴隶制的罪恶，指出"只要你拥有奴隶，还谈为自由而战，就是荒谬的"（Bruce：52）。萨特说他的话语"会得到非裔美国人的重视"（Bruce：52）。莱缪尔·B. 海恩斯（Lemuel B. Haynes, 1753—1833）写了一篇名为《自由进一步发展》("Liberty further Extended"）的散文。1983 年美国学者鲁丝·波根（Ruth Bogin）在哈佛大学图书馆里找到这篇论文，并认为它是黑人撰写的公开抗议奴隶制的第一篇文章。这篇文章的创作时间比戴维·沃克（David Walker）的《戴维·沃克的呼吁》（*David Walker's Appeal*, 1829）还早了大约半个世纪。

有些散文作家，像菲利丝·惠特莱一样，在美国革命的浪潮中看到了机会。他们撰写的请愿书借用宣传小册子中的革命思想，揭露情形类似的非裔美国人问题，表达了非裔美国人也需要自由和平等的强烈愿望。詹姆斯·斯旺（James Swan）在1772年的请愿书《规劝大不列颠》（Disuasion to Great Britain）中抨击奴隶贸易。1773年1月，有一篇佚名的请愿书，呼吁把美国革命中的爱国问题和人权问题联系起来；这个请愿书发表时，有名白人作家在上面签名"真正自由的热爱者"，以示支持。

18世纪下半叶最引人注目的散文是奴隶叙事。这种叙事来源于非洲黑奴所写下的生存记录。北美的奴隶叙事18世纪时就有在英国出版的版本，这种文学体裁后来发展成为早期非裔美国文学的主要文学形式之一。早期的奴隶叙事一般是讲述黑奴获得基督教改赎的心路历程。作者们通常认为自己是非洲人，而不是奴隶。早期奴隶叙事可以分为三类：（1）作者不详的奴隶叙事，如：《不同寻常的苦难与出人意料的判决：由黑人布里敦·哈蒙亲自执笔所写的叙事》（1760）；（2）由奴隶口述，白人执笔的奴隶叙事，如：《范裘尔的生平与历险记：一个非洲土著人，却在美利坚合众国生活了约60年，由其自叙》（A Narrative of the Life and Adventures of Venture, a Native of Africa: But Resident above Sixty Years in the United States of America, Related by Himself, 1798）、《亚兰·尼格诺的各种尝试》（Adam Negro's Tryall, 1703）、《主人与约翰·马兰特的精彩交易，一个黑人的叙事》（A Narrative of the Lord's Wonderful Dealings with John Marrant, A Black, 1785）和《约勃生平的点滴回忆》（Some Memoirs of the Life of Job, 1734）；（3）由奴隶本人执笔的叙事，如奥拉多·厄奎阿娄的《生平趣叙》。

（1）布里敦·哈蒙的《叙事》（Briton Hammon's Narrative, 1760）

布里敦·哈蒙的自传《不同寻常的苦难与出人意料的判决：由黑人布里敦·哈蒙亲自执笔所写的叙事》讲述了作者在海上的13年冒险生活。整个叙事只有14页，在叙述开头部分的介绍中，作者很谦虚地说，请读者海涵其叙述中可能出现的错误，因为作者的创作能力和生活环境都很糟糕。这个叙事讲述了一系列惊人事件。哈蒙获主人温斯娄将军的批准，离开马萨诸塞的马尔斯菲尔德出海。在1747年圣诞节那天，他搭乘一条单桅帆船按期到达牙买加。可是，在归途中，他的船在佛罗里达附近海域触礁，船长命令船员乘坐小船上岸。大概半数船员登岸时，一伙印第安人偷袭了他们，把他们绑了起来。那些印第安人向帆船纵火，活活烧死了留在船上的船员，然后返回岸上，把捆绑起来的船员一个一个地杀死。看到厄运将至,哈蒙企图跳进海里逃命,但没有成功。很幸运的是,他是船员中唯一没被杀掉的人。印第安人把他当做俘虏关押起来,直到西班牙人来把他救走。救他的西班牙人并没有真正想释放他,而是把他关进一座古巴监狱。最后,他越狱而出,搭乘其他船只,来到英国。

经历这次冒险后,哈蒙和总督住在城堡里。大约一年后,他遇到一帮歹徒袭击,又被监禁起来。因拒绝在海盗船上干活,他被关入地牢长达五年之久。在贝蒂·霍华德夫人的恳求下,船长释放了他。随后,总督命令哈蒙返回城堡,哈蒙在那里又生活了一年多时间。为了摆脱总督的控制,哈蒙曾多次尝试逃走。第一次,他提前一个晚上躲上船,当船离岸的时候,他的身份暴露了,被船长送回岸。第二次,他登上一艘开往牙买加的船,但被卫兵发现,又被押回岸上。后来,哈蒙领命和一帮奴隶抬着主教在国内巡视。为主教工作了一段时间后,哈蒙终于获得了自由。之后,他乘船到牙买加,从那里抵达伦敦。在去伦敦的路上,他乘坐的船与另一艘船发生冲突,头部不幸被子弹击中,失去了劳动能力。他在格林威治医院住院治疗,直到康复。不久,他在伦敦又发高烧,病了六个星期,花光了身上的钱。病好后,他在一艘船上工作,意外地与分离了13年的老主人再次相遇。两人都对命运感叹不已,感谢上苍让他们再次相见。在故事的结尾处,大难不死的哈蒙对上帝表达了深深的谢意。

哈蒙的《叙事》于1760年在波士顿印刷。尽管哈蒙的作者身份还有争议,叙述中的许多事件可能是杜撰的,但美国学界还是公认这部奴隶叙事是非裔美国人的第一部自传。这个叙事中所讲述的故事在非裔美国文学史享有很高的声誉。

(2) 范裘尔·史密斯的《叙事》(Venture Smith's *Narrative*, 1798)

范裘尔·史密斯(1729—1805)在孩提时就被人从非洲抓到北美殖民地为奴。他把自己的生平讲述给伊莱沙·尼洛听。伊莱沙是康涅狄格的一名学校教师和美国独立战争的退伍老兵,他把范裘尔的话语记载下来,编辑一部奴隶叙事出版,题目是《范裘尔的生平与历险记:一个非洲土著人,却在美利坚合众国生活了约60年,由其自叙》(1798)。这个叙事的细节描写还存在很大争议,有很多地方被认为不真实。有人怀疑该叙事的口述人被"白人洗了脑",还有人怀疑白人编辑按自己的好恶改编了范裘尔的故事,并宣称这是白人编辑在处理黑奴叙事时惯用的手法。

《叙事》的主要情节如下：范裘尔·史密斯本名叫布罗提尔·弗洛，出生在几内亚一个名叫"杜堪达拉"的地方。叙事中的线索显示他是来自非洲的某个草原地区。他在加纳的阿诺玛布港被卖掉，这表明他可能来自现在的加纳、多哥或贝宁的某个地方。他是王子的儿子，父亲有多个王妃。还是小孩的时候，他就被奴隶贩子雇用的黑人暴徒绑架了。后来，他被白人罗伕逊·曼福德以四加仑朗姆酒和一匹印花布的价格买走。曼福德给他取名为"范裘尔"（Venture），其英语词义为"商业冒险"，曼福德把购买"范裘儿"当做是一次商业风险投机。然后囚禁范裘尔的奴隶贩子把船开往巴巴多斯岛。当船到达巴巴多斯时，船上的260名奴隶中有60多名在途中死于天花。幸存下来的奴隶，有的被卖给巴巴多斯的种植园主；有的和范裘尔一起被运到罗德岛，到达罗德岛的时间大约是1737年。然后，范裘尔就留在位于康涅狄格地区费西斯岛的曼福德家，做些家务活，当他成年后，才被派到种植园去当苦力。

22岁时，范裘儿与女奴麦格结婚。不久，在爱尔兰裔契约奴赫迪的鼓动下，他们两人一起逃离了种植园。逃跑途中，赫迪在长岛偷了东西。范裘尔认为这不道德，于是把他告发了。之后，范裘尔返回主人家。1752年，麦格生下了女儿哈娜。不到一个月，范裘尔被卖给康涅狄格地区斯都宁敦的白人奴隶主托马斯·斯坦敦，被迫与妻子和女儿分离。一年后，斯坦敦又把其妻子和女儿都买来，他们一家人才得以重新团聚。范裘尔开始在外打工挣钱，并种庄稼出售，存钱赎自由。麦格又生下了两个儿子所罗门和卡福。之后，范裘尔又被卖了两次。1760年，范裘尔的主人奥利弗·史密斯上校允许他在农闲时外出打工挣钱。为了表达对上校的感激，他把上校的家姓"史密斯"作为自己和家人的姓氏。最后，范裘尔以71英镑2先令的价格从上校那里买取了自己的自由，然后搬到长岛，打算设法赚钱为全家人购买自由。他靠砍柴挣钱，省吃俭用了四年，终于在1769年积攒了足够的钱，购买了儿子所罗门和卡福的自由。然后，他还以60英镑的价格买了一名黑人奴隶为他干活，但是那名黑奴没过多久就逃走了。

范裘尔成为自由民后，遭遇的第一个悲剧是儿子所罗门于1773年在捕鲸途中死于败血病。之后，范裘尔购买了妻子麦格的自由。那时妻子已怀孕。当孩子生下来后，范裘尔就给他取名为所罗门，以纪念刚死去的儿子。1775年，他购买了女儿哈娜的自由。至此，他们全家人都摆脱了奴隶制。1776年，他在康涅狄格的哈丹买了一个农场，以打渔、捕鲸、种地为生，同时也在萨尔门河上做些小生意。范裘尔于1805年去世，享年76岁。

像厄奎阿娄一样，范裘尔在非洲以外的地方度过了大半生。他是被人强迫为奴的，后来通过自己的努力变成了自由民。在生理方面，他继承了其父亲的高大身材和旺盛精力。他以执著和睿智而出名，靠自己的艰苦努力改变了自己和家人在美洲的命运。他几乎被人们描述成奴隶制里的超人，不仅熬过了奴隶制的压迫，购买了自己的自由，而且通过自己的勤劳和智慧购买了妻子和所有孩子的自由。

范裘尔在回忆家乡非洲时，常以骄傲的神情谈及做王子的父亲和自己的童年；但当他谈及自己的黑奴生活时，时常显现出小资产者的精明。在《叙事》里，范裘尔也会发牢骚，但抱怨的对象不是针对奴隶制，而是那些使用诡计、不遵守商业合同的白人或黑人，这些人的赖账使他损失了不少钱财。因此，工于算计和经商的范裘尔经常被人们看做是早期黑人商人的典型形象。他的个人成功带有浓厚的美国梦色彩，也是对种族主义者的黑人低下论的有力驳斥。

（3）奥拉多·厄奎阿娄的《生平趣叙》（Olaudah Equiano's *Narrative*, 1789）

奥拉多·厄奎阿娄（c.1745—1797）于1745年出生在非洲尼日利亚的伊博人部落，11岁时被非洲奴隶贩子绑架。之后，他在美洲的西印度群岛和英国海军里做了十年奴隶。1766年成为自由民。1788年他写了《奥拉多·厄奎阿娄或非洲人嘎斯塔哇斯·瓦萨的生平趣叙》（*The Interesting Narrative of the Life of Olaudah Equiano, or Gustavus Vassa the African, Written by Himself*），抗议英国和美国的奴隶贸易。这是早期非洲黑奴写下的最早的也是最好的反对奴隶制的书籍。厄奎阿娄经历过各种各样的奴隶制，也经历过奴隶生活的各个阶段，如在非洲被奴隶贩子抓捕、乘奴隶贩运船通过"中间通道"、在弗吉尼亚和西印度群岛的种植园下苦力、最后在北美至加勒比海奴隶贩子船上当差。他是为数不多的几个幸存下来并有能力描写其奴隶经历的黑人。因此，保罗·吉尔洛伊（Paul Gilroy）在《黑色的大西洋：现代性和双重意识》（*The Black Atlantic: Modernity and Double Consciousness*, 1993）中把厄奎阿娄看做是早期非洲黑奴的代表人物。历史学家艾拉·贝尔林（Ira Berlin）在《过去数千年：在北美奴隶制的前两百年》（*Many Thousands Gone: The First Two Centuries of Slavery in North America*, 1998）中说，第一代奴隶是四海为家，会说多种语言，游历很广。因此，像厄奎阿娄那样的早期奴隶完全不同于下个世纪奴隶叙事中的种植园奴隶形象。

厄奎阿娄的《生平趣叙》讲述了其波澜壮阔的一生。通过在非洲的童年生活、在美洲的十年奴隶生活、在欧洲和美洲的二十年自由人的生活，他观察到了大千世界的各种变化，目睹了巴哈马群岛的海难、北极地区的冰封、加勒比海的地震、意大利维苏威火山的爆发，经历了伊博人的原始宗教、贵格派教堂的礼拜，并还曾与天主教牧师和土耳其穆斯林讨论宗教，在英国圣公会教堂洗过礼。作为英国海军的老兵，他曾在"英法七年战争"中与法国作战；他于1765年目睹美国庆祝取消印花税法的情景，于1775年目睹英国战舰追逐并击沉美国武装民船的事件。他的书引起读者对权利和自由等问题的重新思考。《生平趣叙》的真正魅力在于厄奎阿娄以一名非洲黑人的独特视角记载了一些重大历史事件。他认为在白人世界游历和经历冒险期间，他不过是一个普通人。正如他自己所说的："他不是一个圣人、英雄，也不是一个暴君，而是一个被迫去过特别生活的普通人。"（Allison：2）

厄奎阿娄的《生平趣叙》讲述了非洲人在非洲大陆、美洲大陆和"中间通道"的奴隶贩卖船上的生活和遭遇。厄奎阿娄的个人生活经历非常丰富，几乎构成了非洲与美洲数百年来黑奴生活和自由黑人生活的缩影或全景展现。然而，厄奎阿娄在非洲和美洲所经历的奴隶制与英美两国的民主制度和政治理想构成难以调和的政治悖论。这部奴隶叙事是18世纪下半叶非洲贩奴运动和废奴运动的史诗，具有强烈的政治意向，勾起读者对非洲奴隶制的回忆，使该书成为美洲奴隶制的精神自传，有助于提高非裔美国人的政治意识，建构非裔美国人的身份。"绝大多数白人都知道在政治层面上奴隶制是错误的，但因顾及自己的经济利益而不愿放弃奴隶制。"（Perry：253）因此，他们在政治上并不真正赞成废除奴隶制。厄奎阿娄认为奴隶制问题的关键不是黑人问题，而是社会的制度问题；奴隶制把人视为财产，给白人提供了奴役黑人的借口。通过揭露奴隶制在美国政治层面上的悖论，厄奎阿娄认为非裔美国人个人身份的获得、政治权利的拥有和文化自信感的建立是正义战胜邪恶、民主替代暴政的根本保证。

厄奎阿娄披露了大西洋奴隶贸易中的各种惨案，专门描述了在一艘奴隶贩卖船上发生的事件，其细节如下：1780年9月，一艘名为"棕"的奴隶贩运船满载440名奴隶，经过两个月的航行，到达加勒比海地区。可是，船上爆发了传染病，导致了60名奴隶和7名船员的死亡。船上的疫情无法控制，许多幸存下来的奴隶也奄奄一息。生病的奴隶，无法卖出好价钱。船长开始考虑如何弥补自己和投资人的经济损失。于是，他做出了一个灭绝人性的决定。根据当时英国保险公司的规定，奴隶在运输过程中病死，不予以赔偿，但如果奴隶是溺水身亡，则可以获得赔偿。于是，他命令把生病的54个非洲人用链子铐在一起，扔进海里淹死。第二天，他又命令把42个感染了传染病的奴隶淹死。第三天，他又命令把患病的36个奴隶统统扔进海里淹死。掩饰好所有的罪证后，船长把船上剩下的健康奴隶都卖掉，然后返航英国。"棕"号奴隶贩子船刚一回到利物浦港，该船的股东们马上填了保险索赔单，要求保险公司支付132名被淹死奴隶的赔偿金。此事败露后，英国法院并没有受理这个案件，涉嫌杀害奴隶的船长逍遥法外。这个事件表明，奴隶的生命在奴隶主的心目中根本不能与经济利益相提并论。船长维护自己和股东经济利益的行为无异于残忍的大屠杀。该事件的悖论在于：大西洋奴隶贸易中奴隶贩子为了多挣钱，骗取保险赔偿费，不惜杀人，而法院对此事却不予以理会。这个事件表明英国殖民者在追求资本主义自由竞争发展的同时违背了经济发展的诚信原则，导致不少保险公司退出大西洋奴隶贸易的保险业务，为大西洋奴隶贸易的最终失败埋下了伏笔，成为大西洋奴隶贸易消亡的重要原因之一。

白人奴隶主在经济往来和购物方面的商业道德缺失和诚信缺失。白人利用自己的种族优势不择手段地霸占黑奴的财产。厄奎阿娄目睹过镇长欺压黑奴的事件：镇长想雇一艘船运送蔗糖。当他获悉所雇船只的主人是奴隶时，就拒付运费，而且还趁机霸占了那艘船。此外，厄奎阿娄还举了不少白人奴隶主借钱不还的事例。他本人也曾多次借钱给奴隶主，可奴隶主从来就没有归还过。厄奎阿娄还曾遇到过一个令人啼笑皆非的事件：有个白人到厄奎阿娄的船上买了鸡和猪；第二天，他又返回来，不退货就要求退钱，不然就要开枪杀人。另外，在工作中，厄奎阿娄曾遇到白人赖账的事件。厄奎阿娄在"印第安女王"号上当水手，工作了相当长一段时间后，向该船船长索要工资，但遭拒绝。当厄奎阿娄向当地的政府部门投诉时，没人受理这个案件。厄奎阿娄的工资被那个船长无耻地赖掉了。按常理，白人比黑人富有得多，却从黑人身上榨取不义之财。由此可见，自称有道德、有诚信的白人在金钱面前远远比不上黑人的道德水准和诚信程度，这构成奴隶制经济环境中的又一个悖论，对白人的贪婪和自私具有巨大的讽刺意义。

厄奎阿娄以奴隶身份攒钱购买自由的经历形成了一个有趣的经济学悖论。他在托马斯船长手下当水手。在完成本职工作的同时，他还经营自己的小生意。起初，他只有一个银币（值3便士），在去荷兰岛屿圣尤斯塔夏泗的途中以半个银币的价格买了两个玻璃杯子；回到蒙特塞拉特岛后，按一个杯子一个银币的价格卖掉，净赚了3个便士。之后他多次做这种生意。后来，他根据市场供需关系，把杯子的价格提高到两个银币一个。随着杯子生意的看好，赚的钱越来越多。他借此扩大经营范围，见什么有钱可赚就经营什么。有一次，用3个银币买了一个日内瓦罐，转手就卖了8个银币。以这样的方式，他积蓄了一大笔钱，但他没有用这些钱去寻欢作乐，而是不断扩大经营范围。他去批发了两大袋水果，拿到各个岛去零售，挣了37个银币。几年后，厄奎阿娄用挣的钱购买了自己的自由，并且办理了相关法律手续，成为非裔美国文学作品中靠自己挣钱而成功购买自由身份的第一名非裔美国人。然而，在奴隶制社会环境里，奴隶的一切都是奴隶主的，奴隶主一般是不允许黑奴拥有个人财产的。然而，这奴隶攒钱的成功个例也是违反奴隶制的基本原则的。这个"黑奴挣钱买自由"的经济学悖论挑战了美国奴隶制的根本，但同时又表明了黑奴对这种社会制度的无奈顺从。

在奴隶制社会环境里，白人总是通过暴力手段驱使黑奴多干活，从黑奴那里榨取到更多的剩余价值，但没有前途的生产劳动使黑奴厌恶无比，有些黑奴消极怠工，有些黑奴情愿用自杀的方式来摆脱白人的苦役。结果，白人奴隶主越想挣更多的钱，反而导致更多钱的丧失。然而，厄奎阿娄通过对西印度群岛奴隶生存状况的观察，提出自己的经济见解。"不过在他［厄奎阿娄——作者注］定居英国的20年中始终不渝地为反对奴隶制而努力，曾一度上书给夏洛特女王反映'他的千百万非洲同胞如何在西印度暴虐的鞭子下呻吟'。他还题词把他的自传献给英国国会，要求英帝国结束罪恶的奴隶贸易。"（施咸荣：124—125）厄奎阿娄认为善待奴隶可以给奴隶主带来更多的经济效益；让奴隶吃饱穿暖、精神愉快，更能激发奴隶的劳动潜能，让奴隶主从中受益。另外，他还认为，英国应该在美洲和非洲废除奴隶制，促进生产力的发展。同时，把非洲变成一个巨大的工业品消费市场，使非洲人也成为工业文明的受益者，同时也为英国人在非洲的产业发展提供契机。这个经济悖论最具讽刺意义的是受压迫的黑奴厄奎阿娄比当时的白人殖民者和英国统治者具有更超前的经济发展眼光。

在这部奴隶叙事里，厄奎阿娄站在世界经济发展的高度提出了"废除奴隶制，发展非洲经济"的政治主张。他提醒英国读者，英国人自己的经济世界也在变化。厄奎阿娄认为，应该释放西印度群岛的奴隶，终止大西洋奴隶贸易；这会在实质上有助于加速英国工业经济的转型。一个白人废奴主义者曾说："厄奎阿娄对废奴事业的贡献比半个国家的人的力量还要大。"（Allison：15）厄奎阿娄倡导的废奴主张非常具有前瞻性。以历史为证，英国在1807年立法禁止英国公民参与大西洋奴隶贸易，并且废除其殖民地的奴隶制。英国和其他蓄奴国家最后都采用了厄奎阿娄所提出的那种商业体系。厄奎阿娄的这部奴隶叙事出版两个世纪之后，非洲大陆建立了一百多个国家和地区，欧洲国家与这些国家和地区建立了各种贸易关系。欧洲人放弃了对非洲人的政治奴役，转而与非洲国家建立和加强了经贸往来，使非洲大陆进入后殖民时代。欧美国家更多的是采用经济和文化的手段对非洲国家施加间接性影响，但并没有放弃对这些国家的经济掠夺。

《生平趣叙》出版后，得到了全世界的关注，因为它提供了反对奴隶制的第一手证词。这部叙事详细讲述了海上冒险、精神启蒙、英国和北美的经济成功。它描写了一个人在这个野蛮世界的遭遇以及如何从精神上和物质上在这个世界寻求生路。厄奎阿娄在讲述自己幸存下来的故事的同时，也讲述了其他许多没能活下来的人的故事。他以通俗易懂的语言表达了对冒险精神的赞同；其精湛的文笔，也深受读者喜爱。1789年至1857年期间，这部《生平趣叙》再版了36次之多，并且被翻译成荷兰语和德语。这部自传是18世纪由非裔美国人写的最有影响力的英语散文。厄奎阿娄的《生平趣叙》以事实驳斥美国启蒙运动时期白人对黑人创作能力的贬低，与菲利丝·惠特莱的诗集《关于宗教和道德之各种主题的诗歌》一起共同表明了黑人也能够用创作来有效地表达自己的思想。该部叙事所提及到的种族、伦理、人性、女性等问题已成为一百多年来非裔美国小说经久不衰的主题。严肃的主题和老练的自我解剖深化了这部奴隶叙事在政治、经济和文化方面的悖论，使这部叙事成为非裔美国文学发展史上的重要里程碑之一。

早期奴隶叙事不同于19世纪出现的奴隶叙事。除了厄奎阿娄的《生平趣叙》之外，其他早期的奴隶叙事都不是奴隶亲自执笔写的，因为那个时候几乎所有奴隶都没有文化，无法用英语创作。因此，绝大多数奴隶叙事是由奴隶口述，然后由白人记录下来的。与厄奎阿娄不同，这些叙事的撰写者有其种族局限性，没能揭露种植园奴隶制非人性的社会状况。从黑人奴隶叙事的历史发展来看，这些早期的作品可以看做是下个世纪"真正"奴隶叙事出现之前的奠基之作。

总而言之，惠特莱和厄奎阿娄等早期黑奴作家几乎都出生在非洲，但由于各种社会条件所限，他们或者渐渐遗忘了非洲语言，或者以前的非洲母语本来就没有书写形式，所以他们在18世纪中期开始创作的时候不是用非洲语言创作，也不是以非洲的民间口头文学为样本，而是用他们在北美学会的英语进行文学创作，在创作时多是模仿英国文学经典作品。由于非洲黑人的独特生活经历和文化背景，我们可以看到黑奴的作品采用的是英国文学传统、非洲口头文学传统、基督教意识等相互作用所产生出的新的文学创作形式和新的文学主题。早期非裔美国文学作品，虽然艺术造诣不高，但为19世纪前半叶更好的非裔美国文学作品的出现打下了坚实基础。

# 第二章 南北战争前的非裔美国文学
（1800—1865）

## 一、概　述

从19世纪初到南北战争爆发前的这段时间是美国科技和经济大发展的重要时期，也是轧棉机广泛运用、工业大繁荣、铁路大发展和西部大开发的火热时代，但是随着经济的发展，美国的奴隶制问题越来越突出，南方和北方的矛盾发展到水火不相容的地步。美国就像一座分裂的房子：一边是北方的工业资本家，一边是南方的种植园主；一边是蓬勃发展的废奴组织，一边是坚决维护蓄奴制的顽固势力。两方分歧巨大，矛盾难以调和。1800至1865年是美国黑人生活发生巨变的年代，也是黑人从奴隶变成自由民的前夜。非裔美国文学的主题思想和艺术风格在这一时期得以形成。非裔美国文学也是倡导黑人自我解放的诗学，它提出了"老法老，放我的族人走"的政治主张，表达了黑人对自由的强烈渴望。

"放我的族人走"成为南方和北方非裔美国文学的共同主题。这样的政治主张，也是南北战争前黑人经常谈论的话题和渴望实现的梦想。南方黑奴把"放我的族人走"的政治意愿融入民间口头文学，灵歌、世俗歌曲和民间传说在这个时期显得更加成熟，更加具有思想性。逃亡到北方的奴隶把其经历写成具有现实主义风格的奴隶叙事，奠定了非裔美国散文的雏形。与此同时，北方的自由黑人也积极发表演讲，撰写文章、书信和诗歌，抗议白人种族主义者对南方黑人同胞的奴役。

奴隶叙事为第一批非裔美国小说的诞生作了重要的铺垫。从写作风格来看，第一批非裔美国小说的叙事结构几乎都是仿奴隶叙事的。随后，出现了非裔美国中篇小说、短篇小说和女奴叙事。除小说和奴隶叙事外，非裔美国戏剧也应运而生，主题仍然是抗议美国社会对非裔美国人的人权和公民权的剥夺。美国学者帕特里夏·里根斯·希尔指出："所有的这些创新形式和传统形式继续表达非裔美国人追求自己的政治主张，南北战争前的动荡年代是压抑、暴动和抵抗的年代，也是暴动、反击和维权的时代，同时也是改革、复辟和反抗的年代。"（Hill, *Call and Response*, 213）

19世纪上半叶非裔美国作家所经历的社会环境不同于美国独立战争时期。这个时期的非裔美国文学主要表达了非裔美国人追求人身自由和种族平等的主题。不少非裔美国作家明确提出自己的政治主张，力求在文学作品里重建黑人的身份。这些作家的辛勤创作和勇敢抗争预示了20世纪20年代哈莱姆文艺复兴出现的必然性。

## 二、1800年至1865年的美国历史概况

### 1. 19世纪初到美国内战结束期间的反奴隶制斗争

19世纪初，生活在美国的非裔美国人多达100万，约占美国总人口的20%。美国南方地区，除了巴尔的摩、查尔斯顿和新奥尔良，只有少数非裔美国人获得了名义上的自由，而大多数非裔美国人仍是奴隶；在北方，大多数非裔美国人摆脱了奴隶制，获得了法律意义上的自由，奴隶数量很小。

19世纪前十年，联邦政府和一些州政府采取了限制奴隶制发展的措施，美国奴隶制和黑人问题上的总形势喜忧参半。1804年，新泽西州率先颁布了《奴隶制逐渐废除的法令》①，计划用渐进的方式在新泽西州逐步废除奴隶制。这个法令敲响了美国北方奴隶制的丧钟，拉开了废除奴隶制的序幕。当时，美国政府没有宣布立即废除奴隶制，但首次制定了禁止直接从非洲进口黑奴的法令。法令规定，大西洋奴隶贸易将于1808年1月1日起在美国终止。可是，这条法律没有得到严格的执行，沿海地区还是存在一定吨位的奴隶贸易；国内的奴隶贸易完全没有受到这个法令的影响。大西洋奴隶贸易的官方关闭却极大地刺激了国内奴隶贸易的发展，1815年国内奴隶贸易已经发展成为美国的主

---

① 1804年新泽西立法机关通过了《奴隶制逐渐废除的法令》（Act for the Gradual Abolition of Slavery），规定1804年7月4日以后由奴隶身份的父母生下的女婴在21岁时解除奴隶身份，男婴在25岁时解除奴隶身份。

要经济活动。

美国西部大开发在19世纪上半叶拉开了序幕。随着北方经济的发展，北美劳动力奇缺，这极大地刺激了国内奴隶贸易的繁荣。棉花种植区域从南卡罗来纳和佐治亚一直延伸到亚拉巴马、密西西比和路易斯安那；烟草种植地也从弗吉尼亚和北卡罗来纳的山区扩展到肯塔基和田纳西。同时，来自新英格兰和美国中部濒大西洋诸州的拓荒者进入西北部，开发无主荒地，建立了俄亥俄州、印第安纳州和伊利诺伊州。经济竞争和权力竞争导致地区冲突不断。美国通过《路易斯安那购地案》① 从法国购买了密苏里州，1819年当密苏里州寻求加入美国联邦时，议员们在该州废奴还是蓄奴的问题上争议不休，这一事件实际上凸显了南方与北方的政治和经济冲突。当时，纽约州的众议员詹姆斯·托尔马德吉提出在新加入联邦的州里禁止奴隶制的修正案，引起了各方的激烈争辩。结果，1821年密苏里以蓄奴州的身份加入联邦，而缅因州以自由州的身份加入联邦，以维持南方和北方的政治势力的平衡。更重要的是，美国联邦国会立法规定：除密苏里之外，"法国割让的在北纬36度30分以北的所有地区，从现在到将来，永远禁止奴隶制和一切非自愿的劳役"（Barksdale and Kinnamon：54）。

19世纪三四十年代，有组织的、有规模的废奴运动开始出现。1821年，本杰明·朗迪（Benjamin Lundy）创办一份名叫《普遍解放之精神》（*The Genius of Universal Emancipation*）的报纸。十年后，威廉·劳埃德·加里森②提出了废除奴隶制的明确号召："我是认真的——我不会含糊其词——我不会后退一步——我的话要让所有人都听到。"（qtd. Barksdale and Kinnamon：54）郎迪和加里森等人引起公众对奴隶制问题的关注，然而采取实际行动来响应废奴的人并不多。1831年8月，黑奴纳特·特纳

---

① 《路易斯安那购地案》（Louisiana Purchase）是美国于1803年以大约每英亩三美分的价格向法国购买超过529 911 680英亩（2 144 476平方公里）土地的交易案，该交易的总价为1500万美元或相当于8000万法郎（如以国内生产总值相对比例计算，此数在2004年相当于4178亿美元）。购地所涉土地面积是今日美国国土的22.3%，与当时美国原有国土面积大致相当。《路易斯安那购地案》大大拓展了美国当时的疆域。

② 威廉·劳埃德·加里森（William Lloyd Garrison，1805—1879），19世纪中叶著名的美国废奴主义者和社会改革家。他创办了废奴报纸《解放者报》，亲自撰文抨击美国奴隶制，提出了"立即解放奴隶"的口号，对当时废奴运动的形成和发展有着积极的推动作用。加里森不仅是美国反奴隶制协会的创办人，而且还是妇女解放运动的支持者和美国排华法令的坚决反对者。

在弗吉尼亚南安普敦发动奴隶起义，几天内杀死白人60名。不幸的是，起义终因寡不敌众而以失败告终，70多名非裔美国人遇害，特纳本人被俘，后被处以绞刑。纳特的起义震惊了蓄奴的南方地区，弗吉尼亚殖民地立法机构就"立即废除奴隶制还是更凶狠地镇压奴隶"的议题展开了激烈争论，最后决议维护奴隶主的既得利益，采取更残暴的手段控制、威慑和镇压奴隶。此后，在整个南方地区，白人对自由黑人的控制度大大加强，更加严格地限制奴隶在教堂的聚会，监视黑人牧师的活动，禁止黑奴读书，连《圣经》也不例外。南方掌权的政治家们在维护奴隶制度方面显得愈发穷凶极恶，声称要把奴隶制的实施区域扩大到密西西比河以西地区。

南方奴隶主对黑人的严格控制和残酷镇压引起自由黑人和黑奴的强烈不满，加剧了黑人和白人之间的种族仇恨。1833年美国废奴协会成立，为逃亡到北方的黑奴提供了揭露奴隶制真相的讲坛。同时，废奴协会也是帮助他们出版和发行奴隶叙事的重要机构。19世纪20年代出版业的大发展有助于让质疑奴隶制的呼声引起公众舆论的重视。第一份废奴杂志于1820年创刊；1830年，威廉·劳埃德·加里森创办了当时最有影响的废奴刊物《解放者》(*The Liberator*)。1836年底，有100多万人订阅了11种废奴刊物。越来越多的北方白人开始认识到奴隶制的罪恶和废除奴隶制的必要性和重要性。

18世纪上半叶，许多黑奴通过"地下铁道"① 逃亡到美国北方。"地下铁道"是由美国北方和西部赞成废奴的爱心人士组成的民间组织，地下交通网络一直延伸到密歇根，进入加拿大境内。在南方地区和濒临加拿大边境的各州，贵格会教徒和其他有正义感的宗教人士积极帮助逃亡奴隶，黑人教堂和获得自由的非裔美国人为逃亡奴隶提供最可靠的栖身之处。关于逃亡奴隶的数字很难作出准确的统计，但是据说在美国内战前仅通过费城的逃亡奴隶数量就有九千左右。虽然这个数字不足以严重威胁奴隶制作为一种经济形式的存在，但它足以驳斥奴隶制支持者关于"非裔美国人愿意做奴隶"的谎言。

---

① "地下铁道"(Underground Railroad) 指的是19世纪美国废奴主义者把黑奴送到美国北方自由州或加拿大的秘密网络。据估计在1810至1850年之间，通过"地下铁道"从南方逃亡到北方或加拿大的黑奴总数有大约10万左右。在美国历史上，它是非裔美国人冒着生命危险追求自由的重要途径之一。

支持奴隶制的政治家竭力在美国扩大蓄奴州的数量，以增强他们的实力。但把奴隶制扩展到得克萨斯州的举动引起人们的强烈反对。1829年，一些白人不顾墨西哥已经废除奴隶制的社会现实，继续带着黑奴定居在得克萨斯州萨宾以西地区。1836年得克萨斯爆发了反对墨西哥政府的革命，成立了得克萨斯共和国。这是一个与美国南方有密切关系的奴隶制政权。不久，"得克萨斯请求并入美国，但是美国北方一直阻挠此事。直到1844年赞成并入提案的田纳西候选人詹姆斯·诺克斯·波尔克当选为美国总统，得克萨斯才得以以蓄奴州的身份加入美联邦"（Barksdale and Kinnamon：54）。这次并吞遭到墨西哥的强烈反对，引起1846年美国和墨西哥之间的战争。美国的废奴主义者非常不满这场战争，认为这场战争是为美国南方奴隶主利益而战的非正义战争。

墨西哥战争之后，美国北方反对奴隶制的政治主张收录在《威尔莫特限制性条款》①里面。这个条款本来是用于禁止在任何从墨西哥得来的土地上实施奴隶制，但是这个法令最后以失败而告终。关于奴隶制问题的政治斗争发展成为废奴主义者与蓄奴主义者之间的直接较量。为了调和这两派的斗争，《1850年妥协案》（*The Compromise of 1850*）同意加利福尼亚成为自由州，并取消在首都华盛顿地区的奴隶贸易；至于新墨西哥和犹他加入美联邦是以蓄奴州还是自由州的身份，取决于当时各州宪法的决定。可是，《1850年妥协案》中最臭名昭著的一个法案就是所谓的《逃亡奴隶法案》②，里面的条款损害了北方自由州每个黑人的自由，包括自由身份的黑人和奴隶身份的黑人，并且这个法案把帮助奴隶逃亡的北方白人或自由黑人定性为罪犯。

《1850年妥协案》并没有达到预期的蓄奴目的。哈丽雅特·比彻·斯托的小说《汤姆叔叔的小屋》（*Uncle Tom's Cabin*, 1852）极大地激起了人们反对奴隶制的热忱，特别是激起人们对《逃亡奴隶法案》的抵制。这种

---

① 《威尔莫特限制性条款》（Wilmot Proviso）是关于在从墨西哥战争中新获得的地区禁止奴隶制的提案。它最初是由国会议员大卫·威尔莫特于1846年8月8日提交给美国众议院审议，获得通过，但被南方奴隶主选出的参议员否决。这个提案于1847年2月再次提交国会审议，以七期获得众议院批准，但又再次被参议院否决。参议院的多次否决更加激化了北方工业资本家与南方种植园主之间的矛盾，成为美国内战爆发的致因之一。

② 《逃亡奴隶法案》（*Fugitive Slave Act*）于1850年9月18日由美国国会通过，作为《1850年妥协案》的一个组成部分。这个法案规定逃亡奴隶仍是原奴隶主的财产，抓捕后应归还给原主人。

情绪愈演愈烈，最终在《堪萨斯—内布拉斯加法案》（1854）① 通过后引发了一系列暴力事件。这项法令废除了《密苏里妥协案》②，决定开放相关地区供人们定居，奴隶制的问题由当地居民自行决定。其中，"流血的堪萨斯"（"bleeding Kansas"）事件是赞成奴隶制的定居者和不赞成奴隶制的定居者之间爆发的一场血腥争斗，使废奴的进步力量遭到重挫。

对废奴进步力量的另一个打击是1857年美国最高法院作出的"德里得·司各特裁决"③。司各特与他的主人在伊利诺伊州居住了多年，然后又搬到《密苏里妥协案》授予奴隶自由的地区居住。法庭否决了司各特关于自由身份的诉求，其裁决的部分理由是建国之父们的信条："黑人作为一个种族，没有权利得到白人应该得到的权利。"（Barksdale and Kinnamon：55）从这个案件，我们可以看到政治手段已经无力解决奴隶制问题，南方和北方之间的战争难以避免。

美国恶劣的种族形势迫使像约翰·布朗（John Brown）那样的白人废奴主义者采取更为激进的措施来反击奴隶制维护者的猖狂进攻。布朗是美国历史和美国废奴运动的主要人物，是受到几乎所有非裔美国人尊敬的为数不多的几名白人之一。他主张以武装起义的手段来消灭一切形式的奴隶制，1856年他直接领导了在堪萨斯州坡塔瓦托密的战斗，1859年又率领起义奴隶袭击弗吉尼亚的哈珀斯渡口。约翰·布朗曾邀请后来的黑人领袖弗雷德里克·道格拉斯参加袭击哈珀斯渡口的战斗，但道格拉斯婉言谢绝了，他不愿像约翰·布朗那样做无谓的牺牲。（Jackson：108—109）布朗的袭击事件震惊全国。最后，他被控犯有反对弗吉尼亚

---

① 《堪萨斯—内布拉斯加法案》（*Kansas-Nebraska Act*，1854）是由伊利诺伊民主党参议员斯蒂芬·A.道格拉斯提出的，本意是想为在美国中东部修建横跨本土的铁路创造机会，但是后来遭到各方的强烈反对。该法案提出在堪萨斯和内布拉斯加的一些新开发地区，撤销1820年的《密苏里妥协案》，由当地居住者自己决定是否准许奴隶制。

② 《密苏里妥协案》（*Missouri Compromise*）是指1820年美国南部奴隶主同北部资产阶级在国会中就密苏里地域成立新州是否采取奴隶制问题通过的妥协议案。该妥协案虽使南北之间的尖锐矛盾暂时缓和，但是北方工业制度和南方种植园制度之间的冲突是不可避免的，最终导致美国内战的爆发。

③ "德里得·司各特裁决"（Dred Scott Decision，1857）指的是"司各特诉桑德福德一案"。这个案件由美国联邦最高法院审理，其裁决的主要内容如下：被卖到美国为奴的非洲血统的人及其后代，不管其后代是不是奴隶，他们都不受美国宪法保护，永远不能成为美国公民；美国国会无权在联邦的土地上禁止奴隶制。由于奴隶不是公民，因此，奴隶在法院没有起诉权；奴隶作为不动产或个人财产，不能不经过法定程序就从主人那里带走。这个最高法院的判决书是由首席大法官罗杰·B.谭尼签署的。

州的叛国罪、谋杀罪和煽动奴隶暴动罪，于1859年被处以绞刑。历史学家们一致认为：1859年的哈珀斯渡口袭击案加剧了南方和北方的紧张关系，成为一年后美国内战爆发的导火索。

共和党人亚伯拉罕·林肯是美国历史上第一位公开反对奴隶制的总统候选人。1860年，他击败了民主党候选人斯蒂温·A.道格拉斯（Stephen A. Douglass）、南方民主党人约翰·C.布里肯里基（John C. Breckinridge）和新的宪法联盟党候选人约翰·贝尔（John Bell），当选为美国第十六届总统。这次美国总统选举是史上最艰难的选举之一。林肯是第一位共和党总统，他的获胜仰仗北方的大力支持。他在美国南方的十个州里连候选人名单都没上；在所有南方的996个县的选举中，只赢得了两个县的支持。但是，总统选举团的选票是起决定性作用的：林肯拥有180票，而他的反对者全部加起来也只有123票。投票人的投票率达到82.2%，林肯赢得了北方自由州的大力支持。其他地区的投票情况如下：道格拉斯赢得了密苏里，和林肯平分新泽西。贝尔赢得了弗吉尼亚、田纳西和肯塔基，而布里肯里基赢得了余下的南方各州。在纽约、新泽西和罗德岛的所有林肯反对者联合起来组成了一张联合票，但是即使把各州反对林肯的票数都联合起来，林肯在总统选举团中仍然拥有多数票。

林肯虽然在总统选举中获胜，但是南方极端主义者不甘心自己的失败，开始紧锣密鼓地着手分裂活动。为了维护国家的统一，林肯向南方承诺不废除奴隶制，但是他警告那些主张南方脱离联邦的政客们：他是不会允许任何分裂联邦的行为的。当南卡罗来纳于1861年4月12日炮轰驻扎在查尔斯敦·萨姆特尔要塞的联邦军队时，林肯发出号召，征集自愿者7.5万人帮助平息南方叛乱。美国内战形势日益紧张，非裔美国人在捍卫联邦的事业中承担起越来越多的重任。战争爆发后，非裔美国人迫切希望林肯总统把联邦制止国家分裂的目标与废除奴隶制的事业联系起来。南部邦联的士兵不少是黑人，为了击溃其军心，林肯于1862年夏天颁布了《解放黑奴宣言》（Emancipation Proclamation），宣布从1863年1月1日起在叛乱各州的所有奴隶获得自由。这时，美国北方的黑人才感受到，他们的国家终于下定决心着手废除奴隶制了。此前，黑人一直被禁止加入联邦军队。1862年夏天，林肯下令把路易斯安那和南卡罗来纳刚解放地区的自由黑人组建成团。当两个南卡罗来纳黑人团于1863

年3月攻占了佛罗里达州杰克逊维尔的时候，林肯才真正意识到非裔美国士兵在战争中的重要性，于是决定在全国范围内征募非裔士兵。截止到战争结束，共有18.6万黑人服役于炮兵、骑兵、工程兵、步兵和海军。林肯领导的北方军队渐渐掌握了战争的主动权，捷报频传。南部邦联的军队于1865年4月9日被迫在弗吉尼亚的阿坡马托克斯正式投降。至此，美国内战以北方的胜利而结束。在战争期间，黑人士兵虽然领到的工资比白人士兵低，但在战斗中表现出色，战功显赫。3.8万多名非裔士兵为制止国家分裂、赢得国家统一而献出了宝贵的生命。1865年12月6日，《美国宪法第十三个修正案》①被新的美国联邦政府批准。美国境内的所有黑人奴隶获得解放，全体美国黑人获得了法律意义上的公民身份。

### 2. 南北战争前的白人种族主义

白人至上论②在南北战争前比美国革命时期更为泛滥。白人至上论者认为白人是人类历史上最优秀的种族，把种族之间的文化差异视为种族之间的优劣评判依据。在制度化种族歧视的社会环境里，处于强势地位的种族剥夺了处于弱势地位的种族的正当权利和合法权益，获得不合理的特惠待遇。种族主义者总是把自己种族的优点或强项与其他种族的缺点或弱项作比较，以突出自己的优势，贬低其他种族。在19世纪上半叶，北美殖民地的白人种族主义有以下六种表现形式：

第一，白人种族主义者打着"殖民"的幌子，企图把黑人逐出美国。"殖民地化"政治主张的拥护者希望把非裔美国人遣送回非洲或把他们移民到墨西哥、中美洲、南美洲、海地或其他任何地方，旨在把非裔美国人永久性逐出美国。早在18世纪初，就有人提出这个想法。美国殖民协会策划的第一次移民运动开始于1816年。当时的政界要人和社会名流，如约翰·兰多尔弗（John Randolph）、詹姆斯·麦迪逊（James

---

① 《美国宪法第十三个修正案》（Thirteenth Amendment to the Constitution of the United States of America, 1865）是一个旨在在美国境内全面废除任何形式的奴隶制及强制劳役的修正案。

② 白人至上论，也称白人优越主义，是一种种族主义的意识形态，主张白色人种族裔优越于其他族裔。这种意识形态往往充满偏见和歧视，被这一思想排斥的人种包括亚洲人、非洲人、阿拉伯人、墨西哥和中南美族裔肤色较深的人、美洲原住民和其他土著居民。白人至上论者通常把肤色的"白皙"程度与种族的优劣程度直接联系起来，带有严重的种族霸权思想。种族歧视和种族偏见是白人至上论的主要表现形式。

Madison)、弗兰西斯·司各特·基①等，都非常支持该运动。美国殖民协会发展很快，得到了许多人的支持，特别是1822年西非的利比里亚殖民地建立以后，支持者又增加了不少。起初，这个协会吸引了一些本意良好的人士，他们这样做完全是出于真正的人道主义，但是到1831年时，许多废奴主义者察觉到这项移民措施带有种族主义性质。绝大多数自由黑人，特别是在美国北方的黑人，从一开始就看穿了这个移民计划的本质。殖民协会成立还不到一个月，理查德·艾伦（Richard Allen）和詹姆斯·弗尔敦（James Forten）就带领三千多黑人在费城游行示威，强烈抗议这个协会及其主张。他们认为殖民化的主要受益者是奴隶主，奴隶主企图借此消除可能由自由黑人引起的经济竞争和政治压力。

第二，白人种族主义对非裔美国人实行政治歧视政策，剥夺他们应得的政治权利。非裔美国人仅在缅因、佛蒙特、新罕布什尔和马萨诸塞等地能够得到与白人基本平等的政治选举权利，但是在那些地区非裔美国人所占的人口比例很低。罗德岛的非裔美国人于1842年获得选举权。可是，在其他州，情形完全是两样。康涅狄格、宾夕法尼亚、新泽西、马里兰、田纳西、北卡罗来纳和印第安纳等州都剥夺了非裔美国人的选举权，尽管这些非裔美国人以前曾拥有过选举权。1842年纽约召开的制宪会议和后来的立法机构取消了对选举人的财产要求，但只适用于白人，非裔美国人被排除在外。如果非裔美国人要参与投票，他必须在那个州居住三年，并且拥有不得低于250美元的个人财产。在《美国宪法第十五个修正案》②颁布以前，大多数州的非裔美国人从来没有过选举权。然而，尽管在非裔美国人拥有投票权的那些州，社区惯例、政治压力或选举诡计等经常阻止这个最基本民主权利的实现。

第三，白人种族主义者对非裔美国人实施司法歧视，把他们视为美国社会的二等公民。如果非裔美国人想在法庭上申冤的话，困难重重，几乎没有白人法官愿意来受理。在南方所有的州和在北方的一些州里，黑人证词在涉及白人的案件中不会被采用。那些地方的法官也没有黑人担任。唯一例外的是，在内战爆发的前一年，在马萨诸塞的陪审团里出

---

① 弗兰西斯·司各特·基（Francis Scott Key, 1779—1843），美国律师、美国国歌《星条旗》的歌词作者。
② 《美国宪法第十五个修正案》（Fifteenth Amendment to the Constitution of the United States of America, 1870）是美国内战后通过的三个宪法修正案之一，它赋予所有肤色的人选举权。

现过一名黑人陪审员。在这样的社会环境里，种族主义"法官"的出现也就不足为奇，像"司各特诉桑德福德案"中的种族主义裁决也就顺理成章了。

第四，白人种族主义者对非裔美国人实施教育歧视。大多数非裔美国人没有机会接受正规教育。在南方，公办学校几乎没有，教授非裔美国人文化在法律上被认定为犯罪。西部各州有公立学校，但在1850年前，非裔美国人不准就读这些学校，黑人只能到专门为黑人开设的学校读书。在美国北方的部分地区，非裔美国人有上公立学校读书的机会，但在学校里，白人学生和黑人学生是被隔离开来的。1860年之前，大多数地区自由黑人子女读书的学校不是被隔离，就是教学设施极为简陋，还有很多地方连种族隔离的学校也没有。唯一的例外是，1855年波士顿和新彼得福德这两个地方取消了种族歧视的教育体系。两所黑人大学——宾夕法尼亚的林肯学院和俄亥俄的韦伯弗尔特学院——在内战前十年建成。

第五，白人种族主义者对非裔美国人实施就业歧视。从18世纪初至美国内战期间，美国自由黑人的经济生活呈两极分化。绝大多数黑人的生活状况越来越糟，只有少数黑人"精英"的境况得到了改善。在这个时期，非裔美国人主要从事低收入、没有劳动技能的工作，如：种地、零工、送货、船运或为白人干家务。"美国内战前夕，北方的大多数非裔美国人居住在城市，但是城市生活并没有给他们带来多少收益。因为被禁止到车间或工厂工作，非裔美国人很少在资本主义的大发展中受益。"（Berlin：359）自由黑人沉沦为北方社会的底层，陷入贫困，遭人蔑视，始终处于被边缘化的地位。

最后，白人种族主义者对非裔美国人的生存环境实施种族隔离。自由黑人在交通工具和公共区域遭受种族隔离，不得不忍受社会的无情排斥，蒙受难以忍受的种族羞辱。在北方，几乎所有的公共交通工具、娱乐场所、膳宿地等不是实施种族隔离，就是禁止非裔美国人进入或使用。在南方，自由黑人的处境更为艰难，几乎每项行动都受着限制。在南方各州，非裔美国人外出须持有通行证。在一些州，非裔美国人在获得白人的担保书后才有行动自由。在北卡罗来纳自由黑人外出最多只能走到相邻的县。在海湾地区，黑人水手不准上岸。黑人自由集会的权利在内战前25年就已取消。在美国南方，自由黑人随时有可能因与白人发生小冲突而被投入奴隶制。白人种族主义者常以合法或非法的方式使黑人处于低下的社会地位，有时甚至聚众施暴，毒打黑人。"针对黑人的主要暴力事件于1829年发生在辛辛那提，1834年、1835年、1842年和1849年发生在费城，1834年发生在纽约城。针对黑人暴力事件的高潮是1863年在纽约爆发的征兵暴动，有数百名黑人在街上被杀害。"（Barksdale and Kinnamon：57）白人的暴行激起黑人的仇恨，同时也引起黑人对人身自由和社会正义更强烈的渴望。因此，自由黑人和黑奴都满怀热忱地参加美国内战，甚至宁愿为黑人的解放事业献出自己宝贵的生命。

## 三、1800年至1865年非裔美国文学的发展概况

1800年至1865年期间，非裔美国文学的主题是生存和抗议，同时还以最直接的方式揭露美国的黑奴问题。这个时期非裔美国文学的主要形式有演讲稿、信件、奴隶叙事、小说、戏剧和诗歌。当时，也有一些所谓纯文学作品出现。威廉·威尔斯·布朗（William Wells Brown）的小说和弗兰西斯·E. W. 哈珀尔（Frances E. W. Harper）的诗歌都揭露了非裔美国人在奴隶制社会环境里所遭受的种族压迫。

1827年第一份黑人报纸《自由之报》（Freedom's Journal）诞生，随后更多的黑人报纸面世。这些报刊都纷纷要求社会变革，刊登了非裔美国人撰写的论文、诗歌、小说和新闻报道，引起人们对黑人在美国北方取得的成就的关注，呼吁南方各州取消奴隶制。1830年，抗议成了几乎所有非裔美国作家的创作目的。热衷于抗议主题的大多数作家不是逃亡到北方的黑奴，就是出生在北方的自由黑人，但他们都坚决要求废除奴隶制。"那时，废奴思想已深入这些作家的心灵，不管其个人背景怎样，废奴已成为他们文学作品的主旨。"（Jackson：13）

在南北战争取得胜利之前，非裔美国作家关心的三大问题是：奴隶制、自由黑人的命运和来世的宗教忧虑。宗教类文学作品一般都回避了奴隶制和种族问题。可是，仍有一些文学作品，特别是灵歌和亚历山大·克朗梅尔①的作品，都直接地表达了黑人对来世的希望，激励黑人以自己的方式改变生活现状。

---

① 亚历山大·克朗梅尔（Alexander Crummell，1819—1898），早期美国黑人牧师、教授和黑人民族主义者。

非裔美国作家一致反对奴隶制,但在究竟该采用何种方式来废除奴隶制的问题上仍然存在着很大的分歧。戴维·沃克在《戴维·沃克的呼吁,由四篇文章组成;附有序言,写给世界上的黑人居民,特别是,尤其清楚地,写给美利坚合众国的黑人居民》(David Walker's Appeal, in Four Articles; Together with a Preamble, to the Colored Citizens of the World, but in Particular, and Very Expressly, to Those of the United States of America, 1829) 一文中,明确提出了废除奴隶制的政治主张,用因果报应的宗教信条来威胁奴隶主。南方奴隶主统治集团认为沃克的文章极具煽动性,于是出重金悬赏他的脑袋。纳特·特纳于 1832 年起义失败后被关押在监狱的时候,向白人律师口述了《纳特·特纳的自白书》(The Confession of Nat Turner),生动地讲述了南安普敦奴隶暴动的经过。特纳领导的这次起义是美国历史上最著名的奴隶起义,沉重打击了南方奴隶制。许多激进黑人虽然没有直接参加暴动,但他们都为这次奴隶暴动而兴奋不已。19 世纪 40 年代,亨利·海兰德·加尼特(Henry Highland Garnet)在创作中继续沿袭戴维·沃克的斗争传统。同时,乔治·摩西·霍尔敦(George Moses Horton)也在诗集《自由的希望》(The Hope of Liberty)里表达了自己的抗议和相关政治主张。这个时期的黑人废奴诗人主要有詹姆斯·M. 惠特菲尔德(James M. Whitfield)、查尔斯·L. 里桑(Charles L. Reason)、乔治·B. 凡桑(George B. Vashon)、詹姆斯·麦迪逊·贝尔(James Madison Bell)、弗兰西斯·E. W. 哈珀尔和威廉·威尔斯·布朗(William Wells Brown)。

不仅黑奴叙事作者、辩论文章作者和诗人把手中的笔当做武器来反抗奴隶制,而且黑人废奴主义演讲者也在北方各地发表演讲,把自由理念和民主思想传播到边远的城镇、小村庄和茅舍。演讲稿是 19 世纪美国文学的主要形式之一,当时最杰出的演讲家有弗雷德里克·道格拉斯、威廉·威尔斯·布朗、塞缪尔·林戈尔德·沃德(Samuel Ringgold Ward)和亨利·海兰德·加尼特。道格拉斯和布朗肯斥奴隶制的演讲在英国和美国引起轰动。这些演讲稿即使在今天仍然具有相当强的说服力和感召力。亨利·海兰德·加尼特于 1865 年 2 月 12 日发表的演讲《在众议院礼堂的纪念性话题》("A Memorial Discourse in the Hall of the House of Representatives")被一些黑人文集收录。

此时,北方城市有许多自由黑人的聚居区,自由黑人建立起了一些民间团体，寻求用公开信和小册子来呼吁国家采取措施，保护黑人的人权。著名作家詹姆斯·弗尔敦就是其中一位。他向宾夕法尼亚议会写了不少信件，抗议一个企图阻止自由黑人向宾州移民的议案。（Patterson：33）1853 年，弗雷德里克·道格拉斯在自己办的报纸《弗雷德里克·道格拉斯报》（*Frederick Douglass' Paper*）上发表了非裔美国文学史上的第一个中篇小说《英勇的奴隶》（*The Heroic Slave*）。同年，威廉·威尔斯·布朗出版了美国文学史上的第一部黑人长篇小说《克洛泰尔；或总统的女儿》（*Clotel*; *or*, *the President's Daughter*）。这部小说在英国出版，后于 1867 年在美国出版，但美国版本里原文的不少内容被删除了。那时，道格拉斯已是享有国际声誉的作家。他的奴隶叙事在欧洲十分畅销。另一位小说家马丁·R. 德莱尼（Martin R. Delany）出版了《布莱克；或美国茅屋》（*Blake*; *or*, *The Huts of America*, 1859）。小说中的主人公布莱克策划了一场奴隶起义。德莱尼塑造的布莱克这个形象是非裔美国文学史上的第一位黑人民族英雄。同年，美国黑人妇女小说诞生。哈丽雅特·E. 威尔森（Harriet E. Wilson）出版了自传体小说《我们的尼格：或，自由黑人的生活片段》（*Our Nig*; *or*, *Sketches from the Life of a Free Black*）。弗兰西斯·E. W. 哈珀尔发表了最早的黑人妇女短篇小说《两场求婚》（"The Two Offers"）。2001 年初，美国著名学者小亨利·路易斯·盖茨在旧书店发现了一份待售的手稿，卖书人声称那是一本真实的"小说化传记"，该书稿的创作时间可追溯到 18 世纪 50 年代，一名叫"哈娜·克拉弗兹"（Hannah Crafts）的逃亡女奴在书上了签了名，以示该书为她所写。盖茨把这部手稿进行了编辑，华纳图书公司（Warner Books）把这本书定名为《女奴叙事》（*The Bondswoman's Narrative*），并于 2002 年出版。现在推断，这部书稿可能不仅是逃亡奴隶亲笔所撰写的唯一一部小说，而且还是黑人妇女作家创作的第一部小说。

## 四、美国内战前的非裔美国诗歌

内战前的非裔美国人，不论是奴隶还是自由人，都渴望成为诗人，他们在条件允许的范围内尽量读书、学习，以诗歌的形式记录他们的心声。这个时期最著名的非裔美国诗人有乔治·摩西·霍尔敦、詹姆斯·M. 惠特菲尔德和弗兰西斯·E. W. 哈珀尔。

## 1. 乔治·摩西·霍尔敦（George Moses Horton, 1797—1883）

乔治·摩西·霍尔敦一生命运多舛，他既是奴隶，也是诗人。他在作品中突出的个性化主题是黑人身世的无奈性和人生追求的社会障碍。他不顾自己的奴隶身份，积极创作诗歌，梦想成为一名职业诗人。但是，在他所生存的社会里黑人连从事文学创作的权利也没有。不合理的社会制度和黑人恶劣的生存环境使他对自己诗人身份的难堪处境深感痛苦。

霍尔敦于1797年出生在北卡罗来纳的北安普敦，一生下来就是奴隶，直到1865年才被联邦士兵从奴隶制中解放出来。他通过学习小纸片上的字母和读循道宗赞美诗的方式自学了英语的阅读和写作。1820年，他从北安普敦县游历到雷利县，然后在伽贝尔·希尔的州立大学读书。霍尔敦在学校引起很多人的好奇，因为他是出版过一部书的奴隶。读书期间，他给校长当助理，经常有同学央求他代写求爱诗，献给自己心仪的女孩。霍尔敦为同学写情诗，通常会根据煽情的程度，收取25到50美分不等的报酬。在大学求学期间，霍尔敦如饥似渴地学习各种文化知识，在百忙中抽空创作了一部诗集《自由的希望》。这部诗集于1829年出版。

《自由的希望》仅含有3首关于奴隶制主题的诗歌。但是，霍尔敦希望这部诗集的出版能使他挣到足够的钱去购买他的自由，然后以自由之身到利比里亚去开拓新的人生。这部诗集受到读者追捧，1837年和1838年分别在费城和波士顿再版，但是霍尔敦得到的报酬仍然不足以购买他的自由。直到南北战争胜利，他才和其他奴隶一起，依照法律摆脱了奴隶身份。在波士顿出版的《自由的希望》里，他收入了菲利丝·惠特莱的回忆录及其诗歌节选。

1845年，霍尔敦出版了第二部诗集《乔治·M.霍尔敦诗作：北卡罗来纳的非裔美国诗人》（*The Poetical Works of George M. Horton, The Colored Bard of North Carolina*）。令人遗憾的是，这本书没能保存下来。他为该书写了一个自传性的前言"乔治·M.霍尔敦：北卡罗来纳的非裔美国诗人"。如果将来有人找到这本书的幸存版本，那我们就可能知道这位早期非裔美国诗人的生活经历或家庭背景，也许会有可能搞清楚霍尔敦身为奴隶怎么能到处游历并到大学念书的原因。

霍尔敦在北方的废奴杂志上也发表过一些诗歌。《解放者》、《北斗星》和《时事报》等多家报纸都刊登过他的诗歌。他的最后一部诗集《赤裸的天才》(*Naked Genius*)于1865年在雷利出版。一位名叫威尔·班克斯(Will Banks)的骑兵上尉非常欣赏他的诗歌,认为他的才干应该得到更大的发挥。于是,威尔陪同霍尔敦去费城,把霍尔敦介绍给一位社会名流,希望霍尔敦有机会得到社会资助,出版更多的诗歌。为了达到这个目的,班尼科尔学院(Banneker Institution)于1866年8月专门举办了一个隆重仪式,欢迎诗人霍尔敦。但是,这次活动没能达到预期目的,费城人不是很喜欢他的诗歌。《赤裸的天才》出版之后,他就没再出版过诗歌了。为了生计,他曾给一些刊物写过短篇小说。霍尔敦于1883年去世,享年86岁。

霍尔敦的诗歌明显不同于菲利丝·惠特莱和朱庇特·哈蒙。霍尔敦的诗歌除了表达自己对摆脱奴隶制的渴望之外,还充满了幽默感,间或抒发一些奔放的情感。他以简洁、朴实、机敏的笔触描写爱情和自然,有时对生活还带轻微的讽刺。因为他早期研习过赞美诗,所以从其诗歌的形式和格律仍能看出赞美诗对他的影响。他在诗歌方面取得的杰出成就也是对非裔美国人低下论的强有力反驳。种族主义者认为,非裔美国人生来就与其他人不一样,因为黑人天生在智商方面低于白人。在诗歌《奴隶制》("Slavery")的第一诗节里,霍尔敦写道:

> 当我的心中第一次燃烧起希望的时候,
> 我从山顶上俯视
> 看到快乐的平原:
> 但是,啊!那景象多么短暂呀——
> 瞬间消逝,似乎从来都没出现过。
>
> (Barksdale and Kinnamon: 220)

霍尔敦揭示了黑人对自由的渴望,对生活的热爱。因为奴隶制剥夺了他的人权,他所有的希望看起来都是那么缥缈、那么不真实。从这一诗节,读者可以很清楚地看到,被白人视为"野兽"的黑奴也像白人一样拥有爱、希望或绝望的情感。

## 2. 詹姆斯·M. 惠特菲尔德(James M. Whitfield, 1823—1878)

詹姆斯·M. 惠特菲尔德是美国历史上第一位出版自己诗集的黑人。

他于 1823 年出生于新罕布什尔的埃克塞特，出生时是自由民。他在波士顿生活了一小段时间后，就定居在纽约州布法罗城。他先是当理发匠，后是从事诗歌创作，成为美国黑人中语言最犀利、对奴隶制最愤怒的废奴派诗人之一。黑人领袖弗雷德里克·道格拉斯和威廉·威尔斯·布朗赞赏他的诗歌才能，钦佩他对黑人解放事业的献身精神，认为他是有较高政治觉悟和种族责任感的非裔美国诗人。

他的第一部诗集《诗歌》（*Poems*）于 1846 年出版，引起美国读者对他的关注。他最有名的诗集是《美国和其他诗歌》（*America, and Other Poems*, 1853），该部诗集的成功激励他进一步献身于诗歌创作，以诗歌为武器捍卫黑人的废奴事业。这部诗集是献给马丁·R. 德莱尼的，其中最优秀的诗歌是《美国》。这首诗歌模仿了当时流传很广的一首赞美诗，对奴隶制的罪恶性和荒谬性作了一个系统而犀利的分析。诗歌一开始，诗人就以黑人的血泪表达了对奴隶制的强烈谴责。他指出，美国的虚伪在于一边提倡民主和自由，而另一边却剥夺黑人的自由。白人把黑人强行从非洲掳到美洲为奴，视黑人为会说话、会干活的牲口。这首诗表达了诗人在道义上的愤怒和对奴隶制的猛烈抨击。向正义化身而成的上帝作了虔诚的祷告，从而展现了诗人拒绝绝望的豪情壮志。

1854 年，惠特菲尔德在"全国有色人种移民大会"开会的时候，积极从事关于黑人殖民的宣传。就殖民是否有益的问题，惠特菲尔德与道格拉斯在报纸上展开了激烈的辩论。为了更加明确地阐释自己的观点，惠特菲尔德于 1858 年创办了支持殖民的报纸《黑人宝库》。

惠特菲尔德热衷于殖民计划，但是这并没有妨碍他继续从事废奴诗歌写作。他的诗歌《多久》（"How Long"）于 1853 年发表在朱莉亚·格里菲斯（Julia Griffith）编辑的文集《自由手稿》（*Autographs for Freedom*）上。同年，诗歌《自助》、《妄想的希望》和《献给七月四日的赞歌》发表在《解放者》上。1856 年，诗歌《写给 J. T. 霍利先生及其夫人的几行诗》发表在《弗雷德里克·道格拉斯报》上。这些诗歌是惠特菲尔德政治主张的图解和延伸；评论家们发现其诗歌里含有冥思式的忧郁和潜在性的怒火，特别是在诗歌《遁世者》里。从其诗歌里，我们能明显感受到英国浪漫主义诗人乔治·戈登·拜伦对他的影响。他把自己说成是"与同情疏远/被埋葬在怀疑、绝望和忧郁"之中，把美国说成是"值得骄傲的自由之地"和"充满了鲜血、罪行和冤屈的土地"。

(Barksdale and Kinnamon：222) 与马丁·R. 德莱尼不一样，惠特菲尔德从来没有改变过殖民主张。他于 1878 年在加利福利亚去世，享年 55 岁。辞世之前，他一直在探索如何在中美洲开拓殖民地的问题。

### 3. 弗兰西斯·E. W. 哈珀尔 (Frances E. W. Harper, 1825—1911)

弗兰西斯·E. W. 哈珀尔是一位诗体朴实的废奴诗人和小说家。在保罗·劳伦斯·邓巴出现之前，她是最著名、读者最多的非裔美国诗人之一。她于 1824 年 9 月 24 日出生在巴尔的摩，曾在宾夕法尼亚和俄亥俄读书。在宾夕法尼亚教过一段时间书之后，她就自愿到废奴协会当讲演者。1852 年她被派到缅因州的废奴协会工作。通过几年的实践和磨炼，她成为一名深受听众爱戴的演讲者和诗歌朗诵者。1860 年她在辛辛那提与芬顿结婚。1864 年丈夫去世后，她又回到废奴协会工作，奔走于缅因和路易斯安那之间，全身心地投入黑奴的解放事业。

哈珀尔于 1854 年出版了诗集《杂题诗》(*Poems on Miscellaneous Subjects*)。这部诗集深受读者喜爱，到 1874 年时该诗集已再版了 20 多次，其中最好的诗歌是《奴隶妈妈》。总的来讲，她的诗歌主题是关于奴隶与奴隶主的关系、奴隶制运行状况以及由此而产生的罪恶。她的诗歌先是模仿了亨利·华兹华斯·朗弗洛 (Henry Wadsworth Longfellow, 1807—1882) 和约翰·格林勒夫·惠特尔 (John Greenleaf Whittier, 1807—1892)，然后自主创新，开拓出令人耳目一新的废奴题材。1850 年至 1875 年期间，她成为北美最有影响力的非裔美国诗人。1883 年至 1890 年，哈珀尔积极参加"全国妇女基督教徒戒酒联合会"的各项活动，1896 年参与组建"全国有色人种妇女协会"，并被选为副会长。哈珀尔于 1911 年 2 月 22 日去世，享年 85 岁。

1859 年，哈珀尔发表了短篇小说《两次求婚》。该作品是非裔美国文学史上的第一个短篇小说。内战结束后，她的文学创作更加活跃。她的叙事作品《摩西：尼罗河的故事》(*Moses, A Story of the Nile*) 在 1870 年时再版了三次，1900 年又被再版。她还写过一些小说，最有成就的是长篇小说《艾奥拉·勒罗伊》(*Iola LeRoy*, 1892)。

《艾奥拉·勒罗伊》以美国南北战争为历史背景，探究战争爆发的政治经济原因。艾奥拉·勒罗伊是品行败坏的奴隶主汤姆先生奴役下的一名奴隶，她长着一双蓝色的眼睛，皮肤白皙，外表上与白人无异。黑奴汤姆·安德森引领联邦军队把艾奥拉从种植园救了出来。之后,她成为联邦军队的一名护士,跟随部队南征北战。汤姆在与南部邦联军队的一次战斗中负了重伤,住在艾奥拉工作的医院,得到艾奥拉的精心护理。白人军医格里斯哈姆博士悄悄爱上了艾奥拉,当他看到她对黑人伤兵汤姆无微不至的关怀时,心里充满了醋意。格里斯哈姆博士鄙视白种人与黑人的通婚;当他得知艾奥拉是黑白混血儿时,竭力抑制自己情感。不过,他未能克制住对艾奥拉的爱,最后还是向艾奥拉求了婚。

  为了向读者介绍清楚艾奥拉的家庭背景,哈珀尔在小说中采用了倒叙的方式,追述艾奥拉父母的婚恋故事。在冲突和悬念的设置中,作者打乱了时间顺序。艾奥拉的父亲尤金·勒罗伊是美国南方的一名富有的奴隶主。当他生病的时候,朋友们都抛弃了他。有四分之一黑人血统的女奴玛丽自愿留在他身边,精心照料他。勒罗伊在感动中爱上了玛丽。之后,他解除了玛丽的奴隶身份,并把她送到北方去上学。不顾表兄阿尔弗雷德·洛兰的强烈反对,勒罗伊向玛丽求婚。结婚后,玛丽生下了三个孩子,这些孩子只有八分之一的黑人血统。勒罗伊夫妇决定把他们按白人的生活方式培养。为了让孩子们免受种族偏见和奴隶制的折磨,勒罗伊夫妇过着没有社交活动的生活。一到入学年龄,孩子们就被送去北方读书。勒罗伊因黄热病去世后,其表兄洛兰直接毁灭这个家庭。洛兰用欺诈手段侵吞了勒罗伊的财产,宣布勒罗伊和玛丽的婚姻无效,取消了玛丽的自由身份。然后,把玛丽和她的孩子们当做奴隶出售。

  插叙结束后,又回到格里斯哈姆求婚的场景。艾奥拉断然拒绝了他的求婚,理由是他的民族利用奴隶制来压迫她的家庭和黑人种族。艾奥拉开始正视自己的黑人身份,决心在结婚前找到母亲的下落。与此同时,弟弟哈里·勒罗伊住在缅因州的学校里,不知家里的变故,直到收到艾奥拉的信才知道家里发生的悲剧。得知自己的真实身份和家庭四分五裂的消息后,哈里一下子病倒了。之后,他加入了联邦的黑人军团。后来,当艾奥拉护理在战场上负了伤的老兵罗伯特时,她用歌声来安慰他。罗伯特觉得这首歌特熟悉,原来这是他母亲过去经常唱的歌。以歌声为线索,罗伯特发现护理他的女护士就是自己亲妹妹的女儿。原来,罗伯特是玛丽的哥哥、艾奥拉的舅舅。内战结束后,联邦医院关闭,艾奥拉在一所黑人学校教书。罗伯特重访曾经以奴隶身份生活过多年的约翰逊庄园,发现有许多获得了自由的黑人居住在那里,找到了丹尼尔叔叔和琳达阿姨。哈里在母亲玛丽的关爱下，也从战争创伤中康复起来。作者给小说添加了浓烈的宗教色彩，宣称这个黑人家庭在上帝的保佑下获得团圆。在一次教堂的布道活动中，罗伯特找到了失散多年的母亲哈丽雅特。哈里也和艾奥拉在循道宗的一次聚会上重逢。这一家的成员在战争中流落各地，最后在各种宗教场合得以团圆。

当玛丽和她的孩子们搬家到佐治亚重新生活的时候，外婆哈丽雅特和舅舅罗伯特一起到北方去了。最后，艾奥拉和玛丽也到北方去，与哈丽雅特团聚在一起。罗伯特和艾奥拉在北方寻找住房时遭遇了种族歧视。作为一名黑人妇女，艾奥拉很难找到一份工作。勒罗伊一家与美国北方的进步思想家拉丁默博士、格里斯哈姆博士和德兰尼小姐关系密切。他们时常聚在一起讨论黑人种族在战后所面临的各种社会问题。他们致力于改变大众舆论对黑人的偏见；精明的拉丁默博士是一名混血儿，在南方白人拉特洛伯博士否认黑人拥有与白人平等智商之前就证实了自己的学术能力。给勒罗伊一家带来巨大灾难的洛兰在南北战争中加入了南部邦联的军队，最后恶有恶报，丧命于战场。

该小说的情节错综复杂，对种族通婚社会含义的质疑此起彼伏。艾奥拉最后完全把自己看做是黑人妇女，决定非黑人不嫁。因此，她拒绝了格里斯哈姆的第二次求婚。拉丁默博士放弃了社会赋予白人的各种特权和升职机会，抛弃了家里的财产，通过种族越界成为一名黑人。拉丁默博士和艾奥拉都积极倡导黑人的人权，因此，他们志趣相投，很快坠入爱河，不久进入了婚姻的殿堂。弟弟哈里与受过大学教育的黑人女教师德兰尼小姐订婚。从整个小说的结局来看，奴隶主和奴隶的生活被彻底地颠倒过来。以前的奴隶主没落了：凯蒂大妈的前奴隶主顾恩多维尔在孤独中死去；前奴隶主约翰逊太太穷困不堪，靠前奴隶罗伯特的资助为生。而前黑奴的生活却发生了很大的变化：哈里和德兰尼小姐开办了一所学校；罗伯特买了地，生活变得越来越富足；丹尼尔伯父和哈丽雅特外婆退休了，玛丽在黑人社区充当自愿者。重新团聚的勒罗伊一家积极参加民权运动，为维护黑人的人权和公民权而斗争。

这部小说的亮点在于女主人公艾奥拉虽然具有白人妇女的外表和文化教养，起初还是不愿意让人知道自己是黑人。美国学者芭芭拉·克里斯蒂娜说："尽管如此，艾奥拉是那个时代的女权主义者。她认为妇女应该为生活而工作，但是事实上大多数黑人妇女只能是为活命而工作。"

(Christina: 5) 该小说揭示的问题与哈珀尔对当时社会生活的详细观察有着密切的关系。《艾奥拉·勒罗伊》之所以是一部重要的小说,一方面是因为这是黑人妇女作家创作的第一部小说;另一方面是因为小说清晰地勾画出那个时代黑人妇女的形象,表达了作者对种族偏见和性别偏见的强烈谴责。

## 五、南北战争前的非裔美国小说

威廉·威尔斯·布朗的小说《克洛泰尔》(*Clotel*)于1853年出版,这标志着非裔美国小说的诞生。在美国内战前仅有四部非裔美国小说出版。教育、戒酒、妇女权利、废奴主义和商业主义是当时黑人文坛的热点话题。按主题,这四部小说可以分为两类:一类是《克洛泰尔》、弗兰克·J. 韦伯的《加里一家和他们的朋友们》(*The Garies and Their Friends*)和哈丽雅特·E. 威尔森的《我们的尼格》(*Our Nig*),这类小说被称为种族融合类小说,讲述黑人不顾种族歧视和种族偏见,想方设法地融入美国主流社会。另一类是马丁·R. 德莱尼的《布莱克,或美国茅屋》(*Blake, or The Huts of America*)。这类小说描写黑人民族主义者的革命活动,倡导奴隶革命,梦想建立一个黑人当家做主的国家。

我们可以把早期非裔美国小说的主要特点归纳为五点:(1) 大多早期非裔美国小说接受了严格的新教禁欲主义,认可中产阶级追求个人财富的合理性,经常把重点放在对人品的考察上。节俭和勤劳、进取心和锲而不舍、守时与守信等都被用做衡量小说人物思想素质的标准。(2) 早期非裔美国小说充当废奴主义抗议的工具,作家在其小说里表达对社会弊端的不满和对社会正义的呼唤。(3) 早期小说的戏剧性张力来源于小说主人公的成功意识与种族等级意识之间的冲突。早期非裔美国小说家企图通过文学作品激发白人的正义感和黑人对财富的大胆追求。(4) 早期非裔美国小说家的中心艺术问题在于如何塑造丰满的黑人艺术形象,消除白人文学作品对非裔美国人形象的歪曲和贬低。非裔美国作家采用的主要方法是现实主义写作手法,而不是简单地批驳丑化非裔美国人形象的言语。在创作中,他们的小说艺术经常让位于废奴主义思想的表达。(5) 最后,传奇剧式的情节时常出现在小说里,成为早期非裔美国小说里最常见的成分。这个时期非裔美国文学创作中出现的问题在19世纪浪漫主义文学的框架里是解决不了的。也就是说，在黑人人物摆脱丑化形象之前，在种族抗议主题找到一个合适的表达途径之前，文学现实主义手法的采用还是非常有必要的。

### 1. 威廉·威尔斯·布朗（William Wells Brown，1814？—1884）

威廉·威尔斯·布朗是美国19世纪下半叶的著名非裔废奴主义者、小说家、剧作家和历史学家，也是非裔美国文学的重要开拓者之一。他在非裔美国文学史上创造了五个第一，即：创作了第一部黑人小说《克洛泰尔；或总统的女儿》（Clotel, or, The President's Daughter, 1853）、第一部黑人戏剧《经历；或怎么给予北方男子脊梁？》（Experience; or, How to Give a Northern Man a Backbone, 1856）、第一部黑人游记《欧洲三年见闻：或，我所看到的地方和我所见到的人》（Three Years in Europe: Or, Places I Have Seen and People I Have Met, 1852）、第一部叙述黑人参加美国内战的历史书《美国叛乱中的黑人》（The Negro in the American Rebellion, 1867）和第一部黑人社会学专著《黑人：他的先辈、他的天才和他的成就》（The Black Man: His Antecedents, His Genius, and His Achievements, 1863）。在废奴工作中他倡导道德的力量，强调非暴力斗争的重要性，猛烈抨击美国民主理想的虚伪性，驳斥黑人低下论，指出白人至上论的荒谬性，用基督教的平等思想来激发人们的人权平等意识。布朗是在19世纪的所谓纯文学领域取得全国声誉的第一位非裔美国作家。他把纯文学作为反对奴隶制的有力工具，竭力把黑人塑造成应该得到同情的对象。尽管不少评论家认为布朗的小说和诗歌负载了太多的废奴主义思想和多愁善感的情绪，但大家几乎一致认为他开创了非裔美国叙事传统中最持久、最令人振奋的一些人物类型和小说主题。

布朗于11月6日出生在肯塔基州列克星顿，出生时是奴隶，施洗礼后只有一个教名"威廉"。他出生的准确年代至今还没有确定下来，最令人信服的推算是1814年。他母亲伊丽莎白是约翰·杨格的奴隶，生过7个孩子，而7个孩子的生父皆不相同。布朗的父亲是杨格的堂兄乔治·希金斯。尽管杨格向希金斯承诺永远不卖掉布朗，但是在布朗20岁以前还是被转卖了多次。

布朗青年时代的大部分时光是在圣·路易斯度过的。主人把他当做牲口出租，视其为挣钱工具。当时，密苏里河是奴隶贸易的主要通道。

布朗曾多次谋划从水上逃走。1834年元旦，布朗成功地搭乘俄亥俄州辛辛那提码头上的一艘轮船，逃脱了奴隶主的控制。在逃亡途中，他借用了一位贵格会教友的名字，并在那位朋友的帮助下躲避白人的追捕，那位朋友还给他提供了食物、衣服和一些钱。获得自由后不久，他就结识并娶了伊丽莎白·淑娜。婚后，他们生了三个女儿。1836年至1845年期间，布朗在纽约州布法罗市定居下来，在伊利湖的轮船上当水手，其工作是把逃亡奴隶渡到加拿大去寻求自由。从那时起，布朗成为废奴运动的积极分子，并加入了好几个民间废奴组织，积极参与反对奴隶制的斗争。

  1849年，布朗离开美国，游历英伦三岛，到处做反对奴隶制的巡回演讲。他不仅传播废奴思想，而且还传播关于文化、宗教和哲学方面的知识。1849年，他被美国废奴组织推选为代表，参加在巴黎举行的国际和平会议。他用亲身经历抨击了美国奴隶制的非人性。他的演讲强调了人类道德的力量和非暴力的重要性，抨击了美国民主的虚伪性，痛斥美国白人利用宗教从精神上奴化非裔美国人的险恶用心。

  由于《逃亡奴隶法》的实施，布朗逃到自由州后仍不安全，随时有可能被捕。因此，他从1850年起就一直待在英国，不敢回国。1854年，一对善良的英国夫妇花钱购买了布朗的自由。之后，布朗才回到美国继续发表演讲，宣传废奴主张。由于19世纪50年代非裔美国人在美国的处境越来越恶化，布朗转而支持非裔美国人向海地移民。在美国内战期间和战后一段时间里，布朗继续出版叙事类和非叙事类书籍，成为当时最多产的非裔美国作家之一。布朗于1884年11月6日在马萨诸塞州切尔西市去世，享年68岁。

  布朗是非裔美国文学史上的第一位黑人职业作家。"19世纪40年代，布朗作品的销售量大大超过纳撒尼尔·霍桑和赫尔曼·麦尔维尔等同时代的著名作家。"（Gates, *Norton Anthology*, x）他的代表作是长篇小说《克洛泰尔》。该小说开创了非裔美国长篇小说的文学传统，讲述的是美国南方的奴隶制，探索了奴隶制对美国黑人家庭的毁灭性打击、美国混血儿的艰难人生和白人奴隶主对黑奴的欺凌与压榨。这部小说是典型的"废奴小说"，以揭露奴隶制的真相和控诉奴隶主暴行为写作目的，猛烈抨击南方奴隶制的罪恶、北方的种族偏见以及美国社会的政治虚伪性和宗教欺骗性。小说在英国写成，并于1853年在伦敦出版。写这部小说的初衷是为了引起英国读者对美国废奴事业的同情和支持。该小说从一位母亲和她的两个女儿被拍卖的场景开始，叙述了她们后来的命运，并披露奴隶制造成的一系列罪恶。最有讽刺意义的是，布朗把克洛泰尔说成是美国著名政治家托马斯·杰斐逊的私生女。在小说里，杰斐逊和黑人妇女库莉尔生了两个女儿，即克洛泰尔和阿西娅。库莉尔是在杰斐逊家工作了多年的管家。《克洛泰尔》的开始部分讲述克洛泰尔和阿西娅长期居住在里士满，都是奴隶主约翰·格拉维尔斯的私有财产。格拉维尔斯死后，他的奴隶都被出售了。一名奴隶贩子买下了克洛泰尔和阿西娅。16岁的美丽少女克洛泰尔被高价卖给里士满的白人青年贵族霍雷肖。原来，霍雷肖曾在一次黑人混血青年的聚会上见过克洛泰尔，当时他就被克洛泰尔高雅的气质所吸引，并深深地爱上了她。小说以闹剧的形式结束，主人公克洛泰尔为了逃避一帮黑人奴隶贩子的追捕，在看得见白宫的地方跳进了伯托马克河。

这部作品是布朗根据美国第三届总统托马斯·杰斐逊与黑奴赛莉·赫敏斯（Sally Hemings，1773—1835）的绯闻创作而成的小说。赛莉是杰斐逊的黑人奴隶。据说，她是杰斐逊妻子玛撒·杰斐逊同父异母的妹妹。（Gordon-Reed：432）新闻记者和一些人声称在杰斐逊任总统期间以及此后的一段时间里，妻子去世后，杰斐逊与赛莉同居，并生下了几个孩子，但是这点并没有得到历史学家的认可。然而，1998年的一份DNA鉴定报告证实，杰斐逊至少是赛莉所生的其中一个孩子的父亲，这又引起了学界的争论。在《克洛泰尔》后来的版本里，出版商故意把对杰斐逊的称谓从"总统"改成"参议员"，旨在掩饰一些白人心目中的"国耻"。

在《克洛泰尔》里，布朗把黑奴乔治·格林（George Green）塑造成一名反对物化①的英雄。乔治因参加纳特·特纳的黑奴起义而被捕。在法庭上，乔治说："我告诉你，我参加奴隶暴动的原因。我曾听我的主人在朗读《独立宣言》时提到：所有的人都是生而平等的。这就引起我

---

① 物化是一种客体化的过程，透过社会分工来区分物我，也就是把某些东西当做劳动的对象，是可以被控制、分解、操弄、改变、转型、交换、消费或生产等的东西。人类在不同的历史阶段采用不同的人类组织和社会制度去进行物化，是个历史进程，物我、人我关系也因此不断地变化。现代大部分人类采取市场机制和资本主义生产模式，物化就采取了商品化的形式，人们开始用商品化来改造自然与自身。

质疑，我为什么是奴隶呢？"（Brown：202—203）乔治认为，黑奴的反抗是正义的，就像当年北美殖民地的白人反对英国统治一样。区别在于，反对英国政府的白人暴徒获得了成功，被称之为"革命者"，而黑奴反对白人统治的斗争失败了，所以才被白人当做"暴徒"或"叛逆者"。乔治的话语表明：通过美国革命的洗礼，黑人的政治思想觉悟得到了很大的提高，他们从白人那里学来的革命意识也是反对物化不可缺少的重要精神武器。

在《克洛泰尔》里，布朗展现了人性的高尚和正义的光辉，指出人性是不以人的主观意志而转移的。换言之："人性其实就是'人在'的自然要求，是资本物化的天然克星。只有通过人性的回归，黑人才能最直接、最完满地实现黑人的'人在'。随着人类的不断发展，人性的实现越来越依靠个人幸福的能动创造。"（Emig & Lindler：13）不把黑人当做人看待的行为既有悖于人性，也有悖于"人在"的实现。"物性化就是生活在资本主义社会中一切人的必然的、直接的现实。只有通过坚定不移的和不断重复的努力来破坏跟整个发展中具体地暴露出来的矛盾具体相关的物性化的存在结构，通过意识到这些矛盾对整个发展的内在意义，才能克服这个物性化。"（卢卡奇：213）克服物化是人类进步和发展过程中的永恒课题，其解决有助于人类文明的进步。因此，布朗在这部小说里从物化关系的角度，描写了美国政治理想与社会现实的反差和悖论，揭露了美国民主和自由的虚伪性和局限性。该小说关于种族越界、种族内性别歧视和平等人权等方面的主题成为19世纪和20世纪黑人文学的重要话题，对弗兰克·韦伯、马丁·R.德莱尼（Martin R. Delany）、哈丽亚特·E.威尔森、理查德·赖特、依什梅尔·里德（Ishmael Reed）等作家产生了很大的影响。

《汤姆叔叔的小屋》（*Uncle Tom's Cabin*）比《克洛泰尔》早一年发表。《汤姆叔叔的小屋》的成功极大地鼓舞了布朗的文学创作。尽管《克洛泰尔》没有成为另一部《汤姆叔叔的小屋》，然而，不管他的创作目的和创作动机怎样，也不管他的梦想和希望是什么，"克洛泰尔"的确成为一个家喻户晓的词语，她是作为第一部非裔美国小说的主人公而出名。克洛泰尔这个人物形象成为非裔美国小说传统的始发点。

### 2. 弗兰克·J. 韦伯（Frank J. Webb, 1828？—1894？）

到目前为止，几乎没有关于弗兰克·J. 韦伯的任何确切信息。由于历史上有许多与他同名同姓的人，因此关于他的传记资料很难确定，找到的那部分资料不仅数量极少，而且其中还有不少内容相互矛盾，难以采纳。不过，文学历史学家可以通过他的作品、同时期的传闻和政府的记录资料等重建韦伯的生活简历。学者们一般认为韦伯于 1828 年出生在费城。1845 年他与一位名叫玛丽的混血儿结婚。1856 年韦伯一家到伦敦旅游，在那里结识了一些上流社会的人物。1857 年，他出版了小说《加里一家和他们的朋友们》。1858 年，韦伯一家定居牙买加，并在金斯敦邮局找到一份工作。同年底，玛丽去世。韦伯又在牙买加住了几年，并与牙买加的当地女子玛丽·罗杰斯再婚，组建了新的家庭。1869 年韦伯把家人留在牙买加，只身回到美国，他想重新开始自己喜爱的文学创作工作。19 世纪 70 年代初，他居住在华盛顿特区，在自由民管理局工作。之后，他到《新纪元》(*The New Era*) 杂志社工作，该杂志在 1870 年连载了他的两个中篇小说《两匹狼与一只羊》(*Two Wolves and a Lamb*) 和《马尔维恩·赫里》(*Marvin Hayle*)。1872 年韦伯离开华盛顿，定居在得克萨斯州的加尔维斯敦，并在那里教书，1880 年后担任过一所中学的校长。韦伯于 1894 年在加尔维斯敦去世，享年约 66 岁。

韦伯的文学地位建立在其唯一的小说《加里一家和他们的朋友们》上。美国著名作家哈丽雅特·比彻·斯托为这部小说写了序言。英国废奴主义者布鲁厄姆勋爵也为这部小说写了序。小说出版时，这两个序言都安排在小说正文的前面。虽然这部小说的撰写正值国际社会关注和谴责美国奴隶制问题的时期，但是作者没有写关于种族问题的敏感话题，而是讲述美国北方的自由黑人如何在种族歧视严重的社会环境里追求社会地位和经济成功的故事。

这部小说追溯了两个非裔美国中产阶级家庭的生活和磨难。一个是混血家庭；而另一个是纯粹的黑人家庭。故事发生在南北战争前的费城。加里先生是一名拥有奴隶的南方人，妻子曾是奴隶，他们生育了两个混血儿。为了逃避南方的种族主义社会环境和佐治亚州禁止其儿子获得自由的严酷法律，他们一家人搬到费城居住。他们住进了一个白人社区，在那里结识了一些地位显赫的"朋友"，其中有中产阶级黑人埃里斯一家。不久，他们发现北方种族主义的表现形式不同于南方，但对黑人来讲，处境是同样的危险。住在隔壁的白人发现新来的邻居是黑白混血儿，大吃一惊，同时对富有的黑人又充满了嫉妒。于是，他策划了一个阴谋，打算抢劫加里一家的财物。虽然许多评论家认为这部小说是19世纪传奇剧式的通俗小说，写作手法平庸，但是这个作品所涉及的主题和问题在19世纪末20世纪初黑人文学运动中成为关注的热点。该部作品的主题开创了非裔美国文学史上的四个第一：第一次对北方自由州种族主义和种族隔离作了不加渲染的描写；第一次对种族暴动作了生动的描写；第一次对黑人中产阶级提升社会地位的行为作了正面描写；第一次对越过"种族界限"的混血儿作了含蓄的谴责。这部小说对种族问题的描写可以看做是非裔美国文学批判现实主义传统的最初尝试。作者揭露了美国北方白人价值观的虚伪性，披露黑人混血儿"越界"进入白人社区所遭受的各种精神痛苦。加里一家和埃里斯一家的精神痛苦具有二分性：埃里斯一家在保留黑人文学传统的同时取得了社会地位和经济成功；加里一家企图"越界"进入白人主流社会，却遭到白人种族主义暴徒的毒手。

由于作者自身的阶级局限性，韦伯所描写的是美国非裔中产阶级的生活，而不是普通黑人的艰难生活。他原打算在小说里刻画几个奴隶，但后来又放弃了。所以，小说里没有奴隶出现，所出现的那些非裔美国人都是生活优越的有产者。总的来讲，这部小说所描写的是南北战争即将爆发时费城自由黑人的生活状况。这些黑人虽然有自由身份，但仍然会遭遇社会上的各种种族歧视。

### 3. 哈丽雅特·E. 威尔森（Harriet E. Wilson，1825—1900）

哈丽雅特·E. 威尔森是非裔美国文学史上的第一位妇女小说家，也是第一位在北美大陆出版小说的非裔美国作家。她的小说《我们的尼格》于1859年出版，但在1982年才被重新发现。《我们的尼格》的中心人物以威尔森本人为原型，通过一名劳动妇女在北方的生活经历揭示出"那里也有奴隶制的阴影"。威尔森在小说里纳入了一些实验性的文本，如混杂的自传、虚构的情节和阐述的论点等。在讲述内战前种族主义与白人经济优势的关系方面，她的小说显得比韦伯的小说更容易令人信服。威尔森把黑人女佣描写成令人同情和敬佩的人物，显示出她对性别问题的高度敏感和独特见解。这部小说也是美国小说史上第一部描写黑人妇女题材的作品。

威尔森于1825年3月15日出生在新罕布什尔州密尔福德。她是黑人箍桶匠乔舒亚·格林和爱尔兰裔洗衣女工玛格丽特·安·史密斯的女儿。她很小的时候，父亲就去世了。母亲把她遗弃在富裕农场主尼希米·海沃尔德的农场里，后被尼希米收养。她长大后，成为尼希米家的契约奴。契约期满后，她在新罕布什尔南部和马萨诸塞的中西部地区当家庭女佣和裁缝。1851年她与托马斯·威尔森在密尔福德结婚。婚后不久，她被丈夫抛弃。之后，她发现自己怀孕了，紧接着又病魔缠身。她被人送到希尔斯巴罗县的新罕布什尔济贫农场，在那里生下一个儿子。不久，托马斯·威尔森回家了，把她和儿子从济贫农场接走。一家刚团聚没几天，托马斯又去出海，不久便去世了。威尔森只好把儿子又送回济贫农场，然后到波士顿谋生。在波士顿期间，她创作了小说《我们的尼格》，并于1859年出版。一年后，其儿子在农场因病死亡。1870年，威尔森在波士顿与约翰·加勒廷·罗宾森结婚，这次婚姻再次以失败告终。1876年至1897年的将近20年时间，威尔森在一家家庭旅馆当管理员，但没再从事文学创作。威尔森于1900年6月28日去世，享年75岁。

威尔森在非裔美国文学史上的文学地位主要是基于其唯一的一部小说，这部小说的全名是《我们的尼格；或，一个自由黑人的生活素描，在北方的一座二层白楼里，甚至那里也在奴隶制的阴影里》（*Our Nig; or, Sketches from the Life of a Free Black, In a Two-Story White House, North, Showing That Slavery's Shadows Fall Even There*）。这部小说于1859年9月5日在马萨诸塞州波士顿由乔治·C. 兰德与艾维尼出版公司出版；由于出版量不大，当时读过此书的人并不多。美国学者小亨利·路易斯·盖茨（Henry Louis Gates, Jr., 1950—）于1982年重新发现了此书，确认这是第一部在美国出版的黑人小说。（Stern：59）盖茨的发现引起美国学界和读者对这部书的关注。这部小说揭露了南北战争前美国北方契约奴的非正义性和种族主义的暴行。该书一出版就被打入冷宫。因为该书不属于当时流行的奴隶叙事之列，废奴主义者对此书没有任何评论。废奴主义者不欢迎这部书的主要原因是该书谈及了北方的"奴隶制阴影"，即自由黑人在北方的苦难生活和种族主义对黑人的伤害。废奴主义者通常把美国北方描述成黑人的天堂，但是这部小说揭露了美国北方黑人的地狱般的生活，完全颠覆了废奴主义者的废奴思想体系。

这部小说的题目是作者精心挑选的。威尔森写这部书的目的就是要把北方黑人与南方黑人的生活状况作比较，提醒黑人同胞在种族问题上不要过于乐观。这部小说讲述了黑人少女福拉多的故事，她是一名浅肤色的非裔美国人，母亲是白人，父亲是非裔美国人。父亲死后不久，母亲便把福拉多抛弃了，导致她成为白人邻居贝尔蒙特的契约奴。正如小说的题目所示，其种形式的奴隶制在北方也存在。福拉多经常遭受贝尔蒙特太太和其女儿玛丽的毒打，食不果腹。然而，福拉多在童年时也接受过学校教育和宗教教育。该部小说描述的恐怖场景很多，如福拉多被拳打脚踢、被皮鞭抽、被吊在橱柜里。虐待她的暴行可以与南方奴隶主的暴行相提并论。贝尔蒙特夫人的丈夫和她的两个儿子詹姆斯和杰克虽然都同情福拉多，但迫于贝尔蒙特夫人的淫威，没人敢出面干涉或制止。于是，当福拉多遭受毒打时，总是孤立无援。

尽管生活充满艰辛，福拉多还是不断调整心态，尽一切努力忍受贝尔蒙特夫人和其女儿对她的虐待。福拉多求知若渴，在贝尔蒙特家族的好心人艾比老太太的庇护下学习宗教知识。福拉多对一切都逆来顺受，甚至因病重被赶出家门的时候，她也能用基督教的说教来消解被人虐待的精神痛苦。过度的劳动累垮了她的身体；她本想以缝纫为生，但身体太差，无法胜任这项工作。她后来结识了逃亡黑奴塞缪尔，并与他结婚。婚后不久，福拉多怀孕了，但他却不辞而别，出海去了。从那以后，他再也没有回来过。在小说结尾处时，福拉多仍然生活拮据，努力用自己的双手来养活孩子。

《我们的尼格》的主人公福拉多经历了人生的巨大痛苦，成为种族歧视和种族偏见的受害者。"主人公是作者采用的证据，专门用来说明韦伯斯特①和卡尔霍恩②时代的种族歧视并不只局限于卡尔霍恩的选区。"（Jackson：353）贯穿全书的中心论点是北方的非裔美国人和南方的非裔美国人都遭受到种族主义社会的非人虐待。

一些评论家注意到，福拉多不高兴的主要原因不是别人对她的种族主义凌辱，而是她不满自己的肤色。她一遇到詹姆斯·贝尔蒙特就问，

---

① 韦伯斯特（Daniel Webster，1782—1852），美国国务卿（1841—1843）、美国众议员（1813—1817；1823—1827）、参议员（1827—1841；1845—1850），支持1828年关税法案，主张保护贸易，和英国签订韦伯斯特—阿什伯顿条约（1842），曾为美国辉格党三名总统候选人之一（1836）。

② 卡尔霍恩（John Caldwell Calhoun，1782—1850），美国副总统（1825—1832），共和党领袖，主张每个州都有权拒绝接受国会的法令，极力维护奴隶制。

为什么上帝要把她变成黑人，而不是白人？她从牧师那里得到言辞上的安慰，因为黑人也会像白人那样死后进入天堂。在祷告中，她对自己的肤色感到惋惜，总是希望哪天能变成白人。总之，这部小说虽然在形式上是自传，但是与奴隶叙事有许多共通之处。

威尔森在《我们的尼格》里聚焦于人伦三维：家庭、社会和自我，揭露了美国南北战争爆发前北方自由黑人的生存状况，抨击了北方社会的伦理道德和社会价值取向。家庭伦理准则的背离给家庭成员带来毁灭性的打击，社会伦理的异化导致社会行为规范的沦丧和不道德社会现象的泛滥。在反人性的社会环境里，自由黑人只是法律意义上的自由人，在经济意义上仍然是北方富裕白人的奴仆或"没戴枷锁的奴隶"。美国黑人在磨难中获得新生，具有凤凰涅槃似的精神象征，显示了黑人民族精神中坚毅、勇敢、倔强和向上的特质。

自强不息和自力更生是支撑福拉多绝处逢生的坚强信念。契约奴时期的过度劳动使福拉多的健康每况愈下，失去了继续从事体力劳动的能力。她在生存危机面前没有屈服，而是选择了一个自己能胜任的工作——文学创作。她不但用笔来养活自己和孩子，而且还用笔把她自己经历的苦难写下来，披露当时家庭伦理、社会伦理和生存伦理的多层次景观，把社会伦理发展中出现的异化和毁灭作为后人引以为戒的教训。因此，威尔森通过混血儿福拉多的涅槃伦理鼓励一切在社会生活中遇到困难和艰辛的人们，不要放弃抗争，新的谋生之路就可能出现在困境快要摧毁你的时刻。人们应该像凤凰那样在烈火中获得新生。福拉多的新生不是她个人的新生，而是非洲裔美国黑人民族精神的新生。她在困境中的煎熬，在逆境中的拼搏，在伦理上的向善，升华了其人格魅力，彰显了黑人民族伦理道德的可贵之处。

威尔森在《我们的尼格》里以现实主义的笔调揭示了美国南北战争爆发前北方自由黑人的生存状况。混血儿是美国社会的一个特殊社会现象，他们既不是白人，也不是黑人，受到黑白两个种族的排斥。威尔森通过其小说表明，北方自由黑人并不"自由"。18世纪上半叶，与美国社会发展格格不入的旧伦理和旧观念到了非改变不可的地步了。社会伦理危机、政治经济危机和种族危机导致美国的各种社会矛盾激化，美国内战的爆发为黑人种族问题的最后解决提供了契机。奴隶制的彻底废除和社会伦理的改变有助于美国良好社会道德规范的形成和发展，这也正是威尔森在创作这部作品时所希冀的社会伦理取向。

### 4. 马丁·R. 德莱尼（Martin R. Delany, 1812—1885）

马丁·R. 德莱尼是美国著名的黑人废奴主义者，同时也是黑人民族主义的先驱。他一直倡导黑人要建立自我，要有主见；他拥护美国殖民协会的主张，希望美国黑人能在世界上的某个地方建立一个由黑人控制的主权国家。他提出的激进黑人民族主义思想反映了其对美国种族形势的不满和失望。

德莱尼于1812年5月6日出生在西弗吉尼亚的查尔斯镇；父亲是奴隶，但母亲是自由人。他随母亲搬家到宾夕法尼亚，在匹兹堡上小学。然后，他来到纽约，毕业于奥尼达学院。1843年至1847年期间，他创办了报纸《神秘》（*The Mystery*），并在1847年至1849年期间和弗雷德里克·道格拉斯一起编辑了《北斗星》。在这段时间里，他的激进言论险些使他丧命。

1852年德莱尼在哈佛大学获得医学博士学位。同年，他出版了专著《从政治上考虑美国有色人种的状况、提升和命运》（*The Condition, Elevation, and Destiny of the Colored People of the United States, Politically Considered*）。这部书倡导美国黑人移居到世界上没有白人的地区；认为只有这样，黑人才能有机会建立自己的国家，决定自己的命运。1852年至美国内战期间，他在芝加哥、加拿大和宾夕法尼亚等地行医。行医期间，他到过很多地方，发表反对奴隶制的言论，支持黑人移民的思想。1859年，他出版了小说《布莱克；或美国茅屋》（*Blake; or, The Huts of America*），这也是他一生中撰写的唯一一部小说。内战期间，他在联邦军队里担任军医，被授予少校军衔。德莱尼于1885年1月24日在俄亥俄州吉尼亚去世，享年62岁。

德莱尼的小说《布莱克；或美国茅屋》提倡种族激进主义和暴力反抗的思想。在这部小说里，他改写了斯蒂芬·福斯特的感伤诗"种植园之歌"，借用诗歌的结构和一些词语来表达黑人抵抗奴隶制的决心和追求自我的意志。在小说里，亨利·布莱克是一名出生在西印度群岛烟草种植园的自由黑人，他本想到一艘西班牙军舰上去当兵，结果阴差阳错地被抓上了一艘贩奴船。不顾布莱克在奴隶拍卖台上的大声抗议，船主还是把他当做奴隶卖给了弗兰克斯。来到弗兰克斯种植园后，布莱克很快与女奴玛吉成婚，生下了一个儿子。玛吉被奴隶主卖掉后，布莱克非常愤怒，到南方各州去发动黑奴，准备举行武装暴动。像道格拉斯的中篇小说《英勇的奴隶》一样，《布莱克》的小说主人公布莱克选择了暴力反抗的道路，而不是像汤姆叔叔那样对白人奴隶主唯唯诺诺。布莱克把基督教视为白人的宗教，号召黑奴们耐心等待，迎接武装暴动的到来。在这部小说里，德莱尼提出了不少废奴主义思想。现在，这部小说存留下来的只有一些片段。根据罗伯特·伯恩在《美国小说》里的观点，这是一部非凡的作品，它偏离了废奴主义文学的常规，把奴隶制看做是一套剥削人的劳动体制。他的很多观点接近于卡尔·马克思，而不是新英格兰的废奴主义者。该部小说的主人公企图在美国南方组织一次大规模的奴隶暴动，他对奴隶们宣称："你们被压迫者打的每一拳头，都牢记在心……刑罚和苦难就是宣传的工具。"（qtd. Bone：31）小说中提及的黑人是指奴隶劳动场或种植园地头干活的奴隶，而不是指白人大庄园里的混血女佣，"黑人"可以被看做是废奴运动中的"无产阶级"部分。

　　黑人分离主义小说大抵滥觞于《布莱克》。该部小说的场景很多，结构较为复杂；一些情节发生在主人公布莱克为奴的南方。逃离种植园后，布莱克不是逃往北方，而是往南端走，四处策划暴动，但都没有成功。离开南方后，他渡海来到古巴，在那里结识了名扬四海的古巴诗人普拉斯多。非裔古巴人也遭受到残酷的压迫，他又企图煽动那里的黑人暴动。后来，布莱克的暴动计划走漏了风声，遭到奴隶主当局的残酷镇压。在小说的结尾部分，德莱尼宣称古巴革命虽然失败了，但他们还将继续顽强抵抗，坚信更大的奴隶暴动一定会到来。他在路上碰到的黑人说不同的南方方言，而布莱克所说的是标准英语。在南方黑奴的心目中，他是一名有知识、有学问、身体强健的摩西似的人物，被视为黑人种族的解救者。

　　像《汤姆叔叔的小屋》等19世纪的废奴作品那样，《布莱克》最初的场景也是一个黑奴家庭被强行拆散的画面。玛吉的主人和生父斯蒂芬·弗兰克斯上校打算把她卖掉，一方面是因为玛吉拒绝他的性要求，另一方面是因为玛吉和他妻子的关系越来越密切。当玛吉的丈夫亨利为弗兰克斯家出差回来时，发现玛吉已经被卖掉。玛吉的父母乔大爷和朱迪大妈泪流满面，祈祷好日子的到来，乞求亨利"保持安定，迎接拯救"。亨利不愿再沉溺于宗教的麻痹之中，而是愤而离开弗兰克斯庄园，到南方各州去"撒布反抗的种子"。

尽管《布莱克》的思想内涵较复杂，这部小说还是秉承了废奴理念。德莱尼把哈丽雅特·比彻·斯托的诗歌节选用做该小说两大部分的引语。在小说里，他还引用了詹姆斯·惠特菲尔德的诗歌《多久》，并时常插入自己的诗行，以此突出废奴主义文学的特色。他在小说中描写的古巴场景较为新颖，援引了不少废奴诗人普拉西多的诗句，使小说更加引人入胜，给读者留下深刻印象。

韦伯通过布莱克的南方之旅，发表许多废奴主张。布莱克走了一个又一个庄园，询问黑奴们的生存状况。在位于北卡罗来纳和弗吉利亚之间的迪斯摩尔沼泽地，布莱克遇到了一些参加过美国独立战争的黑人老兵和来自弗吉利亚和南卡罗来纳的黑人革命者，如纳特·特纳和噶布里尔。在旅途中，布莱克把他的革命计划告知各州值得信赖的黑奴。各地的黑人收到他的讯息后积极行动起来，拟定各地的暴动计划，并热切期盼布莱克的到来。布莱克用计策迷惑当局，杀死抓捕逃奴的狗，带领从弗兰克斯庄园逃亡而出的奴隶奔向加拿大，追求自己的自由。在该书的第二部分，布莱克来到古巴，找到了妻子玛吉。他帮助妻子购买了自由。之后，布莱克专门到一艘贩奴船上当船员，企图在船从非洲返回来的途中发动兵变。但是这场兵变未能发生。当这艘船到达古巴时，所有的非洲黑人都加入了布莱克的革命事业。布莱克和表兄普拉西多筹建了"古巴人民解放军"，布莱克被选举为总司令。布莱克的革命计划一步一步地发展，日趋成熟，但是在革命行动发动之前这部小说的叙述突然没有了下文。

这部小说引起了美国国内外的广泛关注。布莱克的发动革命之旅使他有机会走遍美国，进入加拿大和古巴，往返于美洲和非洲。的确，《布莱克》是一部关于密西西比河、美利坚合众国和古巴的小说，不仅讲述了大西洋奴隶贸易，而且还暗示黑人的全国性革命也许是解决黑人问题的一个好办法。《布莱克》所提出的黑人革命思想是美国黑人民族运动的先驱。布莱克做了大量的革命工作，但是革命暴动仍在策划之中。因为该书最后六个章节遗失了，我们无法知晓他想发动的革命是否真的发生了。

总而言之，19世纪上半叶的美国南方和北方在政治和经济方面的冲突集中表现在奴隶制的存废问题上。以加里森为代表的白人废奴主义者向白人灌输种族平等的思想,从意识形态方面更新白人对种族问题的看法,提出了种族平等的政治主张。以道格拉斯和布朗为代表的早期黑人政治家和文学家冲破奴隶制对黑人人性的扼杀,以自身的成功驳斥白人至上论和黑人低下论,激励黑人为自由而奋斗的勇气和自信心。这个时期的非裔美国文学作品虽然在艺术上还处于幼稚阶段,但已经初步形成了诗歌、小说、散文和戏剧四大门类。早期黑人作家开创的黑人文学传统为黑人文学的进一步发展打下了坚实的基础。

## 六、早期非裔美国戏剧

19世纪中期,美国南方和北方的政治分歧难以调和。戏剧在改变公众对种族问题的态度方面起着重要的作用。一方面,数十年来,由白人扮演黑人的滑稽说唱团在舞台上上演丑化黑人的戏剧产生了消极的文化影响。另一方面,在黑人经营的戏院上演的节目中和在威廉·威尔斯·布朗撰写的剧本里,奴隶制问题成为当时的严肃主题。这些戏剧表演只占全国上演的同类剧目的一小部分,但对促进白人和自由黑人对黑奴的了解起到了积极的作用。

白人禁止黑人进入白人戏院或游乐场。为了改变这种不公正的现象,黑人资本家威廉·亚历山大·布朗(William Alexander Brown)建立了一个戏院"非洲果园",给黑人提供类似的娱乐场所。这个戏院地址是纽约百老汇西面的托马斯街38号,正好位于他家住宅的后面。戏院里有花园和林荫小道,可供顾客散步;有分隔的小亭子间,里面有桌子和椅子,客人们可以在那里休息,还有欧式酒吧和其他服务区域,周日的客人一般会穿着较正式的服装来。这个没有种族歧视的娱乐场新颖而独特,吸引了很多城里的黑人来消费。

民族主义剧院是非裔美国人在戏剧中重塑黑人形象的场所,非洲果园演出公司于1823年在纽约首次上演了废奴作品《地狱边境的生活——爱中的生活:在奴隶市场》(*Life in Limbo—Life in Love: On the Slave Market*)。虽然这个剧本现已失传,剧本作者的身份也不清楚了,但是学者们通过一些零星的资料推测该剧本的作者可能是非裔美国人或熟悉奴隶生活的南方白人。在上演《地狱边境的生活》的两个月里,非洲果园演出公司还上演了由非裔美国人撰写的剧本《索塔维国王的戏剧》(*The

*Drama of King Shotcway*)。这个剧本的作者是纽约剧院的老板詹姆斯·布朗。(Flowers: 95)《索塔维国王的戏剧》以布朗本人的生活经历为基础,以戏剧形式再现了发生在圣·维恩申特岛上的奴隶暴动。

由于纽约城黑人的文化消费能力不强,再加上白人观众对黑人撰写的剧本有普遍的抵制情绪,所以"非洲果园"不久就被迫关门了。之后,布朗把在托马斯街的住宅改造成了一家小剧院,招募了一个剧组,到处张贴广告,宣称新剧院于1821年9月17日开张。他称这里为"非洲剧院",主要上演莎士比亚的剧本,如《查理三世》(*Richard III*)、《奥瑟罗》(*Othello*)、《麦克白》(*Macbeth*)、《朱莉亚·凯撒》(*Julius Caesar*)和《罗密欧与朱丽叶》(*Romeo and Juliet*)等。(Hill and Hatch: 27)为了提升剧院的吸引力,他特意邀请英国的一些著名演员来演出。一些黑人演员也参与本色演出。"非洲剧院"最著名的黑人演员是艾拉·奥尔德里奇(Ira Alcridge),他的演出才能出类拔萃,获得过极高的国际声誉,在英国和欧洲从事职业演出长达40年之久。

1830年,新奥尔良也开设一家剧院,对非裔美国人开放;白人观众也允许进入,对陪同白人的奴隶或奴仆的票价还有折扣。尽管这个城市的人口种族成分复杂,但种族隔离在非裔美国人内部还是实施了,有二分之一或四分之一黑人血统的人坐的地方与其他纯非洲血统的黑人分隔开来。一个名叫E. V. 马斯欧(E. V. Mathieu)的自由黑人于1838年获准为有色人种建造一家戏院。这家戏院取名为"马里格力戏院",平均每周上演一部戏,演出语言是法语。通常在一个戏剧重演时,会赠送看第二部戏的票。"上演的剧本全是由白人剧作家写的,如:博马舍①、杜瓦尔、皮卡德、伏尔泰和其他人。"(Hill and Hatch: 47)这家戏院有时也雇用一些黑人演员。

19世纪中期,威廉·威尔斯·布朗写了两个剧本,但在其有生之年都未能搬上舞台。第一个剧本是对尼西米尔·亚当斯博士(Dr. Nehemiah Adams)的讽刺。亚当斯是波士顿牧师,在南方待了三个月后,1854年发表了为奴隶制辩护的文章。作为回应,布朗讥讽亚当斯,并指出自己当过20年奴隶,对那个"特别制度"的了解程度和亚当斯一样。布朗于1856年写了《经历;或,怎么给予北方男人脊梁?》(*Experience*; *or, How*

---

① 博马舍(Pierre Beaumarchais, 1732—1799),法国剧作家,代表作有《塞维勒的理发师》和《费加罗的婚礼》,后被罗西尼和莫扎特用来创作了各自的同名歌剧。

to Give a Northern Man Backbone）。在这个剧本里，他虚构了一个牧师被错卖成为奴隶的故事。当这个牧师最后获得自由时，他对奴隶制有了全新的认识。布朗在美国废奴协会的巡回演讲中时常诵读这个剧本。后来有个同事持异议，他解释说：在某些地方，读剧本比演讲的效果更好，因为"人们听戏要花钱……而参加废奴集会，就不用花钱了"（Hill and Hatch：50）。

布朗的第二个剧本《逃跑；或，跃入自由》（The Escape; or, A Leap for Freedom）写于1856年，讲述逃亡奴隶到加拿大寻求自由所面临的问题。在美国，他们是逃亡奴隶，随时有可能被逮捕；如果被抓回，前主人会更残酷地虐待他们。布朗觉得第二个剧本写得好一些。在剧本的前言中，他解释说："剧本的人物是真实的。格勒恩和米林达是真正的演员，还住在加拿大。其中的许多事件都来自我在南方18年的亲身经历。"（qtd. Hill and Hatch：49）他在前言中承认剧本有缺点，并补充说："由于我出生在奴隶制社会里，一生中没上过一天学，我对书中出现的错误就不向公众道歉了。"（qtd. Hill and Hatch：50）

许多评论家觉得这个剧本是不同场景的杂乱堆积，语言也显得矫揉造作，但他们原谅了作者，因为作者并未打算把剧本搬上舞台。就像剧作家在前言里所说的那样，其中的许多事件是奴隶经历的真实写照，例如，用"跳扫把"（"jumping the broomstick"）来确定奴隶之间的婚姻。此外，剧本还揭露了奴隶主及其监工对漂亮女奴的性侵犯和性剥削。

这个时期的黑人戏剧还处于萌芽阶段，还没有出现真正有文学价值的剧本。但是黑人剧院的出现为将来黑人戏剧的繁荣打下了一定的基础。黑人戏剧演员虽然表演的主要是白人撰写的剧本，但他们在舞台上的尝试有利于培养黑人演员的戏剧表演才能。

## 七、南北战争前的非裔美国散文

美国内战前，非裔美国作家通过信件、论文、奴隶叙事和其他散文作品来抨击丧尽天良的奴隶制。他们竭力激发起读者的政治觉悟和正义感，讴歌黑人反对奴隶制和白人种族主义的勇气和反抗精神。这个时期最著名的散文作者有戴维·沃克、弗雷德里克·道格拉斯和哈丽雅特·A. 雅各布斯。

## 1. 戴维·沃克 (David Walker, 1796—1830)

戴维·沃克通过其唯一的一本小册子奠定了在非裔美国文学史上的地位。这本小册子的题目是《戴维·沃克的呼吁,由四篇文章组成;附有序言,写给世界上的黑人居民,特别是,尤其明确地,写给美利坚合众国的黑人居民》。伴随这本小册子出现的是19世纪轰轰烈烈的废奴运动。20年后这本小册子再版时,黑人废奴主义者亨利·海兰德·加尼特说:"这本小书在奴隶主阶层引起的恐慌比美国出版社发行的任何书籍都大。"(qtd. Hill, *Call and Response*, 245) 沃克的小册子不仅是美国黑人撰写的最激进的早期抗议作品,而且还是在美国印刷的黑人文化民族主义的第一个文本。作为第一个号召积极抵抗奴隶制的早期非裔美国作家,沃克倡导黑人弘扬坚忍不拔的民族精神,团结起来,勇敢斗争,不择手段地去追求解放。沃克被誉为美国黑人民族主义之父,他的革命思想预示了20世纪60年代末和70年代初"黑人权力运动"的出现。

沃克于1796年9月27日出生在北卡罗来纳州威尔明顿,父亲是奴隶,母亲是自由人。因为黑人后代的身份随母亲而定,所以他一生下来就是"自由人"。但是,南方的生活超越了他能忍受的心理极限,他无法面对那些正在奴隶制中煎熬的兄弟姐妹们。"如果我在血腥的土地上待下去,我会活不久的。我会为我的民族遭受的苦难进行报复的。这里不适合我——不,不。我必须离开这个地方。在一个那么多人处于奴隶制的社会环境里生活,对我来讲,是一个巨大的考验。我当然不能留在这个我时时刻刻都能听到铁链声的地方,不能待在我必须遭受虚伪奴隶主侮辱的地方。走,我一定要走。"(Barksdale and Kinnamon: 151) 后来他去了波士顿,开了一家服装店,成为波士顿黑人社区的一个重要人物,加入了马萨诸塞有色人种总会,在塞缪尔·E. 科尼什 (Samuel E. Cornish) 主办的报纸《大家之权》(*Rights for All*) 担任编辑,并且为北卡罗来纳奴隶诗人乔治·摩西·霍尔敦的"购买自由"基金捐过款。但是,沃克对奴隶解放事业最大的贡献是1829年出版的小册子《戴维·沃克的呼吁》。这是当时对白人种族主义最尖刻、最猛烈的谴责。沃克声称,他在该册子的第二版和第三版所作的修改不是为了缓和文章的语气,而是使文章更加严厉地痛斥奴隶制。

在《戴维·沃克的呼吁》里,沃克攻击的第一个目标是白人种族主义。白人种族主义主要表现在顽固维护奴隶制，无情剥夺黑人的受教育机会，故意篡改基督教教义以压制黑奴，以及实施驱逐黑人的移民计划。攻击的第二个目标是黑人对种族主义现状的默认。在创作中，沃克有意使用了一个容易使人们联想到美国宪法的题目和结构框架。这本小册子的"序言"后，紧接着是四篇"文章"。通过这种写作手法，沃克旨在使读者联想到美国宪法倡导的理想与美国现实中的奴隶制和种族主义之间的矛盾。小册子的许多观点引起读者关注美国社会的一个悖论：博爱的基督教伦理与白人种族主义暴行之间的矛盾。

《戴维·沃克的呼吁》的基调是政治劝说和宗教劝说，其中也包括对白人种族主义者的公开的或隐含的威胁。沃克指出，白人种族主义者的暴行会引起上帝的震怒或导致奴隶暴动，最后给白人带来灭顶之灾。"白人需要奴隶，需要我们给他们做奴隶，但是他们中有些人一看见我们就诅咒我们。就像太阳会在子午线闪耀光芒一样，我们黑人到时会把他们连根拔出，逐出地球的每一个角落。"（Barksdale and Kinnamon：152）在小册子中的许多地方，沃克的说话语气与20世纪六七十年代的黑人民权主义者一样。他不仅反对白人种族主义者，而且颂扬黑人的种族自豪感，倡导黑人团结起来，为黑人的解放事业而献身。他认为教育不仅应该被视为让个人适应社会的工具，而且还应该是革命团体的武器。沃克对白人历史角色的分析预示了埃尔德里吉·克里维尔《冰上之魂》（*Soul on Ice*）中的主题思想，他指出："白人总是做事不公，而且嫉妒心强，没有慈善之心，贪婪嗜血；痴迷于权力和权威。"（qtd. Barksdale and Kinnamon：152）

《戴维·沃克的呼吁》的出版对奴隶主和废奴主义者都产生了巨大的震撼。南方的白人，特别是在佐治亚、弗吉尼亚和北卡罗来纳的奴隶主们，被吓得惊慌失措，采取一些歇斯底里的行为，在路上设卡，搜查行人。不仅小册子被没收、销毁，而且身上携带了小册子的人也会被逮捕；武器分发给白人，用于镇压可能出现的奴隶暴动。这些白人要求波士顿市长哈里森·格雷·欧提斯下令逮捕沃克。波士顿议会通过了压制黑人的法规，要求隔离佐治亚港口有非裔美国水手的船只，不准他们上岸度假，对传阅煽动奴隶暴动出版物的人处以极刑，禁止印刷厂雇用黑人奴隶，禁止任何人以任何理由教黑人奴隶读书或写字。《戴维·沃克的呼吁》（第三版）出版14个月后，纳特·特纳奴隶暴动发生。南方白人一直最担心的事作终于爆发了。

许多白人废奴主义者也被这个小册子的煽动性震惊了。温和的贵格会教徒本杰明·朗迪说："一个更大胆、更无畏、更具煽动性的出版物，也许在任何国家的出版社从来都没有发行过。我能做的就是最大限度地阻止它的流行。"（qtd. Barksdale and Kinnamon：152）威廉·劳埃德·加里森对这个小册子的反应也是爱恨交织。作为一名和平主义者，加里森不同意沃克关于采用暴力的号召，不过他内心又很佩服《戴维·沃克的呼吁》的号召力，认为这个小册子不失为当时最引人注目的出版物之一。

许多黑人衷心地拥护这本小册子中的政治主张，认为沃克是第一位勇敢说出黑人心声的人。由于该作品的巨大影响力，南方奴隶主把沃克视为眼中钉、肉中刺，不惜用巨金悬赏他的脑袋。1830年6月28日，沃克突然暴毙，死因不明。

## 2. 弗雷德里克·道格拉斯（Frederick Douglass，1818—1895）

弗雷德里克·道格拉斯不仅是在19世纪四五十年代的美国废奴运动中崛起的黑人领袖，而且是非裔美国人中极具雄辩之才的演说家和知名作家。在美国内战爆发期间，他被公认为非裔美国人的主要领导人和代言人。19世纪下半叶，道格拉斯投身于促进美国种族融合的工作。作为19世纪最重要的非裔美国作家，他的文学创作就是以自己为模式塑造英雄形象，使广大黑人相信肤色并不能永远阻止黑人去追求和实现美国梦。他的创作方式对进入21世纪的非裔美国作家也有很大的影响力。他撰写的奴隶叙事被公认为文体清新、行文有力的好范本。

道格拉斯不仅是杰出的废奴主义者，而且还是妇女参政运动的支持者。他坚定不移地倡导所有人类的自由和平等，不管是非裔美国人、妇女、土著印第安人，还是新来的移民。他声称："我将和一切干正确事情的人团结起来，不和任何干坏事的人走到一起。"（qtd. Stephens：167）由于其在美国政坛和民众中的重大影响力，他于1872年被推举为美国副总统候选人，成为美国历史上获此殊荣的第一位黑人。

道格拉斯于1818年2月出生在美国塔尔波特县，具体出生日不详；他生来就是奴隶。还是婴儿的时候，他就被迫与母亲哈利尔特·柏丽分离。母亲去世后，他与外婆贝蒂·柏丽生活在一起。还未成年，道格拉斯就被迫到种植园干活。当主人安东尼死后，他被送给托马斯·沃尔德的妻子卢克丽霞·沃尔德为奴。道格拉斯 12 岁时，休·沃尔德的妻子索菲娅教他学习英文字母和单词拼写。休·沃尔德发现后，坚决反对，因为当时白人教奴隶学文化是违反美国法律的。于是，黑人领袖道格拉斯的学习被迫中止。沃尔德说如果奴隶学会读书，那么奴隶就会不安于现状而要去追求自由。然而，在逆境中，道格拉斯的求学欲望不但没有终止，反而变得更加强烈。他寻找一切学习机会，模仿白人孩子的读书方法，观察和他一起干活的白人如何写字。渐渐地道格拉斯掌握了英语的读和写。通过阅读英文报纸、政治传单和各种书籍，他进入到一个新的思想境界，开始质疑奴隶制的合法性，并且诅咒奴隶制的罪恶。14 岁时，道格拉斯被送回到劳埃德上校的种植园为休·沃尔德的弟弟托马斯干活。几个月后，托马斯把道格拉斯出租给爱德华·卡维，卡维是一个以"修理"不听话奴隶而出名的循道宗教徒。卡维经常殴打并虐待道格拉斯。最后，在忍无可忍的情况下，道格拉斯出手反抗，在长时间的拳击较量中打败了卡维。自那以后，卡维就不敢再欺负他了。这个事件激起了道格拉斯对自由的强烈渴望，他反思道："你已经看到一个人是怎么变成奴隶的，你将看到一个奴隶是怎么变成人的。"（Douglass, *Narrative*, 66）为了摆脱奴隶制，道格拉斯曾经三次谋划逃离。1836 年，弗里兰德先生把他出租给劳埃德上校时，他曾企图逃跑，但没有成功。同年，他企图从卡维的手上逃走，也失败了。1838 年 9 月 3 日，道格拉斯装扮成水手，搭乘火车离开了巴尔的摩，成功地逃到纽约。

  1841 年，道格拉斯在马萨诸塞废奴主义者主办的会议上发表演讲。他是一名很有气势的演讲者，声音洪亮、逻辑清晰，言辞引人入胜。他身材高大、长发飘逸、神采奕奕，常常是废奴集会上最引人注目的人物。1845 年，道格拉斯应邀访问英国，他作为废奴运动演讲者的名声早已在英国传开。他在英国向同情美国黑奴的人们发表演讲，争取他们对美国废奴运动的支持。不少评论家说，单凭他那出色的口才，就不该是个奴隶。

  他从英国回到美国后，成为美国废奴运动中非裔美国人的主要代表人物，他积极参与"地下铁道"的工作，帮助过许多奴隶逃往北方或加拿大。他出版了在美国黑人社区里最有影响力的报纸《北斗星》（*North Star*）。这份报纸成为他与大众沟通的主要渠道。美国内战期间，道格拉斯积极协助政府招募非裔美国士兵，并在联邦政府担任过美国圣多明各委员会主任和美国驻海地公使等职。

道格拉斯成为美国北方名气很大的逃亡奴隶。但是频频亮相的奴隶身份给他带来了麻烦。根据当时的美国法律，特别1850年生效后的《逃亡奴隶法》，他有可能被原来的主人重新抓捕，再次沦为奴隶。以防万一，就在《弗雷德里克·道格拉斯：一个美国奴隶的生平叙事》（Narrative of the Life of Frederick Douglass, An American Slave, Written by Himself）出版发行之时，他不得不离开美国，去了英国。他所面临的危险并非空穴来风，他原来的主人休·沃尔德曾发誓：一旦道格拉斯回到美国，就要把道格拉斯送回奴隶制。对道格拉斯的自由，他的喊价是750美元。"为了使道格拉斯平安回国，让他的妻子和家人免受骚扰，他的朋友们募集赎金，买下了使他获得自由的法律文件。"（Kawash：47）作为一名废奴主义者，道格拉斯根本不想付赎金。付赎金的行为意味着他认同了"不动产奴隶"法令问题，会产生不良的影响，助长奴隶主的嚣张气焰，似乎"黑奴逃亡"的反抗是无效的、无用的。购买道格拉斯奴隶身份的行为标志着财产逻辑的成立——拥有财产的国民和被作为财产拥有的东西之间的自然区分。国民的人权依赖于人与物的区分。在奴隶制社会环境里，黑奴逃亡的代价不是被抓回奴隶制，就是死亡；奴隶制是建立在财产权之上的。奴隶不管逃亡多远，仍然是奴隶主的财产。美国学者卡瓦西说："一个是被拥有，而另一个是拥有。道格拉斯通过购买的方式获得了公民权。"（Kawash：48）从道格拉斯的遭遇，我们可以看到1850年颁布的《逃亡奴隶法》对逃亡黑奴的生活和命运有多么大的危害性和破坏性。道格拉斯于1895年2月20日去世，享年77岁。

道格拉斯非凡的演讲能力和敏锐的废奴观点使自己成为反击"黑人低下论"的一个活例子，有力地驳斥了"黑奴智商不够，不配做美国公民"的谬论。美国北方许多被"黑人低下论"蒙蔽的白人也开始意识到种族偏见的荒谬性。道格拉斯在从事废奴工作的同时也创作了一些文学作品，其主要文学成就是其三个版本的自传，每个版本都是在前一个版本基础上的扩展。这三个版本分别是《弗雷德里克·道格拉斯：一个美国奴隶的生平叙事》（1845）、《我的奴隶生涯与我的自由》（My Bondage and My Freedom, 1855）和《弗雷德里克·道格拉斯的生平和时代》（Life and Times of Frederick Douglass, 1892）。

这三个版本的自传中，最受美国学界和读者盛赞的是其第一部自传

《弗雷德里克·道格拉斯：一个美国奴隶的生平叙事》。该书于1845年出版，当时不少人质疑这么优秀的作品是否真的是由黑人撰写的。该书文体明畅、用词精确、描写生动、情节震撼，一出版就受到美国读者的喜爱，很快成为畅销书，三年内重印了9次，仅在美国就销售了11000多册，还被翻译成法语和荷兰语，并在欧洲出版。在美国黑奴制里，黑人的启蒙教育、自尊养成和资本欲望等都被白人视为应该装在"潘多拉魔盒里"的东西。在这部奴隶叙事中，白人把教黑奴学文化的行为视为开启"潘多拉魔盒"，害怕黑人有了知识后会认识到奴隶制的本质，从而不愿再当奴隶。而在黑人看来，知识的获得有助于消除自己的愚昧和摆脱白人的欺骗。由此可见，在奴隶制社会环境里"潘多拉魔盒"的开启具有"善"和"恶"的二元性：对白人来讲是"恶"的东西，在黑人看来却是不可缺少的"善"。

《弗雷德里克·道格拉斯：一个美国奴隶的生平叙事》被视为美国国家文学和非裔美国文学的经典之作。著名白人废奴主义者威廉·劳埃德·加里森为该书写序，认为道格拉斯既是口若悬河的演讲家，也是杰出的作家。温得尔·菲利普斯写的赞扬信成为该书的第二篇序言。这部《生平叙事》直线叙述了以美国南方为背景的个人生活经历，高潮是道格拉斯成功逃到北方，摆脱了奴隶制的残酷压迫和人性压抑。这部书把道格拉斯的生活片段以松散的方式串联在一起，以个例的方式图解奴隶制社会里白人的残暴和黑人的善良。为了揭示白人的非人性，这部叙事专门把白人和黑人之间的行为作了鲜明的对比。作者举了5名白人都曾杀害过黑人的事例，而书中的黑人没有犯下些许过错；黑人妇女经常被白人男子强暴，但没有白人妇女成为黑人男子性侵犯的受害者；同时，道格拉斯揭露了黑奴的悲惨生活，黑奴们住在四面透风的窝棚里，穿着破破烂烂的衣衫，吃着猪狗食，过着牛马不如的生活。值得注意的是，在《生平叙事》中道格拉斯经常提及在危难时刻黑人互相帮助和互相鼓励的事例。正如柏里敦·杰克逊所说："黑人之间互相帮助的高尚品格表明了黑人在困境中一定会崛起，因为这个优秀品质曾是人类从蛮荒社会状态中得以进化的基础。"（Jackson：112）

在这部奴隶叙事里，以道格拉斯为代表的黑奴如饥似渴地学习各种文化知识，提高自己的种族觉悟和思想觉悟。奴隶掌握了文化知识后，变得越来越不满既定的奴隶身份和被剥削状态。在白人文化的不间断移入下，黑奴对自己身份和奴隶制社会的认识越来越清晰，采取了各种各样的反抗方式，也产生许多捍卫黑人权益的思想，把获得自由和解放作为人生的奋斗目标。道格拉斯通过其个人经历的描写表明他的经历不是他一个人的特殊经历，而是整个黑人民族在奴隶制社会环境里生存状态的逼真再现。道格拉斯的这部奴隶叙事一方面为揭露美国南方奴隶制的残忍提供了证词，另一方面以自己学文化的事例和撰写出这部奴隶叙事的事实表明了黑人和白人一样也具有读写能力和思想观念的表达能力，驳斥了黑人智力低下论，戳穿了"黑人不是人"的谎言。道格拉斯的奴隶叙事印证了美国牧师西奥多·帕克的论断："我们没有经久不衰的美国文学。我们的学术书籍仅是外国模式的模仿品……我们有一系列只有美国人才能写得出来的作品，我指的是逃亡奴隶的传记。……美国原汁原味的浪漫故事在黑人奴隶叙事中出现，而在白人小说中难寻踪迹。"（qtd. Baker：12—13）因此，以道格拉斯《生平叙事》为代表的黑奴叙事采用的是百分之百的美国素材，在美国白人文学和其他族裔文学里也找不到类似主题，在世界文学中也是首屈一指的；黑奴叙事不愧为美国本土特征最为明显的文学作品之一。

### 3. 哈丽雅特·A. 雅各布斯（Harriet A. Jacobs, 1813—1897）

哈丽雅特·A. 雅各布斯是美国文学史上撰写奴隶叙事的第一位黑人妇女。在《一个奴隶女孩的生活事件》（*Incidents in the Life of a Slave Girl*, 1861）出版以前，几个非奴隶身份的黑人妇女，如贾丽娜·里和泽尔发·厄洛，在其自传里记载了她们的心路历程和社会斗争经历，披露她们接受基督教熏陶的虔诚和迷惘。她们的叙事在本质上不同于雅各布斯的奴隶叙事。雅各布斯为获得自由作了英勇的斗争，不仅是为自己谋取自由，而且还为她的两个孩子谋取自由，这为探究黑人妇女的不屈精神提供了新视角。然而，在其自传中，雅各布斯不论是在自传的封面，还是在其他任何地方，都没有披露自己的真实身份和其奴隶叙事的真实作者。她给自己取名为"琳达·布林特"。按小说家的一般创作方式，她把书中的主要人物和场景都换了名称。"在这方面，我无意掩饰秘密。"雅各布斯在自传的序言里坚持说。但是，她所讲述的事件令人震惊，毛骨悚然。像道格拉斯一样，雅各布斯的逃亡也没能摆脱1850年《逃亡奴隶法》的桎梏。最后，她的自由，也是靠朋友布鲁斯夫人花 300 美元买来的。美国学者卡瓦西指出:"道格拉斯在《叙事》里没讲他获得自由的商业细节,而雅各布斯把这个交易经过写进了她的故事。"(Kawash: 73)

雅各布斯于 1813 年 2 月 11 日出生在北卡罗来纳的伊顿屯。她的许多生活经历都写进其奴隶叙事里。她母亲德里娜是玛格丽特和杭里布娄的奴隶。杭里布娄是当地一家客栈的老板。雅各布斯的父亲丹尼尔·雅各布斯像布林特的父亲一样是一名手艺精湛的木匠,经常被奴隶主租出去干活。雅各布斯很小的时候,母亲就去世了。之后,她和弟弟约翰去母亲的奴隶主玛格丽特·杭里布娄家。以后六年里,玛格丽特教雅各布斯读书、写字和针线活。玛格丽特于 1825 年去世时,立下遗嘱,把雅各布斯送给 3 岁的侄女玛丽·马蒂尔达·诺尔科恩。像雅各布斯在《一个奴隶女孩的生活事件》中所叙述的一样,她和弟弟于 1826 年来到诺尔科恩家。她父亲于 1827 年去世。雅各布斯的祖母莫莉·杭里布娄曾经历过奴隶制的自由黑人,对雅各布斯的一生有着重大的影响。

15 岁时,雅各布斯很快发现做漂亮女黑奴的难处。詹姆斯·诺尔科恩大夫(在作品中常用的称谓是"弗林特大夫")是玛丽·马蒂尔达的父亲,经常对雅各布斯进行性骚扰。她多次拒绝了他的非分要求。作为报复,他故意不让雅各布斯与她爱上的一名自由黑人结婚。诺尔科恩大夫把女奴当成生育下一代奴隶的工具;他通常把与女奴生下的子女卖掉,达到挣钱的目的。为了不让奴隶主的阴谋得逞,雅各布斯就故意与当地的白人律师塞缪尔特·德威尔·索亚发生性关系,生下了两个孩子——约瑟夫和路易莎。她以为,她这样生下的孩子就有可能避免被奴隶主卖掉的危险。然而,雅各布斯的反叛行为并没有阻止诺尔科恩大夫的性骚扰。诺尔科恩大夫于 1835 年专门为她修了一座房子,希望雅各布斯住在那里,从事缝纫工作,并为他提供性服务。该场景与威廉·威尔斯·布朗在《克洛泰尔;或总统的女儿》(1853)和契斯纳特在《雪松后的房子》(*The House Behind the Cedar*, 1900)的场景描写极为相似。女奴隶主诺尔科恩夫人管不住自己的丈夫,把自己的愤怒都发泄在女奴雅各布斯身上,通过折磨雅各布斯来宣泄自己的性嫉妒。

雅各布斯为了躲避奴隶主夫妇的迫害,就逃到外祖母家,躲在外祖母家的阁楼上,一躲就是七年。她起初的"逃亡"方法是奴隶叙事史上最吸引人的描写片段。躲在小阁楼上,她尽可能在狭小的空间里活动身体，每天只能从阁楼的小孔窥视自己的孩子。最后，在朋友的帮助下，她乘小木船到了纽约，在白人玛丽·斯德思和那撒尼尔·帕尔克·威利斯家当女佣。这对白人夫妇对她非常友好，为她提供了基本的文学创作条件，让她把亲历的奴隶经历写下来。她的奴隶叙事于1861年在波士顿出版。雅各布斯于1897年3月7日去世，享年84岁。

雅各布斯的《一个奴隶女孩的生活事件》在美国文学史上是一部标志小说与叙事完全融合的作品，被公认为女奴性骚扰事件最真实的描写。雅各布斯在19世纪50年代初就想把自己的故事写下来。在给其白人好友朱莉亚·泰勒尔的信中，她提及《汤姆叔叔的小屋》。她说那本小说没有提及奴隶制罪恶的一半，希望有"天才"作家能把余下的一半写出来。19世纪60年代末，和白人废奴主义者利迪娅·玛丽亚·伽尔德在一起工作了一段时间后，雅各布斯觉得自己的文化水平有所提高，具有把自己的奴隶经历写下来的能力了。然而，即使是在自己的叙述中，雅各布斯仍然声称不得不有所保留，因为她的许多遭遇是不宜付诸文字的。尽管如此，她的这部奴隶叙事仍然挑战了奴隶主的权威，把奴隶主的道德堕落和好色淫荡描写得淋漓尽致。这一叙事反映了作者的废奴主义思想，有力地驳斥了社会上为奴隶制唱赞歌的种族主义思想。以性问题为基础，她用亲身经历抨击了密西西比州参议员艾伯特·加勒廷·布朗（Albert Gallatin Brown，1813—1880）的蓄奴观点。布朗曾说："奴隶制在道德、社会和政治方面有好处，对奴隶主有好处，对奴隶也有好处。"（Brown：181）雅各布斯在作品中披露了奴隶制的罪恶，如黑人的家庭破碎、奴隶主的性骚扰和奴隶主对逃亡奴隶的残酷镇压，直接否定了白人美化奴隶制的观点。

《一个奴隶女孩的生活事件》向美国北方自由州的人们揭露南部奴隶制的本来面目，激起美国北方妇女对南方两百万黑奴妇女的悲惨遭遇和非人生活的极大同情，"开创了19世纪美国具有开拓意义的女性奴隶叙事文本"（金莉：55）。雅各布斯"以一个违反了女性道德准则的女性为叙事人，大胆触及奴隶制对于女奴肉体的蹂躏和摧残的主题，从而打破了女性文学创作的禁区，开创了女性形象的新视角"（金莉：86）。她塑造的黑奴女性形象比当时美国男性作家撰写的众多奴隶叙事中所描写的黑奴妇女形象更为真实、更为深刻。这部作品的文学价值在19世纪没能引起人们的重视，但在20世纪末，该书越来越受到人们的喜爱。美国评论家拉菲娅·扎法介绍说："这些日子里，看起来每位研究生的阅读书单上都出现了《一个奴隶女孩的生活事件》这本书，选修我的'非裔美国作家'课程的六名学生都已经读了经常在'妇女研究'课上才学的雅各布斯。"（Zafar：2）在美国的威斯康星大学、芝加哥大学和夏威夷大学等许多学校，她的书已列入经典美国文学的教学大纲。

# 第三章 南北战争后的非裔美国文学
# （1865—1902）

## 一、概　述

  南北战争结束到 20 世纪初的这段历史见证了种族主义、民族主义、工业发展和帝国主义在美国的兴起。对美国白人来讲，这是一个技术、商业和金融大发展的时代；而对非裔美国人来讲，这个时代的突出特点是言而无信的政治民主、毫无前途的生存处境、镇压性的法律条款、囚徒式的劳动和灭绝人性的私刑。内战结束后美国虽然废除了奴隶制，但政府给每个南方黑人分配 40 亩地和一头骡子的承诺一直没有兑现。非裔美国人无记名投票的权利也是昙花一现。后南方重建时期的种族制度、白色恐怖主义和种族歧视法律剥夺了非裔美国人的公民权，导致 400 多万刚获得解放的非裔美国人沦落到几乎和奴隶时代同样悲惨的境况。为了寻求更好的生存之路，成千上万的非裔美国人背井离乡，迁徙到南方城市或北方地区，但艰辛的迁移并没有给他们带来预期的幸福生活。城市非裔美国中产阶级开始出现，但未能成为下层黑人的代言人。他们内化了白人的审美观和价值观，看重肤色白皙程度、正规教育和清教价值观，继续推进种族隔离状态下经济、社会和文化设施的发展，并且积极追求与白人平等的政治和生活权利。内战后的非裔美国作家竭力缓解并调和其意识中的张力，这个张力正是由白人和黑人在种族、阶级和性等方面的冲突所引起的。

  非裔美国作家的辛勤工作为非裔美国文学的进一步发展奠定了基础。这个时期的非裔美国作家多半默默无闻地从事创作，很少有白人读者关注他们的作品。著名黑人诗人保罗·劳伦斯·邓巴早年也一直被埋没，直到美国大文豪威廉·迪恩·豪威尔斯①在 1896 年公开认可他的创作才能后，其作品才逐渐被白人读者接受。另一名黑人作家查尔斯·W.契斯纳特也是在豪威尔斯的帮助下，获得在美国主流杂志上发表作品的机会，之后他的作品才赢得了白人读者的喜爱。总的来讲，后南方重建这个历史事件为非裔美国文学的发展提供了肥沃的土壤。邓巴和契斯纳特的出现标志着早期非裔美国文学的结束。此后，非裔美国文学创作开始转向。

这个时期的非裔美国文学出现了民族同化倾向。与此同时，非裔美国作家继续抗议美国社会的种族歧视，出版的黑人诗集中收入了不少谴责种族霸权的诗歌。虽然一些作品，如爱玛·达沦·凯勒（Emma Dunham Kelly）的宗教小说《麦加》（Megda）和詹姆斯·L.杨格（James L. Young）的法语版浪漫小说《海伦·都瓦尔》（Helen Duval），完全回避种族问题，但是大多数非裔美国小说还是抗议美国的种族制度。就非裔美国人在后南方重建时期的生存状况而言，非裔美国作家的抗议是必然的。作为种族同化论者，他们把抗议点集中在美国主流社会对黑人的社会排斥上，其抗议的目的就是要为黑人融入美国主流社会创造一个更好的环境，而不是与美国主流社会分裂。

高雅作品是后南方重建时期非裔美国文学的主要组成部分。高雅文学迎合了种族同化论者的目标，证实非裔美国人与白人一样具有表达美好思想和细腻情感的能力。"当非裔美国人想描写机会均等的同化感时——当他们想显示平等在日常生活中的含义时——他们的创作完全基于文雅的理想。"（Bruce：26）后重建时期，非裔美国作家创作的高雅文学作品对未来充满期盼，认为种族壁垒并不是坚不可摧的，表达了对平等公民权的渴望和乐观态度。他们想创造出优秀作品，建立起非裔作家在美国文学史上的地位，同时也希望自己的作品得到更多读者的喜爱。但是，他们在创作方法上趋于保守，都采用比较"安全"的手法，害怕作品与主流社会世界观和价值观的差异太大。

19 世纪末 20 世纪初，非裔美国作家已经认识到以文字做武器来反对种族主义的重要性。通过文学作品的生动描写，他们图解了种族主义、贫穷和愚昧所带来的痛苦，同时也展现了种族自豪感和种族自信心给非

---

① 豪威尔斯（William Dean Howells, 1837—1920），美国小说家、评论家，美国现实主义文学奠基人，曾主编《大西洋月刊》，著文评价当时的作家，代表作有小说《现代实例》、《塞拉斯拉法姆的发迹》等。

裔美国人带来的快乐。总的来讲，非裔美国作家在 1865 年至 1902 年期间表现出对美国中产阶级价值观的高度认可。对种族偏见和社会不公的抗议主要是来源于非裔美国中产阶级不断提高的政治觉悟和高涨的民主意识。

## 二、1865 年至 1902 年的美国历史背景

起初，亚伯拉罕·林肯和北方的大多数美国人都认为美国内战是为了维护国家统一，对是否废除奴隶制的态度尚不明确。当时，还是有一些北方白人希望战争能够结束奴隶制，但大多数北方白人或者反对解放奴隶，或者根本未曾思考这个问题。随着战争形势的变化，林肯意识到如果不让非裔美国人积极参战，北方就无法打赢这场战争，于是颁布《解放黑奴宣言》(Emancipation Proclamation, 1863)，有效地扭转了南强北弱的战争态势。为维护国家的统一，非裔美国人作出了重大贡献。"联邦军队有大约 178985 名黑人士兵，其中有 37300 名在战争中牺牲。"(Barksdale and Kinnamon：315) 非裔美国人把服役看做是为获得自由而必须付出的代价，他们不仅在战争中流血牺牲，还时常遭遇军队中的各种种族歧视和种族偏见。美国内战的结束彻底改变了美国的政治格局，推进了美国民主和人权事业的发展，解放了 400 万非裔美国人。美国南方奴隶制的结束标志着奴隶制作为一种现代社会体制的终结。

1865 年联邦的最后胜利为美国黑奴制度的根除提供了社会基础和政治保障，这是非裔美国人和废奴主义者的夙愿，但是非裔美国人自由的真正实现还需要数百年甚至更长时间的斗争。这个斗争一直伴随着 1864 年至 1896 年期间的重建工作。重建时期，非裔美国人在南方获得的权益是在白人的仇视下甚至是通过流血牺牲换来的。南北战争后，非裔美国人才有机会组成法律认可的家庭，接受正规教育，建立非裔美国人自己的社会公共机构。非裔美国人本应努力参加选举，积极出任公职，但是真实情况却与之相背。"对黑人而言，民主出现得既短暂又有限。"(Painter：141)

从严格的政治意义上来讲，重建是指 1865 年至 1877 年期间一个州接一个州进行的社会改革。历史学家把南方重建分为两个时期："总统重建期"(1865—1866) 和 "国会重建期"(1867—1877)。林肯总统于 1865 年 4 月被刺杀身亡后，副总统安德鲁·约翰逊继任总统，重新把前南部邦联的州接纳进联邦。约翰逊赦免了前南部邦联高官，恢复其公民地位，把没

收的土地归还给他们，允许前南部邦联支持者恢复其在各州和联邦国会的官职。非裔美国人在总统重建时期没有选举权。那时，南方各州议会，不满在战争中的失败，转而把愤怒发泄在400万刚获得解放的奴隶身上。随着臭名昭著的"黑色法典"的颁布，南方白人剥夺了南方非裔美国人的民权，使他们在白人暴徒的肆虐面前毫无还手之力，任人宰割。

1867年，国会实施的"南方重建"计划正式启动。国会从约翰逊总统手中夺过控制权，授予非裔美国人应该依法享有的政治权利。同年3月，共和党占优势的国会通过了《重建法》（*Reconstruction Act*），取消了"黑色法典"中的许多限制性规定，在南方实施军事管制，为非裔美国人提供联邦保护。不久，国会在联邦宪法里加入了《第十四个修正案》，对所有美国公民，不论是白人还是黑人，给予平等的司法保护。1870年《美国宪法第十五个修正案》获得通过，该法规授予选举权给所有少数族裔美国人，包括刚获得自由的所有非裔美国人。尽管种族隔离依然存在，非裔美国人第一次享有接受教育的合法权利。当时，绝大多数非裔美国人还是文盲或半文盲。

此外，国会专门设立自由民管理局（Freedmen's Bureau）来保护南方非裔美国人的合法权益。通过这个管理局的协调和疏导，成千上万的北方进步人士来到南方建立学校，建立合作性组织，为刚获得解放的奴隶提供各种教育机会，培养南方黑人的就业能力和公民意识。1865年至1870年的短短五年里，管理局建立了4000所由北方人士提供师资的学校；教会和慈善组织建立的一些学校渐渐发展成为独立的学院。正如美国学者小亨利·路易斯·盖茨所言："1866年至1868年期间，美国南方建立起了菲斯克大学、莫尔豪斯大学、霍华德大学、亚特兰大大学、塔拉德噶大学和汉普顿大学。"（Gates：463）各个层次的黑人教育在南方重建时期获得了大发展，为提高非裔美国人的政治觉悟和工作能力作出了不可磨灭的贡献。

南方重建是非裔美国人追求真正自由的一个短暂亮点。1877年联邦军队撤离南方后，州和联邦的法院废除了保护非裔美国人的法规，行政权力又归还给民主党人，这标志着南方重建的结束和失败。非裔美国人在南方重建中获得的社会和经济权益很快被剥夺。"1866年成立的三K党和其他联防治安维持团体一起，开始了镇压黑人的行动。"（Painter：151）后南方重建时期，民主党人企图摧毁黑人的政治力量，彻底剥夺他们的公民权。尼尔·欧文·佩恩特尔说:"恐怖主义迫使南方重建夭折,其他政治问题,如公共债务、腐败和经济困难,也是南方重建失败的推手。"(Painter: 151) 19世纪80年代以后,白人的暴行摧毁了南方重建的民主承诺,大多数非裔美国人在南方失去了选举权。

南方重建初期,大量穷人,包括黑人和白人,积极参加政治活动,制定有利于穷人的政策。但是,南方重建后期,南方各州秉承所谓"精英阶层"的意志办事,大肆宣扬白人至上论,并且把穷人按种族划分。尼尔·欧文·佩恩特尔说:"几乎不提供公共服务的小政府成为19世纪末20世纪初民主党控制下的南方的标志。"(Painter: 157)

1880年,对非裔美国人实施种族隔离的政治措施取得了合法地位。这个时期,非裔美国人的权益被政治家们抛之脑后,像赛杜斯·史蒂文斯①和查尔斯·桑尼尔②那样关心黑人问题的政治家已经去世,废奴团体在奴隶制废除后也很快消亡。随着工业化和机械化的发展,非裔美国人体力劳动的重要性减弱,不少白人开始把黑人视为工业化北方和农业化南方的累赘。1881年进入司法实践的种族歧视和种族隔离措施一直延续到20世纪60年代,南方各州相继通过了一系列实施种族隔离的法律,干涉到黑人社会生活的每一个层面,包括殡葬丧事务、银行业和餐饮娱乐业等,这些限制黑人人身自由和剥夺黑人基本人权的法律被统称为"种族隔离法"。任何阶层的非裔美国人都坚决反对"种族隔离法"把黑人低下的社会地位和限制性使用公共设施等作为条款写进法律。尽管处于种族隔离的社会环境,种族之间的交往还是很普通的事,因为白人总得雇用黑人在农场干活或做家务。马克·纽曼在《民权运动》(*The Civil Rights Movement*,2004)一书中指出:"与黑人同乘一个交通工具内含的平等,导致白人用法律把黑人隔离开来,这事以前早就有了,但没有'写下来'的制约种族行为的明文规定,也就是说,在法律上并没有明确下来。"(Newman: 7)

实际上,南方各州从来没有给非裔美国人提供平等的娱乐设施和交通设施,州和地方政府在没有议会介入的情况下颁布了一系列隔离法规,

---

① 赛杜斯·史蒂文斯(Thaddeus Stevens, 1792—1868),宾西法利亚人,共和党领导人,美国众议院最有影响力的议员之一。在美国内战和南方重建期间,他参与了支付美国内战借款的许多金融立法工作。

② 查尔斯·桑尼尔(Charles Sumner, 1811—1874)是来自马萨诸塞州的美国政治家。他是学识渊博的律师,具有雄辩的口才,担任马萨诸塞州废奴组织的领导人,坚决主张在全国废除奴隶制。

国家内部种族敌意的氛围被强化。1883年联邦最高法院废除了"1875年民权法",南方的非裔美国人重新陷入任由白人宰割的境地。"美国政治理想家在19世纪60年代中期关心的非裔美国人在19世纪80年代中期成为种族歧视的受害者。"(Barksdale and Kinnamon：316) 一些非裔美国人通过法院质疑种族隔离的合法性,但最高法院在"普莱西诉弗格森案"①中裁决：只要分隔的设施是相等的,就是合乎宪法的。这个无理的裁决充满了种族偏见,给黑人安排的分隔设施与给白人安排的分隔设施应该平等的概念在日常生活中被忽略,导致白人使用优等的公共设施,而黑人使用次等的。

这个时期白人对种族平等和社会正义问题的支持度不断下降。查尔斯·桑尼尔(Charles Summer)和威廉·劳埃德·加里森等废奴领导人相继去世,他们的政治影响力大不如从前,后继者虽在南方重建时期逐渐成熟起来,但都着迷于以经济繁荣和社会流动为特征的美国梦。制造业、交通运输和科学技术的迅猛发展开阔了人们的眼界。19世纪末也是美国帝国主义扩张的年代,美国征服了加勒比海和太平洋的许多地方,包括波多黎各、古巴和菲律宾。此时的美国国会通过了排斥墨西哥人和中国人的法案,后来还通过了排斥日本人、菲律宾人和南亚人的法案,其中最为臭名昭著的法令就是1882年的《排华法案》(*Chinese Exclusion Act of 1882*)②。欧洲移民的涌入为美国提供了大量劳动力,他们在技术行业和劳务方面享有比黑人优先的就业机会。不久,木匠、铁匠、桶匠、造船工和产业工人都已经建立起全是白人的工会。爱尔兰的保姆替代了黑人保姆,以前的黑人管家变成了街头的擦鞋匠,黑人侍者变成了洗碗工,黑人厨师也被欧洲厨师取代。"如果理发师还想有白人顾客光临的话,他就不能用同一把剪子给黑人理发。甚至擦鞋匠也不能用为黑人擦鞋的同一块布来擦英美人穿的皮靴。"(Gates：465) 这时的美国变成了一个到处充斥着种族歧视的社会。

---

① "普莱西诉弗格森案"(*Plessy v. Ferguson*)是美国联邦最高法院于1896年作出的一个轰动一时的判决,支持下面各州关于在公共设施范围里实施种族隔离的法律,认为这样的隔离是在"隔离但平等"的前提下,因而都是合法的。这个判决直到1954年才被最高法院在终审"布朗诉教育委员会"一案时宣布违宪,被彻底废除。

② 《排华法案》(*Chinese Exclusion Act of* 1882)是美国总统切斯特·A. 亚瑟于1882年5月8日签署的美国联邦法律。这个法规允许美国中止中国移民,国会很快采取措施,中止中国移民的审批工作,这项禁令执行了十年。

19世纪末，美国种族主义思想的发展为种族隔离和剥夺黑人公民权提供了理论托辞。白人至上论的支持者，例如麦迪逊·格兰特（Madison Grant），认为人类应该按种族划分等级，理由是遗传学认为白人是比其他人种和混血人更高级的人类。1882年至1901年期间，非裔美国人的死刑执行率达到顶峰。美国学者马克·纽曼说："白人声称死刑是为惩罚非裔美国人强奸白人妇女而设立的，但是大多数私刑受害者是被控犯了谋杀罪或谋杀未遂罪，而不是性犯罪。"（Newman：9）白人至上论者通常以白人妇女被黑人强奸为借口，激起白人公众对非裔美国人的仇恨，认为黑人无道德、无教养、无法无天，把黑人视为美国社会的最大祸端。

针对非裔美国人的暴力事件频频发生，美国变成了一个充满矛盾而又更加不公平的社会。即便如此，非裔美国人的文化经济水平在种族隔离期间仍然有所发展。"非裔美国人的文化程度在19世纪末有所提高，非裔美国中产阶级人数不多，但是富裕社会精英的数量和影响力在增加。"（Gates：466）南方的许多非裔美国人在19世纪60年代末和70年代纷纷离开家乡，到城市去谋生。南方的黑人纷纷脱离白人教堂和教派，建立自己的教堂和教派。黑人城市教堂有了自己的牧师，摆脱了屈从于白人教会的地位。这些牧师与农村的黑人牧师不一样，他们在经济上不受白人控制，城市的黑人社区为黑人教堂提供开支和牧师的工资。"种族隔离，不管是实际上的还是理论上的，有助于确保城市黑人中产阶级在南方和北方的发展。"（Newman：8）非裔美国中产阶级为黑人社区提供各种服务，如银行、理发、保险、丧葬、商店等，这些白人不愿给黑人提供服务的行业实际上为非裔中产阶级和非裔资产者带来了巨额财富，极大地促进了黑人工商业和服务业的发展。

像其他非裔美国人一样，美国南方的非裔中产阶级在19世纪90年代和20世纪初也丧失了选举权。南方美国黑人因种族隔离制度，被迫使用质量低劣的公共设施，同时被排斥在社会政治体系之外，成为白人可以随意施暴的受害者。当时，黑人主要靠白人的雇佣而谋生，几乎没有切实可行的办法来抗议美国社会的种族歧视。"非裔美国人通过家庭、教堂和社团为自己建立一些文化和生活设施。具有反讽意味的是，种族隔离无意中促使了美国黑人商业的发展，尽管白人在南方严格限制非裔美国人的生存空间。"（Newman：9）白人对非裔美国人实施的种族隔离迫使非裔美国人在社会生活中更加依靠自己，黑人社区工商业的发展为第一代非裔美国中产阶级和非裔美国资产者的产生开辟了一条新路。非裔美国有产阶级的出现在非裔美国政治和非裔美国文学的发展过程中起着不可低估的重要作用。

## 三、1865 年至 1902 年的非裔美国文学概况

1877 年南方重建失败后，非裔美国人的生存状况更加恶化。恶劣的社会环境使苦难的非裔美国人雪上加霜，但却激发了非裔美国作家前所未有的文学创作热忱。一个新的非裔美国文学传统就此形成——揭露非裔美国人成为美国公民后却享受不到公民权利的窘境，抨击白人的制度化种族歧视，指出非裔美国人二等公民地位与美国民主的悖论。这一文学传统一直延续到 1915 年才有所改变。这一时期的文学作品是非裔美国人处于艰难时代的产物。总的来讲，像所有的非裔美国人一样，非裔美国作家所面临的白人种族主义者残酷至极，因此历史学家雷弗德·W.洛根（Rayford W. Logan）把这个时期标识为黑人历史上的"最低谷"。（Bruce：314）非裔美国作家从 1865 年到 1902 年期间创作的文学作品主要是讲述非裔美国人遭受美国主流社会排斥后所产生的各种悲惨经历，展现由于美国政府没能兑现关于种族平等和社会公正的承诺而带给黑人的失望、恐惧和挫折感。

白人种族主义的暴行为非裔美国人的文学创作活动提供了难得的素材。非裔美国作家以笔为武器，与种族主义思想和行为作了不屈不挠的斗争。"非裔美国作家相信，文学能够沉重打击被形容为像九头蛇一样难以根除的偏见。"（Bruce：2）弗雷德里克·道格拉斯在其自传里揭露了奴隶制的种种罪恶；查尔斯·W.契斯纳特（Charles W. Chesnutt）在小说《一脉相承》（The Marrow of Tradition）里抨击白人的种族主义思想，揭露种族主义者迫害黑人的反人类暴行。

随着黑人种族觉悟的提高，黑人女权主义思想也开始活跃起来。安娜·朱莉亚·库珀（Anna Julia Cooper，1858—1964）积极捍卫妇女的合法权益，抨击白人种族主义者对黑人妇女的压抑和迫害。在《来自南方的声音》（A Voice from the South，1892）里，库珀讨论的话题从妇女权利到种族进步，从种族隔离到文学批判，层层深入。她认为妇女在一个种族的新生和提升过程中承担着重要的作用，因此妇女应该接受良好的教

育。库珀还认为所有的妇女应该被授予选举权,并指出妇女担任政府官员,有助于促进理智、正义和爱的道德力量在美国政府中的主导地位。她还指出种族隔离的制度破坏了国家的基本职能,不仅助长了人性中恶的一面,还给美国的文化艺术生活带来恶劣的影响。她呼吁非裔美国作家站在种族平等的角度观察世界,而不是去迎合白人读者的品位。在库珀看来,非裔美国人的贫穷是奴隶制的后遗症,教育是非裔美国人追求富裕生活的基石和最佳途径。

这个时期的许多作家都相信生机勃勃的非裔美国文学会提供强有力的证据来驳斥非裔美国人低下的思想。一些优秀非裔美国评论家评估了自19世纪90年代末以来非裔美国文学的发展过程。他们说:"我们的文学尚处于婴儿期,在艺术、科学、哲学和诗歌等领域迄今为止占据的空间还很狭小。"(Bruce: 2)但是,非裔美国人取得的文学成就表明非裔美国人有能力处理最高层次的思维和文化活动。他们还指出,长期以来白人作家把非裔美国人丑化成智力低下、道德缺失、没有主见的形象,非裔美国作家消除这些负面影响的工作还任重而道远。非裔美国作家在创作中将继续捍卫黑人种族的人权,揭示美国社会内在的悖论:美国,这个世界上最讲民主和自由的国家,却把压迫黑人合法化,把黑人当做美国社会的边缘人和局外人。

南方重建时期出现了一批文学新人,其代表人物有伊莱贾·史密斯(Elijah Smith)和约翰·威利斯·米纳尔德(John Willis Menard)。由于他们的作品大都发表在非裔美国人编辑的出版物上,读者也主要是非裔美国人,所以他们没能像先前的非裔美国作家那样获得全国性声誉,在文学史上也经常被文学史家所忽略。19世纪90年代,查尔斯·契斯纳特和保罗·劳伦斯·邓巴被公认为"一流作家",这标志着非裔美国作家从全国性文学舞台缺席近30年后的再度崛起。

这个时期,非裔美国小说的发展较为平缓。1902年前出版的小说只有寥寥几部目前仍受到评论家的关注,如弗兰西斯·E. W. 哈珀尔的《艾奥拉·勒罗伊》(*Iola Leroy*, 1892)、萨藤·E. 格里格斯(Sutton E. Griggs)的《国中之国》(*Imperium in Imperio*, 1899)、契斯纳特的《雪松后的房子》(*The House Behind the Cedars*, 1900)和《一脉相承》(*The Marrow of Tradition*, 1901)以及邓巴的《众神的游戏》(*The Sport of Gods*, 1902)。

除邓巴之外,其他非裔美国诗人在全国几乎无人知晓。当时白人作家把持的美国文坛漠视非裔美国作家的存在,并且认同滑稽说唱团丑化了的黑人形象。许多诗人写的诗歌不是充满了辛辣的种族抗议,就是流淌着逃避现实的浪漫主义思想。詹姆斯·麦迪逊·贝尔（James Madison Bell, 1826—1902）、詹姆斯·惠特菲尔德（James Whitfield, 1823—1878）和阿尔伯里·惠特曼（Albery Whitman, 1851—1902）等诗人沿袭了乔治·摩西·霍尔敦的传统,通过诗歌披露非裔美国人在南方重建时期的痛苦经历。安妮·柏拉图（Anne Plato）和亨丽·埃塔雷（Henrietta Ray）等诗人创作了逃避现实的浪漫主义诗歌。另外,还有一些方言诗人,如詹姆斯·坎贝尔（James Campbell）、伊莉尔特·亨德森（Elliot Henderson）和丹尼尔·戴维斯（Daniel Davis）。他们的诗歌顺应了白人心目中对黑人的偏见,其笔下的非裔美国人都没有崇高的理想,整天沉溺于唱歌跳舞或嘻哈打闹之中。

如果说邓巴和契斯纳特的创作风格与1865年至1902年期间的时代潮流格格不入,那么黑人传记作品更容易受到读者的欢迎。当时,许多名人或有成就的人,如约翰·麦尔瑟尔（John Mercer）、弗雷德里克·道格拉斯、丹尼尔·佩恩（Daniel Payne）、布克·T.华盛顿（Booker T. Washington）等,都在他们的自传或传记里讲述如何获得成功的故事。这类作品长期以来都受到人们的喜爱。社会舆论把内战后的美国看做是实现个人抱负、发挥主观能动性和无拘无束地谋求个人发展的圣地。在这样的社会氛围里,布克·T.华盛顿受到大家的推崇,他通过个人奋斗从奴隶荣升为塔斯克吉学院院长。与华盛顿的经历相仿,佩恩主教本是南卡罗莱纳州的一名孤儿,后来通过个人奋斗,成为AME教会①主教和威尔伯福斯大学校长,受到崇尚个人奋斗的美国人的尊重和钦佩。华盛顿和佩恩在种族主义社会环境里所展示出的超人的坚忍、勤奋、进取心,给非裔美国人传递了一个重要信息:只要黑人遵循节俭、勤劳、虔诚等美国价值观,美国也可能成为他们个人奋斗成功的福地。

这个时期,不少白人作家撰写了歧视和贬低非裔美国人的作品。在

---

① AME教会的全称是"非洲循道宗主教派教会"（African Methodist Episcopal Church）。它是由理查德·艾伦牧师于1816年在费城建立的一个循道宗教派。这个教派的教徒主要由非裔美国人组成,不受白人循道宗教会的控制。这个教会是西半球的重要宗教派别之一,反对把非洲裔美国人视为二等公民的一切宗教解释,并且声称上帝永远是上帝,是所有人的上帝。该教会是在抗议奴隶制的斗争中诞生的,主要宗旨之一就是反对奴役非洲黑人。

他们的笔下，非裔美国人被丑化为黑色的野兽、黑妈咪女佣、无耻荡妇、小丑或粗俗而愚蠢的人。当时的出版社都想让非裔美国作家继续描写这类非裔美国人形象，似乎不这样写，所刻画的非裔美国人形象就不真实。因此，邓巴和契斯纳特等非裔美国作家对出版社的要求感到左右为难。答应出版社的要求，无异于是在助长白人的偏见；拒绝这样的要求，自己的作品又无法出版。邓巴和契斯纳特只好求助于同情黑人作家的威廉·迪恩·豪威尔斯（William Dean Howells）。豪威尔斯是当时的文学大家，给予他们大力的帮助。尽管如此，这两名黑人作家也不得不在文学创作中戴上了"面具"——契斯纳特掩饰了自己的种族身份；邓巴则表面上采用白人的种植园文学传统。换句话说，他们两人表面上顺应白人对非裔美国人的偏见，但在作品隐含的意思中又颠覆了这些偏见，熟悉黑人民间文学传统的读者都能洞悉到其作品的真实含义。

非裔美国作家在这个时期经常遭遇白人出版商提出的无理要求。白人读者希望在非裔美国作品里见到滑稽说唱团使用过的粗俗笑话，因为白人评论家在解释黑人素材时经常引用这些笑话。如果非裔美国作家在自己的作品里不提及这些粗俗笑话，白人读者就会认为这些作品的描写不真实，继而失去对作品的兴趣。非裔美国作家想在表面上满足白人的这些要求，但又不愿以牺牲黑人种族的尊严为代价。然而，在实际生活中，非裔美国作家的初衷经常事与愿违。

## 四、南北战争后的非裔美国诗歌

南北战争后的非裔美国诗歌表达了非裔美国人在历史上最艰难时刻的思想和情感。这一时期的杰出诗人主要有阿尔伯里·A. 惠特曼、詹姆斯·埃德温·坎贝尔和保罗·劳伦斯·邓巴。他们把非裔美国人对美好生活的渴望融入诗歌的情感抒发，使非裔美国诗歌形式与内容的有机结合达到了一个新的高度，为哈莱姆文艺复兴时期非裔美国诗歌的繁荣奠定了坚实的基础。

### 1. 阿尔伯里·A. 惠特曼（Albery A. Whitman，1851—1902）

阿尔伯里·A. 惠特曼是19世纪下半叶的非裔美国诗人。他于1851年出生在肯塔基州哈特县的一个奴隶家庭。惠特曼当过12年奴隶，只上过一年学。他一生中出版了五部诗集，他的艺术生涯和生活经历证实了他的箴言："逆境是英雄品质的学校，忍耐显现一个人的崇高，希望是远大抱负的火炬。"（Worley：232）惠特曼 12 岁时沦为孤儿，一直在他出生的农场干活。1864 年至 1870 年期间，他在俄亥俄和肯塔基的犁头车间当过工人，修过铁路，还当过一段时间的教师。1871 年他在威尔伯福斯大学拜著名学者丹尼尔·A. 佩恩为师，之后担任该校的财务总监。他虽然没受过多少正规教育，但是通过勤奋自学，获得了渊博的知识，于 1877 年成为 AME 教会的杰出牧师。他热爱诗歌创作，被美国学界视为邓巴之前最多产的非裔美国诗人。

惠特曼的第一部诗集《关于十场瘟疫的论文和其他杂诗》（*Essay on the Ten Plagues and Other Miscellaneous Poems*）写于 1873 年以前，就诗集的数量而言，他比同时代的文学家更多产一些。他的第一首诗歌《陷入迷途的莉娜》（"Leelah Misled"，1873）由 118 个诗节组成，讲述了诱惑与背叛的故事，但是这首诗歌强调人对自然之法的扭曲，感叹人类欢乐的瞬间性，展示美德与邪恶的较量，涉及佐治亚的社会现状与当时的宗教伦理。虽然该诗没有以种族问题为主题，但是凸显了惠特曼长篇叙事诗的独特艺术风格。

他的另一首诗歌《不是人，又是人》（"Not a Man and Yet a Man"）发表于 1877 年，以种族问题为主题，但是像《陷入迷途的莉娜》一样，他使用了过多的情节剧成分。以奴隶制时代为背景，诗人讲述了黑奴罗德尼的浪漫故事。通过罗德尼从奴隶到自由民的人生历程，该诗把勇敢的印第安人与背信弃义的"文明"白人作了鲜明的对比。在故事开头部分，他从印第安人强盗手中救了奴隶主爱女的命。当她正要向他表白爱情的时候，他却突然被卖到南方去了。在南方，他爱上了美丽的黑奴女孩莉娜。经过危机、灾难和令人毛骨悚然的冒险经历后，罗德尼和莉娜逃到加拿大，找到了自己的爱情、欢乐和自由。美国内战后，各种浪漫故事充斥文坛，19 世纪七八十年代的小说和诗歌里出现过许多"罗德尼与莉娜"式的爱情故事。

惠特曼最享盛誉的作品是诗歌《佛罗里达的强奸》（"Rape of Florida"，1884）。该诗详述了西米诺尔人①战争（1816—1842）中发生的许

---

① 西米诺尔人是居住在美国佛罗里达和俄克拉荷马州的北美印第安人。

多事件，用大量实例说明了在财富世界之外原始本性的可贵之处，赞扬了印第安人和非裔美国人的勇猛精神，认为上帝之爱和土著人之间的爱超越了教堂、国家和军队的仇恨和虚伪。这部作品是模仿朗费罗的长诗《海华沙》的风格创作而成的史诗，展示了美国印第安人的悲剧人生。这首诗按斯宾塞诗体写成，含有许多诗章，稍加修改后于1885年再次发表，题目改为《特瓦生塔的西米诺尔人；或，佛罗里达的强奸》。

美国读者和学界对叙事诗《不是人，又是人》和《佛罗里达的强奸》的好评极大地鼓舞了惠特曼的创作热忱。这两首诗和更早时候出版的诗歌《漂浮的树叶》("Drifted Leaves")合并在一起于1890年再次印刷，这更加扩大了惠特曼的知名度。他于1893年8月25日和其他非裔杰出人物一起出席了芝加哥世界博览会，和道格拉斯、邓巴和其他重要人物一起站在主席台上。惠特曼朗诵了一首专门为这次博览会而撰写的诗歌，诗歌的题目是《自由人的胜利之歌》。他的妻子卡蒂·惠特曼也朗诵了从诗集《飘忽的树叶》里选出的一首诗《老兵》。

惠特曼的封笔之作是《南方的田园诗，一首由两部分组成的史诗》(*An Idyl of the South, an Epic Poem in Two Parts*)。诗歌的第一部分《有八分之一黑人血统的黑白混血儿》(*The Octoroon*)于1901年发表，讲述了奴隶主与女奴的爱情故事，揭示了种族歧视与人间真情的张力，抨击了不合理社会制度的荒谬性。史诗的第二部分《南方土地的魅力与自由的重要性》(*The Southland's Charms and Freedom's Magnitude*)于1902年发表。不久，惠特曼因病去世，享年51岁。

惠特曼写道："诗歌是共同思想情感的语言。诗歌之声是驻守在所有人灵魂里的永恒之声。她的目的在于诱发人们对宇宙万物的思考，她的胜利是真、善、美的再现。"(Jackson：156)惠特曼的艺术不是功利性或辩论性的，而是唯美主义的，一切都是为了显示黑人种族的艺术创造才能。他撰写了成熟的浪漫主义诗歌，再现传说中的田园世界；把现实世界看做是人类无限潜能的蕴藏之地；展望被人间之爱和诗歌天才美化了的未来世界。惠特曼竭力模仿19世纪的伟大浪漫主义诗人，但是他在创作技巧上比较薄弱，诗句显得冗长，押韵不到位，措辞转换生硬，修饰手法过于夸张，说教过多，有点偏离主题。不过，惠特曼的戏剧感很强，擅长于充满悬念的叙述，尤其是浪漫情节的描写，能真切地表达感伤、反讽和情爱。而且，他还大胆创新，在史诗般长度的诗歌里使用变化多端、难度系数较高的韵律和押韵格式，使其诗歌的音乐性适应于不断变化的情绪和含义。这些诗歌技巧有助于使读者感受到诗人的创作荣誉感、种族自豪感和艺术敏锐感。他的"男子汉"准则激励非裔美国人为自己在美国的社会地位和政治地位而去作不懈的奋斗。

### 2. 詹姆斯·埃德温·坎贝尔（James Edwin Campbell，1867—1896）

坎贝尔肖像
（图片来源：wvstateu.edu）

詹姆斯·埃德温·坎贝尔是19世纪末的非裔美国诗人、编辑、教育家和短篇小说家。他是用南方种植园方言创作的第一位非裔美国诗人，他所使用的方言几乎接近于种植园的日常话语，带有强烈的乡土气息和南方文化特色。邓巴以方言诗而出名，但坎贝尔创作方言诗的时间比邓巴还要早好几年。

坎贝尔于1867年9月28日出生在俄亥俄州坡米洛依。人们对他早年生活的细节一无所知。在坡米洛依，他进过公立学校，然后在俄亥俄州的迈阿密大学牛津分校读书。他于1884年毕业于坡米洛依高等学校后，在俄亥俄州担任过教师，后应聘到西弗吉利亚的兰斯顿学校担任校长。他从1892年至1894年担任西弗吉利亚黑人学院的第一任院长，该学院是现在的西弗吉利亚大学的前身。他擅长公众演讲，逐渐发展成为当地知名的政治活动家。之后，他到芝加哥工作，担任《时代使者》（Times—Herald）的职业撰稿人。在这期间，他发表了不少诗歌和文章，并参与编辑了风靡一时的文学刊物《四点钟杂志》。坎贝尔于1896年回家乡坡米洛依省亲时因肺炎而病逝，享年29岁。

坎贝尔的主要作品是文集《漂流与拾遗》（Driftings and Gleanings，1887）和诗集《来自棚屋和其他地方的回响》（Echoes from the Cabin and Elsewhere，1890）。《漂流与拾遗》收录了他用标准英语写作的诗歌和散文。他的诗集《来自棚屋和其他地方的回响》被学界认为是19世纪最佳方言诗集。在这本诗集里，他把现实主义和民间智慧与韵味十足的民间方言有机地融为一体，散发着浓郁的生活气息。该诗集收录了许多方言诗，其中一些方言诗的创作时间比邓巴还要早。他使用的方言非常接近于南卡罗来纳的格勒人①。《老医生兔子》是坎贝尔收录在其诗集的一首方言诗，通过寓言式的民间讲述方法，讽刺人类的虚伪。在这首诗里，兔子医生一点不关心病人，却对谋取高收入和社会地位感兴趣，诗人对他的观察和描述生动而具体。坎贝尔对非裔美国灵间话语采用现实主义的、非文学性的处理方式，有时也使用到格勒方言的语言模式。在《老医生兔子》里，他写道：

  他一把抓起礼帽，一把拿起拐杖，
  书斋——"砰！"走出门——他坐车走了。

  这两行诗句借用南方乡村黑人方言的轻快节奏，描写兔子医生匆忙就诊后迅速离开的情景，暗含他对病人不够关心。他的医德在下面两行诗句里表现得更是淋漓尽致：

  这个人想病好，那个人想病好，
  钱得进入兔子医生的钱袋。

  诗人揭露了兔子医生在行医时的贪婪。他在大肆捞取钱财的同时，失去了做医生的道义和良心。坎贝尔使用黑人方言生动地讽刺了不良的社会现象。
  坎贝尔的诗歌大量采用了南方黑人方言，具有浓郁的乡村生活气息。其诗歌的主题多是涉及当时的一些社会现象，主要讽刺了社会生活中人性的某些阴暗面。由于其阶级局限性，他的作品未能体现黑人作家的种族意识，也没能描写出南方黑人的真实生活画面。

### 3. 保罗·劳伦斯·邓巴（Paul Laurence Dunbar, 1872—1906）

  保罗·劳伦斯·邓巴是第一位获得全国声誉的非裔美国诗人，其作品深受美国读者喜爱。虽然有时他被贬为"汤姆大叔"，但他是第一位靠创作养活自己的非裔美国人。由于他的收入依赖于风云多变的读者市

---

① 格勒人是指居住在美国南卡罗莱纳、佐治亚和被佛罗里达海岸一带以及沿海岛屿的非裔美国人。

场，因此，他不愿公开质疑白人的偏见，也不愿公开与白人就种族问题发生正面的冲突。从生态批评的角度来看，其诗歌所表现的西部农村价值观在许多方面与种植园文学传统的反工业化倾向很吻合。邓巴的视野是乡村，其诗歌带有浓郁的乡土气息，但也不失浪漫情调，只是疏远了崛起中的非裔美国中产阶级所关心的社会问题。逃避工业文明是邓巴作品的基调。他通过方言诗和种植园故事在"美国南方的金色传说"① 里寻求唯美的文学表达。

邓巴于1872年6月27日出生在俄亥俄州德顿的一个黑奴家庭。他的文学造诣在中学时代就初露头角，他担任过学校报纸的主编、文学社社长和班级诗人。他放弃牧师职位后，当了开电梯的小工。他在业余时间阅读了大量书籍，并从事诗歌创作。当时的知名作家罗伯特·尹格索尔（Robert Ingersoll）和威廉·迪恩·豪威尔斯在《哈珀尔周刊》（*Harper's Weekly*）上把邓巴介绍给广大读者。这些知名作家的大力推介打开了邓巴作品的销路，最后邓巴成了一名职业作家。他的方言诗尤为出名。从1893年至1906年他去世前，他出版了许多方言诗集。他的第一本诗集《橡树与常春藤》（*Oak and Ivy*）于1893年出版。他在1895年和1896年先后出版了诗集《成年人和未成年人》（*Majors and Minor*）和《平庸生活的抒情诗》（*Lyrics of Lowly Life*）。这两部诗集大获成功。十年后，邓巴成为美国最受欢迎的诗人。刊发过他的诗歌的重要期刊有《世纪》、《大西洋》、《观察》和《周六夜晚邮报》等。他的诗作吸引了大批白人读者和黑人读者，反响热烈。他把用规范美国英语撰写的诗歌称为"主要作品"，把用黑人方言写成的诗歌称为"次要作品"。从个人的角度讲，邓巴喜欢用规范英语创作的诗歌，但社会上的读者，尤其是白人读者，只喜欢他用黑人方言写成的诗歌。这些方言诗的销路很好，但却强化了白人对非裔美国人的许多偏见。

邓巴方言诗的源头呈多样性，但最主要的源头却是白人作家托马斯·尼尔森·佩奇（Thomas Nelson Page）和厄温·拉塞尔（Irwin Russell）开拓的种植园文学传统。另外，他也深受詹姆斯·惠特科恩柏·莱利（James Whitcomb Riley）的乡土作品的影响。邓巴很钦佩莱利，而莱利也很喜欢邓巴的作品。邓巴的方言诗也可以视为乡土作品，成为非裔美国文学的一大

---

① "美国南方的金色传说"是指被种植园文学作家美化了的南方种植园非裔美国人的生活。在这个传说里，非裔美国人在奴隶制里过着幸福的生活。

特色。美国学者迪青森·布鲁斯说："邓巴是用黑人方言创作的开拓者之一，这种评价不会贬低其对非裔美国文学传统的贡献。"（Bruce：58）

邓巴通过方言作品描写黑人的民间生活，所采用的既爱又恨的创作态度不局限于诗歌。此外，邓巴还创作了大量的短篇小说，其中有不少关于黑人民间人物的种植园故事。邓巴的一些种植园短篇小说，如《信仰疗法大师》（"The Faith Cure Man"，1900）、《伊里夏·爱德华兹牧师富有成效的睡眠》（"The Fruitful Sleeping of the Rev. Elisha Edwards"，1900）和《过去的圣诞》（"The Past Christmas"，1900），对非裔美国人过去的生活持积极的看法。与其大多数方言诗一样，邓巴的小说贴近民间文学传统，显现了他对非裔美国民间文学的吸收和传承。因此，在邓巴的种植园故事里，读者感受到在其方言诗里出现过的同类张力。一方面，他尽力疏远下层非裔美国人，不愿把自己与他们等同；另一方面，他努力保留黑人民间文学传统，把它与非裔美国人的优良品质联系在一起，并植入其文学作品。

邓巴一生中写了四部小说。他的第一部小说《未被召唤》（The Uncalled，1898）是其最成功的小说，被学界公认为是他的精神自传。这部小说克服了传奇剧似的描写手法，把矛盾冲突和毅力养成的描写设置在心理层面，而不是情节演绎的通俗层面。他的另外三部小说是《兰德利的爱情》（The Love of Landry，1900）、《狂热者》（The Fanatics，1901）和《众神的娱乐》（The Sport of the Gods，1902）。邓巴是美国文学史上最早揭示中产阶级精神特质的作家之一。除了诗歌、短篇小说和长篇小说之外，他还和威尔·马里昂·库克合作撰写了一个音乐喜剧《克洛林迪》（Clorindy），这个剧本在纽约城上演，大获成功。邓巴于1906年2月9日去世，享年32岁。

邓巴曾经对詹姆斯·威尔敦·约翰逊抱怨说："方言是唯一让白人听我说话的途径。"（qtd. Mullane：351）他心里很苦恼，觉得采用民间材料的方言诗代表不了他的诗歌水平，也构不成让人肃然起敬的文学。他的这个内心想法代表了当时许多非裔美国作家的观点。邓巴的诗歌《我们戴着面具》和《同情》都是使用规范英语写成的，在白人文学界毫无影响，但在非裔美国文学传统中却占有非常重要的地位。这两首诗歌也表明邓巴非常明白自己的窘境，正是这种困境迫使他在文学创作中大量使用黑人方言，而不是去追求他自己心目中"更高雅"的诗歌创作。他曾叹息道：

> 我们戴着面具献媚地笑，无限制地撒谎，
> 面具掩饰我们的面容，使我们的目光暗淡，
> 这是人与人之间相互欺诈的代价
> 心被撕裂，心在滴血，我们在微笑，
> 口头上的东西有着无数的微妙含义。
>
> （Mullane：350）

邓巴揭示了非裔美国人在种族主义社会里戴面具的痛苦、无奈和怨恨，指出非裔美国人是被迫变得不诚实和无人性的。在《同情》的最后一个诗节里，邓巴写道：

> 我知道为什么笼中鸟在歌唱，
> 当他的翅膀被擦伤，胸口感到疼痛，
> 当他挥舞棒子，想获得自由，
> 那不是快乐或高兴的赞美诗，
> 而是从内心深处发出的痛苦的祷告
> 但是他竭力向苍天发出请求，
> 我知道为什么笼中鸟在歌唱！
>
> （Mullane：351）

在这个诗节里，邓巴把黑人比喻为"笼中鸟"，揭示出非裔美国人在被束缚的社会环境里对自由的深切渴望。

## 五、南北战争后的非裔美国小说

1871年，托马斯·德特尔（Thomas Detter）在旧金山出版了一部小说《内莉·布朗，或妒忌的妻子》（*Nellie Brown, or The Jealous Wife*）。十年后，T. T. 普尔维斯（T. T. Purvis）在费城发表小说《夏甲，唱歌的少女》（*Hagar, The Singing Maiden*, 1881）。除了布朗的小说《克洛泰尔》（1867）第四次再版外，一直到1886年詹姆斯·霍华德（James

Howard）才发表了小说《束缚与自由》（Bond and Free，1886）。此后，逐渐有其他非裔美国作家发表小说。第一部享有较高声誉的小说是弗兰西斯·E. W. 哈珀尔的《艾奥拉·勒罗伊》（1892）。其他的作家，如乔治·马里恩·麦科克里兰（George Marion McClellan）、波琳·霍普金斯（Pauline Hopkins）、萨藤·E. 格里格斯（Sutton E. Griggs）、查尔斯·W. 契斯纳特（Charles W. Chesnutt）等，倾向于在描写种族融合的传统主题里表达黑人的政治主张，揭示了种族界限和种族身份在美国社会的各种含义。

1886 年至 1902 年期间，非裔美国小说家的主要窘境是如何在真实描写现实世界的同时，又让当时以白人为主体的读者群所接受。哈珀尔、格里格斯、契斯纳特和邓巴等作家在文学创作中为了使自己的作品得到面世的机会，不得不强压住各种怨恨的情感；这也许可以看做是由弗雷德里克·道格拉斯引入黑人演说的假道歉手法的文学改编版。这种期望得到白人读者好感的文风在非裔美国文坛上延续了半个多世纪，直到理查德·赖特的出现才改变了这种状况。这个时期的大多数小说或以跨种族浪漫爱情为主题，或以混血儿的悲剧人生为主题，揭露黑白混血儿融入美国主流社会的身份窘境。

### 1. 查尔斯·韦得尔·契斯纳特（Charles Waddell Chesnutt，1858—1932）

查尔斯·韦得尔·契斯纳特是 19 世纪末 20 世纪初著名的美国小说家，擅长于以现实主义笔调描述黑人种族的生存状态，揭露美国南方重建失败后所出现的各种社会问题，其小说结构严谨，情节生动，人物形象鲜明。契斯纳特被评论家誉为非裔美国现实主义文学的开路人。

契斯纳特于 1858 年 6 月 20 日出生在俄亥俄州克里夫兰。父亲是一名富裕的农场主，在契斯纳特 8 岁时，就举家搬迁到北卡罗来纳州法耶特维尔。小学毕业后，契斯纳特勤奋读书，自学了速记和法律。14 岁还是学生的时候，他就开始在法耶特维尔的霍华德学校教书。20 多

契斯纳特肖像

（图片来源：en.wikipedia.org）

岁时，契斯纳特担任法耶特维尔的州立师范学校校长，开始从事文学研究，并着手进行短篇小说创作。他在纽约短暂地从事过新闻工作，然后在克里夫兰的一家法院当书记员。1887年在俄亥俄州取得律师资格。尽管工作很忙，他仍然没有放弃文学创作，先后发表了不少短篇小说、诗歌和抗议文章。他的成名作是短篇小说《被诅咒的葡萄藤》("The Goophered Grapevine"，1887)；两年后，他出版了两个短篇小说集《女巫》(*The Conjure Woman*，1899)和《他年青时代的妻子》(*The Wife of His Youth*，1899)。单凭其短篇小说的成就，契斯纳特已把当时的非裔美国文学提升到了一个新的高度。20世纪初，他还出版了三部长篇小说《雪松后的房子》(1900)、《一脉相承》(*The Marrow of Tradition*，1901)和《上校的梦想》(*The Colonel's Dream*，1905)。

他的第一个短篇小说《被诅咒的葡萄藤》于1887年在《大西洋月刊》(*Atlantic Monthly*)上发表时，很多人都不知道他是非裔美国人。像《灰狼之手》和《被诅咒的葡萄藤》之类的故事，从文本上无法获悉作者的种族身份。美国学者桑德斯·雷丁说："《大西洋月刊》的编辑沃尔特·H.佩奇担心，公开作者的黑人身份会对作者的工作造成损失。因此，他也不愿承认契斯纳特是黑人。于是，契斯纳特的种族身份被当成秘密掩盖了十年。"(Redding: 109)这种担心并不是多余的。当出版社知道契斯纳特的黑人身份后，就拒绝出版契斯纳特的小说《雪松后的房子》。当时，黑人发表的小说，白人读者几乎不读，有能力和时间阅读小说的黑人也不多。因此，契斯纳特在1900年以后出版的作品《上校的梦想》和《一脉相承》的收入还不够支付纸张费和印刷费。这些小说直接描写了美国社会里的各种种族问题，因此被白人评论家视为宣传品。如果契斯纳特没有优秀短篇小说家的声誉，他的长篇小说很可能永远没有面世的机会。在这样的社会环境里契斯纳特的文学创作不断受挫，最后不得不放弃种植园文学的创作视角，开始从一个更能反映种族现状的视角描写美国黑人的生活。但是，当时美国社会的种族氛围是不会接纳这样的文学作品的，他的作品遭到白人读者的抵制。不久，契斯纳特就放弃了文学创作，转而从事法律工作。

契斯纳特退出文坛后，在美国文学界仍享有很高的声誉。1905年，他应邀出席了在纽约城举行的马克·吐温七十大寿宴会。1906年他的剧本《达尔西夫人的女儿》(*Mrs. Darcy's Daughter*)上演，但票房不高。

1902 年至 1932 年期间，除了几篇短篇小说和文章外，他很少有作品发表。在 27 年的文学创作生涯中，契斯纳特撰写的最后一个短篇小说是《巴克斯特的普罗克汝斯忒斯①》("Baxter's Procrustes")，描写一位作家因缺少读者共鸣而产生越来越大的心理挫折和越来越可怕的绝望心理。

从 1901 年开始，契斯纳特就越来越多地致力于社会工作和政治活动。他在全国有色人种协进会②和杜波依斯、华盛顿等黑人领袖一起工作，成为 20 世纪初著名的社会活动家和时事评论家。契斯纳特向 1910 年创刊的全国有色人种协进会的官方刊物《危机》(The Crisis) 投了一些短篇小说和论文；为了支持这个新生刊物，他从来没有领取过稿费。他还写过一些措辞强烈的文章，抗议南方各州在 19 世纪末 20 世纪初企图剥夺黑人公民权的行径。1917 年，在契斯纳特的强烈抗议下，含有贬低非裔美国人内容的电影《国家的诞生》(Birth of a Nation) 没能在俄亥俄州放映。契斯纳特于 1932 年 11 月 15 日去世，享年 74 岁，葬在克里夫兰的湖景公墓。

契斯纳特的代表作是小说《一脉相承》(1901)，该作品以 1898 年发生在北卡罗来纳州威尔敏顿的种族暴乱事件为小说原型。这个事件造成非裔美国人的大量伤亡，数千非裔美国人被逐出家园。在这部小说里，契斯纳特以惠灵顿镇为背景，讲述了卡特里特家族和米勒家族的故事，探索他们各自的人生道路。菲利普·卡特里特是《早晨记事》报的编辑，也是一名极端的白人至上论者，他与贝尔蒙特将军和乔治·麦克贝恩一起，密谋推翻"黑人统治"，发起以"残忍革命"为口号的暴动。威廉·米勒博士曾在北方和国外学医，回到家乡后，在惠灵顿创办了一家黑人医院，妻子珍妮特是卡特里特少校的妻子奥莉维娅的同父异母的妹妹。奥莉维娅竭力掩盖她父亲与其黑人女仆朱莉亚·布朗的第二次婚姻，因为朱莉亚就是珍妮特的母亲。在《一脉相承》里，契斯纳特描写

---

① 普罗克汝斯忒斯是希腊神话中的人物，系阿蒂卡巨人，羁留旅客，缚之床榻，体长者截其下肢，体短者拔之使其与床齐长。

② 全国有色人种协进会（National Association for the Advancement of Colored People, NAACP），美国白人和黑人组成的旨在促进非裔美国人民权的全国性组织，成立于 1910 年。杜波依斯是早期领导人中唯一的黑人，担任宣传和研究部主任及机关刊物《危机》杂志的主编。协进会的目标是通过改良的道路，使黑人享有完全的公民权、法庭公平裁判权以及经济、社会、教育和政治方面的平等权利。20 世纪 60 年代以前，协进会主要为黑人争取选举权而斗争。此外，对居住隔离、改善黑人学校条件和公立学校中的隔离制度方面，曾作出过一定的贡献。目前，仍是美国的一个具有较大影响的黑人组织。

了困扰新南方的社会问题,批判了美国对种族平等和混血问题的不公正态度。这部小说直接反驳了新闻界对1898年"种族暴乱"事件的歪曲性报道。

《一脉相承》是当时言辞最辛辣、观点最犀利的政治历史小说,所探讨的种族越界、私刑迫害和跨种族性关系等问题,揭露了白人的种族虚伪性,伤及了一些白人读者的颜面,因此,该小说未能得到白人读者的喜爱,反而被戴上了过度政治化的帽子。这部书的销售量一直不大;直到20世纪60年代,民权运动的来临才重新引起人们对此书的关注。契斯纳特这部小说写得最有创意的是心理描写,可是这一点却一直被国内外学界忽略。契斯纳特在《一脉相承》中所描写的黑人生存心理状态与20世纪70年代出现的一个心理现象——斯德哥尔摩效应(Stockholm syndrome)非常吻合。斯德哥尔摩效应源于1973年8月23日在斯德哥尔摩银行发生的一起行窃案,也可称为斯德哥尔摩综合征、斯德哥尔摩症候群、人质情结或人质效应等,是指犯罪的被害者对犯罪者产生了好感和依赖甚至反过来帮助犯罪者的现象。从斯德哥尔摩效应的角度研究契斯纳特的《一脉相承》有助于探讨黑人在种族主义社会里谋求生存的心理表征。

黑人把白人主人视为自己生存的保障,潜意识地受困于对白人的恐惧心理。这种屈服于白人的复杂心理现象就是斯德哥尔摩效应的"体制化"表征。在《一脉相承》里,黑人山迪·坎贝尔在生活中像奴隶一样伺候白人德拉米尔先生,对波莉和奥莉维娅等白人也是毕恭毕敬的,但他也很势利,对地位低的黑人则不屑一顾,尤其是对奥莉维娅的黑人车夫,连招呼也不愿打。山迪不但对老主人德拉米尔先生唯唯诺诺,而且对他的孙子汤姆也奴颜婢膝、言听计从。山迪被汤姆栽赃过两次:一次是汤姆扮山迪跳黑人步态舞给北方白人看,导致黑人群体对山迪的强烈不满,黑人教会甚至把山迪永久性赶出教堂。另一次是汤姆为还赌债,穿上山迪的衣服谋杀了白人波莉太太,并把偷来的金币交给山迪抵借款,导致山迪被当成杀人凶手抓起来,差点被白人私刑处死。然而,山迪把自己的命运与欺凌压榨自己的白人的命运捆绑在一起,他在法庭上不愿说出杀害了波莉太太的真凶——汤姆,担心白人老主人因此而失去独苗孙子。就像斯德哥尔摩效应中的"人质"拼命保护"绑架者"一样,山迪拼命掩护和包庇多次伤害他的汤姆,甚至不惜牺牲自己的生命。表面上来看，山迪这么做是出于对白人主人一家的愚忠，但实质上，其行为是受到"体制化"社会威慑后所产生的一种自保性本能反应，在外界形成的表征就是斯德哥尔摩效应。

在斯德哥尔摩效应的社会氛围里，加害者对受害者施予小恩小惠，受害者便会在绝望中产生感激和依附感。珍妮在白人家长大，先后伺候过白人女主人的祖孙三代人。珍妮是奥莉维娅的女佣，也是其母亲的女佣，后来又是奥莉维娅的女儿的女佣。珍妮把自己当成奥莉维娅家族的一员，视白人主人家的事情比自己的一切都重要。实际上，她的忠诚是斯德哥尔摩效应的表现形式之一，如同被绑匪绑架了的受害者，为了争取生存权，她不惜移情于终身压迫和剥削她的白人主人。由于长期生活在白人家庭里，她内化了白人价值观，渐渐失去了自我，把伺候主人视为自己的最大职责和快乐。得到白人主人的一点恩惠后，就对他死心塌地。不但如此，她还帮助白人主人训练新一代黑人女佣。她训斥新来的黑人女仆说："我要你明白，你必须细心照料这个孩子……我要你记住，在这里进进出出，我都会看着你，我要监督你是否把自己的工作做好。"（Chesnutt：500）珍妮在斯德哥尔摩效应中把自己的"人质"身份移情于"绑架者"，并代表白人主人对其他黑人"人质"实施管理，效忠于自己的"绑架者"。后来，珍妮被白人暴徒打死，在弥留之际她希望死后回到白人老主子那里去。她至死都未能明白，在白人眼里她永远是奴才。在斯德哥尔摩效应中，珍妮已经失去做自己主人的能力和愿望，就像"人质"把自己的生死都托付给了"绑架者"一样。

加害者控制受害者的思想活动和对外界信息的获得途径，使受害者处于一个完全被隔离的状态，受害者感到绝望，除了依赖于加害者之外无路可逃。在《一脉相承》里，朱莉娅本是奥莉维娅母亲的女佣，奥莉维娅母亲去世后，其父亲默克尔娶了女佣朱莉娅，生下了小女儿珍妮特。在南方重建时期，白人和黑人的婚姻是合法的，但是随着南方重建的失败，白人开始禁止跨种族通婚。默克尔怕结婚之事公布后，会遭到当地人的鄙视，因此结婚之事一直没有公开。默克尔向妻子隐匿了已经办理好的已婚法律文件，也没让她获悉所立遗嘱的具体内容。朱莉娅一直以为自己是在非婚状态中养育自己的女儿。这为以后波莉偷走朱莉娅与默克尔的结婚文件和遗嘱文件提供了契机，直接导致朱莉娅和其女儿失去了财产继承权。其实，朱莉娅也是斯德哥尔摩效应的受害者，她不敢公开争取自己的合法权益，而是企图以自己的诚恳和关爱来乞求得到丈夫的施舍。像被绑架者控制的"人质"一样，她对自己权利的放弃也是自我保护的一种措施。当自己的继承权被剥夺后，她也没有到法院上诉，担心自己的起诉会有损于丈夫死后的名节，根本没有意识到丈夫向外界隐瞒婚姻事实的行为是对其婚姻权的严重侵犯。

在《一脉相承》里，契斯纳特描写了美国南方重建失败后黑人中产阶级的精神状态和生存之道。他们的斯德哥尔摩效应表现在对白人和白人社会有一种心理上的依赖感，把自己的生死权让渡给白人。白人让他们生存下来，他们便不胜感激，对于压迫和残害黑人同胞的白人不但不抗拒，反而担心自己的反抗会给白人带来伤害，并竭力阻止其他黑人的反抗行为。黑人中产阶级最依恋和最难割舍的白人社会环境往往是他们身心受损、饱受蹂躏的地方。这不是说黑人中产阶级缺乏智慧，而是他们为了自保而陷入斯德哥尔摩效应，受困于"普罗克汝斯忒斯之床"的心理恐惧，最终任由白人种族主义者宰割，并希求从白人的"仁慈"中寻求生路。

在种族主义社会里，白人禁止黑人追求人权和实现自我，要求黑人把白人至上论作为行为准则。种族主义者旨在把黑人规训成听话、顺从的牲口，无怨无悔地为白人和白人社会创造财富，企图把美国内战后的黑人生存状态变成黑奴制的另一种变体，使黑人永远生活在斯德哥尔摩效应的精神病态之中。一旦黑人试图争取社会公正和种族平等，白人种族主义者就会恼羞成怒，残酷镇压。在《一脉相承》里，威尔灵顿城的白人种族主义就是这样。城里的白人民主党人和黑人联手选举获胜组成政府后，以卡特里特等为代表的白人种族主义者不惜发动种族暴乱，屠杀黑人，践踏法制，推翻政府，组建以种族主义者为成员的政府。以格林代表的具有反抗精神的黑人，虽然在政治谋略或社会组织方面能力还很欠缺，但是他们的行为表达了黑人对美国自由和民主精神的捍卫。他们不惜以自己的生命为代价冲破斯德哥尔摩效应的束缚，唤醒白人和黑人对民权和民主问题的重视，格林等人的死犹如耶稣赴难一样，为世人的觉醒和黑人的生存而献身，谱写了人类文明发展史上的又一曲悲歌。

《一脉相承》不仅描写了19世纪末美国黑人和白人之间的种族冲突，还讲述了黑人社区内部的冲突，揭露了美国南方重建失败后的社会问题。契斯纳特刻画了黑人中产阶级形象，展示了黑人融入美国主流社会的趋势和阻力。南方黑人争取民主权利的斗争使黑人成为南方白人仇恨的对象，引发尖锐的社会矛盾。美国种族主义制度是黑人斯德哥尔摩效应产生的温床，契斯纳特在该小说中所揭示的斯德哥尔摩效应，不仅是黑人或白人的问题，而且还是人类生活在专制社会或暴政制度下的畸形心理表征。

**2. 萨藤·E. 格里格斯（Sutton E. Griggs, 1872—1933）**

萨藤·E. 格里格斯是19世纪末20世纪初的美国小说家、散文家、传记作者和浸礼会牧师。他是杜波依斯的崇拜者，也是黑人组织"尼亚加拉运动"和"全国有色人种协进会"的支持者。他的文学作品和其宗教布道一样，强烈抗议社会不公，倡导平等人权，鼓励黑人自主发展，强调种族间的互信。尽管他的小说也以爱情为主线，但他的关注点不是情爱或性爱，而是其小说人物所表达出的种族意识和政治抱负。其小说描写了美国"新黑人"在19世纪末所经历的各种政治冲突，同时还揭露黑人和白人混血的身份危机，特别是黑人女性混血儿的生存窘境。他深受当代社会伦理学理论的影响，相信社会美德能够有助于黑人提高民族文化，获得经济成功。他更激进的思想出现在小说《国中之国》（*Imperium in Imperio*, 1899）里，因此，他有时被称为马库斯·贾维（Marcus Garvey）式分离主义的先驱。他因小说《国中之国》的文学成就而一举成名。

格里格斯于1872年6月19日出生在得克萨斯州查特菲尔德。父亲艾伦·R. 格里格斯原是佐治亚的奴隶，后来成为浸礼会的著名牧师，在得克萨斯州创办了美国历史上的第一份黑人报纸，建立了一所中学。他对格里格斯的成长有着巨大的影响，尤其是把他成功地引上了神学和文学的道路。格里格斯从得克萨斯州马歇尔的主教学院和里士满神学院毕业后，到弗吉尼亚州伯克利浸礼会第一教堂当牧师。1897年他和学校教师艾玛·威廉斯结婚。1899年他在东纳什维尔的浸礼会教堂担任牧师，后又担任全国浸礼会总部处理信件的秘书。

格里格斯积极参加教堂和社会福利救济领域的活动，时常巡回全国各地，帮助有困难的人们。在休斯敦，他协助筹建了全国公民和宗教协会。1914年，他还创建了全国公共福利联盟；1925年至1926年，担任了美国浸礼会神学院院长，这个神学院是其父亲创办的。他在孟菲斯的浸礼会教堂当了 19 年牧师，坚信教会的社会使命，促成孟菲斯城里唯一一个游泳池和健身房对非裔美国人开放。1929 年华尔街股票市场的崩盘导致他所在教会的投机基金损失殆尽，教堂破产。之后，格里格斯回到得克萨斯州德尼森的霍普威尔浸礼会教堂，在休斯敦担任过短期的牧师。格里格斯于 1933 年 1 月 2 日去世，享年 60 岁，葬在得克萨斯州东北部的达拉斯。

格里格斯是位著作颇丰的作家，一生中写了十多部书。他曾挨家挨户地推销他的书，或在布道的教堂里卖书。1901 年，格里格斯在田纳西州的纳什维尔创办了猎户座出版发行公司，以便更顺畅地把书销售给黑人读者。其书的发行量大大超过了当时的知名作家契斯纳特和邓巴。在《国中之国》之后，他还写过小说《相形见绌》(Overshadowed, 1901)、《自由》(Unfettered, 1902)、《被阻止的手》(The Hindered Hand, 1905)、《指路》(Pointing the Way, 1908) 和《智慧的呼唤》(Wisdom's Call, 1911) 等，这些小说都遵循一个相似的思路，讲述两个孩提时代的朋友因财富、教育、肤色和政治观点等方面的差异而分道扬镳：一个是好战者，另一个是种族融入主义者。之后，一个伤心事件促使温和的朋友采取行动，最后这两个人联手向社会不公和社会弊端开战。这些小说的文体僵硬，辞藻华丽，段落冗长，传奇剧色彩太浓，算不上是文学作品的上乘之作，文学价值不如《国中之国》。不过，对非裔美国读者来讲，他的小说提供了一个难得的机会，可以使读者了解到与黑人生活有关的政治问题和社会问题，对提高非裔美国读者的种族觉悟和政治觉悟有着积极的意义。此外，格里格斯还写了一系列关于社会和宗教的短文、小册子和自传。他的文章教条性极强，措辞锐利，锋芒毕露；不过，这也成为他的创作特色之一。

格里格斯的代表作是小说《国中之国》(1899)。该小说是一部乌托邦式的作品，虚构了一个在美国国内建立起来的、由黑人组成的仿"国家"组织——"国中之国"。这部小说在情节结构和主题设计方面很有创意，其情节的发展带有令人惊讶和意想不到的转折。该小说的销售量超过了许多同时代的作家，但在当时文坛获得的关注度并不高。直到 20 世纪 60 年代，随着美国民权运动的发展，特别是"黑人权力运动"的出现，美国黑人开始意识到这部小说的文学价值和艺术魅力。阿尔诺出版社于 1969 年对该书的再版引起人们更浓厚的兴趣，读者大增，该书不得不多次印刷，以满足读者的需求。该小说采用了大量的反讽元素，即运用跟本意相反的词语来表达此意，却含有否定、讽刺以及嘲弄的语意，渗透着强烈的情感色彩。因此，单纯从字面上不能了解到格里格斯在小说中要表达的真实思想，通常需要从上下文及语境来解读其寓意。《国中之国》最大的艺术特色在于反讽手法的妙用。其反讽手法主要表现在三大层面：言辞反讽、情景反讽和戏剧性反讽。

言辞反讽是反讽手法中最常见的、最容易被读者解读的反讽类型。在言辞反讽中，人们说的是一回事，但指的却是另外一回事。因此，"言语反讽在具体运用中不可避免地存在着表面意义和隐藏意义，语言外壳与真实意指之间的对照与矛盾就显得相当强烈和鲜明。"（Dane：2）言辞反讽并不是要掩盖住文本的真正意思，为难读者，而是希望能通过这种隐蔽的方法唤起读者积极参与作品解读的欲望，激励读者去捕捉并解析文本的言外之意，从中得到更多的乐趣和更深邃的思考。（郑飏）《国中之国》的叙述人伯尔·特劳特（Berl Trout）是"国中之国"的国务卿；作为这个黑人"国家"的创始人之一，他知晓这个国家所发生的一切。格里格斯在小说开始之前，专门插入了伯尔的临终声明。他在声明的前三段说："我是叛徒。我违背了一个严肃的、有约束力的誓言，这誓言地球上的人都该遵守呀。/我把一个可爱民族的重托踩在脚下，泄露了他们看得比生命还重要的秘密。/犯下如此之大罪，我是世上最可恶的人，该杀！"（Griggs：11）在这三段话里，作者用了"叛徒"、"违背……誓言"、"泄露"和"该杀"等词语，似乎伯尔真的是个十恶不赦的坏蛋。但当我们把整个临终声明读完后，就会发现他背叛的是"国中之国"分裂美国的行为，泄露的是可能会引起国家动乱和种族冲突的激进计划。如果他不"背叛"、不"泄露"，那么就会有成千上万的人死于战火，那他才真的是"世上最可恶的人"。伯尔的自贬性话语在其后续情节发展中一一得到消解，读者最后才明白：他的自贬性话语是为了吸引读者的注意力，抨击不良社会环境对正能量的压制。正与邪的较量充满了挫折和惊险，正义也会遇到挫折，但最终会获胜。因此，自贬性话语并不会真的就贬低了伯尔的高尚人品。由此可见，格里格斯运用言辞反讽，揭露、批判、讽刺和嘲弄当时的一些社会现象，增加语言的表达力。这些言辞反讽可以鲜明地表示说话人的态度和立场。这些反讽的运用可以使语言有变化、不死板、生动有趣，增强说话或文章的幽默风趣感，有助于小说人物把憋在心里想说的话说出来，取得意想不到的艺术效果。

　　相对于言语反讽的局部性而言，情景反讽追求的是一种整体化效果。在表现手法上前者局限于语词或段落之间的表里的悖异，而后者却是文本的主题立意、情节编撰、叙事结构等文体要素共同孕育的一种内在张力。因此，情景反讽具有较强的隐蔽性，但这种不着痕迹的悖逆也赋予文本以较为广阔的阐释空间。在《国中之国》里，弗吉利亚州温切斯特镇黑人学校教师里尔纳得特别偏爱富家子弟伯纳德，用贬低穷人孩子贝尔顿的方式来增强伯纳德的自信心和上进心。但贝尔顿是一名自尊心很强的孩子；老师越贬低他，越取笑他学习中犯的错误，他就读书越努力，成为伯纳德在学习上的强劲对手。12 年后，这两个孩子都成了里尔纳得班上最优秀的学生。里尔纳得对贝尔顿的贬低、压抑和不公正待遇反而激发了贝尔顿的学习潜力，把他造就成逆境中生长出来的有强劲生命力的人才。格里格斯的情境反讽不仅在该小说的情节发展、结构安排、人物性格的塑造、人际关系演绎等的处理上起着重要作用，而且藉此升华至主题反讽，更深刻地揭示出作者欲表达的主题。

　　戏剧性反讽来源于戏剧，其讽刺力度得益于观众或读者的全知与剧中人的无知之间的张力。在《国中之国》中，贝尔顿与尼穆尔纯真相爱，成为黑人社区令人羡慕的一对"罗密欧与朱丽叶"。贝尔顿是深肤色的黑人，尼穆尔也是深肤色的黑人，但是结婚后尼穆尔生出来的小孩却是和白人无异的白皮肤。"贝尔顿俯身下去看刚出生的儿子，可怕的惊叫声脱口而出。手上拿的油灯一下子掉在地板上，然后飞快地跑出家门，发疯似地在城里狂奔。"（Griggs：78）贝尔顿认为那个孩子是尼穆尔与白人私通后生下的孽障，顿时觉得山崩地裂，男性尊严顿失。他虽然没像莎士比亚笔下的奥赛罗那样把妻子杀死，但是他也从此离家出走，抛弃了妻子和新生儿。小说前面部分对尼穆尔人品的介绍表明：尼穆尔不可能是一个在婚姻上不负责的人。尼穆尔生出的白肤儿子导致夫妻关系的破裂，尼穆尔所在的黑人社区也火上加油，以通奸罪把尼穆尔逐出教堂。尼穆尔遭到人们的鄙视，受尽屈辱。她的不幸遭遇引起小说情节发展和读者认知之间的张力。尼穆尔的孩子渐渐长大，他的白肤色发生变化，变得越来越黑。当贝尔顿回家见妻儿最后一面时，那孩子的肤色变得比贝尔顿还黑。尼穆尔好不容易获得了与丈夫贝尔顿和解和团聚的日子，但此时已处于贝尔顿即将被"国中之国"的法律处以极刑的倒计时阶段。妻子冤情平反之日竟然是家庭解体悲剧的开始。见完妻子和儿子后，贝尔顿赶回得克萨斯州韦科"国中之国"的总部去赴死。对尼穆尔人品持怀疑态度或不知底细的读者发现，戏剧性反讽的力量就在于这个反差，让读者为尼穆尔和其孩子的命运焦急，有干预情节的冲动，或扼腕而叹的自责。格里格斯的《国中之国》堪称戏剧性反讽的经典，其故事情节在两个层面上展开的，一个是讲述者或剧中人看到的表象，另一个是读者体味到的事实。正是通过表象同事实二者之间的对立张力，产生强烈的艺术效果。二者的反差越大，反讽越鲜明。

《国中之国》反讽手法的最显著特征是言非所指，导致一个陈述的实际内涵与它的表面意义相互矛盾，而从诗学角度看，其反讽来自于"对立物的均衡"，即通常互相冲突、互相排斥和互相抵消的方式在小说的情节发展中结合而成的一种平衡状态。其反讽的艺术效果主要是依赖语境的作用而完成。语言技巧上的反讽与主题层面形成的反讽相得益彰，使小说的主题意义出现相辅相成的两重或多重表现，形成强烈的反讽意味。格里格斯从国家、民族和个人三个方面揭露美国黑人南北战争后在美国社会的生存处境，讽刺国家层面的种族隔离制度的荒谬性，抨击了黑人社区内部的争斗和不作为思想，颂扬了以贝尔顿为代表的黑人领袖的政治担当和牺牲精神。格里格斯在反讽语气中倡导的不是发动或制造美国社会的种族大战，而是激励黑人在维护美国联邦统一的前提下与白人种族主义者作斗争，争取获得美国宪法和美国政府赋予美国公民的一切合法权益，摆脱黑人的二等公民身份。贝尔顿建立的黑人组织"国中之国"不是要推翻美国的现政府或搞国家分裂活动，而是要坚持自己的民族主张，维护黑人民族的利益。格里格斯的政治主张虽然不够完善，但也不失为解决民族问题的一个尝试。

## 六、南北战争后的非裔美国戏剧

非裔美国戏剧形成于 19 世纪末。当时，黑人文化和白人文化的冲突非常激烈。黑人剧本真实再现了当时的社会、经济和政治状况，黑人演员的戏剧表演是他们抗争的手段之一。1895 年至 1910 年期间，美国种族关系恶化，非裔美国人发现自己被夹在两股对抗的力量之间：一股力量要求黑人顺应"非裔美国人低下"的理念；另一股力量是非裔美国人渴望通过改变被丑化了的舞台形象来抵制白人至上论。很多时候，这种冲突无法得到令人满意的解决，"抵制白人作品，还是模仿白人作品"的冲突成为非裔美国戏剧创作所面临的心理窘境。（Kransner：1）

非裔美国人撰写剧本，并在黑人和白人面前演出这些剧本。以反对种族主义为核心的黑人团结在黑人集体意识的塑造方面起着重要的作用。这个集体意识有助于黑人形成自己的社会身份。黑人意识的发展促进了黑人美学的诞生，正如社会学家肯尼斯·塔克尔所说："黑人意识渗透在传统和集体记忆中，把过去和现在绑在一起，提供显示社会生活评价标准的文化叙事。"（Tucker：201）塔克尔关心非裔美国戏剧美学，在戏剧创作中对白人戏剧采取抵制或戏仿的态度，在创作目的的定位方面时常陷入黑人双重意识的窘境。

新生的非裔美国戏剧具有双重目的，一是消解白人滑稽说唱团对黑人形象的丑化，二是抨击种族歧视、私刑和种族主义伪科学。然而，19世纪末20世纪初，对种族主义的抵制，总的来讲，既不是公开的对抗，也不是无原则的退让，而是以较温和的方式揭露美国种族偏见的荒谬性，为黑人在种族歧视的社会环境里提供得以生存的精神空间。

非裔美国演员在恶劣的社会环境里仍然辛勤工作，不断创新，竭力以自己的艺术才能吸引观众。一些非裔美国演员获得成功后，强化了黑人种族责任感，进而质疑舞台上表演的黑人形象。这个时期出现的非裔美国戏剧运动是反对种植园文学传统和滑稽说唱团的文化抗争行为。在这个戏剧运动中，非裔美国演员通过艺术表演来寻求表达自我的方式，竭力重建被白人丑化了的黑人形象。这个戏剧运动也造就了一批非裔美国戏剧天才。

如何在演出中改变"黑鬼"（"darky"）、"萨姆波"（"Sambo"）、"浣熊"（"coon"）等被丑化的黑人形象成为许多非裔美国演员关心的中心问题。一些演员辩解说，可以装扮"黑鬼"形象，但在演出中必须还原人物的本真，如果演员一定要扮演黑人角色，难道把非裔美国人的真实形象表演出来不是更好吗？此外，还有不少演员通过上演莎士比亚剧本或现代舞蹈，来避免装扮"黑鬼"形象。美国学者戴维·克兰斯纳说："还有其他一些人，拙劣地搬用种族主义术语，滥用种族类贬低词语，直到这些词语失去了冲击力，这些戏剧通过模仿和暗喻来颠覆种族主义的象征手法。"(Kransner: 10)迎合白人丑化黑人的形象会有损于黑人的尊严，也不利于黑人维护自己的文化传统。

19世纪末，黑人戏剧，特别是音乐喜剧和杂耍，经历了巨大的变化。阿莱恩·洛克（Alain Locke）说："这个时期经历了黑人音乐喜剧中新生活和生命力的突然涨潮期，突破了滑稽说唱团的传统。"（Locke: 57）黑人戏剧在许多方面重新定义了白人控制下的美国黑人舞台形象。从滑稽演唱团到现代黑人音乐喜剧的过渡时期里，黑人作家改写了白人演员扮演的黑人形象。19世纪末出现了两种黑人音乐喜剧：一种是由对种族表演新形式感兴趣的白人剧作家导演设计的喜剧；另一种是由寻求古典黑人文化表演形式的黑人剧作家创作的喜剧。

黑人音乐喜剧拓展了非裔美国人的才干，有助于他们掌握美国戏剧表演技巧，赢得美国观众的喜爱。针对抵制与同化的关系问题，杜波依斯曾说："带着两种思想、两种责任，分属于两个社会阶级，一定会导致两套话语、两种理想，诱使人们走向假装或反叛、虚伪或激进。"（Du Bois: 3）有时在同一出戏剧里，非裔美国演员会同时表现出对主流文化的顺应和抵制。非裔美国演员和剧作家都能强烈地感受到双重意识的窘境，竭力在种族主义社会环境里灵活变通地工作，但坚持捍卫非裔美国文化的尊严和非裔美国人的种族自尊。

由白人扮演非裔美国人的滑稽说唱团的演出在社会上很受欢迎，影响深远，对非裔美国演员的创新演出构成巨大挑战。卢·约翰逊的种植园滑稽说唱团、凯林德尔的滑稽说唱团和乔治滑稽说唱团里，非裔美国演员，无论他们的自然肤色有多黑，也要在脸上涂上黑色颜料。这些剧团培养出许多非裔美国演员，其中不少人在百老汇成了名。1890年的《克里奥尔演出》（*The Creole Show*）虽然采用了滑稽说唱团的艺术模式，从剧情来看却是美国文学史上第一部赞扬非裔美国姑娘的戏剧。1895年另一个讲述混血儿故事的戏剧《八分之一血统的黑人》（*The Octoroons*）也上演了。非裔美国剧作家和演员努力提高自己的戏剧创作水平和表演水平，冲破白人滑稽说唱团对黑人戏剧发展的桎梏。鲍勃·科尔（Bob Cole）的《黑鬼镇之旅》（*A Trip To Coontown*）是第一出由黑人自己编导、上演和管理的戏剧。1898年，威尔·马里昂·库克（Will Marion Cook）和保罗·劳伦斯·邓巴上演了《克罗林迪》（*Clorindy*）、《汉姆的儿子们》（*The Sons of Ham*）、《在达荷梅》（*In Dahomey*）和《鲁弗斯·拉斯塔斯》(*Rufus Rastus*)等剧本,有一大帮有才干的非裔美国演员加盟演出,如厄内斯特·霍根、博尔特·威廉斯、乔治·沃克、埃勒克斯·洛德斯、杰西·西普、S. H. 达得勒、鲍勃·科尔和 J. 罗萨蒙德·约翰逊。这些剧本文风清新,没有滑稽说唱团的矫揉造作。非裔美国演员的出现为哈莱姆时期非裔美国戏剧的繁荣铺平了道路。

## 七、南北战争后的非裔美国奴隶叙事

南北战争后的奴隶叙事倡导吃苦耐劳的个人奋斗精神和超越自我的美国梦。这个美国梦以本杰明·富兰克林和亚伯拉罕·林肯提出的个人节俭和个人奋斗为基础,掺入了黑人民间文学中的霍拉特欧·阿尔杰[①]传说成分。不过,战后奴隶叙事通常把个人主义奋斗精神与战后的社区互助精神相结合。"特别是在重建时期,奴隶叙事作者关注从奴隶制所取得的经验教训,重视解放后所取得的进步,奴隶解放使黑人有条件和机会全面参与建设'山上之城'。"(Gates:468)战后奴隶叙事的关注点从下列作品的题目上可见一斑,如伊丽莎白·柯克里(Elizabeth Keckley)的《幕后:三十年为奴,四年在白宫》(*Behind the Scenes: Thirty Years a Slave and Four Years in the White House*, 1868)、《汤姆·琼斯叔叔的经历和个人叙述:为奴四十三年的体会》(*The Experiences and Personal Narrative of Uncle Tom Jones: What was a Slave for Forty-Three Years*, 1871)、亨利·克雷·布鲁斯(Henry Clay Bruce)的《新人:二十九年当奴隶,二十九年当自由人》(*The New Man: Twenty-Nine Years a Slave, Twenty-Nine Years a Free Man*, 1895)。当时影响最大的战后奴隶叙事是布克·T. 华盛顿(Booker T. Washington)撰写的自传《从奴隶制崛起》(*Up from Slavery*, 1901)。

### 布克·T. 华盛顿(1856—1915)

布克·T. 华盛顿是 1875 年美国南方重建结束到 1915 年哈莱姆文艺复兴期间举足轻重的黑人领袖。有的反对者认为华盛顿用民权去交换学习手艺的机会,为追求"实际的知识"或"获知如何谋生的手段"而放

---

[①] 霍拉特欧·阿尔杰(Horatio Alger, 1832—1899),美国儿童文学作家,代表作为《衣衫褴褛的狄克》(1868)。

弃普通教育；还有的反对者认为华盛顿的政治主张无异于是为南方种植园培养体力劳动者。但是，华盛顿的优先发展个人能力和改善个人生存状况的学说对黑人民众的影响很大。"甚至像杜波依斯那样的少数激进分子在早期也相信华盛顿的种族妥协类政策会在美国取得和平和进步。"（Hill, *Call and Response*, 659）然而，随着被私刑处死的黑人人数的不断增加，敏锐的非裔美国思想家认识到华盛顿的融入政策仅意味着更多黑人美国梦的挫败或延迟。

华盛顿于1856年4月5日出生在弗吉尼亚州富兰克林县的一个种植园里，一生下来就是奴隶。1865年，他搬家到西弗吉尼亚的迈尔敦。童年时，他在煤矿干了几年，最后带着1.5美元的积蓄到汉普顿师范和农业学院（现在的汉普顿大学）求学。1875年毕业后，他回到迈尔敦教书，随后又去威兰德神学院（现在是弗吉尼亚联盟大学的一部分）学习了一年；1879年回到汉普顿。为了解决印第安学生的读书问题，他在汉普顿师范和农业学院开办了夜校。1881年，他就任塔斯克吉学院（Tuskegee Institute）的第一任院长。塔斯克吉学院是位于亚拉巴马的职业学校，创

华盛顿肖像
（图片来源：en.wikipedia.org.）

办时只有1名老师和50名学生，州政府每年拨款两千美元。25年后，该校的学生人数扩大到1500人，专业达37个。现在，塔斯克吉学院已经发展成为塔斯克吉大学（Tuskegee University），拥有35个本科专业、12个硕士点和2个博士点。授予硕士学位和博士学位的专业是工程学。该校建筑专业的毕业生有资质直接成为美国的注册建筑师。据《美国新闻和世界报道》2011年的报道，塔斯克吉大学在"美国南方最好的地方大学"中排名第五。

不顾当时浓烈的种族歧视氛围，华盛顿提倡把职业培训作为黑人获取经济地位的手段。他于1895年在亚特兰大博览会上发表的演讲实际上就是在认可白人至上和种族隔离的基础上所达成的妥协方案。演讲结束后，华盛顿声名鹊起，很快得到美国政界和白人团体的高度认可，一下

子成为非裔美国人的全国领导人。他认为非裔美国人在南方应该接受政治现状，通过辛勤劳动来证实自己的社会价值，表明自己在法律面前应该得到公平的待遇，从而以这样的方式渐渐改变黑人的政治地位。他的妥协方案是为了达成美国南方白人和黑人之间的休战。华盛顿认为种族之间的和平可以通过下列方式实现：白人和黑人在地区发展中互相认可彼此的利益；非裔美国人放弃马上获得种族平等的要求。他宣称："进步是严酷性和经常性斗争的结果，而不是人为推动的。"（qtd. Bruce：56）华盛顿在演讲中引用频率最高的句子是："在所有单纯的社会事务中，我们就像是分开的手指，彼此密切联系，与彼此的进步息息相关。"（qtd. Bruce：56）从种族融入到种族隔离，华盛顿的演讲表明：非裔美国人应该主动从与白人的社会冲突中撤离，特别是在南方。黑人可以寻求建立独立的黑人机构，创立独立的社会和经济基础，而经济地位的提高才是黑人提高政治地位的前提。

华盛顿在指导把善款用于黑人福利事业和建立劳役抵债制度方面有很大的影响力。在他的帮助下，一些黑人得以在联邦政府任职。"作为被杜波依斯贬为'塔斯克吉机器'的一部分——削弱年青黑人所有创造性或独立性想法的保守意识形态——华盛顿就种族问题向西奥多·罗斯福总统和威廉·霍华德·塔夫托总统提建议。"（Brown：78）的确，华盛顿的12部书，包括他的经典自传《从奴隶制崛起》（1901），都在强调种族忍耐，回避现实苦痛，这也是他对种植园传统在新形势下的独到见解。他坚信美德和教育终将战胜社会贪婪和人性罪恶。1896年，哈佛大学授予华盛顿硕士学位。同年，美国最高法院裁决：全国公立学校的种族隔离方式合法。在种族形势恶劣的社会环境里，华盛顿为了保存种族实力，提升种族的经济抗争能力，采取了暂时退让的措施，让更多的黑人学有所长，勤奋工作，改善生活。在当时的社会环境中，华盛顿的策略还是具有一定的积极意义的。

19世纪90年代，南方种族隔离行为在法律上取得了合法地位。为了在美国过上体面的生活，黑人们就得把自力更生和种族团结视为最后的希望。华盛顿的支持者把《从奴隶制崛起》视为黑人美德的经典。如果黑人获得教育或工作的机会，他也能为自己和民族作出一些有益的贡献。总的来讲，华盛顿的同化思想在1915年以前对美国黑人有着重大的影响。华盛顿出版的其他书籍有《美国黑人的未来》（*The Future of the*

American Negro, 1899)、《弗雷德里克·道格拉斯的传记》(Life of Frederick Douglass, 1907)和《更广阔的教育,我人生经历的篇章》(My Larger Education, Being Chapters from My Experience, 1911)。华盛顿的学说对非裔美国人自强不息精神的培养还是产生过重要作用的。

美国内战后,非裔美国人虽然在政治上摆脱了奴隶制,但经济地位与奴隶制时代基本无异。因此,华盛顿竭尽全力地去帮助非裔美国人从经济奴隶制中崛起。在其生命的最后几年,华盛顿疏远了融入主义主张,以更坦率的态度抨击种族主义。华盛顿于1915年11月14日去世,享年59岁。

在《从奴隶到崛起》里,华盛顿追述了自己在美国内战期间从一个奴隶孩子到成功人士的奋斗历程,讲述他如何在新汉普顿大学读书和如何创办塔斯克吉学院的故事,评述了教师和慈善家在帮助教育黑人和印第安人学生方面所起的积极作用。他描述了自己向学生传授文明礼仪、教养和尊严的过程,他的教育理念是把学术学习与职业工作联系起来。他解释说,劳动技能教育纳入课堂学习,是为了使白人看到黑人学会职业技能后也可以学有所用。他还讲述了塔斯克吉学院从几间教室发展成为有几幢新大楼的校园发展过程。在自传的最后几章,华盛顿把自己描写成一位公众演讲家和民权活动家,提及了他于1895年在亚特兰大棉花州和国际博览会上的演讲。他在自传中记录自己曾得到过的各种荣誉,如从哈佛大学获得荣誉博士学位等。此外,他很自豪地讲述了美国总统威廉·麦金利①和美国教育家塞缪尔·阿尔门斯特朗先生到塔斯克吉学院访问的事件。

华盛顿把教育作为培养技能和人品的手段,许多从塔斯克吉学院毕业的学生证实了其教育思想的益处。华盛顿在书中提出的人生追求是俭朴、勤劳、节约、美德和工作技能,与本杰明·富兰克林提倡的清教思想一致,认为黑人实现人生追求的可行性方法是职业教育。但是,不少评论家认为华盛顿的政治视角太过狭隘,导致黑人在一些基本的人权上作出了过多的让步。豪斯顿·A.贝克说:"黑人的要求被缩减为一个干净而又明亮的工作场所,在促使性格成长的同时学会一门技艺或赚取一两个美元。"(Baker:53)尽管华盛顿的思想有历史局限性,但贝克还是

---

① 威廉·麦金利(William McKinley Jr., 1843—1901),美国第二十五任总统,共和党人。他的主要业绩是修订关税,提高关税,发动美西战争(1898),吞并夏威夷,对华提出门户开放政策。他于1901年被暗杀。

对他作了一个客观的评价。

  我们不能以奥威尔的方式完全否定华盛顿，或简单把他从历史记录中删掉；毕竟，他的功绩在任何时代、任何国家都是伟大的；他完成了种族主义盛行时代所赋予他的工作。19世纪末20世纪初，美国社会缺少奇迹。（Baker：54）

# 第四章 非裔美国文学的成熟期
# （1903—1945）

## 一、概　述

　　W. E. B. 杜波依斯（Du Bois）于 1903 年出版了《黑人之魂》（*The Souls of Black Folk*）一书，在当时引起轰动。在这部书的影响下，越来越多的非裔美国人不再迷信布克·T. 华盛顿的种族妥协主义学说。杜波依斯引导、鼓励和支持非裔美国人在种族问题上坚持立场，不为蝇头小利而放弃非裔美国人应得的政治权利。从字面上来讲，"坚持立场"是指非裔美国人坚持自己的政治立场，不在白人的政治和经济高压下让步。非裔美国人要捍卫的政治立场就是坚信自己是与美国白人平等的人，追求种族平等和社会正义，坚决维护非裔美国人在美国的人权和公民权，积极争取选举权、教育权、住房权和同工同酬权。非裔美国作家在从事小说和诗歌的创作中也力图坚持立场，坚定不移地弘扬非裔美国人传统的斗争精神。通过文学作品，非裔美国作家颂扬非洲文化传统，为自己的灿烂文化而骄傲，在困境中不沉沦，坚守自己的文化传统和种族尊严。他们从非裔美国文化中汲取养分和力量，真实再现非裔美国人在美国社会的各种遭遇，揭露美国种族问题的真相。

　　20 世纪 20 年代，哈莱姆文艺复兴（Harlem Renaissance）开创了非裔美国文学的新纪元。在哈莱姆文艺复兴时期，非裔美国作家的创作风格和创作技巧深受欧美文学传统的影响，许多非裔美国作家与同时代的欧美白人作家都有着某种文学联系。对黑人世界"原始"感的好奇心促使美国白人有意无意地开启了非裔美国文学作品在美国出版社的大门，这极大地促进了非裔美国文学的发展。非裔美国作家的创作特色表现在对民间材料的广泛运用上，尽管在契斯纳特和邓巴时期，白人读者对非裔美国民间文学素材不感兴趣。哈莱姆文艺复兴荟萃了美国历史上第一批有自我意识的非裔美国文学家。文学和艺术是建立种族自尊心和传播民族文化的最佳途径。因此,这些作家被赋予了双重职责:一是大力发展文学艺术;二是在作品中塑造良好的非裔美国人形象。

大萧条①终止了哈莱姆黑人文艺复兴的蓬勃发展,改变了美国社会的经济和文化气候。随着美国经济的不断恶化,白人文学界、出版界和读者群对黑人文化的异域化描写不再感兴趣了。非裔美国作家再也不能浪漫地把黑人大众的社会环境描写成享乐主义的天堂。他们不再天真地以为美国社会会继续向种族启蒙方向稳步发展,也不再以为"文学现实主义"的特殊版本会继续受到白人世界的关注。20世纪20年代放荡不羁的浮华岁月结束后,以社会抗议为主要特征的新文学运动于20世纪30年代出现在美国文坛,并在20世纪40年代达到高潮。更确切地说,哈莱姆文艺复兴时期以后,非裔美国文坛进入赖特时代,这种状况一直从20世纪30年代延续到50年代初。美国学者布里顿·杰克逊说:"赖特表达了大萧条后美国社会的时代精神。从那时起,在美国不管是黑人还是白人,都不敢再对自己的现状或前途自信满满的了。"(Jackson:24)这时期的非裔美国作家遣词造句生动有力,塑造的黑人形象和反映的黑人生活皆来自美国社会,对当代非裔美国作家的文学创作有着重大的影响。

总的来讲,这个时期的非裔美国文学作品揭示了20世纪前四十年左右的各种社会热点问题,比较系统地反映了大迁移、第一次世界大战、哈莱姆文艺复兴、大萧条和第二次世界大战期间种族关系的主要状况。然而,他们的作品不再是枯燥的文献记载,而是具有丰富思想内容的艺术作品,反映了从1903年至1945年期间非裔美国文学传统的发展状况,揭示了具有时代特征的主题、呈现了娴熟的创作技巧和特色。非裔美国作家在这个时期所取得的文学成就标志着非裔美国文学走向成熟。而且,这个时期的作家及其作品为以后非裔美国文学创作提供了学习的榜样和参照的范本。20世纪五六十年代最杰出的作家如詹姆斯·鲍德温

---

① 大萧条 (The Great Depression) 是指1929年至1933年的全球性经济危机。1929年10月,美国华尔街股市突然暴跌,金融市场崩溃,银行倒闭,经济陷入恶性循环,并迅速蔓延到其他工业国家。危机期间资本主义世界的工业生产下降三分之一以上,国际贸易额减少三分之二,失业人数更是高达3000万以上,主要资本主义国家由此一蹶不振。各国为维护本国利益,加强了贸易保护的措施和手段,进一步恶化了世界经济形势,间接导致了第二次世界大战的爆发。

(James Baldwin)、拉尔夫·埃里森（Ralph Ellison）和格温多林·布鲁克斯（Gwendolyn Brooks）等在 40 年代尚处于学徒期，他们把玛格丽特·沃克（Margaret Walker）和理查德·赖特（Richard Wright）当成大师来崇拜，时常模仿沃克和赖特作品的表现手法。

## 二、1903 年至 1945 年期间的非裔美国历史

美国，怀着对未来的美好憧憬跨入 20 世纪；机器时代开始改变整个国家。随着城市的发展和新产品的开发，人们的生活变得更加便利，生活方式发生了翻天覆地的变化，富裕程度也大为提高。成千上万的移民和农民涌入城市，渴望在工厂里找到工作。然而，农村人口的迁出导致农场荒芜，城市贫民区人满为患，出现了严重的社会问题。尽管如此，大多数美国人却乐观地认为，这些问题只是一个国家在发展过程中出现的正常问题。与白人的盲目乐观形成鲜明对比的是，新世纪的到来并没有给非裔美国人带来新的希望。"黑人在许多领域都遭受到挫折，几乎没有黑人去奢谈平等权利问题。"（Logan and Cohen：153）1903 年，美国有将近 900 万非裔美国人，其中 800 万人仍然居住在美国南方。而且，大约五分之四的南方黑人是农村人口。"欧洲、亚洲、南美洲，甚至非洲，都不是他们的家。"（Jackson：398）美国黑人的家乡在美洲，他们已在美洲生活将近 300 年。不过，"黑人生活的荒谬悖论使他们没有归属感。他们是美国人，但在美国的活动空间非常狭窄，到处受限"（Jackson：398）。第一次世界大战爆发前，美国全国有 1000 多黑人被私刑处死。"1904 年在佐治亚州的斯特兹巴罗地区有几个黑人被活活烧死，他们的社区也遭到恐怖袭击；1906 年在亚特兰大又有几个黑人被杀害，他们的家园和店铺被抢劫、被烧毁。"（Bell：77）白人对黑人的排斥和迫害加剧了黑人的身份危机，并导致黑人在美国社会里陷入双重意识的窘境。

大约在 1915 年，非裔美国人的大迁移（the Great Migration）浪潮出现。成千上万的非裔美国人怀着对美好生活的追求，长途跋涉走进城市，但是他们的到来不但没有受到白人的欢迎，反而激起白人对黑人的厌恶和仇恨，因为吃苦耐劳的黑人给普通白人带来了工作竞争和生存压力。于是，仇视非裔美国人的种族主义思想像瘟疫一样扩散。起初，非裔美国人仅在北卡罗来纳、纽约、新奥尔良、亚特兰大和斯普林菲尔德等地

频繁遭受白人暴徒的袭击。随着非裔美国人大迁移的发展，特别是在第一次世界大战前后，美国有 20 多个城市发生种族暴乱。白人在街上肆意殴打非裔美国人，冲进非裔美国人家里施暴，打死非裔美国人的事件也时有发生。但是，几乎没有白人暴徒受到司法起诉或惩罚。

20 世纪 20 年代的大迁移中，50 多万非裔美国人离开南方，进入北方和中西部地区。非裔美国人进入城市后，他们的生活发生了很大的变化。非裔美国人能有机会上设施较好的学堂，挣到能维持生计的工资，获得选举权；一些有天赋的非裔美国人开始创作音乐和艺术作品。这些黑人移民的新生活虽然没有达到幸福的期望值，但摆脱了南方白人的恐怖主义迫害，获得了相对的人身自由和较大的个人发展空间。

自然灾害、种族压迫和生存危机是导致大迁移出现的主要原因。美国南方的土地遭遇大面积虫灾、频繁洪灾、土力衰竭等自然灾害；农业机械化渐渐取代了黑人农业工人的手工劳动；农业工人工资微薄，难以维持生计；黑人社会地位低下，种族偏见盛行，黑人时常遭到种族主义者的人身伤害和司法不公的政治迫害。此外，1915 年至 1916 年期间，由于第一次世界大战爆发，欧洲移民锐减，美国北方城市劳动力严重匮乏。这些因素为非裔美国人的大迁移提供了契机。1920 年，数十万非裔美国人涌入纽约、芝加哥、底特律、费城、克利夫兰等大城市，这股移民潮持续高涨，直到 1929 年华尔街股票市场崩盘后，黑人移民才逐渐减少。但是，在第二次世界大战期间及以后的一个时期，黑人移民潮又重新高涨。理查德·巴克斯德尔和克尼斯·金纳曼说："在移民潮中，非裔美国人经历了许多挫折和磨难，带有浓烈的史诗般的冒险色彩。"（Barksdale and Kinnamon: 468）

在非裔美国人的大迁移中，白人种族主义者一刻也没有放弃对非裔美国人的歧视和迫害。北方和南方城市的白人房东习惯性地拒绝把某些区域的房屋租给非裔美国人。同时，住宅隔离法又把非裔美国人购房区域限制在某些特定的地区。虽然美国全国有色人种协进会于 1917 年说服最高法院在"布恰南诉瓦尔利"① 一案中宣布这些行为是违法的，但是法院的法令却遭到白人房东们的抵制。他们建立同盟，拒绝把房子卖给

---

① "布恰南诉瓦尔利"（*Buchanan v. Warley*）一案引起美国联邦最高法院就住宅区种族隔离问题于 1917 年作出如下裁决：肯塔基州路易斯维尔市按种族划分的住宅隔离法规违反了《美国宪法第十四个修正案》。从此，住宅种族隔离措施在美国成为法律禁止的行为。

包括非裔美国人在内的所有少数族裔美国人。

住宅隔离问题在美国北方城市最为突出。其实，南方的一些较老的城市，如蒙哥马利和亚拉巴马等，有些非裔美国人住宅和白人住宅混杂在一起。当然，按种族划分的平民区在南方也有，但在北方城市更多。美国学者马克·纽曼说："贫民区的居民住在破旧的房子里，还被迫缴纳高额房租。美国北方尽管没有种族歧视的立法，但是黑人儿童还是只得在质量低劣的学校接受种族隔离的学校教育。"（Newman：11）住宅隔离疏远了黑人与白人的关系，黑人即使是无意中踏入白人区域，也会遭到白人的粗暴殴打。

迫害和伤害非裔美国人的白人，按贯例是不会受到法律制裁的。为了掣肘白人的种族主义暴行，W. E. B. 杜波依斯、门罗·特洛特尔（Monroe Trotter）和萨藤·格里格斯于 1905 年在美国建立了黑人组织"尼亚加拉运动"（Niagara Movement）。1910 年杜波依斯还与一些白人开明人士一起创建了全国有色人种协进会。鲁斯·斯坦迪希·鲍德温（Ruth Standish Baldwin）和乔治·埃德蒙·海恩斯博士（Dr. George Edmund Haynes）于 1911 年创建了"全国城市联盟"①。他们的目的就是要捍卫黑人市民的人权，反对种族歧视。1913 年，86 名被私刑处死的美国人中有 85 名是非裔美国人。从 1919 年的多维尔议案开始，全国有色人种协进会坚持在美国国会游说，争取联邦立法，废除私刑。1912 年，伍德罗·威尔森②表示要在各个方面公正地对待非裔美国人，承诺一旦当选总统，一定会促进非裔美国人在美国的合法利益。因此，他在选举中赢得了大多数非裔美国人的选票。（Bell：77）通过杂志《危机》进行积极的舆论宣传和思想指导，杜波依斯领导全国有色人种协进会进行反对种族暴力和种族歧视的斗争。1915 年非裔美国人取得一项重要的司法胜利：最高法院宣布过去用来剥夺非裔美国人选举权的条款不合乎宪法。"这些进步和在其他方面的成就营造了一个充满信心和坚定品格的集体氛围——至少是在'百分之十的人才'中——这些人才积极参与了美国的新黑人运动和哈莱姆文艺复兴。"（Barksdale and Kinnamon：468）

---

① 全国城市联盟（the National Urban League，NUL），旧称"全国非裔美国男士和女士联盟"，现在是一个民权组织，总部设在纽约。该组织是全国最早的、最大的并以社区为基础的组织，维护非裔美国人的权益，反对美国境内的种族歧视。

② 伍德罗·威尔森（Woodrow Wilson，1856—1924），美国第 28 届总统。

1915年，非裔美国人领袖布克·T.华盛顿去世。1917年美国总统伍德罗·威尔森背信弃义，没有兑现自己在选举中对非裔美国人的承诺，结束了美国政府在国内对非裔美国人的官方中立立场，非裔美国人的处境更加艰难。1917年3月，美国向德国宣战，加入了第一次世界大战。同时，杜波依斯等黑人领袖号召非裔美国人参军，为民主制度打一场让世界和平的战争。这次战争的爆发给非裔美国人带来了改变生活的新机会。在战争期间，非裔美国士兵在欧洲战场骁勇善战，战功卓著，赢得了世界人民的尊重。

第一次世界大战即将结束之时，非裔美国人对战后的美好生活充满期盼。非裔美国人移居北方后，生活和工作条件大为改善，而且能行使选举权。随着非裔美国人政治力量的增强，争取公民权的呼声得到了更有效的表达。参军有助于他们去争取一等公民权的地位。服兵役期间，来自全国各地的非裔美国士兵有机会相聚在一起。他们讨论未来的问题和人生规划，彼此之间互相尊重。这些接触有助于不同背景的非裔美国人团结一致，促进争取平等权利的斗争。正如雷福德·洛根和欧文·科恩指出："在海外服役的黑人士兵和军官也许是第一次明白了平等的含义。欧洲人对待黑人的待遇与美国种族关系的传统模式形成鲜明的对比。"（Logan and Cohen：171）第一次世界大战的经历使许多非裔美国士兵相信争取自由和平等的斗争在国内也值得一战。因此，他们对美国社会的种族歧视和种族隔离的传统模式越来越厌恶。回到美国后，他们更加坚定不移地去追求自由和平等。

第一次世界大战结束后，由马库斯·贾维①领导的黑人运动影响力越来越大。当时的非裔美国人普遍意识到自己的无奈处境，渴望种族身份的认同和种族大团结。他们的渴望集中表现为贾维主义。贾维是牙买加的黑人，于1916年来到美国纽约的哈莱姆，广泛宣传黑人民族主义，倡导在种族内部建立普遍的兄弟关系，弘扬种族自豪感和热爱自己种族的精神。贾维的组织全球黑人促进协会起初在美国的成员很少，但第一

---

① 马库斯·贾维（Marcus Garvey, Jr., 1887—1940）是美国20世纪20年代的黑人泛非民族主义者，也是"世界黑人进步协会和非洲联盟"的创办人和领导人。他领导了美国历史上第一次大规模的黑人群众运动——贾维运动，对当时及以后的黑人运动都产生了巨大的影响。同时，贾维又是美国黑人历史上最有争议性的领袖，拥护他的人把他奉若神明，称之为"黑人的摩西"；反对他的人则斥之为不切实际的空想家和不折不扣的骗子。

次世界大战后发展壮大起来。1920 年 8 月，25000 名黑人聚集在纽约城麦迪逊广场花园听贾维的演讲，贾维号召建立一个由 400 万黑人自己当家做主的自由非洲。1925 年贾维被指控用邮件诈骗钱财，被关入监狱，1927 年被美国政府驱逐出境。当时黑人生活在城市贫民区，深受白人的歧视，生活压力巨大，身份卑微，而贾维不失时机地大力宣讲黑人的种族自豪感，号召黑人要自尊自爱，激发和鼓励黑人的民族自尊心，使黑人民众认识到黑人文化中的闪光点。这些政治主张得到当时身处社会底层的广大黑人同胞的认可和赞许，故而贾维在当时名声大振，影响巨大。贾维号召非裔美国人，特别是那些肤色更黑的黑人，成为他的信徒。他赞美一切黑的东西，坚信黑色代表力量和美，而不是"低下"的代名词。非洲人也曾拥有灿烂的文化，非裔美国人应该为自己的祖先而感到骄傲。在他主办的报纸《黑人世界》(The Negro World)里，他指出种族偏见是白人文化的重要组成部分，奢求白人的正义感和高调的民主原则都是徒劳的。对于越来越多的黑人希望实现民族自决的要求，贾维是坚决赞成的，认为美国黑人唯一的希望就是离开美国，返回非洲，建立一个自己的国家。在一次集会上，贾维大声疾呼："觉醒吧，埃塞俄比亚！觉醒吧，非洲！让我们努力奋斗，完成我们的光荣使命，建立一个自由、平等和强大的民族。让非洲成为世界民族之林的一颗璀璨的明星。"（qtd. Franklin: 490）

贾维学说对于文化水平低、生活阅历浅的城市黑人，特别是刚从乡下来到城市的移民，具有极大的吸引力。这些人把贾维视为黑人民族真正的领导人。但是贾维贬低杜波依斯和全国有色人种促进会的其他领导人，认为他们都是懦夫、黑人民族的叛徒。贾维坚决反对种族融合，但令人遗憾的是，他却接受了"三 K 党"① 等种族主义组织的捐款。实际上，这些别有用心的白人种族主义组织非常乐意"资助"黑人"返回非洲"。贾维向这些种族激进组织募捐的行为引起美国各地黑人的强烈反对。

贾维倡导的这场运动从一开始就注定会以失败告终。首先，大多数黑人没有"返回"非洲的意愿。他们已经把美国视为自己的故乡，不想离开美国，落后的非洲对他们没有吸引力。第二，欧洲国家绝不会允许贾维的追随者定居在其非洲殖民地，并在当地居民中散布不满情绪，更

---

① "三 K 党"（Ku Klux Klan，缩写为 KKK），是美国历史上和现在的一个奉行白人至上主义的民间组织，也是美国种族主义的代表性组织。三 K 党是美国最悠久、最庞大的恐怖主义组织。

不会允许贾维去建立一个黑人当家做主的国家。最后，贾维缺乏实现其计划的技术力量。他最重要的产业之一"黑星轮航线"破产，主要原因是他理财不善，没有找到技术好的船长和船员。贾维于1940年在贫穷中病逝，至死都认为黑人不可能被白人接纳为平等的人。贾维领导的黑人民族主义运动虽然失败了，但是他所倡导的黑人种族自强自立的精神为20世纪60年代末和70年代初爆发的"黑人权力运动"（Black Power Movement）提供了理论支柱。

1929年10月，华尔街股票市场崩溃，黑人在经济萧条中的生活更加困苦。当时，工厂倒闭，银行破产，矿山关闭，大批黑人失业。在城市，黑人很快失去工作；在农村，黑人被迫接受难以糊口的工资。"在家政服务和个性化服务方面，用工需求大量削减，黑人大批失业。因为积蓄少或根本就没有积蓄，黑人很快陷入赤贫和无尽的痛苦。"（Franklin：360）

大萧条期间，成千上万的黑人市民失业，没钱租房，没钱买食品，陷入饥寒交迫的困境。"商业严重衰退，人们开始担忧在这样的社会环境里能否继续生存下去。"（Logan and Cohen：180）贫穷黑人所遭受的经济萧条危害比白人速度更快、时间更长、程度更深。当时的就业形势是，非裔美国人总是最后被雇用，最先被解雇。在美国南方，棉花经济遭到重创，黑人佃农从业人数在1930年到1940年期间减少了大约20万。北方和南方的非裔美国产业工人也大量下岗或被白人顶岗。1932年，56%的非裔美国人失业。为了克服当时的危机，新当选的总统富兰克林·D.罗斯福自1933年起采取了许多救济措施，为黑人民众解决了许多实际困难。然而，尽管罗斯福的"黑人内阁"做了大量的工作，但是在新政政府机构里也时常出现种族歧视的行为。不过，罗斯福确实为非裔美国人办了实事，受到广大非裔美国人的拥护。非裔美国人在总统选举中放弃了长期以来支持的共和党，转而支持民主党的罗斯福。1934年，阿瑟·米契尔（Arthur Mitchell，1883—1968）当选为第一位黑人民主党众议员。1936年，罗斯福在总统大选中赢得了非裔美国人的选票。

20世纪30年代，虽然私刑有所减少，但南方黑人仍然不时遭受白人的暴力袭击。他们生活在种族隔离的社会制度中，连选举权也被非法剥夺。南方的农作物价格持续下跌和联邦政府的一些不当措施导致种植园主大规模驱逐佃农，大约两百万黑人为了生计，被迫离开南方农村，涌入北方、南方和西部地区的城市。

正当黑人处境艰难之际，美国共产党努力争取黑人，希望得到他们的支持。黑人詹姆斯·W.福特（James W. Ford）是美国共产党在1932年、1936年和1940年提名的副总统候选人。另一个重要的非裔美国共产党员是小本杰明·J.戴维斯（Benjamin J. Davis, Jr.），他于1943年通过选举进入纽约市议会。在大萧条时期，美国共产党鼓动生活在芝加哥和纽约贫民区的黑人为抵制因拖欠房租被驱逐而抗议，并取得了胜利；从而避免了黑人一旦欠房租就被房东逐出家门流落街头的惨景。尽管美国共产党在美国没能拥有大批的追随者，但是共产党的学说还是影响了一部分黑人知识分子，特别是理查德·赖特。

1941年12月7日，日本偷袭珍珠港。美国被迫向日本宣战，加入第二次世界大战。因为前方的军事需要，再加上全国有色人种协进会、著名民权领导人亚撒·菲利普·伦道夫①和美国媒体不断施加压力，非裔美国人再次获得参军的机会。20世纪40年代初期，美军开始培养非裔美国飞行员，美国海军和海军陆战队在种族隔离的部门接受非裔美国人提供的一般性服务。这场战争缓解了非裔美国人的一些经济负担。然而，战争导致更多的种族问题浮出水面，尽管罗斯福的行政法令要求公平就业，但是不公平的场合依然很多。种族歧视在军队各部门随处可见，海军起初使用非裔美国士兵，只是让他们做拖地板、做饭之类的体力活。由于许多训练基地在南方，从北方来的受训非裔美国士兵经常遭受各种各样明显的种族歧视。全国各地军事基地里，种族暴乱事件频繁发生。战争期间，在底特律、纽约和洛杉矶等地曾发生过声势较大的种族暴乱，导致大量人员伤亡，黑人和白人之间的矛盾加剧。

第二次世界大战给非裔美国人的生活带来了巨大的变化。国防工业迅速发展，军事基地迅速建立，大多数兵工厂和军事基地建立在南方。南方非裔美国人不断从农村移居到收入较高的城市，也有一些非裔美国人向北方和西部有兵工厂和军营的地区移民。南方的农业机械化运动也迫使黑人农民离开农村，另谋生路。因此，1940年至1945年期间，南方黑人农村人口下降了30%，居住在南方的非裔美国人总人口也从77%下降到68%。一些南方城市的非裔美国人也像北方的非裔美国人一样获得

---

① 亚撒·菲利普·伦道夫（Asa Philip Randolph, 1889—1979）是20世纪著名的黑人民权领导人。他是美国最早的黑人劳工组织"卧铺车厢行李工兄弟会"和"华盛顿游行运动"的创始人。

了选举权。因此,"在 20 世纪 40 年代末政治家们对北方的地方选举和总统选举中的黑人选民更加重视。"(Newman:34)

战争期间,100 多万非裔美国人加入劳动力大军,其中包括 60 万妇女。虽然战争给非裔美国人带来了工作机会,但同时也使他们更为直接地面对一些老问题:军队中的种族隔离和种族排斥,对非裔美国军官的任命限制和工作岗位方面的种族歧视。非裔美国人对这些现象极为反感,继续采取抗议和斗争的方式,争取自己的合法权益。此时的非裔美国人既不同于南方重建时期的黑人,也不同于 20 世纪初的黑人;他们中的大多数人受过小学或初中教育,种族觉悟和思想觉悟已经大为提高,已经具有充足的自信心和丰富的阅历,并且与工人和市民结为同盟军,能更有效地抗议种族歧视。这个时期非裔美国人的抗议活动在兵工厂和军队部门里取得了局部性的胜利,有助于黑人改善自己的生存环境。

第二次世界大战为非裔美国人走向世界和了解世界提供了难得的机会。黑人开始关注非洲、欧洲和整个殖民地世界,发现自己的命运与非洲、加勒比海和亚洲的殖民地人民有着某种天然的联系,并逐渐意识到种族地位在社会生活中的重要性。1945 年联合国的成立不仅有助于世界和平秩序的重新建立,而且还有助于非裔美国人在争取人权的斗争中获得重要的国际声援和帮助。从"二战"归来的非裔美国老兵为保卫国家和捍卫世界和平作出了贡献,理所当然地要求获得与白人平等的公民权和社会地位。

## 三、1903 年至 1945 年的非裔美国文学概况

20 世纪初,非裔美国作家的原创性和批判性作品为哈莱姆文艺复兴时期非裔美国文学的繁荣铺平了道路。这些作家的创作技巧娴熟,语言犀利,分析透彻,文体美感非凡。邓巴和契斯纳特与其他许多非裔美国作家一起传承了 19 世纪末的时代精神,继续以新的视角观察 20 世纪的世界。他们的文学作品为 20 世纪初非裔美国文学的发展奠定了基础。1906 年,邓巴去世;萨藤·格里格斯和查尔斯·韦德尔·契斯纳特等作家的文学生涯实际上已经结束。可喜的是,杜波依斯的文集《黑人之魂》给黑人文坛注入一股新的活力,激励非裔美国青年作家重新审视美国社会的黑人问题。该书的突出意义在于抓住了非裔美国文化的精髓,

充分显示非裔美国人的伦理道义和人格尊严，从而指出了非裔美国人在心灵上获得解放的巨大意义。当时的美国已经发展成为一个多种族社会。在南方，合法化种族隔离的现状已经形成；在北方，尽管没有明确的法律条文支持，社会生活中许多方面的隔离特征也很突出。美国各地的种族隔离越演越烈，这种社会状况极大地影响了邓巴和契斯纳特时代之后的非裔美国文学。

　　青年诗人沿着邓巴开创的文学之路继续前行。虽然这些诗人热爱创作，但几乎都有过分依赖文学摹本的通病，他们大多数人把文学表达局限在对某一部诗集的模仿上，没能形成具有个人特色的创作手法。最可怕的是，他们的过度模仿几乎变成了不加掩饰的剽窃。此外，当时浮华的措辞在诗歌写作中极为泛滥。在他们的诗歌里，有一种忧郁的倾向。这种忧郁也许是源自他们所模仿的文学大师们，因为之前那些大师们的作品或者抒发个人理想或者表述懊悔沮丧。杜波依斯和詹姆斯·威尔敦·约翰逊（James Weldon Johnson）勇敢地挑战当时的文坛，希望黑人作家们振作起来，携手复兴非裔美国人的进步事业，然而，大多数作家要么不为所动，要么故步自封，要么遁世逃避。也许他们信奉邓巴的话语："我们必须像白人那样创作。……现在我们的生活是一样的。"（Brown：58）许多诗人远离了黑人大众，远离了与黑人生活有关的话题。诗歌成为他们逃避现实的浪漫主义途径，而不是感悟生活的媒介；对他们来讲，逃避成为其诗歌作品的显著特点。

　　这个时期的非裔美国小说中，浪漫主义、现实主义或自然主义作品占主导地位。非裔美国作家已经充分认识到非裔美国人在美国社会里深受歧视的种族身份和社会地位。大多数非裔美国作家在小说创作中讲述跨种族爱情故事，渲染种族越界和种族团结之类的主题，推崇华盛顿或杜波依斯的策略，并以此作为解决种族歧视制度下种族界限问题的方法。"在F. W. 格兰特的《脱离黑暗》（1909）一书中，作者更喜欢采用杜波依斯的学说，而不是华盛顿的主张；但在奥斯卡·夏克福特的《莉莲·西门斯》（1915）一书中，解决非裔美国人受挫意志的方法来源于布克·T. 华盛顿的芝加哥黑人资本主义。"（Bell：78）此外，非裔美国小说继续探索美国黑人世界的悲喜层面和争取人权的英勇斗争。与南北战争前后的传奇剧式恐怖描写或悲怜描写相比，杜波依斯和詹姆斯·威尔敦·约翰逊的视角显得更加具有反讽意味，这种反讽在描写非裔美国人的种族越界方面表现得尤为突出。作家对小说主人公双重意识心理的描写反映了当时动荡岁月里非裔美国人所遭遇的种族矛盾和黑人社区内部的冲突。

可是，在这个时期，没有出现与白人剧作家尤金·奥尼尔（Eugene O'Neille）和保罗·格林（Paul Green）齐名的非裔美国剧作家。非裔美国剧作家尚处于学徒阶段；他们的作品充满了对黑人种族的关爱，在这一点上明显有别于白人剧作家的作品。当时的非裔观众只是钟情于舞台上的恭维话而非真正的表演；喜欢道德完人，而不是真实的人；喜欢起居室内的生活描写，而不是人们户外的真实生活。白人观众却喜欢看到被种族偏见模式化了的黑人形象。此外，"剧作家在戏院的学徒期过于短暂。学徒期太短不利于剧作家的成长，大学的戏剧表演课程是无法完全取代学徒期的"（Brown：138）。非裔美国剧作家有待于更仔细地观察非裔美国人的生活，更刻苦地学习舞台技术。只有这样，他们作品的艺术水平才会得到大幅度的提高。

非裔美国散文的成就主要表现在杜波依斯和华盛顿在意识形态领域的斗争。布克·T. 华盛顿是美国 20 世纪初一位举足轻重的非裔领导人。他继续倡导种族妥协学说。华盛顿的屈服策略不但没有改善非裔美国人的生活，反而恶化了他们的生存环境。因此，在 1903 年，杜波依斯出版了《黑人之魂》一书，质疑华盛顿在其自传《从奴隶制崛起》中所提出的主张。杜波依斯反对华盛顿在南方非裔美国人争取政治权利和社会地位斗争中的退让立场，认为华盛顿的主张有助于白人剥夺非裔美国人的公民权，为非裔美国人低下的社会地位提供了理论依据。杜波依斯指出，在现代资本市场的竞争环境里，如果没有选举权，黑人工匠、专业人士、商人和有产者是不可能捍卫自己的合法权益的。华盛顿劝导非裔美国人默默地屈从于低下的公民地位，长此以往，会极大地削弱非裔美国人的主观能动性和自我意识。杜波依斯把华盛顿的亚特兰大博览会演讲称之为"亚特兰大妥协"，并认为那是华盛顿一生中最臭名昭著的东西。杜波依斯是华盛顿学说最强烈的反对者，他对华盛顿的反对不是出于任何私人恩怨，而是出于对非裔美国人生存环境的深深忧虑。

第一次世界大战的结束为哈莱姆文艺复兴（Harlem Renaissance）的兴起奠定了必要的社会基础。哈莱姆文艺复兴颂扬非裔美国文化，其所处的年代正是维多利亚时代的矜持被 20 世纪 20 年代的狂热和奔放所代替的时期。美国学者德迪米特里斯·沃尔勒说："从词义上看，复兴这个词的意思就是新生。可是，又不是新生，哈莱姆文艺复兴实际上是非裔美国人形成非裔美国文化独特性的第一个机会。"（Worley：xix）当时的非裔美国读者和白人读者都希望从文字上多了解一些非裔美国人的真实生活。

20 世纪 20 年代，受过良好教育的黑人青年涌向纽约城，尤其是来到被誉为"黑人文艺之都"的哈莱姆，都想在文学创作上有所成就。哈莱姆也是当时美国黑人领袖、社会学家和历史学家的聚居地，杜波依斯把这些人称为"十分之一的能人"（"talented tenth"）。他们占非裔美国人总人口的10%，在意识形态、文学艺术和政治主张等方面引领着黑人大众。在哈莱姆地区，这些非裔美国知识分子和艺术家关心非裔美国人的未来。一些年长而保守的非裔美国评论家认为非裔美国人的文学作品应该"提升"黑人民族，即以正面的、积极的形式展示非裔美国人的生活；而一些年轻的、更激进的非裔美国人却认为非裔美国文学是艺术，所以应该以现实主义的视角来观察非裔美国人的生活。

20 世纪 20 年代是黑人文学艺术的大发展时期。非裔美国人从事艺术创作的人数远远超出历史上的任何时期，而且喜爱文学艺术的非裔美国青年也越来越多。文艺创新种类繁多，百花齐放，在音乐、诗歌、戏剧和小说等方面都取得了骄人的成绩。1905 年至 1923 年期间，非裔美国小说几乎都是由小型出版社出版的。因此，这些黑人作品的影响力很有限，几乎没有哪部作品得到过社会的广泛认可。到了 30 年代，形势发生了可喜的变化。由非裔美国人创作的小说多达 20 多部，其中大多数小说都是由美国的大型出版社出版。（Singh：1）非裔美国小说家获得了一个把作品推向全国甚至全世界的良机。

哈莱姆文艺复兴为非裔美国作家出版作品提供了契机。很多美国知名出版社开始征集和出版非裔美国人撰写的文学作品。不少杂志社也开始青睐非裔美国作品，主办创作竞赛；杜波依斯主编的《危机》（*The Crisis*）和查尔斯·S. 约翰逊（Charles S. Johnson）主编的《机会》（*Opportunity*）尤其热衷于推介新非裔美国作家及其新作品。此外，《先驱》（*The Messenger*）等著名杂志也发表崭露头角的非裔美国青年的作品。

在 20 世纪 20 年代的文艺复兴时期，最先获得社会广泛认可的四大作家是克劳德·麦凯（Claude McKay）、琼·图默（Jean Toomer）、康蒂·卡伦（Countee Cullen）和兰斯顿·休斯（Langston Hughes）。尽管他们在家庭背景、个人性格和创作技巧方面各不相同,但是他们作品中的一些共同主题还是让美国学界把他们联系在一起。他们被公认为这个文学运动的代表性人物。在诗歌方面,阿尔拉·伯恩腾普斯(Arna Bontemps)、瓦林·库尼(Waring Cuney)、斯特林·A. 布朗(Sterling A. Brown)、弗兰克·霍尔尼(Frank Horne)、格温多林·B. 伯尼特(Gwendolyn B. Bennett)、海伦尼·约翰逊(Helene Johnson)等人的诗歌再现了当时的社会风貌,抒发了非裔美国人在新时代的情感。非裔美国人的种族自豪感是哈莱姆作家的中心主题。这个时期的主要作品有:詹姆斯·威尔敦·约翰逊(James Weldon Johnson)的《美国黑人诗集》(*Book of American Negro Poetry*, 1922)、克劳德·麦凯的《哈莱姆暮色》(*Harlem Shadows*, 1922)、琼·图默的《甘蔗》(*Cane*, 1923)、杰西·浮士特(Jessie Fauset)的《那里混乱》(*There Is Confusion*)、沃尔特·怀特(Walter White)的《燧石堆的火花》(*Fire in the Flint*)和康蒂·卡伦的《颜色》(*Color*, 1924)。1925 年阿莱恩·洛克(Alain Locke)《新黑人》(*The New Negro*)的出版和大量非裔美国诗歌、故事和散文的发表把哈莱姆文艺复兴推向高潮。

1929 年华尔街股票市场崩溃,美国经济遭到重创,美国社会进入大萧条时期,大多数白人富翁中止了对哈莱姆非裔作家和诗人的资助。这次经济危机在很大程度上影响了非裔美国文学的蓬勃发展,但也不能很绝对地说这场经济危机就结束了哈莱姆文艺复兴。还有不少作家和艺术家在经济危机期间及其以后一段时间继续创作,例如:威廉·格兰特·斯迪尔(William Grant Still)等音乐家、艾伦·道格拉斯(Aaron Douglas)等插图画家和左拉·尼尔·赫斯顿(Zora Neale Hurston)等民俗学研究者。他们努力消解大萧条的阴影,从各个层面彰显非裔美国人的文化精神。正如小豪斯顿·A. 贝克所说:"哈莱姆文艺复兴的精神和关注点延续到下一个十年,不少艺术家们继续创作有价值的作品。"(Baker:143)非裔美国人创新精神的不断出现和非裔美国文学传统的持续发展对20 世纪下半叶和 21 世纪初的非裔美国文学都有着不容忽视的影响。即使在今天,仍有不少非裔美国作家重新审视 20 世纪 20 年代的艺术画卷,从中寻找模式、主题和人物,以汲取精神力量和文化养分。

美国经济危机的爆发给非裔美国文学带来深刻的变化。20 世纪 30 年代的经济危机带给非裔美国作家的打击远远超过白人作家,因为黑人总是在危机中首当其冲。罗斯福的"新政"建立了许多联邦救济机构；对黑人艺术家来讲最重要的就是美国公共事业振兴署（Federal Writers' Projects, FWP）。"联邦作家项目"是美国公共事业振兴署的一个重要组成部分。在这个联邦项目下，许多黑人作家得到了工作和文学创作的机会。不光是老作家，连许多新作家也在全国各地的"联邦作家项目"中找到了工作。这些青年作家有理查德·赖特、克劳德·麦凯、契斯特·海姆斯（Chester Himes）、拉尔夫·埃里森、左拉·尼尔·赫斯顿、玛格丽特·沃克（Margaret Walker）、威廉·艾塔威（William Attaway）和威拉德·莫特利（Willard Motley）。出乎意料的是，"在经济萧条最严重的时期，非裔美国作家仍获得了一个良好的创作环境。他们能根据自己的意愿工作，并且还相应地得到较好的报酬"（Baker：204）。这也可以看做是美国总统罗斯福①在经济危机时期对非裔美国文学的发展所作的一大贡献。

  大萧条期间，一些知名的非裔美国作家转向左派。W. E. B. 杜波依斯与社会主义学说若即若离多年后，在 20 世纪 30 年代初期自愿接受了马克思主义，但他还是经常批判美国共产党的方针政策。兰斯顿·休斯（Langston Hughes）在 20 世纪 30 年代写的诗歌里经常把列宁主义看做是人类社会未来的希望。斯特林·A. 布朗的诗集《南方的路》（*Southern Road*, 1932）揭示了阶级斗争和种族冲突在资本主义社会里的不可避免性。这个时期非裔美国文学的显著特点是种族抗议。

  20 世纪三四十年代，非裔美国小说集中反映了美国社会中黑人生活所面临的严酷现实，所揭示的问题完全不同于哈莱姆文艺复兴时期以欢乐为主调的小说。在这个时期的非裔美国文学创作中，爵士乐的异国情调被社会抗议所取代，非裔美国小说家第一次意识到西奥多·德莱赛（Theodore Dreiser）、辛克莱·路易斯（Sinclair Lewis）和杰克·伦敦（Jack London）所揭示的主题和社会问题与非裔美国人的生活有了密切的联系。20 世纪 30 年代的非裔美国作家把观察到的"种族问题"作为其文学创作的基本材料，寻求提高种族意识，更有效地解决黑人种族觉悟的问题。罗伯特·波恩在《美国黑人小说》（*The Negro Novel in America*, 1965）中指出："20 世纪 30 年代的黑人小说家开始把艺术框架奠基于美

---

  ① 富兰克林·D. 罗斯福（Franklin D. Roosevelt），美国第 32 任总统（1933—1945），民主党人，就任总统后推行"新政"（New Deal），第二次世界大战爆发时支持英国、法国和中国的反法西斯战争，太平洋战争爆发后对建立全世界反法西斯同盟作出了重大贡献。

国黑人种族的实际经历。"(Bone：118) 1938 年，理查德·赖特的短篇小说集《汤姆叔叔的孩子们》(*Uncle Tom's Children*)，以现实主义手法揭示了美国黑人的生存状况，受到读者和评论界的好评，为他赢得了全国性声誉。赖特的社会学视角继续发展，在 1940 年出版了轰动美国文坛的小说《土生子》(*Native Son*)。像当时黑幕揭发运动的作家一样，赖特描写了可悲的社会环境以及由此而引发的社会问题。安·佩特里(Anne Petry)沿袭了赖特的创作传统，在其短篇小说和长篇小说中继续描写美国社会的黑人暴力问题。

　　哈莱姆文艺复兴之后的非裔美国诗歌蕴含着一种更广阔的精神气质，诗人开始关注美国社会的种族问题。梅尔文·托尔森(Melvin Tolson)创作的诗歌把娴熟的诗歌创作技巧与广博的人文主题相结合。他的诗歌《老人迈克尔》("Old Man Michael")和《登山者》("The Mountain Climber")抒发了非裔美国人不屈不挠的斗争精神和对美好未来的无限憧憬；他的另一首诗歌《黑色交响乐》("Dark Symphony")在结尾处流露出对非裔美国人融入美国主流社会的美好愿望。玛格丽特·沃克的诗歌《因为我的族人》("For My People")在主题上与托尔森的《黑色交响乐》非常相似。这首诗歌描写一个特定的种族团体，展示了这个团体的成员在更广阔的美国地域上的生活状况。罗伯特·海登(Robert Hayden)和欧文·多格森(Owen Dogson)在其早期诗歌的创作中比托尔森和沃克更为直率；但是海登和多格森在诗歌创作中追求一种形而上学的张力和主题的哲理性。多格森的诗歌《对比法》("Counterpoint")描写了第二次世界大战的恐怖和罪恶，海登的诗歌《记忆歌谣》("A Ballad of Remembrance")图解了诗人想与对手和解、达成共识的思想境界。因此，我们不难发现 20 世纪三四十年代非裔美国诗歌的主流倾向。可是，这四位诗人在其后期创作中反映出不同的精神风貌。他们采用黑人现实主义手法，在作品中大胆提出黑人的政治主张。托尔森的诗歌《超心理》("Psi")在杂志《哈莱姆长廊》(*Harlem Gallery*)上发表，他以现实主义的艺术眼光审视非裔美国艺术家的创作试验。海登的诗歌《中间通道》("Middle Passage")、《巫医》("Witch Doctor")和《逃亡者，逃亡者》("Runagate Runagate")以震撼人心的语言描写黑人遭遇苦难的各种心理。此外，贝克指出："多格森关于麦德加·艾维斯之死的歌剧是一个美丽而又令人激动的作品。"(Baker：206)

非裔美国戏剧在20世纪30年代和40年代取得了可喜的进步。阿波罗剧院和拉法耶特剧院相继建立起来。这些黑人剧院故意疏远白人剧院，大力上演表现黑人生活和黑人文化的剧作。主流黑人剧院并不愿如此，尽管表达黑人追求也是民族戏剧的一个反复出现的主题。当黑人民族主义剧作家热衷于强调黑人文化优越性的时候，主流黑人剧院致力于让黑人参加到戏剧演出的各个层面，发展黑人的戏剧表演能力。在这个时期，不少非裔美国小说家和诗人也开始撰写剧本，旨在促进非裔美国戏剧的发展。兰斯顿·休斯的剧本《混血儿》（*Mulatto*，1935）描写的是关于美国南方黑人与白人通婚的故事，该剧本在百老汇一炮走红，成为上演最久的黑人剧本，一直上演到洛兰·汉贝利（Lorraine Hansberry）的《太阳中的一粒葡萄干》（*A Raisin in the Sun*）在20世纪60年代走红之时。不过，在哈莱姆文艺复兴时期的各项文学成就中，戏剧是最薄弱的。黑人民族主义戏剧和主流黑人戏剧有着一定的区别，民族主义者喜欢用"非裔美国戏剧"一词来诋毁主流黑人戏剧。（Flowers：97）可是，民族主义戏剧是一种与真正黑人戏剧很接近的戏剧。黑人戏剧曾经是哈莱姆的文化支柱，也是民族主义戏剧望尘莫及的。

由此可见，经过大迁移、第一次世界大战、哈莱姆文艺复兴、大萧条和第二次世界大战的洗礼，非裔美国文学获得了长足的发展，诗歌和小说的文学价值凸显，散文所表现出的抗争思想为非裔美国人提供了反对种族偏见的理论武器。非裔美国戏剧获得了空前的发展，黑人演员的舞台表演艺术大为提高，为"二战"后非裔美国戏剧的繁荣打下了良好的基础。简言之，非裔美国文学经过大约150多年的发展，终于迈入了成熟期。

## 四、迅猛发展中的非裔美国诗歌

第一次世界大战后，"新黑人诗人"（"New Negro Poetry"）出现在美国文坛，他们在哈莱姆文艺复兴运动中和其他作家联手抨击那些多愁善感、说教性强和逃避现实的诗歌。他们拒绝使用深奥的诗歌措辞，青睐于原生态的语言，把人文主义精神注入其诗作。美国学者林德瑟·帕特森说："在新黑人的诗歌里，种族不再被讽刺或忽略；他们不会为种族利益向白人社会卑躬屈膝，他们竭力表达的只是自己的真实意愿。他们至多可以划归为新美国诗人，以日常话语的调子重新发现力量、尊严和普通生活的核心要义。"(Patterson:146)这个时期的非裔美国诗歌有五大特点:第一,把非洲视为非裔美国人种族自豪感之源;第二,赞美美国历史上的非裔美国英雄及其英雄事迹;第三,避免社会抗议宣传;第四,用更多的理解和更少的愧悔来处理与非裔美国大众有关的话题;第五,进行更坦率、更深入的自我剖析。这个时期最杰出的诗人有威廉·斯坦利·贝雷斯维特、芬顿·约翰逊、克劳德·麦凯、康蒂·卡伦、兰斯顿·休斯、斯特林·A.布朗、玛格丽特·沃克和阿尔拉·伯恩藤普斯。

### 1. 威廉·斯坦利·贝雷斯维特(William Stanley Braithwaite, 1878—1962)

威廉·斯坦利·贝雷斯维特是哈莱姆文艺复兴之前的著名诗人和文学评论家。他于1878年12月6日出生在马萨诸塞州的波士顿。12岁那年,父亲去世,他不得不辍学去做工,养活家人。15岁时,他到波士顿的出版社琼公司当学徒,学习排版。他发现自己对抒情诗情有独钟,于是就开始创作诗歌。1906年至1931年期间,他向《波士顿夜抄》(The Boston Evening Transcript)杂志社积极投稿,最后被聘为该刊物的文学编辑。此外,他也在《亚特兰大月刊》(Atlantic Monthly)、《纽约时报》(New York Times)和《新共和》(New Republic)等刊物上发表过许多文章、述评和诗歌。1918年,贝雷斯维特被全国有色人种协进会授予斯平加恩奖章(Spingarn Medal)。1935年他在亚特兰大大学担任文学创作教授,1945年从亚特兰大大学退休。翌年,他和家人迁居到纽约哈莱姆后,继续从事创作,发表了大量诗歌和文章,并编辑了一些文集。他出版过三部诗集《生活和爱情抒情诗》(Lyrics of Life and Love, 1904)、《掉树叶的房子》(The House of Falling Leaves, 1908)和《诗选》(Selected Poems, 1948)。贝雷斯维特于1962年6月8日在哈莱姆去世,享年83岁。

贝雷斯维特在文坛崭露头角之时,邓巴已在美国黑人诗坛独领风骚。然而,他的诗歌丝毫没有受到邓巴的影响。他并没有沿袭邓巴的风格去写方言诗。相反,他继承了后浪漫主义诗人的传统,模仿的是英国诗人约翰·济慈的诗歌风格。贝雷斯维特对黑人种族没有很强烈的认同感,其诗歌也很少提及黑人问题。他认为自己的诗歌是唯美型的,强烈反对把他的诗歌不加区别地归属为黑人诗歌。(Brown:50)很不幸,像邓巴一样,他的作品在当时并没能得到评论界的青睐。尽管如此,美国学者桑德斯·雷丁（Saunders Redding）在《让诗人黑人化》（*To Make a Poet Black*）一书中对贝雷斯维特赞赏有加，认为也是一位在诗歌创作中善于运用技巧的大师，擅长给诗歌添加令读者舒心的美感。

在诗歌《希克·维达》（"Sic Vita"，1903）里，贝雷斯维特写道：

> 心地释然，手脚放松，
>   蓝天在上，泥土在下，
> 所有的世界，对于我，
>   都是迷惑之地。
> 太阳照耀，月亮发光，
>   星星，风在动，
> 所有这些进入我的心田，
>   流动着，流动着，流动着！
>
> （Gates：922）

这首诗歌的题目"希克·维达"是拉丁语，意思是"如此的生活"。在这个诗节里，诗人向我们描述了一幅惬意的画卷，诗人无忧无虑地躺在地上，仰望苍天，任凭思绪万千。这个诗节揭示了人在世俗生活中的宁静、沉寂和和谐之感，流露出诗人对大自然的热爱。

### 2. 芬顿·约翰逊（Fenton Johnson，1888—1958）

芬顿·约翰逊是第一次世界大战时期杰出的非裔美国诗人，也是在大迁移中移居北方城市的非裔美国诗歌代言人。他在诗歌主题和创作手法上的创新预示了哈莱姆文艺复兴的必然到来。

约翰逊于1888年5月7日出生在芝加哥，父亲伊莱贾是芝加哥最富有的非裔美国人之一。约翰逊9岁时就开始学习读书识字，父亲想把他培养成牧师。约翰逊于1910年考上芝加哥大学，毕业后在肯塔基州露易斯维尔的一所州立大学任教。1913年他到西北大学和哥伦比亚大学的新闻学院继续深造。他目睹了北方地区发生的种族冲突，深感震惊，但由于他没去过南方，所以对南方农村非裔美国人的苦难生活，仅限于有所耳闻。约翰逊很有诗歌创作天赋，其诗歌带有独特的音乐感，很好地传递出诗人的忧郁和彷徨。他出版过三部诗集《微幻》（*A Little Dreaming*，

1913)、《黄昏之景》(Visions of Dusk, 1915) 和《土壤之歌》(Songs of the Soil, 1916)。此外,他还出版了一部短篇小说集《最黑暗时期的美国故事》(Tales of Darkest America, 1920)。

20 世纪 30 年代,笔耕不辍的约翰逊为一些文集和杂志撰写诗歌。他继续使用自由诗体,再现自己的都市经历。晚年受卡尔·桑德堡和其他中西部诗人的影响,约翰逊描写非裔美国人因种族身份的自卑感所产生的绝望之情,带有强烈的宿命论色彩。他的最后一本诗集《诗集》(Poems),收录了大约 40 首诗歌,在他去世后才出版。这本诗集中的诗歌是他在从事美国公共事业振兴署的"伊利诺斯黑人"项目时创作的。20 世纪 30 年代后,约翰逊淡出艺术界,诗人阿尔拉·伯恩藤普斯是他与艺术界联系的唯一纽带。约翰逊于 1958 年 9 月 17 日在芝加哥去世,享年 70 岁。

虽然约翰逊常被学界视为二流诗人,但是他的诗歌独具特色,对美国诗歌的发展具有一定的预见性。他的诗歌有很强的种族意识,以现实主义手法描写非裔美国人在社会生活中的绝望和无奈。以下诗行节选自他的诗歌《厌倦》("Tired", 1919):

> 我厌倦了劳作:讨厌为建设他人的舒适生活环境而累死累活。
> 让我们休息一下,丽丝·珍妮小姐。
> 我想去"最后机会酒馆",喝一两加仑
>     杜松子酒,掷一两次骰子,然后去睡觉
>     躺在麦克的酒桶上。
> 你会让小棚屋垮掉,白人的衣服烂成灰,
>     骷髅地的浸礼会教堂陷入无底的深渊。
>
>                                                         (Gates:928)

这些诗行揭示出诗人对日复一日的体力劳动感到厌倦,显示了非裔美国人在种族压迫环境中的屈从、痛苦和绝望。诗歌叙事人"我"意识到自己的苦难生活,公开谴责资本主义的剥削。在诗中,叙述人"我"最需要的就是放松的娱乐、尽情的畅饮和美美的睡眠。他最大的愿望就是改变这个世界,消除这个罪恶的世界带给他的一切烦恼。

### 3. 克劳德·麦凯(Claude McKay, 1889—1948)

克劳德·麦凯被公认为哈莱姆文艺复兴时期的第一位重要诗人,在

这个文学运动的发展中作出了重大贡献。他的诗歌经常采用十四行诗体的形式和讽刺性的语调，强烈谴责种族压迫和种族偏见。他的创作手法对其他非裔美国诗人有着很大的影响。非裔美国读者特别喜欢他的诗歌。麦凯为自己能与黑人大众打成一片而倍感自豪。他蔑视一切带有中产阶级色彩的东西，用自己的作品有力地驳斥了白人作家对非裔美国人的不当描写。

麦凯于 1889 年 9 月 15 日出生在牙买加的一个富裕农民家庭。在牙买加时，他出版了两部用牙买加方言写成的诗集。1912 年他来到美国学习农业，在塔斯克吉学院学习了一段时间后，又去堪萨斯州立大学继续深造。可是两年后，由于痴迷于诗歌创作，他无法再继续学业，只好退学。为了获得创作灵感，他时常深入底层社会，体验劳动大众的疾苦，过着波西米亚式的生活。这期间他还接触到一些激进的社会团体。1919 年他的诗歌开始源源不断地发表在《佩尔森》（*Pearson*）和《解放者》（*The Liberator*）等杂志上。不久，麦凯离开美国。1919 年至 1934 年期间，他居住在欧洲和苏联；1934 年回国后居住在哈莱姆。那时，哈莱姆文艺复兴运动已经趋于平静。1944 年春，他来到芝加哥从事教育工作。之后，他经常往返于哈莱姆、伦敦、柏林、巴黎、马赛、摩洛哥和莫斯科。麦凯于 1948 年 5 月 22 日去世，享年 58 岁。

麦凯的主要文学作品是两本诗集《新罕布什尔的春天》（*Spring in New Hampshire*, 1920）和《哈莱姆的阴影》（*Harlem Shadows*, 1922）。此外，他还出版了三部小说《回到哈莱姆》（*Home to Harlem*, 1928）、《班桌琴：一个没有情节的故事》（*Banjo: A Story Without a Plot*, 1929）和《香蕉末端》（*Banana Bottom*, 1933）。他还出版了一部短篇小说集《姜镇》（*Gingertown*, 1932）。他的自传《离家很远》（*A Long Way from Home*）于 1937 年出版。

一些评论家认为他的诗集《哈莱姆的阴影》是哈莱姆文艺复兴到来的宣言书。麦凯最初出版这个诗集的目的是想把自己最欣赏的诗歌《如果我们一定要死》（1919）收录进去。这首诗歌如下：

> 如果我们一定要死，别死得像猪一样
> 被追逐，被关在一个不光彩的地方，
> 疯狂的饿狗围着我们狂吠，嘲笑我们被人践踏的命运。

> 如果我们必须死，啊！让我们有尊严地死去吧，
> 那样我们珍贵的鲜血就不会
> 白流；那么即使是死了
> 我们拒绝信任的魔鬼也不得不对我们表示敬意！
> 啊，同胞们！我们必须面对共同的敌人！
> 虽然在我们面前，什么样的人躺在敞开的坟墓里？
> 像男人一样，我们将面对那帮残忍而胆怯的家伙，
> 被按在墙上，要死了，但会反击！
>
> （Gates：984）

在这首诗歌里，麦凯没有提及诸如白色、黑色或种族之类的词语，但是他强调了宁为荣誉战死也不投降的高尚气节，颂扬了勇敢无畏的人格。这首诗倡导了一种面临强敌而毫无畏惧的高尚牺牲精神。在第二次世界大战期间，英国首相温斯顿·丘吉尔曾用这首诗歌激励英国人民抗击德国法西斯，他在一次反法西斯的演讲中高声朗诵了这首诗。之后，这首诗歌就成了战争期间盟军重振士气的口号之一。实际上，1919年麦凯创作这首诗的初衷是反抗美国的种族暴力，但是麦凯刻意不在诗中使用与种族有关的字眼，以便人们从诗歌中得到超越种族的启迪。因此，他没有把这首诗收入《新罕布什尔的春天》，其主要原因是想回避那部诗集的种族主题。

### 4. 康蒂·卡伦（Countee Cullen，1903—1946）

在哈莱姆文艺复兴时期众多的诗人中，最有才干的是康蒂·卡伦。他于1903年3月30日出生在肯塔基州的路易斯维尔，15岁时被弗雷德里克·卡伦夫妇收养。弗雷德里克·卡伦是塞勒姆循道宗主教会的牧师，住在哈莱姆。康蒂·卡伦在纽约的德维特中学读书时就开始诗歌创作，在纽约大学读书时，获得过无数诗歌奖项。1926年获得哈佛大学硕士学位后，他担任了《机会》杂志社主编查尔斯·S.约翰逊的助理。1928年卡伦与W. E. B.杜波依斯的女儿妮娜·玥兰德·杜波依斯结婚，但两年后就离婚了。1934年卡伦在纽约城的弗雷德里克·道格拉斯中学教授法语和英语。1940年他与艾达·梅·罗伯逊结婚。卡伦于1946年1月9日去世，享年42岁。

卡伦的大多数诗歌带有很强的学术性，几乎不涉及种族话题。他对诗歌韵律和格律的精妙运用赢得了评论界和出版界的高度称赞。卡伦在诗歌创作中喜欢模仿英国诗人约翰·济慈和美国诗人埃德娜·圣文森特·米莱①的创作风格。尽管他的诗歌创作竭力向"非种族"方向发展，但是他写得最成功的诗歌却是与种族题材有关的作品。卡伦用诗歌抗议侵犯非裔美国人尊严和权利的行为，倡导寻求非洲文化的根，寻求融入美国社会的良方。像邓巴的规范英语诗歌一样，卡伦的作品以娴熟的创作技巧而闻名。他的诗歌被誉为现代非裔美国诗歌中最完美的抒情诗。卡伦是英国诗歌传统的继承者，称赞英国诗歌格律整齐、韵律独具匠心。在诗歌创作方面，他非常崇拜济慈。卡伦的第一本诗集《颜色》(*Color*, 1925) 被学界认为是一部难得的诗歌佳作。他出版的其他诗集有《铜太阳》(*Copper Sun*, 1927)、《黑人女孩的歌谣》(*The Ballad of the Brown Girl*, 1928)、《黑人基督》(*The Black Christ*, 1929)、《美狄亚和其他诗歌》(*The Medea and Other Poems*, 1935) 和《失落的动物园》(*The Lost Zoo*, 1940)。此外，他还写了几个剧本，并编辑了一部非裔美国诗集《赞美黄昏》(*Caroling Dusk*, 1927)。

《通向天堂之路》(*One Way to Heaven*, 1932) 是卡伦唯一的小说，讲述了一名黑人赌棍的奇遇。为了生存，他只好在黑人教堂里装虔诚，表面上信奉基督；实际上他想借此解决吃饭问题。这部小说生动地描述了黑人城市教堂的情况。穿插在卡伦叙述中的是一名黑人女社会活动家的叙述，她采访过许多白人"开明人士"和黑人知识分子。这部作品的创作手法与 33 年后契斯特·海姆斯 (Chester Himes) 发表的讽刺作品《粉色脚趾》(*Pinktoes*, 1965) 有异曲同工之妙。

卡伦的文学声誉主要来源于其诗歌。他最脍炙人口的诗歌是《来自黑塔》(1927)，该诗的第一个诗节选录如下：

> 我们不要总是种作物，而让其他人收获
> 果实满园，金灿连绵，

---

① 埃德娜·圣文森特·米莱 (Edna St. Vincent Millay, 1892—1950) 是美国历史上第一位得到普利兹诗歌奖的女性，才气逼人。托马斯·哈代曾说："美国的两大魅力：摩天大楼与埃德娜的诗"。同时，她独特的波希米亚生活方式、她在同性恋方面的故事也总是令社会正统侧目甚至反目。

不要永远地顺从，卑躬屈膝或默不做声，
不要让少数人剥削他们的兄弟
不要趁其他人还未醒悟而延续，
我们不会用声音柔和的长笛去欺骗他们的四肢，
不要总是屈服于怀有恶意的牲畜；
我们并不是生来就只能哭泣。

(Gates：1315)

在这个诗节里，"我们"是指劳动的人们，而"他们"是指鱼肉劳动者的剥削者。诗人揭示出劳动者没有义务去干活来养活那些像寄生虫一样的剥削者。他想唤醒劳动的人们：廉价劳动是不合理的，也是不可接受的。他号召劳动人民团结起来，抵抗剥削者，而不是继续过悲惨而屈辱的生活。

### 5. 兰斯顿·休斯（Langston Hughes，1902—1967）

兰斯顿·休斯是哈莱姆文艺复兴时期最受欢迎的作家，他用文学作品展现当时的时代精神，其创作理念和文学风格在哈莱姆时期成熟起来。

休斯于1902年1月1日出生在密苏里州的约普林。1903年父母离婚，父亲去了莫斯科。休斯投靠住在堪萨斯州劳伦斯市的外婆玛丽·里尔瑞·兰斯顿。在克利夫兰读中学时，休斯就开始写诗。1921年他在纽约的哥伦比亚大学读书，但一年后就辍学去工作，在业余时间继续从事文学创作。1924年他生活在荷兰、法国和意大利，靠打零工糊口。1925年回到美国，在华盛顿的沃尔德曼公园宾馆当餐厅侍者助手。一天，他看见著名诗人维切尔·林赛①住在该宾馆，趁其就餐时把自己写的一些诗歌放在林赛的餐碟下面。第二天，休斯从当地报纸的头版头条上得知自己作为一名黑人餐厅服务员的诗歌天才被大诗人发现了。1925年休斯被《机会》杂志授予优秀诗歌奖。这个奖项的获得使他赢得了另一位著名诗人卡尔·凡·维契顿②的关注，卡尔帮助休斯出版了诗集《令人厌

---

① 维切尔·林赛（Vachel Lindsay, 1879—1931），美国著名诗人。他被公认为现代歌词之父。他在诗体风格上与英国诗人约翰·济慈很相似，都热衷于把音乐元素引入诗歌创作。
② 卡尔·凡·维契顿（Carl Van Vechten, 1880—1964），美国作家和摄影家。他是美国哈莱姆文艺复兴运动的重要资助人之一，还曾担任过美国著名诗人格特鲁德·斯泰恩的文学经纪人。

倦的布鲁士》(*The Weary Blues*, 1926)。此后，休斯诗歌的白人读者和黑人读者不断增多。在此后的八年里，他出版了诗集《黑人母亲和其他戏剧背诵片段》(*The Negro Mother and Other Dramatic Recitations*, 1931)、《哀悼黑人以及其他诗歌》(*Lament for Dark Peoples and Other Poems*, 1944) 和《兰斯顿·休斯诗选》(*Selected Poems of Langston Hughes*, 1959)，小说《不无笑声》(*Not Without Laughter*, 1930) 和短篇小说集《白人之路》(*The Ways of White Folks*, 1934)、《苦笑》(*Laughing to Keep from Crying*, 1952) 和《共同点》(*Something in Common*, 1963)。他于1929年从宾夕法尼亚州林肯大学获得文学学士学位。

20世纪30年代初，休斯加入了美国共产党，成为一个黑人作家团体的党务负责人。这使他于1932年得到了一次去俄罗斯旅行的机会。在那里，他为苏联拍摄的关于黑人生活的影片当顾问。1935年他的第一个剧本《混血儿》(*Mulattao*) 在百老汇上演。此后，他继续从事文学创作，积极参加各种文学活动。他的自传类作品有《大海：一部自传》(1940)、《漫游随想：一部自传之旅》(*I Wonder as I Wander: An Autobiographical Journey*, 1956)。他还编辑过文集，如《非洲的财富》(*An African Treasure*, 1960) 和《黑人作家的最好短篇小说集》(*The Best Short Stories by Negro Writers*, 1967)。休斯于1967年5月22日去世，享年65岁。

休斯最优秀的象征主义诗歌是《梦之变》("Dream Variations", 1924)。该诗的第一个诗节如下：

  大大地张开双臂
  在阳光照耀下的某个地方，
  旋转、跳舞
  直到白天结束
  然后在凉爽的夜晚休息
  在高高的一棵树下
  夜晚慢慢来临
    黑暗喜欢我——
  那就是我的梦！

            (Gates: 1256)

在这个诗节里,休斯使用了一些象征,如"手臂"、"太阳"、"白天"、"村"和"夜晚"。"手臂"代表着黑人在追求美好生活中的力量和理想;"太阳"是美国主流社会的象征;"夜晚"象征没有希望的黑人生活。通过这些象征,诗人指出尽管黑人想方设法地寻求生活中的梦想,但是不合理的社会对黑人关闭了机遇的大门,最后黑人还是受困于美国社会,过着苦难而又无前途的生活。

休斯于 1930 年出版的小说《不无笑声》发展了 19 世纪末 20 世纪初黑人作品的叙事策略,成为早期非裔美国小说和现代非裔美国小说的分水岭。在这部小说里,休斯以诗一般的笔触描写了 20 世纪 20 年代美国黑人的生存状况,凸显了非洲根文化的重要性,认为黑人种族的复兴取决于黑人对非洲根文化的真正领悟。美国学界对《不无笑声》的评论大多集中在该作品的社会道德意义,采用的往往是印象式、传记式、历史式的批评方法,把该小说简单地看做是观察生活的镜子或窗户,忽略了作品的文体特色。美国评论家艾德华·W. 法瑞森评论说,《不无笑声》的重要性在于"它不仅是一份重要的社会档案,而且还是一部杰出的文学作品"(Farrison, 2008:136)。然而,休斯长期以来的诗歌盛名遮蔽了其在小说叙事策略的开拓方面所取得的艺术成就。

休斯在《不无笑声》里重视情节演绎过程的审美效果和艺术感召力,关注单条情节线的独特性和多条情节线交叉的和弦性,考究情节展开和交叉的过程是否丰富新颖、曲折动人,是否引起悬念和好奇心,是否富有戏剧性,显现具体事件对人物塑造的建设性作用。休斯显然是多线叙事手法运用方面的高手,《不无笑声》印证了这种叙事策略的"优越性"。小说里,独立起来看绝不能算是有新意的故事在一个更为广阔的空间被联结起来,它不仅克服了早期非裔美国小说的单体故事在叙事逻辑上的不足或者疏漏,更重要的是它激起了读者在小说主题各层面上的联想。

休斯巧妙运用补叙和追叙,克服了小说情节线发展过程中可能出现的缺陷。次要人物的客观叙述有助于更好地表达主题,使小说结构更为完美,使行文更为跌宕起伏,而且还能产生情景反语似的艺术效果。在休斯的笔下,插叙不是叙述的中心,只是为多线交叉服务的一个个片断,前后衔接自然,界线分明;插叙结束后,及时回到原来的叙述线索上来,没有脱离原来的叙述线索而发展成另一条线索。因此,休斯在小说中使用的插叙有助于展开情节,揭示人物性格,补充背景材料,使人物形象更加生动完整,同时也有助于进一步深化主题。

《不无笑声》的叙事风格反映了休斯作为非裔美国作家的立场观点和感情态度,揭示出作者眼光和心理倾向与小说的主题意义和审美效果的密切关联。这部小说的艺术魅力在很大程度上得益于多线交叉叙事手法、插叙、衔接与连贯介质的运用及拓展。休斯把创作的注意力放在事件或行动的深层或浅层结构上,而不是放在人物刻画上,给读者提供了一个空间视角,拓展了情节线的叙事层面。休斯突破了早期黑人小说叙事手法的束缚,把文本叙述的策略提高到小说主体的高度,凸显黑人方言旺盛的生命力。他对叙事策略的创新开了现代黑人小说的滥觞,把黑人小说叙事手法从早期的写实性现实主义发展到现代的诗化现实主义,为哈莱姆文艺复兴时期黑人小说创作艺术的成熟作出了不可磨灭的贡献,使《不无笑声》成为现代黑人小说叙事发展的重要里程碑。

### 6. 玛格丽特·沃克(Margaret Walker, 1915—1998)

玛格丽特·沃克是美国20世纪的知名诗人、小说家、教育家和文学评论家。她于1915年7月7日出生在亚拉巴马州的伯明翰,父亲是一名牧师。在父母的引导下,她热爱读书、音乐和教会工作。她很早就接触到英美文学经典,广泛阅读莎士比亚、约翰·格林兰德·惠蒂埃德、康蒂·卡伦和兰斯顿·休斯的诗歌。她认为休斯的人生和诗歌影响了她的一生,激发了她想当作家的愿望。

沃克出生后不久,她家就搬到了新奥尔良,她在那里读了小学、中学和大学。她的诗歌以及其小说《狂欢》(*Jubilee*)记录了她在美国南方所经历的种族歧视和民权运动。1935年她获得西北大学人文科学学士学位,1936年她开始为"联邦作家项目"工作。工作期间,她与理查德·赖特成为朋友,他们在文学创作中互助合作。她认为与赖特这三年的交往是严格

沃克肖像
(图片来源:en.wikepedia.org)

意义上的文学交往，弥足珍贵。赖特阅读沃克的诗歌，并提出自己的建议；沃克也帮助赖特修改他的短篇小说《几乎是个人》和长篇小说《今日的主》。离开芝加哥后，沃克帮助赖特寻找创作《土生子》的材料，把关于罗伯特·尼克森的新闻剪辑交给赖特。尼克森是一名在芝加哥犯了强奸罪的黑人青年，他的人生经历触发了赖特塑造别格·托马斯这个人物的灵感。后来沃克与赖特的友谊和合作突然中断，沃克解释说是因为其作品《理查德·赖特：一个魔鬼天才》(Richard Wright: A Daemonic Genius) 所引起的争议所致。1942年，沃克出版了第一部诗集《因为我的族人》(For My People)，这也是其诗歌创作生涯中最重要的一部诗集。1945年，她从衣阿华大学获得硕士学位。从1949年至1979年在杰克逊州立大学担任文学教授。1965年，她在衣阿华大学获得博士学位。她的小说《狂欢》于1966年出版，描写了南北战争前和南方重建时期的故事，与玛格丽特·米切尔的《飘》(Gone With the Wind) 形成呼应。1968年，沃克创办了黑人历史、生活和文化研究所，并担任这个研究所的第一任所长，现在这个研究所被命名为"玛格丽特·沃克·亚历山大国家研究中心"。20世纪70年代初，她出版了两部诗集《新日子的预言者》(Prophets for a New Day, 1970) 和《十月旅程》(October Journey, 1973)。1975年，沃克发表了三个诗歌朗诵专辑《玛格丽特·沃克·亚历山大朗诵兰斯顿·休斯、P. L. 邓巴和J. W. 约翰逊的诗歌》(Margaret Walker Alexander Reads Langston Hughes, P. L. Dunbar, J. W. Johnson)、《玛格丽特·沃克朗诵玛格丽特·沃克和兰斯顿·休斯的诗歌》(Margaret Walker Reads Margaret Walker and Langston Hughes) 和《玛格丽特·沃克诗歌》(The Poetry of Margaret Walker)。沃克于1998年11月30日在芝加哥因乳腺癌去世，享年82岁。

在《因为我的族人》的前言中，斯蒂芬·文森特·贝内高度赞扬沃克，认为"她的诗歌控制情感适度、语言带有圣经诗体的起伏感"(Worley: 234)。这与她童年时在教堂听到的圣经故事密不可分，她的诗歌带有浓重的圣经和布道色彩。作为书名的诗歌《因为我的族人》收集在这个诗集里，可以比拟为一个布道。这首诗歌最初于1937年出现在《诗歌》杂志上，反映了大萧条时期的时代特征和文学基调。玛格丽特·沃克的这种创作风格在哈莱姆文艺复兴时期的非裔美国诗人中是独一无二的。这首诗歌的前几行如下：

因为我的族人到处反复地吟唱奴隶

　　歌曲：挽歌、歌谣、

　　布鲁士和欢快民歌，晚上

　　对着不知名的上帝祈祷，谦恭地

　　对着看不见的权力弯下膝盖；

因为我的族人长年累月干体力活：

　　过去的年月，现在的年月，

　　将来的年月，洗衣熨烫做饭擦洗

　　缝衣补衣锄地犁田挖土

　　播种修剪修补拖东西

　　从来没有收获从来没有收割从来不知道

　　从来不明白；

（qtd. Barksdale and Kinnamon：636）

这些诗句描写了黑人终日在田间劳作的苦难、痛苦和绝望。很明显，这些诗行不仅充满了种族意识和社会抗议，而且在措辞上使人回忆起沃尔特·惠特曼①。语句的琶音和弦与头韵的使用让人联想到黑人民间布道和卡尔·桑德堡②的自由诗。然而，在这些动态的诗句下是诗体的井然和连贯。这首诗所赞扬的"我的族人"就是诗人心目中的非裔美国人。

### 7. 阿尔拉·伯恩藤普斯（Arna Bontemps, 1902—1973）

阿尔拉·伯恩藤普斯是哈莱姆文艺复兴时期和后哈莱姆时期的重要诗人和小说家，也是非裔美国文学发展转型时期一位承上启下的人物，其小说带有哈莱姆文艺复兴时期的特点，也带有大萧条时期的特色。他

---

① 沃尔特·惠特曼（Walt Whitman, 1819—1892），美国著名诗人和人文主义者，创造了诗歌的自由体（Free Verse），其代表作品是诗集《草叶集》（Leaves of Grass, 1855）。

② 卡尔·桑德堡（Carl Sandburg, 1878—1967），美国著名诗人、传记作者和新闻记者，代表作有《亚伯拉罕：战争的年代》、《太阳灼伤的西方石板》、《蜜与盐》等。善于运用通俗语言和平常讲话时的节奏描绘先驱开拓的日子里的赤裸而又强有力的现实主义以及美国工业化扩张，表达中西部的乐观和民主精神，被誉为"人民的诗人"。他的抒情诗运用精妙而细致的意象派风格。其专著《亚伯拉罕：战争的年代》于 1940 年获得普利策历史著作奖，1951 年他的《诗歌全集》获得普利策诗歌创作奖。

伯恩藤普斯肖像
（图片来源：en. wikipeida. org）

在担任费斯克大学图书馆馆长期间建立起了非裔美国文学和文化的收藏体系，为以后的非裔美国学研究打下了重要基础。

伯恩藤普斯于 1902 年 10 月 13 日出生于路易斯安那州的亚历山大。3 岁时，他的家也随着大迁移的浪潮搬迁到了洛杉矶。他于 1923 年从加利福尼亚的太平洋联邦学院毕业。之后，他来到纽约，在哈莱姆学院教书，成为哈莱姆文艺复兴时期一些杂志的重要撰稿人。20 世纪 20 年代，他还只是一名二流诗人。从 30 年代起，他转而撰写小说、历史书和儿童书籍。他一共创作了 3 部小说。第一部小说《上帝送走星期天》（*God Sends Sunday*, 1931）是一部十足的哈莱姆文艺复兴色彩的作品。这部小说的背景是赌徒的欢愉世界和疯狂的爵士乐。他的第二部小说《黑色雷霆》（*Black Thunder*, 1936）和第三部小说《暮色鼓声》（*Drums at Dusk*, 1939）均为历史小说，讲述的是奴隶起义的故事，反映了大萧条时期非裔美国人的心境。伯恩藤普斯笔下非裔美国人反对奴隶制的激情与 20 世纪 30 年代民不聊生的动荡岁月形成鲜明的对应。

1943 年，伯恩藤普斯从芝加哥大学毕业，获得图书管理学硕士学位，被任命为费斯克大学图书馆馆长。他在这个职位上一干就是 22 年；他广泛收集非裔美国文学和文化资料，建立了门类齐全的档案。伯恩藤普斯是把非裔美国文学作品归类建档的第一位非裔美国学者。他的这项工作对非裔美国学珍贵文献的保存和保护起了至关重要的作用。伯恩藤普斯于 1973 年 6 月 4 日因心脏病去世，享年 70 岁。

我们可以从下面这首诗中感受到伯恩藤普斯的诗歌艺术魅力：

我白天在水边播种。
我种植得很深，我心里担心
风或鸟会把种子带走。
我在这个气候险恶而又收成不好的岁月安全播好种。

我撒的种子足够种地
成排的从加拿大到墨西哥
但是至于我的收割只有手里马上能握住的
才是所有我能出示的。

但是我播种的东西和果园出产的东西
我的侄儿们在收集作物秆和根,
我的孩子们在地里拾落穗
他们没播种,就吃苦果。

(Barksdale and Kinnamon: 630)

这首短诗描写了一名非裔美国人种庄稼的过程,通过讲述他的一个生活片段,传递了朴素的生活哲理。诗中的"我"寓指所有的非裔美国农业工人,而不是单指某个具体的人。在最后一个诗节里,诗人故意把"我"和"我的弟弟"作了一个对比。"我的弟弟"代表种族中的另一类人。"我"比"我的弟弟"更勤劳、更苦干。"我"不仅在地里播种,而且还在果园里种了水果。最后,"我"和"我的孩子们"获得了好的收成,而"我的弟弟"和"他的儿子们"因为懒散至极,终食恶果,举步维艰。这里,诗人要强调的是:丰衣足食的生活源于辛勤的劳作。正如谚语所说,"一分耕耘,一分收获"。

这个时期的非裔美国诗坛新人辈出。他们先是模仿英国名家的诗歌风格,然后把英国诗歌传统与非裔美国文化作了较好的结合,创作出与非裔美国人现实生活密切联系的作品,反映出非裔美国人在20世纪上半叶的精神风貌。非裔美国诗歌的艺术性和思想性都得到了空前的发展。

## 五、非裔美国小说

进入20世纪后,非裔美国小说家越来越关注非裔美国人的身份问题。他们通过描写种族和性来探索和揭示非裔美国人所遭遇的身份危机。种族抗议是这一时期小说的主题之一。几乎所有的非裔美国小说家都来自中产阶级,他们中的不少人在国内名牌高校接受过大学或研究生教育。因此,这些小说所描写的故事基本上都是关于非裔美国中产阶级生活,而且这些人物大多数还是肤色较浅的混血儿。哈莱姆文艺复兴时期的小说没有涉及普通黑人民众所遭遇的社会问题。大萧条是非裔美国小说主题发展的一个转折点。大萧条造成的经济危机使非裔美国人的生活雪上加霜,黑人的生存环境更加恶化,所遭遇的困难远远超过白人。一些非裔美国作家把文学观察点从黑人中产阶级转向下层黑人,揭露黑人社区的脏乱差和黑人处于困境的无助感,抨击白人和黑人之间的贫富差距及其社会致因。这个时期最杰出的小说家有詹姆斯·威尔敦·约翰逊、琼·图默、左拉·尼尔·赫斯顿、内拉·拉森和理查德·赖特。

### 1. 詹姆斯·威尔敦·约翰逊(James Weldon Johnson, 1871—1938)

詹姆斯·威尔敦·约翰逊是美国哈莱姆文艺复兴运动的主要先驱者之一。他的文学生涯一直延续到哈莱姆文艺复兴后期。他在第一次世界大战前创作的作品以缩影的形式展现了20世纪初非裔美国文学发展变化的轨迹。

约翰逊于1871年6月17日出生在佛罗里达州杰克逊维尔,父亲是宾馆领班,母亲是教师。他在黑人中产阶级社区里长大,家境殷实。约翰逊钟爱文学,得到父母的大力支持。他于1894年毕业于亚特兰大大学。1893年夏天,他在参观芝加哥世界博览会时结识了非裔美国诗人保罗·邓巴。两人的友谊从那时起一直延续到邓巴去世。在亚特兰大大学读书时,他就开始从事诗歌创作,而且还在学校的宣传栏上发表过一些诗歌。

约翰逊担任过美国驻委内瑞拉和尼加拉瓜的外交官。后来,他还短暂地教过书。他与弟弟约翰·罗萨蒙德到纽约城为舞台写曲子。约翰逊很快成为当时最引人注目的非裔美国作家。像邓巴和契斯纳特一样,他也在白人主办的杂志上发表作品。另外,他创办了杂志《危机》,这个刊物成为他把自己的作品介绍给非裔美国读者的主要媒介。1920年至1930年期间,他担任全国有色人种协进会的行政秘书。1925年,这个协进会授予他斯平加恩奖章。最后,约翰逊回到南方,在费斯克大学教授文学。约翰逊于1938年6月26日去世,享年67岁。

约翰逊的主要作品有《一个前有色人的自传》(*The Autobiography of an Ex-Colored Man*, 1912)、《五十年及其他诗歌》(*Fifty Years and Other Poems*, 1917)、《上帝的长号,或七片黑人的诗体布道》(*God's Trom-*

bones, or Seven Negro Sermons in Verse, 1927)、《圣彼得叙述反叛日事件》（1935)、《美国黑人诗歌集》(The Book of American Negro Poetry, 1922;扩展版, 1931),《黑色的曼哈顿》(Black Manhattan, 1930) 和他的自传《沿着这条路》(Along This Way, 1933)。

约翰逊的代表作是小说《一个前有色人的自传》（1912)。这部小说讲述了一名黑人成功地掩盖了自己的黑人血统、混入白人社交圈的故事。他的童年在新英格兰度过，意外得知自己有黑人血统；他曾想到亚特兰大大学读书，但没被获准；成年后交替生活在白人社区和黑人社区。小说的叙述者也是小说的主人公，他的名字在小说中一直没有出现。他是音乐家，用音乐表达了其人生的二分性。他在古典音乐方面具有天赋，成年后来到纽约俱乐部，学习雷格泰姆爵士乐（一种典型的黑人音乐)。他把这种音乐形式发挥得淋漓尽致，轰动乐坛；在一位白人富翁的资助下他到欧洲演出。欧洲之行开阔了他的视野，他决定终身从事黑人音乐的演出和研究，成为一名真正的非裔美国艺术家，把粗糙的黑人音乐改进成优美的古典音乐，以此方式搭建黑人民族与白人民族沟通的桥梁。他的决定成为其人生的转折点，也构成小说强有力的结尾。贯穿整部小说的主题是主人公在道德上的懦弱。该小说的戏剧性张力来源于他童年时想成为一名伟大非裔美国人的抱负与阻止他实现这个抱负的悲剧性缺陷①之间的冲突。面对生活中的每一次危机，他所采取的态度是听天由命，顺其自然。

在这部小说里，主人公"深刻地表达了，也许还是哀婉动人地，甚至悲剧性地，探索 20 世纪非裔美国人在美国为自我定义而奋斗的种族身份和从'非裔美国人'到'美国人'的矛盾关系"（Gates：767)。可是，至于约翰逊在小说中提出的问题，他自己也没有给出一个明确的解决方法。由于未能为非裔美国艺术家的困境找到出路，作品带有很强的悲观主义色彩。他所提出的问题使这部小说成为非裔美国文学史上一部前瞻性很强的小说。许多评论家认为这部小说代表了第一次世界大战前非裔美国文学创作的最高峰，是战前黑人文学传统与战后哈莱姆黑人文艺复兴之间的过渡之作。

---

① 悲剧性缺陷（tragic flaw）是指悲剧主人公导致自身毁灭的性格上的缺点，如骄傲、猜疑等。

## 2. 琼·图默（Jean Toomer, 1894—1967）

琼·图默是在 20 世纪 20 年代最受美国非裔知识分子敬重的小说家。图默作品的神秘主义色彩和现实主义张力均来源于现实生活中不寻常的职业生涯和人际关系。他交往的朋友几乎全是白人，从中他更清楚地认识到黑人文化的优秀特质，因此他倡导非洲黑人文化艺术传统，高度赞扬非洲血统的高贵品质。

图默于 1894 年 12 月 26 日出生在华盛顿特区的一个富裕家庭。他从华盛顿特区的保罗·劳伦斯·邓巴中学毕业后，到威斯康星大学麦迪逊分校学习法律，然后转到纽约城市学院读书，但不久，文学创作却成为了他的第一爱好。他以先锋派诗人和短篇小说家的身份，向《金雀花》（*Broom*）、《分离》（*Secession*）、《骗子》（*Double Dealer*）、《表盘》（*Dial*）和《琐碎述评》（*Little Review*）等知名杂志社投稿。"在纽约城经过短暂的文学学徒期后，他以乡村教师的身份来到佐治亚农村——这段经历直接为小说《甘蔗》的撰写提供了灵感。"（Bone: 81）第一次世界大战后，图默曾涉猎心理分析和瑜伽，后来他又加入纽约文学社团，与柯尼斯·伯尔克、哈尔特·克莱恩、戈尔恩·曼森和沃尔都·弗兰克等作家进行文学创作的思想交流。1924 年，他来到法国，成为俄罗斯裔瑜伽神秘主义者乔治·艾瓦诺维奇·古尔德杰夫的门徒。不久，图默回到美国，竭力在哈莱姆和格林威治村传播他的新观点。1923 年以前他写过一些以种族为主题的作品，其中最有名的就是独幕剧《巴洛》（*Balo*）。这个剧本收录在阿莱恩·洛克和蒙哥马利·格雷戈里（Montgomery Gregory）主编的文集《黑人生活戏剧》（*Plays of Negro Life*）里。但是，图默对此很不情愿。他还曾抱怨说，洛克把他的部分作品收录在《新黑人》（*The New Negro*, 1925）里也是对其作品的"愚弄或者误用"。

1936 年他写了一首长诗《蓝色的子午线》（"Blue Meridian"），谈论黑人和白人的种族融合问题，设想人们在融合中改变了肤色而成为一个新的种类——蓝肤色的人。这首诗戏剧性地预示了 21 世纪的种族话题和 2008 年的总统大选。他皈依贵格会之后，出版了两部著作《他的研究：对朋友信仰的阐释》（*His Studies: An Interpretation of Friends Worship*, 1947）和《男人的风格》（*The Flavor of Man*, 1949）。图默在 1945 年之前未出版过的作品都收录在达尔文·特纳（Darwin Turner）编辑的文集《难以琢磨与寻觅》(*The Wayward and the Seeking*, 1980) 里。特纳的目的是从"说教性的、枯燥无味的"的文本中提取一些有趣的材料。在其后半生，图默避免谈及种族身份，热衷于神秘主义的探索和宗教活动。他不停地创作，但出版社不断地拒绝他的稿件，认为这些稿件的水平都不及《甘蔗》。后来，他零星地发表了一些诗歌和散文。1949 年之后，他便停止了创作。据说，他曾拒绝承认自己是黑人的事实。正如阿尔拉·伯恩藤普斯所说："他退回到白人的阴影里了。"（Margolies：39）后来，他甚至拒绝詹姆斯·威尔敦·约翰逊把他的作品收录在非裔美国作家的文集里。图默于 1967 年 3 月 30 日去世，享年 72 岁。

图默的代表作是小说《甘蔗》(*Cane*, 1923)，被评论家赞赏为哈莱姆时期和"失落一代"的重要作品。该小说由三部分组成：第一部分，图默用抒情的语言描写佐治亚农村的黑人生活；第二部分，他把视角转向城市黑人，特别是那些生活在芝加哥和华盛顿特区的黑人；第三部分，他引入了自传成分，描述一名城市非裔美国人在农村的生活。《甘蔗》取得了空前的成功。到目前为止，这部小说仍然被看做是哈莱姆文艺复兴时期影响最深远的作品。不少评论家认为这部小说在非裔美国文学史上可以与理查德·赖特的《土生子》和拉尔夫·埃里森的《隐身人》齐名，被誉为非裔美国小说创作的最高成就之一。琼·图默不愧为第一流的非裔美国作家，他把词语当做可塑性材料，别出心裁地组合出自己的艺术风格。美国学者罗伯特·波恩说："当同时代的作家还在试验粗俗的文学现实主义的时候，图默已经超越了自然主义小说，进入情感表达更高层面的现实主义、象征主义和神话色彩。"（Bone：81）

### 3. 左拉·尼尔·赫斯顿（Zora Neale Hurston, 1901？—1960）

尽管左拉·尼尔·赫斯顿的大多数优秀作品都发表在哈莱姆文艺复兴之后，但她的小说话题和风格与 20 世纪 20 年代文学的关注点相吻合，所有的作品都是以哈莱姆文艺复兴和大萧条岁月为背景，因此她仍然被公认为这个时期的主要作家之一。在这两个时期中，男性作家在黑人文坛起主导作用，他们均从男性的角度来谈论种族压迫的话题。赫斯顿则从女性作家的角度在作品中探讨女性话题和女性主义思想，以驳斥父权制下的男性特权论和男性对妇女问题的长期误读。"黑人男性的叙事集中讨论公共舞台和种族冲突；而赫斯顿赞扬的是民众智慧。"（Butler-Evans：42）此外，赫斯顿也把注意力集中于探索非裔美国人的内心世界。

赫斯顿大约于 1901 年 1 月 7 日出生在亚拉巴马州诺塔苏尔噶，童年在佛罗里达州的一个黑人镇子里度过。她所经历的"隔离但公平"（"separate-but-equal"）的社会环境深深影响了她对种族问题的看法和对非裔美国小说的构思。赫斯顿的父亲是佃农和业余传教士，其精彩的布道对赫斯顿的小说创作产生了重要的影响。她热爱读书，曾就读于摩根州立学院、霍华德大学和哥伦比亚大学。赫斯顿读大学期间，诗人乔治·道格拉斯·约翰逊（Georgia Douglas Johnson）、哲学教授阿莱恩·洛克（Alain Locke）和人类学家弗兰兹·鲍斯（Franz Boaz）都曾是她的老师。

在霍华德大学读书时，她参加了由阿莱恩·洛克发起的大学生文学社，与兰斯顿·休斯和华莱士·瑟蒙合作编辑了杂志《火》（Fire）。她的第一个短篇小说《约翰·雷丁去当水手》（"John Redding Goes to Sea"，1921）发表在霍华德大学的文学杂志《铁笔》（Stylus）上。这个短篇小说引起了社会学家查尔斯·S.约翰逊的关注，他鼓励赫斯顿到纽约去施展才华。约翰逊在其主编的杂志《机会》（Opportunity）上刊登了很多由赫斯顿撰写的故事。赫斯顿积极参加哈莱姆文艺复兴运动和 20 世纪 20 年代的非裔美国文学或文化运动，与 W. E. B. 杜波依斯、兰斯顿·休斯、康蒂·卡伦和克劳德·麦凯等作家都进行过文学创作方面的交流。1928 年她获得奖学金到巴尔纳德学院攻读社会学学士学位。"1927 年至 1931 年期间，在夏洛特·奥斯古德·梅森的资助下，赫斯顿在美国南方各地游历，收集非裔美国人传说——故事、诗歌、谎言、风俗、迷信和笑话。"（Worley：224）

1934 年，赫斯顿出版了她的第一部小说《乔纳的葫芦藤》（Jonah's Gourd Vine）。该小说讲述了约翰·布迪·皮尔逊的故事。他是一名才华横溢的牧师，深得信徒的崇拜，其中 3 名女教徒对他狂热迷恋，甚至不惜用伏都教咒语来赢得他的关注，然而他深深地爱着与他同甘共苦多年的妻子露西。他在与妻子和女教徒的关系处理上进退两难，陷入了难以自拔的情感纠葛。赫斯顿以此表明忠诚、忍耐和好意难以调和精神和肉体之间的张力，揭示了人性的变幻无常。

她的第二部小说《他们的眼睛望着上帝》(Their Eyes Were Watching God)在1937年出版。11年后，她出版了第三部小说《苏万尼的六翼天使》(Seraph on the Suwanee, 1948)。该小说以19世纪末20世纪初的南方农村为背景，描写黑人女孩阿维·亨森和吉姆·米塞梧的爱情故事。阿维怕在恋爱中受骗，歇斯底里地排斥一切追求者，就在她哀叹自己找不到真爱时，性格开朗的吉姆闯进了她的生活。不管她怎么冷落、痛斥吉姆，吉姆仍无怨不悔地追求她。赫斯顿通过阿维这个人物来揭示了女性的心理：女性对男性求爱的拒绝表面上是为了捍卫自我，实际上是为了寻找自己在社会中的最佳位置。除了短篇小说和长篇小说外，赫斯顿还写了三部民间故事集、一部自传、一部独幕剧、两个歌剧剧本和数篇杂志文章。在其创作生涯中，她从事过许多工作，包括教书、为报社写稿和做家政服务。尽管身兼数职，加上赞助人的资助、稿费等，赫斯顿还是入不敷出，生活拮据。1960年1月28日她在贫困中去世，享年69岁，葬在佛罗里达州福尔特·皮尔斯的一个黑人公墓里。她的墓地没有标识，直到1973年爱丽丝·沃克在其墓地的大概位置立了一块墓碑。赫斯顿不甘心做"悲剧性黑人"，竭力表明黑人拥有与白人一样的智慧和发展空间，但她的创作智慧和文学观念不为同时代的人们所接受。直到20世纪70年代，人们才开始关注赫斯顿的文学作品。

赫斯顿的代表作是《他们的眼睛望着上帝》。这部小说讲述了黑人妇女珍妮·克洛福德的故事。她一生中结过三次婚，终于在第三次婚姻中找到了一个关心她的男人。她冲破了贫穷和性别歧视对非裔美国女性的桎梏，大胆追求人生幸福。该书没有顺应当时的非裔美国小说抨击种族压迫和种族歧视的潮流，而是从女权主义的角度描写一名黑人妇女对美好生活的向往和追求。她的创作与当时的男性作家截然不同。非裔美国男性作家着重描写非裔美国人与白人之间的种族斗争，而赫斯顿小说探索的是黑人社区男人和女人之间的冲突。男性作家描写黑人男性的英雄事迹或反英雄事迹，而赫斯顿专注于描写黑人妇女对个性的追求。男性作家把黑人民间故事和民间文学传统视为叙述文本关注点的边缘材料，而赫斯顿把这些视为文学创作的基石，并以此构建非裔美国文化的基本框架，确立民间故事在其文本叙事中的中心地位。正是由于她这种敢于追求不同的尝试，赫斯顿打开了美国文学经典的大门，开拓了非裔美国女性的文学天地。

### 4. 内拉·拉森（Nella Larsen, 1893—1964）

内拉·拉森是哈莱姆文艺复兴时期的重要作家，也是荣获古根海姆研究基金①的第一位黑人女性作家。谈起20世纪20年代的黑人文坛，人们津津乐道的是克劳德·麦凯、康蒂·卡伦、琼·图默和兰斯顿·休斯等男性作家，而以拉森为代表的黑人女性作家没能引起学界和读者的足够重视。实际上，拉森是首位探索中产阶级混血儿心路历程的黑人作家，她的作品展现了与种族问题纠结在一起的性别问题和其他社会问题，披露了种族越界中的善良与邪恶、真诚与奸诈、执著与背叛。在其文学生涯中，她的出版量很少，只出版过《流沙》（*Quicksand*, 1928）和《越界》（*Passing*, 1929）两部小说以及几个短篇。她的文学成就一直被埋没，直到20世纪90年代种族身份问题和性别身份问题成为美国学界研究热点时，人们才开始认识到其作品的前瞻性和独到之处。

拉森于1891年4月13日出生在芝加哥，母亲是家庭问题社会调查员。童年时，她与母亲的亲戚一起在丹麦居住了几年。1907年和1908年她在费斯克大学读书。1914年，拉森就读于纽约市立林肯医院的黑人护士学校。1915年毕业后，她来到亚拉巴马州的塔斯克吉学院，在校医院和培训学校担任护士长。在塔斯克吉学院工作时，她接触到布克·T.华盛顿的教育模式，但后来觉得华盛顿的思想在种族歧视严重的美国社会是不适用的。1919年她与著名物理学家艾尔默·塞缪尔·艾米斯结婚。艾尔默是第二位获得物理学博士学位的非裔美国人。结婚后，他们搬家到哈莱姆。拉森在纽约公立图书馆135条大街分馆担任图书管理员。从结婚那年起，她开始文学创作，并在1920年出版了一些作品。1928年她出版了自传体小说《流沙》。这部小说被公认为哈莱姆文艺复兴时期仅次于《甘蔗》的优秀小说。因其对非裔美国文学的突出贡献，这部小说被授予哈尔蒙基金年度奖。1929年，她出版了第二部小说《越界》，再次受到评论界的赞誉。1933年拉森返回纽约后，渐渐退出文学圈。她于1964年3月30日在纽约布鲁克林公寓去世，享年72岁。

拉森的代表作是小说《流沙》。该部小说讲述了非裔美国妇女海尔

---

① 古根海姆研究基金（Guggenheim fellowship）是一种由古根海姆纪念基金会提供给学者、作家、艺术家的研究基金，该基金会由丹尼尔·古根海姆之弟、美国企业家兼慈善家约翰·西蒙·古根海姆（1867—1941）于1925年建立。

格·克莱恩的故事，克莱恩以早年的拉森为原型。克莱恩的母亲是丹麦人，父亲是西印度群岛的黑人，克莱恩出生后不久，父亲就离家出走了。由于克莱恩与她家的白人亲戚关系不好，在美国她辗转居住过很多地方，也曾去过丹麦。后来，克莱恩在一所南方黑人寄宿学校当教师，这是一所按塔斯克吉大学的模式建立的学校。她不满周围人们所信奉的实用哲学，与一名白人传教士发生了冲突，因为这个白人传教士认为非裔美国人应该自觉进入隔离的黑人学校，还认为追求社会平等的斗争会使非裔美国人变得贪婪。之后，她愤而辞职，来到芝加哥。她的白人叔叔娶了一名心地狭隘的女人，不认她的侄女身份。之后，她就去了哈莱姆，发现那里的黑人中产阶级有教养，但很虚伪。有一天，她意外地从芝加哥的白人叔叔那里收到一笔5000美元的汇款，她决定用这笔钱到哥本哈根去拜访姨妈。在那里，由于她的异族风情，她很受当地人的欢迎，但她觉得还是生活在非裔美国人中自在；不久，她回到了纽约城。她曾经历过一次严重的精神疾病，后来她皈依了宗教，并与使她皈依的牧师结了婚。婚后，他们移居南方，她逐渐发觉白人利用宗教愚弄非裔美国人的伎俩，渐渐地对宗教产生了疑问。整部小说中，她屡次搬家，其实是为了寻找更有效的方式来解决其种族身份的问题，但都没有成功。由于混血儿身份，她在现实生活中处境非常尴尬：白人圈子排斥她，黑人社区也不接纳她。

《流沙》一出版就受到评论界的好评，但是销售量并不理想。杜波依斯给予这部小说以高度评价，认为它是继查尔斯·契斯纳特以来写得最好的黑人小说。拉森在这部小说里揭示了20世纪初美国社会的"种族越界"问题。拉森所描写的"种族越界"不同于以往的作家，她没有着意刻画悲剧式的混血儿形象，而是揭示美国黑人在种族越界中的双重意识和黑白混血儿对自我身份的认同窘境。黑白混血儿看似顺应实则反抗的越界行为强化了美国社会的种族界线，是对种族主义在黑人心理上设置的无形监狱的有意抗争。

拉森在《流沙》中所揭示的黑人双重意识或双重人格实际上是源于黑人文化与白人文化的冲突。黑人在双重意识中形成难以妥协的种族意识观，主要表现在宗教、教育和生存环境三个方面。主人公海尔格·克莱恩的灵魂深处烙着黑人传统文化价值观，她把传统道德作为立身处事的行为标准。她认为纳克索斯学校象征着美国种族主义制度强加给黑人的无形监狱。纳克索斯学校的人总是大谈种族政治和种族意识，但却扼杀黑人对颜色的自由喜爱，压抑黑人发自内心的真实情感，其目的是使黑人学生内化白人的颜色审美观和种族世界观。单纯、灵感和坦诚等这些种族精神的必要元素，却遭到无情的扼杀。海尔格最终失望地发现自己竟然是参与扼杀黑人学生天性的帮凶，于是不得不愤然辞职。

拉森通过幻觉、梦魇和意识流来表现海尔格的双重人格在其双重意识中的形成过程，揭示黑人在种族主义社会中尴尬的人际交往状况。幻觉、梦魇和意识流作为生理和心理现象在一般情况下是同孤独情绪相伴相生的，因而起到了催生双重人格的媒介作用。在《流沙》所描写的社会环境里，种族越界不为白人和黑人两个种族所容忍。他们都认为种族越界不仅仅违反了事物既有的秩序，也是一种道德的沦丧。因此，在美国种族主义社会里，黑白混血儿们在人际交往中受到白人和黑人的双重排斥。海尔格说："黑人社会和白人社会一样，在家系认定方面既复杂又严格。"（Nella：65）不论海尔格是在南方还是北方，甚至国外，她发现自己在任何地方都是局外人和"他者"。当她生活在黑人中时，她渴望体验她灵魂中的白人那一面的生活；当她生活在白人中时，她又怀念与黑人在一起的生活。动荡不定的心理取向加剧了海尔格双重意识中的人格分裂，导致她难以和任何人长期和谐相处。

在《流沙》里，拉森揭示了黑白混血儿在种族越界后所产生的各种心理问题和引发的社会问题。无论是和黑人还是白人生活在一起，黑白混血儿始终处于难以兼顾的身份尴尬之中。黑白混血儿企图超越肤色界限的尝试均以失败而告终。由此可见，"种族越界者的悲惨命运宣布跨界者对种族话语反抗的失败……在看似反抗的越界行为中，在对白人身份的执著中，这一界线甚至被他们在无意中加固"（熊红萍：64）。种族越界中的混血儿试图通过自己的越界行为冲破黑人与白人的种族界限，但严酷的社会现实却证实了这种努力的徒劳性。种族界线不仅没有被越界者打破，而且越界者的种族意识反而被更加矛盾化、复杂化和创伤化。以分裂人格为表征的黑人双重意识是当时美国种族问题复杂性的集中体现，种族越界显示了混血儿在双重意识的挣扎中对人间美好生活的强烈向往和追求，也表明了当种族矛盾趋于激化时小人物无力左右自己命运的可悲。黑白混血儿在双重意识中所形成的无形监狱不仅没有被种族越界而摧毁，反而得到进一步的强化。拉森通过对黑人混血儿双重意识的成因及其特殊表现形式的描写，揭示了 20 世纪初美国黑白混血儿在种族越界中的精神危机和身份窘境。

拉森的另一部重要作品是小说《越界》。她在这部小说里讲述了白肤混血儿"越界"到白人社会后所经历的各种文化冲突和精神磨难。黑人女青年克莱尔越界后和白人婶婶生活在一起，但由于经济原因她们在白人社区的社会地位并不高。克莱尔在白人学校读书时结识了一名同学——约翰·贝洛。约翰毕业后去南美洲发了大财，带回了大量的金子，后来又出任银行业的国际金融经纪人。为了提高自己的社会地位，克莱尔利用自己的美貌和曾经的同学关系，很快和约翰建立了恋人关系，不久就闪电般地结婚了。但是，克莱尔没有主动把自己的真实身世告诉他，而他所知道的仅限于克莱尔是白人教徒格蕾丝和艾德娜的侄女。克莱尔通过和约翰的婚姻而跻身于纽约上流社会，地位从孤儿一下子上升到贵妇人，顺利"越界"进入白人上流社会。克莱尔的选择切断了她与以前的成长环境的所有联系。然而，约翰却是一名种族主义思想极为严重的白人。克莱尔对自己身份的隐瞒犹如在其生活中埋下了一枚定时炸弹，时常威胁着她的家庭和婚姻，使她生活在难以消解的焦虑之中。克莱尔害怕怀孕和生育。一旦生下来的孩子是黑肤色，她的越界就会彻底暴露。因此，在生育孩子时，她没有即将成为母亲的喜悦，而是非常担心自己生出的孩子不是白肤色。如果生出黑肤色的孩子，她的婚姻和家庭马上就会解体。在这样的心理焦虑和心理压力之下，克莱尔在自己的家里得不到家庭温暖。这种提心吊胆的生活加剧了其心理上的焦虑感。

拉森还描写了克莱尔的"反越界"行为，以此表明：黑白混血儿越界后的生活并没有想象中的那么幸福，那么如意。实际上，克莱尔越界后，不得不面对丈夫约翰的精神折磨。约翰对黑人并没有多少实际的了解，他对黑人的看法取决于平时从报章杂志上获得的那些关于黑人的负面报道，觉得黑人是品行邪恶、烧杀掳掠的恶魔。在日常生活中约翰把黑人当做笑料，经常谈及诽谤黑人的话题。他的不良话语深深刺伤了有黑人血统的克莱尔的心。越界后的克莱尔又无法向丈夫坦承自己的黑人身份，因此，只好故作欢颜地接受丈夫的"黑鬼"昵称。对丈夫种族歧视话语的反感导致克莱尔在家里找不到归属感，因此，她总想到哈莱姆的黑人朋友那里去。只有在那里，她才听不到歧视或贬低黑人的话语。

克莱尔把艾琳一家视为她与黑人文化相联系的桥梁和躲避白人种族主义话语的避风港。

拉森是把心理描写引入"种族越界"类小说的第一位黑人妇女作家,对哈莱姆文艺复兴的黑人小说发展产生了重大的影响。通过心理描写,拉森刻画了人物内心世界的惶恐、惊慌、痛苦、多疑和绝望,淋漓尽致地展现了黑人女性在种族越界中所经历的艰难和磨难。黑白混血儿要越界去的多是富裕的白人社会,反映了他们要求融入美国主流社会的强烈愿望。"拉森通过越界主题描述了当时黑人与黑人冒充白人的生活,表达了种族隔离制度对黑人生活带来的痛苦生活,同时对冒充白人现象表示理解。"(梁媛,2010:126)黑白混血儿在种族越界中所遭遇的各种磨难表明,种族之间的隔阂和界限破坏了两个种族的正常交往,导致种族政治关系的失衡,把美国的民主和政治学说推到难以自圆其说的窘境。总而言之,拉森从艺术手法和文学主题两个方面把"种族越界"类黑人小说推向成熟,拓展了现代非裔美国小说的叙述空间。

### 5. 理查德·赖特(Richard Wright, 1908—1960)

理查德·赖特是20世纪30年代末和40年代最重要的非裔美国作家。他在美国南方长大,亲身经历了南方的种族压迫和种族歧视,并把这种惨痛经历转化成文学作品。他杰出的文学成就获得了美国社会的公认,是非裔美国现代主义创作的代表性人物,被誉为现代非裔美国小说之父。阅读他的作品有助于了解20世纪中期美国社会的种族关系。近年来,评论家们发现他的文学作品在心理描写和文体方面具有独特的风格。1960年他去世后,他的文学影响力开始下降,此后在美国文坛沉寂了30余年。直到20世纪90年代,麦克·法贝尔和小亨利·路易斯·盖茨等评论家开始重新关注赖特作品的文学成就,克尼斯·肯纳门和杰瑞·沃德等学者致力于发掘和研究赖特作品的原稿和遗作。美国理查德·赖特研究会每年都会召开国际学术研讨会,交流"赖特研究"的最新成果。2008年,哈佛大学、夏威夷大学、堪萨斯大学等校召开了纪念理查德·赖特100周年诞辰的研讨会。2009年,美国理查德·赖特研究会在犹他大学召开了以"赖特:人、作家,及其在美国和美国文学中的地位"为主题的国际学术会议。

赖特于1908年9月4日出生在密西西比州纳齐兹的一个种植园里,

母亲是学校老师，父亲是佃农。他出生后不久，就随父母搬家到了田纳西州的孟菲斯，随后父亲抛弃了赖特和母亲，与第三者同居。1914 年，母亲埃拉生了重病，小赖特和弟弟被送进孤儿院。1916 年母亲的病稍好一点，就把赖特和他的弟弟带到密西西比，与外婆玛格丽特·威尔森住在一起。外婆和姨妈的宗教狂热阻碍了赖特接受正常学校教育之路，但是没能扼杀他对读书的痴迷。15 岁时，赖特写了第一个短篇小说《地狱半亩地的伏都教》（"The Voodoo of Hell's Half-Acre"），这个短篇小说发表在当地的一家报纸《南方记录》（*Southern Register*）上。但是，很可惜，这个短篇小说失传了。

1927 年赖特在孟菲斯待了一小段时间后就去了芝加哥，在邮局找到一份工作，利用下班时间阅读文学作品，尝试文学创作。后来在大萧条时期，他失去了在邮局的工作，被迫去领社会救济。1932 年他加入美国共产党组织开办的约翰·里德俱乐部。1933 年底，他加入美国共产党，为《党的述评》和《新群众》等进步刊物写了大量的无产阶级诗歌，并且还担任《每日工人》报哈莱姆特约通讯员。一年后，他开始疏远共产党，觉得党的负责人总是企图控制他的创作内容，妨碍他作为作家的自由。他与美国共产党机构和相关领导人不断发生冲突，美国共产党要求赖特在文学创作中严格按党的旨意办，要有组织纪律性，但是，赖特只想按照自己的意愿、自己的真实感受去撰写文学作品，不愿使自己的文学作品成为任何党派的工具。1942 年赖特与美国共产党彻底决裂。赖特虽然与美国共产党的关系格格不入，但是他从内心深处仍然信奉马克思主义学说。他认为共产主义的宗旨是正确的，但是执行共产主义宗旨的美国共产党领导人宗派思想严重，个人权力欲过强，扼杀了作家的创作灵感和真理追求。

1937 年，赖特写了一篇重要的文章《黑人创作蓝图》（"Blueprint for Negro Writing"），发表在杂志《新挑战》（*New Challenge*）的第一期。这篇文章是一个宣言书，表明非裔美国人的文学形式和主题内容不同于主宰文坛的资产阶级创作。他同时也划清了自己与哈莱姆文艺复兴时期作家的区别；他认为哈莱姆作家是非裔美国人中向白人乞讨的外表端庄、拘谨的代表性人物。赖特呼吁非裔美国作家接受马克思主义关于现实与社会的思想，认为马克思主义可以使非裔美国作家最大限度获得创作灵感和表达黑人情感的自由。赖特在《汤姆大叔的孩子们》（1938）里按这个创作蓝图构思自己的文学作品。这个故事集由 4 个中篇小说组成,故事都发生在种族歧视和种族冲突盛行的南方。这本书使赖特第一次在美国公共事业振兴署（Works Projects Administration，WPA）举办的创作竞赛中获奖。不久,他还获得了古根海姆研究基金的资助。这为他专心从事文学创作提供了经济保障。

长篇小说《土生子》在 1940 年出版后,赖特的声名大振,全国许多高校和学术机构邀请他去办讲座。1942 年他获得全国有色人种协进会颁发的斯平加恩奖,这是当时授给非裔美国人的最重要、最知名的成就奖。根据小说改编而成的同名剧本在舞台演出中也获得了成功,赖特本人在剧中扮演主人公别格·托马斯。在百老汇演出一段时间后,这个剧组还到全国各地巡演,在黑人剧坛产生了较大的影响。1941 年赖特的图片解说集《一千二百万黑人的声音：美国黑人的民间史》（Twelve Million Black Voices: A Folk History of the Negro in the United States）在纽约出版。1945 年他的自传《黑孩子》（Black Boy）出版。赖特在自传中编撰了一个关于自己的神话,其内容与"白手起家"的美国神话几乎一致,与本杰明·富兰克林的《自传》（Autobiography）和道格拉斯的《生平叙事》有许多共同之处。《黑孩子》出版后不久,赖特移居巴黎。在法国,他结识了著名的存在主义作家琼-保罗·萨特（Jean-Paul Sartre）、西蒙·德·波伏娃（Simone de Beauvoir）和阿尔贝·加缪（Albert Camus）。在 20 世纪 50 年代,赖特游历了欧洲和非洲的许多地方。同时,他还出版了不少作品,如《局外人》（The Outsider, 1953）、《野性的假日》（Savage Holiday, 1954）、《长梦》（The Long Dream, 1958）、《黑色的权力：在怜悯之地的反响记录》（Black Power: A Record of Reactions in a Land of Pathos, 1954）和《白人,听着!》（White Man, Listen! 1957）。在生命的最后岁月,他转向俳句创作,追求心灵上的和谐自然之美。他于 1960 年 11 月 28 日在巴黎病逝,享年 52 岁。赖特去世后,其女儿、妻子和有关编辑着手整理其遗稿,陆续出版了一些遗作,如《今日的主》（Lawd Today, 1963）、《成人礼》（The Rites of Passage, 1994）和《父亲之法》（The Father's Law, 2008）。

赖特的代表作是长篇小说《土生子》（1940）。欧文·豪尔宣称："《土生子》一出现,美国文化就此永远改变了。"（Howe, "Black Boys and Native Sons", 41）这部小说奠定了赖特作为 20 世纪主要作家的地位,《土生子》综合了城市现实主义、社会学理论和自然主义决定论,影响了第二次世界大战后整个非裔美国小说的创作。这部小说记叙了种族主义对非裔美国青年别格·托马斯身心的迫害和恶劣影响。赖特通过对别格心理的探索为研究种族压迫黑人造成的恶劣后果提供了一个新的视角。别格的心理问题来源于其所生活环境的种族主义宣传和种族压迫。他对白人充满了极度的愤怒和恐惧,把"白色"臆想为强大无比处处在生活中为难他的敌对力量。就像白人不把别格看成独立的个体一样,他也不能真正区分出白人的个体差异。在他眼里,所有的白人都是一样的,都令人恐惧并且不可信任。在对种族主义者的潜意识恐惧中,他误杀了白人姑娘玛丽·戴尔顿。他对杀人行为没有很强的犯罪感,反而感到异常的兴奋,因为这是他第一次按照自己的意愿干出的反对白人之事。在其内心深处,他一直都想摧毁处处使他碰壁的白人社会。

《土生子》揭开了阻隔非裔美国文化与白人文化的黑色面纱,使白人第一次看到了面纱背后非裔美国人的恐惧、仇恨和暴力,目睹非裔美国人被种族歧视和种族偏见扭曲的心灵。赖特的创作不是要挑起种族战争或传播任何形式的恐怖思想,而是要揭示"坏黑人"是如何被种族主义社会制造出来的。赖特通过别格的律师麦克斯之口警告白人社会:"尊敬的法官先生,记住人们像没有面包会饿死一样,没有自我实现的机会,也会饿死人!为了自我实现的机会,他们也会杀人。"(Wright: 355)《土生子》显示了对黑人人性的否定可能产生的可怕后果,警示美国社会要引以为戒。(Felgar, *Student Companion to Richard Wright*, 54)赖特认为白人社会应该更多地关注黑人的社会生活和政治地位的问题;否则,白人对黑人问题的漠视或对黑人的仇恨会导致像别格那样的人物出现,以破坏性的方式挑战整个美国的社会生态和政治制度。在警示美国社会的同时,赖特提出了自己的梦想:"我是一个美国人,但我梦想能生活在一个世界里,种族和地位是决定人生的最后因素。"(qtd. in Fabre, *The World of Richard Wright*, 190)

1954 年,赖特出版了一部以白人生活为题材的小说《野性的假日》。在赖特之前,保罗·邓巴、左拉·尼尔·赫斯顿、安·佩特里、契斯特·海姆斯、威廉·阿塔维、韦拉尔德·莫特利和弗兰克·耶尔比等非裔美国作家写了一些以白人为主人公的小说;在赖特之后,詹姆斯·鲍德温也写了一部讲述白人同性恋的小说《吉瓦蕃尼的屋子》(*Giovanni's*

Room, 1956)。20 世纪 50 年代中期, 非裔美国人写白人题材虽然尚未形成传统, 但众多非裔美国作家的尝试表明非裔美国作家的创作领域和视野正在发生变化。在 1960 年的一次记者采访中, 赖特说:"我写白人时, 选了一名白人商人的故事, 目的是要揭示一个普遍存在的问题。"(qtd. Early: 227) 与鲍德温和其他尝试写白人题材的非裔美国作家一样, 赖特想在题材上突破非裔美国作家的创作局限性, 揭示一些人类社会发展过程中的普遍性现象。他认为非裔美国作家不应单纯地蹲在美国文坛的角落, 总是哀鸣非裔美国人的种族不幸。通过《野性的假日》, 赖特向人们揭示了美国现代社会的一个基本现象: 非裔美国人所遭遇的心理、道德、伦理等方面的问题, 白人也在所难免。赖特以其广博的心理分析知识揭示富勒的犯罪动机源于俄狄浦斯情结; 这个情结受挫后, 当事人会产生强烈的仇母心理。赖特探讨人退休后可能产生的焦虑、抑郁、虐待等心理问题, 从精神分析学角度图解了俄狄浦斯情结, 解析人在现代社会的发展中面临的巨大生存压力。他进一步揭示: 人退休后可能产生巨大的失落感, 出现躁狂、抑郁症状, 退休人员埋藏在心里的依德 (id) 类东西会被激活并显现, 既可能摧毁过度失落者, 也可能伤及无辜, 给社会带来危害。赖特半个世纪前在小说中揭示的人退休后可能出现的心理和精神问题越来越成为现代社会心理健康关注的焦点之一。

赖特在晚年对非裔美国青少年的成长问题极为关注, 他在小说《成人礼》里所描写的故事并没有讲述传统意义上的成人礼, 而是披露不合理社会制度是如何把品学兼优的非裔美国青少年推向犯罪道路的, 指出种族偏见和种族隔阂是现代美国黑人问题的主要致因。赖特在这部小说里从心理学角度描写非裔美国青少年约翰尼人生道路上的转折点。成人礼本是从孩提时代进入成人时代的标志。但是, 由于美国不合理的社会制度和种族偏见, 非裔美国少年约翰尼被迫离家出走, 以加入黑帮和违法犯罪为代价完成了自己的成人礼。约翰尼从一个品行良好的青少年一步一步地走向社会的反面, 堕落成抢劫犯。他所经历的惊惶、心理冲突和恐惧极限图解了非裔美国青少年走上犯罪道路的致因和过程。赖特在这个故事里所揭露的非裔美国青少年成长问题掀开了黑人问题的冰山一角。尽管从 20 世纪 70 年代起, 美国的种族政策和非裔美国人的生存状况得到很大的改善, 越来越多的非裔美国人进入中产阶级阶层, 越来越多的非裔美国人走上美国政治舞台, 连现任的美国总统奥巴马也是非裔美国人。但是，在 21 世纪的今天，黑人问题并没有得到彻底的解决，非裔美国人失业率和青少年犯罪率在美国居高不下，非裔美国人贫困人口的比率远远高于白人。在黑人社区，单亲家庭超过 60%；相当一部分非裔美国儿童寄养在没有血缘关系的家庭里。如何解决这些儿童的家庭归属感和心理认同感问题，仍然是美国社会所面临的棘手问题之一。不合理的社会制度如果不及时予以改变，培养出的就可能不是对社会有用的人才，而是一批批危害社会的生力军。1994 年出版的《成人礼》虽然讲述的是 20 世纪 50 年代的故事，但对现在非裔美国青少年成长问题的解决仍具有重大的警示作用和现实意义。

赖特在去世前的六周里，依然废寝忘食地从事长篇心理小说《父亲之法》(*Father's Law*) 的创作。令人惋惜的是，在小说即将结尾时，赖特 (Julia Wright) 撒手西去，留下文坛又一憾事。赖特的女儿茱丽娅·赖特 (Julia Wright) 曾说："这部小说是发自我父亲心灵深处的力作。"① 在她的编辑和整理下，这部小说在纪念赖特 100 周年诞辰的日子，即 2008 年才得以出版。小说探索了不同于赖特前期小说的主题，涉及父子关系、职责与亲情、潜意识与案件推理等方面的心理问题，揭示了赖特对犯罪问题和警探推理的新见解。该小说的面世引起学界对赖特作品的重新解读。鲁迪抓凶手的过程就像《俄狄浦斯情结》中俄狄浦斯查找杀父仇人一样。俄狄浦斯最后发现真正的杀父娶母的仇人不是别人，正是他自己；而鲁迪最后要抓捕的杀人恶魔不是别人，而正是生活在自己身边的儿子。俄狄浦斯觉得自己是中了杀父娶母的魔咒；而鲁迪觉得抓捕儿子源于自己内心的犯罪潜意识。表面上抓的是犯罪的儿子，实际上抓的是其心灵中潜在的犯罪意识。鲁迪是赖特笔下黑人版的俄狄浦斯。虽然鲁迪的形象并不完美，其内心藏匿着犯罪潜意识，但他大公无私、疾恶如仇、坚持正义，在关键时刻甚至能大义灭亲。他与赖特其他作品中的警察形象完全不同，鲁迪显然不是《长梦》(*The Long Dream*, 1956) 中的警察局局长坎特利、《土生子》中虐待黑人的警官们和短篇小说《火与云》("Fire and Cloud", 1938) 中的警察局长布鲁顿、《闪亮的晨星》("The Shining Morning Star", 1938) 中的县治安官等形象。鲁迪的秉公执法表明，非裔美国警官不会像白人警官袒护白人罪犯那样袒护黑

---

① Julia Wright, "Introduction." *A Father's Law*. Richard Wright. New York: Harper, 2008. v.

人犯罪分子，他们是美国法律的忠实执行者。鲁迪的形象还表明黑人也具有管理国家和维护法律尊严的能力，这也预示了黑人参加国家管理和司法工作的合理性。赖特所追求的种族平等事业，随着美国社会法制和民主形势的大力改进，不断成为现实。越来越多的非裔美国人担任警察、法官、议员和国家领导人。前美国五星上将和国务卿鲍威尔、前国务卿赖斯和现任总统奥巴马的政绩再次表明非裔美国人不但是与美国白人平等的美国公民，而且也担任着美国政治舞台上的重要角色。赖特这部遗作《父亲之法》的整理出版有助于重新解读赖特的文学思想和创作思路，修正国内外学界对赖特的一些误读。

## 六、非裔美国戏剧

安吉莉娜·维尔德·格琳克（Angelina Weld Grimke）的剧本《雷切尔》（Rachel）于 1916 年在纽约上演。该剧揭露了美国社会的种族迫害问题，披露了非裔美国人心理扭曲的致因，抨击了种族偏见的荒谬性。这个剧本引起的宣传与艺术之争，"刺激了华盛顿戏剧的发展，但没能写出同等水平的新剧本"（Gates：935）。20 世纪 20 年代初期，许多年轻作家对戏剧感兴趣，但是全身心投入戏剧创作的作家寥寥无几。非裔美国音乐家付璐罗·米涅（Flournoy Miller）和奥布雷·里利斯（Aubrey Lyles）创作的音乐剧《拖着脚走》（Shuffle Along）于 1921 年在百老汇首演大获成功，赢得了戏剧评论界的好评，许多作家开始模仿该剧的创作手法和舞台艺术设置。可是，非裔美国剧作家把自己禁锢在正统戏剧范畴，没能取得真正的突破。这个时期，描写黑人生活最知名的剧本是由尤金·奥尼尔和保罗·格林等白人剧作家创作的。

非裔美国剧作家在文艺复兴时期努力争取得到社会的承认，但是他们取得的成就非常有限。1925 年 10 月，《出现》（Appearance）在纽约的欢乐剧场上演。该剧本的作者加兰·安德森（Garland Anderson）以前是圣·弗兰西斯科的旅馆侍者和电话总机接线生。安德森回避了种族问题，致力于阐释基督教科学派①的教义。虽然评论家对这出演出的评论相当温和，但其总的吸引力不够，演出几周后就反响平平了。1926 年，因为

---

① 基督教科学派是 19 世纪后半期出现的基督教派别，认为病与罪一样，都是出自人的必死意识，故都须靠上帝的永恒意识才能治愈，其英文全称为 Church of Christ Scientist。

纽约缺乏严肃的非裔美国戏剧，杜波依斯发起了克瑞格瓦小剧场运动。他提出了四个基本原则：第一，一个真正的黑人剧本必须有反映黑人真实生活的情节。第二，这些剧本必须由真正懂得黑人生活的非裔美国作家来撰写；第三，黑人剧场应该主要面向非裔美国观众；第四，黑人剧场必须建在黑人社区，靠近普通的黑人观众。克瑞格瓦德运动的头两场演出是威利斯·理查森（Willis Richardson）的剧本《妥协》（Compromise）和《被摔坏的班桌琴》（The Broken Banjo），但是这场戏剧运动没能促使更多的杰出非裔美国剧作家出现。

1927年，哈莱姆的克瑞格瓦演员在小剧场比赛中上演了尤拉莉亚·斯彭斯（Eulalie Spence）的剧本《傻瓜的差事》（Fool's Errand，1927）。"虽然这本剧本没有赢得奖杯，但是在竞赛中被评为最优秀的未出版剧本而获得了一项塞缪尔法国奖。"（Franklin：508）。在哈莱姆文艺复兴时期，许多非裔美国剧作家尝试用独幕剧来展示黑人的民间生活。琼·图默的《巴洛》（Balo）描写了非裔美国人的日常生活，揭示了权利在生活中的重要性。左拉·尼尔·赫斯顿也曾涉及戏剧创作。《伟大的日子》（1927）在纽约上演，展示了一系列黑人民间生活的场景，含有很好的原始戏剧素材。康蒂·卡伦和阿尔拉·伯恩藤普斯合作撰写了剧本《圣·路易斯妇女》（St. Louis Woman）和《通向天堂之路》（The Way to Paradise）。描写城市黑人生活最有特色的剧本之一是华莱士·瑟尔曼与威廉·拉普合作撰写的《哈莱姆》（Harlem，1929）。这个剧本的成功在一定程度上归功于剧作家对哈莱姆的文学探索，且是剧本以传奇剧的形式展示了黑人贫民区各个方面的生活。这个时期最著名的剧作家是安吉莉娜·维尔德·格琳克和威利斯·理查森。

## 1. 安吉莉娜·维尔德·格琳克（Angelina Weld Grimké，1880—1958）

安吉莉娜·维尔德·格琳克是哈莱姆文艺复兴时期的抒情诗人和戏剧家，也是第一位把剧本成功搬上舞台的非裔女性作家。

格琳克于1880年2月27日出生在波士顿，父亲阿切博尔德是非裔美国律师、外交家和全国有色人种协进会副会长，母亲萨娜·斯坦利来自中西部的一个白人中产阶级家庭。格琳克的父母在波士顿相爱。父亲从阿切博尔德法学院毕业后，在波士顿从事法律工作。因为种族问题，他和萨娜的婚姻遭到萨娜家人的强烈反对，最终离婚。格琳克出生后不久，萨娜就离开家，并把格琳克带到中西部。萨娜找到工作后，把女儿送回到马萨诸塞州，让女儿和她的父亲生活在一起。自那以后，母亲萨娜就杳无音信了。几年后，传闻她已自杀。安吉莉娜深得父亲宠爱，从小在马萨诸塞的库欣私立中学和明尼苏达的卡尔顿私立中学读书，在几乎没有种族歧视的社会环境里长大。

格琳克于 1902 年毕业于波士顿体操师范学校，然后来到华盛顿特区，在阿姆斯特朗·马露尔培训学校一直工作到 1916 年。然后，她在知名的邓巴中学当教师，直到 1930 年父亲去世。那时，她的剧本《雷切尔》(Rachel, 1916) 得到观众和评论界的好评，被视为"由非裔美国人写剧本，并且由非裔美国人演出的第一部成功戏剧"（Gates, Norton Anthology, 943）。这部戏剧中的人物个个多愁善感，剧情揭露了种族主义对中产阶级黑人的伤害和私刑的罪恶。格琳克也在《危机》和《机遇》等刊物上发表了一些抒发情感的传统诗歌。她的短篇小说《快闭上的门》反复强调了《雷切尔》中的一个主题——扭曲孩子们的心灵或毁灭他们的成长世界是不道德的。在故事的结尾处，一名黑人妇女为了不让儿子死于白人暴徒的私刑，忍痛杀死了他。这个故事的情节非常类似于白人作家约翰·斯坦贝克在《人与鼠》中所描写的乔治与莱尼的关系，乔治为了不让莱尼惨死在压迫者的枪下，含着眼泪打死了好朋友莱尼。

成年后，格琳克的生活并不幸福。一方面是由于她对父亲的过度依赖；另一方面是来自压抑自己同性恋欲望的痛苦。父亲死后，格琳克就好像失去了人生的方向。之后，她搬家到纽约，声称要投身于创作，然而并没有作品问世。期间，除了与华盛顿诗人乔治·道格拉斯·约翰逊联系之外，她几乎和所有的熟人都断绝了往来。格琳克在布鲁克林过着隐士般的生活，直至 1958 年 4 月 10 日去世，享年 78 岁。

### 2. 威利斯·理查森（Willis Richardson, 1889—1977）

威利斯·理查森是哈莱姆文艺复兴时期最著名的非裔美国戏剧家。他于 1889 年 11 月 5 日出生在北卡罗来纳州东南部港口城市威尔明顿。之后，他家搬到华盛顿特区。他在华盛顿特区公立学校读书。他的老师玛丽·P. 伯利尔是一名优秀剧作家，发现了他的戏剧才能，因此鼓励他创作剧本。1914 年，他与玛丽·艾伦·琼斯结婚。

理查森热衷于黑人剧本创作，但是黑人戏剧业并不景气。百老汇职业剧场长期以来敌视和排斥任何形式的黑人戏剧演出。虽然《拖着脚走》和其他非裔美国音乐喜剧在20世纪20年代很受欢迎，但这种现象并不普遍。在这个时期，由非裔美国人撰写的关于非裔美国人生活的剧本局限于小剧场的演出，也就是在一些私人剧院上演，如克利夫兰的吉尔宾剧院和哈莱姆的拉法耶特剧院。1921年，《执事的觉醒》(*The Deacon's Awakening*) 在明尼苏达州的圣·保罗上演，这是理查森搬上舞台的第一个剧本。第二年他的新作《土豆条女人的运气》(*The Chip Woman's Fortune*) 在芝加哥、华盛顿特区和百老汇上演。剧本《被抵押》(*Mortgaged*) 于1923年在霍华德大学的霍华德剧社演出，后于1924年由新泽西州普拉因菲尔德的邓巴剧社演出。1925年，剧本《被摔坏的班卓琴》获得斯平加恩奖。1926年，剧本《黑靴情人》(*Bootblack Lover*) 再获此殊荣。

那时，剧作家收入微薄，为了补贴家用，理查森还在美国的邮局做过职员和机修工。他于1977年11月7日在华盛顿特区去世，享年88岁。为表彰他对美国戏剧的突出贡献，他死后被授予著名的奥德尔科奖。

## 七、非裔美国散文

散文是哈莱姆文艺复兴运动时期非裔美国文学的重要组成部分。《危机》和《机会》这两本杂志专门设置了黑人青年作家栏目，并设立奖项来鼓励他们的创作热忱。纽约的其他杂志社也出版非裔美国作家的作品，例如《勘察图》(*Survey Graphic*)、《当代历史》(*Current History*)、《现代季刊》(*The Modern Quarterly*)、《民族》(*The Nation*)、《新大众》(*The New Masses*) 和《美国信使》(*The American Mercury*) 等。这些杂志除了发表杜波依斯和詹姆斯·威尔敦·约翰逊的作品之外，还刊登了艾布拉姆·L. 哈里斯 (Abram L. Harris)、E. 富兰克林·格拉兹尔 (E. Franklin Grazzier)、亚瑟·A. 勋伯格 (Arthur A. Schomburg)、J. A. 罗杰斯 (J. A. Rogers) 和阿莱恩·洛克等人撰写的散文。同年出现在杂志上的文章会被收集起来，并扩编成《新黑人》。散文的蓬勃发展标志着哈莱姆文艺复兴运动走向成熟。

## 1. W. E. B. 杜波依斯（W. E. B. Du Bois, 1868—1963）

杜波依斯肖像
（图片来源：commons.wikimedia.org）

W. E. B. 杜波依斯被公认为20世纪初倡导黑人追求政治权利的重要黑人领导人。他坚决反对华盛顿的妥协学说，主张在政治上维护黑人的合法权益，反对任何形式的种族主义思想和行为。他创办的杂志《危机》是20世纪50年代前最有影响的黑人刊物。他既是编辑，也是这个刊物上许多文章的作者。他把自己的文学理念付诸实践，成为20世纪初非裔美国文学的主要代言人。正如美国学者迪肯森·布鲁斯所言："虽然杜波依斯的许多话语没有出现在小说或诗歌里，但是理解他的思想有助于理解邓巴和契斯纳特黄金时代之后非裔美国文学的主要发展状况。"（Bruce：202）杜波依斯的思想极大地影响了20世纪非裔美国文学传统的发展方向。

杜波依斯于1868年2月23日出生在马萨诸塞州。他在该州的大巴林屯长大，中学时一直是学校最优秀的学生。17岁时，他到南方的费斯克大学求学。大学毕业后，杜波依斯在南方教了一段时间的书，然后又到哈佛大学读研究生。之后，他去德国学习了两年。回国后，他在哈佛大学攻读博士学位，成为获得美国历史学博士学位的第一位非裔美国人。

杜波依斯认为系统调查和人权理念是认知美国黑人问题的关键。1899年他出版了《费城黑人：社会研究》（*The Philadelphia Negro: A Social Study*）。这是第一部对生活在美国主要城市的大量非裔美国人进行系统社会学研究的书籍。这部著作和他的前一部著作《禁止从非洲到美国的奴隶贸易》（*The Suppression of the African Slave Trade to America, 1638 – 1870*, 1896）奠定了杜波依斯作为历史学家和社会学家在美国学界的重要地位。

杜波依斯坚决支持非裔美国人的民权斗争，鼓励非裔美国人为追求道义和真理而不懈努力。"作为全国有色人种协进会的缔造者之一，杜波依斯从1910年至1930年编辑了该协进会的刊物《危机》。在这个协进会工作了很多年后，他因意识形态上的分歧而离开了这个组织。"（Worley：298）杜波依斯在全世界各地游历，写文章评述美国黑人的生存问题。1961年，因为黑人人权的改善工作进展缓慢，对美国政府深感失望的杜波依斯移居加纳，后来加入加纳国籍。1963年8月27日，杜波依斯在加纳首都阿克拉去世，享年95岁。正好在这一天，黑人民权运动领袖马丁·路德·金发表了著名演讲"我有一个梦想"。

杜波依斯的声望主要来源于其渊博的学识和激昂的政治热忱。从其文学作品中，我们能很好地洞悉他的世界观和社会理念。除了诗歌外，他还创作了5部长篇小说：《寻找银兰毛》（*The Quest of the Silver Fleece*，1911）、《黑色公主》（*Dark Princess*，1928）、《黑色的火焰》（*The Black Flame*，1957）、《曼萨尔特建学校》（*Mansart Builds a School*，1959）和《颜色词库》（*Worlds of Color*，1961）。

杜波依斯最有影响力的作品是《黑人之魂》（1903）。这部书由一系列密切相关的论文和一个短篇故事组成。杜波依斯在该书的第一篇文章里提出一个重要概念——"双重意识"，这个概念成为他论及非裔美国人身份和文化问题的基础。他认为双重意识是在黑人意识和白人意识层面上运行的矛盾性心理活动。双重意识来源于形成于非裔美国人身兼两个身份的窘境。非裔美国人是美国人，但又因其黑肤色或黑人血统而被排斥在主流社会之外。社会希望非裔美国人遵循美国价值观，但又阻止非裔美国人享受遵循美国价值观后带来的物质利益和社会利益。这部书与邓巴和契斯纳特的主题思想截然不同。它并不仅仅局限于反对华盛顿的学说，而是试图准确勾勒出美国的非裔美国人生活。评论家斯坦利·布罗德温把这部书称为杜波依斯的"精神自传"，认为杜波依斯通过对非裔美国人身份的一系列思考，努力在白人主导下的美国社会中创造出一个"更真实的自我"。杜波依斯对华盛顿的批判是出于对非裔美国人生存意义的深切关注，也恰恰是这个关注构成了杜波依斯对非裔美国文学传统独特贡献的基础。

## 2. 阿莱恩·洛克（Alain Locke，1886—1954）

在对非裔美国文学的分析和阐释方面，阿莱恩·洛克在同时代的评论家中算得上是佼佼者。就学识渊博而言，他可以和杜波依斯或詹姆斯·威尔敦·约翰逊相媲美。他是知名的文学评论家、戏剧评论家、哲

洛克工作照

（图片来源：en.wikipedia.org）

学家、艺术家、音乐历史学家、人类学家、教育家和教育理论家，是没有民族偏见的人文主义者，支持文化多元化和价值相对论的哲学原则。洛克是第一位把20世纪20年代黑人艺术运动称为"哈莱姆文艺复兴"的美国学者。不少评论家把他视为哈莱姆文艺复兴运动的精神领袖。

洛克于1886年9月13日出生在费城。1904年，他进入哈佛大学读书，三年后以优异的成绩毕业。1907年至1910年期间，他在牛津大学读书，并获得文学学士学位。之后，他又到德国的柏林大学研究哲学。此外，他还到巴黎大学旁听了著名哲学家亨利·柏格森的课程。1912年他在霍华德大学担任英文助理教授和哲学讲师。1916年至1917年期间，他回到哈佛大学，撰写了一篇关于"价值论分类问题"的博士论文。从1918年至1953年，他在哈佛大学担任哲学教授。在这段时间，他还经常到海地大学、费斯克大学、威斯康星大学、社会研究学院、纽约城市学院和索尔兹伯格研究班讲课。

1925年3月1日《调查》（*The Survey*）杂志出版了一期专刊，取名为"哈莱姆，新黑人的麦加"，由洛克负责编辑。他把收集到的作品分别归类在三个标题之下，这三个标题分别是"世界上最伟大的黑人社区"、"黑人表达自己的思想"和"黑人和白人——种族交往研究"。他收集到的文章有的出自知名学者，如杜波依斯、詹姆斯·威尔敦·约翰逊、艾里斯·约翰逊·麦克道戈尔德等，有的出自青年作家，如麦凯、图默、卡伦、休斯、鲁道夫·费希尔、安吉莉娜·格琳克和安娜·斯潘塞等。1925年底，洛克的书《新黑人》出版。洛克关于黑人文化的作品包括《关于黑人生活的戏剧》（*Plays on Negro Life*，1927年与蒙哥马利·格雷戈里合作编辑）、《黑人与音乐》（*The Negro and His Music*，1936）、《黑人艺术：过去与现在》（*Negro Art: Part and Present*，1936）、《艺术中的黑人：关于黑人艺术家和艺术中的黑人主题的图片记录》（*The Negro in Art: A Pictorial Record of the Negro Artist and of the Negro Theme in Art*，1940）和《美国黑人文化中的黑人角色》（*Le role du negre dans la culture* des Ameriques，1943）。遗憾的是，他没能在有生之年完成"美国黑人文化研究"综合编辑的浩瀚工程，后来玛格丽特·加斯特·布切尔按照洛克的原始计划，以他收集的材料为基础撰写了《美国文化中的黑人》(The Negro in American Culture)，并于1956年出版，终于完成了洛克未完成的事业。洛克最有价值的贡献之一是把《机会》和《家族谱系》(Phylon)两本杂志上发表的有关黑人主题的书评编辑成册。晚年的洛克继续用他的作品和个人影响力来激励黑人弘扬黑人文化。洛克于1954年6月9日去世，享年67岁。

洛克的代表作是《新黑人》。这本书囊括了洛克从《调查》杂志中精心挑选的11篇散文、1个短篇小说和若干诗歌，以及他添加的7个短篇小说、1个剧本、2个民间故事、11篇文章和翔实的自传材料。《新黑人》的插图和设计出自非裔美国艺术家艾伦·道格拉斯、沃尔特尔·凡·拉克特希尔和米格尔·科瓦路拜厄斯等人之手，因此这部书的艺术外表与内在的知识含量一样引人注目。这本书的编辑很有创意，以论坛的形式使新、老作家团结在哈莱姆文艺复兴的旗帜下，并向世人宣布：新黑人时代已经到来。阿莱恩·洛克在20世纪20年代的主要贡献在于把"新黑人"这个术语的社会文化内涵和政治含义与这个时期的文学联系起来。在这部书里，洛克详尽地描述了非裔美国人生活的变化，指出它们与非裔美国作家和艺术家的创作是密不可分的。

# 第五章 非裔美国文学的大发展
# (1945—1979)

## 一、概　述

第二次世界大战以后，非裔美国文学蓬勃发展。自20世纪40年代末出现种族融入呼声以来，非裔美国人对美国种族问题的抗议越来越强烈。他们追求社会公正和种族平等的斗争促使了非裔美国文学的进一步发展。这个时期出现的非裔美国诗人、小说家、戏剧家和评论家多于以往任何一个历史时期。美国学者理查德·巴克斯戴尔和克尼斯·金纳曼说："20世纪70年代，非裔美国文学活动更加频繁，就像美国在1976年迎接她200周年纪念日一样，非裔美国人也盼望在1976年迎来更好的种族处境和文学环境。"（Barksdale and Kinnamon：667）非裔美国人摆脱奴隶制约有一个世纪了，但是种族压迫、种族歧视和种族隔离的现象在美国社会依然存在。然而，有所不同是，这时有众多的非裔美国作家用诗歌、小说、戏剧和散文的形式来揭露非裔美国人在美国艰难的生存环境，抨击美国的种族偏见和社会不公。这个时期的文学作品立意更为深远，再次证明了社会经济发展和非裔美国人社会地位的提高与文学表达和抗议主题的密切相关。

这个时期的非裔美国文学主要有三大主题：做"男人"、做"女人"以及做梦想家或革命者。

第一，做"男人"。从第一艘贩奴船上下来的非洲黑人自登岸那天起，就一直寻求机会证实自己的男性品质和个人身份。非裔美国人要在美国做"男人"十分不易，刚来美洲时他们的生活充满艰难险阻；即使到了20世纪中期，他们的生活也依然布满荆棘。但是，非裔美国人对自我的追求从来就没有放弃过。他们坚信如果有机会，也一定会为美国社会和经济的发展作出毫不逊色于白人的贡献。非裔美国男性作家在文学作品里表达了非裔美国人的欢乐、悲伤、痛苦、情爱和仇恨。小马丁·路德·金（Martin Luther King, Jr.）揭示了做"男人"的实质："一个不会为了理想而献身的男人就不配活下去。"（qtd. Worley：79）在美国黑人历史上，许多人，包括金本人，为自己的信仰献出了宝贵的生命。因此，热衷于这个话题的作家努力探索非裔美国文学传统中黑人男性的身份问题。探索黑人男性话题的主要作家有理查德·赖特、詹姆斯·鲍德温（James Baldwin）、拉尔夫·埃里森（Ralph Ellison）、威廉·麦尔维尔·凯勒（William Melvin Kelley）、欧内斯特·J. 盖恩斯（Ernest J. Gaine）和马尔康·X.（Malcolm X）等，他们在作品里揭示了非裔美国人做"男人"的胆识、进取心、危机感和牺牲精神。

第二，做"女人"。这个时期见证了黑人妇女作家在非裔美国文坛的崛起。黑人妇女自来到美洲为奴以后，一直为自己能在社会上争取应得的地位而奋斗着。在奴隶制时期，她们从事各种体力劳动，生养下一代，但生下来的孩子经常被奴隶主拿去卖掉。从奴隶解放到21世纪的今天，黑人妇女仍然担负着养育下一代的重任。在黑人社区，黑人妇女被普遍认为在智力上不及男人。然而，黑人妇女作家没有屈从于不利的社会环境和性别偏见，而是不断地抗争，要求在社会上获得与白人和男人平等的权益。她们笔下的黑人妇女形象既不是完美无缺的，也不是十恶不赦的；她们只是不屈从于各种恶势力而勇敢生存下去的顽强女性。在美国社会里她们因肤色和性别而受到双重歧视和双重压迫。美国学者德米特里斯·沃尔勒说："她们［非裔美国妇女作家——作者注］传授知识的目的是让下一代非裔美国妇女成长起来，过上更好的生活，对生活产生新的认识，明白做非裔美国妇女的人生意义。"（Worley：153）这个时期主要的非裔美国妇女作家有波莱·马歇尔（Paule Marshall）、乔治亚·道格拉斯·约翰逊（Georgia Douglas Johnson）、波莱特·契尔得利斯·怀特（Paulette Childress White）和露西尔·克里夫顿（Lucille Clifton）。

第三，做梦想家或革命者。1945年以后，非裔美国人对自由和尊严的要求更为迫切。非裔美国人的种族自豪感和整个社会对非裔美国文化传统高涨的兴趣激励非裔美国作家创作出能真实反映黑人身份问题的作品。20世纪50年代，民权运动、黑人艺术运动和黑人姓名非洲化或穆斯林化的运动成为一股重要潮流。这个时期，诗歌成为表达抗议思想的主要工具。"阿米里·巴拉卡站在新的黑人美学运动的前列，把黑人美学定义为：所有黑人艺术表达的理由是在社会、政治和道德所有领域发生变化后所取得的成就。"（Worley：287）倡导这个话题的主要作家有玛丽·E. 埃文斯（Mari E. Evans）、W. E. B. 杜波依斯、阿米利·巴拉卡（Amiri Baraka）和小马丁·路德·金。

20世纪70年代末，非裔美国文学已发生了很大变化。这个时期总的文学特征是非裔美国人要求拥有做人的尊严，获得平等民权，倡导黑人民族主义、种族平等和社会正义。对非裔美国人来讲，他们的窘境不是二元的，而是三元的，即美国、黑人和非洲。非裔美国作家认为："非裔美国作品的存在价值主要在于其是否能成为促进种族发展的手段。"（Byerman：2）在其作品中，非裔美国作家描写黑人生活中出现的暴力事件、家庭变故、犯罪现象、性别问题、经济和政治争端。他们的作品反映了那个时代的主要事件：民权、黑色权力、越南战争、大众文化、暴力、贫民区和黑人中产阶级化。经过20世纪60年代末和70年代初的种族两极分化和黑人民族主义的发展，民权改革的成果极大地把种族关系改变成一种松散的半种族体制，种族隔阂渐渐被阶级差异所替代。随着黑人中产阶级的发展、黑人种族意识的增强和非裔美国作家群的不断壮大，非裔美国文学还将在未来一个历史时期里继续探索非裔美国人的身份问题。

## 二、1945年至1979年的非裔美国历史

第二次世界大战尚未结束，非裔美国人融入美国主流社会的行动就开始了；战后，这种融入的速度不断加快。美国人需要面对的一个重要问题就是如何适应非裔美国人在社会上的新地位。这种新地位的出现不仅是因为战争期间非裔美国人赢得的民权在战后仍然保留下来，还因为战后国际国内形势的变化为美国种族平等问题的改善提供了社会基础。战争为非裔美国人创造了争取人权和公民权的大量契机。1945年后，白人很难找到借口来遏制非裔美国人的人权诉求。美国维护黑人人权的组织，特别是全国有色人种协进会，开始更强烈地要求黑人获得完全平等的人权；他们的要求得到全国各地各种团体的支持，特别是一些政治组织、民间劳工和宗教团体。法院也开始关注种族问题，开始作出有利于提高非裔美国人地位的裁决。美国学者约翰·霍普·富兰克林说："联邦

政府本身的行政机构对国内外压力也非常敏感，施加很大的影响来消除美国民主在理论和实践上的差距。"（Franklin：628）20世纪下半叶，这些组织和司法机构为非裔美国人创造了一个更好的社会环境。

"二战"后不久，美国与苏联开始在全球范围内进行政治和军事竞争，非裔美国人问题再次凸现。美国一贯标榜自己是民主"自由世界"的领导人，与倡导殖民地独立的社会主义苏联形成对峙。苏联不断指责美国对待非裔美国人的种族政策。冷战对非裔美国人社会地位的改变有着巨大的双重影响。一方面，冷战促使美国人减少了对黑人民权要求的敌意，对非裔美国文学创作也更加宽容；另一方面，美国利用当时的政治文化氛围形成反共产主义的思潮，攻击反种族压迫的杰出黑人领袖，削弱相关的黑人组织。正如美国历史学家尼尔·欧文·佩恩特尔所言："像全国有色人种协进会那样的全国民权团体不得不分心去应付那些诽谤他们庇护共产主义者的指控。这些指控中最臭名昭著的就是'红钩事件'①。"（Painter：261）

"二战"后，黑人失业率急剧攀升，北方黑人社会地位较低的状况依然没有得到改变；同时，苏联不断施加国际压力，抨击美国的种族政策。1954年美国联邦最高法院在"布朗诉托皮卡教育局案"② 的审理中宣布终止美国学校事实上的种族隔离，取消了1896年关于"隔离但平等"的裁决。最高法院宣布为非裔美国学生设置的隔离性教育设施存在"内在的不平等"，这个决议对非裔美国人以后的生活带来了重大影响，发挥的效力也大大超越了美国公共教育系统。如果隔离的教育设施内存在不公平问题，那么隔离的公园、博物馆、图书馆等场所也肯定存在同样的问题。以法律为武器，非裔美国人大力开展自己的维权斗争。像多米诺骨牌效应一样，

---

① "红钩事件"（red-baiting）是指凭主观臆断把个人或团体指控为共产主义者、社会主义者、无政府主义者或共产主义、社会主义和无政府主义的同情者，并对他们加以痛骂、攻击和迫害的行为。"红"字的寓意来源于象征激进左翼政治的红旗。"红钩"这个术语可以追溯到1928年。在美国历史上，红钩通常与以强烈反对共产主义为特征的麦卡锡主义有关。

② 布朗诉托皮卡教育局案（*Brown v. Board of Education of Topeka*, 1954）是美国历史上非常重要、具有标志性意义的一件诉讼案。该案于1954年5月17日由美国最高法院作出决定，判决种族隔离本质上就是一种不平等，因此原告与被告双方所争执的"黑人与白人学生不得进入同一所学校就读"的种族隔离法律必须排除"隔离但平等"先例的适用，种族隔离的法律因为剥夺了黑人学生的入学权利而违反了《美国宪法第十四修正案》中所保障的同等保护权。该法律因而不得在个案中适用，学生不得基于种族因素而被拒绝入学。本判决终止了美国社会中存在已久的白人和黑人必须分别就读不同公立学校的种族隔离现象。该判决后，"隔离但平等"的法律原则被推翻，任何法律上的种族隔离随后都可能因违反宪法所保障的同等保护权而被判决违宪。

美国国内的各种种族隔离设施和场所一个接一个地被拆除掉。

20世纪50年代，非裔美国人的生活境况有了很大的改善，享有的政治权利也更多了。许多非裔美国人，包括黑人妇女，接受了高等教育。20世纪40年代非裔美国人追求人权和民权的斗争精神在50年代继续发扬，非裔美国人要求在全社会范围内获得与白人平等的社会权利。他们要求的内容和以前一样，但是盼望实现的心情更加迫切了。他们要求立即废除种族歧视、种族压迫和二等公民地位，立即纠正一切针对非裔美国人的侵权行为。罗莎·帕克斯事件成为非裔美国人谋求更大政治诉求的导火索，掀起了美国民权运动的大潮。蒙哥马利城的法律规定，公交车上的座位划分为两部分，靠近车头的部分是白人座位区，靠近车尾的部分属于非裔美国人座位区。但是，如果白人乘客的座位坐满后还有白人站立的话，非裔美国人座位区的黑人乘客必须给白人乘客让座。否则，黑人乘客就涉嫌违法，会遭到警察的拘禁，并送上法庭或关进大牢。1955年12月1日，非裔妇女罗莎被警察逮捕，原因是她在蒙哥马利乘坐公交车时拒绝给站立的白人让座。(Baker: 304)

罗莎的被捕引起轰动美国的蒙哥马利公交车抵制运动。美国非裔牧师小马丁·路德·金领导非裔美国人与白人种族主义者作了坚决的斗争，他也因此一举成名，成为继布克·T.华盛顿之后最有影响力的黑人领袖。除小马丁·路德·金之外，其他的黑人社团，如争取种族平等大会(Congress of Racial Equality, CORE)和全国学生统一行动委员会(Student Non-Violent Coodinating Committee, SNCC)，也站在斗争的第一线。此外，一些著名黑人组织，如全国有色人种协进会和全国城市联盟等，也全力支持这次抵制运动。

这场黑人追求种族平等和社会正义的战斗得到了所有有正义感的大学生、中学生、产业工人、黑人专业人士、白人牧师和政府官员的支持。然而，白人种族主义者想方设法破坏黑人对自由和平等的诉求。白人公民联合会①在美国南方随处可见，他们采取保守主义措施，遏制黑人的正义要求。南方白人政治家强烈反对"布朗诉托皮卡教育局案"的宣判结果，"白人暴力迫害黑人泄愤事件的消息通过媒体在世界各地传播"

---

① 白人公民联合会(White Citizens' Council, WCC)是一个奉行白人至上论的白人种族主义组织，成立于1954年7月11日。这个组织在20世纪五六十年代有大约6万会员，仇视非裔美国人，反对种族融合，致力于打击黑人反对种族隔离的抗议或抵制活动。

（Baker：304）。1957年9月底，艾森豪威尔总统派联邦军队到阿肯色的小石城，制止白人暴徒的武力攻击，保护黑人学龄儿童进入学堂。美国的社会变革之风也刮到西非，加纳在这一年获得独立，成为世界上第一个由黑人领导的主权国家。

美国国会在1957年通过了自1875年以来的第一个人权法案，成立了人权委员会，该委员会在南方几个城市的听证会上揭露出南方白人选举登记机构故意剥夺黑人投票权的违法事件。美国学者伯纳德·贝尔指出："1962年有30多个案件提交给总检察长，要求保护黑人在密西西比、路易斯安那、亚拉巴马和佐治亚的选举权。"（Bell：198）。

20世纪60年代初期是美国政治局势激烈动荡的时期。受到黑人民权运动和白人青年抗议运动的冲击，战后美国的全球民主世界领袖地位被动摇。"年轻人对社会不满；南方白人残酷迫害那些追求民权的黑人；激进的北方人挑战美国最南部的种族隔离制度。"（Gates：1791）这时，美国大规模的种族冲突随时可能爆发。1950年，北卡罗来纳州格林斯巴罗的4名黑人大学生，坐在市中心的一家午餐店里，抗议该店不让黑人就餐的规定，由此而激发了全国范围的一些非暴力直接行动——占座抗议、自由行①、占沙滩抗议和示威游行。争取种族平等大会和全国学生统一行动委员会在这个时期的直接行动中充当先锋，后来很快得到了南方基督教领袖会议和全国有色人种协进会等黑人组织的支持。20世纪60年代占座抗议运动如火如荼地迅速发展。黑人和白人的矛盾不断加深，种族关系日趋紧张。一边是坚信白人至上论的白人，持保守主义态度，对黑人充满仇恨和恐惧；另一边是坚信种族平等论的激进黑人，持激进主义态度，要求白人把他们当成平等的公民。两股力量在午餐店、剧场、娱乐场所、游泳池、公家车站、北方大城市和南方小镇的街道等地方形成对峙状态。美国学者小豪斯顿·贝克指出："冷漠、没有笑容、穿着体面的美国人，黑人和白人，互相讥笑，互相吐唾沫，被警察乱打，被电棒电击——这些就是占座抗议运动早期的景象。"（Baker：305）这个运动最大的特点就是黑人以青年人为主力军，全身心地投入追求种族平等的斗争；他们在暴力面前无所畏惧。

由年轻人、黑人和穷人发起的民权运动是反对美国既得利益集团、

---

① 自由行是指民权工作者乘坐公共汽车等在南部各州为抗议种族隔离而作的示威性旅游。

反对国家陋习也是反对美国价值观中不当理念的一场正义之战。当时，美国白人种族主义者的势力也相当强大，他们千方百计地压制非裔美国人的正义要求，时常采用暴力手段来打击和迫害抗议的非裔美国人。在反对民权运动的暴力事件升级的时候，这场运动的一些参加者转变了策略，调整了最后目标。他们采用梭罗和甘地的和平主义思想，以非暴力的示威手段应对白人种族主义者的暴力打击。黑人民权主义者的不抵抗政策导致许多黑人在示威活动中被打伤、打残，甚至打死。白人种族主义者的残酷暴力和血腥镇压激起一些黑人的强烈愤慨，他们强烈要求采取更为激进的措施来进行自卫和抵抗。1964年夏天的哈莱姆暴动和1965年夏天的瓦茨暴动是美国黑人运动史上的一个重要转折点。渐进主义、消极抵抗和普世博爱等思想和行为在白人种族主义者的无情打击下显得苍白无力、狼狈不堪。融入美国主流社会的理想遭受到残酷打击，非裔美国人感到无比的痛心和失望。与此同时，出现了激进的黑人领袖，他们试图以武力来捍卫黑人的权益。马尔康·X.、斯托克利·卡尔迈克尔（Stokeley Carmichael）、罗恩·卡伦加（Ron Karenga）和韦依·P.牛顿（Huey P. Newton）都是受到黑人拥护的新型领导人。倡导"黑人权力"的政治主张成为黑人追求自我定义的准则，挑战美国社会一切不利于这个自我定义的思想和行为。

　　马尔康·X.是美国穆斯林组织"伊斯兰国"①里最有号召力的人物之一。他才华横溢，以极具感染力的演讲激发了广大黑人劳苦大众的种族觉悟，号召他们接受"穆罕默德先知的启示"。马尔康对下层黑人有很大的感召力，在发展黑人穆斯林成员方面的工作做得很出色，他发展的成员主要居住在美国北方城市。20世纪50年代和60年代初，他发展的人数从几百人飙升到15000人。马尔康遵从伊莱贾·穆罕默德②的教义，竭力建立一个与白人分离开来的黑人国家，强调黑人的种族自豪感，认为白人是黑人一切苦难和不幸的根源。马尔康头脑敏锐，善于辩论。

---

　　① "伊斯兰国"（Nation of Islam）是美国的一个黑人穆斯林组织。该组织具有反犹太思想，夸大犹太人在大西洋奴隶贸易中的作用，认为犹太人资助希特勒发动了第二次世界大战，被希特勒屠杀是罪有应得。伊莱贾·穆罕默德从1934年至1975年担任该组织的最高领导人。路易斯·法拉汉是该组织现任最高领导人。

　　② 伊莱贾·穆罕默德（Elijah Muhammad, 1897—1975），美国黑人穆斯林教领袖，1934至1975年期间担任美国穆斯林组织"伊斯兰国"的最高领导人。他曾是马尔康·X.、路易斯·法拉汉和穆罕默德·阿里等人的导师。

他措辞激烈地批判了融入主义思想和民权主义运动领导人及非暴力运动，认为黑人应该采取一切必要的手段去追求自由，倡导武装自卫，并认为黑人拥有谋求解放的权利。他富有鼓动性的演说吸引了许多贫民区的居民，特别是黑人青年。在他之前，这些黑人对民权运动的主张非常陌生，认为民权运动和自己的生活没有多大关系。

黑人穆斯林的政治主张对"黑人权力"（Black Power）运动参与者和普通劳动人民来讲，有很大的吸引力。在马尔康的黑人自豪感的鼓舞下，黑人积极抵御白人至上论，"穆斯林在挽救黑人刑满释放者、吸毒者、皮条客、骗子、赌鬼和酒鬼等方面作出了极大的贡献，这也被黑人民族主义者视为黑人社区行动主义的典范。"（Gates：1793）黑人穆斯林遵循严格的个人行为准则，强调自律，勤奋工作，忠于伊莱贾——上帝的信使。

非裔美国人对民权的合理要求遭到白人至上论者的坚决反对，美国种族形势的发展一波三折。一方面，20 世纪 60 年代中期通过联邦立法消除了种族隔离的法律基础。另一方面，联邦法律并没有得到彻底的贯彻执行，新形式的种族歧视开始出现。袭击非裔美国人的暴力事件不断出现，引起许多非裔美国人质疑非暴力抗议的可行性。针对 20 世纪 50 年代以来白人种族主义者的挑衅，马尔康·X.严厉地批判了非暴力运动，提出了"以暴制暴"的政治主张。马尔康激进的革命主张威胁到白人种族主义者的利益，同时也与伊莱贾·穆罕默德的矛盾越来越激化，他于 1965 年 2 月 21 日被暗杀，凶手一直未归案，形成一桩悬案。关于他的死因，众说纷纭。有人说他是被白人种族主义者杀害的，也有的人说他是被伊莱贾·穆罕默德暗杀的。马尔康·X.虽然被杀害了，但是他的政治主张却一直在影响着非裔美国人的政治立场和行为准则。通过自传《马尔康·X.的自传》（*Autobiography of Malcolm X.*，1965）和录音《给草根们的信》（*Message to the Grass Roots*，1966），马尔康把反对非暴力运动的思想传播给了更多的黑人。马尔康长期以来支持黑人自卫的主张深受南方年轻人的拥护，因为这些年轻人亲眼目睹或亲身经历过白人种族主义者的暴行。袭击黑人的暴力事件深深地烦扰着斯托克利·卡尔迈克尔、H.拉普·布朗[①]和南方全国学生统一行动委员会（SNCC）的志

---

① H.拉普·布朗（H. Rap Brown，1943— ）在 20 世纪 60 年代担任学生非暴力协调委员会主席，后来曾担任过黑豹党司法部长。目前，他因杀人罪还在服刑，被关押在科罗拉多州福罗伦萨的一家监狱。

愿者。

全国民权联合会在20世纪60年代中期分崩离析。全国学生统一行动委员会和争取种族平等大会的志愿者在美国最南端地区遭到白人种族主义者的残酷打击和迫害；同情黑人的白人在1964年的民主党全国大会上放弃了对密西西比自由民主党的支持。这些事件导致全国学生统一行动委员会和争取种族平等大会采取的回应是拒绝种族融入、反对种族内部的种族歧视和排斥非暴力运动。全国学生统一行动委员会比争取种族平等大会更为激进，完全放弃了与联邦政府合作的政治主张。黑人穆斯林马尔康·X. 是一名坚定的黑人民族主义者。在他的影响下，全国学生统一行动委员会和争取种族平等大会强烈要求得到"黑人权力"。就在民权运动推翻南方合法化种族歧视的时候，美国北方和美国西部爆发了一系列暴乱，这引起人们对全国种族问题和贫困问题的关注，同时也促使南方基督教领袖会议派专员到北方去，以非暴力手段寻求解决方式，但是这个尝试没有成功。起初，小马丁·路德·金试图把全国的民权联合会团结起来，但是因为约翰逊总统不但没有结束越战，反而使越战升级，金一怒之下，宣称要与约翰逊政府决裂。此后，约翰逊总统继续与全国有色人种协进会和全国城市同盟（NUL）等黑人组织继续保持合作，推行由联邦资助的扶贫计划，委派黑人和白人中的温和派来执行。在继续坚持非暴力运动的同时，金私下支持民主社会主义，在意识形态方面也变得越来越激进。1968年在南方基督教领袖会议的最后一次抗议活动前夕金被暗杀了。

20世纪60年代最重要的一个立法文件就是1964年的《民权法案》(the Civil Rights Act of 1964)。这个法案详细地处理了在投票权、公共膳宿、公共设施、教育、联邦资助的项目和就业机会等方面的种族歧视问题。1965年的《选举法案》补充了选举法规的不完善之处。1968年的《公平房屋法案》还补充了关于房产市场的相关规定。这些法案的大多数条款得到执行。在这个时期，非裔美国人，特别是城市非裔美国人，在经济收入方面获得了明显的提高。黑人和白人的收入差距缩小，黑人就业分布状况也接近白人，黑人在教育和参军等方面的机会大为增加，住房条件也大为改善。黑人中产阶级的人数迅猛增加，黑人的经济力量也大幅度提高。

1966年，斯托克利·卡尔迈克尔借詹姆斯·梅雷迪斯（James Meredith）在密西西比举行"反恐惧游行"之际，扩大"黑人权力"运动的政治影响力,"黑人权力"这一术语一度戎为人人皆知的流行词。可是,在游行的第一天,梅雷迪斯被暗杀。卡尔迈克尔和全国学生统一行为委员会的志愿者威利·里克斯(Willie Ricks)马上赶到梅雷迪斯被暗杀的现场,召开群众集会,发表演讲支持梅雷迪斯的政治主张。美国学者佩恩特尔指出:"这不是通常的要求'自由'的呼声,里克斯和卡尔迈克尔要求的是'黑人权力',表达了黑人的心声,因此里克斯的演讲在集会上赢得了雷鸣般的掌声。"(Painter:319)"黑人权力"是指黑人可以冲破双重意识的束缚,不拘束于白人的评判,为自己的理想而勇敢追求。"黑人权力"使非裔美国人背离美国的价值观,甚至美国身份,从意识形态上解放了非裔美国人。这样,非裔美国人就能摆脱美国文化中被丑化了的形象,传播自己的审美观念,弘扬自己的光荣历史。"黑人权力"运动关注那些生活在城市里的贫穷黑人,表达他们的愿望。佩恩特尔还指出:"'黑人权力'释放出黑人自豪感的特殊艺术创造力。它赋予拥护'黑人权力'思想的人一个强大而积极的群体身份。"(Painter:145)

"黑人权力"很快在美国社会引起很大的争议。年轻新潮的非裔美国人欢迎它,抱怨它来得太迟;年长保守的非裔美国人把它视为倡导种族分离的思想,认为这种观点和行为会把非裔美国人引向歧途。然而,所有的白人都反对"黑人权力",称之为黑人种族主义。甚至同情"黑人权力"价值观的一些黑人也认为它有被误解的可能。小马丁·路德·金体会到非暴力活动者在遭受白人残酷打击后产生的挫折感,他把"黑人权力"视为黑人在面对"每天受到的伤害和持续痛苦的哭泣"(Painer:320)后所产生的一种本能反应。在美国主流社会里,"黑人权力"通常被解释为煽动黑人以暴力还击白人暴力的思想。南方基督教领袖会议、全国有色人种协进会和全国城市同盟等黑人组织在1966年都明确表态反对"黑人权力"政治。

然而,加利福尼亚的两名激进大学生波比·塞尔(Bobby Seale,1936—  )和韦依·P.牛顿(Huey P. Newton,1942—1989)创建了一个倡导"黑人权力"思想的组织,并把这个组织命名为自卫黑豹党(Black Panther Party for Self-Defense,BFP),提出了一系列黑人民众在经济、文化和政治等方面的要求。塞尔和牛顿更多地把自己等同于第三世界殖民地的人民,而不是美国的黑人中产阶级。他们的许多想法都来源于世界各地反帝国主义革命者,如强烈反对帝国主义殖民的法国西印度心理学家弗兰兹·法侬（Franz Fanon）、中国共产党领袖毛泽东、古巴革命中拉丁美洲马克思主义革命英雄切·格瓦拉（Che Guevara）。自卫黑豹党的成员时常与警察发生暴力冲突。由于外部高压和内部分歧，自卫黑豹党在20世纪70年代中期被瓦解。正如美国历史学家佩恩特尔所说："联邦调查局的骚扰、警察的镇压、自我折腾的内部谋杀、刑事法庭的指控、监禁和在意识形态上的内部冲突等摧毁了这个组织，击溃了它的领导层。"（Painter：323）

20世纪60年代末，尽管非裔美国人的经济状况有所好转，但是许多非裔美国人仍然对自己在美国社会的政治地位和经济地位感到失望。因此，不少非裔美国人开始质疑非暴力运动是否能拆除种族隔离之墙，使非裔美国人获得美国一等公民的地位。直到1968年小马丁·路德·金被暗杀后，这些质疑才得到进一步的确认。小马丁·路德·金是美国非暴力运动的象征，对他的暗杀就意味着种族主义者会杀掉任何有抱负的非裔美国人，不管这个人是基督徒，还是非暴力主义者。"对金的暗杀似乎表明了美国对非裔美国人的仇恨，同时也为那些要求自卫的人提供了辩护。金的谋杀事件极大地促进了'黑人权力'思想的发展。"（Painter：328）

20世纪70年代中期，黑人的直接抗议行动几乎终止了，但是倡导黑人选举人积极参加登记的活动继续开展。在地方团体、选举人联盟特别是在全国有色人种协进会的支持下，民权立法的工作顺利进行，学校也依法取消了种族隔离，非裔美国学生得到了平等受教育的机会。虽然民权运动没能彻底解决美国的种族不平等问题，但是对非裔美国人的生活和前途的影响惠及了几代人。摧毁事实上的种族隔离，恢复南方非裔美国人的选举权，在全国范围内各个行业对美国黑人开放了就业机会，这些措施不仅给非裔美国人带来了实惠，而且也极大地提高了非裔美国人的社会地位。取消种族隔离制度后，非裔美国学生可以和白人学生在一所学校读书了，但许多专门招收非裔美国人的学校被迫停办了；专门在黑人社区做生意的商店和企业的效益也不如以前了。尽管许多非裔美国人并非心甘情愿地与白人建立密切的联系，但是他们也不愿再次感受被歧视的滋味。

民权运动的参与者既有非裔美国中产阶级，也有下层黑人。正如社会活动家朱利安·邦德（Julian Bond）指出："巴吞鲁日和蒙哥马利的白领黑人并不乘坐市里的公交车,但是蓝领黑人要乘坐。俄克拉荷马城和格林斯巴拉的中产阶级黑人不会在伍尔沃思和克勒斯格之类的快餐店吃饭,但是下层工人要在那里吃饭。"(Newman:162)很多参加运动的人来自黑人中下阶层,他们通过参加反对种族压迫和种族隔离的集体行动,追求更强的种族自尊感。非裔美国人争取种族平等的斗争提高了非裔美国人的种族自豪感和文化认同感,同时也有助于白人反思种族问题,消除自己的种族主义思想。

"黑人权力"思想形成的社会背景是全国学生统一行动委员会和争取种族平等大会的黑人工作人员在美国南方农村遭遇白人的种族迫害,黑人穆斯林传教士马尔康·X.号召黑人捍卫自己的种族尊严和种族权利,大批黑人民族主义者加入全国学生统一行动委员会和争取种族平等大会。"黑人权力"运动在一些方面发扬了民权运动的政治主张,在另一些方面却背离这些主张;"黑人权力"运动疏远民权运动中的白人支持者,提出了一系列对抗性的观点,激起白人种族主义者更疯狂地反对黑人争取种族平等的要求,导致了全国学生统一行动委员会和争取种族平等大会这些非暴力型黑人组织的解体。"黑人权力"思想是黑人民族主义运动在民权运动结束后的新观念,有助于提高黑人自豪感、黑人意识和黑人地位,但是在政治上几乎一无所获。

与"黑人权力"运动平行发展的还有一个黑人艺术运动(Black Arts Movement)。这个运动是黑人政治意识的艺术表达,它强烈反对任何疏远黑人社区的艺术行为。黑人艺术是"黑人权力"概念的精神姊妹。就其本身而论,黑人艺术是直接表达美国黑人需求和情感的艺术。为了完成这个任务,黑人艺术运动提出对"西方文化美学"重新定义的激进要求,试图重新阐释带有黑人文化特征的艺术现象,彰显其寓意和象征。从广义上讲,黑人艺术运动和"黑人权力"运动都与黑人对民族自觉和种族身份的渴望有着密切的联系。这两个概念都是全国性的,一个与艺术的政治有关,而另外一个则与政治的艺术有关。

20世纪70时代,"黑人权力"运动和黑人艺术运动合二为一。"黑人权力"概念的政治价值观在美国黑人剧作家、诗人、舞蹈家、音乐家和小说家的美学中找到了具体的表达形式,其中一个基本原则就是黑人按自己的方式给世界下定义。在美学领域,非裔美国艺术家表达了相同的观点。这两个运动都假设在现实世界和精神世界里有两个美国——黑色的美国和白色的美国。非裔美国艺术家认为自己的首要职责就是满足黑人的精神和文化需要。因此，他们的目标是重新评估西方美学，探索如何以文学作品为武器，捍卫非裔美国人的种族利益。

20世纪70年代，非裔美国人的城市化进程加速，大约50%的非裔美国人居住在城市。美国学者沃尔夫冈·卡琳说："20世纪70年代给黑人传统的迁徙格局带来了新变化，也许言之过早，但是1975年至1977年之间美国东北地区和北方中部地区全是向外移民，而美国南方和西部则全是向内移民。"（Karren：48）老南方很快转变成为一个新的工业化和城市化的南方。许多南方黑人拥护倡导分离主义思想的"黑人权力"，而不是继续从白人那里祈求美国公民权。一些南方黑人开始重视当地的政治机会。"当地的'黑人权力'激进主义分子为拯救他们的社区，努力进入当地政坛。"（Painter：318）北方城市选民以前所未有的数量选出黑人市长和国会代表，黑人当选官员的数量不断攀升。20世纪70年代末，"黑人权力"的黄金时代结束之时，更多的黑人政治家进入政府，更多的黑人上升到中产阶级，但是大多数普通黑人仍然过着比同阶层白人更为穷困的生活。

## 三、1945年至1979年的非裔美国文学概述

理查德·赖特的小说《土生子》为揭示20世纪40年代非裔美国人的精神状态提供了一把钥匙。小说的主人公别格·托马斯似乎从书本走了出来，成为美国城市贫民区随处可见的非裔青年的原型。如果曾经有人疑惑美国非裔作家是否有必要从非裔美国人的视角进行创作，那么1945年"别格·托马斯"类人物在现实生活中的大量出现完全证实了这种需要。赖特以自己的亲身经历揭示了非裔美国文学创作与非裔美国人政治、社会和经济状况密不可分的关系。许多非裔美国青年作家在文学创作中沿袭赖特的自然主义思路，被称为"赖特部落"；他们成为黑人文坛的主力军，这种情形一直延续到20世纪50年代初。

1949年，詹姆斯·鲍德温在《派性述评》（*Partisan Review*）上发表了一篇文章，题目是《每个人的抗议小说》（"Everybody's Protest Novel"）。他写这篇文章的时候，还正处于文学创作的见习期。那时，他正准备写第一部小说《向苍天呼吁》（*Go Tell It on the Mountain*, 1953）。在

这期间,他经常与赖特促膝长谈,讨论黑人小说的创作技巧和文学功能。《每个人的抗议小说》这篇文章表明:在如何看待抗议这个主题在非裔美国文学和艺术中的地位的问题上,鲍德温与赖特是存在分歧的。赖特作为一名比鲍德温年长的作家,经历过美国大萧条的艰难岁月,加入过美国共产党,因此,赖特认为所有好的文学都应该是抗议文学;而鲍德温阅历尚浅,思想更理想化,认为最好的文学应该超越社会抗议的世俗层面,把艺术性放在文学创作的首位。鲍德温还认为:"抗议小说作为一种艺术形式是失败的,因为它拒绝了生活,忽略了人。"(Barksdale and Kinnamon:656)

当时,鲍德温的见解并没有得到公众的广泛关注,但是他提出的问题对那些追逐文学艺术价值的作家具有重要的启迪意义。鲍德温在论文《每个人的抗议小说》中提出了一些难以回避的问题:非裔美国作家应该如何看待自己的种族经历?如何用自己的艺术才能来抗议社会?一个总是把自己局限在"黑人阵营"的作家能否促进非裔美国文学的发展?非裔美国作家应该尽多大努力吸引白人读者?什么样的种族抗议会贬低或毁灭黑人长篇小说、诗歌和短篇小说的艺术特色?早在1926年,兰斯顿·休斯就主张非裔美国作家充分发挥自己的文学创造力,自由地描写黑人的生活经历,而不应该顾忌黑人或白人读者的需求。然而,理查德·赖特认为一部艺术上优秀的黑人小说应该是抗议种族偏见和社会不公的力作。第二次世界大战后,尼克·艾伦·福德(Nick Aaron Ford)在其文章《黑人作家的蓝图》中认为非裔美国作家应该有目的地继续关注种族主题,因为只有他才能理解和传达出"在美国做黑人的悲哀、无奈和绝望"(Barksdale and Kinnamon:656)。不过,他坚持认为,文学创作应该技巧纯熟,匠心独具;这样创作出的文学作品才能超越世俗的政治宣传和社会抗议,才可能是主流文坛乐于接纳的一件艺术品。在某种意义上来讲,福德的"蓝图"应该满足了赖特和鲍德温的要求。1952年,拉尔夫·埃里森的小说《隐身人》(*Invisible Man*)为社会抗议文学的赞成者或反对者都提供了一个可以接受的答案。小说中的黑人主人公不仅是别格·托马斯的"亲兄弟",而且还是加缪笔下的默尔索干①和陀

---

① 默尔索干(Meursault)是法国存在主义者阿尔贝·加缪(Albert Camus)的小说《陌生人或局外人》(*The Stranger or The Outsider*, 1942)中的主人公。他的性格特征是情感冷漠、本性顺从、伦理失范,曾冷血地杀害过一名他在法国认识的阿拉伯人。

斯妥耶夫斯基笔下的地下人的"大堂兄"①。从一个角度看，埃里森塑造的人物是美国社会抗议和道德抗议的象征；从另一个角度看，他是19世纪中期的存在主义者，受困于没有上帝的不确定性和人生虚无的荒谬之中。埃里森的《隐身人》不仅解决了社会抗议的准入性问题，而且把被社会遗弃的美国黑人与全世界被遗弃的人联系了起来。

20世纪50年代中期，非裔美国文学开始发生细微的变化。白人评论家比以前更加认可非裔美国人的文学作品。埃里森的《隐身人》获得了国家图书奖。诗人格温多林·布鲁克斯（Gwendolyn Brooks）的作品更加切中时弊，受到美国学界的青睐。她在诗集《安妮·艾伦》（Annie Allen）中细致的创作风格和训练有素的抒情表达使她荣获了普利策诗歌奖。这个殊荣促使她写出更多的诗歌来披露非裔美国人在存在主义生活环境中的绝望。

埃里森的《隐身人》出版之后，非裔美国文学的主题描写出现了一些新现象。融入主题不再是一种需要或要求了，非裔美国人的窘境已经成为一个世界性的问题。第二次世界大战后，全世界都开始关注人们的身份问题。在这个重要转折时期，非裔美国人身份缺失的困境也成为全世界关注的焦点。1953年，詹姆斯·鲍德温以小说家的身份促使这个重要转折点的出现。鲍德温在小说《向苍天呼吁》中描写黑人青年的生活经历，探索美国黑人的身份危机。

此外，J. 桑德斯·雷丁（J. Saunders Redding）、勒洛依·琼斯（LeRoi Jones）和威廉·迈尔韦恩·克里（William Melvin Kelley）等作家在其早期文学生涯中不愿被归类为非裔美国作家。雷丁的小说《陌生人和孤独》（Stranger and Alone, 1950）描述了一名非裔美国青年对自己黑人身份和青年身份的迷惑和不满；克里在短篇小说集《岸边的舞者》（Dancers on the Shore, 1964）的序言中说，他不希望自己像社会学家或演说家那样为黑人种族辩护什么，而只是想以作家的身份来谈及自己对社会和人生的感悟。在诗歌创作方面，黑人美学之父勒洛依·琼斯是以

---

① 《来自地下的注释》（Notes from Underground, 1864）是俄国19世纪小说家费奥多尔·陀斯妥耶夫斯基（Fyodor Dostoyevsky）撰写的作品，被许多学者认为是世界上的第一部存在主义小说。该小说取材于无名叙事者杂乱无章的一个回忆录片段。该叙事者是一名居住在圣彼得斯的退休公务员，过着孤独的生活，对世间充满了讽刺和不满。

"避世运动"①的诗人身份开始从事文学创作的,他的诗歌创作沿袭了艾伦·金斯堡②和杰克·凯鲁亚克③的风格。琼斯的第一部诗集《二十卷自杀记录的前言》(*Preface to a Twenty Volume Suicide Note*,1961)收录了很多"避世运动"诗人的作品。他的第二部诗集《死亡的演讲者》(*The Dead Lecturer*,1964)竭力追求庞德和艾略特诗歌传统的复杂性、妙语和象征手法。琼斯追求英美文学传统中高雅、精美的诗歌创作方法,而康拉德·肯特·莱维斯(Conrad Kent Rives)和玛丽·E. 埃文斯在他们早期作品里追求朦胧意象的深邃。

20 世纪 50 年代和 60 年代,非裔美国作家所创作的作品含有一种独特的成分,即民间文学成分。例如,鲍德温的论文《数千人走了》("Many Thousands Gone")采用的就是一曲著名黑人灵歌的名字;埃里森的《隐身人》反映了黑猫骨头的民间文学传统。J. 桑德斯·雷丁(J. Saunders Redding)的小说生动地描写的南方农村的环境,正是非洲黑人来到美国后接触到的第一个环境。勒洛伊·琼斯以赞美的语言描写了非裔美国人的非洲民间故事和美国的民间故事。威廉·迈克尔·克里(William Michael Kelly)在其短篇小说集里探索了布鲁士在非裔美国人生活中的重要性。

黑人民间文化传统中的灵歌、布道、布鲁士、爵士乐、骗子故事、皈依经历都被非裔美国作家在文学创作中采纳和吸收。非裔美国作家发掘出这些民间素材的文化内涵,采用新的形式和语言模式,更直接、生动地向非裔美国读者叙述带有鲜明非裔美国文化特色的故事。勒洛伊·琼斯和哈克·R. 马杜布提(Haki R. Madhubuti,他以前的名字是 Don L. Lee)在诗歌写作中竭力使用布鲁士的特殊韵律和非裔美国传教士的特

---

① "避世运动"(Beat Movement)是 20 世纪 50 年代和 50 年代出现在美国的一个社会和文学运动,该运动与圣弗朗西斯科、洛杉矶和纽约的一些放荡不羁的艺术家团体关系密切。其追随者们表达了与传统社会决裂的决心,提倡个性解放,用提高感官觉醒和改变意识形态来获得心灵启示。

② 艾伦·金斯堡(Irwin Allen Ginsberg,1926—1997),美国诗人,以其诗歌《号叫》(1956)而闻名,被公认为美国"垮掉的一代"的代言人。"垮掉的一代"是指第二次世界大战后美国出现的一批年轻人,对社会现实不满,蔑视传统观念,在服饰和行为方面摒弃常规,追求个性自我张扬,长期浪迹于社会底层,形成独特的社会圈子和处世哲学。

③ 杰克·凯鲁亚克(Jack Kerouac,1922—1969),美国小说家、诗人,"垮掉的一代"文学流派的代表人物,提倡自我发现的创作方法,主要作品有小说《在路上》、《达摩流浪汉》、《孤独天使》等。

殊语调模式；特德·琼斯（Ted Jones）在诗歌创作中采用查理·帕克尔（Charlie Parker）、法罗·桑德斯（Pharoah Sanders）和奥尼特·科尔曼（Ornette Coleman）的慢节奏韵律。约翰·威廉斯（John Williams）、波莱·马歇尔（Paule Marshall）、约翰·O.克伦斯（John O. Killens）和格温多林·布鲁克斯等作家直接转向叙述黑人民间文学传统的价值。简而言之，非裔美国作家已强烈意识到谈论黑人经历特殊美感的必要性。这类表达的最成功的实例出现在戏剧表演方面。洛兰·汉斯贝利（Lorraine Hansberry）、奥斯·戴维斯（Ossie Davis）、罗尼·埃尔德尔（Lonnie Elder）和艾德·布林斯（Ed Bullins）是在讨论20世纪五六十年代非裔美国文学时不得不提及的一些作家。

　　非裔美国作品的主题已转变为张扬的种族自豪感和高昂的战斗精神；非裔美国作家开始意识到黑色不是像白人文化标识的那样充满邪恶，于是采用激进的措辞向非裔美国同胞讲述黑色的美感。创作启发黑人种族觉悟的文学作品来抵御白人的种族偏见在美国社会是非常必要的。非裔美国作家在其作品中很少提及融入主流社会的话题，因为融入主流社会势必会抹杀黑色的美感和非裔美国人优秀的民间文学传统。非裔美国作家崇尚马尔康·X.，因为他代表了非裔美国民众的真正民族精神。而这种民族精神正是当时大多数非裔美国作家竭力捕捉的东西，爱迪生·盖尔（Hoyt Fuller）、霍伊特·福勒（Addison Gayle）和J.桑德斯·雷丁已经发现了非裔美国文化传统的优美之处，致力于制定新的评价标准来指导当时非裔美国作家所从事的文学艺术创作。

　　20世纪70年代，民权运动开始走下坡路，关注的中心从争取全体黑人的平等人权转到追求个人权利。通过民权运动和"黑人权力"运动，非裔美国人在经济和政治等方面取得了一些进步。可是，失业、贫穷和种族歧视仍然困扰着全国的非裔美国人。这个时期的非裔美国文学作品反映了这种情况在全国层面上的转变。尼克·吉厄瓦尼（Nikki Giovanni）和哈克·R.马杜布提等作家也从单纯创作"黑人权力"诗歌转变到描写全世界有色人种的政治和经济状况。

　　20世纪六七十年代，黑人妇女作家开始崛起。20世纪40年代末至60年代，理查德·赖特、契斯特·海姆斯、詹姆斯·鲍德温和拉尔夫·埃里森等男性作家主导非裔美国文坛，为黑人美学提供了广泛的表达场景，但是对黑人妇女主义话题的发展没有多大帮助。20世纪60年代，种族成为所有黑人受压迫的显著符号。非裔美国女权话题屈从于种族政治话题,这对黑人妇女文学作品的创作、传播和接受产生了巨大的消极影响。那个时期,虽没有出现杰出的黑人妇女小说家,但涌现了一批黑人女性诗人,其中最有名的是格温多林·布鲁克斯和玛格丽特·沃克;不过这两位黑人女性作家都各写了一部旨在提升黑人妇女文学形象的小说。(Christina: 68)

## 四、非裔美国诗歌

20世纪50年代末,民权运动风起云涌;50年代中期至70年代初期,黑人艺术运动蓬勃发展,非裔美国诗歌也经历了一场革命。民权运动如火如荼开展时,非裔美国诗人也顺应时势,创作了大量革命诗歌。诗歌成为当时黑人民众最喜欢阅读的文体之一,成千上万册黑人诗集常常被抢购一空。当时最负盛名的非裔美国诗人是勒洛依·琼斯,他参加过曼哈顿格林威治村"避世运动",成为知名的青年诗人兼编辑。1965年,琼斯离开格林威治村来到哈莱姆。因其杰出的诗歌创作成就,他被公认为黑人艺术运动的领袖,他发表的诗歌思想性强,笔锋锐利,妙趣横生,极大地影响了一代作家。当时的诗人形成了各自的美感悟性、创作风格和创作技巧,但新的种族意识把他们团结在一块。这些诗人包括哈克·R.马杜布提、索尼娅·桑契兹(Sonia Sanchez)、艾瑟利吉·奈特(Etheridge Knight)、玛丽·埃文斯(Mari Evans)、尼克·吉厄瓦尼、卡洛琳·罗杰斯(Carolyn Rodgers)和奥德·洛尔德(Audre Lorde)。阿诺德·兰帕萨德在《非裔美国诗歌牛津文集》(*The Oxford Anthology of African-American Poetry*, 2006)里指出:"大多数新作家都不信任白人和白人文化,喜爱黑人方言和地方文化,崇尚黑人音乐,愿意把诗歌形式与时代变化相结合,渴望写出受非裔美国读者欢迎的书籍或诗集。"(Rampersad: xxvii-xxviii)

早在1949年,格温多林·布鲁克林就预言将来会有一名黑人领袖来领导非暴力民权运动,后来果真出现了小马丁·路德·金。但是,在20世纪60年代很少有非裔美国作家像格温多林那样赞美非暴力民权抗议。非洲黑人文化艺术传统和美国黑人分离主义对20世纪60年代的作家具有更大的情感感召力和美感吸引力。城市贫民区日益恶化的生存环境引起了非裔美国人更强烈的抗议,一些青年黑人作家开始撰写剧本、诗歌和小说来发泄自己愤世嫉俗的怒火，表达对联邦政府和州政府的不满和失望。他们的作品言辞直接，具有革命激情，抨击现代美国社会的中产阶级价值观。

诗歌是第二次世界大战后最有效的情感表达方式之一。非裔美国人在大多数诗歌里面表现出的自豪感，成为探索黑人美学思想的出发点。老一代诗人，如斯特林·A.布朗（Sterling A. Brown）、梅尔文·托尔森（Melvin Tolson）、兰斯顿·休斯、欧文·多德森（Owen Dodson）、阿尔拉·伯恩藤普斯、格温多林·布鲁克斯、玛格丽特·丹尼尔（Margaret Danner）、罗伯特·海登（Robert Hayden）等，继续他们的创作。他们的作品大多收集在罗斯普尔1962年出版的文集和阿尔拉·伯恩藤普斯1963年出版的文集里。从某种意义上来讲，他们的诗歌把"灼热的60年代"的情绪和张力与"谬论当道的40年代"联系起来，把好战的黑人分离主义时代与兴致勃勃的融入主义时代连接起来。这些文集还收录了一些青年作家的作品，如勒洛依·琼斯、玛丽·E.埃文斯、加尔文·亨顿（Calvin Hernton）、纳欧米·马德格特（Naomi Madgett）和朗斯·杰夫斯（Lance Jeffers）。尽管时代发生了巨大的变化，但是老一代诗人的诗歌和新一代诗人的诗歌里都含有非裔美国人的种族自豪感和贫民无助的痛苦感。

20世纪60年代大城市贫民区暴乱之后，一种完全新型的诗歌诞生了。这种新型诗歌具有风格新、内容新和形式新的特点，其作者才华横溢，善于挖苦，愤世嫉俗。这类新型诗歌的导师是勒洛依·琼斯，但他"不是从哥伦比亚大学获得文学硕士学位的勒洛依·琼斯，而是一个新的、脱胎换骨的勒洛依·琼斯；他是在烈火熊熊的纽瓦克暴乱中被捕入狱的勒洛依·琼斯，但出狱后就改名为伊马姆·阿米利·巴拉卡"（Barksdale and Kinnamon：661）。他的追随者有哈克·R.马杜布提、尼克·吉厄瓦尼、索尼娅·桑契兹、艾瑟利吉·奈特、A.B.斯贝尔曼（A. B. Spellman）等诗人。在这些诗人的心目中，诗歌不只是一个洋溢着美的产物，而是带有政治目的的战斗武器，可以促进社会进步和革命事业的发展。相应地，这些诗歌很少把读者带入诗人情感的私密空间。

除了这些明显特征外，20世纪60年代的非裔美国革命诗人与同时代其他诗人还是有许多共同点的。与20世纪50年代"避世运动"的诗人一样，他们喜爱单刀直入，诗句中充满了四个字母的单词。像查尔斯·奥尔森（Charles Olson）和投影诗人那样，非裔美国革命诗人蔑视形式和押韵，喜欢撰写朗朗上口、有节奏感的诗歌。非裔美国革命诗歌几乎都需要"传教士"似的朗诵,要伴有戏剧性停顿、抑扬顿挫的语调和某些肢体动作。非裔美国人的革命诗歌必须通过这种"创造性"地朗读或朗诵,才能准确传达出诗歌内在的信息。美国学者坦查德·巴尔克戴尔和克尼斯·金纳曼说:"人们在这类革命诗歌里还会发现同样有意地对资产阶级和资本主义、西欧历史和制度化宗教的蔑视,这些情感也曾出现在 20 世纪 60 年代的先锋派诗歌里。"(Barksdale and Kinnamon: 662)

20 世纪六七十年代,非裔美国作家创作出了造诣很高、实验性很强的诗歌。这些诗歌创作所花的时间远远不及短篇小说和长篇小说,所以诗歌非常适合于黑人艺术运动和"黑人权力"运动倡导者和追随者从事革命斗争的应时性需要。黑人艺术运动使非裔美国人的革命呐喊具有表述行为性、民族音乐性、真实性和感染性,能够在斗争中为黑人民族解放事业发挥很大的功效。因此,非裔美国诗人寻求把非裔美国人的布道、民间音乐和黑人大众"语言"的各种妙语合并成激励人的新型诗歌。他们的诗歌不押韵,带有会话性的特点,有爵士乐特质,近似布鲁士舞曲,就像昆西·特鲁普和索尼娅·桑契兹的早期作品。这个时期的主要诗人有欧文·多德森、梅尔文·托尔森、都伯林·兰多(Dubley Randall)、塞缪尔·艾伦(Samuel Allen)、玛格丽特·丹尼尔、玛丽·E. 埃文斯、艾瑟利吉·奈特、康拉德·肯特·莱维斯、唐·L. 里(Don L. Lee)、索尼娅·桑契兹、尼克·吉厄瓦尼、格温多林·布鲁克斯和阿米利·巴拉卡(勒洛伊·琼斯)。本节主要介绍三位诗人:埃文斯、布鲁克斯和巴拉卡。

### 1. 玛丽·E. 埃文斯(Mari E. Evans, 1923— )

玛丽·E. 埃文斯是 20 世纪六七十年代黑人艺术运动的主要成员之一,在非裔美国诗歌的发展过程中起着重要的作用。她的诗歌作品已经进入大学黑人研究或妇女研究课程的书单。她在诗歌创作中坚守黑人题材,热衷于描绘黑人五彩斑斓的生活画卷。

埃文斯于 1923 年 6 月 16 日出生在俄亥俄州的托利多,父亲对她的创作生涯有着巨大的影响。她在托利多上公立学校,小学四年级起就开始创作短篇小说,大学毕业时,已经在戏剧、传媒和文学艺术等专业获得多个学位。除了想当作家外,埃文斯还想做教师和学者。她在印第安纳大学、西北大学和纽约州立大学担任文学课和创作课教授;此外,还在华盛顿大学和康奈尔大学担任访问教授。她的电视节目《黑人经历》(*The*

Black Experience）聚焦黑人社区的各类问题，20世纪60年代末和70年代初在印第安纳州电视台的WTTV频道①播出，引起全国对黑人社区的广泛关注。20世纪70年代以来，埃文斯一直研究儿童文学和女性文学。埃文斯的文集《黑人妇女作家，1950—1980》（*Black Women Writers*, *1950 - 1980*）信息量大，覆盖面广，成为非裔美国文学批评的重要参考资料。

她最近的作品有诗集《夜星：1973—1978》（*Nightstar*：*1973 - 1978*, 1981）、《一首黑人的好弥撒曲》（*A Dark & Splendid Mass*, 1992）、《我是黑人妇女》（*I Am a Black Woman*, 1993）、《我看着我》（*I Look at Me*, 1996）和《唱着歌的黑人：非主流的幼儿园儿童押韵诗》（*Singing Black*：*Alternative Nursery Rhymes for Children*, 1998）和《统一体：精选的新诗》（*Continuum*：*New and Selected Poems*, 2007）；此外，她还出版了一些儿童书籍《亲爱的科琳尼，告诉他人吧!》（*Dear Corinne*, *Tell Somebody!*, 1999）、《我迟到了》（*I'm Late*, 2005）。她的散文集《像概念一样清楚：诗人的视角》（*Clarity as Concept*：*A Poet's Perspective*）于2006年出版，受到学界好评。

她写得最好的一首诗是《我是黑人妇女》（"I Am a Black Woman", 1969）。该诗的第一个诗节如下：

> 我是黑人妇女
> 我歌曲的音乐
> 含有眼泪的一些甜蜜琶音
> 用小键盘写下
> 我
> 有人能听到我的
>    嗡嗡声
> 在夜晚

（Gates：1808）

这首诗是埃文斯的诗集《我是黑人妇女》的题目诗，第一次发表在《黑人文摘》（*Negro Digest*）上，把黑人受奴役和生活贫困的主题与全世界

---

① WTTV频道是美国印第安纳州布鲁明顿网络电视公司的第四个频道，经常播放时事与社会问题节目。

受压迫的人联系起来,同时也把美国黑人渴望自由和正义的呼声与越南人民反对帝国主义压迫的抗议联系起来。在这个诗节里,埃文斯维护穷人的利益,特别是在白人家当女佣的贫穷黑人妇女的利益,对她们的艰辛劳动和痛苦生活深表同情。

### 2. 格温多林·布鲁克斯(Gwendolyn Brooks, 1917—2000)

格温多林·布鲁克斯因其卓越的诗歌才能和敏锐的社会见解,被称为20世纪最杰出的美国诗人之一。她的诗歌以黑人身份和种族平等为主题,深受美国读者的欢迎,是连接20世纪40年代学术派诗人与60年代黑人好战派诗人的桥梁。

布鲁克斯于1917年6月7日出生在堪萨斯州的托皮卡,在芝加哥长大。布鲁克斯读小学时,因为肤色很黑、缺乏体育运动能力,经常受到其他非裔美国小孩的讥笑。7岁时,布鲁克斯开始写诗,以此作为逃避黑人内化种族歧视的方法。父母都支持她的创作。1930年,她刚满13岁之际就在杂志《美国儿童》(*American Children*)上发表了诗歌《薄暮》("Eventide")。读中学时,她的诗歌经常发表在报纸《芝加哥卫士》(*Chicago Defender*)上。20世纪30年代,她不仅与哈莱姆诗人詹姆斯·威尔敦·约翰逊保持通讯联系,而且还与兰斯顿·休斯一起讨论自己的诗作。约翰逊和休斯都鼓励她继续从事创作。1936年布鲁克斯从威尔森专科学校毕业的时候,已经发表了大量诗歌。1939年她与亨利·洛温顿·布莱克里结婚,育有两个孩子。

布鲁克斯的第一部诗集《在布朗兹维尔德的一条街上》(*A Street in Bronzeville*, 1945)受到评论界和读者界的好评,她也因此而成为全国知名的诗人。1950年她的诗集《安妮·艾伦》(*Annie Allen*)获得普利策诗歌奖。20世纪50年代以来,她继续出版诗集,为年轻人开办诗歌讲习班,在大学教授诗歌创作;1962年应约翰·F.肯尼迪总统的邀请,在国会图书馆的诗歌节上朗诵诗歌;1967年参加了第二届费斯克大学作家大会。此后,她的精力主要放

**布鲁克斯肖像**
(图片来源:poets.org)

在非裔美国人问题上。她把其书稿从白人开办的哈尔珀尔合洛出版社转到非裔美国人开办的布洛德赛德出版社出版。自那以后，她的诗歌就只投稿给黑人出版社了。布鲁克斯还编辑了杂志《黑人的地位》(*Black Position*)，为非裔美国青年作家编辑的文集撰写序言。1967年5月，她在芝加哥为非裔美国青少年办了一个诗歌讲习班，在那里认识了未来的非裔美国诗人唐·L.里和卡洛琳·M.罗杰斯。1968年，伊利诺斯州长奥拓·克尔尼尔任命布鲁克斯为伊利诺斯州的桂冠诗人。此后，布鲁克斯在威斯康星大学城市学院、东北伊利诺斯大学、埃尔默赫斯特学院和在伊利诺斯的哥伦布学院等校任教。有近50所大学授予布鲁克斯荣誉学位。她的第一部自传《来自第一部分的报告》(*Report from Part One*)于1972年出版。1973年她被任命为国会图书馆的荣誉文学顾问。1976年她成为当选为全国艺术和文学院院士的第一位黑人妇女。她的主要诗集有《吃豆者》(*The Bean Eaters*, 1961)、《在麦加》(*In the Mecca*, 1968)、《暴乱》(*Riot*, 1969)、《打手势》(*Beckoning*, 1975)、《黑人入门书》(*Primer for Blacks*, 1980)和《不远处的约翰内斯堡男孩及其他诗歌》(*The Near—Johannesburg Boy, and Other Poems*, 1986)。

20世纪80年代，布鲁克斯风采依旧，获得了许多荣誉。1980年1月3日，她应邀在白宫朗诵诗歌。1981年以她的名字命名的"格温多林初级中学"在芝加哥成立。20世纪70年代因健康原因，她的作品开始减少，但她还是坚持为儿童编写诗歌手册，偶尔也为一些重要杂志撰稿。她于2000年12月3日去世，享年83岁。

《我们真酷》("We Real Cool", 1960)是布鲁克斯最有名的诗歌之一。诗歌内容如下：

> 我们真酷。我们
> 离开了学校。我们
>
> 埋伏到很晚。我们
> 直接进攻。我们
>
> 歌颂罪孽。我们
> 喝着淡淡的杜松子酒。我们

六月爵士乐。我们
快死了。

(Gates, *Norton Anthology*, 1591)

这首诗歌有以下的一些显著特点：分离的物品和重复的词语出乎意料地并列在一起；韵律和格律安排巧妙；形式上运用主题反语；把细微的体育活动转化成令人难忘的、生动活泼的诗歌形式。这首诗蕴涵令人耳目一新的革新风味，勾画出了黑人男孩们玩耍的情景。也许这首诗没有她以前的诗作那么给人印象深刻，但从创作目的的角度看，这首诗是相当成功的。

### 3. 阿米利·巴拉卡（Amiri Baraka, 1934— ）

阿米利·巴拉卡是当代著名的非裔美国诗人、散文家、演讲家和评论家，也是非裔美国文学史上最多产的作家之一。他在20世纪60年代和70年代创作了大量的作品，成为美国评论界和非裔美国评论界最受关注的重要作家之一。他非常有创意地把美国黑人的革命运动和其他文化和政治运动联系起来，对黑人艺术运动的发展产生过重大的影响。

巴拉卡肖像

（图片来源：kids.britannica.com）

巴拉卡于1934年10月4日出生在新泽西州纽瓦克的一个中产阶级家庭，出生时取名勒洛依·琼斯。父母对他寄予厚望，希望他长大后成为医生或律师。1952年，他到华盛顿特区的霍华德大学读书，觉得校园氛围太乏味，讨厌校园里的虚荣和势利，两年后辍学。不过在读书期间，巴拉卡有幸得到 E. 富兰克林·弗雷兹尔、小内森·司各特和斯特林·A. 布朗这几位著名学者的指导。课外，布朗还向巴拉卡和其他一些学生讲授了黑人音乐的强烈情感、主题、技巧和创作实践问题。布朗通晓黑人音乐传统，毫无保留地把这些知识传授给像巴拉卡和 A. B. 斯贝尔曼这些初学者，这为他以后走向文学道路奠定了良好的基础。

离开霍华德大学后，巴拉卡加入美国空军，在波多黎各服役三年，

1957 年离开军队，来到纽约的格林威治村。当时"避世运动"正处于蓬勃发展阶段，格里戈利·科尔索和艾伦·金斯堡等作家发出"号叫"，向读者传播一种新意识。厄尔尼特·科尔曼①、瑟洛尼尔斯·蒙克②、威尔伯·瓦利、约翰·科尔德拉尼和其他"新音乐"的门徒们重新给爵士乐爱好者授课，让他们的意识在音乐世界里自由飞翔。以后几年里，巴拉卡成为著名的音乐评论家，为《强拍》(*Downbeat*)、《节拍器》(*Metronome*) 和《爵士乐述评》(*Jazz Review*) 等杂志撰写爵士乐曲。1958 年他与犹太妇女赫特·洛伯塔结婚，并创办了一份以刊登"避世运动"的诗歌为主的艺术杂志《羽根》(*Yugen*)。20 世纪 50 年代末，他的诗歌开始受到评论界关注。他的第一部诗集《二十卷自杀记录的前言》(*Preface to a Twenty Volume Suicide Note*) 于 1961 年出版。这部诗集在诗歌创作技巧上有所创新，颇受读者喜爱。20 世纪 50 年代末和 60 年代初，巴拉卡的名声大振，获得"村中之王"的称号。

巴拉卡于 1959 年发表的诗歌《1959 年 1 月 1 日：菲蒂尔·卡斯特罗》("January 1, 1959: Fidel Castro") 得到古巴公正委员会纽约分部的好评。随后，他应邀到古巴访问。在自传《勒洛依·琼斯自传》(*The Autobiography of LeRoi Jones*, 1984) 里，他是这样评述这次古巴之行的："古巴把我劈分开，这次旅行是我人生的转折点。"(Baraka: 243) 在古巴期间，巴拉卡接触到第三世界国家的政治艺术家和知识分子，他们不仅挑战他的艺术地位和政治信仰，而且还质疑他对美国的忠诚，并把他称做胆小的资产阶级个人主义者。在《古巴解放》(*Cuba Libre*, 1961) 里，巴拉卡对这些批评作出了回应："瞧！为什么责骂我？……我完全赞成你们的观点。我是诗人……我能怎么办？我写诗，就那样，我对政治一点也不感兴趣。"(Baraka: 152) 墨西哥诗人贾米·雪利尖锐地驳斥道："你想耕耘你的头脑吗？在你生活的那个丑陋世界里，你想耕耘你的头脑吗？我们有成千上万饿着肚子的人要吃饭，那种情形促使我创作关于他们的诗歌。"(Watts: 345) 深受这些观点的触动，巴拉卡放弃了放荡不羁的生活方式，转而支持黑人民族主义运动。

---

① 厄尔尼特·科尔曼 (Cornette Coleman, 1930— )，美国爵士乐萨克斯手、小号手、小提琴手及作曲家，其音乐以缺乏和声和弦解构为特点。

② 瑟洛尼尔斯·蒙克 (Thelonious Monk, 1917—1982)，美国钢琴家和作曲家，首创 20 世纪 40 年代的现代爵士乐，其作曲和钢琴风格对现代爵士乐产生影响。

在思想意识发生重大转折的时刻，巴拉卡把自己的名字从勒洛依·琼斯改为带有非洲文化特色的名字阿米利·巴拉卡。此后，他写了不少文章，出版了散文集《家》（*Home*）；还出版了第二部诗集《死亡的演讲者》；他的剧本主要有《奴隶》（*The Slave*）、《盥洗间》（*The Toilet*）和《荷兰人》（*Dutchman*）。其中《荷兰人》最受欢迎，赢得了 1964 年的欧比奖①，被誉为最优秀的外百老汇演出。这个剧本给巴拉卡带来了全国声誉。

巴拉卡是马尔康·X.的崇拜者，皈依了马尔康关于黑人民族主义的政治学说。马尔康被暗杀的事件激发起巴拉卡献身于黑人民族主义事业的决心。他摒弃了格林威治村的生活方式和信仰，离开妻子、两个孩子和朋友们，只身来到哈莱姆。在哈莱姆，他建立了黑人艺术培训学校。从 20 世纪 60 年代中期到 60 年代末，巴拉卡公开承认自己是黑人民族主义者，致力于构建新的黑人美学。1966 年巴拉卡移居纽瓦克，建立了被誉为"精神家园"的艺术学校。同年，他与斯拉维娅·罗宾森结婚。1967 年，他出版了短篇小说集《故事》。

1974 年，巴拉卡放弃了黑人民族主义，转而成为一名马克思主义者，支持第三世界人民反对帝国主义的解放运动。他出版的诗集有《奴隶船》（*Slave Ship*，1970）、《那是国家时间》（*It's Nation Time*，1970）、《铁证》（*Hard Facts*，1975）和《写给开明者的诗歌》（*Poetry for the Advanced*，1979）。从 1979 年起，他一直在纽约州立大学斯托尼·布鲁克分校非洲研究系工作。1984 年，他被聘为鲁特吉尔斯大学终身教授。1987 年，他与玛雅·安吉娄和托尼·莫里森出席了詹姆斯·鲍德温纪念仪式，并在仪式上作了主题发言。1989 年巴拉卡获得美国图书奖和兰斯顿·休斯奖。他的主要作品有诗集《雷鬼音乐或不是》（*Reggae or Not*，1982）和《乡土故事：新诗》（*Funk Lore: New Poems*，1996）；散文集《音乐：对爵士乐和布鲁士的反思》（*The Music: Reflections on Jazz and Blues*，1987）、《超越布鲁士：阿米利·巴拉卡/勒洛依·琼斯》（*Transbluesency: The Selected Poems of Amiri Baraka/LeRoi Jones*，1995）、《聪明：为什么是 Y 的？》（*Wise, Why's Y's*，1995）和自传《勒洛依·琼斯—阿米利·巴拉

---

① 欧比奖（Obie Award），或称"外百老汇戏剧奖"，是由报社《乡村之音》颁发给纽约城戏剧艺术家及其团体的奖励，每年评一次。托尼奖的奖励范围是百老汇戏剧，而欧比奖的奖励范围是外百老汇和外外百老汇的戏剧。

卡自传》(*The Autobiography of LeRoi Jones-Amiri Baraka*, 1984)。1990 年他与人合作撰写了《昆西·琼斯传记》(*The Biography of Quincy Jones*)。1998 年他在华伦·比特（Warren Beatty）的电影《布尔沃斯》(*Bulworth*) 中担任配角。2002 年，巴拉卡与名叫"根"的嘻哈音乐团合作撰写了歌曲《在办事路上发生了什么事情（在城里）》("Something in the Way of Things 'In Town'")。同年，美国学者莫莱菲·克特·阿桑特（Molefi Kete Asante）把巴拉卡列为 2002 年最伟大的百位非裔美国人之一。21 世纪初，巴拉卡的主要作品有《有人炸毁了美国》(*Somebody Blew Up America*, 2001)、《和尚之书》(*The Book of Monk*, 2005)，《出去了的和走了的故事》(*Tales of the Out & the Gone*, 2006) 和《比利·哈珀：爵士乐的蓝图，第二卷》(*Billy Harper: Blueprints of Jazz, Volume 2*, 2008)。

他最有名的诗歌之一是《SOS》(1969)。

> 呼唤黑人
> 呼唤所有的黑人，男人女人小孩
> 不管你在哪里，呼唤你，急迫地，进来
> 黑人，进来，不管你在哪里，急迫地，呼唤
> 你，呼唤所有的人
> 呼唤所有黑人，进来，黑人，进来
>
> （Gates：1883）

这首诗的题目是 SOS。SOS 是国际通用的船舶、飞机等的无线电紧急呼救信号。这个词在诗中的含义是紧急寻求帮助。从黑人中发出的寻求帮助的要求传达了黑人社区黑人彼此之间的种族信任感和互帮互助精神。这表明，当危机来临时，黑人最能信任和依靠的人还是黑人同胞自己。他的诗歌主题也间接地抨击了美国社会的种族歧视和白人对黑人的冷漠，指出了种族团结的重要性和必要性。

## 五、非裔美国小说

1945 年至 1951 年期间，非裔美国小说创作一直延续着理查德·赖特

开创的黑人自然主义传统。赖特的追随者们继续揭露美国社会的种族问题。这批作家通常被称之为"赖特派"或"赖特部落"（the Wright School）作家群，主要有威廉·阿塔维（William Attaway，1912—    ）、契斯特·海姆斯（Chester Himes，1909—1984）、安·佩特里（Ann Petry，1911—    ）和威廉·加德纳·史密斯（William Gardner Smith，1926—1974）。

从 1952 年到 1962 年，非裔美国小说传统的发展出现了两个平行的趋势：一个是疏远自然主义描写，热衷于非种族类主题；另一个致力于发掘和复活非洲古代神话、传说和宗教仪式，以此作为描写黑人现代经历的文学形式。非裔美国作家拓宽视野，开始尝试探索非种族主题和着手创作以白人为主人公的小说。这种实验性创作的代表作有安·佩特里的《峡谷》（*Narrows*，1953）、理查德·赖特的《野性的假日》（*Savage Holiday*，1954）、詹姆斯·鲍德温的《乔凡尼的房间》（*Giovanni's Room*，1956）和韦拉尔德·莫特利的《别让人写我的墓志铭》（*Let No Man Write My Epitaph*，1958）。美国学者伯纳德·贝尔说："大多数这些［小说］里都有黑人次要人物出现，或采用了第三人称非戏剧化的叙述人，这个叙述人同情白人主人公，而这个白人主人公却是一个与社会格格不入的人，有很强的局外人感。"（Bell：189）值得一提的是，这个时期出现了契斯特·海姆斯开创的非裔美国侦探小说。他的侦探小说都是以哈莱姆为背景，采用传奇剧手法，描写的故事情节起伏跌宕，涉及黑人社区的性描写和道德伦理审美观等问题。他的小说很受美国读者和世界各国读者的喜爱。鉴于其杰出贡献，他被美国学界称为非裔美国侦探小说之父，他的创作手法对以后的非裔美国侦探小说传统的形成和发展都有着巨大的影响。

另外，拉尔夫·埃里森和詹姆斯·鲍德温领头发掘非裔美国文化中的神话、传说和宗教仪式，将之应用于文学创作。埃里森《隐身人》和鲍德温《向苍天呼吁》展示了传统叙事形式在现代非裔美国文本中的创造性运用。埃里森和鲍德温两人都深受赖特自然主义思想的影响，但后来都分道扬镳，形成了具有各自特色的小说创作方式。他们两人都意识到黑人民间文化传统在从事文学创作和研究中的重要性，都为了美学和社会学的目的寻找现实主义和现代主义的相互作用。埃里森深受大萧条、哈莱姆文艺复兴、学历背景和创作学徒期的影响，因此在《隐身人》的文学和民间故事模式上比鲍德温更具现代感。鲍德温的文笔在《向苍天呼吁》里显得更加超越传统。正如伯纳德·贝尔所说："这两个小说家在主题、情节、人物刻画和叙事角度方面显示出各自的社会化爱恨交织情结和双重视角。"（Bell：234）因此，《隐身人》和《向苍天呼吁》所揭示的现实主义和现代主义特征在20世纪六七十年代显得更富有特色。

　　这个时期非裔美国小说的主要特点可以归纳为三个方面：面向现代主义，面向文学新现实主义和批评现实主义，以及小说化讽刺。第一，非裔美国小说向现代主义发展，其特点是延续性和多变性。贝尔说："非裔美国小说家寻求在想象空间里重构黑人双重意识的结构和风格，黑人的双重意识通过黑人对巨变中的社会现实和艺术的独特视角折射出来。"（Bell：244）非裔美国小说家希望通过一种新的思维和情感法则来消除个人的爱恨交织感和社会荒谬性，而这种新的思维和情感法则是奠基于种族自决、种族感和对人权的尊重。在这个时期，大多数作家，如约翰·O. 克伦斯（John O. Killens）、约翰·A. 威廉斯（John A. Williams）和爱丽丝·沃克，继续遵循现实主义传统；还有一些作家，如托尼·莫里森，探索诗学现实主义；其他的作家，如玛格丽特·沃克、欧内斯特·盖恩斯（Ernest Gaines）、威廉·梅尔文·凯勒（William Melvin Kelley）、罗纳德·费尔（Ronald Fair），哈尔·贝尼特（Hal Bennett）、查尔斯·赖特（Charles Wright）、克莱伦斯·梅杰（Clarence Major）、约翰·埃德加·维德曼（John Edgar Widerman）和伊什梅尔·里德（Ishmael Reed），尝试奴隶叙事、浪漫小说、寓言和讽刺作品的现代文学表达形式。第二，这个时期的非裔美国小说的特点还表现为文学新现实主义和批判现实主义。贝尔说："一些现代非裔美国小说家受到社会变革时代激进斗争的影响，特别是'黑人权力'、黑人艺术运动和黑人女权运动的影响，从肤色、性别、阶级的角度探索批判现实主义的灵活性和适宜性。"（Bell：247）与社会现实主义不一样，批判现实主义采用的是马克思主义文学概念，这一概念在巴尔扎克、福楼拜、屠格涅夫和托尔斯泰等人的作品中时常出现。社会现实主义与现代主义相对应，对这个概念的理解有助于认识批判现实主义。虽然黑人新现实主义者在政治上没有认同马克思主义学说，但是，约翰·O. 奥利弗·克伦斯、约翰·A. 威廉斯和爱丽丝·沃克运用批判现实主义间接的、极端的方法和其他惯例来表达他们对资本主义的否定态度，为新的社会秩序提供新的积极的分类法。从美学的角度，他们似乎都和格奥尔格·卢卡斯（Georg Lukacs）一起认同视角的重要性，与亨利·詹姆斯（Henry James）一样认为人物是一切之根本，与拉尔夫·埃里森一起认为当代小说，不管其技巧试验如何，仍是与语言符号系统一样具有伦理要求的。美国学者罗伯特·波恩指出："因为历史上的爱恨交织情感，当代非裔美国小说家已把批判现实主义和传统社会的现实主义作了修改，以适应其种族主义、资本主义和性别主义相互联系的动态意识。"（Bone：125）第三，一些非裔美国小说的特点表现为小说化讽刺。当代非裔美国小说家在20世纪六七十年代形成了强烈的反讽感和布鲁士似的荒谬感，把小说和讽刺特地综合起来表达他们对时代的悲喜观。他们还没有完全丧失对讽刺和笑声的信心，仍把它们作为医治世间弊端和邪恶的良方，但是他们更像乔治·S. 斯凯勒（George S. Schuyler）和华莱士·瑟蒙（Wallace Thurman）一样，更加地不尊重甚至蔑视西方文明、基督教传统、美国原则和黑人团结感。

这个时期的非裔美国小说家主要有契斯特·海姆斯、威廉·加德纳·史密斯、威拉德·莫特利（Willard Motley）、欧文·多德森、威廉·德恩必（William Demby）、拉尔夫·沃尔多·埃里森、詹姆斯·鲍德温、约翰·O. 克伦斯、约翰·阿尔弗雷德·威廉斯（John Alfred Williams）、查尔斯·斯蒂文森·赖特（Charles Stevenson Wright）、乔治·"哈尔"·贝尼特（George "Hal" Bennett）、伊什梅尔·里德和皮莱·马歇尔。

### 1. "赖特部落"作家群

虽然劳伦斯·邓巴、W. E. B. 杜波依斯和詹姆斯·威尔敦·约翰逊在各自的早期作品中描写过宿命论与人类意志之间的冲突，但是《土生子》中弗洛伊德心理学和马克思主义观点的相互影响为20世纪40年代的众多小说家建构了自然主义文学创作模式。美国学者贝尔指出："与哈莱姆文艺复兴时期的小说不一样，受《土生子》影响的小说大都认为人的历史和性格完全可以用生物学或社会经济学的事例来解释。"（Bell：167）赖特的自然主义范式强调种族偏见、社会不公和经济剥削所引起的暴力事件和病态人格是现代社会应该关注的首要问题。赖特文学艺术的中心点是如何表达抗议；这个中心点决定了其作品的内容和风格。受到赖特深刻影响的小说家群体被称为"赖特派"或"赖特部落"作家群。这个群体的主要作家有威廉·阿塔维（William Attaway）、卡尔·奥福德（Carl Offord）、契斯特·海姆斯、克尔提斯·鲁卡斯（Curtis Lucas）、安·佩特里、奥尔登·布兰德（Alden Bland）、韦拉尔德·莫特利（Willard Motley）、威廉·加德纳·史密斯和威拉德·萨伏依（Willard Savoy）。对"赖特部落"来讲，文学是净化情感、驱逐种族内部张力的方法。他们的风格几乎都带有严谨的现实主义色彩，缺乏任何形式的爱。他们的人物形象塑造必然是有关社会问题的，但是旨在发掘心理认识的深度，而不是简单与自然主义小说有关。他们的主题使人联想到美国30年代著名作家舍伍德·安德森（Sherwood Anderson）的小说《小镇畸人》（*Winesburg, Ohio*, 1919），讲述美国种族制度是如何培养出"怪人"的。他们的作品标志着非裔美国小说社会意识已经达到一个崭新的高度。

（1）契斯特·海姆斯（Chester Himes，1909—1984）

海姆斯肖像
（图片来源：nndb.com）

契斯特·海姆斯是最多产的非裔美国小说家之一。他是"赖特部落"作家群中的主要成员，但在行文措辞方面比理查德·赖特更审慎。他很少在小说里突然插入自己的观点，发表道德说教，或解释自己的意图，因此他的小说人物刻画得很清晰，小说主题也很明确。海姆斯在小说里关于非裔美国人苦难、愤怒和挫折等方面的描写可与赖特媲美。海姆斯倡导黑人民族主义，在小说中描写了暴力、血腥与色情等方面的内容，旨在揭露美国的种族问题。海姆斯笔下的侦探人物大多数在黑人社区土生土长，皆遭受过白人的毒打和白眼，都不喜欢所从事的工作，但都有很强的民族自尊心和双重意识情结。他们虽然无力改变社会，但正义感时常激励他们与白人种族主义者抗争。海姆斯塑造的棺材王艾德·约翰逊和盗墓贼琼斯为探索哈莱姆黑人社区的种族、阶级和社会状况提供了全新的视角。他的作品展示了哈莱姆黑人社会和政治状况的全景画，描写了白人对黑人的迫害和黑人的内斗，揭露了黑人社区恶劣的生存环境。海姆斯把黑人侦探小说视为抨击社会问题的工具，期盼通过道德价值观的重塑来消除哈莱姆的黑人问题。

海姆斯于1909年7月29日出生于密苏里州的杰斐逊城，父母均是教师。海姆斯的童年在美国南方的密西西比等地度过。1926年中学毕业后，他背部受了重伤，得到一笔伤残补助金。这笔钱使他获得了到哥伦布的俄亥俄州立大学读书的机会。但是，只读了一学期，他就辍学了。之后，他在宾馆当服务员和皮条客。1928 年他因涉嫌持械抢劫而被捕，在俄亥俄州立监狱服刑 20 年。在服刑期间，他重新树立了人生目标，立志做一名作家。他的第一个短篇小说《在骚乱中的疯狂》（"Crazy in the Stir"）于 1934 年发表在《绅士》（Esquire）杂志上，那时他的刑期还没满。同年，他最受欢迎的早期短篇小说之一《到什么红色地狱》（"To What Red Hell"）发表。该作品以 1930 年在监狱发生的一场大火为素材，据传这场大火烧死了 320 名囚犯。他于 1955 年出版的小说《扔第一块石头》（Cast the First Stone）也是以其监狱生活为素材创作的。

1936 年他从监狱释放时，已在不少刊物上发表过作品。除了《绅士》外，他的故事还刊登在《匹兹堡侍臣》（The Pittsburgh Courier）、《非裔美国人》（The Afro-American）和其他一些报刊上。海姆斯在西海岸生活了一段时间后，只身来到洛杉矶和圣弗兰西斯科的造船厂上班。他的早期小说《如果他喊叫，就让他走》（If He Hollers Let Him Go, 1945）和《孤独的十字军》（Lonely Crusade, 1947）都是从这些年的生活中获得灵感创作而成。他在日常生活中也经历了生活的各种挫折，失败的婚姻、不成功的恋爱、种族主义社会环境等因素导致他厌倦了在美国的生活。1953 年，海姆斯离开美国，到欧洲去寻求新的人生。

海姆斯继承和发展了赖特的小说模式和创作风格，成为法国文学界和知识界的名人。此外，他的侦探小说尤为出名。他的第一部连载小说《为了恋人依玛蓓儿》（For Love Imabelle）的法语版于 1957 年出版，1958 年获得了法国最佳侦探小说奖。该小说以哈莱姆为场景，遵循硬汉派侦探小说的传统，塑造的侦探人物形象非常接近于白人侦探小说作家达希尔·哈密特笔下的侦探桑·斯贝德和雷蒙德·钱德勒笔下的侦探菲利普·马洛。海姆斯的大多数作品揭露了非裔美国人生活的困难状况，其创作技巧在许多方面都得益于赖特。海姆斯的两部自传《痛苦的性质》（The Quality of Hurt）和《我荒谬的一生》（My Life of Absurdity）分别于 1972 年和 1976 年出版。他出版的其他作品有《第三代》（Third Generation, 1954）、《原始性》（The Primitive, 1955）、《粉色脚趾》（1961）和《棉花来到哈莱姆》（Cotton Comes to Harlem, 1965）。海姆斯于 1984 年 11 月 12 日在法国去世，享年 75 岁。

海姆斯的代表作是小说《如果他喊叫，就让他走》（1945），于1968年被改编成电影。该小说讲述了第二次世界大战期间洛杉矶一名非裔美国造船工人鲍勃·琼斯的故事。琼斯大学毕业后从俄亥俄来到洛杉矶，在一家海军造船厂担任组长。在琼斯生活的年代，种族形势已经大为好转，非裔美国工人可以升职为管理人员，还有机会得到较高的薪水。可是，对琼斯来讲，种族主义压力也难以避免。他获得了升职，但是他的初衷仅是为了促进非裔美国工人在战时的工作积极性。担任组长后，他不得不处理工人中反对共产主义的妄想狂、白人工人对非裔美国工人的种族偏见、白人女性对非裔美国工人的恶意勾引等事件。这些事件牵涉到深层次的种族问题，非常棘手。解决这些事件所导致的恐惧心理占据了他的心灵，使他意识到处理种族之间的问题不是那么简单。在很多情况下，他犹如风箱里的老鼠，两头受气。他竭力压制自己；压制不了的时候，就想用打架、杀人和强奸等方式来发泄自己的郁闷。小说的主题涉及黑人种族主义、白人种族主义、黑人内部的肤色差异、工作上的歧视、白人和黑人中的阶级划分等社会矛盾。

（2）安·佩特里（Ann Petry, 1908—1997）

20世纪40年代的非裔美国作家中，安·佩特里是唯一一位既描写城区黑人生活又讲述新英格兰镇白人生活的小说家。她的家庭背景有助于与白人社区和黑人社区建立密切的联系，同时也为她提供了一个独特的视角，有助于其文学创作的素材采集。

佩特里于1908年10月12日出生在康涅狄格州奥尔德·萨伊布鲁克镇的一个中产阶级家庭。父亲是一名药剂师，在奥尔德·萨伊布鲁克镇开了一家药店；母亲毕业于纽约手足医科学校，1915年获得行医许可证。佩特里在读中学时为家里的药店写过一个香水广告词。该广告大获成功，得到人们的称赞。同时，这激发了她想当作家的念头。之后，佩特里在家里的药店当见习药剂师，同时也开始利用业余时间从事文学创作。1931年，她从康涅狄格大学药剂学院获得学位后，继续在家里的药店当了七年药剂师。1938年，她与乔治·D. 佩特里结婚。婚后不久，她就来到纽约城，立志当一名职业作家。在纽约城，她白天在《人民之声》(People's Voice)报社做记者，晚上到哥伦比亚大学上文学创作课。然而，她给杂志社投去的几个短篇小说，均被退稿。为了全身心地投入创作，她辞去了工作。在哈莱姆的生活经历使她见识了黑人社区的贫穷、暴力、犯罪和经济剥削。她把这些生活经历写进了早期小说，其故事情节显得非常逼真。她的第一个短篇小说《周六警报在中午响起》("On Saturday the Siren Sounds at Noon")于 1943 年发表在《危机》上。《危机》的编辑发现她的短篇小说《像一条蜿蜒的街道》("Like a Winding Street")也很出色，于是把它安排在 1945 年发表，这个故事后来收集在玛撒·弗利（Martha Foley）主编的《1946 年最好的美国故事》(Best American Stories of 1946)里，佩特里受到全国读者的关注。同年，她的小说《街》(The Street)出版，大获成功，使她成为销售量超过百万册的第一位黑人女性小说家。之后，她还出版了儿童书籍《哈丽雅特·塔伯曼：地铁列车员》(Harriet Tubman: Conductor on the Underground Railway, 1955)和《塞勒姆村的提图巴》(Tituba of Salem Village, 1964)。她于 1997 年 4 月 28 日去世，享年 88 岁。

佩特里的代表作是小说《街》。这部小说以 20 世纪 40 年代的哈莱姆为背景，讲述了不良社会环境把主人公卢铁·约翰逊引入歧途的故事，揭露居住在纽约城第 116 条大街上的黑人妇女的苦难生活。这个故事的素材来源于报纸上的一篇报道：一个公寓管理员教唆小孩偷邮箱信件。受这个新闻的启发，佩特里创作了这部小说。这部小说主要探讨了环境是多么容易改变一个人的生活道路。《街》这部小说把佩特里与理查德·赖特联系起来了。《街》与《土生子》有许多共通之处，但两本小说最突出的区别在于：前者讲种族的性政治，而后者讲性的种族政治。《街》出版后，人们开始关注黑人妇女在新的城市贫民区里的生存状况。与《土生子》关注非裔美国男性困境不一样，《街》讲述一个黑人妇女为了给自己和儿子寻找体面生活所作出的天真努力。佩特里生动地记叙了贫民区对黑人妇女的影响，揭示了身体被视为男性欲望和性剥削工具的妇女的可悲地位。

### 2. 20 世纪 50 年代和 60 年代最重要的小说家

20 世纪 50 年代，非裔美国青年作家詹姆斯·鲍德温开始挑战非裔美国文坛巨匠理查德·赖特，认为文学创作不应该成为政治宣传的工具，而应该把非裔美国文学还原成真正的艺术品，促进非裔美国文学的健康发展。60 年代，非裔美国作家拉尔夫·埃里森糅合了赖特和鲍德温的文学创作思路，认为非裔美国文学创作既要捍卫非裔美国人的种族利益，也要提高文学创作技巧，通过非裔美国人的文学主题揭示一些具有人类共性的问题，使非裔美国作家的创作视野和影响力超越黑人种族，促使非裔美国文学成为美国文学乃至世界文学的重要组成部分。

（1）詹姆斯·鲍德温（James Baldwin, 1924—1987）

詹姆斯·鲍德温是继理查德·赖特之后最重要的非洲裔美国作家之一。他认为赖特所开创的城市自然主义小说已沦为政治主张的宣传品，不利于黑人文学艺术的发展。因此，他把作品的艺术性视为黑人文学发展的生命线，希望自己的作品不要"仅仅因为是黑人，甚或黑人作家"而受到关注。他认为黑人作家应该跳出黑人文学的圈子，在更大的世界中重新审视自己和自己的作品。20世纪50年代，非裔美国文学的领导衣钵传给了詹姆斯·鲍德温，他比理查德·赖特年轻20岁，比拉尔夫·埃里森年轻10岁。像埃里森一样，鲍德温在成为非裔美国文学流派领导人之前，意识形态观也经历过重要的转折。他是抨击赖特领导的自然主义抗议流派最猛烈的评论家之一，他的文学创作主张直接导致了黑人抗议文学的消亡。他为非裔美国文学传统的发展开辟了一条新径，对促进第二次世界大战后非裔美国文学的发展发挥了重要作用。鲍德温的写作风格影响了同时代的作家，对21世纪的黑人文坛也产生了一定的影响。诺贝尔文学奖获得者托妮·莫里森亲自编辑了两卷本的鲍德温小说和散文集。因其对黑人文学和美国文学的巨大贡献，鲍德温于2002年被著名学者莫尼菲·科特·阿桑特（Molefi Kete Asante）列为100位伟大的美国黑人之一。

詹姆斯·鲍德温于1924年8月2日出生在纽约城的哈莱姆。母亲是艾玛·伯尔迪斯·琼斯，父亲身份不详。他3岁时，母亲与戴维·鲍德温结婚。戴维曾是奴隶的儿子，在一家工厂当工人，在周日他利用业余时间在黑人社区传教。詹姆斯的姓氏来源于他的继父。1938年詹姆斯·鲍德温加入了五旬节教派①的髑髅山教会，成为一名牧师；1938年至1942年在德威特·克林顿中学读书。他在新泽西州干过一段时间的体力活，之后于1944年来到格林威治村，结识了当时的著名文学家理查德·赖特。赖特对其文学生涯产生过重大的影响。第一次尝试写小说失败后，鲍德温就开始为《民族》（*Nation*）和《新领导》（*New Leader*）等刊物写述评。1948年鲍德温移居巴黎，并在巴黎生活了9年。1951年，画家

---

① 五旬节教会是基督教新教宗派之一，19世纪发源于美国，强调直接灵感，信奉信仰疗法。

鲁西恩·哈珀伯格邀请鲍德温到其在瑞士的家中住一段时间,鲍德温在那里写成了小说《向苍天呼吁》。这部小说在 1953 年出版后,得到美国评论界的高度赞赏。他于 1954 年获得古根海姆研究基金资助,这使他能够无忧无虑地创作第一部小说《乔凡尼的房间》。虽然这部小说没有直接描写美国的黑人生活,但它传递了鲍德温的重要观点:身份问题不只是黑人的问题,白人男性同性恋者也会遇到类似的身份问题。《另一个国家》(*Another Country*, 1962)是鲍德温花了 5 年才完成的小说,讲述同性恋、双性恋和跨种族之恋等方面的故事。除小说外,他还出版了两部著名的散文集《土生子札记》(*Notes of a Native Son*, 1955)和《没人知道我的名字》(*Nobody Knows My Name*, 1961)。这两部散文集引起当时的读者对散文文本的重视。1957 年鲍德温回到美国,积极参加民权运动,结识了民权运动领袖小马丁·路德·金,成为争取种族平等大会和全国学生统一行动委员会的代言人。1963 年,鲍德温发表了论文集《下次的火焰》(*The Fire Next Time*),这部论文集只有两篇文章,但在文章中他预言如果种族和谐问题得不到重视,美国社会就可能发生大动乱。他的观点在当时引起了很大的争议。鲍德温的剧本《黑人怨》(*Blues for Mr. Charlie*, 1964)揭露了美国南方种族主义的种种暴行,引起白人评论家的强烈不满。他的论文集《街上无名》(*No Name in the Street*, 1972)更加直接地揭露美国的种族主义问题。鲍德温的后期作品对种族问题的抨击稍有克制。他的非叙事作品《魔鬼找到工作》(*The Devil Finds Work*, 1976)和《没看到事情的证据》(*The Evidence of Things Not Seen*, 1985)探索了美国的种族关系史。鲍德温的后期小说《告诉我火车已走了多久》(*Tell Me How Long the Train's Been Gone*, 1968)、《倘若比尔街能说话》(*If Beale Street Could Talk*, 1974)、《小人》(*Little Man*, 1976)和《就在我头上》(*Just Above My Head*, 1979)把自传与人物刻画的复杂性结合起来;但是有些评论家认为鲍德温后期小说缺乏新意,仅是其前期小说主题的重复。鲍德温于 1987 年 12 月 1 日在法国因胃癌去世,享年 63 岁。

鲍德温的代表作是其第一部小说《向苍天呼吁》(1953)。这部小说以鲍德温的童年生活为基础,描写了在压抑的种族主义社会里一名非裔美国少年的宗教意识和社会意识的发展成熟过程。这部小说表面上是关于黑人少年约翰·格里米斯皈依的故事,但实际上小说真正的主人公却是约翰的父亲加布里埃尔。在这部小说里，鲍德温不仅把所有人物的生活与心理联系起来，而且还把他们与南方非裔美国人的生活和城市贫民区的生活联系起来。教堂使小说人物的生活态度更有韧性，但鲍德温仅把教堂视为临时的避难所，危险的磨难终究会来到。小说中父亲加布里埃尔与儿子约翰逊之间的关系使读者想起《圣经》中亚伯拉罕与伊什梅尔①之间的关系。这部小说有时被认为是自传，因为小说中含有许多作者本人的生活经历。在继父统治的家里，鲍德温被视为一个遭摒弃的"杂种"，因此他把自己的地位等同于伊什梅尔。像其他非裔美国作家一样，鲍德温把原型弃儿伊什梅尔的故事不仅视为自己生活经历的比喻，而且还把它视为所有黑人在美国遭受遗弃命运的比喻。

20世纪70年代至80年代期间，鲍德温的作品一直销量不大，但在20世纪末21世纪初，他的作品开始受到读者和学界的关注，其中最引人注目的作品之一是小说《倘若比尔街能讲话》。在这部小说里，鲍德温吸收了西方现代意识流小说的精华，采用心理叙事策略从黑人潜意识层的心理微澜揭示黑人在人权斗争道路上的心理冲突和不懈进取，展示了黑人家庭的互助精神和黑人青年的真爱力量，彰显了黑人文化的凝聚力。

在《倘若比尔街能说话》里，鲍德温采用意识流描写手法，颠覆了传统小说的书写方式，没有采用全知视角的方式来介绍小说人物的身世、籍贯、外界环境或对相关事件和人物评头论足，而是主动"退出小说"，使小说中的人物主观感受到的"真实"能够客观地、自发地再现于文本。鲍德温在意识流片段描写方面所采用的主要方法有内心独白、内心分析、自由联想和时空蒙太奇。

首先，内心独白是小说人物内心世界的写真性表达方式，一般可以分为两类：直接内心独白和间接内心独白。直接内心独白是指在假定没有其他人倾听的情况下，一个人物把自己的所感所思毫无顾忌地直接表露出来。（Dainton：178）在《倘若比尔街能说话》中鲍德温就使用了大量的直接内心独白，其特点是在独白中完全看不到作者的行迹，纯粹是小说中人物自己的真实意识流露。在小说开始的第一段里，鲍德温就以小说主人公的第一人称叙述人方式开始了直接的内心独白。"我看着镜子中的自己。我知道我洗礼后的教名是'克里门泰恩'，有人叫我'克里

---

① 伊什梅尔是基督教《圣经》故事人物，亚伯拉罕和使女夏甲所生之子，后来与母亲皆被其父所逐。

门'就行了，或者甚至开始想到这个名字，克里门泰恩，因为那是我的名字：但是他们不会想到的。人们称我为'狄茜'。我觉得那也行。"（Baldwin：3）在这个独白中，小说主人公开始注意到我是谁的问题，她的独白成为整部小说的引子。此外，鲍德温还采用了另外一种内心独白，即间接内心独白。这种独白虽然也是描写人物的内心活动，但是作者不时出来指点和解释。这种内心独白所展现的意识活动通常属于较浅的层次，比较连贯和合乎逻辑，语言形式也比直接内心独白正常。当狄茜到监狱探望未婚夫弗恩尼后在回家的路上，她坐在公共汽车上，随着汽车的行驶，她的意识流思绪中进入了间接内心独白，仿佛一个"我"和"他人"产生了对话，同时另一个"我"又蹦出来纠正上一个"我"的言辞，以消解不当之用语。鲍德温写道："即使他们想做点什么，他们又能做什么呢？我不能对车上的人都说呀。瞧，弗恩尼有麻烦了，他被关在监狱里——你能想象如果他们从我口中得知我爱被关在监狱的某人，他们会说什么呢？我知道他没犯任何罪，他是一个心灵很美的人，请帮我把他解救出来吧。你能想象车上的人会怎么说吗？你会怎么说呢？我不能说，我打算生下这个孩子，我也害怕，我不想我孩子的父亲有什么不测。别让他死在监狱里，求求你呀，求求你！你不能那样说呀。"（Baldwin：9—10）在车上，狄茜焦虑未婚夫的命运，在绝望中希望车上有人能帮帮他，但又理性地发觉这个可能性几乎没有，在这个间接内心独白中使自己陷入更大的焦虑和不安。

其次，鲍德温在《倘若比尔街能说话》中所采用的内心分析是指小说中的叙事人或人物很理智地对自己的思想和感受进行分析，并且是在并无旁人倾听的情况下进行的。它与内心独白的区别在于它以理性为指引，作出合乎逻辑的有条理的推理或说明，而非任意识自然流动。鲍德温在这部小说中就运用这种手法，其内心独白只是受到理性控制的内心分析，而不是意识的完全自然流动。（Pope & Singer：257）在这部小说里，因为弗恩尼被捕，狄茜对纽约城越来越不喜欢。鲍德温采用内心分析的方式来剖析种族歧视社会环境里的黑人心理。鲍德温写道："也许我[狄茜——作者注]喜欢过纽约，很久以前，那是爸爸经常带姐姐和我来这里的时候，爸爸会给我们介绍这里的各个景观，我们还会去巴特里公园游览，吃小孩最喜欢的冰淇淋和热狗。那是我们欢乐无比的日子，但那是因为我们的爸爸，而不是因为这座城市。那是因为我们知道爸爸爱我们。"（Baldwin：10）在狄茜的眼里，亲情比繁华的都市景象更重要。没有亲情的存在，多么美丽的城市景观也会索然无味。鲍德温以内心分析的意识流描写手法来反映出狄茜的心境和父女之情。在少女时代，父亲的爱是女儿快乐的一片蓝天，但在青年时代，未婚夫的爱则是狄茜的新蓝天。只要弗恩尼待在监狱一天，狄茜的亲情情结就纠结一天，纽约城也不能给她带来任何快乐。最后，狄茜在其意识流中流露出自己对社会的看法："我敢发誓纽约一定是全世界最丑陋、最肮脏的城市。这座城市拥有最丑陋的建筑和最讨厌的人，还有最坏的警察。"（Baldwin：10—11）从其潜意识思绪里，我们可以得知：因为弗恩尼被关在纽约城的监狱里，所以，纽约城的建筑是最丑陋的；因为弗恩尼被人诬陷入狱，所以狄茜认为这城里没有好人；因为警察总是迫害黑人，所以，她认为这里的警察是全世界最坏的。由此可见，种族社会的非理性导致黑人看待种族关系的非理性。狄茜在意识流中的心理分析似乎有理，但都犯了绝对化和主观化的错误，反映出黑人在种族主义社会环境里的绝望和无奈。

再者，鲍德温还采用了自由联想的意识流描写手段，使人物的意识流表现不出任何规律和次序。人物的意识一般只能在一个问题或一种事物上作短暂逗留，头脑中的事物常因外部客观事物的突然出现而被取代；眼前任何一种能刺激五官的事物都有可能打断人物的思路，激发新的思绪与浮想，释放一连串的印象和感触。（MacIntyre：89）在这部小说里，当弗恩尼的妈妈胡恩特太太来到狄茜家时，狄茜一看见她，一股意识流思绪涌上心头。"她是我从来没有见过的女人。弗恩尼曾在她的肚子里待过，她孕育过他。"（Baldwin：76）狄茜非常担心弗恩尼在监狱中的安危，所以一看到他的母亲，就倍感亲切，从她母亲的身体联想到她的肚子曾经怀过她的爱人。这是触景生情所引发的自由联想。当狄茜的母亲莎伦和她一块去律师事务所找海沃尔德律师时，他提出委托人要尽快筹钱，用钱买办案速度，也就是说用钱来买时间。"时间"这个词触发了狄茜的自由联想。"时间，这个词听起来像教堂的钟声。弗恩尼正在熬的就是时间。六个月后我们的孩子就要降生了。在时间长河中的某个地方，我们相遇；在时间长河中的某个地方，我们相爱；某个地方，不再在时间长河里，但是现在，完全地，在时间施与的恩惠中，我们相爱着。"（Baldwin：117）律师的花钱买"时间"的话语使狄茜一下子联想到其潜意识中一切与时间有关的东西：胎儿降生的时间、未婚夫在监狱里煎熬的时间、与未婚夫相知、相恋和相爱的时间等。

最后，时空蒙太奇也是该部小说意识流的重要表现形式之一。意识流小说家为了突破时空的限制，表现意识流动的多变性、复杂性，经常采用这类手法。在这部小说里，鲍德温不时采用"多视角"的方式展现小说人物的意识流动。在谈及狄茜怀孕的问题上，鲍德温描写了母亲莎伦、姐姐厄尼丝戴恩、父亲约瑟夫和弗恩尼之父弗兰克关于支持狄茜生下小孩的意识流，还描写了胡恩特太太和其两个女儿不赞成狄茜生下小孩的意识流，揭露了黑人在经济压力下对生育下一代的不同意见。鲍德温还用"慢镜头"的方式描写了莎伦的波多黎各之旅，先是介绍强奸案当事人罗杰斯太太的身世，然后是其在波多黎各贫民区的生存状况，最后是罗杰斯太太在伪证压力下的精神崩溃。这个"慢镜头"显示了莎伦为营救准女婿弗恩尼所作出的巨大努力。莎伦太太没能促使罗杰斯太太放弃伪证，最后只好无功而返。莎伦太太波多黎各之旅的失败揭露了美国种族主义社会的黑暗和司法的不公正。此外，鲍德温在小说描写中还采用了"特写镜头"。当狄茜和母亲为海沃尔德筹集律师办案费用时，感到很无助。鲍德温在描写她们无助的同时，插入了弗恩尼在监狱里的特写镜头。"弗恩尼在牢房里踱步，头发长得越来越蓬乱……他抚摸下巴，想修面……他给腋窝搔痒，想洗澡……他忍惧生活，恐惧死亡……每天早上一睁开眼睛，狄茜就浮现在眼前；每天晚上一闭上眼睛，睡着的时候狄茜就折腾他的肚脐。……他一瞬间就捽进了这个地狱。"（Baldwin：117）鲍德温以细腻的笔触描写了弗恩尼的狱中生活，监狱里肮脏，生活条件差，犹如地狱一般。弗恩尼在监狱里百度日如年的情景与狄茜在狱外筹钱的艰难窘境形成鲜明的对照，凸显黑人在种族主义社会里的无助和绝望。"意识闪现"也是时空蒙太奇的重要表现形式之一。当狄茜挺着大肚子在纽约乘坐地铁去上班时，车厢里非常拥挤。她的肚子变得越来越大，走路变得越来越沉重。她想到，如果她昏倒了，上下车的人会把她和她肚子里的孩子踩死的。这时，一股意识流闪现在其脑海里，犹如强心针一样注入其体内。"我们三依靠你——弗恩尼依靠你——弗恩尼依靠你，把孩子带到这里，安全地、健康地。"（Baldwin：141）这股闪现的意识流促她意识到自己的责任感，她不能倒下，她的未婚夫和肚子里的孩子都指望着她。这股无意识中产生的力量使她有意识地抓紧车厢里的栏杆，坚定了她好好活下去的勇气。

鲍德温的意识流片段描写打破传统小说的写作手法，既不是按故事情节发生的先后次序，也不是按情节之间的逻辑联系而形成的单一的、直线发展的叙事结构，而是随着人的意识活动，通过内心独白、内心分析、自由联想和时空蒙太奇来组织故事。在这些意识流片段中，故事的安排和情节的衔接，一般不受时间、空间或逻辑、因果关系的制约，往往表现为时间、空间的跳跃、多变，前后两个场景之间缺乏时间、地点方面的紧密的逻辑联系。时间上常常是过去、现在、将来交叉或重叠。鲍德温在对意识流小说创作手法进行总结、借鉴的基础上，丰富和发展了意识流文学的表现手法，呈现给读者的是人物的潜意识。他不注重表现事件、人物之间的关系，而把创作重心放在对人物思想感情流程的再现上，重视环境和景物写实的印象主义效果。

鲍德温的《倘若比尔街能说话》就是一幅表现黑人在潜意识深处视种族歧视和种族迫害如噩梦的写实作品，把黑人在美国民权运动的前夜所经历的荒诞与不幸表现得淋漓尽致，揭示了黑人的抗争在种族歧视的社会环境里犹如死水微澜。鲍德温采用的心理叙事策略在潜意识层面展示了黑人的心理潜质和潜意识心理的生成或变化，使意识流描写、回忆和梦幻相互交织在一起，能动地展现人物心理的变化形式。鲍德温的写作手法虽然在表现形式上趋于夸张变形，甚至荒诞不经，但是这些看似迷乱的艺术形式下面所潜藏的却是人类进入新的历史阶段之后，面对自身的生存境遇而展开的对本真人性的深层挖掘，是对美国黑人生存实际的真实诉求。其中所蕴涵的艺术真实性，不仅仅是提炼于真实的生存情境，更是人类本真性的自然表征。

（2）拉尔夫·沃尔多·埃里森（Ralph Waldo Ellison, 1914—1994）

拉尔夫·沃尔多·埃里森是第二次世界大战后在美国崛起的非裔美国作家。他不仅是非裔美国小说艺术的开拓者，而且还是心理个人主义学说的主要倡导者。他的文学作品揭示出恶劣社会环境和个人不幸遭遇是导致非裔美国人存在主义思想和行为的重要因素。

埃里森于1914年3月1日出生在俄克拉荷马州的俄克拉荷马城。埃里森3岁时，父亲就去世了。母亲虽是个家庭女佣，但积极参与激进的政治活动。1933年埃里森在亚拉巴马的塔斯克吉学院学习音乐，1936年来到纽约，继续学习音乐和雕塑。在那里，他结识了著名非裔美国诗人兰斯顿·休斯和著名非裔美国小说家理查德·赖特。在这两位知名作家的鼓励下，埃里森义无反顾地投身于文学创作。20世纪30年代，埃里森的短篇小说、文章和述评在《安提欧奇述评》(Antioch Review)、《新大众》(New Masses) 和许多报刊上发表。这个时候，他对社会正义问题产生了浓厚的兴趣，逐渐靠近美国共产党，后来因忍受不了党的纪律对其个性的约束，不得不断绝了与美国共产党的关系。1938年他受"联邦作家计划"的委托，收集民间传说，然后用文学形式表达出来。1944

埃里森在书房
（图片来源：en.wikipedia.org）

年，他获得罗森沃德①基金资助从事一部小说的创作，但没能完成。第二次世界大战后，在佛蒙特的一位朋友的农场休养期间，埃里森构思了长篇小说《隐身人》(Invisible Man)。之后，他花了五年时间进行创作，这部小说终于在1952年面世。该小说既是非裔美国人的历史传记，也是人们追求自我的精神自传。《隐身人》1953年获得全国小说图书奖，被视为20世纪最杰出的美国小说之一。埃里森的第二部书《阴影和行为》(Shadow and Act, 1964) 是关于文学、民间故事、爵士乐和作者生平的论文集。此后，埃里森在耶鲁大学、巴尔德学院和芝加哥大学担任访问教授。从1970年至1979年他被聘为纽约大学人文学院教授，后来又被聘为该校的终身教授。埃里森于1994年4月16日在纽约城去世，享年80岁。

埃里森的代表作是长篇小说《隐身人》。这部小说采用自然主义、表现主义和超现实主义等创作手法，综合了欧洲文学和非裔美国文学的传统，揭示了非裔美国人在充满种族歧视和种族压迫的社会氛围里追求自我的悲哀和无奈。该本小说自1952年出版以来，受到读者和评论家的广泛关注。欧文·豪尔在《更精彩世界》一书中说："仅用50年代评论家提倡的美学距离来描写'黑人经历'在道德和心理方面是不可能的，因为窘境和抗议与那个经历不可分割。"（Howe：114）艾迪森·盖尔在

---

① 罗森沃德（Julius Rosenwalk, 1862—1932）是美国商业企业家，曾任希尔斯—娄巴克公司总经理，后任董事长，建立罗森沃德基金会（1917），资助非裔美国教育事业，在芝加哥建立科学与工业博物馆。

《新世界之路》一书中指出："隐形人选择了死亡，而不是生存；选择了保守性，而不是创造性；选择了个人主义，而不是种族团结。"（Gayle：257）热比哥尼·勒威克还说："隐形的概念已进入美国英语的词汇，就像'巴比特'和'二十二条军规'一样。"（Lewicki：46）此外，理查德·伽斯认为，《隐身人》的主题是"经典小说的主题：认识现实，实现自我和寻求社会承认"（引自 McSweeney：17）。

随着小说情节的发展，读者发现主人公是现实黑人的化身。在南方读中学时，他是一个典型的"汤姆"，是任凭白人取乐的工具；在大学里，他是一名信奉布克·T. 华盛顿学说的融入主义者。被学校开除后，他来到北方，当了一段时间的工人，但没有加入工会；之后，非正式地信仰了一段时间的共产主义。最后，他成为了一名莱因哈特。莱因哈特是埃里森自撰的一个术语，是指未加入任何团体、与其他黑人疏远的城市黑人，他通常故意利用白人和黑人的幻想或幻觉来捞取个人好处。小说的主人公意识到所有那些在小说世界里幸存下来的人都有一个共同点：欺骗。在小说的结尾，主人公藏在一座公寓楼废弃的地下室里，意识到他的身份被大多数白人和黑人漠视，他必须去审视自己的所思、所想和所为。除此之外，他找不到消解困境的方法。藏在地下的主人公正在积蓄力量，他想不久后走上地面，重新开始一番理想追求。简言之，通过这个人物，埃里森想给世界传递一个信息：在不合理的社会里，每个人都可能会是隐身的、无助的。

埃里森在《隐身人》中描写了三类非裔美国人：后奴隶时代型的非裔美国人、面具型非裔美国人和激进型非裔美国人。

后奴隶时代型的非裔美国人是指不再做奴隶的现代非裔美国人，但其思想仍未摆脱奴隶制文化的毒害和束缚，在心目中仍把白人当做主人，对白人毕恭毕敬，以对白人的愚忠换取白人的残羹剩饭。他们自以为：只要顺从白人，白人就会对他们好。此类人看不穿白人种族主义者的本质，总是不知不觉地被白人愚弄。《隐身人》中处于幼稚期的小说叙事人就属于这一类型的人。由于在小说里他的个性和自我得不到社会承认，因此，拉尔夫·艾迪森就没有给这个小说人物取名，使其成为一个不为世人所见的"我"。下面主要从三个方面来研究后奴隶制时代型非裔美国小说叙事人的黑人性：对白人的温顺，使叙事人获得了上大学的机会；对白人的温顺，又使他丧失了大学毕业的机会；对兄弟会白人的顺从，使其丧失了自我。

小说叙事人上大学的机会和奖学金是经历了一系列侮辱事件后才得到的。白人先是命令他与其他非裔男孩戴上眼罩斗殴，把他当做斗狗赛中的狗供白人取乐；后又是让他与其他非裔孩子在通了电的地毯上抢金币，白人从他被电击的痛苦中取乐；接着，白人让金发碧眼的裸体白种女人上场，使有"私刑创伤"的非裔孩子遭到心理折磨，白人以对非裔孩子进行心理阉割而取乐；最后，他对镇上白人发表毕业演讲，潜意识地把非裔美国人的"社会责任"说成了"社会平等"（Ellison：31），立即遭到白人的训斥，他被迫改口，顺从白人。此时的小说叙事人由于太年轻、太幼稚，白人的故意侮辱没能激发起他的羞耻感和自尊心。由此可见，奴隶制文化沉淀对非裔美国青少年有着很大的毒害。大学奖学金的获得，在某种程度上，鼓励了他的奴性表现。"那天晚上的粗鲁场面使他确信，如果按白人的话办，就会得到奖赏。这种天真的假想引起了他日后的心理危机。"（Marowski & Zafar：104）

叙事人上大学后的一天，校长布勒德索叫他驾车陪白人校董诺顿先生游览校园。在途中，他对白人校董的要求百依百顺。为了满足诺顿的好奇心，就带他去看了校园附近的奴隶旧居、黑人吉姆的小屋和名叫"金色的日子"的妓院，给诺顿讲吉姆与女儿的乱伦故事。这件事激怒了布勒德索校长，导致小说叙事人最后被开除学籍。"叙事人违反了南方制度不成文的规定……带北方校董诺顿看到了黑人社区的贫困和落后。"（Werner：1057）面临失学的危机，他去央求诺顿先生，但没有效果。这一次的顺从白人给他带来了不幸和灾难。叙事人失学后，来到纽约谋生，生活无着。一次偶然的机会，兄弟会领导人杰克发现了他的演讲才能，并聘他为兄弟会的主要演讲人。兄弟会是一个有少数黑人参加的类似共产党的白人组织。这个组织只是抽象地从事反对社会压迫的宣传，不主张在斗争中使用暴力手段。兄弟会给叙事人安排了衣食住处，但要求他改名换姓，演讲内容必须遵照兄弟会的纲领。他对兄弟会的顺从使他再次沦为白人的玩偶。

面具型非裔美国人是指经历了生活的磨炼、学会了自我保护而又有目标追求的非裔美国人。他们在白人面前表现温顺，服从白人的指令，以期从白人那里获得好处，而在其内心又对白人仇恨无比。非裔美国人脸上的媚笑，都是掩饰其真实情感的面具。显示给白人世界的黑人面具是非裔美国人的社会人格，这种人格总是不同于他们的真实自我。下面将从三个方面来讨论面具型非裔美国人的黑人性：祖父的临终遗训、进入成熟期的小说叙事人和黑人大学校长布勒德索。

叙事人的祖父是曾当过奴隶的非裔美国人。内战后，虽然摆脱了奴隶身份，但他仍遭到来自社会、经济和种族方面的压迫；在种族偏见很重的南方，他从来没有获得过与白人平等的权利。由于在奴隶时代为奴，他获得解放后清贫如洗，一无所有，只有依附白人谋生。在这种生活里，他受尽了凌辱、压迫和迫害。因此，叙事人的祖父临死前把自己的生活经验当做遗训传给了叙事人的父亲。祖父痛苦地说，如果把非裔美国人的生存斗争看做是战争的话，就觉得自己像一个叛徒。他忠告叙事人的父亲用"唯唯诺诺"和"咧开嘴笑"来麻痹白人，建议家人"顺从他们，一直到其死亡和毁灭"。（Ellison：16）祖父还建议叙事人的父亲保留双重人格；在行为举止上，仿效旧时代的好奴隶，假装忠诚骗取白人信任；在内心，可保留自己的痛苦和对这个伪装的怨恨。"沿用这样的模式，祖父的后代能够在内心拒绝接受二等公民的身份，保护自己的尊严，避免暴露自己的真实思想。"（Ward：71）祖父的临终遗训是对非裔美国人处世哲学的精妙总结。的确，在充满敌意的美国社会里，白人统治着社会的政治、经济等各个领域。势单力薄的非裔美国人对白人的公开反抗不利于生存斗争的需要，但是他们可以戴上面具，假装顺从和忠诚，而在内心诅咒他们，痛恨他们，以取得某种心理平衡。祖父的策略与鲁迅先生笔下的阿Q所采用的精神胜利法有异曲同工之妙。

叙事人在白人社会经过一系列屈辱和挫折后，逐渐明白了祖父遗训的精妙，变得成熟起来，学会了戴上面具与兄弟会的白人打交道，在冲突中保护自己。他代表兄弟会作的演讲大受听众欢迎，极具感染力，但他的讲话时常偏离兄弟会的纲领，这就导致了他与兄弟会的矛盾。兄弟会是一个反对阶级压迫的白人组织，有时声援受压迫的非裔美国人，有时声援受压迫的白人；后来为了响应国际反法西斯斗争的形势，把黑人问题搁在一边。而身为非裔美国人的叙事人只对伸张黑人正义的事感兴趣，这就使他与兄弟会的宗旨格格不入。兄弟会要求个人绝对服从组织，个人不得做超越纲领之事，这就限制和扼杀叙事人发挥才干的机会。兄弟会哈莱姆分会负责人黑人克夫顿在大街上被警察枪杀，而兄弟会却对此事不闻不问。这使叙事人心寒不已，导致了他对兄弟会态度的大转变。尽管叙事人对兄弟会的冷漠愤怒不已，但为了生计，他还不愿脱离兄弟会，怕失去在兄弟会的地位和收入。因此，为了保住自己在兄弟会的饭碗，他不断向兄弟会报告假情况，报喜不报忧。这时，他的面具已演变为谋生的工具。

小说中的另一个面具型非裔美国人是大学校长布勒德索博士。他表面上对非裔美国人慈善、对白人谦恭，但实际上，他是一个典型的马基维里式的人物，把世界看成是一个"双利机械装置……但是我已把自己置身其中，如果我保存地位有必要，我就会把全国每一个非裔美国人在早上都吊死在树上"（Ellison：142）。他对白人的欺骗主要表现在接待来访的白人校董诺顿先生一事上。为了让白人老板满意和高兴，布勒德索校长只让白人看事先计划好让白人看的地方、听事先安排好让白人听的东西；他对非裔美国人的欺骗主要表现在给叙事人开推荐信上，他给叙事人开的推荐信不但无助于叙事人找工作，反而在信中败坏叙事人的名声，使他在任何地方都难以找到工作。布勒德索是一位善用人格面具的大师；为了自己的私欲，他对白人和黑人都欺骗。布勒德索的所作所为与中国清朝大臣和珅的品行极为相似。他们俩人的共同点是：惯戴假面具，自私，贪婪，玩两面派手法，欺上瞒下，对有权有势者极力巴结，奉承讨好，无耻地追求个人利益。

大学校长布勒德索博士、小说叙事人及其祖父靠面具才能苟且于白人社会，这主要是由美国社会的种族主义所导致的。种族主义在美国根深蒂固，尽管1776年的《独立宣言》提出了"人生而平等"的神圣信条，但非裔美国人却被排斥在外。正如格里尔所讽刺的那样，"所有的人生而平等，但白人比任何人更平等"（Grier：121）。非裔美国人把平等原则同样视为国家的基本原则之一，为争取平等不懈奋斗。格里尔提醒白人注意自己宣言的神圣性，别把同为人类的非裔美国人进行制度化的贬低，贬低非裔美国人就是贬低《独立宣言》和美国倡导的民主精神。种族主义的猖獗不可避免地会导致激进型非裔美国人的产生。激进型非裔美国人是指那些深受白人社会之害、对融入美国主流社会失望的非裔美国人。他们不愿再忍受种族压迫和种族歧视，不想再与白人共同生存在一个社会里，高唱"走吧，摩西"的口号，想与白人社会分离，返回非洲，建立非裔美国人自己的国家。在小说里，这些非裔美国人的典型代表就是劝说者拉斯及其追随者。

拉斯被描述为西印度群岛人，使许多评论家联想起出生于牙买加的黑人民族主义者马库斯·贾维。像贾维一样，拉斯也很有领袖魅力，鼓吹种族分离，赞美鲜艳的非洲民族服装，弘扬黑人的种族自豪感，反对与白人社会融合。但是，"艾里森一直否认有意按贾维的原型塑造拉斯。如果有任何联系存在，可能就是贾维激发了拉斯的思想，而不是艾里森企图通过拉斯重塑贾维"（Ward：37）。拉斯的名字在埃塞俄比亚语里的字面意义是"王子"，而其音听起来又有点像英语的"Race"（种族）和埃及语的"Ra"（太阳神）。这些意义体现了这个人物的主要本质：作为一个狂热的黑人民族主义者，拉斯满脑子充满了黑人种族思想；作为一个有领袖魅力的领导人，他自以为有上帝一样的权利。拉斯的哲学思想是：黑人和白人不是兄弟，黑人应该通过摧毁白人的控制，摆脱种族压迫和偏见。这个思想的运用必然会导致暴力。但在小说里，艾里森和叙事人都害怕和反对这种观点。然而，艾里森虽然不赞成拉斯的学说，但并没有把他描写成一个地地道道的恶棍。在整部小说里，拉斯对哈莱姆地区的非裔美国人有磁铁般的吸引力，他给非裔美国人带来了希望和勇气。

　　拉斯及其追随者在狂热鼓吹种族分离时，走上了极端的道路，对不愿搞种族分离的非裔美国人采取了打击、谋杀甚至屠杀的政策，企图强迫他人接受他们的政治主张。他们偏执而狂热的思想被兄弟会的白人利用，最后导致了哈莱姆的流血骚乱。马卡斯·克勒恩在评述时说："这场暴乱，一方面是狂欢……在另一方面是自我毁灭。这场暴乱的主要特点是黑人攻击黑人。叙事人被迫与拉斯对阵。在这个场面里，拉斯手持长矛，骑着一匹黑马，穿着阿比西尼亚酋长的服饰，成为毁灭者拉斯，敦促人们去干无异于毁灭的事。"（Klein：111）拉斯的狂热和偏执酿成了这场惨剧。在这里，我们也可以觉察到白人的险恶用心，利用非裔美国人削弱非裔美国人。

　　黑人民族主义者的分离言行是对白人社会排斥非裔美国人行径的一种自然反应。白人拒绝非裔美国人融入美国社会；作为反击，黑人民族主义者也拒绝与白人社会融合，走上分离道路。"在白人的压迫和粗暴对待下，劝说者拉斯一下子变成了毁灭者拉斯，这样，拉斯也一下子从亚哈变成了莫比·迪克。"（Bloom：3）拉斯的激进思想与白人社会誓不两立，给白人社会敲响了警钟，长期遭受排斥的非裔美国人的忍耐是有限度的，非裔美国人是会反抗的，并暗示：种族偏见和种族压迫可能会导致非裔美国人和白人的种族大战，有损美国联邦宪法的神圣性，使美国陷入民族暴动的危险。拉斯的言行会导致社会动荡，但它可能从另一方面促使美国社会改进种族政策，加快美国主流社会接纳非裔美国人的步伐。

此外，埃里森用小说的形式图解了杜波依斯提出的"面纱"理论。"面纱"犹如一条无形的帘子把美国社会隔离成了两个世界：一边是白人世界，另一边是黑人世界。长期蒙受种族歧视和种族迫害的非裔美国人视美国为自己的家，而这个家又被人数和力量占优势的白人所把持，非裔美国人历经艰辛，忍辱负重 300 多年希望融入美国主流社会，但白人却总是把他们排斥在外。"面纱"后的非裔美国人理想各异，但他们都是美利坚合众国的一员。种族歧视是违反美国宪法精神的，而且也是不道德的。小说叙事人从不戴面具发展到要戴面具才能苟且于美国社会，这是非裔美国人的悲哀，同时也是自称倡导人权和民主的美国社会的悲哀。非裔美国人能否融入美国社会，成为与白人平等的美国公民，可以看做是衡量美国文明程度和人权状况的一个重要尺度。种族歧视主义在美国根深蒂固，还有待于白人和黑人的共同努力。增进了解，真心交融，互相谅解，才可能最后逐渐消除。非裔美国人应该逐渐走出奴隶制文化沉淀的阴影，白人也应该消除白人至上论的观念，白人和黑人共同携手才能实现美国民权运动领袖马丁·路德·金提出的梦想，让黑人和白人融合成一个和谐的美国社会，让黑人真正被赋予神圣不可剥夺的"生而平等"权，让黑人去追求自己的生活、自由和幸福，使美利坚合众国成为和谐的民族多元化社会。

（3）波莱·马歇尔（Paule Marshall，1929—　）

波莱·马歇尔是现代最有影响的非裔美国作家之一。她是探索老年歧视、性骚扰和核扩散等主题的先驱作家。她的文学生涯超过半个世纪，在文学创作和文学评论方面都取得了不朽的成就。

马歇尔于 1929 年 4 月 9 日出生在纽约，在一个移民社区里长大，经历过美国种族主义和加勒比海移民身份的冲突。因此，马歇尔大多数作品的中心主题是殖民主义、移民、物质第一主义、种族主义、非洲文化、加勒比海文化、非裔美国文化和妇女话语权的重要性等。1959 年，她出版了第一部小说《褐色女孩，褐色砂石房》（*Brown Girl, Brownstones*），但没能获得评论界的认可。尽管她的作品在 20 世纪 60 年代的市场销路并不好，但她继续写自己认为重要的话题：黑人妇女及所生存的文化环境。期间，她出版的作品有短篇小说集《心灵拍手与歌唱》（*Soul Clap*

Hands and Sing*，1961）和她的第二部小说《选中的地方，无时间性的人们》(*The Chosen Place, the Timeless People*, 1969)。20 世纪 80 年代初，她的作品终于受到评论家关注，作品也开始畅销。女权出版社再版了脱销很久的小说《褐色女孩，褐色砂石房》和短篇小说集《雷伊娜和其他故事》(*Reena and Other Stories*, 1982)，确保新一代读者接触到她早期的作品。1984 年，马歇尔出版了第三部小说《寡妇赞歌》(*Praisesong for the Widow*)，探讨黑人社区的妇女问题；1991 年，第四部小说《女儿们》(*Daughters*) 出版，这部小说以美国和西印度群岛的一个虚构国家"三联"为背景。2001 年她出版了小说《钓鱼王》(*The Fisher King*)。该小说讲述了爵士乐钢琴家索尼－利特·佩恩逃离纽约、奔向巴黎的故事，抨击了父母的功利思想和社会的种族主义环境对其音乐天才的压抑和扼杀。2009 年她出版了回忆录《三角旅途》(*Triangular Road*)。在这部书里，功成名就的马歇尔讲述了她于 20 世纪 60 年代在美国文坛初出茅庐的经历，特别提及了兰斯顿·休斯在其文学成长道路上的大力提携。在旅欧期间，休斯曾把马歇尔推介给欧洲文坛，有助于她把作品推向世界。该回忆录内容丰富、笔锋朴实、所述事件趣味无穷。因马歇尔对非裔美国文学发展的突出贡献，她于 2010 年被授予麦克阿瑟终身成就奖，被公认为西半球最杰出的现代黑人妇女作家之一。

　　小说《褐色女孩，褐色砂石房》(1959) 无疑是马歇尔最优秀的作品，讲述了非裔美国女孩瑟琳娜的故事。瑟琳娜来自巴巴多斯加勒比岛的黑人移民家庭，在布鲁克林长大。书名中的"褐色砂石房"是指小说主人公生活的地方，一个具有维多利亚建筑风格的住宅区。故事发生在 1939 年。这个住宅区的白人住户打算离开，要把他们的房子租给或卖给来自西印度群岛的美国黑人。获得这些房子的所有权、追求财富和跻身于中产阶级是许多巴巴多斯移民的主要目标。他们对房子的热爱达到狂热的地步。小说的主要情节围绕着是否要购买他们住着的房子而展开，几乎小说中的每个人物的性格都可以通过他们对这个中心问题的态度来得到判断。房子在这些人物的生活中起着如此重要的作用，以至于他们的关系变得纠缠不清。小说里出现了许多把建筑物和人物性格联系起来的意象。布朗斯通斯房产，作为巴巴多斯移民社区的最重要的话题，由于城市规划被炸成一片废墟。这不仅暗示着瑟琳娜的离家和家庭在经历旅行、婚姻和死亡后的解体，而且象征着瑟琳娜童年时代邻里关系的瓦解。小说结尾的时间是 20 世纪 50 年代末，老一代巴巴多斯人搬到了更好的住宅区，青年一代奔向四方，寻找更好的生活。

这部小说质疑了美国社会传统的女性地位和男性地位概念，塑造了非裔美国文化背景下的妇女中心地位，与当时男性作家的话题构成了鲜明对比。大多数非裔美国女权主义评论家认为这部小说是当代黑人妇女小说的开山之作。

### 3. 20 世纪 70 年代的两位重要小说家

20 世纪 70 年代，非裔美国小说的发展进入了一个新的阶段，一大批新作家崭露头角。伊什梅尔·司各特·里德、托尼·莫里森、欧内斯特·J. 盖恩斯等作家跻身非裔美国文坛，在美国的知名度越来越高。他们探讨的主题涉及多元文化主义、美国政治文化和早期殖民地文化等方面。

（1）伊什梅尔·司各特·里德（Ishmael Scott Reed, 1938—   ）

伊什梅尔·司各特·里德是与托尼·莫里森、阿米利·巴拉卡齐名的非裔美国诗人、散文家和小说家。他始终如一地讽刺美国的政治文化，揭露美国在家庭、政治和文化方面的不平等现象。在他的许多作品里，特别是小说和散文里，里德面临厌女症的指控，人们认为里德旨在攻击他所树立的敌人，而不是倡导自己的信念。其实，里德是多种族主义的先驱者，一直反对在美国仍然处于统治地位的"单文化主义"。（Bloom：138）自从 20 世纪 70 年代，他把自己描述成黑人艺术运动的反对者，但是仔细阅读他的小说后就可发现其作品中内含的文化民族主义。事实上，文化民族主义与黑人文化艺术运动的许多思想是一致的，与他所谓的多元文化主义是矛盾的。尽管里德十分厌恶大学，却一直担任着耶鲁、哈佛、克伦比亚和达特茅斯等校的客座讲师。他获得过很多奖项，其中声誉较高的有古根海姆小说奖、美国公民自由奖和手推车奖。

里德于 1938 年 2 月 22 日出生在田纳西州的查塔努加，但在纽约州的布法罗长大。1956 年中学毕业后，就读于布法罗大学。1962 年，里德来到纽约城，在一家名叫《进步》（*Advance*）的地下杂志社从事编辑工作；他还参加一个叫"阴影工作室"的非裔美国作家团体。1965 年，他参与组织了黑人艺术节。里德在大学时代就开始写讽刺随笔。1967 年，他搬到加利福尼亚州的伯克利，发表了第一部小说《自由职业的扛棺人》（*The Free-Lance Pallbearers*）。该小说中广泛使用的讽刺手法渐渐成为里德小说创作的独特风格之一。他出版的其他小说有《摔坏的黄色后板收音机》(*Yellow Back Radio Broke-Down*, 1969)、《芒博琼博①》(*Mumbo Jumbo*, 1972)、《路易斯·安娜红色的最后日子》(*The Last Days of Louisiana Red*, 1974)、《飞往加拿大》(*Flight to Canada*, 1976)、《可怖的两个》(*The Terrible Twos*, 1982)及其续集《可怖的三个》(*The Terrible Threes*, 1989)、《无畏的注视》(*Reckless Eyeballing*, 1986)、《到春天的日本人》(*Japanese by Spring*, 1993)和《汁》(*Juice!*, 2011)。此外，里德还是一名杰出的诗人。他的第一部诗集是《新美国伏都教教会的教理问答》(*Catechism of d Neoamerican Hoodoo Church*, 1970)。他的其他诗集有《念咒召唤：诗选 1963—1970》(*Conjure: Selected Poems 1963 – 1970*, 1971)、《查塔努加》(*Chattanooga*, 1973)、《神灵的秘书》(*A Secretary to the Spirits*, 1978)和《新诗选集》(*New and Collected Poems*, 1988)。

1970年，里德与舞蹈演员卡尔拉·布兰克结婚，育有一子。翌年，他与斯蒂文·加仑和艾尔·杨格创办了雅尔德伯德出版公司，从1972年到1976年的五年间每年都出版《雅尔德伯德读者》(*Yardbird Reader*)。此外，还出版了两部文集《来自现在的19个巫师》(*19 Necromancers from Now*, 1970)和《卡拉菲亚：加利福尼亚诗歌》(*Calafia: The California Poetry*, 1979)。1976年，他加入了"哥伦布之前基金会"，筹集资金资助非裔美国作家的文学创作。他编辑了诗集《从图腾到嘻哈：美国南北大陆诗歌的多元文化文集 1900—2002》(*From Totems to Hip-Hop: A Multicultural Anthology of Poetry Across the Americas*, 1900 – 2002, 2003)。在这部诗集里，他把美国诗歌定义为一个混合体，不仅包括按欧洲诗歌传统撰写的诗歌，还包括移民、嘻哈文化艺术家和土著印第安人撰写的具有民族特色的诗歌。他的《新诗选集 1964—2007》(*New and Collected Poems*, 1964 – 2007)获得加州俱乐部金奖。(Bloom: 138)与写小说和诗歌一样，里德在散文中喜欢直截了当地表明自己的观点。他的4部散文集是《在老新奥尔良的忏悔节》(*Shrovetide in Old New Orleans*, 1978)、《上帝为印第安人造了阿拉斯加》(*God Made Alaska for the Indians*, 1982)、《创作就是战斗》(*Writin' Is Fightin'*, 1988)和《使肮脏的洗衣

---

① 芒博琼博（Mumbo Jumbo）指的是西非某些部落的守护神，附身于戴假面的巫医，能驱邪并能使妇女事事顺从。

房通风》(*Airing Dirty Laundry*, 1993)。1995 年，布法罗大学授予里德荣誉博士学位。1998 年，里德从加利福尼亚大学伯克利分校退休。他近几年出版的散文作品有《混合：关注媒体欺凌和其他反思》(*Mixing It Up: Taking on the Media Bullies and Other Reflections*, 2008)、《巴拉克·奥巴马和种族歧视的媒体》(*Barack Obama and the Jim Crow Media*, 2010)、《走得太远：关于美国精神失常的文章》(*Going Too Far: Essays About America's Nervous Breakdown*, 2012) 和《战士和作家：两个美国故事》(*The Fighter and the Writer: Two American Stories*, 2013)。目前，里德居住在加利福尼亚州奥克兰德。

里德的小说《摔坏的黄色后板收音机》(1969) 讲述了一名信奉新伏都教的黑人牛仔与宗教和文化压迫产生的冲突。该小说在结构框架上显示出多层次性，再现了黑、白世界观之间的激烈斗争。在这里，里德击中了美国历史最神秘层面的核心问题——夺取大陆。该小说描写的场景有边疆生活、荒原征服、远程货运、牛仔生活、动物迁徙、匪窝法则、小镇酒吧和街头枪战等，人物与场景融为一体，栩栩如生。里德不仅把地主德拉格·吉伯恩和他的那帮坏蛋和牛仔刻画成恶棍，而且把所有有权势的人都视为恶棍，不管是州政府的还是联邦政府的，是信教的还是好战的。美国学者迈克尔·法布里说："里德把黑人超级牛仔鲁普·噶路·克德塑造成一个英雄形象。克德挥舞牛鞭，大声叫嚷，不仅是一个有创意的伏都教教徒而且还被视为是上帝身份不明的双胞胎。"(Fabre, "Postmodernist Rhetoric", 167) 通过对印第安人龚西·欧克斯、白人房地产资本家德拉格·吉布森、黑人牛仔鲁普·噶路·克德的描写，里德批判了美国教会的虚伪性，批判了贬低非裔美国人形象的历史篡改。

在里德的文学作品中，除《芒博琼博》(1972) 外，《飞往加拿大》(1976) 是最受学界和读者欢迎的小说。小亨利·路易斯·盖茨在《美国文学传记词典》里把这部作品视为 20 世纪美国文学的经典之作。不少学者也认为这本小说是自拉尔夫·埃里森的《隐身人》(1953) 之后写得最好的非裔美国小说之一。这部小说用三大悖论来揭露美国社会的荒诞性和非裔美国人追求自由与解放的窘境。首先，里德在这部小说的创作中采用了戏说中的时代悖论或时间悖论，提及了许多穿越时代的物件，如电话、有线电视、空调、立体声收音机、白胎壁轮胎、电动门、电动椅、电动窗、防撞板等。里德挑战了传统奴隶叙事的线性排列，建立起现在读者与过去历史事件的桥梁，把过去带回到现在，拉近了读者与历史的距离。里德的戏说手法是对历史史实和传统文本进行的一种颠覆、批判和否定，使封闭的史实趋向开放，将意义从单一封闭的话语中解放出来，蕴涵更显丰富，故事情节在悖论的反复迭起中更接近实际生活，更能揭示历史和事件的本质。其次，里德在历史戏说中采用了大量的社会悖论，小说的语言突破了常规语言的平庸枯燥，充满了新鲜活力，大大增强了小说的可读性。这些悖论的使用表达了里德独特的心理感受，满足了其追求语言效果的欲望。里德在小说里通过非裔美国人逃亡与否的悖论、生活习俗或者严肃的主流话语，达到语言狂欢的效果，嘲讽了一切形而上的事物，如法律、文学、习俗、理想、信念等。这样，一切崇高的和庄严的东西都轰然倒塌、土崩瓦解。然而，这种由滑稽和荒诞带来的狂欢状态把读者从一种严肃性中解放出来，实现了作者在实际生活中难以实现的幻想。这部小说的人物命运戏说表面上所承载的是一种娱乐、轻松、搞笑的气氛，在博得读者开怀大笑的同时，也渗透着作者对历史的、民族的、个人的忧患意识和责任感的思考。人生戏说的语言幽默和情感快乐强化了小说中的人物命运悖论，折射出深邃的人生哲理和作家精妙的洞察力。

在人类的认识发展史上，悖论往往随着思想的深化和认识的深入，而成为新思维的重要生长点。在历史题材小说创作的所有悖论中，历史的"真实"与"虚构"的矛盾形成了最基本的悖论关系。里德在《飞往加拿大》中对南北战争时期历史事件进行戏说，文本在内容方面背离史料记载，颠覆了历史真实不可违背的"事实正义原则"，但增加了小说的审美风格，避免了赘述民族历史时的枯燥与乏味。里德通过跨时代的时间悖论戏说美国历史上黑奴的生存状况，读者可以一目了然地领会到在奴隶制高压下黑奴的真实生活，揭露非裔美国人不带人格面具就无法生存下去的社会现实。里德还表明，在美国社会悖论中黑奴制度扭曲了人们的心灵。然而，黑奴在与奴隶主的抗争中增长智慧，在传统道德的沦丧中获得新生，这是对不合理社会制度强有力的讽刺。里德并不是一个虚无主义者，他对美国历史和文学传统的颠覆与拆解，并非纯然为了破坏历史或遁入虚无。相反，他要以自己的方式去揭示悖论，反思过去、修正谬误。在"戏说"历史事件的过程中形成的审美形态有助于建构起具有时代全局适应性的新型伦理原则,改变非裔美国作家具体创作中精神价值含量稀少的现状,实现文化产品商业效应与社会高端价值观的成功嫁接,从而在艺术审美形态良性融合的基础上全面提升非裔美国文学本身的审美境界。

(2) 欧内斯特·J. 盖恩斯(Ernest J. Gaines, 1933— )

欧内斯特·J. 盖恩斯是20世纪60年代和70年代杰出的非裔美国作家。他的一些作品被采用为大学课本,并被译成法文、西班牙文、德文、俄文和汉语等多国文字。

盖恩斯于1933年1月15日出生在路易斯安那州的一个种植园。出生后不久就他被父母遗弃,由肢体严重残疾的姨妈抚养成人。盖恩斯在种植园以前的奴隶房舍里长大,一直生活在赤贫

盖恩斯肖像
(图片来源:achievement.org)

中。他在当地的教会学校里读了几年书,后到新罗德岛的黑人学校读书,断断续续地读到了八年级。15岁时,他到加利福尼亚州的维利约镇投靠已经再婚的妈妈。在这个新家里,除了做家务之外,他还负责照料小弟弟迈克尔。与此同时,他以自己的家乡生活为素材创作了第一部小说,那时他才17岁。第一部小说写好后就用牛皮纸包好寄给纽约的出版商,可是被退稿了。他一怒之下烧了书稿,重新再写,这就是他于1964年出版的小说《凯瑟琳·卡尔米尔》(*Catherine Carmier*, 1964)。1953年他参军,服了两年兵役;1955年转业后,到圣弗兰西斯科的加利福尼亚州立大学读书。1956年他在圣弗兰西斯科州立大学的校刊上发表了第一个短篇小说《海龟》("The Turtle")。1957年,他从圣弗兰西斯科大学毕业,获得文学学士学位。1958年他获得华莱士·斯特格涅创意创作奖学金(Wallace Stegner Creative Writing Fellowship)的资助,到斯坦福大学继续深造。1959年,他获得约瑟夫·亨利·杰克森文学奖(Joseph Henry Jackson Literary Award)。从1984年起,他每年的上半年住在圣弗兰西斯科,下半年到路易斯安那大学拉法耶特分校教创意写作。1996年应邀到

法国翰尼第一大学担任访问教授,讲授了一学期的"创意写作"课。目前,盖恩斯回到路易斯安那州,在小时候生活过的种植园原址上盖了一幢房子,仿佛实现了他的归家之梦。

迄今为止,他出版了 6 部小说:《凯瑟琳·卡尔米尔》、《爱和尘土》(*Of Love and Dust*,1967)、《血线》(*Bloodline*,1968)、《简·皮特曼小姐自传》(*The Autobiography of Miss Jane Pittman*,1971)、《老人群》(*A Gathering of Old Men*,1983)和《临死的教训》(*A Lesson Before Dying*,1993)。此外,他还发表一些短篇小说集和文集,如《11 月漫长的一天》(*A Long Day in November*,1971)、《在父亲家》(*In My Father's House*,1978)和《莫扎特和里德贝利:故事与散文集》(*Mozart and Leadbelly: Stories and Essays*,2005)。

盖恩斯的代表作是小说《简·皮特曼小姐自传》(1971)。这部小说讲述了南方发生的各种变化,也谈及南方非裔美国人的价值观和风俗习惯。盖恩斯通过叙述人简·皮特曼的视角观察和描写了非裔美国人的生存斗争。故事的时间跨度很大,从美国内战开始,一直讲述到美西战争、两次世界大战和越南战争,也谈及一些非裔美国历史上的重要人物,如弗雷德里克·道格拉斯、布克·T.华盛顿、罗莎·帕克斯等。

这部小说从主人公简获得自由开始写起,她获得自由后仍然不得不生活在种植园,只是身份从奴隶变成了佃农而已。作者指出非裔美国人在佃农制种植园中的生活境况与奴隶生活没有根本性的区别。在小说里,南方白人不满奴隶制的废除,总是采用暴力和恐怖手段限制南方黑人的人身自由、工作自由和学习自由。种植园主不准黑人上学或参与政治,绝大多数黑人无法离开种植园外出谋生。在"光明瞬间即逝,黑暗再次笼罩"那章的末尾,简对迪依上校的庄园评述道:"又是奴隶制了,十足的。"小说的一个重要主题是抗争。有革命意识的尼德对黑人同胞说:"这里是你们的,不要让那人把土地从你那里拿走。"白人不满他的反抗思想,于是杀害了他。他的死使黑人们更加团结。黑人青年吉米到新奥尔良上学后,种族觉悟也大为提高,他开始组织黑人在路易斯安那举行民权运动的示威游行。和尼德一样,他也惨遭白人杀害。吉米之死激发起黑人更大的反抗热忱,简和当地的黑人居民到市政府所在地贝恩尼去抗议。

简讲述了她在美国南方奴隶制废除后所经历的主要事件,故事的高潮是她以 110 岁的高龄参加 1962 年的美国民权运动。该小说讲述了黑人一百年里寻求自由的艰苦历程。他们所寻求的不过是 1863 年美国《解放宣言》规定的和当时从北方来的布朗下士承诺过的自由。小说题目给予读者自传的暗示，这种体裁的错觉安排有益于增加人们的阅读兴趣，给作品意想不到的艺术效果。盖恩斯成功地把个性鲜明的小说人物与美国南方的客观历史有机地结合起来。1974 年，该部小说被改编成电视剧，被誉为第一部怀着同情心讲述黑人故事的影视作品。这部电视剧比电视系列剧《根》的出现还早了整整四年。

## 六、非裔美国戏剧

"二战"后的非裔美国戏剧继承了哈莱姆文艺复兴戏剧的传统。剧作家习惯于描写中产阶级黑人的生活，他们持有的价值观与白人知识分子倡导的清教价值观极为相似。他们的戏剧渐渐引起包括白人在内的美国观众的注意。洛兰·薇薇安·汉斯贝利（Lorraine Vivian Hansberry）是这个时期最杰出的戏剧家，她引导非裔美国戏剧进入百老汇舞台，给 20 世纪 50 年代和 60 年代初的美国戏剧带来一股新风。

汉斯贝利有一大帮青年黑人追随者，其中有剧作家勒利·埃尔德尔（Lenne Elder）、艾德·布林斯（Ed Bullins）、道格拉斯·沃尔德（Douglas Ward）、艾德丽安·肯尼迪（Adrienne Kennedy）和阿米利·巴拉卡。然而，这些青年剧作家在黑人艺术运动中选择了与汉斯贝利不同的道路。像当时年轻的非裔革命诗人一样，这些年轻人为美国非裔观众而创作，所传达的社会和政治信息都是直接的、革命的。40 年前，詹姆斯·威尔敦·约翰逊在创作中总是希望自己的剧本能同时取悦于白人观众和黑人观众；然而，在 20 世纪六七十年代，非裔美国剧作家的种族意识空前加强，他们在创作时公开漠视白人观众的感受，只是考虑如何使他们的剧本得到非裔观众的欢迎。他们致力于揭露城市贫民区、农村贫民区或南方小镇贫民区黑人生活的阴暗面，展现贫民区生活的每一个侧面——卖淫、同性恋、吸毒、偷窃、种族冲突或阶级斗争。因此，这些剧本不同于战后走红的《安娜·卢卡斯塔》（Anna Lucasta），也不同于洛兰·汉斯贝利的《阳光下的葡萄干》（Raisin in the Sun）。

这批剧作家中的首要人物是阿米利·巴拉卡。他的剧本《荷兰人和奴隶》（Dutchman and The Slave，1964）、《黑人的弥撒》（Black Mass，

1966）和《奴隶船》(*Slave Ship*, 1970) 运用了革命戏剧运动的"象征手法"。其剧本的创作旨在促进社会变革，抨击人世间的恶和丑陋，恢复善的本真。相比之下，艾德·布林斯在剧本的写作技巧和主题上的创新性稍显不足。他的剧本《克拉拉的老人》(*Clara's Ole Man*, 1965) 和《去布法罗》(*Goin' a Buffalo*, 1968) 把视野转向贫民区的中心地带，关注下层黑人的贫困和绝望。他笔下的布林斯贫民区充满暴力，骇人听闻。他向观众展示的是一个不值得信任或留恋的世界。此外，刻薄、轻快的幽默也出现在一些剧本里。例如，道格拉斯·特纳·沃尔德（Douglas Turner Ward）在剧本《缺席日》(*Day of Absence*) 里提出幽默的假想：就黑人贫民区的居民来讲，从富裕人家偷窃一点生活必需品是可以得到原谅的。

阿米利·巴拉卡和艾德·布林斯把非裔美国人的精神和意图转化成剧本和舞台艺术。在对话式的黑人生活片段里，这些剧本明显不同于融入主义者的"标语牌"似的传统抗议。布林斯和巴拉卡对他们的剧本能否得到白人观众的赞赏并不在意。实际上，这些戏剧的目的就是要进行一场有关黑人意志、洞察力、活力和意识的舞台革命。

与20世纪60年代的大多数戏剧一样，巴拉卡和布林斯的作品采用黑人方言，描写下层非裔美国人的生活，倡导一种新的黑人革命精神。非裔美国戏剧艺术是非裔美国民众解放思想的表现形式，这类剧本把普通非裔美国人的生活以精炼、浓缩的舞台人物再现出来。在这个时期，百老汇和外百老汇上演了不少非裔美国人撰写的剧本。当时非裔美国戏剧的主题主要有三个：非裔美国人的男性品质、男女关系和道德伦理。例如，巴拉卡的《疯狂的心》(*Madheart*, 1966) 是其男性品质理论的戏剧表现；吉米·嘎利特（Jimmy Garrett）的《我们拥有的夜晚》(*We Own the Night*, 1967) 描写黑人亲情和伦理道德之间的问题。(Flowers：108)

"黑人戏剧"（"Black Theatre"）和"黑人戏剧运动"（"Black Theater Movement"）这两个术语可以看做是20世纪60年代所有非裔美国戏剧的概括，专门指由非裔美国作家写的关于黑人的作品。当时，也有一些白人作家把黑人作为描写对象，如白人作家迪博·海沃德（Dubose Heyward）和多萝西·海沃德（Dorothy Heyward）合作撰写的剧本《真鲷》(*Porgy*) 和尤金·奥尼尔（Eugene O'Neill）的剧本《琼斯皇帝》(*The Emperor Jones*)。而且，术语"黑人戏剧运动"表明了这些剧本创作的社会母体。但是，没有任何术语能够表达民族主义者提及"黑人戏剧"时的全部内涵，也没有任何术语能完全描述出非民族主义作家的创作目的和美学观。但是，两派作家都觉得有必要把术语区分清楚。非民族主义剧作家有时把民族主义剧作家的作品看做是"社区戏剧"，而民族主义剧作家以蔑视的态度把非民族主义戏剧称为"黑鬼戏剧"或"黑面孔的白人戏剧"。民族主义剧作家用来描述自己作品的术语有"革命戏剧"、"仪式戏剧"、"人民戏剧"、"黑人生活戏剧"和"新黑人戏剧"。(Flowers: 95—96) 总的来讲，20世纪60年代的非裔美国戏剧可以分为两大类：民族主义戏剧和主流非裔美国戏剧。这个时期主要的非裔美国剧作家有洛兰·汉斯贝利、艾德·布林斯和艾德丽安·肯尼迪。

20世纪六七十年代的非裔美国戏剧运动在本质上走的是平民主义道路，与民权运动和"黑人权力"运动相呼应。这场戏剧运动的观点不同于以前的戏剧家意识，其创作主题与非裔美国戏剧的传统思想完全相反，强调在非裔美国中心意识、政治激进主义和动态哲学基础上重构黑人身份。美国学者尼尔冈·阿纳多路—奥库尔指出："有些评论家把法国剧作家琼·格尼特于1959年写的剧本《黑人》作为20世纪60年代非裔美国戏剧运动的开山之作。与他们的观点不同，我认为是巴拉克的剧本《荷兰人》(1964) 发起了这场运动。"(Anadolu-Okur: 11) 虽然《黑人》也许有助于白人观众了解黑人意识，但是真正起作用的是《荷兰人》，这个剧本比以往任何剧本都有助于提高黑人意识和促进黑人艺术运动的发展。巴拉克的独特贡献就是倡导结束延续了几个世纪的融入梦。从此，非裔美国剧作家的剧本创作走上了不同的道路，不再苟且于美国主流的艺术、美学和戏剧，而是为非裔美国人开辟了一个不妥协、自由和强大的文化自主区域。这就是非裔美国戏剧革命的开始。

### 1. 洛兰·薇薇安·汉斯贝利（Lorraine Vivian Hansberry, 1930—1965）

洛兰·薇薇安·汉斯贝利是第一位在百老汇上演剧本的黑人妇女剧作家。她是第二次世界大战后杰出的非裔美国剧作家。汉斯贝利于1930年5月19日出生在芝加哥的一个富裕家庭，父亲是房地产大亨，在芝加哥黑人社区举足轻重。1947年汉斯贝利从芝加哥的恩格尔中学毕业。她在威斯康星大学上学时，有一天在密莫利尔图书馆（Memorial Library）附

汉斯贝利肖像
（图片来源：findagrave.com）

近散步时碰巧遇到有剧团在排练肖恩·奥凯西（Sean O'Casey）① 的剧本《朱诺与孔雀》（*Juno and the Paycock*），她对戏剧的强烈兴趣一下子被激发起来。1950 年她从威斯康星大学辍学后来到纽约，担任黑人激进报纸《自由》（*Freedom*）的记者，后来升任该报的副主编。她积极参加争取和平和自由的运动，抗议白人权力阶层的统治。在警戒线上游行时，她结识了罗伯特·尼米洛夫，并在 1953 年与他结婚。婚后，汉斯贝利就从《自由》报社辞职，开始戏剧创作。婚后生活拮据的汉斯贝利与尼米洛夫合作写的一首歌突然走红，给她带来了丰厚的收益，于是她辞去所有的兼职工作，把更多的精力投入剧本创作。后来，由于感情因素，两人离婚，但仍在艺术方面保持着密切的联系。

汉斯贝利的第一个剧本《阳光下的葡萄干》从 1956 年着手创作，直到 1958 年才完成。这个剧本先在纽黑文、费城和芝加哥试演，然后于 1958 年 3 月由锡德尼·波依提尔、卢比·迪、娄·戈塞尔特等人在百老汇开演。这个剧本在 19 个月之内共演出了 530 场，汉斯贝利成为获得纽约戏剧评论家协会奖的第一位非裔美国剧作家。在改编成电影的剧本里，汉斯贝利加了几个场景，可惜最终被剪辑掉了。不过，电影于 1961 年上演时也非常火爆，受到评论界的好评。1973 年尼米洛夫把这个剧本又改编成音乐剧，获得了托尼奖。这个剧本的电视版恢复了电影版删除掉的内容，于 1989 年播出，电影剧本于 1992 年出版。

1960 年汉斯贝利创作了一个关于奴隶制的电视剧本《饮酒的葫芦》（*The Drinking Gourd*），但电视台的负责人认为这个剧本争议太大，不宜演出。她的下一个剧本《西德尼·布鲁斯坦窗户的标记》（*The Sign in Sidney Brustein's Window*）于 1964 年 10 月开演，尽管评论褒贬不一，她

---

① 肖恩·奥凯西（Sean O'Casey, 1880—1964）是爱尔兰剧作家，以描写都柏林贫民窟生活的现实主义戏剧而著名，主要剧本有《朱诺和孔雀》、《犁和星》等，后期作品多为奇幻剧和宗教礼仪剧。

的朋友们和崇拜者们坚决支持这个剧本继续上演,直到 1965 年 1 月 12 日汉斯贝利去世。尽管 1964 年汉斯贝利已经与尼米洛夫离婚,但她仍然请尼米洛夫担任文学经纪人。他把她的戏剧、杂志、演讲和书信等收集成一个集子《青年、天赋和黑人:洛兰·汉斯贝利自己的话语》(*To Be Young, Gifted and Black: Lorraine Hansberry in Her Own Words*),并于 1969 年在外百老汇向公众推介。

汉斯贝利写得最好的剧本是《阳光下的葡萄干》。这个剧本的题目取自兰斯顿·休斯的著名诗歌《哈莱姆》("一个迟到的梦怎样了……它像阳光下的葡萄干那样干枯了吗……它爆裂开了吗?"),以闹钟铃响为戏剧的开头,与理查德·赖特的小说《土生子》的开头部分有惊人的相似之处。一些评论家认为:"《阳光下的葡萄干》之于非裔美国戏剧就犹如理查德·赖特的《土生子》之于非裔美国小说。"(Gates:1725)《阳光下的葡萄干》的成功把汉斯贝利推向文坛,使她以黑人活动家和代言人的身份发挥更大的社会作用。这个剧本自上演以来,广受好评,经久不衰,对现代戏剧的影响巨大。该剧本被认为是与阿瑟·米勒的《推销员之死》(*Death of a Salesman*)、田纳西·威廉斯的《玻璃动物园》(*The Glass Menagerie*)和尤金·奥尼尔的《长夜漫漫路迢迢》(*Long Day's Journey into Night*)齐名的经典之作。

《阳光下的葡萄干》以黑人社区为背景,揭示了黑人家庭的冲突,倡导勤劳、节俭、责任、信赖等白人中产阶级价值观。剧本主要讲述了沃尔特与妻子鲁丝、儿子特拉维斯、妈妈丽娜和妹妹贝尼莎之间的故事。他们居住在芝加哥南部一个摇摇欲坠的单间公寓里,过着饥寒交迫的生活。沃尔特是一名贫穷的豪华高级轿车司机。鲁丝对生活满意,但沃尔特不满,总梦想发财。沃尔特计划和威利合伙投资一家酒店。威利是沃尔特的熟人,熟悉都市生活方式和经营之道,但并未在剧本里现身。沃尔特像《推销员之死》中的威利·洛曼一样追逐美国梦,但最终还是失败了。不同的是,洛曼最后死了,但沃尔特在最后用非裔美国人的自豪感为自己赎罪,改变了自己的思想,为自己的黑人身份而自豪,并努力搞好黑人社区的邻里关系。这个剧本的中心思想有助于倡导黑人在社会生活中建立家庭责任感和社区公益心。

### 2. 艾德·布林斯(**Ed Bullins, 1935—** )

艾德·布林斯被公认为黑人艺术运动中最多产和最有影响的剧作家、

散文家和短篇小说家之一。他擅长描写内城贫民区非裔美国人的生活，并为观众提供与演员进行言语交流的机会。他鄙视在作品中光喊政治口号而不采取行动的行为，其创作思想对非裔美国戏剧的发展有着重大的影响。

　　布林斯于 1935 年 7 月 2 日出生在费城，主要由母亲抚养成人。在富兰克林中学读书期间，他不幸卷入黑帮之争，被刀捅伤。不久，他就辍学了，随后加入了美国海军。在服役期间，他获得了拳击冠军的称号。退伍后，他回到费城，在夜校读书。1958 年他到洛杉矶城市学院继续学业，广泛阅读各类书籍，并开始创作短篇小说。但直到 1964 年，他在圣弗兰西斯科州立学院上创作课时，才开始着手戏剧创作。他的第一个剧本是《你好》(*How do You Do*)，其他剧本有《克拉拉的老人》(*Clara's Old Man*) 和《话语决定论》(*Dialect Determinism*)。他获得了两次古根海姆奖学金和三次洛克菲勒补助金。1971 年，他的戏剧《在新英格兰的冬天》(*In New England Winter*, 1971)、《传奇式的玛丽小姐》(*The Fabulous Miss Marie*, 1971) 和《珍妮小姐的捕获》(*The Taking of Miss Janie*, 1975) 获得欧比奖。1973 年他成为美国地方剧院的驻院作家。1975 年至 1983 年，他在纽约莎士比亚节组委会担任策划人。在此期间，布林斯创作了两部儿童戏剧《我是露西·泰莉》(*I am Lucy Terry*) 和《菲利丝·惠特莱的奥秘》(*The Mystery of Phyllis Wheatley*)。他还创作了两部音乐喜剧《塞皮亚·斯达尔》("Sepia Star") 和《斯托利维尔》("Storyville")。1995 年他被聘为波士顿东北大学教授，现是该校的驻校艺术家。布林斯的剧本《哈莱姆的女歌唱家》(*Harlem Diva*) 曾于 2006 年在纽约上演。

　　布林斯的代表作是剧本《去布法罗》。该剧本于 1968 年 6 月在美国地方剧院上演。这个剧本的主要人物有街头混混克特和其妻子潘多拉，克特的朋友里奇、绰号为"妈妈太紧"的白人妇女和曾在监狱斗殴中救过克特命的阿尔特。虽然他们中的有些人决定离开洛杉矶，但是克特决定把布法罗作为目的地，希望他能和潘多拉从头开始做合法生意。然而，随着剧情的展开，他们陷于各种暴力、欺诈和阴谋之中。关于监狱、金钱、毒品和性的主题揭露了城市生活的阴暗面和人与人之间的尔虞我诈。该剧本中有很多潘多拉在夜总会唱歌的场景，其中也夹杂有暴力打斗的场面，戏剧氛围被场景音乐渲染。该剧本的血腥打斗以俱乐部经理迪尼的到来而结束，他宣布演出结束，所有演员都得不到工钱。该剧本中的种族张力显而易见,展现了非裔美国人在贫穷中挣扎、与社会司法机构不断发生冲突的社会现实。为了增强剧本的戏剧效果,布林斯把俱乐部老板和顾客设置为白人,加剧了人物冲突的张力。布林斯不是通过描写人物生活的方式来决定道德取向,而是允许人物参与相关事件,通过他们各自的生存环境来表现社会的道德伦理风尚。

### 3. 艾德丽安·肯尼迪(Adrienne Kennedy,1931— )

艾德丽安·肯尼迪不仅是20世纪最有影响力的先锋派非裔美国剧作家之一,而且还是20世纪六七十年代黑人艺术运动的重要人物。她的剧本探索了美国社会的种族问题、亲情关系和暴力问题。她的剧本经常没有情节,但有很强的象征性。她善于在剧本中利用神秘的历史人物或虚构人物来描写和探索美国人的生活经历。她的创作手法引领了非裔美国戏剧的风格革新。在剧本中,她把表现主义、超现实主义和残存的非洲古代文化成分结合起来,创作了丰富而又有原创性的戏剧情节。她独特的风格表明了抽象戏剧语言的政治潜在性,极大地影响了人们对戏剧概念的理解。

肯尼迪于1931年9月15日出生在宾西法利亚的匹兹堡。出生时取名为艾德丽安·丽塔。父亲科娄·华莱士·霍金斯是年轻人基督教协会(YMCA)的执行会长;母亲厄特拉·霍金斯是一名学校教师。肯尼迪天资聪颖,3岁时就开始识字读书;4岁时,全家搬到俄亥俄的克利夫兰。童年时,她经常把家庭成员看做是其戏剧中的人物。因此,在她的剧本中,大多数人物形象是其童年时接触过的那些人的性格和品行的综合。1953年肯尼迪毕业于俄亥俄州立大学,毕业两周后就与约瑟夫·C. 肯尼迪结婚。从1954年到1956年,肯尼迪在哥伦比亚大学学习创意创作。1961年她到非洲旅游,开始撰写剧本《黑人的滑稽之家》(*Funnyhouse of a Negro*)。因为生第二个孩子时胎位

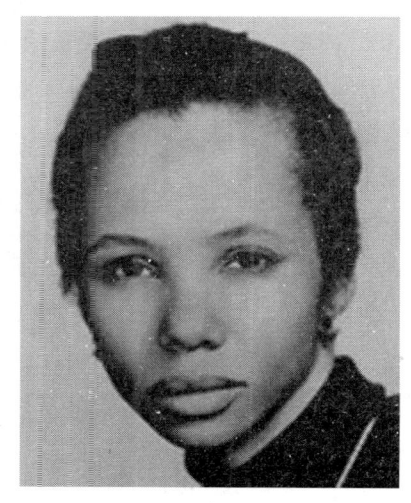

肯尼迪肖像

(图片来源:anisfield-wolf.org)

不正，她到意大利疗养，同时写完了奠定其剧作家地位的剧本《黑人的滑稽之家》（1963）。她的下一个剧本《猫头鹰的回答》（*The Owl Answers*, 1965）是她本人的最爱，讲述一名黑人女性在种族主义社会里追求自我的故事。此外，她还创作了5个剧本：《一个野兽故事》（*A Beast Story*, 1966）、《老鼠的弥撒》（*A Rat's Mass*, 1966）、《用消亡语言讲的一课》（*A Lesson in a Dead Language*, 1968）、《船》（*Boats*, 1969）和《太阳：献给被暗杀的马尔康·X.的一首诗》（*Sun: A Poem for Malcolm X Inspired by His Murder*, 1970）。

20世纪60年代末和70年代，肯尼迪主要通过从一些学术机构获得基金或补助金的方式来维持自己的生活和创作。1968年她获得了古根海姆研究基金，1969年、1973年和1976年曾三次获得洛克菲勒研究基金，1973年获得国家资助补助金，1974年获得创意艺术家公共服务补助金。1974年她与丈夫离婚后，开始教书生涯。她在耶鲁大学戏剧学院担任研究员，在普林斯顿大学、布朗大学、哈佛大学和加利福尼亚大学的戴维斯分校和伯克利分校担任访问教授。20世纪八九十年代，她一边教书，一边继续从事文学创作，出版了剧本《俄瑞斯忒斯和伊莱克特拉》（*Orestes and Electra*, 1980）和《一个兰开夏的小伙》（*A Lancashire Lad*, 1980）。此外，她还出版了学术著作《激发我写剧本的人们》（*People Who Led to My Plays*, 1987）和《在独幕剧中的艾德丽安·肯尼迪》（*Adrienne Kennedy in One Act*, 1988）。1990年她出版了第一部小说《不共戴天的三胞胎》（*Deadly Triplets*）；1992年她出版了《亚历山大戏剧集》（*The Alexander Plays*），里面收录了4个剧本《她对贝多芬说话》（*She Talks to Beethoven*）、《俄亥俄国家谋杀》（*The Ohio State Murders*）、《电影俱乐部：一个独白》（*The Film Club: A Monologue*）和《戏剧领域》（*The Dramatic Circle*）。1996年她与儿子亚当·P.肯尼迪合写的剧本《剥夺睡眠的房间》（*Sleep Deprivation Chamber*）在纽约上演，获得欧比奖。

肯尼迪写得最好的剧本是《黑人的滑稽之家》。该剧主要讲述了浅肤色的黑白混血儿莎拉人格分裂的故事，展示了她的四重人格——自我、维多利亚女王、哈普斯伯格公爵夫人和黑人男子帕特里斯·鲁曼巴。戏剧一开始，莎拉满身血淋淋地奔向舞台，脖子上还绕着刽子手的绞索。她向观众介绍自己的教育背景和种族背景，对自己的"黑色"深恶痛绝，希望自己能变成更"白"一点的黑人。剧本中描写得最出色的是莎拉的第四重人格——黑人鲁曼巴。她认为鲁曼巴强奸了她的母亲，生下了她，给她带来无穷无尽的灾难。在其心目中，鲁曼巴是其身体中的非洲部分，也是她自称为邪恶、想除去又除不掉的部分。在剧终时，莎拉以独白的方式讲述在其母亲死亡时的内心感受，升华了该剧反种族主义的深刻寓意。

这个剧本聚焦于妇女莎拉生命的最后几个小时，莎拉被种族和身份等问题逼得走投无路。以此为背景，肯尼迪描写了莎拉幻觉中的潜意识——自我憎恨、种族憎恨和主流文化的疏远情感。她的这种描写得到当时不少评论家的好评，但是有些评论家对这个剧本的舞台主题感到迷惑不解。许多学者认为《黑人的滑稽之家》在许多方面具有革新性，特别是肯尼迪对美国20世纪60年代非裔美国形象和妇女形象的独特描写。在这个剧本里，肯尼迪利用自己的黑人妇女经历、对文学名著的了解和在欧洲和非洲的旅游经历，描写出非欧文化冲突中人性的复杂。肯尼迪把这个剧本交给纽约的爱德华·阿尔比①工作室。经过一番争议后，阿尔比选用了这个剧本，并于1964年在外百老汇的东端剧场上演。该剧成为那个季度最受关注的剧目，演出了46场，最终赢得了欧比杰出戏剧奖。

### 4. 恩托扎克·襄格（Ntozake Shange, 1948— ）

恩托扎克·襄格是当代著名的非裔美国戏剧家和诗人。她自称为非裔美国女权主义者，其作品中的大多数内容都与种族或女权主义有关。

襄格于1948年10月18日出生在新泽西州的特林顿。出生时，她取名为波琳·威廉斯。父亲保罗·T. 威廉斯是外科大夫；母亲埃勒维兹·威廉斯是社会工作者和教育家。1971年她把母亲的非洲名字作为自己的名字。在非洲方言里，"恩托扎克"的意义是"她带着自己的东西来"；"襄格"的意思是"像狮子一样走路的人"。（Worley：1954）还未成年的时候，她就有幸结识了当时著名的非裔美国音乐家和歌唱家，如查理·帕克尔、迈尔斯·戴维斯和约瑟芬·贝克。还有一位特殊的非裔美国朋友给她留下了深刻的印象，那就是W. E. B. 杜波依斯。

---

① 阿尔比（Edward Albee, 1928— ），美国剧作家，擅长用象征、比喻和夸张手法描写美国社会生活，其作品主要反映西方传统价值观念的危机，代表作为三幕剧《谁怕弗吉尼亚·伍尔夫?》。

1973年襄格从洛杉矶的南卡罗来纳大学获得美国学学士学位。1976年，她的剧本《彩虹艳尽半边天》(*For Colored Girls Who Have Considered Suicide/When the Rainbow Is Enuf*) 在百老汇上演，非常成功，她也一举成名。随后，该剧本获得了欧比奖、业余评论家协会奖和奥德尔科奖。之后，襄格应邀在索诺玛州立学院、米尔斯学院和加利福尼亚大学等校任教。

演讲中的襄格
（图片来源：niamey.useembassy.gov）

襄格在纽约上演的第二个剧本是《一张照片：对残酷的研究》(*A Photograph*: *A Study of Cruelty*)。这个剧本讲述了一名黑人舞蹈女演员与才华横溢的摄影师男友之间的爱情故事。该剧从1977年至1978年在公共剧院上演，评论界对该剧的评价褒贬不一。1981年该剧经修改后再版，更名为《一张照片：摇摆中的情侣》(*A Photograph*: *Lovers in Motion*)。襄格出版的其他剧本有《拼写第七号》(*Spell #7*, 1981)、《从欧克拉到格林斯》(*Okra to Greens*, 1985) 等；此外，她出版的诗集有《娜披边缘》(*Nahppy Edges*, 1978)、《女儿的地理》(*A Daughter's Geography*, 1983)、《在得克萨斯骑月》(*Ridin' the Moon in Texas*, 1987) 和《爱的空间要求》(*The Love Space Demands*, 1991)。她还出版了散文集《没看到邪恶》(*See No Evil*, 1984) 和小说《黄樟、柏树和靛蓝》(*Sassafrass, Cypress and Indigo*, 1982)、《贝特斯·布朗》(*Betsey Brown*, 1984) 等。2003年襄格在佛罗里达大学担任访问艺术家期间，创作了剧本《薰衣草、蜥蜴和丁香果》(*Lavender Lizards and Lilac Landmines*: *Layla's Dream*)，并指导了该剧的演出。

襄格最著名的剧本是《彩虹艳尽半边天》(1975)。该剧本由20首诗歌组成，记叙了黑人妇女的生活。这个剧在总体上被称为配舞诗剧，剧中均为不知名的妇女演出，每个人仅以颜色作为称谓，如"穿黄色衣服的女士"、"穿紫色衣服的女士"等。这些诗歌的主题涉及爱情、抛弃、强奸和流产。例如，7个女演员的演出主要讲述她们独特的故事,穿蓝色衣服的女士从内心深处叙述一个选择流产的妇女的故事;穿红色衣服的女士讲述了家庭暴力的故事;穿棕色衣服的女士与海地革命者图森-路维杜尔①私奔,体现了青年一代的自主精神。在结尾处,所有的妇女上场,大家把手握在一起。襄格以此来彰显女性的力量。穿红衣服的女士念祷文:"我发现上帝在我心中/我爱她/我强烈地爱她。"该剧本的诗歌最后被改编成舞台剧本,于 1977 年以书的形式第一次出版。在这本书的前言里,襄格指出,这个剧本的主旨是关于如何重建被禁忌的身份、被非法剥夺的身份和被遗忘的身份。在这个剧本里,襄格追溯了黑人女性从幼稚到成熟的心路历程,主要描写了男女之间缺乏沟通所造成的各种误解,还特别探索了单相思主题。这个剧本还强调了黑人妇女团结的重要性,探索了建立和发展女性自尊的可能性。许多评论家赞扬这个剧本妙趣横生、情节新奇的剧情,但也有些评论家认为这个剧本的人物设计不够合理,特别是缺乏同情女性人物的男性角色。这个剧本在非裔美国知识分子中曾引起过激烈的争论。

## 七、非裔美国散文

第二次世界大战结束到 20 世纪 70 年代末,非裔美国散文取得了较快的发展。这些散文作品在民权运动、"黑人权力"运动和黑人艺术运动中发挥了重要的作用。非裔美国散文作家把散文和演讲作为抨击种族主义的武器,号召非裔美国人为种族平等和社会正义而斗争。这个时期,主要的散文家有爱迪生·盖尔、霍伊特·富勒、埃尔德利吉·克里维尔、小马丁·路德·金、马尔康·X. 和玛雅·安吉娄。

### 1. 小爱迪生·盖尔(Addison Gayle, Jr., 1932—1991)

小爱迪生·盖尔是当代杰出的非裔美国散文家和演说家。20 世纪六七十年代,他被公认为黑人艺术运动的重要代言人之一,和阿米利·巴拉卡一样曾受到白人评论家的猛烈攻击。盖尔倡导的黑人美学思想有助

---

① 图森-路维杜尔(1743?—1803)是海地革命领袖,黑人奴隶出身,领导黑人起义(1791),宣布海地自治(1801),任终身执政,后被法国殖民主义者诱捕(1802),死于法国狱中。

盖尔肖像
（图片来源：lareviewofbooks.org）

于提高非裔美国人的种族自尊心，对现当代非裔美国文学传统的发展有着重要的影响。

盖尔于1932年6月2日出生在弗吉尼亚东南部港市纽波特纽斯。他在纽约城市大学读书，大学还未毕业就加入了美国空军。1966年他从加利福尼亚大学洛杉矶分校获得文学硕士学位，然后回到曼哈顿，担任大学教授、文学评论家和黑人艺术运动的代言人。早在读研究生时，盖尔就投身于非裔美国文学和文化的研究工作。他出版了学术专著《黑人陈述》（*Black Expression*，1969）和论文集《黑人美学》（*The Black Aesthetic*，1971）。《黑人美学》被称为黑人艺术运动的"圣经"。盖尔于1991年10月15日去世，享年59岁。

《黑人美学》是一部由不同作家提供稿件所组成的论文集。全书的文章分为四个大类——"理论"、"音乐"、"戏剧"和"小说"。在这部书里，盖尔发表了自己的艺术宣言。他坚信"普遍存在"这个术语是西方标准的肤浅伪装，质疑美国大肆传播的否定非洲和非裔美国人的意象、神话和象征的西方文化，认为它抑制了非裔美国文化和文学创造性。盖尔恳切呼吁非裔美国作家接受"黑就是美"的观念，并且创造与这个观念相应的形象，也就是塑造非裔美国人的正面形象。盖尔希望黑人艺术家创作以黑人生活素材为基础的作品，鼓励非裔美国艺术家反对任何贬低或丑化非裔美国人的社会机构或媒体。盖尔以优美的散文语言提出自己的批判观点，对非裔美国文学产生了深远的影响，被称为美国文学中反对社会不合理现状最有力、最令人钦佩的作家。

### 2. 霍伊特·富勒（Hoyt Fuller，1923—1981）

霍伊特·富勒是20世纪60年代和70年代著名的非裔美国评论家，也是黑人艺术运动的核心人物之一。

富勒于1923年9月10日出生在佐治亚州的亚特兰大，4岁时父亲去世；后来母亲因病身残，小富勒被送到底特律和姑姑一起生活。1950 年他从底特律的韦恩州立大学毕业后，在当地的一家日报《论坛》(*Tribune*) 当记者，1951 年在底特律最大的黑人报纸《密西根记事》(*Michigan Chronicle*) 担任特写编辑。三年后，他来到芝加哥，在一家黑人杂志社《乌木》(*Ebony*) 工作。因一件琐事，他在芝加哥街上与一名白人发生冲突。该事件激怒了他，他觉得自己不能再在这个按种族划分地位的国家生活下去了。

富勒在一家荷兰报社担任驻西非记者，去过非洲大陆的许多地方，报道了许多关于非洲新独立国家的新闻。富勒决定和美国的黑人读者一起分享这些非洲国家获得成功的种族荣誉感。他于 1960 年返回美国，在纽约的《柯黑尔百科全书》(*Collier's Encyclopedia*) 杂志社工作，后来他应以前的雇主约翰逊出版社邀请来到芝加哥，恢复了停刊已久的杂志《黑人文摘》(*Negro Digest*)。在这份杂志的最后一期，富勒预示一个新时代即将来临。他竭力让所有的非裔美国作家和文化工作者明白新非洲的文化价值观和创新模式。在担任《黑人文摘》编辑时，他热衷于从全国各地搜集黑人故事和关于黑人在社会、政治和文化等方面的新闻。1970 年他把这份杂志改名为《黑人世界》(*Black World*)。此次更名表明他决心走自己办刊的道路，也表明这份杂志将成为新黑人美学运动的喉舌。富勒自己也写述评，痛斥西方文化对黑人艺术成就的抹杀。他在《黑人世界》上大量发表黑人艺术运动和"黑人权力"运动中新作家撰写的诗歌、文章、短篇小说和专题讨论文稿。约翰·威廉斯、玛丽·埃文斯、艾瑟利吉·奈特、卡洛琳·富勒、卡洛琳·罗杰斯和爱丽丝·沃克等作家的名字时常出现在这个刊物上。《黑人世界》因其激进的观点而被迫停刊。之后，富勒到康奈尔大学教书。1981 年，富勒在亚特兰大因心脏病发作而去世，享年 57 岁。

他最优秀的作品是《非洲之行》(*Journey to Africa*, 1971)。这部书是富勒非洲大陆之旅的回忆录，其出版时间比亚历克斯·哈利 (Alex Haley) 的《根》(*Roots*, 1976) 还早上几年。他以令人信服的笔调描写了他一生中最有意义的经历之一，其叙述由三篇文章组成，勾画出泛非主义作品的基本轮廓。书的一开始就直截了当地指出，美国黑人要经常到欧洲去寻根。在书中，富勒叙述了一个年轻人是如何寻找其美国根的故事。在追寻中，他接受了早期泛非主义者乔治·帕德摩尔和 W. E. B.

杜波依斯的思想。芝加哥的第三世界出版社出版了《非洲之行》。

### 3. 玛雅·安吉娄（Maya Angelou, 1928—  ）

玛雅·安吉娄是当代最受欢迎的非裔美国作家之一。一次，在接受非裔美国评论家克劳迪娅·泰特的采访时，安吉娄说："我所有的作品想表达的是，'你可能会遭遇许多失败经历，但你一定不会被打败'。"事实上，遭遇困难也许就是对忍耐力的考验和对智慧的激活。安吉娄的文学生涯也证实了她本人在人生和文学创作中的超凡活力和忍耐力。相对于她的诗歌和戏剧，读者更青睐她的自传作品。

安吉娄于1928年4月4日出生在密苏里州的圣路易斯。父母离婚后，她就到阿肯色州和外婆一起生活。她的生活坎坷，充满磨难，8岁时曾被母亲的男朋友强奸。1945年她从米星中学毕业。她曾做过很多工作，如电车售票员、克里奥尔厨师、夜总会女招待、妓女、妓院鸨母等。30岁时，她来到纽约的布鲁克林，结识了约翰·奥利弗·科林斯和詹姆斯·鲍德温等作家，得到他们的鼓励，继续从事文学创作。20世纪五六十年代，安吉娄投身于文学创作，加入了哈莱姆作家协会。在这个协会的支持下，她全身心地进行创作。同时，她还参加了民权运动。小马丁·路德·金提名她为黑人组织"南方基督教领袖会议"的北方协调人。

1963年，安吉娄来到加纳，担任加纳大学音乐与戏剧学院的助理行政官。她在加纳生活了三年，曾在几个剧组里担任演员，出任《非洲述评》（*African Review*）的特邀编辑，并且为加纳广播公司撰稿。1966年回到美国后，她在加利福尼亚大学洛杉矶分校担任讲师，后来在好几所大学担任访问教授或驻校作家。她出版的第一部书是《我知道笼中之鸟为什么歌唱》（*I Know Why the Caged Bird Sings*, 1969）。这部书是关于她青少年时期的自传，广受读者和评论界的好评，获得全国图书奖提名，后来被改编成电视剧。20世纪70年代，她出版了讲述其从1944年至1955年生活的另两部自传性书籍《以我的名义聚集在一起》（*Gather Together in My Name*, 1974）和《唱呀、旋转呀，像过圣诞节一样狂欢》（*Singin' and Swingin' and Gettin' Merry Like Christmas*, 1976）。此外，还出版了三部诗集《在我死之前给我一瓶凉水》（*Just Give Me a Cool Drink of Water 'Fore I Diiie*, 1971）、《啊！祈祷我的翅膀将会很适宜我》（*Oh Pray

*My Wings Are Gonna Fit Me Well*, 1975）和《我还是起来了》（*And Still I Rise!*, 1976）。除了创作外，她还从事戏剧演出。1973 年她在百老汇首演的戏剧《转移目光》（*Look Away*）获得托尼奖提名。1975 年她被杰拉尔德·R. 福特任命为美国革命两百年纪念理事会成员。

20 世纪 80 年代，安吉娄已成为文坛大家。她出版了讲述其从 1957 年至 1965 年生活的两部自传《妇女的心》（*The Heart of a Woman*, 1981）和《上帝所有的孩子都需要旅行鞋》（*All God's Children Need Traveling Shoe*, 1986）。此外，她还发表了两部诗集《摇摆者，你为什么不唱歌？》（*Shaker, Why Don't You Sing?*, 1983）和《我不会被感动》（*I Shall Not Be Moved*, 1990）。从 20 世纪 90 年代以来，安吉娄积极参加巡回演讲。1993 年她在比尔·克林顿总统的就职典礼上创作了诗歌《早晨的脉搏》，其声誉也随之达到顶峰。她是得到如此殊荣的第一位女诗人和第一位非裔美国人。有 50 多所大学和学院授予她荣誉学位。1981 年她被任命为维克·福利斯特大学美国学的第一任雷诺教授。1998 年，她以 70 岁高龄参与导演了电影《下游的三角洲》（*Down in the Delta*）。她于 2002 年出版了第六部自传《飞向天堂之歌》（*A Song Flung Up to Heaven*, 2002），讲述其从 1965 年至 1968 年的生活；2013 年出版了第七部自传《妈妈·我·妈妈：概述》（*Mom & Me & Mom: Overview*）。

安吉娄在 2008 年美国民主党总统初选中公开支持参议员希拉里·克林顿。希拉里在党内初选败北后，安吉娄在美国总统大选中转而支持参议员巴拉克·奥巴马。奥巴马赢得选举成为美国第一任非裔总统时，她说："我们将在种族主义和性别歧视主义的愚蠢言论之外成长起来。" 2009 年安吉娄在纽约州提出支持同性恋者结婚的议案。

安吉娄的代表作是回忆录《上帝所有的孩子都需要旅行鞋》（1986）。这部自传的书名来源于一首黑人灵歌《所有上帝的孩子都有翅膀》。"我有鞋，你有鞋；/上帝所有的孩子都有鞋。/当我去天堂的时候，我要穿上我的鞋。/我将走遍上帝的天堂。/天堂，天堂！/每个人都在谈论天堂，却不打算去那里。/天堂，天堂！/我将走遍上帝的天堂。"① 这个书名表明：安吉娄热爱非洲裔美国灵歌，黑人宗教意识流淌在全书的每一个层面。这本书是玛雅·安吉娄七部自传中的第三部，该

---

① "All God's Chillun Got Wings". 2013 年 7 月 2 日. < Negro spirituals. com. >.

自传讲述了安吉娄从 1962 至 1965 年在加纳首都阿克拉的生活。1962 年时，她只有 33 岁。这部书的开始部分正好是前一部自传《一位妇女的心》的结尾部分。从在自传的开头部分获悉：安吉娄和儿子盖伊在开罗生活了两年后，来到加纳的阿克拉，准备送盖伊到加纳大学读书。到达阿克拉的三天后，他们遭遇了严重车祸，盖伊受了重伤，几乎瘫痪。盖伊的身体恢复得很慢，母子二人只好在加纳滞留了 4 年。安吉娄讲述了儿子漫长的康复过程，流露出她的抑郁和烦闷心情。她通过朋友茱莉亚·梅菲尔德，结识了加纳国家大剧院的经理艾弗尔·苏瑟兰德。苏瑟兰德成为安吉娄"亲得和姐妹一样的朋友"，时常倾听安吉娄发泄的苦闷话语。后来，安吉娄在加纳大学找到了一份工作，渐渐喜欢上了加纳和加纳的人民。在照料受伤儿子的同时，她也尊重盖伊的人生选择，有意不把儿子当做自己生活的中心。她在当地结交了许多侨居加纳的美国人，经常参加他们的聚会。安吉娄在加纳东部的许多村庄访谈，了解当地的风土人情，增强对"非洲母亲"的认知。她还经历一些浪漫事件，有个当地的非洲人向她求爱，希望她能接受西非习俗，成为他的"第二个妻子"。在政治生活方面，她是加纳总统克瓦米·恩克鲁玛①的坚定支持者；在社会生活方面，她还成为了部落首领娜娜·恩科特西亚和诗人克威斯·布鲁的好友。

虽然安吉娄对小马丁·路德·金的非暴力策略不再抱幻想，但她和她的朋友们还于 1963 年 8 月 28 日在加纳组织了一次游行，呼应金领导的华盛顿大游行。这次游行举行的前一天晚上，W. E. B. 杜波依斯在加纳去世，因此，这次游行也可看做是对杜波依斯的纪念。1964 年马尔康访问非洲，谋求非洲黑人领导人对美国人权事业的支持。安吉娄讲述了她与马尔康·X. 在加纳会面的场景，马尔康邀请安吉娄返回美国，协助他的工作。当她送马尔康去机场时，他曾批评她，认为她不应该因杜波依斯的妻子雪莉·格雷厄姆不支持民权运动就产生怨恨情绪。

在这部传记里，安吉娄和儿子盖伊的关系充满了矛盾。特别是当安吉娄得知盖伊和一个比安吉娄岁数还大的女人幽会时，安吉娄愤怒万分，很想暴打他一顿。但是，盖伊很喜欢那个女人，称她为"小妈妈"，执意要和她交往下去。最后，安吉娄只好尊重了他的选择。这本自传以安

---

① 克瓦米·恩克鲁玛（Kwame Nkrumah, 1909—1972），加纳政治家，首任加纳总统，非洲独立运动领袖，泛非主义主要倡导者之一。

吉娄决定返回美国的情景作为结尾。在机场上，她的朋友们和儿子盖伊也赶来送行。她依依不舍地离开了非洲，离开了儿子。自传结束时，安吉娄与自己的双重意识心理达成和解，调和了其心中非洲情结和美国情结的张力。

总的来讲，在这部书里，作者回忆了20世纪60年代她在加纳度过的四年时光，探索了她祖先生活过的非洲，介绍了她的情感生活以及母子关系的冲突与和解。安吉娄用清新、生动、坦率的语言介绍了那个时期的主要历史人物，追忆非裔美国人的祖先，有助于读者了解非洲的社会经济状况和美国民权运动的动荡岁月。对这部自传，有的人表示赞扬，有的人表示失望，但总体评价还是积极的。小豪斯顿·A.贝克在评述这本书时，把安吉娄称为"撰写非裔美国人系列自传的少数天才之一"。

### 4. 艾尔德利吉·克里维尔（Eldridge Cleaver，1935—1998）

艾尔德利吉·克里维尔是激进的非裔美国社会活动家、社会评论家和畅销书作者。他在黑豹党中的角色和他对非裔美国人解放斗争的理论贡献目前正受到美国学界的关注。

克里维尔于1935年8月31日出生在阿肯色州的瓦伯塞。青少年时期，他涉嫌犯罪，在拘留所被关押过一段时间。1954年他因携带大麻毒品被判有罪，被关进索里达德州立监狱；1957年他因强奸罪被捕，被指控具有强奸杀人之意图。之后，他先是被关在桑昆丁监狱，后转往富尔森州立监狱，服刑长达12年之久。像马尔康·X.一样，他在监狱里皈依了黑人穆斯林信仰，把服刑的大部分时间用于自学。在索里达德监狱时，克里维尔就通过自学获得了中学文凭。同时，他大量阅读了托马斯·佩恩、理查德·赖特、列宁、马基雅弗利、卡尔·马克思、伏尔泰、马尔康·X.和W. E. B.杜波依斯的著作。被转到富尔森监狱后，他开始以社会监禁和身体监禁为题撰写文章，并且还评述当时的各类社会事件。八年后，他的律师比维尔利·艾克索罗德把这些作品送到《堡垒》（*Ramparts*）杂志社，那里的编辑大为欣赏，克里维尔的作品立即被发表。1966年8月刑满释放后，他为《堡垒》杂志撰稿，并出版了自传体中篇小说《黑人猪猡》（*Black Moochie*）。1967年他成为自卫黑豹党的信息部长。他的畅销书《冰上灵魂》（*Soul on Ice*，1968）使他成为20世纪60年代最重要的革命者之一。他曾宣布参加1968年总统选举。后与加州奥克兰德警察发生冲突,为了逃避犯罪指控,他在20世纪70年代的大多数时间里逃亡国外,居住在古巴、阿尔及利亚和欧洲。他回到美国后,宣布以原教旨主义基督徒的身份奇迹般地复活。他于1998年5月1日去世,享年62岁。虽然外界已经得知他患有糖尿病和前列腺癌,他的家人请求医院不要公布其死因。后来,他被葬在加利福尼亚州阿尔塔迪纳的山景公墓。

克里维尔的代表作是《冰上灵魂》(1968)。该书是他撰写的一部回忆录和论文集,于1965年在富尔森州立监狱写成,1968年得以出版。该书中所有的论文都是他在服刑期间写成的。这些论文最初在《堡垒》杂志上发表,后整理成书出版。《冰上灵魂》按主题分为四个部分:从监狱来的信(关于黑人的生存和人类)、野兽的血(关于黑人解放理论)、爱的序言(三封信件:给辩护律师比维尔利·埃克斯洛德的小夜曲)、白人妇女和黑人男士(对性"存在"的种族主义和社会政治含义的现象学批判)。这部书的创作风格、语气和意识形态都受到黑人艺术运动青年革命作家的深刻影响。美国的中学和大学老师喜欢把克里维尔的作品介绍给学生,把其作品视为黑人男性原始主义的有力例证。这本书在黑人艺术运动中影响力巨大。该书的论文评述了美国的历史和现状,探讨了马尔康·X.的谋杀、种族暴乱、越南战争、美国外交政策、美国旗帜、穆罕默德·阿里、小马丁·路德·金;还论及了理查德·赖特的《土生子》、穆斯林和基督教、每天的监狱生活以及黑人男性与白人女性的关系;书中还包括了对黑人小说家詹姆斯·鲍德温同性恋行为的人身攻击。此外,在书中,克里维尔不仅描述了他从大麻毒品贩子和强奸犯转变成为马尔康·X.的忠实信徒和坚定的马克思主义革命者的人生历程,而且还讲述了他对美国政治从漠不关心发展到积极参与的心路历程。他还提及过去的虚无主义生活,承认强奸过几名妇女,并回忆说当时的动机是一种对社会不满的叛逆性发泄。他的自白经常被自由主义者和女权主义者用来否定这部书对黑人解放斗争的贡献。尽管他在自白中表示了忏悔,认为强奸是不人道、非正义的恶行,但是他未能得到女权主义者的谅解。

# 第六章 1980年以来的非裔美国文学

## 一、概　述

　　黑人艺术运动有助于美国人从根本上改变对大众文化和"高雅"艺术的看法，使流行的先锋派艺术概念融入大众化的摇滚乐、嘻哈音乐和爵士乐。政治嘻哈音乐艺术家从早期的流行音乐栏目主持人阿弗利卡·班巴塔（Africa Bambaataa）到现在的莫斯·戴福（Mos Def），一直都把黑人艺术运动视为嘻哈音乐不可缺少的源头。同样地，"黑人艺术运动时期的作家也把社会上风靡一时的'政治的'、'地下的'和'非主流的'说唱乐手视为其直系后代。"（Smethurst：371）然而，黑人艺术和文化的大发展并不一定就意味着对黑人非洲祖先的种族诋毁在美国就消失了，实际上，只是有所减弱而已。20世纪80年代初，非裔美国中产阶级占黑人总人口的约三分之一，他们在种族融入的环境里工作和生活，与同阶层白人的价值观和消费观无异。然而，非裔美国人总人口的三分之二属于下层劳动人民，大都生活在事实上被种族隔离的住宅区，遭受着种族制度的各种限制和非国民待遇。美国学者罗伯特·华盛顿在《黑人文学的意识形态》（*The Ideologies of African American Literature*，2001）中指出："20世纪80年代以后，非裔美国人在住宅区问题方面已经感受到了明显的身份——阶级划分，而这种划分在可以预见的未来根本没有要被消除的迹象。"（Washington：336）

　　20世纪80年代至21世纪初，非裔美国文坛出现了新的创作内容——"非种族化"主题。不少非裔美国作家撰写关于跨越种族界限的作品。实际上，这个新趋势可以看做是哈莱姆文艺复兴时期内拉·拉森所开创的"种族越界"小说传统在半个世纪后的延伸和发展。托尼·莫里森、托尼·卡德·班巴拉（Tony Cade Bambara）、爱丽丝·沃克、约翰·埃德加·维德曼（John Edgar Wideman）等作家深受时代的影响，丰富和发展了非裔美国文学传统。80年代后，非裔美国文学出现了几个重要变化：第一，非裔美国文学以抗议为主题的作品明显减少。第二，非裔美国文学描写的重点是黑人社区经历，而不是黑人与白人的种族冲突。第三，非裔美国文学致力于阐释黑人身份的意义。此外，美国的少数族裔、妇女和同性恋者越来越重视自己在美国社会的"身份"问题，力求得到社会的认同和平等的公民待遇。非裔美国人和他们一起倡导文化差异性和文化多元性，积极推动"身份认同"运动在美国的蓬勃发展。"非裔美国文学作品承担了身份话题的功能，竭力探索、阐释、定义和确认非裔美国人的身份。"（Washington：336）这个时期的非裔美国文学不是倡导以牺牲黑人文化为代价的种族融入，而是提倡黑人以非裔美国人的身份进入美国社会，保留自己的民族文化特征，推动美国多元化社会的民主进程。

　　黑人妇女作家在非裔美国文学的发展中起着越来越重要的作用。越来越多的美国读者受到妇女运动的影响，开始关注妇女问题。个人奋斗主题和大众生活主题取代了以往的政治主题。这个时期的非裔美国作家中，很少有人撰写传统的线性历史小说。他们写的小说、诗歌、戏剧和散文重新定义过去，从过去的事件中发掘出对现实世界有启迪意义的东西。他们"重新描绘黑人文化和社会历史，留出丰富的想象空间……这个想象力摧毁了我们所生存的世界的意识形态延续性。"（Gates：2013）对黑人的历史和文化的探索使非洲古代文化再度被发掘和研究，这对许多当代非裔美国作家的创作产生了重大的影响。这些作家充分保存并利用具有民族特色的黑人宇宙论和神学，并将这些思想渗透到其文学作品中。可以说，20世纪八九十年代非裔美国文学作品的核心就是阐释非裔美国人先祖的文化内涵和寓意。

　　21世纪的第一个十年里，非裔美国文学继续发扬20世纪形成的非裔美国文学传统，继续坚持对自由和平等的追求。非裔美国文学不但记录了美国黑人的失败与成功，还包括了他们在生活中所遭遇的各种挫折和对美国美好生活的梦想。非裔美国文学难能可贵之处在于它真实再现了黑人的生活，无论是美好的一面还是丑陋的一面。正如美国学者德米特里斯·沃尔勒所说："在捍卫非裔美国人作为美国个人和美国公民的权利方面，非裔美国文学的贡献是不容置疑的。"（Worley：xxiv）

## 二、1980年以来非裔美国人的社会环境

### 1. 种族关系的变化和非裔美国人的生存状况

1980年以后,非裔美国人对个人经济成功和个人政治地位提升的强烈兴趣与"黑色权力运动"所强调的种族对抗思想形成鲜明的对比。20世纪50年代至70年代,非裔美国人强烈抗议美国社会的种族偏见和社会不公,认为自己总是受到不公正待遇,强烈反对白人中产阶级。可是,从80年代起,许多非裔美国人把自己视为美国社会的一员。他们中有一些人获得职位上的升迁,甚至进入公司和社会机构的高级管理层;还有一些人成为著名科学家或杰出政治家。越来越多的非裔美国人能够实现在文化移入中形成的黑人美国梦。大学招生、就业和升职等方面的社会公平问题得到根本性的改变。同时,黑人家庭财富的增加为他们个人奋斗的最终成功提供了可靠的物质保障。这些变化为非裔美国人人权事业的发展和个人理想的实现打下了良好的社会基础。

尽管非裔美国人的种族状况和经济状况在美国社会得到很大改善。但是,他们作为一个群体在美国仍然是最穷、最不受重视、最容易受到伤害的。20世纪80年代中期,黑人贫民区下层阶级的人口基数不断扩大,遭到主流社会的排斥,大多数黑人陷入失业、犯罪、暴力、吸毒和家庭破裂等生存困境。引起这种现象的原因各异。结构经济因素,特别是工业比重减少,引起贫民区居民大量失业。而非裔美国中产阶级和职业稳定的劳动阶层的外迁使贫民区的就业问题和社区服务问题更为恶化。家庭解体、违法行为和不尊重权威等现象严重影响了黑人社区的健康发展,贫民区的非裔美国人已经陷入恶性循环:教育和就业机会越来越少,而社会问题则越来越严重;社会问题越多,教育和就业机会也就越少。不利的社会环境影响了下一代非裔美国人的健康成长,并且形成一个使一代又一代非裔美国人不断陷入苦难深渊的怪圈。

20世纪80年代,因为工厂关闭、商户逃匿、新技术的不合理要求,数百万产业岗位丧失,导致美国黑人工人阶级的财富缩水,恶化了黑人社区的生存环境。据统计,历史上非裔美国人失业率是白人的两倍,但在这个时期,非裔美国人遭遇的失业率远超出历史水平。例如:"超过一

大半的就业岗位对文化程度不高的非裔美国人关闭了就业的大门,因为工业已经从制造业转向其他门类。"(Lusane, *Race in the Global Era*, 10)这种趋势一直延续到20世纪90年代。

1990年,30%的非裔美国家庭年收入超过35000美元,比1970年增长了23.8%。80%的非裔美国人中学毕业,中学毕业人数比20年前提高了两倍。可是,1992年非裔美国人在当选官员中的比例还不足2%;北方地区和南方的城市里渐渐形成了白人学生去白人集中的学校、黑人学生去黑人集中的学校上学的局面;这无异于事实上的种族隔离。实际上,住宅区的种族隔离现象在美国已经很普遍了,白人和黑人都喜欢与自己同种族的人们居住在同一个区域。这种现象是种族隔离在20世纪末的新表现形式之一。

20世纪90年代,大多数非裔美国人居住在中心城区,31.9%的非裔美国人陷于贫困之中,单亲家庭占所有非裔美国家庭的56.2%。"非裔美国人遭遇暴力犯罪侵害的可能性比白人多六倍,非裔罪犯占全美监狱在押罪犯的45%。"(Newman:157)非裔美国人来到一个新的十字路口,他们的生活面临着许多挑战:冷战的结束、美国资本主义的改变、后里根时代种族主义的发展、保守意识形态的影响及其政治霸权和大部分黑人社区社会和经济状况的恶化。"从黑人社区来看,种族主义继续在美国有色人种的命运和生存机遇方面起着决定性的影响。"(Lusane, *African American at the Crossroads*, 3)O.J.辛普森审判①、黑人教堂被焚事件和洛杉矶的街头暴动等一系列事件使美国公众意识到美国的种族关系不容乐观。

进入21世纪后,非裔美国人和其他美国人一样,也发现自己处于一个日新月异、新生事物层出不穷的飞速发展时代。手机、电脑、视频会议和因特网,曾经的想象之物,现在已变成日常生活的一部分。随着新技术引起的革新,人们在全球范围内的联系更加密切,社会关系也在重新定义之中。种族、性别和阶级问题互相交叉,需要重新审视。非裔美国人在阶级和种族方面显得更加多样化。他们比以前更富有,受教育程度更高。然而,他们的两极分化现象严重,高薪工作者越来越富有,底

---

① 辛普森杀妻案是指1994年美式橄榄球黑人运动员O.J.辛普森(O.J.Simpson)谋杀其白人妻子和另一男子的刑事案件。此案当时的审理很具有戏剧性,由于警方的几个重大失误导致有力证据的失效,从而使辛普森逃脱了法律制裁。

层工作者却变得越来越贫穷。

从2007年至2012年，美国银行系统资产折现力短缺导致美国经济的萧条和低迷。这种状况引起了大金融机构的崩溃，各国政府对银行提供紧急财务支持，全世界的股票市场衰退。许多经济学家认为这是20世纪30年代大萧条以来最严重的金融危机。虽然市场手段和政府调节手段双管齐下，世界经济仍然处于低迷状态，并且险象环生，前景堪忧。对非裔美国人来讲，这场经济危机危害性更大，持续时间更长。美国经济和政策研究中心估计非裔美国人在制造业的工作岗位从1979年的23.9%下降到2011年的9.8%。

华尔街金融大亨对美国金融市场的疯狂掠夺导致美国经济的持续低迷，难以复苏，引起了美国民众的强烈不满。2011年9月17日在纽约华尔街附近爆发的"占领华尔街"示威抗议活动，被美联社评为2011年世界十大新闻之一。虽然这次活动没有统一的领导，不同的团体有着不同的诉求，但却成功地传播了"占美国1%的富人牺牲了99%他人利益"的理念，也暴露出美国在经济、政治和社会领域中存在的诸多深层次问题。非裔美国人也是美国经济危机的受害者，不少非裔美国人参加了此次抗议活动，认为非裔美国人的政治和经济权利应该得到进一步保护；非裔美国人的口号是"我们是占全国人口99%的受害者中受到伤害最大的99%"。不少评论家认为，这次示威活动可能是20世纪60年代美国民权运动以后第一次影响比较大的社会抗议运动，将对美国未来的政治走向产生一定的影响。

到2012年3月为止，官方统计的非裔美国人的失业率是14.1%，而白人的失业率是7.3%。非裔美国人中高薪工作者的就业率也遭到严重打击；受制造业萎缩的影响，非裔美国人加入工会的比率也下降了许多。2012年下半年在奥巴马政府经济政策的指导下，美国经济有了一定的复苏，就业率也有了较大的提高。据美国国会报告，美国的经济复苏并没有解决好黑人社区面临的问题，特别是"不相称的失业率"问题。黑人占美国劳动力大军的12%，可是2013年1月仍有13.8%的黑人失业。白人待业时间一般不超过四个月，而黑人待业时间超过六个月的比比皆是。（Bastasch）与白人或其他族裔相比，黑人就业状况严重失衡。总而言之，非裔美国人在美国的生存状况不容过于乐观；如果要真正消除黑人和白人之间在经济、教育和就业等方面的差距，还有相当长的路要走。

**2. 冷战结束对非裔美国人的重大影响**

冷战（1945—1991）是指第二次世界大战结束后苏联和东欧社会主义国家与美国和西方资本主义国家在政治、军事和经济等方面的持续对立状态。这两大政治和军事集团从来没有直接发生正面冲突，他们之间的斗争主要表现在军事联盟、战略常规部队部署、核军备竞赛、刺探情报、代理人战争、宣传和技术竞赛，特别是太空竞赛。尽管苏联和美国在第二次世界大战中结成反对法西斯轴心国的盟友，也是最强大的两个军事集团，占领了欧洲的大部分地方，但是它们在战后对于世界格局问题尚未达成协议。美国和西欧国家把对共产主义的遏制视为一项防卫政策，后来建立了北大西洋公约组织①。为了加强共产主义阵营，苏联把它所占领的一些国家吞并为自己的加盟共和国，让未被它吞并的东欧国家成为卫星国，推行社会主义制度。苏联还把它们组成与北约对抗的国际集团——华沙条约组织②。20 世纪 80 年代美国加强了对苏联的外交、军事和经济等方面的压力，当时苏联已经遭遇严重的经济停滞。因此，米哈伊尔·戈尔巴乔夫引入了"公开化"（1985）和"新思维的自由化改革"（1987）。苏联于 1991 年 12 月 25 日解体，东西方的冷战也随之结束。美国成为世界上唯一的军事超级大国，俄罗斯接管了苏联的大部分核武器。尽管冷战结束了，但是俄罗斯对今天的世界形势仍有着重大的影响。

冷战的结束对非裔美国人也有着重大的意义。冷战从政治、意识形

---

① 北大西洋公约组织（North Atlantic Treaty Organization，NATO），简称北约组织或北约，是美国与西欧、北美主要发达国家为实现防卫协作而建立的一个国际军事集团组织。北约拥有大量核武器和常规部队，是西方的重要军事力量。这是西方资本主义阵营在军事上实现战略同盟的标志，是马歇尔计划的延伸和发展，使美国得以控制欧洲的防务体系，同时也是美国获得世界超级大国领导地位的标志。

② 华沙条约组织，1955 年 5 月 14 日，苏联、捷克斯洛伐克、保加利亚、匈牙利、民主德国、波兰、罗马尼亚、阿尔巴尼亚八国针对美、英、法决定吸收联邦德国加入北约一事，在华沙签订了《友好互助合作条约》，同年 6 月条约生效时正式成立了军事政治同盟——华沙条约组织（Warsaw Pact, 1955—1991），简称华约。总部设在莫斯科。条约规定："缔约国各方按照联合国宪章保证在它们的国际关系中不以武力相威胁或使用武力……本条约的有效期限为 20 年。如缔约国各方在这一期限期满前一年没有向波兰人民共和国政府提出宣布条约无效的声明，条约将继续生效 10 年。"

态和经济方面极大地影响了美国黑人领袖的各项重大决策。美国反对共产主义的暴力革命主张,竭力诽谤任何形式的左派政治,不管是苏联的还是美国本土的。特别是在民权运动期间,他们指控民权运动是和美国"全国学生统一行动委员会"组织的维权活动是"共产主义的渗透"或"受共产主义的影响"。甚至在 20 世纪 80 年代,"有志于总统竞选的杰西·杰克森被右翼指控为与左派关系太密切"(Lusane, *African American at the Crossroads*, 5)。

持续了 46 年之久的冷战对美国经济的影响也十分巨大,数百亿美元被用来建立各种军事和情报设施,以反对共产主义为名义抗击国际霸权扩张;但真正需要资金援助的社会建设方面却长期投入不足,基金被无故取消或干脆就不投入。美国经济军事化是以牺牲美国人民的幸福生活为代价的。几乎没有黑人领袖支持冷战,因此,不少黑人领袖在冷战中遭到美国政府的各种刁难和诽谤。

冷战结束后,美国人民希望政府能把用于冷战的基金用于国家基础设施建设或福利改革。一些政治领导人开始认识到庞大军事经济对社会发展的破坏性。在 1992 年的总统选举中,所有党派候选人和无党派候选人都要求削减军费预算,但这些节省下来的资金很快被用于清偿共和党留下的债务。美国学者克拉伦斯·路桑指出:"里根主义的遗产就是比'二战'以来任何时期都更尖锐、更持久的经济危机。"(Lusane, *Race in the Global Era*, 5)从里根政府开始,美国政府债务危机不断加剧,直到克林顿时期经济才有所好转,那时清偿完债务后国库还有结余。但是,小布什上台后,美国又重新陷入债务危机,财政赤字越来越严重。2009 年奥巴马担任总统后,虽然采取了不少措施,但至今仍未摆脱经济危机的困扰,财政赤字逐年攀升,失业率居高不下。直到 2012 年,奥巴马的经济调整政策才开始出现成效,他制定政策,把美国境外的制造业、加工业等纷纷撤回本土,在一定程度上缓解了美国的就业压力。从 2013 年起,美国经济逐渐开始复苏,但非裔美国人的就业率仍然低于白人。

冷战的结束对黑人而言最大的益处是,它削弱了保守派以反共作为其反对黑人争取人权和民权斗争的借口。"扣红色分子帽子进行政治迫害"的行为在现在的美国已经没有市场了。

美国遭受"911恐怖袭击"① 后,把以前指向共产主义国家的矛头一下子转向以基地组织为代表的国际恐怖组织。美国保守派并没有真正放弃对共产主义的各种攻击,只是改变了一些策略。美国现任总统巴拉克·奥巴马②也曾被美国右翼分子贴上恐怖主义同情者的标签,而实际上奥巴马是一名坚定的反恐领导人。虽然他在任期内按计划从伊拉克和阿富汗撤出了美国军队,但是他从来没有放弃在全球范围内的反恐斗争。美国的反恐战争于2011年5月2日获得标志性的胜利。在奥巴马总统的直接领导下,美国海军海豹突击队和中央情报局联手行动在巴基斯坦的阿波塔巴德击毙了基地组织领导人奥萨玛·本·拉登(Osama bin Laden, 1957—2011)。本·拉登之死给予基地组织以致命打击,使基地组织元气大伤,有可能直接导致基地组织的衰落或瓦解。后本·拉登时代可能会缓解美国的政治、社会和心理压力,美国人民希望联邦政府把更多的基金用于改变正在衰退的美国经济,提高美国人民的生活水平,改善黑人社区和其他少数族裔社区贫困人口的生活条件。

### 3. 非裔美国政治家的崛起

保守主义占上风的政坛削弱了非裔美国人追求平等的斗争。1990年,非裔美国人占全国人口的12.3%,去参加选举登记的非裔美国人占美国投票人人数的11.2%。1993年,约7000名非裔美国人在各类选举中获胜,有40多位黑人当选联邦国会和州议会的议员。黑人领袖的身份和角色发生了重大变化,已从宗教领袖和社区领袖发展成为非裔美国政治家,活跃在美国的政治舞台上。

20世纪八九十年代,早期的里根政府和小布什的第一届政府使"黑

---

① "911恐怖袭击",也称"9·11事件"、"911恐怖袭击事件"或"美国911事件"等,指的是美国东部时间2001年9月11日上午恐怖分子劫持的4架民航客机撞击美国纽约世界贸易中心和华盛顿五角大楼的历史事件。包括美国纽约地标性建筑世界贸易中心双塔在内的6座建筑被完全摧毁,其他23座高层建筑遭到破坏,美国国防部总部所在地五角大楼也遭到袭击。

② 巴拉克·侯赛因·奥巴马二世(Barack Hussein Obama II),美国第44届和45届总统,于1961年8月4日出生在美国夏威夷州火奴鲁鲁,祖籍肯尼亚。奥巴马是美国历史上的第一位非裔总统。2010年5月27日美国白宫发布了"国家安全战略报告",奥巴马在该报告中将军事作为外交努力无效的最后手段。新国家安全战略认为世界充满了多种威胁,放弃了布什政府"反恐战争"的说法。2012年,奥巴马再次参加总统选举,连任成功。

人保守运动"① 成为一个备受关注的团体。非裔美国保守主义者的基本信仰是：反对共产主义，赞成以强大的军事力量为外交后盾，反对妇女流产，支持死刑、学校祷告、社会安全机构私有化、学生择校，并在国际问题上支持维护以色列的现状。非裔美国保守主义者倡导个人主义和限制政府权力，热衷于消除种族歧视的社会工作。（Painter：352）1992年民主党领导人比尔·克林顿（Bill Clinton）入主白宫，取代了执掌白宫12年之久的共和党。对大多数美国民众来讲，这是一个振奋人心的变化。在总统选举时，克林顿赢得了82%的选票，顺利就任总统。他发誓要大力促进美国经济，化解长期以来的种族矛盾和社会争端。美国学者克拉伦斯·路桑说："他［克林顿］的选举和数十名非裔美国候选人在联邦、州、县和地方的胜利对非裔美国人来讲是一个新的开始、新的纪元和新的希望。"（Lusane, *African American at the Crossroads*, 168）

克林顿就任总统为非裔美国政治家在美国的崛起铺平了道路。1992年，伊利诺伊州的卡罗尔·莫斯利·布劳恩（Carol Moseley Braun, 1947— ）成功当选国会参议员，成为第一位黑人女性参议员。2005年，伊利诺斯州的巴拉克·奥巴马（1961— ）当选为国会参议员。此外，1994年J. W. 瓦茨（J. W. Watts, 1957— ）在俄克拉荷马州一个白人居多的选区里被推选为国会议员，后又被推选为国会共和党会议主席。非裔美国人L. 道格拉斯·怀尔德（Douglas Wilder, 1931— ）当选为佛罗里达州州长，任职期是从1990年至1994年。2000年共有9040名非裔男士和女士在各级政府里担任官员。（Painter：353）

2001年黑人保守派进入乔治·H. W. 布什政府担任官员。布什的两届政府任用非裔美国人担任内阁高级官员的人数比历届政府都高，特别是先后任用了两名非裔美国人担任国务卿：科林·卢瑟·鲍威尔（Colin Luther Powell, 1937— ）和康多利扎·赖斯（Condoleezza Rice, 1954— ）。鲍威尔在1990年第一次海湾战争期间领导美国军队作战，同时他还是担任美国参谋长联席会议主席的第一位非裔美国人。

自1984年以来，非裔美国政治家积极参加美国总统选举，如杰西·

---

① 黑人保守运动（Black Conservatist Movement）是发源于非裔美国人社区的一个政治和社会团体，兴盛于20世纪50年代和60年代，与世界上的其他保守团体或政党密切联系。它以黑人教会为基地，倡导爱国主义精神、独立自主、自力更生、自由创业、强烈的文化保守主义。该运动在美国与共和党关系密切。

杰克森（Jesse Jackson，1984 年和 1988 年）、库尔·莫·迪（Kool Moe Dee，1988 年）、艾伦·克叶斯克（Alan Keyesc，2000 年）、艾尔·夏普顿（Al Sharpton）和卡罗·莫斯利·布劳恩（2004 年），但最终都没能胜出。让黑人当选美国总统已成为非裔美国人共同的夙愿。因此，2008 年总统大选时，几乎所有的非裔美国政治家，尽管政治主张各异，对巴拉克·奥巴马竞选美国总统表现出前所未有的默契和团结。2007 年 3 月，杰西·杰克森宣布支持当时的参议员奥巴马参加 2008 年民主党初选。2008 年 10 月 19 日，科林·卢瑟·鲍威尔宣布放弃对共和党 2009 年总统候选人约翰·麦凯恩的支持，转而支持奥巴马。在整个竞选过程中，奥巴马反复强调了三大问题：尽快结束伊拉克战争，增强能源独立性和提供全民健康医保。2008 年大选中，奥巴马击败共和党候选人约翰·麦凯恩，于 2009 年 1 月 20 日正式就职美国第 44 届总统。奥巴马成为美国历史上的第一位非裔美国总统，这不仅对美国，甚至对整个世界都意义非凡。奥巴马在其第一个任期内在反恐斗争中取得了很大的成就，在经济方面抑制了美国经济的下滑，较好地解决了美国的财政金融危机，较大地提高了美国国内的就业率。在 2012 年的总统大选中再次获胜，于 2013 年 1 月 20 日就任美国第 45 届总统。奥巴马的成功表明非裔美国人具有毫不逊色于白人的政治才能和领导才力，同时也证明了白人至上论的荒谬性和非理性，有助于消除白人对非裔美国人的种族偏见。

### 4. 1980 年以来的主要黑人运动

1980 年以来，非裔美国人继续从事对社会正义和种族平等的追求。他们倡导的各种运动和政治主张对非裔美国人的生活和整个美国社会都有着重大的影响。

（1）百万人大游行（The Million Men March，1995）

百万人大游行是指于 1995 年 10 月 16 日在华盛顿特区举行的群众集会。在黑人组织"穆斯林国"（Nation of Islam）最高领导人路易斯·法拉克汉（Louis Farrakhan，1933—　）的领导下，来自全国各地的非裔美国人聚集在华盛顿，试图向全世界展示截然不同的非裔美国男性形象，号召用自助和自卫的方式团结起来与阻碍黑人社区发展的经济问题和社会弊端作坚决的斗争。

一些黑人民众运动也随之蓬勃发展，斯望通过广泛的选票登记运动来引起美国政治家对城市问题和少数族裔问题的重视。与百万人大游行同时开展的是"缺席一天"运动，这个运动是由黑人妇女领袖组织的，与大游行相呼应，在大游行的同一天举行，目的是让那些没能参加华盛顿示威的黑人也有机会参与这个活动。当天所有的非裔美国人都待在家，不去上学、不去上班、不去参加任何社会活动，鼓励非裔美国人参加旨在为建立健康的、自给自足的黑人社区而奋斗的宣讲会或拜神仪式。而且，"缺席一日"运动的组织者还希望利用这个机会促使更多的非裔美国人参加选民登记，以增强非裔美国人在美国政坛的话语权。

这次大游行得到了许多著名黑人领袖的支持和亲自参与，但是也出现了一些问题。例如，此次大游行的领导人路易斯·法拉克汉是一名颇具争议的人物，他对美国种族问题的尖锐抨击引起一些人怀疑这次大游行能否取得预期的效果。在大游行开始后的第一个24小时里，大游行组织者和公园管理部门就人数规模的预计发生了争执。公园管理部门发布的预计人数是大约40万名参加者，这个数量大大低于大游行组织者希望达到的人数。大游行领导人与公园管理部门就游行人数问题作了很多沟通，但实际参加人数仍然很难精确统计。波士顿大学有研究人员估计，参加游行的人数达到了83.7万名左右，而英国广播公司的新闻报道中游行人数超过了200万。

百万人大游行的组织者渴望在黑人社区倡导一种互助和自给自足的精神外，还寻求把这个事件作为引起公众注意的宣传运动，目的是反对美国媒体和流行文化中对非裔美国人的否定性种族偏见。不少白人受威廉·霍尔顿①、O.J.辛普森和迈克尔·泰森②等事件的新闻报道的影响，对黑人产生了很深的偏见，因此，大游行组织者认为"黑人男性也被文化标识为黑人罪恶献祭的羔羊"，因此承诺创造机会，让黑人男性参加者向公众显示黑人男性人品好的一面，为媒体报道提供正面的非裔美国人

---

① 威廉·霍尔顿（William R. "Willie" Horton, 1952— ）是一名被判了刑的黑人重罪犯，其罪名是谋杀。他是马萨诸塞监狱周末休假计划的受益者，在服刑期间获得外出休假的特许，可是在休假期间，他又犯下了强奸罪和抢劫罪，畏罪潜逃。

② 迈克尔·泰森（Michael Gerard "Mike" Tyson, 1966— ）是美国黑人退休拳击运动员。他多次获得过世界拳击理事会、世界拳击协会和国际拳击联合会的世界重量级冠军称号。在其拳击生涯中，泰森以拳法凶狠而著称，他的暴戾拳法在拳击界内外遭到的非议不断。

形象。

　　来自全国各地的非裔美国人于 10 月 16 日聚集在华盛顿的国家大草坪，这次大游行的口号是"团结、赎罪和手足之情"。这是有史以来在国家大草坪上举行的最大规模的游行活动之一，游行参加者喊出了自己的口号："净化自己的生活，重建自己的社区"（Nelson：245）。

　　这次大游行也引起了学校、社会团体和其他教会组织的关注。许多参加者认为祷告、唱歌和演讲有助于加强种族之间更多的了解。"我希望这次游行能够成为每个人建立更好关系的催化剂。"有个游行参加者说。法拉克汉带领这个庞大的人群发誓说："为自己的生活和家庭负责，消除毒品、暴力和失业带来的灾难。"（Smith：42）他们还号召所有的非裔美国人积极行动起来，建设好自己的社区，消除毒品和暴力，主动登记参加投票，加强非裔美国人的政治力量，投资非裔美国人开办的工商企业。

　　这次集会是华盛顿历史上最大的一次示威活动，人数远远超过了 1963 年小马丁·路德·金发表演讲"我有一个梦想"时所聚集的 25 万人。站在美国国会山的阶梯上和法拉克汉一起发表演讲的民权运动老战士有本杰明·查韦斯（Benjamin Chavis）、杰西·杰克森、罗莎·帕克斯（Rosa Parks）和迪克·格雷戈里（Dick Gregory）。著名非裔美国作家玛雅·安吉娄（Maya Angelou）也朗诵了诗歌，激励人们摒弃顾虑，勇敢无畏地去追求正义，拯救非裔美国民族。

　　（2）女权运动的第三次浪潮与黑人女权主义者

　　女权运动是指旨在保护女性合法权益，促使男女平等的政治、经济和文化运动。女权主义包括政治、文化和社会学理论以及与性别差异问题有关的哲学思想。它还是一个为女性倡导性别平等、维护女性权益的运动。根据玛吉·哈姆[1]和丽贝卡·沃克[2]的意见，女权主义在其发展史上形成过三次浪潮。第一次浪潮出现在 19 世纪末和 20 世纪初。南北战争后，黑人男性获得了选举权，但妇女选举权问题仍然未得到解决，白人妇女和黑人妇女一样都没有选举权和被选举权。女权主义者组织了无

---

　　[1] 玛吉·哈姆（Maggie Humm, 1952— ），现任英国东伦敦大学社会科学、媒体和文化研究学院教授，主要作品有《边界交通》和《女权主义理论词典》。
　　[2] 丽贝卡·沃克（Rebecca Walker, 1969— ），美国女权主义者和作家。她曾被《时代杂志》提名为美国未来的 50 名领导人之一。

数次示威游行，抗议美国社会的性别歧视。她们撰写各种宣传手册和传单，征集向国会请愿的签名。经过长达72年的不懈斗争，解决女性选举权问题的《美国宪法第十九个修正案》终于在1920年得到国会的批准，美国妇女从此获得了选举权。因此，美国女权运动第一次浪潮也通常被称为女性争取选举权运动。女权主义的第二次浪潮发生在20世纪六七十年代。参与这场运动的女权主义者强烈反对当时社会上任何形式的性别歧视。法国女权主义者西蒙娜·德·波伏娃（Simone de Beauvoir）的作品《第二性》（*The Second Sex*, 1949）被美国女权主义者奉为"圣经"。这次浪潮与黑人争取平等权利的民权运动相呼应，致力于提高妇女反对性别压迫的思想觉悟。第三次浪潮在20世纪90年代出现，一直延续至今。女权主义理论是女权主义运动长期抗争经验的总结和提炼，并且分化出许多分支学科，如女权主义地理、女权主义历史和女权主义文学批评。

女权主义思想在美国社会的诸多领域都产生了深刻影响，改变了许多社会传统观念和对女性的社会评价。女权主义活动家为女性的各项合法权利而斗争，包括女性的合同权、财产权、选举权、女性身体健康和人身自由权、流产权和生育权；他们还保护成年女性和未成年女性不遭受家庭暴力、性骚扰和强奸；为女性争取工作权益，包括产假和同工同酬；反对厌女症；反对一切以性别为基础的歧视女性的行为。

女权运动第三次浪潮的兴起是对第二次浪潮失败的回应，第三次浪潮的女权主义企图挑战或避免第二次浪潮中对女性的绝对化定义，因为这个定义过分强调了中产阶级女性和上层女性的生活经历。第三次浪潮主要关注种族和性别问题，特别是如何终止种族社会环境中的性别歧视问题。美国黑人妇女挑战白人女权主义者的政治主张，进一步拓展了女权主义者的视域，推动了女权主义的纵深发展。黑人女权主义者和其他少数族裔女性对种族问题的关注在很大程度上丰富和发展了女权主义的政治主张和斗争纲领。

对性别和性欲的后结构主义解释是第三次浪潮思想体系的核心。第三次浪潮的女权主义者经常关注"微观政治"，质疑第二次浪潮中关于什么对女性有利或不利的范式。第三次浪潮的女权主义领导人有格洛丽亚·安扎杜尔（Gloria Anzaldúa）、贝尔·胡克斯（bell hooks）、契娜·桑都瓦尔（Chela Sandoval）、切莉·莫拉嘎（Cherríe Moraga）、奥德莉·

劳德(Audre Lorde)和汤婷婷①等族裔女权主义者,她们试图在与种族有关的女权主义思想范围内为女性争取一个生存空间。第三次浪潮的一个显著特点是黑人女权主义者发出更大的声音,具有更大的话语权,她们认为黑人女性不仅应该获得与黑人男性平等的权利,而且也应该获得与白人男性和白人女性同样的平等权利。第三次浪潮中出现的黑人女权主义思想包容了女权主义者内部的不同观点,为黑人女性在21世纪争取更大范围的性别平等权利提供了强有力的思想武器和理论基础。

(3) 嘻哈文化(Hip-Hop Culture)

嘻哈文化主要指街头音乐,在20世纪70年代末起源于纽约城的非裔美国人社区,以南布朗克斯为中心。20世纪80年代,嘻哈通过电子鼓的有声敲击和人体扭动来制造韵律。"胖男孩"乐队的成员多格·E.弗雷西(Doug E. Fresh)、比惹·马尔克(Biz Markie)和布菲(Buffy)等嘻哈音乐的先驱者用他们的鼻腔、嘴唇、舌头和其他身体部位发出有节奏、有韵律的敲击声和音乐声。此外,"人体电子鼓"艺术家还会在唱歌时模仿唱盘转动的刮擦声或其他器具声。

1983年至1984年,拉恩-D. M. C. (Run-D. M. C.)和LL.库尔·J. (LL Cool J.)的早期唱片引领着嘻哈音乐的新流派。同以前的嘻哈音乐一样,这个新流派也起源于纽约城,其形式上的最初特点是用锣鼓机来表现一种抽象艺术,通常带有摇滚乐的成分,表演者往往边使用打击乐器,边说讥讽话或自吹自擂。新流派嘻哈以过分自信、孤行专断的风格为特色,正如在歌曲里出现的意象一样,新流派的艺术家展示出一种坚韧、孤傲、冷酷的街头小伙子形象,这些成分与乡土爵士乐和迪斯科形成鲜明对比,也影响了1984年的流行音乐。新流派艺术家制作的歌曲较短,适合于在无线电上播放,比以前的嘻哈音乐更具聚合性。从1986年开始,艺术家们开始把嘻哈音乐打造成主流音乐的固定特色。打击乐器和嘻哈音乐的演出和唱片制作在商业上大获成功,"野兽男孩"在

---

① 汤婷婷(Maxine Hong Kingston, 1940—  ),华裔美国作家。她出生在美国加利福尼亚州蒙士得顿市,自幼爱好文学、散文和诗歌,经常利用业余时间从事创作。她所创作的诗歌被选入《美国诗歌选》。1970年至1977年她曾任夏威夷大学英国文学系教授,后又担任东部密歇根大学英国文学系教授。1990年她被加州大学伯克利分校英国文学系聘为教授。2001年她出任《加利福尼亚文学》杂志社的主编。

1986 年发行的唱片《从允许到生病》（Licensed to Ill）成为比尔波德曲线图上销售量排名第一的打击乐唱片专辑。

20 世纪 80 年代末 90 年代初，嘻哈音乐的发展进入了黄金岁月。这个时期嘻哈音乐的特色表现在多样性、求新性、张扬性和感染性等方面，其主题是非洲中心主义和政治上的进取性，而伴随的音乐具有实验性，该时期的作品也受到爵士乐的巨大影响。与这个时期有密切关联的艺术家包括"公敌"（Public Enemy）、KRS－1（KRS－One）、斯特特萨桑尼克（Stetsasonic）、德·拉·索尔（De La Soul）、"追求部落"（A Tribe Called Quest）、布兰德·努比安（Brand Nubian）、"丛林兄弟"（Jungle Brothers）和"被阻止的发展"（Arrested Development）。

嘻哈音乐从 20 世纪 90 年代开始影响力越来越大，"成为一个庞大的行业、一种时代的精神特质和文化"（Grassian：7）。随着时间的流逝，嘻哈音乐已经发展成为一个文化运动，流行音乐栏目主持人阿弗利卡·班巴塔勾画出嘻哈文化的五个支柱：流行音乐栏目主持、霹雳舞、音乐、涂鸦和知识；此外，嘻哈文化还包括流行音乐栏目主持和音乐会主持，其他成分包括电子鼓、嘻哈说唱和俚语。嘻哈文化的生活方式自从在布朗克斯出现以来，迅速在全世界传播。嘻哈音乐以流行音乐栏目主持人的活动为基础，这类主持人通过两台录音转播机转动的间歇创造出有韵律的节拍，再由"打击乐"和"电子鼓"来伴奏。敲电子鼓是一种有声技巧，主要用来模仿嘻哈音乐的打击成分和流行音乐栏目主持人的各种技术效果，原创的舞蹈和特殊的服饰也深受这种新音乐的追随者的喜爱。这些成分在发展过程中经历了不断的提炼和演变，使得嘻哈文化具有了极强的生命力。涂鸦和嘻哈文化的关系来源于在一些区域实践的新形式。在这些区域，嘻哈文化的其他成分发展成为艺术形式，使涂鸦者与流行艺术产生了某种内在的关联。

20 世纪 90 年代至 21 世纪的第一个十年，嘻哈音乐成分继续被吸收到其他种类的流行音乐里。例如，"新灵魂"把嘻哈音乐和爵士灵歌①结合在一起，造就了格纳尔斯·巴尔克里（Gnarls Barkley）这样的重量级歌星。20 世纪 90 年代之前，随着越来越多的牙买加人移居到纽约城，在美国出生的牙买加青年在 20 世纪 90 年代成熟起来，由于文化转移作

---

① 爵士灵歌源出美国黑人的福音唱歌，其特点为朴实、伤感、节奏极强。

用，90年代的纽约城受到了牙买加嘻哈音乐的极大冲击，像德·拉·索尔和"黑星"（Black Star）之类的嘻哈艺术家已经发行了许多受牙买加文化影响的专辑。

随着嘻哈音乐的发展，各地出现了许多变体和混合体，其中较有特色的有格里奇嘻哈乐（Glitch hop）和翁克音乐（Wonky Music）。格里奇嘻哈乐是嘻哈音乐和格里奇音乐混合后形成的新种类，起源于21世纪初的美国和欧洲。其主要特征表现为不规则的、混乱的碎拍节奏、格里奇男低音演唱和"跳进"之类的格里奇典型音响效果。格里奇嘻哈乐的代表性艺术家有普里弗斯—73（Prefuse 73），达布力（Dabrye）和"飞翔的莲花"（Flying Lotus）。此外，翁克音乐是嘻哈音乐的一个分支，起源于2008年，在全世界流行，这种音乐深受格里奇嘻哈乐的影响。翁克音乐与格里奇音乐同属一类，但是它以其独特的旋律而著称。以创作翁克音乐而著名的艺术家有约克尔（Joker）、哈德森·莫霍克（Hudson Mohawke）和"飞翔的莲花"。格里奇音乐和翁克音乐在有限的群体里流行，这两种音乐形式未能在主流社会得到普及。

2002年，时年33岁的巴卡里·克特瓦纳（Bakari kitwana，1969—    ）出版了一部书《嘻哈一代：黑人青年与非裔美国文化的危机》（The Hip-Hop Generation: Young Blacks and the Crisis in African American Culture），开创了嘻哈文化的新纪元，自此以后，对嘻哈音乐的研究在学术界迅速展开。克特瓦纳的书里没有教条或高深术语；对于问题，他总能直切要害。"我们这代人对非裔美国人持续了几个世纪的追求解放的斗争所作出的贡献将是什么？我们将如何定义这场斗争呢？"他在书中质问道。像KRS-1和查克·D.（Chuck D.）之类的打击乐手被赞誉为嘻哈一代的先驱者。经常被诽谤和误解的嘻哈一代所创作的知识产品发展得越来越快。嘻哈知识分子倾向于分享各种各样的信仰，他们讥笑"知识分子"这个概念，不满被称为"不关心政治"，但又把"政治"视为骂人的话语。为了时髦，他们不需要"激进"，但倾向于滥用"革命"一词。

## 三、1980年以来非裔美国文学的繁荣

第二次黑人文艺复兴是指20世纪60年代中期至70年代中期的黑人艺术运动；20世纪80年代和90年代则是非裔美国文学的第三次文艺复

兴。第三次文艺复兴在文学方面涉及比以前任何时期更开放和更审慎的性取向。这次文艺复兴表现在非裔美国男性同性恋、女性同性恋和双性恋作者创作的作品；在文学和其他艺术的各种性表达中展示非裔美国人的意象和人物塑造，包容非裔美国文学中同性恋美学的出现。这个时期有代表性的作品：在文集方面，有约瑟夫·比恩（Joseph Beam）编辑的《在生活里：黑人同性恋文集》（*In the Life: A Black Gay Anthology*，1986）、埃塞克斯·亨普希尔（Essex Hemphill）《从兄弟到兄弟：黑人同性恋男人的新作品》（*Brother to Brother: New Writings by Black Gay Men*，1991）、肖恩·斯图尔特·拉夫（Shawn Steward Ruff）的《走你想走的路》（*Go the Way Your Blood Beats*，1996）和布鲁斯·莫洛和查尔斯·H.罗威尔的《阴影：非裔同性恋男作家的小说集》（*Shade: An Anthology of Fiction by Gay Men of African Descent*，1996）；在小说方面，有兰德尔·柯南（Randall Kenan）的《幽灵外访》（*A Visitation off Spirits*，1989）、梅尔文·迪克森（Melvin Dixon）的《消失中的房间》（*Vanishing Rooms*，1990）和达利厄克·司各特（Darieck Scott）的《种族的叛徒》（*Traitor to the Race*，1995）；在电影方面，有马尔龙·里格斯（Marlon Riggs）的《舌头团结起来》（*Tongues United*，1985）和埃塞克·朱里恩（Issac Julien）的《寻找兰斯顿》（*Looking for Langston*，1989）。美国学者肯雅塔·多利·格雷维斯说："20 世纪 90 年代见证了全国承认的黑人男同性恋者自尊庆祝活动，以及全国黑人男性和女性同性恋者领袖会的建立。"（Graves：180）

从菲利丝·惠特莱发表第一首非裔美国诗歌到 1993 年托尼·莫里森获得诺贝尔文学奖，其中经历了两百多年时间。莫里森的成功是非裔美国文学繁荣的一个重要标志。第三次文艺复兴中的非裔美国文学无论是在质量还是数量上都超过了 20 世纪 20 年代的新黑人运动和 20 世纪 60 年代中期至 70 年代初的黑人艺术运动。第三次文艺复兴的主要作家有莫里森、爱丽丝·沃克、玛雅·安吉娄、丽塔·达芙、格洛利娅·内洛尔（Gloria Naylor）、牙买加·肯卡依德（Jamaica Kincaid）和特里·麦克米伦（Terry McMillan）。非裔美国作家在这段时间获得的文学奖项有普利策奖、全国图书奖和美国图书奖等，这段时间的获奖数量超过以前所有时期的总和。

1980 年以来，非裔美国文学最显著的特征之一就是黑人女性作家的崛起。从最早的黑人女性作家弗兰西斯·E.W.哈珀尔的《艾奥拉·勒罗伊》到现在的黑人女性文学的发展模式非常引人深思。首先，黑人女性作家竭力证实黑人女性是充满智慧的女性，并且按白人女性的各类标准来评估和要求黑人女性。第二，理想和现实的矛盾引起黑人女性更为严重的心理冲突，种族、性别和阶级等方面的因素使黑人女性难以照搬用于定义白人女性的西方价值观。最后，当代黑人女性作家质疑美国社会对女性的定义，提出自己的见解——黑人女性是毫不逊色于白人女性的群体，以此作为一种手段来传递黑人社区对女性天性的看法和对生活本质的认识。这些黑人女性作家从人性本质的角度来表达黑人社区对女性的传统认识。她们表达的价值观把非裔美国女性定义为黑人社区智慧的源泉，并竭力强调非裔美国女性生活在美国社会里的重要性。作为有创见的作家，他们通过对非裔美国女性概念的重新定义表明女性问题不仅仅是女性问题，而是男人问题和发展中的人类文明问题。因此，美国学者芭芭拉·克里斯蒂娜说："也许因为她们的作品，'作家'这个词并不是必须要由'女性'这个词来修饰。"（Christina：252）

如果说托尼·莫里森、托尼·卡德·班巴拉和爱丽丝·沃克的早期作品的特点是优柔寡断、含混模糊和爱恨交织，那么这些作家在20世纪80年代所写的叙事性作品，特别是小说，就更为激进地描写了种族和性别问题。每部小说都是以某种方式重写某个历史时期的主题。种族和性别冲突所引起的问题仍然构成每部作品的主要内容，但是表达方式和文本创作策略还是大大不同于早期的作品。而且，读者的作用"变得越来越复杂，因为他或她更直接地参与到意义和思想的产生过程"（Butler-Evans：151）。

1992年的一个标志性事件是在《纽约时报》的畅销书栏目上出现了由非裔美国女性作家撰写的三部小说：特里·麦克米伦的《等待呼吸》（*Waiting to Exhale*）、爱丽丝·沃克的《拥有秘密的快乐》（*Possessing the Secret of Joy*）和托尼·莫里森的《爵士乐》（*Jazz*）。同时，格洛利娅·内洛尔的小说《贝利咖啡馆》（*Bailey Café*）也被提名为"推荐的新书"。（Byerman：76）这些小说虽然在文体和主题方面不同，但是它们都以女性生活中欲望和性活动的作用为主题。其中最流行的小说是《等待呼吸》，讲述事业成功的女青年因男性没能满足她们的身体和情感需要时所产生的各种挫折感。在另一个方面，沃克认为对非洲女性生殖器官的阉割是压抑女性性欲的生理标志。莫里森和内洛尔在其历史小说里描写了在黑人社区里女性欲望被扭曲和侵犯的各种情形，《爵士乐》和《贝利咖啡馆》揭露了黑人社区里发生的一些伤害女性合法权益的行为和歧视女性的思想。

黑人家庭是非裔美国文学的重要主题之一。无论是在亚历克斯·哈利（Alex Haley, 1921—1992）的《根》中的家世传说还是沃克和内洛尔小说中的父权制家庭氛围，家庭是现代叙述文本的中心议题。在非裔美国文学作品里，这个主题与历史模式有关，因为家庭是理解自我与过去的重要领域。在约翰·维德曼、戴维·布拉德利和利昂·弗利斯特的作品里，"在家庭成员失踪或找到的时候，在他们的经历被抹杀或重新发现的时候，在作家和叙述者试图从复杂的个人、家庭和民族经历中建构一个可用历史的时候，追溯错综复杂的血统关系"（Byerman：125）。

面对19世纪和20世纪文学作品里女性形象被扭曲、被丑化的问题，当代非裔美国女性作家不像以前那样去塑造正面的非裔美国女性形象来作为回应，而是试图重新定义在特定环境中的女性形象。作为这种尝试的一部分，这些作家把非裔美国女性在性别压迫和性别偏见中所遭遇的精神磨难纳入其文学作品的描写。美国学者芭芭拉·克里斯蒂娜指出："所有这些带有偏见的形象所缺乏的是作品创造性的本质和对人性必不可少的有意识的自我定义。"（Christina：78）在波莱·马歇尔、托尼·莫里森和爱丽丝·沃克的作品里，我们发现他们描写的女性形象中女人的创造力总是受到压抑，或者是因为她们相信了某些性别偏见，或者是因为她们无法逃脱社会为她们定义了的身份。

在21世纪的第一个十年里，越来越多的非裔美国青年作家登上美国文坛，在小说、戏剧和诗歌方面尝试一些新的创作技巧，为非裔美国文学传统的发展作出了新的贡献。非裔美国文学兴旺发展的突出特点是他们继续保持非裔美国传统和非裔美国人经历的独特性，而不是简单地融入欧美主流文学。非裔美国文学的繁荣必将对美国文学的文化多元化发展作出巨大的贡献。

## 四、非裔美国诗歌

许多在20世纪60年代和70年代很活跃的著名诗人从80年代起就很少发表作品了，其诗集也不再大量出版。一批优秀的青年诗人脱颖而出。迈克尔·S.哈珀尔（Michael S. Harper）的诗集《罗得岛：八首诗》（*Rhode Island: Eight Poems*, 1981）把早期激情和叛逆类创新性与拓宽中的生活视野融合起来,把非裔美国诗歌推向世界文坛,使其融入世界诗歌发展的洪流。科琳·麦克厄尔洛依(Colleen McElroy)的诗集《黑色岛屿的女王》(Queen of the Ebony Isles, 1983)于1985年获得美国图书奖。正如她自己所说:"每首诗歌都是新的停靠码头,充满了惊奇和失望,充满了快乐和吸引力。"(Bloom: 184)与喜欢从文化角度谈论农业化南方或工业化北方的非裔美国作家不一样,杰伊·赖特(Jay Wright, 1935— )采用美国西南部的地理知识来象征性地叙述非裔美国人所遭遇的社会排斥感和种族局外感。尽管经常有人抱怨她的诗歌晦涩难懂,但是她在1987年出版的诗集《诗选》(Selected Poems)耐人寻味,很受读者喜爱。

20世纪90年代,非裔美国诗歌比以往任何时候都具有更宽阔的社会基础,更坚实的文学成就。这个时期的新、老一代诗人在宽广的领域里创作诗歌,他们的创作技巧也达到新的水准。1993年,保罗·贝迪(Paul Beatty)被授予当代艺术家奖。他的诗歌在音乐电视台(Music Television, MTV)和美国公共广播公司(Public Broadcasting Service, PBS)上播放。最著名的新诗人是丽塔·达芙。她不仅获得了普利策诗歌奖,而且还从1993年至1995年期间担任美国桂冠诗人。纳撒尼尔·麦克(Nathaniel Mackey)和哈里耶特·姆林(Harryette Mullen)不但创作充满奥秘性和晦涩性的所谓"语言诗",而且也创作简单易懂、生动流畅、寓意深刻的通俗诗歌。露西尔·克里夫顿(Lucille Clifton)的诗歌享有盛名,其诗集《百衲被:从1987年至1990年的诗歌》(Quilting: Poems 1987–1990)深受读者欢迎。琼·乔丹(June Jordan)通过诗歌把她的女权主义激进思想和左派政治观点介绍给读者。(Rampersad: xxviii)余塞夫·科曼雅卡(Yusef Komunyakaa)于1993年获得普利策诗歌奖。克拉伦斯·梅杰(Clarence Major)于1999年获得国家图书奖的终审提名。万达·科尔曼(Wanda Coleman)被称为"洛杉矶的布鲁斯女性"和"洛杉矶未加冕的桂冠诗人"。这些诗人的文学成就表明非裔美国诗歌已经成功跻身于美国诗坛,成为美国文学的重要组成部分。

### 1. 露西尔·克里夫顿(Lucille Clifton, 1936—2010)

露西尔·克里夫顿是当代著名的非裔美国诗人,其诗歌主题主要涉及非裔美国文化传统和女权主义话题。她通过其亲身的经历,对20世纪美国黑人妇女的现实生活、屈辱历史和暗淡人生都进行了入木三分的描述，感人至深。

克里夫顿于 1936 年 6 月 27 日出生在纽约州迪普。从弗斯迪克—马斯顿帕克中学毕业后，她到霍华德大学读书；1955 年毕业于弗雷多尼亚州立师范学院；1958 年与弗雷德·詹姆斯·克里夫顿结婚。1958 年至 1960 年，她在纽约州劳工部布法罗办公室担任处理索赔的职员。1960 年至 1971 年，她在华盛顿特区教育办公室担任文献助理。她的第一部诗集《好时代》(Good Times) 于 1969 年出版，并被《纽约时报》列为当年的十大畅销书之一。她于 1970 年和 1973 年两次获得国家艺术捐款基金会创意写作研究员基金，还获得美国诗人学会的资助。1971 年，

克里夫顿肖像
（图片来源：en.wikipedia.org）

克里夫顿离开了政府雇员职位，在科品州立学院担任驻校作家。她出版了两部诗集《关于地球的好消息》(Good News About the Earth, 1972) 和《普通女性》(An Ordinary Woman, 1974)。从 1979 年至 1985 年她担任马里兰州桂冠诗人。从 1982 年至 1983 年，她是乔治·华盛顿大学和哥伦比亚大学艺术学院的访问作家。她的儿童作品《埃弗雷特·安德森的再见》(Everett Anderson's Good-bye) 在 1984 年获得"科勒塔·司各特·金"奖。从 1985 年至 1989 年，克里夫顿在加利福尼亚大学圣克鲁斯分校担任文学与创作课教授。从 1991 年起，她担任马里兰州圣玛丽学院人文社会科学教授。1992 年她被授予雪莱纪念奖。1996 年克里夫顿因其诗歌的成就，获得了兰楠诗歌文学奖。克里夫顿后期创作的诗集包括《下一集：新诗》(Next: New Poems, 1987)、《百纳被：从 1987 年至 1990 年的诗歌》(1991) 和《恐怖故事》(The Terrible Stories, 1996)。1995 年至 1999 年，她担任哥伦比亚大学访问教授。之后，她在美国诗歌协会理事会工作到 2005 年。她的诗集《福佑舟船：新诗选集 1988—2000》(Blessing the Boats: New and Collected Poems 1988 – 2000) 获得 2000 年诗歌类国家图书奖。2007 年，克里夫顿成了第一位获得露丝·莉莉诗歌奖

(Ruth Lilly Poetry Prize) 的非裔美国人。露丝·莉莉诗歌奖奖金高达 10 万美元,是美国诗歌杰出成就的标志性奖项之一。她于 1987 年出版的诗集《好女人:诗歌传记,1969—1980》(*Good Woman: Poems and a Memoir, 1969 - 1980*) 也进入 1988 年普利策奖的最后评选名单。除了 10 多部诗集以外,克里夫顿还出版过颇受好评的以非裔美国人生活为背景的儿童文学作品。她于 2010 年 2 月 13 日在巴尔的摩与世长辞,享年 73 岁。

克里夫顿在诗歌创作中把精心雕刻的意象与充满感染力的诗行结合起来,展示出诗歌的动态美感和静态秀丽。她的诗歌不但充满现实主义城市意象,而且具有很强的时代感,对美国诗坛有很大的影响力。其著名诗歌之一是《拥有爱的女人》("A Woman Who Loves", 1990)。这首诗的第一个诗节如下:

> 一个女人,爱恋
> 不能爱的男人
> 长时间坐在家里
> 望着窗户
> 她没有理解
> 她的兄弟
> 他打算到哪里去
> 她的姐妹献上自己乳汁,盛满杯子
> 散发着奶香,但她
> 不能喝,因为她爱上了一个
> 不能爱的男人。

(Gates: 2224—2225)

这个诗节揭示了热恋中的女性心理。她爱恋的男人在别人眼里不靠谱,不能爱,因此没有人理解她的爱,连自己的兄弟姐妹也不能理解。诗中"不能爱的男人"是其理想男人的象征。这首诗把读者带入一名年轻女孩的情感世界,她的情感如此强烈,如此执著,似乎被情所困。从这个诗节里,我们能感受到诗人对少女天真、单纯之爱的微微赞赏。她的爱是对世俗所定义的爱的反叛。

## 2. 琼·米利森特·乔丹（June Millicent Jordan, 1936—2002）

琼·米利森特·乔丹在非裔美国艺术、社会和政治运动的发展中起着重要作用。现在，她仍然被公认为 20 世纪下半叶最杰出、最多产的非裔美国作家之一。

乔丹于 1936 年 7 月 9 日出生在纽约的哈莱姆。她的父母为逃避贫困，从牙买加移居到美国。尽管乔丹一家为新美国身份的获得而骄傲，但是在美国的日子也充满艰辛，时常遭遇种族歧视和种族压迫。乔丹是在黑人城市贫民区长大的第一代牙买加移民，她的生活经历给其文学作品打上了深深的烙印。1953 年她中学毕业后，到巴尔纳德学院读书。1967 年她开始在纽约的城市学院教书。她的第一部诗集《谁看着我?》(*Who Look at Me?*) 于 1969 年出版，这是一部为儿童撰写的诗集。1968 年至 1978 年，乔丹在耶鲁大学、萨拉·劳伦斯学院和宸涅狄格学院教书；1978 年至 1989 年在纽约州立大学斯托尼·

乔丹肖像
（图片来源：en.wikipedia.org）

布鲁克分校担任英文教授；1989 年至 2002 年在加利福尼亚大学伯克利分校的英语系、女性研究系和非裔美国研究系担任教授。1991 年乔丹在伯克利分校创办了一份杂志《人民诗歌》(*Poetry for the People*)；1997 年被授予该校的杰出校友奖。2002 年 6 月 14 日她因患乳腺癌在伯克利的家中去世，享年 65 岁。在她去世后，有两部诗集出版，即《书写灵魂》(*Soulscript*, 2004) 和《被欲望指引：琼·乔丹诗选》(*Directed By Desire: The Collected Poems of June Jordan*, 2005)。

乔丹是一个非常具有个性的诗人，不愿被评论家划归为某一类或某一派的诗人。她非常讨厌学界把作家简单归类的做法，从其最著名的诗歌《关于我的权利的诗歌》("Poem about My Rights") 里可见一斑。

> 我没有错；错不是我的名字
> 我的名字是我自己的我自己的我自己的。
> 我不能告诉你到底是谁把这些东西像这样竖立起
> 但是我能告诉你从现在起我的抵抗
> 我简单的、每天的和晚上的自决
> 也许会使你付出生命的代价。
>
> （Gates：2233）

这几行诗出现在该诗的结尾部分，揭示出她反对被贴上标签的明确态度，反对任何对她文学作品的审查和限制。从这几行诗句中，我们可以感受到诗人面对强权时的坚强意志和令人称赞的勇气。这种反抗精神在其作品中被大力提倡。这首诗生动地反映了乔丹对生活和社会的态度。她的哲理主张表明：任何人，如果他能断言真理，那么他就能创造真理。

### 3. 迈克尔·S.哈珀尔（Michael S. Harper，1938—　）

迈克尔·S.哈珀尔是当代非裔美国文学的著名诗人和文选编辑。他的许多诗歌被视为非裔美国文学的重要范例，其爵士诗被收录在各种文集里。哈珀尔诗歌的重要主题是探索非裔美国人的双重意识和美国社会的种族问题。他的诗歌用传统的神话结构来表示对保罗·劳伦斯·邓巴、杰克·罗宾森①和小威廉·梅斯②等非裔美国人的敬重。哈珀尔认为，从非裔美国人角度重写神话就是解构那些神话，揭露美国白人至上论的荒谬。虽然很多非裔美国诗人和评论家都倡导黑人美学，但是哈珀尔在诗歌创作中采用西方诗歌传统中矫揉造作的创作手法。因此，他就成为非裔美国诗坛上一个备受争议的人物。

哈珀尔于1938年3月18日出生在纽约的布鲁克林。1951年他随父母搬家到洛杉矶的一个白人住宅区。不顾制度化种族歧视的压力，他坚

---

① 杰克·罗宾森（Jack Robinson，1919—1972），美国职业棒球大联盟的第一个非裔美国球员，于1947年参加国际棒球赛，第一次打破了美国棒球界的种族偏见和种族限制。他的棒球才干和天赋有力地颠覆了种族隔离的理论基础和白人至上论。

② 小威廉·梅斯（William Mays，1931—　）是一名退休了的美国棒球运动员，他的职业生涯主要服务于纽约和洛杉矶巨人队。1979年他入选棒球名人堂，被誉为"史上最伟大的全能棒球手"。

持读书，1961 年从洛杉矶州立学院获得文学学士学位；1963 年回到衣阿华州，从衣阿华大学获得美术硕士学位。20 世纪 60 年代后期，他在西海岸的一些学院教书，同时开始在一些知名杂志上发表诗歌。1970 年他在布朗大学英语系教书。同年，他的第一部诗集《亲爱的约翰，亲爱的柯尔特龙》（*Dear John, Dear Coltrane*）得以出版。他的诗歌大多是即兴创作的，韵律优美、表述清晰，人们在大声朗诵或当做歌曲放声歌唱时都会有深刻的感触。他强调诗歌的音乐性，因此，他的许多诗歌带有爵士乐的特征。1988 年至 1993 年期间，他担任罗得岛州桂冠诗人。

20 世纪 70 年代以来，哈珀尔出版了很多备受好评的诗集：《历史是你们自己的感情》（*History Is Your Own Heartbeat*, 1971）、《否定性：见证历史的苹果树》（*Negatives: History as Apple Tree*, 1972）、《歌曲：我想作证》（*Song: I Want a Witness*, 1972）、《拆断》（*Debridgement*, 1973）、《噩梦激发责任》（*Nightmare Begins Responsibility*, 1975）和《亲属的意象：新诗选》（*Images of Kin: New and Selected Poems*, 1977）。20 世纪末和 21 世纪初，他继续发表作品，出版了诗集《歌词：马赛克》（*Songlines: Mosaics*, 1991）、《令人尊敬的修改》（*Honorable Amendments*, 1995）、《在迈克尔特里的歌词：新诗选》（*Songlines in Michaeltree: New and Collected Poems*, 2000）和《诗选》（*Selected Poems*, 2002）。

哈珀尔在编辑非裔美国诗学史方面也作出了突出的贡献。他和罗伯特·B. 斯特普陀（Robert B. Stepto）一起编辑了《圣歌：非裔美国文学、艺术和学术汇集》（*Chant of Saints: A Gathering of Afro-American Literature, Art, and Scholarship*, 1979）。这是一部优秀的非裔美国文学评论、访谈和诗歌的文集。他还出版了斯特林·A. 布朗的《诗歌》（*Poetry*, 1980）。此外，他还和安瑟尼·沃尔顿（Anthony Walton）一起编辑了两部诗集《每次闭眼不是入睡了》（*Every Shut Eye Ain't Asleep*, 1994）和《非裔美国诗歌精选》（*The Vintage Book of African American Poetry*, 2000）。

哈珀尔尤为著名的诗歌之一是《制造灵魂的鬼》（"The Ghost of Soul-making", 1995）。该诗的第一个诗节如下：

鬼出现在冬季的黑暗时刻，
有时出现在夏季的白天，春季的
白天，在半扇门后与你碰面

早晨的第一个震惊
经常是干完农活的时候,不好的记忆
妨碍你的生活,在黎明里哀鸣,在树下哀鸣。

(Gates: 2284)

诗中的"鬼"比喻诗人创作生涯中的灵感。"冬季"、"夏季"和"春季"指的是人生的不同阶段;而"早晨"、"干完农活的时候"和"黎明"则指一天中的不同时刻。这个诗节表明诗人的灵感可能随时随地出现在脑海里,但是艰难或不利的时刻可能会引起一种难以预料之感和难以控制之感。

## 4. 余塞夫·科曼雅卡(Yusef Komunyakaa, 1947— )

余塞夫·科曼雅卡是至今依然活跃在当代美国诗坛上的非裔诗人之一。在诗歌创作中,他经常从童年的家乡生活和海外游历中提取素材,主题涉及民权运动前的南方农村生活和越南战争期间的士兵生活。

科曼雅卡于1947年4月29日出生,在路易斯安那州的波噶路撒小镇长大。1965年他在美国军队服役,在越南战争期间曾去越南南部出差。他担任军报《南方十字架》(Southern Cross)的特约记者,报道战斗状态和战场事件,采访过很多士兵,发表过许多关于越南历史的文章。因出色的工作,他获得了铜星奖章(这类奖章是美军司令部颁发给地面战斗中作战英勇的士兵或战地服务优秀者的重要勋章)。1973年他在科罗拉多大学读书时就开始创作诗歌。20世纪70年代末,科曼雅卡成为当时最受欢迎的美国作家。他的前两部诗集《奉献和其他黑马》(Dedications and Other Darkhorses, 1977)和《失落在骨轮厂》(Lost in the Bonewheel Factory, 1979)都是自费出版的。1984年他出版了第一部广受好评的诗集《太平》(Copacetic)。在这部诗

科曼雅卡肖像
(图片来源: en.wikipedia.org)

集里，他把爵士乐的韵律和多切分音的节奏与时髦的口语和吸引眼球的诗歌意象相融合，形成了自己的诗歌创作特色。1986 年他出版了诗集《为我头部的眼睛道歉》(*I Apologize for the Eyes in My Head*)，这部诗集获得了圣弗兰西斯科诗歌奖。1988 年他出版了诗集《奠边府》(*Dien Cai Dau*)，这部诗集主要是关于他在越南的经历，获得了黑暗房间诗歌奖。

1994 年他的诗集《霓虹灯方言：新诗选》(*Neon Vernacular: New and Selected Poems*) 获得普利策诗歌奖。此后，他又发表了几个诗集《天堂的盗贼》(*Thieves of Paradise*, 1998)、《对上帝说脏话》(*Talking Dirty to the Gods*, 2000)、《快乐的圆屋顶 1975 年至 1999 年收集的新诗》(*Pleasure Dome: New and Collected Poems, 1975–1999*, 2001)、《禁忌：维西波恩三部曲（第一部分）》(*Taboo: The Wishbone Trilogy, Part I*, 2004) 和《变色龙卧榻》(*The Chameleon Couch*, 2011)。他的作品深受现代诗人的推崇。2007 年，因其对路易斯安那文化知识传统的长期贡献，他被州政府授予路易斯安那作家奖。2004 年他与剧院老板乍德·格拉西亚合作把古老的叙事诗《吉尔嘎密西史诗》(*Epic of Gilgamesh*) 改编成剧本，2006 年由卫斯理大学出版社出版。2008 年纽约第 92 条大街戏院把该剧本试演了一个夜晚，导演是罗伯特·斯坎隆。2013 年 3 月华盛顿特区的荟萃戏院公司开始正式上演该剧。

科曼雅卡著名诗歌之一是面对它（"Facing It"，1988）。这首诗表达了他参观华盛顿特区越南老兵纪念馆时的真实情感。这首诗歌成为他的标志性诗歌。在这首诗歌的末尾，他写道：

> 天空，天空上的战机。
> 一个白人老兵的意象漂浮着
> 靠近我，然后他苍白的眼睛
> 看透我的心思。我是一扇窗户。
> 他已失掉了右臂
> 嵌在石头里。在黑色镜子里
> 一个妇女正在消除名字：
> 不，她在梳理一个孩子的头发。

（Gates：2496）

通过诗歌的叙述人"我",科曼雅卡把我们带到了战机在天空盘旋的越南战场。那个白人老兵苍白的眼睛和失掉的手臂揭露了战争的残酷和无情。作为对比,科曼雅卡创作了一个轻轻梳理小孩头发的女性形象,向我们暗示人们真正需要的是和平,而不是战争。由此可见,科曼雅卡的诗歌采用的是循循善诱的方式向人们传播爱好和平的反战思想,他的创作方法比那些直接谴责战争罪恶的作品更有影响力和说服力。

### 5. 丽塔·达芙(Rita Dove, 1952— )

丽塔·达芙从1993年至1995年期间应邀担任美国桂冠诗人。她是出任该职的第一位非裔美国人,而且也是获得普利策诗歌奖的第二位非裔美国人(第一位获得该奖的非裔美国人是格温多林·布鲁克斯)。她突破黑人艺术运动中诗歌创作的一些条款性束缚,拓展了非裔美国诗歌的发展道路,被评论家公认为20世纪末21世纪初非裔美国中青年诗人的代表人物。

达芙于1952年8月28日出生在俄亥俄州的阿克隆镇。1973年她以优异的成绩毕业于迈阿密大学。之后,她获得福布赖特奖学金的资助,到德国的图宾根大学深造。1979年,达芙与德国作家弗雷德·韦巴恩结婚,生育了一个孩子。当她的第一部诗集《角落的黄色房子》(The Yellow House on the Corner)在1980年出版时,她在文献编辑和杂志编辑方面已经享有盛誉。1987年,她的诗集《托马斯和博拉》(Thomas and Beaulah, 1986)获得普利策诗歌奖。

达芙在演讲

(图片来源: modelsfame.com)

达芙从1981年至1989年在亚利桑那州立大学讲授创意写作。那时,她已出版了九部诗集、一部论文集《诗人的世界》(The Poet's World, 1995)和一部小说《通过象牙大门》(Through the Ivory Gate, 1992)。1994年她出版了剧本《地球更黑的一面》(The Darker Face of the Earth),该剧本于1996年在俄勒冈莎士比亚节上首演。她与作曲家约翰·威廉斯合作,创作了组歌《献给爱的七首歌》("Seven for Love")。

2004年弗吉尼亚总督马克·华纳任命她为该州的桂冠诗人。在担任这项公职期间，达芙致力于传播关于诗歌的文艺知识，并且增强公众的文学修养意识。作为桂冠诗人，她还号召作家从艺术家的角度来探索非洲文化。从1989年至今，她一直担任弗吉尼亚大学的英文教授，并于2009年4月出版了诗集《桑纳塔·穆拉特卡》(Sonata Mulattica)。

除了普利策奖外，她还获得过许多文学和学术荣誉。1996年她获得国家人文社科奖，2007年获得第三届海恩斯人文艺术年奖，2008年获得弗吉尼亚图书馆终身成就奖，2009年获得福布赖特终身成就奖。2011年美国总统奥巴马给她授予了"国家艺术勋章"，表彰她在促进美国文艺事业中所作出的杰出贡献。从2006年至2012年，她担任美国诗人协会会长。她主编的诗集《企鹅文集：20世纪美国诗歌》(The Penguin Anthology of 20th Century American Poetry) 于2011年出版，但引起了极大的非议；有一些诗人和学者抗议认为，还有一些知名诗人的作品未被她收录进去。

《得墨忒耳①哀悼》("Demeter Mourning"，1995) 是达芙最著名的诗歌之一，该诗的第一个诗节如下：

> 没有什么能安慰我。你可以穿丝缎
> 使皮肤产生渴望，可以像达官贵人那样
> 撒上黄色的玫瑰
> 你能不断地告诉我
> 我忍受不了（我知道）：
> 但是，没有什么能把金子变成谷物，
> 没有什么比牙齿能咀嚼得更甜。
>
> （Gates：2593）

这个诗节的叙述人"我"把自己比做谷物女神得墨忒耳。得墨忒耳是希神克罗诺斯和莉亚的女儿和希神柏尔塞福涅的母亲。得墨忒耳使人联想起古代小亚细亚人崇拜的自然女神西布莉；这样，她就成为谷物丰收的象征。依洛西斯之谜就是用来纪念她的。诗人透过这个诗节告诉人

---

① 得墨忒耳 (Demeter)，希腊女神。她是农事和丰产女神，也是婚姻和女性的庇护者。

们没有什么东西比食物更重要。像丝绸、金子之类的东西看起来好，但对一个人的生活来讲，它们没有谷物那么重要，那么不可缺少。诗人平淡、务实的生活态度可见一斑，而虚荣或奢侈的生活是叙述人摒弃和不屑的。

### 6. 索尔·史戴西·威廉斯（Saul Stacey Williams, 1972— ）

索尔·史戴西·威廉斯是当代非裔美国诗人、作家、演员和音乐家。他把诗歌和非主流的嘻哈音乐融合在一起，拓展了非裔美国诗歌的发展空间。

威廉斯于1972年2月29日出生在纽约的纽伯格。在纽伯格私立中学读书时，他就创作出第一首歌词《黑色的史戴西》("Black Stacey")。他在莫尔豪斯学院获得表演学和哲学学士学位后，就到纽约大学攻读表演学硕士学位。

1995年，威廉斯与艺术家玛西亚·琼斯合作从事布鲁克林行为艺术活动，并到全国各地巡回演讲。不久，他与玛西亚结婚。婚后第二年，女儿萨杜恩降世。他的诗歌得到了学界和读者的高度赞扬。1996年他获得新波多黎各诗人咖啡馆大型诗歌朗诵会冠军。1998年他在电影《诗歌朗诵会》（*Slam Nation*）中担任主角。在这部影片里，他既是剧本作家，又是演员。因这部电影独特的艺术特色，他获得了"桑丹斯节日大爵士乐奖"和"摄影金奖"。在其事业如日中天之时，他和玛西亚离了婚。诗集《她/他》（*S/HE*）就是他对自己婚姻失败的反思。玛西亚是视觉艺术家和艺术学教授，为他的作品《第七个八度音阶》（*The Seventh Octave*）创作了封面，而且还担任他2001年的音乐专辑《紫色的摇滚之星》（*Amethyst Rock Star*）设计总监。2007年他与特伦特·勒日诺尔（Trent Reznor）合作出版了音乐专辑《塔尔达斯特黑鬼不可避免的崛起和解放》（*The Inevitable Rise and Liberation of Niggy Tardust！*）。

此外，威廉斯在《纽约时报》（*The New York Times*）、《绅士》（*Esquire*）、《炸弹杂志》（*Bomb Magazine*）和《非洲之声》（*African Voices*）等刊物上发表了不少作品。作为诗人和艺术家，威廉斯经常到世界各地旅游或到一些大学作学术演讲。他比较出名的作品有反战圣歌《不是以我的名义》和《第三幕第二场》。在政治方面，威廉斯强烈抨击布什政府、反恐战争、伊拉克战争和阿富汗战争。

威廉斯的女儿萨杜恩参加了2008年的巡回音乐会演出。2008年2月29日，他与女演员波斯·怀特结婚。但是，怀特于2009年1月17日在博客上宣布她已与威廉斯分居。威廉斯在2009年的"勇敢新声比赛"中再次成为焦点人物。他现居住在法国巴黎。

他的诗歌《流血》（"Bloodletting"）的第一部分节选如下：

> 最伟大的美国人
> 还没有出生
> 他们正在耐心地等待
> 过去的结束
> 请献出鲜血
> 那些破碎的碑匾
> 和着火的布什
> 分享一个经历
> 从那里发出空旷的声音提醒我们
> 我们走路的神圣的大地，得到我们的鲜血净化，生长着树木
> 落叶向我们传递一系列神圣的信息？
> 我们中的人能把秋天的色彩转变成早晨的露水。

在这部分诗歌里，威廉斯抨击了布什政府发动的残酷战争，对在战争中死亡的人们表达了深切同情。流血的社会现实表明美国仍然缺少一位真正伟大的领导人来阻止战争，恢复世界和平，挽救美国年轻人的宝贵生命。

## 五、非裔美国小说

自20世纪80年代以来，非裔美国文坛涌现出一大批优秀小说家。他们是托尼·莫里森、爱丽丝·沃克、格洛利娅·内洛尔、托尼·卡得·班巴拉和盖尔·琼斯等。这个时期，非裔美国小说家主要表达了对女权主义和非洲黑人文化艺术传统的尊崇，继续弘扬非裔美国文学传统，维护和发扬非裔美国人的种族自豪感。此外，非裔美国科幻小说和侦探小说也取得了很大的发展。在文坛上出现了大批的新生代小说家，

受到公众越来越多的关注。

目前,最著名的非裔小说家是托尼·莫里森,她于1993年获得诺贝尔文学奖。美国学者芭芭拉·克里斯蒂娜说:"她的作品中带有浓浓泥土气息的现实主义,深深地植根于历史和神话之中,回荡着欢乐与痛苦、迷惘与恐惧。"(Christina:137)与莫里森齐名的非裔美国作家有爱丽丝·沃克,沃克主要关注的是非裔美国女性的意识问题,叙述在黑白两种文化中挣扎的非裔美国女性的故事,特别是那些被种族、等级或阶级所边缘化了的女性。她提出了"妇女主义"(womanism)这一概念,直面美国的社会问题和政治问题。雪莱·安·威廉斯(Sherley Anne Williams,1944—1999)和格洛利娅·内洛尔可以看做是沃克"妇女主义"学说的忠实门徒,她们都十分关注非裔美国女性的生存状况。

20世纪80年代,非裔美国小说在美国获得了很好的发展,拓展了人们对非裔美国文化的认知。1981年托尼·卡得·班巴拉为格洛利娅·安柔杜阿(Gloria Anzaldua)和切莉·莫拉噶(Cherrie Moraga)编辑的文集《这座名叫"我的脊背"的桥》(This Bridge Called My Back)写了序言。班巴拉的文学主题介于伊什梅尔·里德和莫里森创作思想之间,处于中立化的位置。约翰·埃德加·维德曼比班巴拉小两岁,采用了南方黑人英语方言的创作手法,尝试着把记忆和音乐融合起来,详细描写历史事件,探索小说人物和非小说人物的内心世界。同样地,诗人迈克尔·S.哈珀尔的女儿盖尔·琼斯(Gayl Jones,1949— )觉得自己作品中最优秀的部分来源于所听到的东西,而不是所读到的东西。她经常使用第一人称叙述者,表达某人在听故事时的感觉;她的小说反映了其童年的生活,也使用了很多童年时期的用词和惯用法。通过小说创作艺术,戴维·布拉德利(David Bradley,1950— )探索幻想的神秘世界,同时给人们传递知识和提供娱乐。她的小说《钱妮维尔事件》(The Chaneysville Incident,1981)获得1982年福克纳奖。

20世纪90年代,非裔美国小说获得了进一步的发展。查尔斯·约翰逊(Charles Johnson,1948— )的新奴隶叙事《中间通道》(Middle Passage)获得1990年国家图书奖,奠定了其作为非裔美国文学开拓型小说家和敏锐评论家的地位。(Clark:9)约翰逊认为许多非裔美国作家参与了丑化黑人种族的行动,所以他在作品中致力于根除和消除这些丑化和偏见,探索非裔美国人自己的哲学传统。另一位杰出的小说家是兰德尔·柯南（Randall Kenan, 1963—　），他的短篇小说集《让死者埋葬死者》（*Let the Dead Bury Their Dead*, 1992）获得篮布达奖。美国学者史密斯·麦克可依说："柯南是一名才华横溢的散文文体家，他吸收了詹姆斯·鲍德温、卡尔森·麦克卡勒斯、托尼·莫里森和弗兰纳里·奥康纳的精华。"（McKoy：16）非裔美国小说家牙买加·金卡德（Jamaica Kincaid, 1949—　）擅长描写西印度群岛移民的生活，其创作风格反映了现代主义的文学精神。她的短篇小说集《在河底》（*At the Bottom of the River*）获得了由美国艺术和文学协会颁发的莫尔顿·道温·萨贝尔奖。卡里尔·菲利普斯（Caryl Phillips, 1958—　）熟知非洲人在加勒比、欧洲、美国和非洲大陆的历史，在其小说里精确标识出旅行时她所走过的路线，较为详细地讲述了大西洋航程中发生的故事。1991年，她出版的小说《剑桥》（*Cambridge*）引起了美国读者的关注。此外，爱德华·P. 琼斯（Edward P. Jones, 1951—　）的短篇小说集《在城里失落》（*Lost in the City*, 1992）讲述了20世纪华盛顿特区非裔美国工人的故事，该书获得了海明威文学奖和兰楠基金奖。

　　进入21世纪后，非裔美国小说出现了新的发展势头，一些年轻作家崭露头角。埃德威吉·丹特卡特（Edwidge Danticat, 1969—　）描写了自己家人在加勒比海的生活经历和他们移居美国后的生活，他的抒情手法及其对跨文化彷徨感的描写赢得了评论界的好评。科尔森·怀特赫德（Colson Whitehead）的小说沿袭了非裔美国知识分子小说的传统，与琼·图默的《甘蔗》有异曲同工之妙。爱德华·P. 琼斯（Edward P. Jones, 1951）在2003年出版的小说《已知世界》（*The Known World*），以巨大的篇幅描写了奴隶制对非裔美国人生活的毁灭以及非裔美国人战胜奴隶制后重获新生的故事。该书获得了2004年普利策小说奖和2005年国际IMPAC都柏林文学奖①。

　　科幻小说和侦探小说对非裔美国小说的发展同样有着重要的贡献。最著名的非裔美国科幻小说作家是塞缪尔·R. 德莱尼（Samuel R. Delany, 1942—　）和奥克塔维亚·E. 巴特勒（Octavia E. Butler,

---

①　由爱尔兰都柏林市政府主办、都柏林市立图书馆承办、美国企业管理顾问公司IMPAC所赞助的世界性文学奖"国际IMPAC都柏林文学奖"（The International IMPAC Dublin Literary Award），成立于1996年，是世界上奖金最高的单一文学奖（得奖者可获10万欧元，约14万美元），只要是英语小说或任何语言有英译本的小说皆可角逐这个奖项。

1947— )。德莱尼已经出版了 20 多部科幻小说,多次获得专门表彰科幻小说作家的雨果奖和星云奖。因为科幻小说经常被学界边缘化,所以德莱尼不得不向人们证实科幻小说也属于严肃的文学创作。巴特勒把其小说当做论坛,介绍文学理念。美国学者米尔得利德·迈克尔说:"她〔巴特勒——作者注〕要做的就是鼓励读者思考使我们入迷的东西——对变化的恐惧导致人们不愿放弃过时的概念或信仰,然而积极的或消极的变化力量能够把我们推到新的认识领域而获得进步。"(Mickle:62)巴特勒在 2005 年出版了科幻小说《刚长羽毛的小鸟》(*Fledgling*)。当代最知名的非裔美国侦探小说作家是沃尔特·莫斯利(Walter Mosley,1952— )。他的侦探小说经常被出版社列为畅销书,并改编成电影。美国前总统比尔·克林顿对莫斯利的侦探推理小说爱不释手。小亨利·路易斯·盖茨说:"他〔莫斯利〕已经单枪匹马地进入了以前的白人文学种类,在创作中使这个种类发展到一个新的道德高度,成为冷酷的种族现实主义文学。"(Gates:2594)莫斯利为非裔美国侦探小说的发展作出了巨大的贡献。

### 1. 托尼·莫里森(Toni Morrison,1931— )

美国现代作家托尼·莫里森是一位融现代主义、后现代主义、新女性主义、魔幻现实主义等于一身的集大成者。她勇于探索和不断创新,把美国黑人民间传说、圣经故事和西方古典文学的精华糅合在文学作品里,把非裔美国文学传统和白人文学传统有机地结合起来,极大地促进了非裔美国文学的发展。与同时代的非裔美国男性作家不同,莫里森把视线转向非裔美国人社区内部,从非裔美国人的历史文化、风俗习惯和伦理道德等方面讨论非裔美国文化的价值和非裔美国人自身存在的问题,进而揭示人类文明发展中存在的诸多共性问题。她是继威廉·福克纳和欧内斯特·海明威之后美国当代文学的又一座高峰,其小说创作不断给美国文坛带来一阵阵新风,她的每一部小说都被读者奉为经典之作。

莫里森于 1931 年 2 月 18 日出生在俄亥俄州的洛雷恩,出生时取名为克洛依·安东尼·沃福德。其父母是移居到北方的南方人,传承着唱歌和讲故事的文化传统。在莫里森的小说中,家乡的历史和家庭的经历交替出现,展示了美国南方和北方非裔美国人的生活状况。1953 年她从霍华德大学获得学士学位后,又到科尼尔大学攻读硕士学位。研究生毕业后,她在得克萨斯大学和科尼尔大学教书。1959 年她与牙买加建筑师哈罗德·莫里森结婚，育有两个儿子。1964年她与哈罗德离婚，带着两个儿子回到家乡洛雷恩。她在锡拉丘兹的兰登出版社担任一本教材辅导书的编辑，工作了一年半。1970年她到纽约的兰登出版社担任编辑，后来成为这家出版社的资深编辑。她匿名编辑了《黑人之书》(*The Black Book*, 1974)，这本书是与非裔美国历史有关的文件汇集。莫里森在纽约州立大学、耶鲁大学、巴尔德学院和三位一体学院讲授非裔美国文学和创意写作。从1989年起，她在普林斯顿大学人文学院担任罗伯特·F.戈因教授。1993年她获得诺贝尔文学奖，摘取了世界文坛的皇冠。其文学作品更加受到各国读者的喜欢，这有力地促进了世界人民对非裔美国历史和文化的了解。1996年联邦人文基金会选拔莫里森主讲杰斐逊讲座，这一讲座是美国联邦政府表彰人文领域成就的最高荣誉。2005年牛津大学授予她荣誉文学博士学位。在2008年民主党初选中，她虽然钦佩和敬重希拉里·克林顿，但在投票时她还是支持了非裔美国总统候选人巴拉克·奥巴马。2013年3月她应邀就任欧柏林学院的住校作家。2012年5月29日，美国总统奥巴马在白宫给莫里森颁发了"总统自由勋章"，以表彰她对美国文化事业的发展所作出的卓越贡献。目前，莫里森仍然担任《国家》(*The Nation*) 杂志的编辑一职。

莫里森于1957年回到霍华德大学任教时就开始了文学创作。与当时非裔美国男性作家不一样，莫里森在第一部小说《最蓝的眼睛》(*The Bluest Eye*, 1970) 里不是讲述种族冲突，而是探索黑人家庭和黑人社区问题，揭露种族主义对黑人女性的毒害。她的第二部小说《苏拉》(*Sula*, 1973) 以俄亥俄州大奖章镇为背景，通过对黑人女青年生活的描写来揭示当时的种族问题和男女平等问题，展示了苏拉与命运抗争的精神，抨击了虚伪的社会伦理道德。莫里森的第三部小说《所罗门之歌》(*Song of Solomon*, 1977) 记叙了一个黑人家庭长达一个世纪的历史。这部小说获得全国图书评论界奖和美国文学艺术协会奖。她的第四部小说《柏油娃娃》(*Tar Baby*, 1981) 以虚构的加勒比海岛为背景描写非裔美国人的传统文化与白人文化之间的激烈冲突，但这部小说未得到评论家的充分重视。可是，她的第五部小说《至爱》(*Beloved*, 1987) 大获成功，使莫里森一跃成为当时最重要的非裔美国作家之一。这部历史小说讲述了逃亡女奴塞丝及其后代的故事。这部小说不仅被列为畅销书，而且还获得了普利策小说奖。莫里森的第六部小说《爵士乐》(*Jazz*,

1992）以尖刻的笔触描写了 20 世纪 20 年代在一座神秘之城里几名非裔美国人的生活。1997 年她出版了第七部小说《天堂》(*Paradise*)，讲述了俄克拉荷马州鲁比镇的男人和生活在修道院里的一群妇女之间发生的故事。这部小说以女性为主要人物，描写了镇上男人的父权制思想、镇上女性与修道院女性之间的各种恩怨，由此来揭示性别差异和男女平等方面的问题。第八部小说《爱》(*Love*, 2003) 是一部关于爱的小说。小说中爱的主题涉及很多方面，如家庭之爱、男女情爱、自我之爱、邪恶之爱、柏拉图之爱和不幸之爱。她于 2008 年出版的小说《恩惠》(*A Mercy*) 揭露了早期奴隶制的谎言，讲述种植园里黑人女性的不幸命运和悲惨生活。她的最新力作《家》(*Home*) 于 2012 年 5 月出版，讲述朝鲜战争给退伍美国兵造成的精神创伤，认为种族偏见导致美国黑人在社会生活中丧失了"家"的归属感。

除小说外，莫里森还写了一些非叙事性作品。20 世纪 70 年代，她为《纽约时报》杂志撰写了一些关于黑人妇女的文章。1992 年，她出版了一部专著《在黑暗中玩耍：白色与文学想象》(*Playing in the Dark: Whiteness and the Literary Imagination*)。这部书探索了非裔美国人在白人文学里成为"他者"象征的原因。随着莫里森访谈录的发表和她关于时事的论文和述评的发表，她作为一名有正义感的知识分子的形象稳步上升。她在 1992 年编辑了《种族问题处理中的权力与正在出现的权力：关于阿尼塔希尔、克拉伦斯·托马斯和社会现实的构建》(*Race-ing Justice, En-gendering Power: Essays on Anita Hill, Clarence Thomas, and the Construction of Social Reality*)。这是一部关于克拉伦斯·托马斯获得美国最高法院任职提名问题的论文集。1997 年莫里森与克劳迪娅·布洛迪斯基-拉库尔合作编辑了《国民身份的诞生：O. J. 辛普森案件中的视角、原本和看法》(*Birth of a Nationhood: Gaze, Script, and Spectacle in the O. J. Simpson Case*)。这是一部解读前美式橄榄球前卫 O. J. 辛普森谋杀案审理情况的书籍。该事件曾在 1995 年轰动一时，成为当时媒体追逐的焦点。

许多评论家认为《至爱》是莫里森的代表作。这部小说以奴隶叙事为基础，继承和发扬了非裔美国文学传统，吸收了美国经典文学作品中的精华，如马克·吐温 (Mark Twain) 的《哈克贝利·费恩历险记》(*Adventures of Huckleberry Finn*)、威廉·福克纳 (William Faulkner) 的

《八月之光》(*Light in August*)和哈丽雅特·比彻·斯托(Harriet Beecher Stowe)的《汤姆叔叔的小屋》(*Uncle Tom's Cabin*)。这部小说收录了奴隶制历史的大量史实。更为重要的是,该小说描写了前黑奴的男性世界和女性世界的内心生活,讲述他们在困境中生存下来的精神力量和他们珍爱自我和彼此珍爱的种族特质。这部小说的创作灵感来源于一个关于玛格丽特·加纳的报纸剪辑。加纳是一名在辛辛那提受审的非裔美国女性,她亲手杀害了亲生女婴,目的是不想让她沦落到奴隶制中。莫里森在兰登出版社工作时,编辑黑人民间历史剪贴簿《黑人之书》的工作中无意间发现这个剪辑。这部小说从谋杀案发生了18年后的某天开始。小说主人公塞丝忘我地工作,尽量不去触碰以前的记忆。但是,和她一起在斯威特农场长大的同伴保罗·D.来到她家,惊扰了她死去孩子"至爱"的鬼魂,所以塞丝被迫重新面对自己曾经犯下的罪恶,引发了生活中的种种不幸。她幸存下来的女儿丹芙没有关于奴隶制的记忆,必须努力去理解"没说出的但又不能说的东西",这东西就是他们的历史。在那个历史中,被击碎的母女关系是核心。这部小说沿袭奴隶叙事的传统,同时还讲述了奴隶制中的痛苦事件,并触及了当时的社会禁忌,如性骚扰和暴力问题。莫里森在小说里描写了在奴隶制社会里黑人女性同时作为个体和母亲时所产生的心理冲突,探索了奴隶制对保罗·D.和塞丝的心灵伤害。保罗和塞丝一直压抑着对过去历史的痛苦回忆,但是压抑的力度越大,相应产生的精神痛苦也就越大。

　　这部小说在1987年一出版,就获得了评论界的好评。当小说未能获得国家图书奖和国家图书评论家协会奖时,许多作家愤怒地提出抗议,认为评奖有失公正。但不久,这部小说获得了普利策小说奖。《至爱》于1998年被改编成同名电影,由奥普拉·温弗雷和丹尼格·罗威尔主演。后来,莫里森把玛格丽特·加纳的故事改编成歌剧《玛格丽特·加纳》,音乐由理查德·丹尼尔·普尔提供。2006年5月,《纽约时报书评》把《至爱》列为美国25年以来出版的最佳小说。

　　《柏油娃娃》(*Tar Baby*, 1981)是莫里森撰写的第四部小说,也是她尝试描写现代社会的第一部小说。近五年来,我国学界主要从空间叙事、圣经原型、叙事策略和文化身份等方面研究该小说,并取得了一些成果。但是,几乎没有学者提及该小说中的悬念和伏笔问题。然而,该小说行文曲折,引人入胜,其中奥妙之一,就是层层设置悬念,使故事情节发展进入迷雾漫漫、柳暗花明又一村的艺术境界。这部小说情质双佳，娴熟的文笔足以使人倾倒，而笔者觉得还有一个突出的地方，更能见莫里森谋篇之巧妙，那就是伏笔的运用，做到了层层有交代、处处有联系，瞻前顾后，缜密周详。莫里森在这部小说里设置了大量的悬念，不但从艺术上扣人心弦，而且还深化了小说的主题。

莫里森在这部小说的一开始就采用了"开篇即悬"的艺术策略，造成盘马弯弓之势，把读者的心抓住不放。她的"开篇即悬"表现在作品封面的标题和小说序言的第一个人称代词"他"（He）上。莫里森《柏油娃娃》这部小说的题目在读者心目中率先形成悬念，激励读者去分析小说人物，探究谁是小说中的"柏油娃娃"。"柏油娃娃"来源于一个黑人民间传说：有个农夫种的白菜经常被兔子偷吃，因此他就用柏油和松油做了一个人形娃娃，用来诱捕兔子。兔子见到这个柏油娃娃，就和它打招呼；见柏油娃娃不理它，兔子觉得失了面子，就很生气地用脚猛踢柏油娃娃，结果兔子的脚被粘在柏油娃娃身上；为了脱身，兔子拼命用手打，结果双手也被粘到柏油娃娃身上；兔子越想挣脱开，结果被粘得越紧。后来有只狐狸过来，兔子大声喊叫道：别把我扔在长满刺的树丛里。狐狸不知是计，带着整人之心的狐狸把兔子从柏油娃娃身上取下来，扔到荆棘丛里。兔子天性不怕荆棘，因此一下子得以脱险。熟悉非裔美国文学的读者都知晓柏油娃娃的故事。一看到这部小说的题目，读者就会追问谁是"柏油娃娃"呢，是黑人青年桑，还是黑人女模特贾丹？实际上，莫里森描写的"柏油娃娃"并不是指具体的某个人，而是指黑人世界观和价值观。

莫里森把维拉里恩的身世问题设置成一个"文中设悬"的悬念。维拉里恩童年时家宅的后面有个洗衣房，一名黑人老妇常年在那里洗衣为生。他父亲死的那天他去看望那名黑人妇女。当他告诉她关于其父的事后，她就叫他帮她洗衣。洗衣虽然很辛苦，但他心里很快乐。之后，那名黑人妇女很快被解雇了。那名黑人妇女与他有什么关系呢？这也构成了一个悬念。几十年过去了，维拉里恩退休后就来到骑士岛，他在平时居住的温室附近也修了一个洗衣房，但仅是摆设而已。那个洗衣房成了寄托哀思的一个象征物。那名黑人妇女原来是他的亲生母亲，但在种族歧视严重的社会环境里，他们不敢相认。

在《柏油娃娃》的结尾部分，莫里森设置了"篇尾仍悬"。盖迪恩觉得桑和贾丹是两条不同道上的人,劝他放弃寻找贾丹,但是桑不愿意。最后,特丽丝主动提出由她驾船送桑去骑士岛。实际上,特丽丝是盲人,她主要根据海潮的规律驾船。由于当天雾大天,可见度很低。最后,他们的船停靠在骑士岛的另一面,离维拉里恩庄园还有很远的路程。当他登岸时,特丽丝在他身后喊道:你有两个选择,一是加入岛上的荒野盲人骑士部落,一是去维拉里恩庄园甸问贾丹的下落。特丽丝本人是盲人,可能是盲人骑士部落的后人,她希望桑加入骑士的行列,回归黑人的文化传统。桑跌跌撞撞地上了岸,他的视力也开始下降。她的愿望能实现吗?在《柏油娃娃》末尾处,桑的抉择成为一个悬念:桑会加入盲人骑士的行列,还是继续寻找贾丹呢?小说在桑作出最后决定之前就戛然而止了,引发读者的发散性思维和多重想象的空间。正如史敏所言:"莫里森留给读者一个开放式的结尾。"(史敏:36)让读者参与思考,寻找自己的结论。

莫里森在这部小说里设置的悬念贴近生活,富有情感因素,大有摄人之魄、揪人心肠之势,给小说增添了无穷的解读乐趣。莫里森的悬念来源于伏笔,但又超越伏笔,进入了更广阔的阐释空间。她运用伏笔形成悬念,在这部小说中有时对即将出现的人物或事件预先作出暗示,当该人物或事件在一定的场合出现时,就形成悬念;有时,她运用伏笔提出悬而未决的问题,即运用伏笔暗示出某种不同寻常的情景的底细,又不急于披露,使其呈现出悬而未决的状态,产生更大的悬念,从而使问题的答案始终处于这种状态,这虽然不能满足读者的心理期待,但却造就了另一种叙事效果,使作品笼罩上一层魔幻现实主义的神秘色彩,给读者以无限的遐想空间。

悬念迁移是指在文学作品的阅读和欣赏过程中读者对作家设置的悬念的一种认知性情感,有正向和负向两个发展方向。一般来讲,悬念迁移的程度和取向取决于作家的表达意向和读者本身的作品领悟能力。悬念的正向迁移是指悬念在故事情节的发展中顺应读者的思路,向着读者所期望的方向发展。在《柏油娃娃》中,桑到贾丹的房间实施性骚扰,但贾丹没有作出强烈的反抗,也没有及时向庄主维拉里恩告发。这为桑进一步接近贾丹并最后获得贾丹的爱情埋下了伏笔。读者通过上下文和两个当事人的对话和行为,能够感知到他们关系的发展会朝着读者期盼的方向发展——成为恋人。悬念的负向迁移是指悬念在故事情节的发展中背离了读者的思路,向读者期待的相反方向发展,使读者产生出乎意料的情感,从而深化悬念的艺术魅力。在《柏油娃娃》的第一章里,桑被当做小偷和强奸嫌疑犯抓起来,由管家西德尼押送到庄园主维拉里恩面前。按常理,庄园主应该立即报警,让警察来把他抓进大牢。但是,出乎意料的是,维拉里恩吩咐西德尼把桑安排在客房居住,并且允许他和主人一起吃饭。维拉里恩的这个决定背离了读者的期盼心理,构成小说悬念的负向迁移。他为什么会对这个小偷这么好呢?这又形成了一个悬念。原来,就在此事发生的前一天晚上,他梦到自己的儿子迈克尔。一见到被当做小偷抓起来的桑,维拉里恩就发现这人的笑容很像梦中的儿子,产生了强烈的心理移情。因此,他决定把桑当做儿子的化身来对待,并且紧接着安排仆人盖迪恩和特丽丝带桑进城理发和买新衣服。就在此时,读者对这个悬念的谜底才恍然大悟。

莫里森在《柏油娃娃》中使用的伏笔有伏有应,伏得巧妙,而且前后照应。她的伏笔往往设置在读者不着意处,信手写来,看似闲散之笔,但与后文的照应一呼即显力量,给读者以出其不意、柳暗花明之感。莫里森在这部小说中采用的伏笔可以分为命运伏笔、象征性伏笔、性格伏笔和介质伏笔。《柏油娃娃》中的各种伏笔皆藏而微露,积而后发。这是作者在小说情节结构安排上的匠心独具之处,既不使读者一眼就看出作者的用心而感到平直,又能让读者入胜其中而玩味叫绝。这四类伏笔,应当说是全文矛盾冲突得以发生、发展直至高潮的四大前提条件。她的伏笔表现了人物的思想性格,具有穿插性或点缀性的特征,体现出作者的艺术功力,因为这些伏笔恰好是作者巧妙艺术构思的生动体现。这些伏笔使叙事流畅,顺理成章,产生出奇制胜的表现效果,起到了引而后发、画龙点睛的独特功效。

《柏油娃娃》充满了魔幻现实主义的神秘元素,莫里森把悬念和伏笔巧妙地结合起来,使超现实的神秘元素和黑人民间传说融合为一体,使作品产生波澜起伏、变化多姿的效果,给读者以一种难得的艺术享受。莫里森讲究谋篇布局,情节结构上大都前有伏笔,后有照应;追求构思的精妙,情节的曲折生动、首尾完整;讲究波澜、悬念、虚幻、转换、穿插和分合。该小说中的悬念及各个伏笔并非孤立存在,而是整个小说情节发展中不可或缺的因素,它们相互勾连、相辅相成,构成了一个复杂多变、完整严密的叙事网络,各自在自己的结点上发挥着必不可少的作用，它们使小说结构成为一个可以进行内在分析的独立实体。莫里森在悬念和伏笔手法的运用方面独具匠心，与该小说新颖的立意和深刻的寓意相得益彰。

莫里森的小说均带有很强的历史性，她于 2008 年 11 月出版的第九部小说《恩惠》（A Mercy）涉及的内容追溯到比前八部小说更早的历史时期，揭露了美国殖民地时期的奴隶制问题和黑人人权问题。"莫里森试图将美利坚民族尚在萌芽年代发生的宗教冲突、文化冲突和阶级隔阂完全再现出来。'（朱小琳：29）该书被《纽约时报书评》列为 2008 年十大畅销书之一。莫里森通过意识流之流变来发掘人物内心深层的奥秘，因此该部小说人物的意识流动似乎不受客观时空的限制，时而虚幻、时而联想、时而回忆，时而与蹦出的潜意识交替出现。这种反传统的叙事模式，往往分散了一般读者的注意力，似乎令人感到困惑、不知所云。但事实上，《恩惠》里人物的意识流之中处处渗透着莫里森特有的哲学思想和创作理念。

莫里森在小说《恩惠》里采用内省的方法来探索人物的心灵深处，创造性地打破传统小说的时间顺序；运用把过去、现在和未来三者凌乱颠倒、相互渗透的手法，来达到还原"真实"的后现代主义艺术效果。她把笔触深入到人的潜意识领域，把握理性不能提供的东西，用心理逻辑去组织故事。（Friedman：247）《恩惠》的外部时间涉及 1682 年前后数十年。莫里森在这部小说里以心理时间为小说叙述的主要时序，通过小说中七个主要人物的意识流活动把贾可布种植园的历史和现状浓缩到女奴弗洛伦丝的四天回忆之中。整部小说以弗洛伦丝的生活事件为中心；通过触发物的引发，人物的意识活动不断地向四面八方发射，然后再收回；经过不断循环往复，形成枝蔓式的三维时空结构。人物意识渗透于作品的各个层面，起到了内在关联作品结构的作用。

在这部小说里，莫里森巧妙地驾驭了小说心理时间与空间关系中的意识流演绎，揭示出人物意识的复杂性：理性与非理性的意识是共存的；意识中有明确、完整的意识，也有朦胧、片段的意识；有言语层的意识，还有尚未形成语言的前意识等。莫里森利用时间颠倒、空间重叠的意识流手法打破了传统小说的条理和顺序，重新组建时空顺序，如实地呈现了小说人物在感观、刺激、回忆等作用下出现的那种紊乱的、多层次的立体感受和意识的动态，所以人们在阅读该小说的过程中能始终体验人物所经历的心理时间。

莫里森在《恩惠》里所描写的意识流片段具有动态性、无逻辑性、非理性的特点，其创作手法是弗洛伊德创立了精神分析学之后把文学描写的触角深入到人的潜意识层的又一次尝试，可以看做是现代心理小说新发展的一个标志。莫里森在这部小说里描写潜意识层所采用的主要形态有内心独白、自由联想、意识迁移和意识流语言。

在《恩惠》里，莫里森在创作手法上"以心系人，以心系事，以表现叙述者的潜意识为主，化解其心中郁积的种种心结，弘扬人间的向善情操"（Brown：31）。莫里森把创作重心放在对人物的精神世界的描绘上，写出人物内在的真实。她特意把创作视点由"外"转向"内"。这样，小说中的人物心理和意识活动"不再是依附于小说情节而成为达到某种艺术效果的描写方法，而是作为具有独立意义的表现对象出现在小说中。意识活动几乎成为这部小说的全部内容，而情节则极度淡化，退隐在小说语言的帷幕后面"（McHenry：16）。通过向"善"的意识流描写，莫里森在人物的心灵宇宙范围内谱写出动人的心灵史诗，具有浓郁的抒情性、感伤性和唯美主义倾向。

莫里森在《恩惠》里以人物的意识流活动为结构中心，围绕人物表面看似是随机产生、逻辑松散的意识活动，将人物的观察、回忆、联想的全部场景与人物的感觉、思想、情绪、愿望等，交织叠合在一起加以展示，以"原样"准确地描摹人物的意识流变。作家在小说中没有用花哨的言辞直接刻画小说的人物形象，而是以描写人物的意识流动过程来展示其心灵世界。作为一部有创意的意识流代表作，它之所以能吸引读者，震撼人心，"首先是因为它表现了厌恶、憎恨、反对扼杀人性的主题；其次是巧妙采用心理时空顺应人的意识流变，抒发了人类共同向往的自由、幸福的情感"（Frykholm：46）。莫里森在突破了传统形式美法则的过程中，运用抽象手法对小说叙事进行夸张变形，将沉淀在人物潜意识或无意识中的东西用文字还原为在不同时空、不同心境之下的零碎的、杂乱的原始感觉，使小说里的许多人和物都带有象征意味，呈现出破碎、扭曲、怪诞的形态，给人以新奇、多样的审美体验。她把人物的潜意识思绪串联成一条条意识的河流，揭示社会的本质，并深化小说的主题，显示出她在意识流小说建构方面的独具匠心和高超的文本驾驭能力。

莫里森于 2012 年 5 月出版其第十部小说《家》（*Home*）。这部小说表面上是以诗体化的言辞、梦幻般的想象和超现实主义的笔触描写 20 世纪 50 年代初期从朝鲜战场归来的一名美国退伍士兵的故事，实质上是揭示了非裔美国人在遭遇各类心理创伤后的寻"家"之旅。莫里森在这部小说里，进一步拓展了创伤书写的主题空间，把创伤书写的视角指向朝鲜战争、亲情荒原和种族歧视。

莫里森在《家》里描写了朝鲜战场退伍士兵弗兰克·莫尼所遭受的战争创伤。弗兰克所遭遇的精神痛苦符合"创伤后应激障碍"病症的主要症状，即：再体验、回避反应和过度警觉。莫里森以细腻的笔触描写了弗兰克所经历的各种战争场面，特别是与蒙古士兵的生死相搏，尸横遍野的战场，被炸得血肉纷飞的战友，遭屠杀的平民等。从朝鲜战场回国后，弗兰克成为"创伤后应激障碍"的严重患者。那些战争场景常常以非常清晰的、极端痛苦的方式在弗兰克的脑海里上演，甚至诱发反复性的错觉和幻觉。这些创伤性事件的重新体验使弗兰克仿佛又回到创伤性事件发生时的情景，重温事件发生时所进发的各种情感，同时伴随着强烈的心理痛苦和生理反应。这些战争场景与错觉、幻觉和分离性意识交织在一起，使弗兰克难以摆脱，睁开眼睛看见某物时常会产生触景生情式的精神痛苦，但闭上眼睛又会出现类似的梦幻。莫里森写道："任何东西都能使他联想起一些痛苦的事情。"（Morrison, *Home*, 8）在战争创伤的再体验中，弗兰克遭受了常人难以想象的精神浩劫和神经折磨。

在《家》里，弗兰克的过度警觉主要表现在三个方面：睡眠障碍、脾气失常和过度敏感。睡眠障碍是弗兰克患了"创伤后应激障碍"后所遭受的最大困扰之一。在生活中遇到的一些人和物很容易激发起他的紧张情绪，诱发其不堪回首的战争经历，他总担心自己再次陷入战争危险。过度的担心导致他难以平静入睡。弗兰克平时脾气温和，但在一定外界场景的刺激下，会很快脾气失常，做出出乎意料的失礼之事。一天，弗兰克和女朋友莉莉应邀出席在中学足球场上举办的教会聚会。大家围着餐桌就餐，一个小女孩伸手去拿离她有点远的蛋糕，弗兰克友善地把装有蛋糕的盘子推向小女孩。"当那个小女孩向他做了满载谢意的微笑时，他扔下装满食物的盘子，一下子跑出人群。"（Morrison, *Home*, 96）就餐的人们一下子惊呆了，不知发生了什么事。那名小女孩的微笑使他联想到死在他枪口下的那名朝鲜小女孩，因为她在拾美军食品垃圾时也曾向他露出过类似的笑容，这诱发了弗兰克内心的冤魂恐惧。过度敏感也是弗兰克"创伤后应激障碍"的表征之一。生活中的许多细小事件在一定环境的刺激下都会使他产生比较强烈的心理反应。

莫里森在《家》中通过黑人女孩依茜德娜的成长经历来揭露黑人社区亲情的阴暗面。莫里森颠覆了黑人社区隔代亲的传统，揭露了黑人儿童受虐问题。黑人社区的隔代亲与中国现代社会盛行的"隔代亲"非常相似。隔代亲的主要特征是，父母对儿女这一代要求严格，甚至苛刻，但对孙辈这一代却失去了原则，非常宽容，甚至百般溺爱。依茜德娜是在父母从得克萨斯逃亡的路途上降生的，随父母来到爷爷家。爷爷萨利姆本来是穷人，但娶了比较富有的妻子勒诺丽后生活变得富裕起来，但在家庭事务方面却没有多大发言权。为了避免被勒诺丽抛弃，萨利姆放弃了对小孙女依茜德娜的关爱，导致她时常遭受勒诺丽的虐待。勒诺丽不但把依茜德娜当做劳动的牲口，而且还剥夺了她受教育的机会。她从爷爷和奶奶那里得不到亲情的关爱。奶奶不但没有同情她被降生在路边的不幸遭遇，反而借此讥笑她，时常骂她为"阴沟孩子"或"野孩子"。奶奶的刻薄和绝情漠视了依茜德娜的儿童亲情需求，给其幼小的心灵造成了极大的亲情创伤，致使依茜德娜成年后与其奶奶和爷爷的关系形同路人。

最后，依茜德娜与爷爷奶奶、爸爸妈妈和丈夫的亲情均以丧失而告终，滋生了强烈的无助感、疏离感和遗弃感，导致其亲情创伤的形成和恶化。由于亲情缺失，依茜德娜的性格显得极为敏感、自卑与胆怯，并且对父母之家和家乡都没有眷念之感。她失去了爱别人和爱家人的能力和勇气。直到小说结束，她仍然孑然一身。亲情创伤使她对解救过她的哥哥弗兰克也亲热不起来，她的生活变成了无爱的亲情荒原。尽管依茜德娜后来得到了黑人社区和弗兰克的关爱，但是她自始至终都游离在祖辈和父辈的关爱之外。莫里森对亲情缺失的创伤书写给依茜德娜的命运打上抑郁的悲剧色彩。正如李冬梅所言："创伤会破坏个体对自己和他人的感觉，会粉碎个体对现实世界的安全感和对自己生活的控制感；如果创伤是由他人所造成，还会逐步破坏个体对他人的基本信任，甚至瓦解个体的自我价值感和自尊感。"（李冬梅：6）由此可见，人们在儿童和青少年时期所遭受的亲情创伤会对其人格形成和人生认知产生巨大的消极性影响。

在《家》里，莫里森以现实主义的笔触描写了非裔美国人如何用亲情复苏来治疗战争创伤，用女性的自强自爱和团结互助来消解亲情缺失和种族压迫所引起的心灵创伤。莫里森的创伤书写披露了非裔美国人在种族歧视氛围里的生存危机和精神危机，找到了引起这些心理创伤的原因，凸显了非裔美国妇女在危机消解中团结互助的重要性。莫里森所描写的战争创伤、亲情创伤和种族创伤是20世纪中叶美国社会非裔美国人生存状况的真实写照。"了解创伤，了解创伤的致因，了解创伤的症状，了解如何疗伤，希望个人和社会更少地制造创伤，希望消解创伤带来的痛苦。"（李桂荣：75）这正是莫里森创伤书写的用心所在。她在《家》中所采用的创伤书写图解了医学和社会学的创伤理论，展现了叙事艺术的魅力，丰富和发展了非裔美国文学的创作理论，使该小说无愧为当代欧美文学创伤叙事作品的新精品之一。

### 2. 爱丽丝·沃克（Alice Walker, 1944— ）

爱丽丝·沃克是当代非裔美国文学史上最杰出的小说家、诗人、散文家和短篇小说家之一。她也是一位才华横溢且又多产的文学家、大胆的思想家、勇敢面对生活矛盾和时代荒谬问题的黑人妇女。她经常在文学作品里描写在残酷社会环境和生活逆境中幸存下来的黑人女性，创造性地提出"妇女主义"学说。她的作品主要讲述黑人，特别是黑人女性，在反对种族主义者、性别歧视主义者和社会暴力等方面的斗争，突出黑人女性在文化发展和历史进步中的作用。

沃克于1944年2月9日出生在佐治亚州伊藤顿。8岁时，她的右眼在一次意外事件中被哥哥的气枪打瞎。中学毕业后，她于1961年获得全额奖学金去亚特兰大的斯贝尔曼学院读书，后来转到靠近纽约城的萨拉·劳伦斯学院，于1965年毕业。在大学期间，她差点在一次失恋中自杀。个人情感失败后，她转向文学创作，发表了第一个短篇小说《滚吧，死亡！》。在20世纪60年代初期，她在亚特兰大的斯贝尔曼学院读书时遇见民权运动领袖小马丁·路德·金，金鼓励她回到南方去为民权运动工作。她参加了1963年的华盛顿大游行，曾到佐治亚和密西西比为非裔美国选民做登记工作。1967年她与民权运动律师梅尔文·勒温索结婚。之后，他们搬到密西西比的杰克逊城，成为密西西比州第一对黑人和白人通婚的合法夫妻。他们在生活中经常受到各种骚扰，甚至受到三K党的威胁。1969年，他们生下了女儿丽贝卡。沃克在1976年与丈夫协议离婚。20世纪90年代中期，她曾一度与流行歌手特雷西·查普曼坠入爱河。她目前居住在加利福尼亚州北部的一个农场。

1995年，沃克从加利福尼亚艺术院获得荣誉学位。1997年她被美国人文协会授予"年度人文主义者"的称号。2003年3月8日，也就是在伊拉克战争爆发前夕的国际妇女节那天，沃克在白宫外的一个反战集会上因跨过警戒线和另外26个抗议者一起被捕。沃克把这次经历写在文章《我们是一直在等待的人》里。2008年当奥巴马在美国总统大选获胜之际，沃克在博客上发布了《致巴拉克·奥巴马的一封公开信》。她在信中写道："看到你仅凭你的智慧、勇气和人格获得应有的职位，这给快要消沉的战士们带来了希望和安慰，你实现了人们的梦想。"2009年3月，沃克和60多名反战妇女活动家来到加沙，抗议以色列对巴勒斯坦人民的屠杀。沃克到加沙的目的是会见巴勒斯坦解放组织官员和当地居民，并为他们提供经济援助，劝说以色列和埃及开放进入加沙的边境。2009年她在一封公开信上签名抗议在多伦多电影节上放映关于以色列的电影。2011年4月23日，她宣布参加到加沙的一个援助队，旨在冲破以色列的海军封锁。她说，她的动机是她担忧巴勒斯坦地区儿童的基本生活，作为"成年人"，应该用自己的智慧去帮助那些灾难中的孩子，参与到一切反对压迫的斗争中去。在2011年6月的一次采访中，沃克把美国和以色列描述为"恐怖主义组织"，理由是"当你对那些人实施恐怖打击的时候，当你使他们害怕你的时候，他们将终身在身心方面受到伤害——那就是恐怖主义"。

沃克童年时不幸右眼失明，这个事件使她从小就产生了自卑心理。因此，她有意疏远外部世界，潜心读书。这为她将来的作家生涯打下了坚实的基础。大学时代的失恋使她得以重新审视生活。此后，她把创作作为发泄受挫情感的途径。她的第一部诗集《曾经》（Once）于1968年出版，两年后她的第一部小说《格兰吉·科普兰德的第三次生命》（The Third Life of Grange Copeland）出版。这部小说以佐治亚州贝克县的农村为背景，讲述了格兰吉和妻子、儿子布朗菲尔德、孙女露丝四人之间发生的故事。格兰吉是一名佃农，遭受到地主的残酷剥削，他越卖力地耕作，他欠下地主的钱就越多。最后，为了逃避沉重的债务，他抛弃了家人，只身逃到北方谋生。儿子布朗菲尔德也因还不清地主的债，和妓院鸦母岳西一起逃亡，后来他爱上了岳西的侄女梅恩，不顾岳西的反对与梅恩结了婚。后来，布朗菲尔德因生活没前途，时常殴打梅恩，后来竟然把梅恩打死，被判处七年徒刑。逃亡在外的格兰吉觉得北方也不是黑人的乐土，因此，他最后回到佐治亚州贝克县，觉得家乡才是他唯一的家。1973 年，沃克的短篇小说集《爱和麻烦》（*Love and Trouble*）获得美国艺术和文学协会的洛森索奖，她的诗集《革命的皮图尼阿斯》（*Revolutionary Petunias*）获得南方地区理事会颁发的莉莉恩·史密斯奖。1976 年沃克的第二部小说《梅丽迪安》（*Meridian*）出版。这部小说是关于民权运动后期南方非裔美国人争取民权和种族平等的斗争，书中有些事件来自沃克的亲身经历。1983 年她的第三部小说《紫色》（*The Color Purple*, 1982）获得普利策小说奖和美国图书奖。1986 年她的短篇小说《同宗的魔鬼》（"Kindred Spirits", 1985）获得欧·亨利奖。

沃克对环境问题和人权问题的关注集中体现在诗集《马儿使景色看上去更美》（*Horses Make a Landscape Look More Beautiful*）和文集《靠词语而活》（*Living by the Word*, 1988）之中。1989 年她出版的第四部小说《我所熟悉的寺院》（*The Temple of My Familiar*）中出现了《紫色》中的人物，但是这些人物所经历的事件都发生在非洲。因为书中涉及了一些意识形态方面的荒谬性和争议性问题，这部小说未受到评论界的推崇。而第五部小说《拥有欢乐的秘密》（*Possessing the Secret of Joy*, 1992）重新得到评论界的青睐。这部小说讲述了女性割礼和生殖器阉割方面的故事。她的第六部小说《凭着父亲的微笑》（*By the Light of My Father's Smile*, 1998）是一部赞美女性性欲和欢乐的情欲幻想类作品。2000 年沃克出版了短篇小说集《带着破碎的心继续往前走》（*The Way Forward is With a Broken Heart*）。该书收录了 13 个故事，分为 7 章，探索了男人与女人、男人与男人和女人与女人之间的关系。她的第七部小说《现在是开启你的心灵的时候》（*Now Is the Time to Open Your Heart*, 2005）表达了作者关于世界冤屈的哲学理念和宗教观点，并提出了相应的解决方式。2010 年和 2012 年她先后出版了文集《克服无语》（*Overcoming Speechlessness*, 2010）和《鸡仔编年史：一个回忆录》（*Chicken Chronicles, A Memoir*, 2011）。

沃克的代表作是小说《紫色》（1982）。这部小说讲述了一名黑人妇女与白人种族主义文化和非裔美国父权制文化之间的斗争。小说的中心主题是妇女的力量来源于团结。在小说里，男人是冷漠和不负责任的。小说里的妇女被男性贬低，被视为男性泄欲的工具。主人公瑟莉和索菲娅能保持友好关系，是因为瑟莉在法律上是索菲娅的继母，男人对她们的虐待强化了她们之间的相互依存关系。瑟莉丈夫的情人夏格·艾弗里对瑟莉的情感从同情演绎成爱，处处关心和保护瑟莉；夏格也欣赏瑟莉的真情和善良。后来两人的关系发展成为同性恋，瑟莉在与夏格的第一次肉体接触时发现自己居然产生了性快感。小说还讲述了瑟莉与妹妹讷蒂的姐妹情谊。讷蒂是瑟莉在困境中生活下去的希望。她们俩在书中都以给上帝写信的方式表达对对方的思念，她们相信总有一天会相见。

这部小说描写了20世纪前半叶黑人妇女所遭遇的种族压迫和性摧残，对勇敢不屈的黑人妇女寄予了深深的同情。沃克提倡黑人妇女"结盟，"以反抗面临的压迫。该小说自1982年出版以来一直受到读者的热烈关注和讨论。菲力浦·M.洛斯特评论说："《紫色》超越了对性别歧视、种族歧视和男性恐怖的抗议。小说对沃克政治观点最有意义的贡献就是揭示了性商开发在瑟莉追求自由平等斗争中的关键作用。"（Royster：347）以前，大多数非裔美国作家主要是揭露非裔美国人沦为二等公民后的苦难生活和抨击美国社会白人的种族歧视，而爱丽丝·沃克突破了非裔美国小说的传统主题，在这本小说里揭示了美国男权制社会里非裔美国男性对非裔美国女性的性别歧视和家庭暴力。她的披露虽然受到一些非裔美国读者的抨击，但是这部小说成功地把人们的注意力转向了美国社会最隐形的人——黑人妇女——的生活状况和所遭受的苦难。

在现代美国社会里，非裔美国人的隐形性很强，而黑人妇女的隐形性则更为突出。小说主人公瑟莉的隐形不是由某种生化突变或超自然因素所引起的，而主要是由于非裔美国男性对黑人妇女的人格和身份熟视无睹所导致的。瑟莉描述了男人漠视女性人格和人性的痛苦，认为女性的身份和人格很难得到男性的理解和认可。沃克把男女之间的张力比喻为隐形和失明，瑟莉的隐形是由小说中其他人和神的"失明"（对女性身份的视而不见）所导致的。

瑟莉在父母家的隐形性主要表现在两个方面——父女关系和母女关系。阿尔方索虽然不是瑟莉的亲生父亲，但在法律意义上，他仍是瑟莉的继父。阿尔方索是一个典型的性虐待狂和色情狂，瑟莉14岁时遭到他的强暴。之后，他长期把瑟莉当做性发泄的工具。此后，当瑟莉的妹妹讷蒂快成年的时候,他又企图强奸讷蒂。他头脑里充满了伊底(id),目无法纪和社会伦理,把满足自己的兽欲作为人生的追求。他的乱伦和淫乱表明他是男权制社会邪恶势力的代表。小说起始的第一句话是:"除了上帝,你最好别告诉他人,不然会要了你妈的命。"(Walker, Color Purple, 1) 这句话是在阿尔方索强奸瑟莉后,为了使她不声张、威胁她时说的。这句话反映了男权制社会邪恶男人的霸道和狡诈。阿尔方索利用瑟莉的软弱和怕母亲知道的心理,长期蹂躏她。正如凯斯·比尔曼所说:"这个父亲把沉默当做满足其兽欲的默许。瑟莉和她母亲对他来说都是不存在的,只是作为他任意施加意义的符号。"(Byerman: 59) 瑟莉经历了美国社会非裔女性陷入隐形的许多情况。一个人在社会上的隐形,实际上就是一个人的自我和身份在社会舞台上被人忽略、被人漠视。瑟莉作为女儿、妻子、继母、女人、信教者等的身份均被她的父母、丈夫、丈夫与前妻所生的孩子和上帝所漠视。为了摆脱困境、获得生存本领,瑟莉在夏格的帮助下建起了裤子作坊;为了寻求自我和显现自己的身份,她走上了反叛性别歧视主义、种族主义、性压迫和宗教盲信的道路。

此外,这部小说在商业上也大获成功。小说一经出版,马上成为畅销书;1985年被改编成电影,受到评论界一致好评;2005年被改编成音乐剧,在百老汇上演,也有不错的反响。在非裔美国文学史上,几乎没有哪部作品曾像《紫色》那样掀起轩然大波,使人们争论不休。这部小说先后获得普利策小说奖、国家图书奖和美国图书奖。尽管如此,这些荣誉也没有平息一些人对这部书的指责和非难,他们认为这部书不该描写黑人家庭的乱伦和家庭暴力,特别是不该描写女性同性恋。还有一些人指责该书对非洲的描写失真,与真实历史有所出入。有评论家认为沃克夸大了男性的负面形象,伤害了黑人男性的颜面。沃克把对人们争议问题的答复写在论文《两次踏入同样的河》("The Same River Twice")里。

沃克另一部重要小说《梅丽迪安》探索黑人女性如何在种族和性别的双重压迫中去追求女性的自我完整问题。她高度赞赏了黑人女性在文化建设和历史发展中的积极作用,倡导来自不同种族、不同文化背景的人们,超越性别、肤色和阶级,营造一种和谐、和睦、互助的新型社会关系。通过小说《梅丽迪安》中女主人公梅丽迪安追求自我完整的不断尝试,沃克阐释了非裔美国人消除黑洞、重建自我的重要性,并提出作家自己对黑人身份危机的见解和解决方案。

沃克在小说中把祖先智慧视为非裔美国文化的瑰宝和智慧源泉。她提出要"珍惜并尊重他们的智慧、见解和爱,因为他们感性且真挚"(Walker, *Meridian*, 135)。梅丽迪安实现自我的旅程从到南方寻找非裔美国人的祖先智慧开始。对于非裔美国人来讲,南方总是具有特殊的含义。尽管南方是种族歧视最为严重的地方,但是沃克一直相信南方是非裔美国人"唯一的家"(Walker, *Meridian*, 255),是孕育非裔美国种族文化的摇篮。著名非裔美国女性评论家苏珊·薇尔丝说:"[回到南方是梅丽迪安]发展的必要条件,这种跨越地理空间的旅程寓意着个人的成长,广义上讲,是历史上的跨越。"(Wills:391—392)非裔美国人的民间故事、非裔美国教堂和非裔美国音乐是非裔美国文化特有的表达方式,蕴涵着非裔美国文化的审美价值。在小说中,沃克讲述了关于非裔美国女奴露维尼的传说。露维尼有讲恐怖故事的天赋,她的故事吓死了白人奴隶主的儿子,被人割掉舌头。在露维尼的故乡,人们相信没有舌头的人会丧失灵魂,和猪没什么区别。于是她把自己的舌头埋葬在叫做"寄居者"的树下,然后露维尼的舌头让这棵病恹恹的树重新茂盛起来,成为全国最大的木兰。"寄居者"成为露维尼的口舌,在她死后继续向人们讲述她的故事。从露维尼的传说中,梅丽迪安看到她祖先的勇气、创造力和坚强意志,她将自己与祖先的历史相联系,确定了自己的历史地位。

梅丽迪安经过民权运动的革命洗礼后,重返南方故土,回到非裔美国人之中,回归到种族文化之中。她在祖先智慧的启迪下,吸取非裔美国传统文化的精髓,主张非裔美国人在融入美国主流社会的过程中,一定要保持非洲根文化,继续发挥非裔美国人的个性和特点。通过梅丽迪安坚持非裔根文化、重建自我、完善自我的故事,沃克揭示出非裔美国民族文化所蕴涵的强大精神力量,认为这种力量能够增强非裔美国人的种族自豪感,激励非裔美国人追求完整的自我,消解种族歧视,实现社会正义。

### 3. 格洛利娅·内洛尔(Gloria Naylor, 1950— )

格洛利娅·内洛尔是最早同时研究非洲祖先和欧洲传统的黑人女性之一,她在描写黑人女性经历时也有意识地借鉴欧洲关于女性问题的原始学术资料。内洛尔在性别歧视盛行的社会环境里改写了女性本质论，谴责父权制社会对女性自我的压抑和对女性人权的剥夺。同时，她认为性欲是妇女一切痛苦的源头，时常导致妇女陷入情感危机和生存危机。她的观点与沃克和特里·麦克米伦等作家完全不同，认为女性对自我欲望的压抑有助于获得更为幸福的生存空间。因其突出的文学成就，美国学界通常把内洛尔列为与托尼·莫里森和爱丽丝·沃克齐名的当代非裔美国小说家。

内洛尔于1950年1月25日出生在纽约城。内洛尔热爱读书学习，得到了母亲的大力支持。内洛尔很小的时候就表现出超人的读书天赋；中学毕业后，她加入了宗教组织"耶和华的证人"。1968年至1975年期间，她在纽约、北卡罗来纳和佛罗里达担任传教士。后来，她离开了"耶和华的证人"，来到纽约，学习护理学，并且对文学产生了浓厚的兴趣。她先后从耶鲁大学获得文学学士学位和文学博士学位。

20世纪80年代初，内洛尔刚踏入文坛，就引起读者和评论家的重视。她的第一部小说《布鲁斯特地区的女人们》(The Women of Brewster Place, 1982) 一出版，就引起轰动。该部小说于1983年获得国家图书奖，并被改编成电视剧，由著名非裔美国主持人欧弗拉·温弗利 (Oprah Winfrey) 制作。小说描写了居住在破旧出租房里的7名黑人妇女的故事，展示了她们在城市社区里的互助活动。内洛尔第二部小说《林登山》(Linden Hills, 1985) 的描写视角从城市贫民区转到了中产阶级黑人居住的郊区，讲述了非裔美国青年诗人威利·梅森的故事。内洛尔在第三部小说《妈妈日》(Mama Day, 1992) 中把视角从为城和郊区转向了一个叫做维洛的小岛，讲述美国内战爆发之前"妈妈日"一家自给自足的世外生活。内洛尔的第四部小说《巴利的咖啡馆》(Bailey's Café, 1992) 探讨了性侵犯和暴力对人们社会生活的破坏性问题。1995年，她出版了短篇小说集《夜晚的儿童：由黑人作家撰写的最好的短篇小说，从1967年至今》(Children of the Night: The Best Short Stories by Black Writers, 1967 to the Present)。1998年，内洛尔在小说《布鲁斯特地区的男人们》(The Men of Brewster Place) 里从男性的视角讲述了其第一部小说里出现过的一些人物的故事。2005年，她出版了回忆录《1996》(1996)，探究个人隐私遭受侵犯后可能产生的危害和后果。

内洛尔的代表作是其第一部小说《布鲁斯特地区的女人们》。该小说采用情景反讽、荒诞幻境和象征手法，叙述了谋生与艰辛、繁衍与生存、爱情与背叛、光荣与梦想、善良与奸诈等与黑人社区生存状况息息相关的事件，揭示人与人、人与周围环境之间的各种关系，展现美国黑人妇女在后民权运动时期的生活窘境和种族心态。内洛尔在这部小说里根据小说情节发展的需求，设置了三类情景反讽：柳暗花明型情景反讽、一见钟情型情景反讽和好意误解型情景反讽。她所设计的情景反讽具有逆期待性，情节发展不仅与故事中人物的期待背道而驰，故事的结局也超越了读者的惯性期待，从而使读者的心理受到巨大的冲击。此外，作者或叙述人"在小说中并不直接表明对某个人物或某个事件的看法，而是借助情景反讽来讲述故事，并将其真正的意图隐含其中，希望读者或听者能够根据其文字表达的字面意义来推断出作者的真正的写作意图"（胡春华、涂靖：48）。这些情景反讽与故事情节的有机结合为该小说增添了妙趣横生的艺术魅力。

内洛尔在《布鲁斯特地区的女人们》里把现实与梦幻杂揉起来，挖掘黑人女性的心理状态，揭示美国黑人妇女的生存现状。该小说中的梦幻根据其荒诞性可以分为三类：力比多梦幻、醉态梦幻和解困梦幻。内洛尔笔下的梦幻充满荒诞，荒诞映衬着梦幻。为了展现黑人社区的"神奇现实"，内洛尔采用了这种非理性的、极度夸张的荒诞手法，把梦境和荒诞植根于黑人社区现实生活的描写中，融汇和吸纳魔幻现实主义文学中的一些梦幻元素；梦幻与现实水乳交融，彰显了内洛尔小说创作艺术的独特魅力。

在这部小说里，内洛尔所采用的象征手法还深受西方现代主义诸多表现手法的影响，她对表现主义、超现实主义、意识流小说等西方现代主义手法采取兼收并蓄的积极态度。内洛尔在该小说中使用的象征可以分为三类：多转性象征、启示性象征和寄予性象征。这些象征手法使象征体和本体有机结合起来，象征体和本体之间产生内在的关联有助于读者产生发散性联想，进而拓展寓意，彰显从象征本体到象征体的相似点和相近点，使抽象的思想、意义、概念形象化和具体化。内洛尔的象征手法一般用来讽刺丑恶的事物，抨击不合理的现象，但有时也用来赞颂美好的事物，体现作者对理想境界的追求。

《布鲁斯特地区的女人们》含有丰富的社会伦理内涵，展示了种族文化价值取向。内洛尔在沉痛反思美国黑人历史、奋力开凿"文化岩层"的同时，痛感种族歧视和种族偏见给黑人带来的灾难；此外，她还从文学美学意义上对黑人民族文化进行重新的认识与阐释，发掘其积极向上的文化内核，对黑人社区存在的丑陋文化因素进行批判，对民族文化心理深层结构进行深入地挖掘和剖析。她通过情景反讽、荒诞梦幻和象征手法，将现实夸张、变形，从而更深刻地描绘出布鲁斯特地区的状况，进而揭露社会弊端，抨击黑暗现实，表现出鲜明而浓厚的美国黑人文化特色。内洛尔在小说技巧方面的创新和探索，特别是在把魔幻现实主义元素引入黑人小说创作方面，对黑人小说叙事策略的发展有着重大的影响。

许多读者读了《布鲁斯特地区的女人们》后就好奇地追问这个地区男人们的故事。读者的要求引起了内洛尔的重视，但很多年后内洛尔才积累起足够的素材去描写布鲁斯特地区的男人世界，并把以此为基础创作而成的小说取名为《布鲁斯特地区的男人们》。内洛尔创作这部小说的灵感还得益于1995年在华盛顿特区举行的百万人大游行。这次游行的宗旨不是抗议政府，而是非裔美国人自省的一次集会，倡导非裔美国人建立家庭责任感，杜绝毒品，远离暴力，努力就业，促进黑人社区的良性发展。这次集会号召非裔美国男性回家，做好市民、好兄弟和好父亲，消解非裔美国男性给社会留下的不良印象。在《布鲁斯特地区的男人们》里，仍有一些女性人物出现，但她们已降为次要人物或陪衬性人物，男性人物成为小说的中心视点。在这部小说里，内洛尔专门塑造了一批有家庭责任感的、品行善良的和勇于进取的黑人男性，以呼应百万人大游行的号召。这是一部寓意深邃的作品，探索了性别问题中的男性问题。不少评论家把这部小说视为《布鲁斯特地区的女人们》的姊妹篇或续集。内洛尔在这部小说里从亲情荒原、理想荒原和求生荒原三个方面来探究布鲁斯特地区男人们在荒原上的人性挣扎。

针对黑人社区家庭状况的窘境，内洛尔在这部小说里特意塑造了三名具有家庭责任感和家庭观念的黑人男性：本杰明、巴兹尔和尤金，探索这三个居家男人的生活和命运，讲述父爱的建立和毁灭之路，以此揭示黑人家庭亲情荒原形成的三种情况。内洛尔以现实主义笔调描写了黑人家庭中出现的遗弃事件，认为黑人男性不是不想对自己的家庭和家人负责的人，而是不合理的社会制度和社会环境剥夺了他们成为有责任感的男人的权利和机会。没有父爱的黑人家庭导致了黑人社区道德、伦理、法律、信仰等方面的堕落，使黑人社区成为人性的荒原。亲情荒原是人性中的孤独、苦闷、凄凉等抽象物的集合，亲情荒原的泥淖是人性中的丑恶的终结之地，所以丑恶的最终指向便是父爱的死亡。为了更好地表现这人性的荒原，内洛尔对父爱的死亡作了细致入微的描写。父爱的死亡对于内洛尔而言不仅是展示人性荒原的一种符号，而且还是度量人性的尺度。正如卢焱所说："黑人要想解决家庭父爱的缺失现象，就必须努力地走出黑人社区家庭关系的人性荒原。"（卢焱：15）

内洛尔在这部小说里还刻意描写了黑人知识分子在事业追求上的自私和贪婪，揭露了非裔美国人理想荒原形成的动因和恶果。内洛尔在这部小说里特意塑造了非裔美国牧师莫里兰德·T.伍兹。他出生在牙买加，祖母省吃俭用，送他到美国读大学。大学毕业后，他到西奈施洗礼派教会工作。他学识渊博，善于布道，很受教徒们的爱戴。他在事业成功的同时，物质生活条件也大为改观。他很快拥有了豪宅、豪车，穿着打扮时髦，引起教会其他人员对他的妒忌和不满。他利用女教徒对他的敬仰和崇拜，开始玩弄女性。他的行为激起了教会执事贝尼特的强烈不满，贝尼特是该教会的发起人和执事，他的理想是通过教会来帮助有困难的穷人，而伍兹的理想则是想通过教会来追求个人享乐和自己的政治目的。伍兹是在追求权、钱、色的道路上的迷途者和失败者。为了追逐权力，他背叛了黑人社区的利益和教堂的宗旨；为了钱财和享乐，他不惜以自己的威望做赌注；为了色，他背弃了基督教的基本精神和从政者的基本素质。最后，他毁灭在自己构筑的理想荒原上。

最后，内洛尔在这部小说里特意描写了非裔美国弱势群体的生存状况，通过智障但具有音乐天赋的钢琴家杰罗姆兄弟、求职无门的小毒贩C.C.贝克和忠厚敬业的黑人理发师马科斯的人生经历抨击了美国的各种社会弊端。内洛尔通过非裔美国人在求生荒原上的种种困境，揭露了非裔美国人被压抑的悲剧人生、被歧视的心灵对话和被扭曲的物质欲望。（苗军，架锋：38）她的小说描写了非裔美国人由于人性层面内在的不和谐而引起的痛苦体验，表达了对种族平等和社会公平的强烈渴望，把荒原上的人性挣扎作为人生进取的前奏。她的创作手法也显示出作家生活视野的宽阔性，反映出其文学作品所揭示的生命哲学的深度。

在《布鲁斯特地区的男人们》里，内洛尔用苍凉的基调、荒诞的生活和动态的人物勾勒出一幅美国黑人社区的回转画。她成功地突破了非裔美国小说传统的叙事手法，创造性地借鉴了安德森《小镇畸人》（Winesburg, Ohio, 1919）的创作技巧，运用简朴的语言刻画出一个一个栩栩如生的黑人男性形象，将种族压迫社会环境下黑人男性的人心和人性表达得淋漓尽致。内洛尔把这部小说所描写的黑人社区视为非裔美国人生活的缩影。她没有对黑人人性的溢美之词。在她的笔触之下，若没有真的情感，整个黑人社区都将处于人性缺失的状态，非裔美国人就不可能认识到自己存在的价值和意义，心灵也被社会环境所扭曲和异化。然而，正是这种人性的扭曲和缺失，让内洛尔的这部小说能够在21世纪的今天彰显出一种别样的风采，人生的荒原意识使她的作品有了现时代的意义。在内洛尔看来，美国的种族压迫和种族歧视把非裔美国人带入到人性荒原的泥潭。内洛尔在这部小说里从女性的角度观察男性世界，男性的阳刚之气貌似稍有缺失，但却揭示出美国种族问题对黑人社区的重大影响，指出黑人社区人性的缺失或扭曲是黑人社区亲情荒原、理想荒原和求生荒原形成和恶化的直接致因，披露了非裔美国人谋生的艰辛和弱势。

此外，《妈妈日》（1992）也是内洛尔写得比较成功的一部作品。这部小说讲述了可可厄和乔治的婚恋故事。最后，乔治死在可可厄的老家维洛·斯普灵斯。可可厄第一次是在纽约街头偶遇乔治，然后在找工作的面试中又再次见到他。可可厄8月必须在维洛·斯普灵斯和外婆阿比盖尔和她的姨婆米兰达家度过。米兰达又被人们称为"妈妈日"。在小说里，内洛尔建构了一个以女性为中心的黑人社区，这个黑人社区致力于维护人们的特殊性格。她把小说的事件设置为1999年。尽管小说中大多数情节发生在1985年，但是这样的时间设置拉近了与读者的关系。内洛尔把小说题目人物"妈妈日"塑造成一个完美的人物形象，讲述她的人生见解。小说关注的不是"妈妈日"的观点的对错，而是那些与她思维方式的不同的人物能否真正欣赏她的权力和智慧。美国学者凯斯·白尔曼说："她[内洛尔——作者注]的品质和能力都是基于历史和民间文化，那些受过传统科学和理性教育的人们很难接受她的权威。但是，那些抵制'妈妈日'的人却显得愚蠢、腐化和危险。"（Byerman：64）从某种意义上看，这部小说可以看做是内洛尔虚构非裔美国权力和自由黄金时代的尝试。"妈妈日"代表与祖先的联系，这使她在黑人社区里获得了意义非凡的权威。尽管她的灵异思想是实用型的，而非巫术，在维洛·斯普灵斯地区构建人和神的一种密切关系。这种关系演绎成一种精神力量，有助于维护黑人社区的种族自尊，抵御白人政治和经济统治对黑人社区发展的抑制和破坏。通过对乔治和可可厄在纽约生活的描写，作者揭示了当代社会伦理价值观的肤浅和人际关系的冷漠。以乔治对黑人社会的兴趣为线索，内洛尔架构了一个非裔美国人的乌托邦。

### 4. 约翰·埃德加·维德曼（John Edgar Wideman，1941—  ）

维德曼肖像
（图片来源：en.wikipedia.org）

约翰·埃德加·维德曼是当代著名的非裔美国小说家、散文家和评论家。唐·斯特拉勤（Don Strachen）在《洛杉矶时代书评》（*Los Angeles Times Books Review*）上把维德曼誉为"黑人版的福克纳、贫民版的莎士比亚"。（Hunter：248）像福克纳把小说背景设在约克纳帕塔法县（Yoknapatawpha）一样，维德曼的小说主要讲述在匹兹堡黑人社区霍恩伍德的故事；莎士比亚的戏剧主要讲述宫廷或贵族的上层社会问题和伦理问题，而维德曼作品的中心主题则是讲述非裔美国中产阶级所遭遇的社会问题和心理问题。维德曼在创作初期不太关注非裔美国人问题，但在后期创作生涯中他开始强调非裔美国文化、历史、民间传说、神话、语言等的重要性，并把西方现代文学传统和非裔美国传统文化结合起来，提出非裔美国文学创作的新思路。他把客观事实、虚构文本、神话传说和历史史实的采集和筛选过程与现代主义文学创作传统进行了能动的结合，给21世纪的美国文坛刮来一股新风。罗伯特·波恩（Robert Bone）把维德曼称为"当代最杰出的美国小说家之一"（Hunter：283）。维德曼于1984年和1990年先后两次获得国际笔会/福克纳奖，2010年获得欧·亨利短篇小说奖。他最新出版的作品是微型故事集《简短》（*Briefs*，2010）。

维德曼于1941年6月14日出生在华盛顿特区。出生后不久，全家就搬迁到宾夕法尼亚州匹兹堡的一个黑人社区居住。1951年又搬迁到夏迪塞德的一个白人中产阶级社区。在那里,维德曼在皮波迪中学读书,后来获得本杰明·富兰克林奖学金到宾西法利亚大学读书。读大学时,发现自己更喜欢文学,他把专业从心理学转到了英文专业。此外,他还喜欢体育,在学校篮球队担任前锋。他曾做过当NBA球星的梦想。1963年维德曼获得罗得岛奖学金,在牛津大学新学院学习18世纪英国文学。1965年与律师朱迪丝·安戈德曼结婚,育有三个孩子。1966年维德曼获得哲学学士学位,然后带着一家人重返美国。

维德曼从1966年至1967年在衣阿华大学的作家工作室担任肯特研究员,完成了第一部小说《看他处》(*A Glance Away*, 1967)。这部小说讲述正在康复的黑人吸毒者埃迪·罗森和白人同性恋教授罗伯特·瑟利生活中的一天。他们两人都受到社会排斥,但都竭力去思考自己为什么要那样生活。从1967年至1974年维德曼在宾西法利亚大学教书,同时坚持创作。他的第二部小说《匆忙回家》(*Hurry Home*)于1970年出版。这部小说讲述了法学院研究生塞希尔·布雷斯威特的故事,他先到欧洲,然后再到非洲去旅行,竭力把他所继承的黑人文化和所吸收的白人文化融合起来,但最终他的努力还是失败了。维德曼的第三部小说《私刑实施者》(*The Lynchers*, 1973)讲述了在费城贫民区的一群非裔美国人的故事,他们谋划把一名有代表性的白人警察私刑处死,为成千上万死于私刑的非裔美国人报仇。

1973年,维德曼在怀俄明大学任教。在怀俄明期间,维德曼继续阅读19世纪和20世纪的非裔美国文学作品,学习历史和语言学。他的创作能力得到很大提高。《丹巴拉》(*Damballah*, 1981)、《藏身之地》(*Hiding Place*, 1981)和《昨天派人找过你》(*Sent for You Yesterday*, 1983)这三部小说奠定了他成为美国杰出小说家的地位。1984年他的小说《昨天派人找过你》获得国际福克纳奖,1990年他的小说《费城之火》(*Philadelphia Fire*)再次获得该奖。2000年,他的短篇小说《重量》("Weight")获得欧·亨利奖。他的非叙事作品《兄弟们和保管人》(*Brothers and Keepers*, 1984)获得国家图书评论家协会奖提名,他的回忆录《父亲一路》(*Fatheralong*, 1994)进入国家图书奖最后筛选名单。1997年他的小说《杀牲口》(*The Cattle Killing*)获得詹姆斯·菲尼莫·库珀最佳历史小说奖。1998年因其对短篇小说发展的突出贡献,维德曼被授予里尔短篇小说奖。因其杰出的文学成就,他于 2011 年获得安尼斯菲尔德图书终身成就奖;同年还获得了麦克阿瑟天才奖。

维德曼在怀俄明大学和宾夕法尼亚大学教书期间,创办了非裔美国研究系,并担任该系主任。目前,他是布朗大学教授,并担任文学杂志《连接》(*Conjunctions*)的编辑。2000 年他与第一任妻子离婚;2004 年与一名法国记者结婚,婚后居住在纽约城的曼哈顿。他于 2008 年出版了小说《法侬》(*Fanon*)。此外,他还出版了一些短篇小说集,如《高烧》(*Fever*, 1989)、《约翰·埃德加·维德曼故事集》(*The Stories of John Edgar Wideman*, 1992)和《上帝的健身房》(*God's Gym*, 2005)。

维德曼重要作品之一是《霍恩伍德三部曲》(*Homewood Trilogy*, 1985)。这三部曲包括以下三部小说:《丹巴拉》(1981)、《藏身之地》(1981)和《昨天派人找过你》(1983)。这套书是讲述其曾祖母西比尔·欧文斯的后代的故事。西比尔逃离奴隶制后,从 1950 年起就定居在匹兹堡的黑人社区霍恩伍德。维德曼把作品的全部视角都放在非裔美国人的文化经历之中。他贬低来自欧洲文化传统的转喻的重要性,淡化现代主义和存在主义;但是,大力弘扬了非洲文化传统和非裔美国民间文学传统。维德曼真实地描写了非裔美国人的生活习俗与非洲传统文化的关系。小说主人公使用黑人英语方言,把黑人民间传说和黑人文学传统视为黑人民族精神力量的重要源泉之一。(Janier: 55)

维德曼写得最好的小说是《法侬》。这部小说所涉及的人物法侬是非裔法国精神病学家、哲学家、革命者和作家。维德曼把这部小说定名为《法侬》,但其创作目的不是为了介绍法侬的生平或叙述法侬的传奇一生,而是讲述作家在构思这部小说中所经历的各种离奇思绪和对美国社会问题的反思。为了还原作家文本创作的本真性,维德曼采用了后现代小说的叙事策略,以自己的创作经历来虚构小说叙述人的创作经历,揭示文本与真实、艺术与现实的差距和关联,拓展非裔美国小说的叙述空间。

维德曼在《法侬》的创作中发展了传统的元叙述,提出了元叙述的动态虚实论,揭示"虚"与"实"在后现代小说叙述空间里的关系。其动态虚实论主要表现在三个方面,即"以实论虚"、"以虚论实"和"以虚论虚"。维德曼通过这三种表现形式,把《法侬》创作成一部典型的"关于小说的小说",使创作动机、创作过程、文体规范、寓意寄托等均成为小说文本的表现对象。为获取"真实可信"的效果,维德曼有意隐瞒叙述者和叙述行为的存在,造成"故事自己在进行"的幻觉。该小说的故事线索和主题已无足轻重,它们不再是目的,而是工具或方式,叙述行为却转化为小说的主体。因此,《法侬》不是关于法侬的小说,而是关于小说的《法侬》。在《法侬》小说的虚与实的动态转换中,我们可以发现有两个人在同时撰写这部小说,一个是真实的作家维德曼,另一个是维德曼虚构的作家托马斯。维德曼在创作过程中不时互相竞争,互相揭短,暴露彼此的创作意图,曝光彼此的创作技巧,以消除小说创作的神秘性和虚幻性。由此,维德曼使非裔美国后现代小说的元叙述策略获得新的突破。

《法侬》里出现的视角越界现象主要涉及从第一人称限制性视角进入全知视角、从第三人称外视角跨入全知视角或从全知视角转入第一人称内视角。在使用第一人称限制性视角时,维德曼特意采用了后现代小说创作中的含混手法,叙述人"我"在不同的故事片段中指的可能是托马斯、维德曼或无法确定的指代。在小说开始时,在家收到人头包裹的"我"是托马斯;到匹兹堡监狱去探望弟弟洛勃的"我"很明显是维德曼;打算写法侬的人既可能是托马斯也可能是维德曼。有时,小说中的"我"不知指的是谁,使叙述指称产生含混性。维德曼和托马斯两人都在写法侬,维德曼的言下之意是:即使听了托马斯讲述的故事情节,他也不会剽窃的。维德曼与托马斯在叙述视角上的重叠性和含混性显示出视角越界手法的复杂性。以"我"的身份出现的叙述人维德曼、托马斯、法侬、母亲、弟弟洛勃等在小说里也时常跨入第三人称外视角或全知视角,或者以"他"或"她"的身份出现。维德曼在去匹兹堡探监时用的是第一人称"我",但在谈及托马斯母亲从事创作课教学时,小说就转入全知视角,描写托马斯的思想和行为。维德曼的母亲在小说里多以第三人称"她"的身份出现,但在叙述她与法国革命者法侬在医院相会的情景时,为了使叙述情节更为真实,维德曼让她转入第一人称"我"的视角来叙述事件经过。因此,在这部小说里,人物在不同的场所担任第一人称或第三人称的主要叙述人,同时也可能担任这些叙述人的倾诉对象"你"。这种视角越界有助于叙述者探视人物的内心世界,一会像局外人那样叙事并对叙事进行思考和质疑,一会像知己一样给对方的行为和事务提出建议和帮助。视角越界使小说人物处于局外人和局内人身份的不断转换中，再现了现实生活中人际关系的复杂性和个体人格的多面性。维德曼采用的视角越界手法具有较强的含混性和多指性，增加了读者的阅读难度，但增添了作品的艺术魅力。

维德曼把小说《法侬》分为三部分，每一部分都包含了许多逻辑联系并不紧密的故事片段。这些片段中，有的与法侬本人有直接关系，有的只有间接关系；还有的与法侬本人无关，但与对法侬感兴趣的人有关。维德曼对这些片段的处理手法在结构上具有并置性、非连续性和任意性的特点，打破了传统小说对情节、人物等真实情景的描写，设置了时虚时实、亦虚亦实、似虚似实的场景和内容，让读者置身于虚幻和迷惘之中，并产生对小说内在结构的好奇心和探究心理。该小说无连贯情节，无中心主题，无核心人物，但展现了维德曼不拘一格的创作思想。在小说结构的生成方面，维德曼采用幻影、拼贴和断裂等后现代叙述手法。维德曼在《法侬》里按照后现代小说的叙事策略，把文本素材切割成许多片段，然后再按原定的创作构思，通过幻影、拼贴和断裂等手法把这些片段有机地、艺术地组合、剪辑和粘贴在一起，使之产生连贯、对比、联想、虚幻和衬托悬念等功能，从而成功地建构成一部反映美国社会现实和种族状况的后现代小说，带有很强的蒙太奇色彩和百衲被式的艺术感染力。

维德曼以托马斯写法侬小说夭折的经历来还原其后现代叙事空间的本真。他在《法侬》的创作过程中不断拓展后现代小说的叙事策略，以展示叙述空间的本真为终极目标。因此，在这部融合了求真、直白、绝望和希望的小说里，叙述者没有能写出他声称要写的那本书，但这种失败其实倒是追求本真的胜利。个人对社会正义的失望、对非裔美国种族现状的无奈、法侬理想与现实的强烈反差让叙述人无法按照预想的思路写下去，但这也表明了他跟法侬一样以诚实的态度对待生活。虽然叙述人以法侬为题材的小说没写成功，但他还原了事物的本真，正好实现了维德曼撰写《法侬》这部小说的真实目的，以本真的态度对待世界，以个人的挫折或失败，唤醒人们的求真本性。这种特殊的创作方式表面上显得杂乱无章、支离破碎，但这只不过是该部小说外在的表现形式而已，维德曼最终的目的是通过这些方式还原非裔美国后现代小说叙述空间的本真，冲破小说传统对后现代作家自我意识的束缚。

## 5. 托尼·卡得·班巴拉（Toni Cade Bambara, 1939—1995）

托尼·卡得·班巴拉倡导非裔美国文化传统，把黑人方言和爵士乐技巧引入其文学作品，被称为当代最杰出的非裔美国小说家和短篇小说家之一。她在作品里描写了欲望、爱恨交织和民族主义—女权主义话题，旨在说真话，特别是把真理与黑人存在主义表现形式相结合。她的作品主要描写社会不公或社会压迫等问题，探索黑人社区和黑人草根政治组织的命运问题。

托尼于1939年3月25日出生在纽约城，由母亲独自抚养长大。她的母亲没用传统的教育观念来抚养孩子，而是希望女儿顺应自己的天赋去发展。她要求女儿在读书期间好好学习非裔美国历史，养成自己的非裔美国文化意识。托尼把母亲的姓氏"班巴拉"用来作为自己的姓，此后学界经常用"班巴拉"来称呼她。1959年，班巴拉从女皇学院毕业后，到纽约的城市学院研究非洲小说。1965至1969年，她在女皇学院教书。20世纪60年代，她开始在如下一些杂志上发表短篇小说：《旺多姆》（*Vendome*）、《马萨诸塞述评》（*Massachusetts Review*）、《解放者》（*The Liberator*）、《草原大篷车》（*Prairie Schooner*）和《雷德伯克》（*Redbok*）。在20世纪60年代她积极参加黑人艺术运动，编辑了当时影响力很大的文集《黑人女性》（*The Black Woman*）。

1971年班巴拉编辑了第二部文集《黑人故事集》（*Tales and Stories for Black Folks*），收录了兰斯顿·休斯、爱丽丝·沃克和欧内斯特·盖恩斯的作品。她出版了两部短篇小说集《大猩猩，我的爱》（*Gorilla My Love*, 1972）和《海鸟还活着》（*The Sea Birds Are Still Alive*, 1977）和一部未来主义的革命小说《食盐者》（*The Salt Eaters*, 1980）。她的第二部小说《这些骨头不是我的孩子》（*These Bones Are Not My Child*, 2000）描写了20世纪70年代亚特兰大发生的儿童谋杀案。20世纪80年代和90年代初期，班巴拉致力于电影和录像工作。她的几个短篇小说《大猩猩，我的爱》（"Gorilla My Love"）、《麦德利》（"Medley"）、《巫师鸟》（"Witchbird"）、《约翰逊家的女孩们》（"The Johnson Girls"）和《长夜》（"The Long Night"）被改编成电影。她协助拍摄了录像《轰炸奥萨吉大街》（*The Bombing of Osage Avenue*, 1986）；这个录像是关于1985年费城警察如何轰炸非裔美国人群体、破坏 MOVE① 运动的。她还是纪录片《W. E. B. 杜波依斯：四个人讲述的传记》（*W. E. B. Du Bois: A Biography in Four Voices*, 1995）的制片人之一。班巴拉于 1995 年 12 月 9 日去世，享年 56 岁。《纽约时报》刊登了讣告，赞扬她对美国文学的卓越贡献。全国的作家和读者在各地举行追思会，缅怀她的文学成就。莫里森把班巴拉的短篇小说、散文和访谈录编辑成一个文集《深邃的视野和拯救任务：短篇小说、散文和会谈录》（*Deep Sightings & Rescue Missions, Fiction, Essays & Conversations*），并于 1996 年出版。

班巴拉的代表作是《食盐者》（1980）。这部小说以 20 世纪 70 年代末的佐治亚州克雷波恩镇为背景，写作手法带有很强的实验性，但政治寓意明显，小说中的人物有民权运动的老战士，也有女权主义的捍卫者，还有 20 世纪六七十年代反战运动的支持者。小说一开始的场景是心理医生明妮·兰森给自杀未遂者维尔玛·亨利治病。维尔玛本是跨越式化工公司的职员，工作态度和生活态度一贯激进，后来采用了割腕和把嘴伸向煤气炉的方式寻求自杀。她精神崩溃，走向自杀之路的原因有三个：一是克雷波恩激进社团内部的帮派斗争越演越烈；二是与丈夫詹姆斯·亨利的婚姻关系濒临破裂；三是工作压力太大，觉得越来越胜任不了计算机程序设计员的工作。明妮是一名行为怪僻的未婚妇女，她召唤自己称为"老伴"的精神导师来协助给维尔玛治疗精神创伤。"老伴"是一名年老的妇女，曾给明妮治疗过精神分裂症。小说里有许多章节都是讲述明妮和"老伴"之间的心灵会话。维尔玛的治疗是在自己参与筹建的医院进行的，旨在服务整个黑人社区。整部小说的情节都是围绕精神病治疗问题，时间背景是春节前夕。小说的视角随着出场的人物不断变换。该小说有助于读者审视人生和引导读者对事物真义的顿悟。

该小说采用多层叙事结构，探索黑人社区长期政治斗争的高昂情感代价和激进主义对黑人女性造成的额外心理伤害。班巴拉的叙述向读者展示了黑人社区想治愈维尔玛的意向，描写了老年女性的圣歌、传统民

---

① MOVE（不是首字母缩写词，而是其成员把 move 写成大写字母而成）是非裔美国领袖约翰·非洲以费城为基地建立起来的一个黑人组织。这个组织结构松散，大多数成员都以"非洲"为姓氏，倡导回归自然的生活方式，反对技术进步。这个组织曾于 1978 年和 1985 年两次与费城警方发生冲突。在后一次冲突中，费城警方向 MOVE 总部大楼扔了一颗炸弹，导致该组织的多名成员丧生。

间药方和现代医疗技术，揭示黑人社区自助团结的氛围。这部小说的创作手法得到托尼·莫里森、约翰·埃德加·维德曼等非裔美国作家的赞赏。

### 6. 查尔斯·R. 约翰逊（Charles R. Johnson, 1948—　）

查尔斯·R. 约翰逊是美国20世纪下半叶的著名非裔小说家，其文学创作深受麦尔维尔、爱伦·坡、道格拉斯和埃里森等作家的影响，建构了一个以现象学为基础的文学创作体系，竭力寻求现实和精神的最佳结合点。他的作品颠覆了传统对自然和自由的定义，通常促使人们放弃先入之见。其小说历史事件的描写方式与伊什梅尔·里德等作家的历史戏说小说有异曲同工之妙。约翰逊对美国黑人文学的贡献在于把哲学思想和小说情节完美地结合起来，创造出耐人寻味而又幽默风趣的哲理性小说。约翰逊认为当代美国黑人作家在文学创作中选题狭窄，常常重复社会学家和历史学家的话题，难以反映出美国黑人生活的多元性和内在的哲理性。

约翰逊于1948年4月23日出生在伊利诺斯州的埃文斯顿。父亲出生于一个贫困家庭，只受过小学二年级教育；母亲接受过高中教育，非常热爱读书，把约翰逊领进了文学和艺术的大门，鼓励他成为一名视觉艺术家。但是，父亲担心约翰逊靠艺术难以谋生，因此强烈反对他投身艺术。约翰逊只好在大学攻读新闻学，但是强烈的业余爱好促使他抽空参加了卡通绘制课程的函授学习。两年后，他开始在各种刊物上发表卡通画作。1967年，他进入南伊利诺斯大学继续深造。入学时，他带上自己的速写画作直接拜访校报编辑部，他的作品得到了编辑们的高度赞赏。之后，校报编辑部聘请他担任美术编辑助理。从该大学毕业时，约翰逊已经出版了一本卡通集《黑色幽默》（*Black Humor*, 1970）。

约翰逊肖像

（图片来源：cookcountyclerk.com）

约翰逊22岁时结婚，婚后不久就

产生了创作小说的念头。在以后的五年里，他一边在南伊利诺斯大学攻读哲学研究生，一边从事小说创作。对西方哲学的探索有助于他把非裔美国人的历史经历与各种哲学传统联系起来。他在第一部小说《信仰和好东西》（*Faith and the Good Thing*，1974）里就把哲学传统视为小说创作的源泉。

约翰逊在创作小说《牧牛故事》（*Oxherding Tale*，1982）的同时，也在西雅图的华盛顿大学讲授创作课。1977 年他成了一名佛教徒，热衷于学习中国武术，渴望成为一名少林弟子。1986 年他出版的小说《男巫的学徒期》（*The Sorcerer's Apprentice*）描写了来自非洲部落的一名青年的故事，其中部分内容涉及大西洋奴隶贸易的"中间通道"。他于 1998 年出版的小说《梦想者》（*Dreamer*）详细描写了民权运动。他非常敬重小马丁·路德·金，在小说里把查恩·史密斯塑造成金的替身，展示了黑人领袖的独特气质和人格魅力。1995 年当他给再版的《牧牛故事》写序言时，尖锐地批评了爱丽丝·沃克的小说《紫色》，认为沃克负面地描述了黑人男性，产生了丑化黑人男性的恶劣影响，不利于黑人男性赢得社会的尊重。他于 2003 年和 2004 年分别出版了散文集《转动轮子》（*Turning the Wheel*）和《过三道门：查尔斯·约翰逊访谈录》（*Passing the Three Gates: Interviews with Charles Johnson*）。前一个作品专门讲述了约翰逊成为黑人佛教徒的经历，后一个集子是由吉姆·麦克威廉斯编辑的访谈录，涉及种族和艺术方面的话题。2005 年他出版了短篇小说集《金博士的冰箱和其他睡前故事》（*Dr. King's Refrigerator: And Other Bedtime Stories*）。

约翰逊的代表作是长篇小说《中间通道》（1990）。该小说以 1830 年的美国社会为背景，叙述了一艘美国非法贩奴船的最后航程，从人性、资本和心理的视阈揭露了大西洋奴隶贸易的罪恶。这部小说的出版在美国文坛轰动一时，受到评论界的高度赞誉，重新引起了国内外学界和读者对大西洋奴隶贸易问题的关注。小说以印第安纳的黑人青年拉瑟福德·卡尔霍恩为叙述人，讲述了他在奴隶贸易轮船上的所见所闻。小说开始时，拉瑟福德刚获得解放，成为一名自由黑人。为了逃避黑人女教师的"管教"，他在惊慌中逃到了一艘非法从事奴隶贸易的轮船"共和"号上。拉瑟福德是非裔美国文学中经常出现的"无赖"或"骗子"形象的化身。他和 40 个阿尔穆塞利人关在一起，这些阿尔穆塞利人是被抓来出售的黑奴，但是后来船上发生了奴隶暴动。拉瑟福德深受这个事件的影响，改变自己的观点和对生存方式的看法，并且在哲学上接触到了阿尔穆塞利人精妙的宇宙观。在这部小说里，约翰逊把奴隶叙事传统与流浪汉小说传统联系起来。正如美国学者凯斯·比尔曼所说："约翰逊所做的……表明人类经常从一个奴隶制进入到另一个奴隶制，一致认为移动是自由，每个新地方都是最后的家。"（qtd. Kaplan：108）

约翰逊把小说中的船长埃比尼泽·福康塑造成唯我论的典型代表，撕掉了白人绅士的全部伪装，展露出狰狞的本来面目。福康生于美利坚合众国诞生之际，父亲是牧师，母亲是受过良好教育的家庭妇女。福康小的时候，母亲给他讲海上的故事，让他学看地图，把自己对人生的梦想寄托在儿子身上。福康长大后，就决心赶过父亲和其他男人，争取成为人上人。然而，由于生理原因，他个子矮小，长相平庸，总想出人头地的执著精神和过度补偿心理①导致了他人格中的好斗性和唯意志性。这种表面霸道实则自卑的畸形心态最终导致了他的人格缺陷和自我毁灭。福康的唯我论悲歌表现在三个方面：孤傲多疑、凶暴残忍和狡诈固执。在这部小说里，约翰逊把意志视为整个世界的基础和终极的实在，认为一切事件和社会现象都是意志的表现，思想也是意志的派生物。正如赫伯特·克莱恩所说："世界是意志及其表象，表象上溯到理智，但最终归结为意志，而作为宇宙本体的意志是一种完全敌视客观物质世界的神秘生活力，亦即一种盲目的、无理性的、永不衰竭的创造力。"（Klein：77）这个意志无所不在，永不毁灭。约翰逊通过福康这个人物形象图解了叔本华的唯我论，揭露了统治欲和权力欲可能给人生和人格演绎造成的重大影响。

约翰逊通过《中间通道》生动地再现了大西洋奴隶贸易的海上运输问题，揭露在资本物化过程中的非洲黑奴命运，同时也抨击了"文明"欧洲人在资本物化过程中的反"文明"暴行。福康没有把黑奴视为人类，而是把他们看成能使其投资和资本升值的物件，也就是把鲜活的生命物化成股东牟利的商品。因此，奴隶装载和管理方面也是按照海上货物运输的一般原则。福康只求最大限度地保证自己的物品运输安全和商业信用，从来没有顾忌黑奴作为人的应得待遇。

---

① 过度补偿是一个心理学术语，指因一个人在身体方面或心理方面的缺欠所引起的超过正常程度的补偿行为或"矫枉过正"。这种缺欠可以是实际存在着的，也可以只是一种想象；补偿过程可以是无意识的，也可以是有意进行的。如果过度补偿发展到极端，则可能使人目空一切、自命不凡、唯我独尊，甚至发展到"夸大妄想"的程度。

在黑奴贩运过程中，福康通常漠视非洲黑奴的亲情和友情。为了防止奴隶反抗，如果同船的黑奴中有夫妻、兄弟姊妹或其他亲属关系，他通常会把这些黑奴分隔开来，关进不同的船舱，以避免他们交头接耳，密谋反抗。福康的这种行为违背了基本人性，使黑奴的亲人们失去了在患难中互相抚慰的机会，导致他们近在咫尺却骨肉分离。船上的女黑奴除了遭受非人压迫外，还会遭到白人的性剥削。这些女奴时常被福康船长和船员奸淫或虐待。福康的这种管理方式是资本物化的典型表现形式。在福康的眼里，黑奴间根本就不存在亲情或人际关系，女奴也不是有尊严的人，而是白人资本增值和性发泄的物品。

福康每天早晨会让黑奴到甲板上放一会儿风。他这样做的目的不是对黑奴给予人道主义的关怀，而是为了让黑奴保持鲜活的生命，以便运到美洲后能卖出好价钱。为了防止奴隶暴动，福康采用了分化瓦解黑奴的措施。他把黑奴按十人一组进行分组，每组指定一名黑奴当组长，给予组长更多的好处，让他穿上好的衣服或吃上好吃的食物，并给予他可以在甲板上更多走动的自由。大多数情况下，这些担任组长的黑奴便成了奴隶贩子的帮凶。福康曾无耻地说："控制有叛逆之心的奴隶的最好办法是让他担负一点责任。"（Johnson：74）以奴治奴的措施是资本物化管理的一种惯用伎俩，黑奴贩运者行之有效地监控了黑奴，但给黑奴的心灵打上了深深的耻辱烙印，犹如一个人被人拿着自己的手打自己，满腹屈辱又饱受煎熬。这也是至今美国黑人仍然不堪回首的痛苦经历之一。

《中间通道》中约翰逊刻画了一名表面上以唯我论著称、实质上却被资本奴化了的人物——福康船长。福康在西非采购了价值8885美元的货物，其中有牛皮、象牙、金子、大米和奴隶等。他买下的40名非洲黑奴仅值1600美元，占总货物价值的18%。福康拥有整船货物股份的25%。他尽最大限度地装载货物，同时尽可能地克扣船员的工资，船员们每个月的收入只有12美元。他在货物中四分之一的收益取决于三大股东的利润是否得到保证。如果股东们的货物不能按约定运回美国，他不但无钱可赚，还会债台高筑。因此，在航程中，福康不得不小心谨慎，不惜一切代价完成航运任务。当得知"共和"号贩奴船已经被非洲黑奴占领的时候，福康拒绝逃离。该船的真正主人是塞比戴阿·辛格立顿、艾礼富·格力斯沃尔德和弗利浦·瑟露英格三名股东，福康从这三大股东处募集到资金，用于租船、购买货物、支付船员工资和航程花费。在募集资金时，福康给投资者许诺了三倍的回报。如果福康不能把船开回去，并且保证船上的货物和黑奴安全的话，他将一败涂地。表面上，他是具有绝对权威的船长，而实际上也不过是资本的奴隶，他的内心并不比他所押运的黑奴自由多少。

福康背后的股东才是最大的受益者。有一次，他对卡尔霍恩说："那些身份高贵的绅士表面上温文尔雅、风度翩翩，但是他们暗地干的事，你是不可能知道的。高贵的外表、豪华的住宅、绅士般的举止等，都是表象，都是用来掩盖事实真相的，他们也参与了血腥的大西洋奴隶贸易，也在美国独立战争中为英军供给物资。唉，只有［像我这样的］可怜的人才被放在台面上。"（Johnson：148）由此可见，资本雄厚的人可以用钱买到像福康那样的人为他们卖命，去实现资本增值。获得利益后，这些人又转而抽出一小部分钱搞慈善，捐赠教会，从而捞取好名声。而福康之类的人物为了挣钱，只得成为资本的奴隶，在资本魔鬼的驱使下铤而走险，干下丧尽天良的事件。

小说《中间通道》中所有的资本追逐者都是浮士德似的人物，对资本怀着强烈的占有欲，同时又想脱离资本的束缚去追求更大的资本。在追求资本的道路上尽管充满荆棘，险象环生，他们虽有短暂踟蹰，但绝不栖息止步。他们对资本的迷恋，犹如和魔鬼签订了条约，永远也得不到满足。正是由于难以抑制的贪婪追求，最后纷纷沦为资本的奴隶。约翰逊用福康的形象展现了西欧资产阶级从文艺复兴到19世纪这300年来的精神探索和浮士德精神在大西洋奴隶贸易中的血腥延伸。

总之，约翰逊在《中间通道》中揭露了资本增值过程中所显现的各种罪恶。可以毫不夸张地说，中间通道不仅是非洲黑奴的厄运之道、资本罪恶的暴露之道，而且还是灭绝人性的地狱之道。迄今为止，大西洋奴隶贸易已经依法取缔了两百多年，但是由此而产生的心理创伤再过两百年也难以愈合。大西洋奴隶贸易是人类社会在文明进程中犯下的滔天罪行之一，永远值得人们深刻反思。约翰逊这部小说的最大现实意义在于告诫人们：在正视跨大西洋奴隶贸易这段惨不忍睹的历史时，还要重视21世纪已经在世界各地出现的各种现代版本的奴隶制或奴隶制在当代的新变体。各种侵犯和剥夺人权和公民权的社会管理体制都是奴隶制在现代的变种或新的表现形式，是人类文明发展史上的倒行逆施。因此，消除暴政和保障人权是人类文明发展道路上难以回避的艰巨任务。

### 7. 奥克塔维亚·E. 巴特勒（Octavia E. Butler, 1946—2006）

奥克塔维亚·E. 巴特勒是最著名的非裔美国科幻小说家之一。20 世纪 70 年代末以来，她创作了一系列深受非裔美国女性和主流社会欢迎的科幻小说。她在小说中塑造了栩栩如生的独立女性形象，她们能力超强，胸怀抱负，竭力去创造一个没有种族歧视、没有性别歧视的理想社会。她以未来主义的方式质疑当代美国关于性别和种族的观念。她的创作手法具有开拓性，对非裔美国科幻小说的发展产生了巨大的影响。

巴特勒于 1947 年 6 月 22 日出生在加利福尼亚州西南部的帕萨迪纳城。她出世后不久，父亲就去世了；她是由母亲和外婆抚养长大的。童年时，她喜欢阅读科幻小说，特别是厄休拉·勒琼（Ursula Le Guin）的《失去的东西》（*Dispossessed*）和弗兰克·赫伯特（Frank Herbert）的沙丘系列（Dune series）。巴特勒曾热衷于创作酒鬼烟鬼类男人的恐怖故事。之后，她就着手撰写早期版本的模式系列故事。她的模式系列故事《模式大师》（*Patternmaster*, 1976）、《我心之心》（*Mind of My Mind*, 1977）、《幸存者》（*Survivor*, 1978）、《野种》（*Wild Seed*, 1980）和《泥土制的方舟》（*Clay's Ark*, 1984）使读者沉浸在一个完全虚构的宇宙里，中心人物是一个名叫多洛的四千岁的神。多洛能够任意穿过人体和时空，利用他人的人体来谋求自己的生存，他所利用的人体没有性别或种族方面的特殊需求。尽管如此，他更喜欢居住在黑人男性体内。他利用超常的心理力量和身体力量来维持他至高无上的权威。他生育了足够的后代来组建一个以"模式"闻名的王朝。在这个系列故事里，巴特勒还塑造了多洛的女儿玛丽，她是一个极具天赋的通灵术者。此外，她还塑造了爱玛，一个坚强、举止文雅的女性形象，在许多方面爱玛可以被看做是一名科幻女权主义的原型人物。

巴特勒于 1993 年出版了小说《播种者的预言》（*Parable of the Sower*, 1993），引起美国文坛对 20 世纪社会弊端的关注。为了阻止由此而引起的精神堕落和文化混乱，这部小说虚构了一个由劳伦·奥拉米娜领导的多文化背景家庭。巴特勒成为一种新信仰"地种"的预言者。这种新信仰承诺为临于崩溃边缘的世界提供救赎。1995 年他成为获得麦克阿瑟基金天才奖的第一位科幻小说家。这个系列的第二部作品《天才的预言》（*Parable of the Talents*, 1999）获得内布拉奖，旨在表彰年度最佳科幻小说。1999年她还获得了麦克阿瑟研究基金,其文学才华得到评论界的高度认可。

1999年巴特勒移居华盛顿州西雅图市。2000年获得西雅图文学中心终身成就奖。她的全部作品都涉及朦胧的种族主题和性主题。她于2006年2月24日在华盛顿州森林湖公园去世,享年59岁。2006年卡尔·布兰顿学会专门设立了奥克塔维亚·E.巴特勒纪念奖,目的是提供年度奖学金资助非裔美国作家进入克拉瑞恩工作室深造。2010年,她有幸和理查德·马瑟森(Richard Matheson)、道格拉斯·特朗布尔(Douglas Trumbull)、罗杰·泽拉日尼(Roger Zelazny)一起入选美国科幻小说名家榜。

巴特勒最著名的作品之一是《亲缘》(*Kindred*, 1979)。许多评论家把这部小说视为新奴隶叙事的代表作之一。《亲缘》在1979年一出版就引起轰动,成为畅销书,印刷量超过了45万册。(Crossley: 265)作者本来是想把这个作品写成一部科幻小说,但是由于太具现实性而不适宜归入未来主义框架。这部小说从时间旅行①的科幻小说的角度来探索美国的奴隶制,讲述了埃达娜(达娜)·富兰克林的故事。埃达娜,也称达娜,是一名黑人妇女。她在26岁生日开始了六次无意识旅游的第一次旅游,回到了南北战争以前南方的马里兰州东部海岸。不久,她发现自己在无意识中已经接受了鲁弗斯·韦林的召唤。鲁弗斯是奴隶主汤姆·韦林的儿子,也是她的曾祖父。鲁弗斯每当觉得生命有危险时,都会呼唤达娜。这种情况一直从他的童年延续到成年,迫使达娜把鲁弗斯从潜在危险中救出来。但是,代价很昂贵,达娜必须通过学会在种植园当奴隶的生存方式来保证自己将来的生存,然后采取措施确保曾祖母爱丽丝最后和鲁弗斯生育一个孩子,而这个孩子将成为达娜的祖母。在这部小说中,巴特勒描述了奴隶制的烙印是如何留在所有非裔美国人的心灵和肉体上的,同时表明达娜在离开奴隶制时失去的手臂就是奴隶制社会非裔美国人悲惨命运的典型象征。

在《亲缘》里,巴特勒运用时空旅行的超现实主义表现手法,揭露奴隶制的黑暗,抨击种族压迫的反人性,披露悲壮而惨烈的18世纪黑奴生活,小说独特的叙事策略不但深化了主题,而且还开拓出后现代小说叙事的新空间,令读者耳目一新。为了增加作品的亲和力和可信度,巴

---

① 时间旅行(time travel)是一种科学幻想活动,指人离开现在而置身于未来或过去。

特勒在《亲缘》里主要消解了三类时差悖论：外祖母悖论、双向时差悖论和跨时空物件悖论。

首先，外祖母悖论①是时间旅行中一个难以消解的悖论。在《亲缘》中，巴特勒也面临如何解决外祖母悖论的问题。小说主人公达娜·富兰克林的祖母的父亲鲁弗斯·韦林是一名白人奴隶主，生活在19世纪上半叶，犯下了奸淫、毒打和贩卖黑奴的罪恶。生活在20世纪70年代的达娜通过时间旅行或时空倒流进入了一百多年前的美国南方社会。鲁弗斯每次遇到危险，都是达娜通过跨时空的方式赶去施救。达娜目睹了鲁弗斯从四五岁幼童发展成为凶残奴隶主的主要过程。在这期间，达娜由于愤恨奴隶主的荒淫残暴，多次产生了不救他的念头，但是如果不救他，他就会死去；如果他死了，她的祖母黑格就没有出生的机会了，而作为黑格后代的达娜也就无法出生了。达娜作为后世之人，深知家谱缘由。因此，她不得不维系自己与鲁弗斯的关系，不得不每次都及时施救。只有这样，巴特勒在自己设计的时光倒流中才不会出现外祖母悖论之类的反历史和反逻辑的叙事层面。

其次、跨时空的伦理悖论。按辈分，鲁弗斯是达娜的祖母黑格的父亲。通过时光倒流，达娜进入了鲁弗斯的时空。起初，鲁弗斯是小孩，后来他渐渐长大。在该小说的第六次穿越中，鲁弗斯已经25岁，有了两个孩子。当他的妻子爱丽丝自杀后，他对达娜的爱渐渐从精神恋爱向身体之爱方向发展，渴望达娜取代爱丽丝，进入他的婚姻生活。鲁弗斯尾随达娜进入她的小阁楼，并把她推倒在床上，想强行占有她。在慌乱中，达娜连捅了他两刀。如果达娜答应了他的要求，这就会犯下乱伦的大错，从而颠覆历史。因此，巴特勒在情节设计上设置了阴阳相隔的严酷场面，情愿让达娜在分离时被扯掉一只胳膊也要离开鲁弗斯的世界，从而避免乱伦事件的发生。这种情节设计背离了日久生情的自然规律，但是如果生活在19世纪上半叶的鲁弗斯与生活在20世纪下半叶的达娜发生了关系，生下了小孩，那么这部小说就无法按理性写下去了，也难以让读者信服时间旅行之事。

---

① 外祖母悖论主要是指：如果一个人真的"返回过去"，并且在其外祖母怀他母亲之前就杀死了自己的外祖母，那么这个跨时间旅行者本人还会不会存在呢？这个问题很明显，如果没有你的外祖母就没有你的母亲，如果没有你的母亲也就没有你，如果没有你，你怎么"返回过去"，并且在其外祖母生下他母亲之前就杀死了自己的外祖母。

再者，双向时差悖论是指时间在两个世界的运行速度不一而引起的悖论。巴特勒在《亲缘》中所设计的时空分为两个体系：一个是达娜和克文所生活的现世体系，时间是1976年6月9日至7月4日，共20多天时间，这个时间是现代文明国家都采用的时间体系。另一个是鲁弗斯所生活的昔世体系，大概是从1819年至1838年或1840年的国庆节。达娜的第一次时间旅行在现实世界里是1976年6月9日，但在昔世里是1819年6月9日；达娜受到感召，前去救落水的鲁弗斯；在达娜的时空体系里她往返于现世和昔世的时间不超过10秒，但在鲁弗斯的时空体系却长达数小时，当时的鲁弗斯只有四五岁。第二次时间旅行是达娜去鲁弗斯家扑灭他引燃的窗帘大火，鲁弗斯有大约七八岁。在达娜的时空体系里她的消失是两三分钟，但在鲁弗斯的时空体系却度过了数天。第三次时间旅行是达娜带着克文去救从树上掉下来摔坏了腿的鲁弗斯，当时鲁弗斯已经12岁。在达娜的时空体系里她的消失不到一天，但在鲁弗斯的时空体系却度过了近两个月。从鲁弗斯的昔世回来后，达娜在家休息了8天，很可惜克文没能和她一起返回。第四次时间旅行是1976年6月19日达娜去营救差点被逃亡黑奴埃塞克打死的强奸犯鲁弗斯，当时鲁弗斯看上去十八九岁。在达娜的时空体系里她的消失大约有3个小时，但在鲁弗斯的时空体系却度过了8个多月。第五次时间旅行是鲁弗斯因痢疾卧床不起，鲁弗斯在达娜的时空体系里消失不过几天，但在自己的时空体系却度过了6年。第五次时间旅行后，达娜和克文在新家待了15天。第六次时间出现在爱丽丝上吊自杀之时，达娜在心灵感应中身不由己地跨入时间旅行，去告别死去的好友，也是其血缘上的曾祖母爱丽丝。在达娜的时空体系里她消失了大约3个小时，但在鲁弗斯的时空体系却度过了3个月。总而言之，巴特勒采用的是以叙述人为轴心的时差观。现世26天，而在昔世已经过了20多年。鲁弗斯第一次召唤达娜时还只是一个小孩，在小说结束时已经成为25岁的成熟男人了。为了解决昔世和现世的时差悖论，巴特勒特意把达娜的时空设置为基准，这样她就可能在短时间去旅行到昔世的时空，度过较长的时间。这样的情节设计有助于小说主人公在有限的现世时空旅游无限的昔世时空，也有利于叙事时空的视角能动转换。

跨时空物件悖论是指把不同时代的物件通过时间旅行而带入另一个时代。在《亲缘》里，时空穿越中的物件悖论表现在两个方面：一是把昔世的泥土、打湿的衣服和伤口带回现世；二是把现世的阿司匹林等药品带入昔世。每次达娜在昔世遇到生命危险时都会突然地、出乎意料地回到现世。回到现世时，从昔世带回来的鞋上的泥土、衣服上的水、被人打伤的躯体和满面的鲜血等都是昔世的产物或昔世他人行为所留下来的痕迹。鲁弗斯对现代的药品非常信赖，甚至还产生了依赖感。他一头疼就希望服用阿司匹林。巴特勒在设计小说情节时，通过叙述人带着不同时代的物件往返于昔世和现世，有助于证实穿越的艺术真实性。在另一方面，达娜发现现世的很多物件，昔世都没有。她把现世的止痛药、刀子等物件带入昔世。给作品和作品里面的人物带来新奇感，但导致的悖论只会带来阅读的趣味性，不会导致根本性的逻辑失误或时空错误。

简而言之，跨越时空的时间悖论是通过"时间旅行"所产生的过去场景的再现来表达生活现实的一种创作手法。时间旅行是工具或途径，表现生活现实才是目的。用超现实主义的手段将现实和幻想有机地结合起来，展示给读者一个循环往复的、主观时间和客观时间相混合、主客观事物失去时间界限的世界。巴特勒是要"创造一种既超自然而又不脱离自然的气氛；其手法则是把现实改变成像神经病患者产生的那种幻境"（龚翰熊：399）。他对外祖母悖论、跨时空的伦理悖论、双向时差悖论和跨时空物件悖论的消解是仿真叙事在超现实主义层面的具体运用。在巴特勒的笔下，文学与现实的关系很难以真实与虚构这一对矛盾来描述，它既没有真实地再现或重建现实的主体性意愿，也没有虚构超越现实的幻想的文学自足世界。也就是说，"它既放弃在意识形态的意义上重建现实本质规律的现实主义叙事，也放弃在形式主义原则下（虚构艺术形式）以建构文学的唯美主义超级文本的努力"（支宇：165）。巴特勒对19世纪美国南方种植园生存状况的超现实主义描写在仿真叙事的能动作用下成功地混淆了现实性文学叙事与传奇性文学叙事的界限，极大地提升了新奴隶叙事作品的文学魅力。

### 8. 塞缪尔·R. 德莱尼（Samuel R. Delany, 1942— ）

塞缪尔·R. 德莱尼是当代杰出的非裔美国科幻小说家，开拓了科幻小说描写的新路径。才气和运气的完美结合使他在科幻领域获得了巨大的成功。此外，他还撰写了回忆录、评论文章和关于性和社会的非叙事性作品。在其文学创作中，他擅长使用重复的意象，并且让一些人物的名字在不同的小说里反复出现，以增强作品的互文性和关联性。

德莱尼于1942年4月1日出生在纽约的哈莱姆。其母亲是纽约公立图书馆的图书管理员；其父亲在哈莱姆开了一家生意兴隆的殡仪馆。德莱尼先是在白人就读的达尔顿学校读书，然后转学到黑人就读的布朗克斯科技中学，专门学习数学和物理。在课余时间里，他喜欢弹吉他，创作小提琴协奏曲，并学习表演艺术和芭蕾舞蹈。德莱尼于1961年与诗人玛丽琳·哈克结婚。1954年至1961年期间，他创作了几部小说。在妻子玛丽琳的鼓励下，他把书稿投给爱司书社。

德莱尼在演讲
（图片来源：facebook.com）

第一部小说《阿普特的宝石》（The Jewels of Aptor，1962）探索的主题有寻宝意义、个人潜力和艺术家的人生定位。1965年他患上神经衰弱症，创作速度放慢。1966年至1969年期间，他出版的小说有《通天塔—17》（Babel-17，1966）、《爱因斯坦交叉点》（The Einstein Intersection，1967）和《新星》（Nova，1966）。《爱因斯坦交叉点》获得内布拉奖；《新星》被认为是美国传统科幻小说的顶峰之作。以后七年时间里，德莱尼一直居住在纽约城。1975年，他出版了小说《达尔格林》（Dhalgren），这部小说的寓意超越了科幻小说的范畴，奠定了他在美国文学史上的重要地位。遗憾的是，随着德莱尼文学声誉的上升，他与妻子玛丽琳的情感生活陷入危机。他们经过15年的分居后，终于在1980年正式离婚。

德莱尼的科幻小说有两个显著的特点：一是塑造了黑人人物和混血儿人物；二是探索了性问题。性问题是科幻小说的最后一块处女地。《特里登》（Triton，1976）以科幻形式描写了40多个性别。他的色情小说《性欲潮》（The Tides of Lust）揭示人类性爱的真谛，反思了性欲追求的本质。他在20世纪90年代出版了小说《疯子》（The Mad Man，1994）、《霍格》（Hogg，1995）和《面包与葡萄酒：纽约的性爱故事》（Bread & Wine: An Erotic Tale of New York，1999），继续探索人类性爱的窘境。性行为也是其回忆录《光在水中移动》（The Motion of Light in Water，1988）

涉及的重要内容之一。1993年因其对男同性恋和女同性恋文学的巨大贡献，德莱尼获得了威廉·怀特赫德纪念奖。他的非叙事作品在文体上也很有创新性。散文集《时代广场红，时代广场蓝》(*Times Square Red, Times Square Blue*, 1999)里有两篇很长的论文，探索性行为、社会互动性和城市空间政治。他另一部散文集是《更短见的观点：奇怪的想法和从属文学的政治》(*Shorter Views: Queer Thoughts & the Politics of the Paraliterary*, 2000)。进入21世纪后，他的文学创作热忱不减当年，又发表了三部小说《法勒斯》(*Phallos*, 2005)、《忧郁的反思》(*Dark Reflections*, 2007)和《穿过蜘蛛巢的峡谷》(*Through the Valley of the Nest of Spiders*, 2012)。在这三部小说里，他插入了一些色情场景，试图把这些作品撰写成文学、科幻和色情的结合体。

德莱尼曾在纽约州立大学布法罗分校、威斯康星大学密尔沃基分校和马萨诸塞大学汉赫斯特分校任教。从2001年1月起，他在特恩普尔大学费城分校担任英文和创意写作的教授。2007年，以他为主题的纪录片《博学者，或塞缪尔·R.德莱尼绅士的生平和观点》(*The Polymath, or, The Life and Opinions of Samuel R. Delany, Gentleman*)拍摄完成，这部影片在2007年的特利贝卡电影节首次放映，2009年该片在费城国际男同性恋和女同性恋电影节上获得了纪录片一等奖。2010年他获得由伊顿科幻会议颁发的科幻小说终身成就奖。

德莱尼的代表作是《疯子》(1994)。这部小说通常被认为是一部充满性主题的小说或色情幻想作品。该小说的主要情节线索如下：在20世纪80年代初的纽约城，约翰·马尔是一名黑人同性恋研究生，正在着手写一篇关于朝鲜裔美国哲学家和学者提莫西·哈斯勒尔的学位论文，但他于1974年在一家同性恋酒吧外面被人用刀捅死，凶手逃逸。随着小说情节的发展，马尔发现自己的生活方式越来越与哈斯勒尔相似，越来越爱和无家可归的男人发生性关系，尽管他自己很清楚这样会有感染艾滋病毒的危险。这部小说视角宽阔，以现实主义的笔触描写了纽约的街头生活、同性恋者的性爱生活和艾滋病毒患者的不幸遭遇，并且对口交、嗜粪癖、尿色情和恋秽癖等也有详细的描述。书中还含有魔幻现实主义的成分，如像公牛一样的怪物出现在马尔的噩梦里。小说还借用了与德莱尼个人经历明显相关的一些自传成分。这部小说的重要价值在于讲述了从20世纪70年代到90年代的同性恋历史，披露了这些年来积极参加性活动的男性同性恋者对待艾滋病问题的复杂态度。

德莱尼的另一部重要作品《爱因斯坦交叉点》(1967)被评为1967年最佳科幻小说,获星云奖。这部小说的故事情节一开始不是很清晰,但是随着情节的发展作者一步一步地把读者引向阅读的快乐境界。小说的背景是设置在一个遥远的未来,因为灾难性战争的影响,人类撤离了地球。在人类离开或灭绝后的某个时候,一支异族人来到地球。他们生活在人类文明的遗址上,替代人的地位生活在地球上。这些外族人开始接受人类的生活方式和人类文明残留下来的价值观。这些新来的外星异族人从人类的神话入手来重建自己的文化体系。出乎读者意料的是,他们把人类历史的不同年代混杂起来,把奥菲斯①和凌戈·斯达尔混合起来,创造出一个新版本的奥菲斯。

在这部小说里,主人公洛·洛倍挚爱的女友弗莉拶是一名畸形的哑巴,被关在一个笼子里,但她有一些非凡的智力。因妒忌她的智慧,一名被称为"死亡之子"的撒旦似的人物在一个狂欢场合杀害了她。为了报仇,洛倍四处奔波,寻找"死亡之子"的领地。"死亡之子"把自己视为世界的主宰,杀人取乐,试图除掉一切不满现实的个人。他不但是要独霸世界,而且还想取代地球上的人类,并获得洛倍的超级魔力。小说的大多数篇幅都是讲述路途上发生的故事。洛倍在寻找"死亡之子"的途中结识了几个朋友,有的朋友支持他的复仇之举,有的朋友则为了私利把他出卖给敌人。洛倍有着自己的神奇力量,他超然的魔力来源于其音乐天赋。他随身携带着一件非常奇异的武器——弯刀,这把弯刀既可以做刀具,也可以做乐器。该弯刀发出的音乐声足以使敌人闻风丧胆。如果"死亡之子"是撒旦和混乱的代表,那么洛倍和他的音乐就是正义和秩序的代表。

总之,这部小说是一部童话般的幻想曲,整个故事情节的发展似乎就是一名英俊少年骑着龙背在华丽星球上跋涉的一首音乐轮唱曲,揭示出一个关于爱情和神话的悲剧性讽喻,使音乐、童真和神话达到了完美的结合。

---

① 奥菲斯是古希腊宗教和神话中传说中的音乐家、诗人和预言家。在传说中,他能用音乐来迷住所有的生物,甚至石头;他曾企图从阴间找回自己的爱妻欧律狄丝(Eurydice);他最后死在听不懂其神圣音乐的人手里。作为一名有灵感的歌唱家原型,奥菲斯是西方文化中古典神话的接受中最有意义的人物之一,在艺术和大众文化中被描写成无数种形式,如诗歌、歌剧和绘画。

### 9. 沃尔特·莫斯利（Walter Mosley, 1952—  ）

莫斯利肖像

（图片来源：ccmmons.wikimedia.org）

沃尔特·莫斯利是当代非裔美国文学中最享盛名的侦探小说家。他写了一系列历史推理作品，塑造了个性鲜明、头脑聪颖的黑人侦探形象，为非裔美国侦探小说的发展作出了重大贡献。此外，他还创作了科幻小说、成长小说、情欲小说、图画小说和其他一些非叙事类作品。他的大多数小说被《纽约时报》和美国出版界评选为出版当年的畅销书，并被译成20多种语言，畅销世界各地。莫斯利在侦探小说和犯罪小说方面的文学成就享誉美国文坛。他于2005年被美国桑当斯研究院授予惊险小说奖；2006年其小说《47》获得卡尔·布兰顿学会视差奖，莫斯利成为荣获该奖的第一位非裔美国作家。

莫斯利于1952年1月12日出生在洛杉矶中南部，少年时在公立学校读书；母亲埃拉·莫斯利是一名犹太教师，具有较高的文化修养；父亲勒罗伊·莫斯利虽是学校的看门人，但很擅长讲故事，对开发莫斯利的文学潜能起到了极大的作用。莫斯利于1977年从弗蒙特的约翰逊州立学院毕业后，当过制陶工人、酒席承办人和计算机程序员。他从20世纪80年代中期开始从事文学创作，出版了四个系列的侦探推理小说，即易斯·洛林思系列（Easy Rawlins mysteries）、无畏的琼斯系列（Fearless Jones mysteries）、里厄尼德·麦克吉尔系列（Leonid McGill mysteries）和苏格拉底·福特罗系列（Socrates Fortlow books）。

莫斯利作为侦探小说家的文学名声主要来源于易斯·洛林思系列推理作品，这个系列主要由以下小说组成——《穿蓝衫子的魔鬼》（*Devil in a Blue Dress*, 1990）、《红色死亡》（*A Red Death*, 1991）、《白色蝴蝶》（*White Butterfly*, 1992）、《黑人贝蒂》（*Black Betty*, 1994）、《小黄狗》（*A Little Yellow Dog*, 1996）、《去钓鱼》（*Gone Fishin'*, 1997）、《坏男孩布罗利·布朗》（*Bad Boy Brawly Brown*, 2002）、《六个易日片段》（*Six Easy Pieces*, 2003）、《小斯嘎利特》（*Little Scarle*, 2004）、《桂之吻》（*Cinnamon Kiss*, 2005）、《白人之信仰》（*Blonde Faith*, 2007）和《小格林》

(*Little Green*, 2013)。这些小说在美国犯罪小说里独具一格。一方面，这些小说以真实的美国历史为背景，揭示了当时美国社会的各种危机。《穿蓝衫子的魔鬼》以1948年"二战"后的洛杉矶为背景；《小黄狗》的故事发生在1963年约翰·F.肯尼迪被暗杀之前。评论家R. W. B.路易斯评述说，这些小说没有家世小说那么严肃，但能使人回想起威廉·福克纳笔下的约克纳帕塔法小说。另一方面，莫斯利的作品坦率面对美国社会生活中存在的种族主义。在这些推理小说里，莫斯利笔下的主人公不是怯弱的种族受害者，而是足智多谋、勇敢无畏、性格多变的开拓者。

莫斯利于2009年创作了里厄尼德·麦克吉尔系列侦探小说，包括《长期的堕落》(*The Long Fall*, 2009)、《邪恶知晓》(*Known to Evil*, 2010)、《恐惧消除时刻》(*When the Thrill Is Gone*, 2011)和《我所干的事就是射杀我的男人》(*All I Did Was Shoot My Man*, 2012)。在这个系列的小说里，他塑造了黑人侦探里厄尼德·麦克吉尔，揭露黑人社区的阴暗面，抨击了种族主义思想对黑人的毒害。

莫斯利的代表作是侦探小说《穿蓝裙子的魔鬼》(1990)，揭露了非裔美国犯罪问题与种族压迫和种族歧视的密切关系，认为种族越界、政治腐败和经济贫困等方面的问题是使非裔美国人陷入人格分裂的痛苦和绝望之中的主要致因。莫斯利在《穿蓝裙子的魔鬼》里塑造了这样一名黑白混血儿，她的多重人格显现为她的两个分身。一个分身是白人姑娘，名叫达芙妮·莫尼特；另一个分身是非裔美国姑娘，名叫卢璧·汉克斯。她的第一人格或原始人格以非裔美国姑娘为化身，第二人格是她经过种族越界后而形成的新人格。她本来的黑人人格并不知晓另一个白人人格的存在，而后来出现的白人人格则对原来的黑人人格有相当的了解。新人格的特质通常与原始人格的特质完全不同，原来的黑人人格是痛苦、压抑的，而新的白人人格却显得开放、外向。

达芙妮的多重人格主要由其在少女时代所遭受的心灵创伤而引发，并在种族主义社会环境里不断恶化。她出生在美国东南部港市新奥尔良，生母是非裔美国人，生父是白人。她出生后不久，就遭到白人父亲的遗弃。后来，其母亲与一名非裔美国人组成家庭。但在达芙妮尚未成年的时候，就多次遭受继父的性侵犯。这给她幼小的心灵留下了不可弥补的创伤。长大成人后，她逃离家乡，放弃了少女时代的姓名"卢璧·汉克斯"，希望忘掉以前的不幸，重新开始生活。由于有一半的白人血统，她的容貌和肤色与白人姑娘没有差异。为了进入白人社交圈，她大胆采用了白人姑娘常用的名字"达芙妮·莫尼特"。之后，美貌的金发女郎达芙妮成功地打入了白人社交圈，成为当地首富、雄狮投资集团总裁托德·卡特尔的未婚妻，但她没向卡特尔说明自己的身世，隐瞒了自己的非裔美国血统。在"二战"后的美国，种族歧视氛围极为严重。非裔美国人与白人的情爱或婚姻都得不到主流社会的认同。如果卡特尔与达芙妮的恋情被曝光的话，卡特尔的社会地位和社会声誉都可能受到严重损害，甚至有被逐出上流社会的危险。很不幸的是，达芙妮的真实身份被卡特尔的情敌麦克吉和政敌马修·特澜探知。麦克吉以要向公众披露达芙妮真实身份为借口，要挟达芙妮，以达到长期霸占她的目的；而特澜也想借此为筹码，要挟反对他竞选市长的卡特尔。在这样的生存环境中，达芙妮处于两难境地。一方面，她担心自己由此而被踢出白人社交圈，沦落黑人社区，再次遭到像继父那样的坏蛋的凌辱；另一方面，她又担心自己的真实身份暴露后，会断送了情人卡特尔的前程。剧烈的心理冲突导致其人格分裂。她总想压抑黑人分身，以白人分身示人，但黑人分身是她的根、她的本源，尽管这是她不愿面对的根和本源。她进入白人社交圈后，就一直压抑、隐瞒自己的黑人分身。但事与愿违的是，她的黑人分身越压抑就越强烈地出现在其心中。她的白人肤色和非裔美国血统导致她既不能成为真正的黑人，也不能成为真正的白人。在这样的社会环境里，其人格分裂的症状越来越严重，导致她既无法生存于白人世界，也不能混迹于黑人世界。她的两个分身不时交替出现，但也难适应恶劣的生存环境。她白皙的肤色和美丽的容貌没有给她带来幸福和快乐，反而使她丧失了普通人的正常生活。

达芙妮是种族歧视和种族偏见的牺牲品。由于她有非裔美国人血统，白人社会认为其低贱、粗俗，白人政客把她的痛苦当做政治斗争的王牌；其个人情爱生活也被蒙上阴影。白人社会按"一滴血"原则把她划归为非裔美国人，而黑人社区因其白皙的肤色而不肯接纳她，把她视为异类。因"非白非黑"的混血儿身份，她被迫生活在两个种族之间的中间地带，受到双边排斥。莫斯利通过达芙妮的人生经历揭示了美国黑白混血儿多重人格形成和恶化的精神痛苦，认为种族越界后的生活并不是黑白混血儿的天堂。达芙妮有多重人格和多个分身，但没有哪一种人格或哪一个分身能给她带来幸福，她难以在种族歧视和种族偏见盛行的美国社会治愈自己的心灵创伤。达芙妮对自己的出身和肤色没有选择，想通过种族越界来消解自己的身份危机，但充满种族偏见和种族敌意的社会环境破灭了她对美好生活的一次次搏击，使她陷入人格分裂和分身交替出现的痛苦境地。

此外，莫斯利以黑色幽默的笔调把幻听描写成具有浪漫色彩的良性人格分裂。该小说主人公易斯·洛林思就患有命令性幻听。每次出现危机或陷入困境时，他都会听到一个声音命令他去干某事或停止干某事。易斯的幻听实际上是其人格分裂的一种表现形式，也可看做是主体人格的一个附属体。这个附属体具有亚人格地位，不受制于主体人格。一旦这个亚人格出现在易斯脑海里，就会马上取代主体人格，成为支配性人格。每当警察和德维特要拘捕他时，那个分身就以画外音的形式从一方面提醒他："等待时机，易斯。别做任何不是万不得已的事。等待时机，等待最佳时刻。"（Mosley：143）易斯的分身与他本人之间的会话出现在其脑海里，就像两个人在商量、在交谈、在密谋似的。幻听似的分身是易斯的智慧之音，在其引导下易斯克服了一个又一个困难，渡过了一个又一个难关。莫斯利把这个本是精神分裂症兆的疾病附上浪漫主义的叙事情调，使这个画外音似的分身以良性人格的方式出现，经常给易斯提供解决危机的信心、意志和方法。莫斯利通过对幻听式分身的描写，揭示了非裔美国人生存智慧在逆境中的本能反应，讽刺了种族社会的非理性。

在这部小说里，莫斯利揭示出人性的阴暗面。有严重贪欲的人是极端的利己主义者，他们在一切问题上都是以个人需要和个人意志为原则，总想拥有世界上一切最美好的东西；在利益侵占上，他们会积极主动地创造条件，克服一切不利因素，漠视一切个人和公众的利益，漠视任何法律、法规、道德、伦理等约束；为达到个人目的，深谋远虑，精心策划，绞尽脑汁，不计后果。莫斯利所刻画的各种贪婪人物具有典型的社会启发意义：当贪欲超越其理智，贪婪性后继人格成为主体人格，其性格和人品完全改变，友情、亲情、伦理等骤然消失。

后继人格的产生问题实际上就是精神分析学上时常提到的人格转换问题。在《穿蓝裙子的魔鬼》里，莫斯利生动地描写了由色欲和贪欲引发的人格转换现象。人物的后继人格的出现带有偶发性、突然性和非理性的特点，通常践踏社会认同的道德伦理准则。达芙妮的继父一见到漂亮的养女，其后继人格马上出现，寻机奸淫，并企图长期霸占，他的所作所为严重违反和践踏了为人之父的基本伦理；非裔美国侦探易斯见到好朋友杜普里的漂亮情人科蕾塔小姐，占有之欲油然而生。趁杜普里酒醉昏睡之际，易斯主动挑逗科蕾塔，并与她勾搭成奸，其以色欲为主导的后继人格践踏了两人之间的多年友情。

莫斯利笔下的后继人格和主体人格在情感、态度、知觉和行为等方面是非常不同的，通常处于剧烈的对立面。"在主体人格是积极的、友好的、顺应社会的和有规可循的地方，后继人格可能是消极的、攻击性的、逆社会的和杂乱无章的。"（叶澜涛：19）莫斯利通过后继人格的贪婪性表现点明了小说的主题，色欲和贪欲能使好人变坏、坏人更坏。对贪婪之念的放纵犹如对潘多拉魔盒的开启，不仅会践踏人伦、毁灭法治，而且还会使当事人迷失自我、难以善终。

莫斯利把小说的题目设置为《穿蓝裙子的魔鬼》，但在小说里喜欢穿蓝裙子的人就只有达芙妮一个人。那么，达芙妮是魔鬼吗？不是，但达芙妮从卡特尔那里偷走的那笔巨款是魔鬼产生的诱因。为了得到这笔巨款，小说中的大多数人物出现了人格裂变的征兆。他们在激活了潜意识层的后继人格后，相继变成了践踏社会法制和伦理道德的"魔鬼"。其实，人格是在秉性气质、生存状况和社会环境中形成的统一、稳定、和谐的个性特征。当人格出现分裂时，人就会处于失调状态，自我陷在一个分身和另一个分身的不断冲突之中。在这本小说里，莫斯利揭示了欲望在人格分裂方面的巨大驱动力和破坏力。人格裂变中产生的分身是人物在困境中寻找出路的多种表现形式，也是作家对极限语境里人物心理自在性和变化自为性的尝试性探索。

在这部小说里，莫斯利通过扣人心弦的情节演绎和错综复杂的心理冲突，揭示人格分裂对亲情、爱情、事业、追求与生存等的重大影响，将非裔美国人在种族社会里人格发生分裂后的心灵创伤、犯罪冲动、惶恐绝望等场景展现在读者的面前。莫斯利关于精神分裂中人格多重化的描写，揭示了美国种族主义社会环境里心灵扭曲的痛苦、诡秘的氛围和绝望中的渴望，开拓了非裔美国犯罪小说创作的新路径。

## 六、非裔美国戏剧

20世纪八九十年代，种族话题和性别话题席卷戏剧界。非裔美国女性作家要求在剧本创作和戏剧导演方面发挥更大的作用；非裔男同性恋者和女同性恋者也要求在舞台上亮相；一些才华横溢并受过良好训练的非裔演员也出现在舞台上；非裔表演艺术家四处演出；非裔美国导演和剧作家引起全国观众的关注；非裔美国戏剧节也在一些主要城市举办；学者们开始辩论哪部非裔美国戏剧应该纳入经典；戏剧家奥古斯特·威尔森（August Wilson）与罗伯特·布鲁斯坦（Robert Brustein）之间的交锋引起人们在许多问题上的争论和思考，如多元文化戏剧问题、种族角色的分配问题、非裔美国剧本与多元化白人剧场问题、政府投资与戏剧业萎缩问题。在这个时期，"嘻哈一代"（"hip-hop generation"）推出了具有时代特色的戏剧文化。

当时，资金缺乏和戏院租金太高等因素导致剧团难以生存，美国非裔艺术家不得不离开剧团，自立门户。于是，独自演出的非裔艺术家大量出现，他们把自己标识为"嘻哈一代"。他们的演出有两个目标：一是颠覆被丑化了的非裔美国人形象；二是塑造非裔美国人的新形象。除了这些责任之外，种族话题和性别讽刺也成为一大特色。美国学者埃洛尔·希尔和詹姆斯·哈奇在《非裔美国戏剧史》（*A History of African American Theatre*, 2003）中指出："这些青年艺术家把霹雳舞、打击乐和流行音乐作为演出的必要组成部分，抛弃了现实主义，在演出技巧方面进行试验，经常用个人轶事替代故事延续性。"（Hill and Hatch：431）

20世纪八九十年代的嘻哈音乐爱好者大多来自纽约南布朗克斯区的破街小巷，他们主要由黑人霹雳舞演员、涂鸦艺术家、迪斯科流行音乐栏目主持人、嘻哈小子和打击乐愤青组成，他们作品的主要话题是毒品、种族、监狱服刑、殖民主义、性和暴力。20世纪80年代，黑人舞蹈和戏剧按新的政治化方式合并在一起，使传统的舞蹈和戏剧焕发出前所未有的优势。这期间，在黑人舞台上表现得特别突出的两个合奏组是唐纳德·伯德（Donald Byrd）的剧组和乔·左拉（Jo Zollar）的"城市丛林女性"剧组。当左拉于1984年创建"城市丛林女性"时并不是想建立一个女性剧团，只是在随后的五年时间里男舞蹈演员渐渐都离开了，留下来的全是女性演员。左拉打破了舞蹈与戏剧之间的传统界限，把诗歌的豪言壮语、对话、新道具、歌曲和观众即兴建议的东西引入其舞台演出。左拉要求她的舞蹈演员在舞台演出中朗诵幼儿园的韵文或讲述民间故事。这样，她突破了传统舞蹈禁止语言介入的成规，把两种不同的舞台表演形式进行了有机的结合。《纽约时报》评论员詹妮弗·达宁（Jennifer Dunning）写了一个述评，高度赞扬了她们的创新演出；她们的剧团很快得到社会的关注，并开始在全国走红。

20世纪90年代，嘻哈乐和打击乐在全国各地随处可见。埃发·巴耶萨（Ifa Bayeza）在戏剧《荷马·G.和底特律夏天的吟诵史诗》（Homer G. and the Rhapsodies in the Fall of Detroit）中专门任用了一名来自西非的歌舞艺人，按演员的动作节拍使用打击乐器。这出戏剧于1996年在圣弗兰西斯科的洛雷音·汉斯贝利剧场首演时，大获成功，受到社会各界的喜爱。该剧的首演日正是这个剧场的十五周年纪念日，演出气氛极为热烈。评论家约翰·威廉斯认为："这个剧本类似于艾德丽安·肯尼迪创作的后现代主义剧本，在话语的尖刻和幽默方面接近于伊什梅尔·里德。"（Hill and Hatch：438）因这个剧本的开拓性贡献，巴耶萨从肯尼迪中心基金会获得了一万美元的奖金。

在这个时期，许多黑人妇女作家以前所未有的热忱转向戏剧创作和演出，并取得了很大的成功。诗人和剧作家珀尔·克里吉（Pearl Cleage）把自己描述为第三代黑人民族主义者和激进的女权主义诗人。她说："驱动我创作的主要能量是一个决心，那就是决心使自己成为世界上正在进行的反种族主义、性别歧视主义和阶级歧视斗争的一分子，着力消除对同性恋的憎恶心理。"（Hill and Hatch：447）亚特兰大的联盟戏院邀请克里吉创作剧本《飞向西方》（Flyin' West，1995），描写在堪萨斯州尼科德马斯地区黑人边疆妇女的坚强和忠诚。这部剧本在十字路口剧场和肯尼迪中心上演后，克里吉迅速在全国走红。

进入21世纪后，美国戏剧业开始走下坡路。全国的专业剧场的数量大幅度缩减。"2001年，据统计，只有不到五十家剧院存留下来。"（Hill and Hatch：480）因为行业不景气，大多数剧团和戏院依靠政府补助和公司或基金会的捐款才得以幸存。虽然在20世纪90年代有几家戏院在演季结束后尚有预算的结余，但就大多数戏院来讲，总是挣扎在破产的边缘。在激烈的舞台竞争中，一些既重视艺术又重视财务收支的戏院得以生存下来。一些人担心经济的复苏是以牺牲人们的精神世界为代价的，还有的人担心非裔美国人的传统关注点是种族压迫问题，与现在人们的关注点偏离得太远，于是现在的观众喜好转向了娱乐性的电视喜剧或暴力恐怖类影片。针对这个问题，美国学者埃洛尔·希尔和詹姆斯·哈奇提出了尖锐的质疑:"难道严肃的戏剧与流行娱乐方式竞争时只有被打败的份?最后,难道奥古斯特·威尔森、恩托扎克·襄格和艾德丽安·肯尼迪和其他人的戏剧都不能使非裔美国戏剧之魂长期保存下去?"(Hill and Hatch:481)这个时期最重要的戏剧家是奥古斯特·威尔森、珀尔·克里吉和苏珊·诺莉-帕克斯。

### 1. 奥古斯特·威尔森(August Wilson, 1945—2005)

奥古斯特·威尔森是七位两次获得普利策奖的美国作家之一,而且还是第一位有两个剧本在百老汇同时上演的非裔美国作家。导演兼制片人劳埃德·理查兹(Lloyd Richards)赞扬威尔森为"被20年代的文艺复兴和60年代的黑人艺术运动预示了的政治、社会和美学目标的高峰"(Hill, *Call and Response*, 2457)。

威尔森于1945年4月27日出生在宾夕法尼亚州匹兹堡市。父亲是德裔美国人,母亲是非裔美国人。威尔森生长在匹兹堡的一个种族混居的贫民地区。父母离婚后,他由黑人继父养大,和亲生父亲只是偶尔见面。威尔森与继父的关系充满矛盾,而这些矛盾却成了威尔森剧本创作的源泉。20世纪50年代末,他随母亲和继父搬到白人居民占大多数的郊区生活。奥古斯特亲身体会和目睹了种族歧视和种族迫害:有人向他家的房子扔砖头;同班同学不愿和他坐在一起,给他留的字条上写道:"黑鬼滚回家去!"在15岁那年,一位历史老师冤枉威尔森抄袭,威尔森有口难辩,

威尔森生活照
(图片来源:en.wikipedia.org)

愤然退学。此后,他到图书馆去看书,走了自学之路。16岁时,他靠干一些体力活糊口,这也使他有机会接触到社会上各种各样的人。其中的一些人成了他后来剧本里的人物原型,例如剧本《看门人》(*The Janitor*, 1985)中的萨姆。

20世纪60年代后期,威尔森参与了黑人艺术运动,开始创作诗歌

和短篇小说。1968 年，他和朋友罗布·彭尼共同创办了位于匹兹堡市希尔区的黑色地平线剧院。他的第一个剧本《再循环》（*Recycling*）在小剧院和公共住房社区中心上演。1969 年他与穆斯林布伦达·伯尔顿结婚，生育了一个女儿；1972 年他们离婚。1976 年维尔尼尔·里莉导演了威尔森的剧本《回家》（*The Homecoming*）；同年，他的另一个剧本《斯日威·班驲死了》（*Sizwe Banzi is Dead*）在匹兹堡公共剧院演出。威尔森、彭尼和诗人麦夏·巴特恩组建了昆图作家工作室，旨在把非裔美国作家团结在一起，支持他们出版和上演剧本。

1978 年威尔森来到明尼苏达州圣保罗，朋友克劳德·珀尔迪帮助他找到一份为明尼苏达科学博物馆撰写教育类剧本的工作。1980 年他从明尼阿波利斯的科学博物院获得了奖学金。威尔森与圣保罗的匹蓝布拉戏剧公司建立了长期的业务关系，这家公司演出了他的一些剧本。威尔森获得了许多荣誉学位，如匹兹堡大学的人文荣誉博士学位。从 1992 年至 1995 年他在该大学董事会任职。威尔森最著名的剧本有《篱笆》（*Fences*，1985）、《钢琴课》（*The Piano Lesson*，1990）、《马雷尼的黑底》（*Ma Rainey's Black Bottom*，1984）和《乔图尔尼尔的来和去》（*Joe Turner's Come and Gone*，1988）。1994 年威尔森离开圣保罗，来到西雅图。他与西雅图贮备剧场建立了业务合作关系。他的剧本《国王赫德利二世》（*King Hedley II*，1999）和《无线电高尔夫》（*Radio Golf*，2005）在这个剧场上演。他于 2005 年获得了美国戏剧作家联盟颁发的梅克西福特奖，以表彰他为美国戏剧发展作出的卓越贡献。威尔森于 2005 年 9 月 2 日在西雅图去世，享年 60 岁。

威尔森的代表作是《篱笆》（1987）。这个剧本于 1987 年在纽约开演，由詹姆斯·厄尔·琼斯扮演主人公特罗伊·马克森。该剧的演出轰动评论界，获得纽约戏剧评论界奖、四个托尼奖和普利策戏剧奖。（Clark：201）剧情发生在匹兹堡，43 岁的特罗伊在他家破烂的两层砖房外筑起了篱笆，把房子围了起来。从心理学看，篱笆体现他追求生活的精神。因此，篱笆就成为了整个戏剧的中心比喻。正如特罗伊的朋友吉姆·波尼所说："一些人建篱笆是为了不让人进……其他人建篱笆是为了不让人出。"（Wilson：61）在这部戏剧里，特罗伊建篱笆是为了对那些他遇到的人施加控制，也包括他自己。通过他与艾伯塔的婚外恋筑起了他与妻子的篱笆；因拒绝在儿子科里募集足球奖学金的报纸上签名，他与儿子之间筑起了篱笆；当他找到一份开垃圾车的工作时，他与最好的工友琼·波诺之间筑起了篱笆；当他借酗酒来消除心中淤积已久的遗产、年龄和歧视等方面的心理问题时，在自己的心中也筑起了篱笆。

特罗伊这个人物颠覆了黑人男性在人们心目中的旧形象。以前，黑人男性通常被描述成懒惰、得过且过、口齿不清、没有家庭责任感的负面形象。威尔森表达了消除黑人男性不良形象的愿望："我知道在文学和电影里没有正面、高大的黑人形象。因此，我想，为什么不塑造这些形象呢？特罗伊·马克森是个负责任的角色。他这个形象很重要。不是每个黑人男性都是让女人怀了孕就跑掉。"（Freedman, "A Voice from the Street", 40）特罗伊的形象体现了黑人男性的忠诚、职责和家庭观念。

### 2. 珀尔·克里吉（Pearl Cleage, 1948—　）

珀尔·克里吉是当代非裔美国戏剧史上最杰出的非裔美国戏剧家之一。她的戏剧在地区舞台和大学舞台上很受欢迎。

克里吉于1948年12月7日出生在马萨诸塞州西南部的斯普林菲尔德市，在底特律长大。母亲是教师，父亲是牧师。受父亲的影响，克里吉对戏剧产生了浓厚的兴趣。小学四年级时，她写出了第一个完整的剧本。后来，她进入霍华德大学学习戏剧，有幸师从于著名非裔美国戏剧家欧文·多德森、特德·西恩和保罗·卡特·哈里森。

克里吉肖像
（图片来源：drinkingdiaries.com）

1968年，克里吉来到亚特兰大，从斯贝尔曼学院获得美术学士学位。在亚特兰大期间，她一直担任《亚特兰大论坛》（*Atlanta Tribune*）、《女士》（*Ms*）和《实质》（*Essence*）等杂志的专栏作家，而且还负责一家文学杂志《催化剂》（*Catalyst*）的编辑工作。此外，她还担任了亚特兰大第一任非裔美国市长梅纳德·杰克森的新闻秘书。她的主要剧本有《飞向西方》（*Flyin' West*, 1995）、《亚拉巴马天空的布鲁士》（*Blues for an Ala-*

bama Sky*, 1999)、《边界的微微风琴声》(*Bourbon at the Border*, 2006)和《我们说出你们的名字：一种庆典》(*We Speak Your Names: A Celebration*, 2006)和《我在巴黎学的东西》(*What I Learned in Paris*, 2013)。

除戏剧外，她还著有诗集、短篇小说、散文和长篇小说。她热爱戏剧的创作和表演，但对戏剧经费的削减感到很沮丧。因美国戏剧业不景气，她也同时从事小说创作。20世纪末21世纪初，她一共出版了9部小说《铜床和其他故事》(*The Brass Bed and Other Stories*, 1991)、《在平常的日子里看起来疯狂的时刻》(*When Looks Like Crazy on an Ordinary Day*, 1997)、《我希望有一条红裙子》(*I Wish I Had a Red Dress*, 2001)、《一些我认为我从来没做过的事情》(*Some Things I Thought I'd Never Do*, 2003)、《巴比伦姐妹》(*Babylon Sisters*, 2005)、《巴比伦兄弟的布鲁士》(*Baby Brother's Blues*, 2006)、《见了所有的，做完余下的》(*Seen It All and Done the Rest*, 2008)、《直到你收到我的回信》(*Till You Hear From Me*, 2010)和《就是想得到证实》(*Just Wanna Testify*, 2011)。她的大多数长篇小说都是以佐治亚州亚特兰大市为背景，描写黑人妇女追求自我的窘境。

克里吉的主要文学成就在戏剧方面，其代表作是剧本《飞向西方》(1995)。故事发生在南北战争后的美国南方，结束时的地点是堪萨斯的尼科德马斯。主要剧情如下：最小的妹妹敏妮带着混血儿丈夫弗兰克从伦敦回来。不久，人们发现弗兰克经常毒打、虐待敏妮。弗兰克的奴隶主父亲剥夺了他的继承权后，弗兰克就毒打怀有身孕的妻子，企图强迫她签字同意把她的家宅转让给他。他想把这块地卖给白人投机商，然后弥补他失去家庭继承权后的损失。弗兰克的企图不仅威胁到敏妮的生活，而且还威胁到敏妮姐妹们的生活。敏妮的妹妹索菲娅是当时家里的主心骨，她决定用有毒的苹果馅毒死弗兰克。这个苹果馅由年老的女佣利厄根据一个从非洲传下来的秘方做成。剧本的最后一幕发生在弗兰克死了七个月之后。这是一个欢庆的场景。剧本里，弗兰克是一名令人讨厌的男性人物，但克里吉还塑造了一名正面男性形象维尔·帕里西。维尔对女士没有征服欲，也没有粗鲁的言行；他处处关心这些女性，乐于帮助她们解决一切困难。通过弗兰克这个形象，克里吉有力地抨击了黑人男性把自己遭受到的不幸发泄在黑人女性身上的行为；通过维尔这个形象，克里吉表明黑人男性也应该承担起责任，以绅士般的方式对待黑人女性。

克里吉的行为主义观点渗透在剧本的各个层面,非常得体地融入剧本情节,使《飞向西方》成为思想性和艺术性完美结合的作品。

### 3. 苏珊-诺莉·帕克斯（Suzan-Lori Parks, 1963— ）

苏珊-诺莉·帕克斯是当代非裔美国戏剧史上杰出的剧作家和电影剧本作家,被公认为21世纪美国文学界一颗冉冉上升的新秀。她于2001年获得麦克阿瑟基金天才奖；2002年她的剧本《夺魁的狗/斗败的狗》(*Topdog/Underdog*)获得普利策戏剧奖。

帕克斯于1963年5月10日出生在肯塔基州科诺克斯要塞的一个军人家庭。因父亲在德国的美军基地工作,帕克斯也在德国度过了童年,她没有去上专门为美国军人子女开办的说英文的学校,而是在当地的德国中学读书。这段经历给她打下了很好的德语基础,并且还使她感受到既不是白人也不是非裔美国人而是外国人的情感。后来,她回到美国；1981年从约翰·卡罗尔学校毕业；1985年从霍尔由克山学院毕业,

帕克斯在演讲
（图片来源：celebslists.com）

获得英德文学学士学位。帕克斯认为霍尔由克山学院对她的生活产生了很大的影响。英文教授玛丽·麦克亨利把帕克斯介绍给著名非裔美国作家詹姆斯·鲍德温。之后,帕克斯选修了鲍德温的课,并在他的指导下从事戏剧创作。霍尔由克山学院的温迪·瓦塞斯坦教授和利厄·布拉特教授也曾指导过帕克斯的戏剧创作。

帕克斯的第一个电影剧本是斯派克·里1996年导演的电影《六号女孩》(*Girl 6*)。她后来与奥普拉·温弗莉的哈尔珀演出公司合作把左拉·尼尔·赫斯顿的小说《他们的眼睛望着上帝》(*Their Eyes Were Watching God*)改写成电影剧本,并于2005年上演。此外,她还和罗伯特·艾瑟尔合作编写了电影剧本《了不起的争论者》(*The Great Debaters*, 2007)。

帕克斯的剧本有《在第三王国察觉不到的可变性》(*Imperceptible Mutabilities in the Third Kingdom*, 1989)、《全球最后一个黑人的去世》(*The Death of the Last Black Man in the Whole Entire World*, 1990)、《美国

戏剧》(*The America Play*, 1994)、《维纳斯》(*Venus*, 1996)、《在血液里》(*In The Blood*, 1999) 和《该死的A》(*Fucking A*, 2000)。剧本《夺魁的狗/斗败的狗》(*Topdog/Underdog*, 2001) 是关于家庭责任、兄弟之情和生存拼搏的故事。这个剧本获得2002年普利策戏剧奖。2002年11月至2003年11月，帕克斯每天写一个短剧，坚持了一年。以这种方式写出的戏剧就编成了《360天/360个戏剧》(*365 Days/365 Plays*) 系列，并于2006年出版。她编写的其他戏剧还有《就灰尘指挥官下赌注》(*Betting on the Dust Commander*, 1990)、《腌制》(*Pickling*, 1990)（广播剧）、《在爱情花园里的献身者》(1992)、《雷·查尔斯活着》(*Ray Charles Live!*, 2007)、《父亲从战场回家》(*Father Comes Home from the Wars*, 2009)、《格蕾丝之书》(*The Book of Grace*, 2010) 和《薄姬与贝丝》(*Porgy and Bess*, 2011)。另外，她把戏剧手法融入小说创作，于2003年出版了《奔向母亲的墓地》(*Getting Mother's Body*)。

由于其对非裔美国戏剧发展的巨大贡献，她从1990年至今获得了十个奖项：1990年的最佳新美国戏剧欧比奖、1992年的惠婷作家奖、1995年的里拉-华莱士读者文摘奖、1996年的戏剧创作欧比奖、2000年的古根海姆戏剧创作基金奖、2001年的麦克阿瑟基金天才奖、2002年的普利策戏剧奖、2006年由艺术理事会颁发的尤金·麦克德莫特奖、2007年的金盘子学术成就奖和2008年的NAACP戏剧奖。

在帕克斯所有的剧本中，受到评论界高度赞扬的是《夺魁的狗/斗败的狗》(2001)。该剧本于2001年在外百老汇成功上演，由著名演员唐·契多和杰弗里·赖特担任主要角色。剧本讲述了一对美国兄弟林肯和布斯的成年生活，展示他们两人在生活中如何处理女人、工作、贫困、赌博、种族主义和苦恼的成长经历。其父亲用反讽的方式给他们两人取了名，他们以自我为中心，企图战胜对方，欺骗其他人。受到嘻哈文化的影响，两兄弟执迷不悟，沉迷于违法犯罪活动。两人都梦想发大财，成为名人。可是，他们为追求以个人主义为中心的成功付出了惨重的代价。通过对这两兄弟的描写，帕克斯表明成为杀人犯和被杀者是公认的非裔美国人的两大角色。这个剧本保留了嘻哈音乐和嘻哈文化中最刺激的成分——谋杀和死亡。而且，非裔美国人被象征性地放在约翰·维尔克斯·布斯这个角色里，布斯是美国历史上最受鄙视的人物之一。读者从这两个主要人物的名字就可以发现一个人注定要摧毁另一个人，而幸存下来的那个人最后必将自己摧毁自己。他们的父亲有着参加民权运动的经历，开玩笑似的给他们取了如此的名字，显示出嘻哈一代对其父辈那一代人的批判和怀疑。当这个"玩笑"反过来攻击林肯和布斯，进而攻击嘻哈一代时，就结束了玩笑的意味。简而言之，这个剧本生动地描写了黑人社区的家庭矛盾与冲突。

除戏剧成就外，帕克斯在小说创作艺术方面也取得了一些突破。她在小说《奔向母亲的墓地》（2003）中所采用的"百衲被"叙事特点体现在叙事文本的双重性和破碎性。该小说采用20位以第一人称身份出现的叙述人，每位叙述人主导的章节犹如一出戏剧中的一幕。由于小说的内容是通过"我"传达给读者，表明小说中所写的都是叙述人的亲眼所见、亲耳所闻，或者就是叙述者本人的亲身经历，使读者产生亲切真实的感觉。由于每个章节都采用了人物不同的第一人称视角，因此，小说的叙述派生出多重叙事眼光和叙事声音。为了取得特定的叙事效果，多重叙事视角和叙事声音皆以小说主人公别莉的生活遭遇和寻宝经历为中心不断地来回切换。读者可以从不同的叙述人之口，了解别莉的困境和整个事态的发展。例如，读者可从斯奈普斯妻子之口得知斯奈普斯的真实身份，从帕冠医生之口得知医德是以金钱为条件的，从迪尔之口得知母亲的坟墓里埋有财宝，通过警察马斯特森之口得知非裔美国人在白人眼里是不折不扣的二等公民。通过不同叙述者的视角分离和轮转，作者让读者清楚地从不同的角度来感受南方种族主义和父权制社会对非裔美国女性尊严的践踏，从而引起读者对其内在根源的追寻。在描述人物的内心思想变化时，叙述者则往往放弃外部眼光而采用故事人物的眼光进行叙述。例如，在描述别莉的寻宝举动时，相关章节的叙述者完全借用了别莉的视角，揭示非裔美国人的贫穷程度和孤注一掷的疯狂。然而，第一人称叙述人是当事人，所以叙述的视角受到角色身份的限制，不能叙述该角色所不知的内容。这种限制造成了叙述的主观性，如同绘画中的焦点透视画法，因为投影关系的限制而有远近大小之别和前后遮蔽的情况，但也正因为如此才会产生身临其境般的逼真感觉。这一个个叙述人"我"讲述的故事犹如一块块五颜六色的布片，在小说家帕克斯的缝制下，组成了一床独具匠心的"百衲被"。

小说的叙事碎片按内容分为五大部分：别莉与斯奈普斯的情爱纠葛，别莉与伯父、伯母的居家生活，维娜·梅·比德与同性恋情人迪尔的恩爱情仇，拉驷对别莉的痴情，旅程描写和坎迪家的大团聚。帕克斯把这五大部分肢解成77个章节。她将叙事文本打破的用意就是要迫使读者在阅读过程中按照自己的理解重新拼装文本；读者每进入新一个章节，皆要调整自己的思维取向，确认新一章的"我"指的是谁，否则会发生张冠李戴的误读。在连续阅读小说时，还要时刻注意各章的"我"的具体身份及其与小说主人公别莉的关系，因为以"我"为叙述人的章节里，他或她是重要人物，但他们也可以出现在其他章节里，充当旁观者或陪衬人物。在阅读的时间轴上，这种叙事的破碎性将打破读者传统阅读经验的连续性，并增加阅读的难度。但是作者在破碎的叙事文本之间留下的空白却为读者重组小说结构留下了无尽的想象空间。由此可见，作者在把有着独特内在结构的叙事文本打破和重组的过程中，创造性地采用了缝制"百衲被"工序中的切割、缝合、拼接等手法。就如选取和裁剪"百衲被"花色各异的布块一样，故事情节在被选取之后按照结构要求被帕克斯分割成不同单位的叙事碎片。（Painter：45）在读者能动思维的参与下，这些破碎的叙事又被"缝合"成有着独特主题的叙述方块，最后各章节再又被缝合拼接成小说的整体文本，成为一床具有叙事多重视角和多声部特征的花纹独特、寓意丰富的文学"百衲被"。这种叙事方法的特点是作者提供材料、读者提供想象空间和建构逻辑后互动而成的动感叙事。

帕克斯在这部小说里所采用的"百衲被"叙事手法不但填补了小说各个章节之间的意义空白，也为小说众多叙述人提供了多元的叙述空间。她将"百衲被"视为非裔美国女性文化和创作传统中充当着"共同的丝线"作用的中心意象，并认为它已经取代"大熔炉"，成为非裔美国女性文化身份的中心隐喻。（易朝辉：134）她把"百衲被"叙事策略与戏剧的多视角元素相结合，为其小说表面上破碎的叙事结构赢得了多元的阐释空间。

帕克斯在《奔向母亲的墓地》里以叙述人的意识流片段和维娜的灵异提示作为小说情节发展的画外音。在小说中与意识流片段相呼应的画外音是别莉死去多年的母亲维娜的灵异提白。这个灵异提白表现为维娜的自述和布鲁士歌声。一方面，维娜以叙述人的身份讲述自己的双性恋经历、布鲁士歌星之路和难产而亡的悲惨经历。另一方面，又通过布鲁士乐曲的歌声来表达自己对女儿别莉的忠告，她唱道："深深陷入这个洞里/我开始了思考/思考那些我作出但又没能实现的诺言。/深深陷入这个洞里/我开始了酗酒/我边喝酒边哭着入睡。/深深陷入这个洞里/这是一个冰凉、寂寞的洞/我铺好我的床/现在我就一个人正这样躺着。"（Parks：218）这首布鲁士歌曲是母亲对自己人生经验教训的总结，指出"洞"就是人的贪婪之心，贪婪会毁掉人的一切。她又唱道："别做你见我做过的事/别走我走过的路/我的名字叫不幸/先是罪孽，后是贪婪/聪明起来吧，孩子，去干别的。"（Parks：246）维娜是一名以唱布鲁士歌曲谋生的歌手，为了生存，为了养活孩子，出卖过自己的肉体。她为自己生前的幼稚和过错而深深地忏悔。作为母亲，她深知自己没给孩子带好头，害怕孩子成为第二个维娜。她把歌声以画外音的形式告诫女儿，希望女儿能吸取她的教训，不要重蹈覆辙。帕克斯通过对这种布鲁士乐曲画外音的叙述方式，给去世多年的维娜提供一个重返现实世界的平台。这种画外音没有过多的文字叙述，直接以歌曲的形式出现，这是作者通过离世之人之口来警示后人，也是借用戏剧技巧而创造出的一种新型叙事方式。

通过意识流的旁白功能和布鲁士乐曲的画外音功能，帕克斯巧妙地把心理展示和长辈告诫融入情节描写，对小说主题的展开起到了注释和铺垫的作用，并且有助于使不同叙述人的故事形成有机衔接，从而使意识流的心理描写功能和布鲁士乐曲的寓言功能巧妙结合，把戏剧艺术的舞台元素融入小说文本的叙事框架。（Byerman：56）这样，帕克斯发展了传统的意识流描写手法和传统的画外音舞台艺术，使戏剧元素与小说文本叙述在一个更高、更富艺术感染力的层次上有机结合。

帕克斯在《奔向母亲的墓地》里拓宽了传统路途小说的叙述视野，创造性地架构了小说情节发展的双程走向，使情节发展环状化、立体化、关联化。该小说的 77 个章节中有 54 个章节涉及了在路途上发生的故事，情节线索主要由一大一小两条环线组成。这两条环线紧密联系，一环扣一环，小环为大环的出现和发展埋下伏笔，并产生了回转性动态戏剧效果。

她在小说《奔向母亲的墓地》里创造性地采用并发展了 20 世纪 70 年代以来的非裔美国小说叙事策略。通过"百衲被"多视角化、环状叙事递进化、意识流和布鲁士乐曲场景化等叙事手法的运用，使小说主题和情节发展突破传统叙事的束缚，把小说叙事本体与戏剧元素能动结合，把舞台艺术的长处融入小说文本的叙述，增添了该小说的艺术感染力和情节描述的动感。帕克斯在叙述策略上的创新给小说人物设计了一个舞台表演的极好空间，体现出了小说叙事的独具匠心。她的叙述手法有助于作品中小人物生活与大时代环境的结合，有助于意境的独创和场景的精心点缀。她通过小说叙述人之口从多角度阐释自己对人生和社会的领悟，使作品的寓意对作品内的人物和作品外的读者皆有积极的道义皈依功能。帕克斯在这部小说里所采用的戏剧化小说叙事策略对 21 世纪美国新一代非裔小说家有着巨大的影响，已渐渐形成一种新的小说叙事发展趋势。

## 七、非裔美国散文

当代非裔美国小说、诗歌、戏剧在美国乃至全世界都获得了很高声誉。许多非裔美国作家除创作诗歌、小说和戏剧外，还撰写了不少的文章、回忆录和自传，推进非裔美国散文的发展。

20 世纪 80 年代，非裔美国散文家主要关注的话题是非洲中心主义、种族和性别身份以及社会正义。毛拉娜·克伦嘎（Maulana Karenga，1941—  ）在非洲中心主义理论、非裔美国学中的古埃及研究、非裔美国成人礼习俗等的研究取得了丰硕的成果，主要著作有《与时俱进的书》（Book of Coming Forth By Day）和《古埃及的神圣智慧》（Wisdom of Ancient Egypt）。哈里耶特·穆林（Harryette Mullen，1953—  ）出版了两部书《与树同高的女人》（Tree Tall Woman，1981）和《装饰品》（Trimmings，1991）。前一部书是关于社会身份问题；后一部书是关于性别和种族。1983 年，爱丽丝·沃克出版了一部论文集《搜寻母亲的花园：妇女主义的散文》（In Search of Our Mother's Garden: Womanist Prose）。她提出"妇女主义"的概念，以区别于流行术语"女权主义"，强调女性问题在非裔美国人中的独特性。恩托扎克·襄格的论文集《没看到邪恶：前言、论文和叙述，1976—1983》（1984）讨论了在后"黑色权力"运动岁月的社会道德问题。1985 年，艾伯特·里·默雷（Albert Lee Murray）出版了一部书《早晨好，布鲁士》（Good Morning, Blues, 1985），强调了个人英雄主义在逆境中奋斗的巨大精神导向。

20 世纪 90 年代，更多的散文作家热衷于阐释跨文化交际、同性恋和过去经历等方面的问题。旺达·科尔曼（Wanda Coleman，1946— ）的书《艰难的舞会》（Hard Dance，1993）和纳撒尼尔·麦克（Nathaniel Mackey，1947— ）的《不一致的婚约：不和谐之声、跨文化性和实验性创作》（Discrepant Engagement：Dissonance, Cross-Culturality and Experimental Writing，1993）主要关注一些跨文化问题和社会问题。费思·林戈尔德（Faith Ringgold，1930— ）的自传《我们飞过了桥》（We Flew Over the Bridge，1995）记载了大量生活史实：她与爵士乐音乐家厄尔·华莱士的第一次婚姻、她与女儿难以相处的关系和她在 20 世纪 60 年代女权主义运动和"黑色权力"运动中的作用。吉尔·内尔森（Jill Nelson，1952— ）写了回忆录《自愿的奴隶制：我的真实黑人经历》（Volunteer Slavery：My Authentic Negro Experience，1993），该书获得美国图书奖。她在书中主要探讨了种族、性别、政治、媒体、创作和其他话题。戏剧家恩德霞·埃德·梅·荷兰德（Endesha Ida Mae Holland，1944—2006）把其毕生的经历描写在回忆录《来自密西西比三角洲》（From the Mississippi Delta，1996）里。她在书中强调了决心、希望、动力和理想在人生中的重要性。她以自己为实例提醒读者：任何人只要活下去，都有可能获得成功。在 20 世纪末，塞缪尔·R. 德莱尼在其非叙事作品《时代广场红，时代广场蓝》（1999）里利用个人经历来审视了发展时代广场的努力和纽约市劳动阶层人民的公共性生活之间的关系。德莱尼还出版了几本文学评论书籍，探讨了在科幻小说和其他超文学种类、比较文学和奇异问题研究等方面的问题。

　　21 世纪初，相当多的非裔美国散文作家把生活经历和对人生的感悟通过回忆录告诉下一代。费思·艾迪厄尔（Faith Adiele，1963— ）的旅行回忆录《见到费思：一名黑人佛教尼姑森林日记》（The Forest Journals of a Black Buddhist Nun，2004）获得了 2005 年最佳回忆录跨边缘国际笔会奖。赛迪雅·V. 哈尔特曼（Saidiya V. Hartman）的书《失去你的母亲：沿着大西洋奴隶路线的旅程》（Lose Your Mother：A Journey along the Atlantic Slave Route，2007）是一部令人费解的回忆录，其中大部分内容是讲驱逐幻觉中的邪魔，寻找无处可觅的祖先踪影。然而，她在寻觅中发现的冷酷事实是非洲没有人在乎她发掘过去时的深层悲哀和空虚感，这给非裔美国人在非洲的寻根热忱浇了一盆冰水。这里反复提出的一个论点就是——非裔美国人不是非洲人。丹妞·森娜（Danzy Senna，

1970—  ）的回忆录《昨晚你在哪儿睡的觉?：一段个人历史》(*Where Did You Sleep Last Night?: A Personal History*, 2009) 重建了被封存了很久的家庭神秘往事，讲述了自己的童年生活、令人困惑的父亲、父母婚姻的力量和历史的力量。

### 1. 埃塞克斯·恒菲尔（Essex Hemphill, 1957—1995）

埃塞克斯·恒菲尔是当代非裔美国散文家。在散文里，他经常谈及非裔美国男同性恋者和女同性恋者的权利保障和窘境消解问题，认为同性恋者都是正常人，应该得到社会的承认或接纳。

恒菲尔于 1957 年 4 月 16 日出生在芝加哥，在华盛顿特区长大。1975 年中学毕业后就到马里兰大学攻读英文和新闻学，随后又来到哥伦比亚地区大学学习英文。他的小册子《地球生命》(*Earth Life*) 于 1985 年出版。他编辑的文集《从兄弟到兄弟：黑人同性恋男人的新作品》（1991）获得由美国图书馆协会颁发的 1993 年度同性恋图书奖。20 世纪 90 年代初，他参加了黑人同性恋电影《寻找兰斯顿》(*Looking for Langston*)、《从阴影出来》(*Out of the Shadows*) 和《解套的舌头》(*Tongues Untied*) 的制作。

恒菲尔坦诚地面对读者，希望广泛重建与黑人社区的联系。虽然他在诗歌和散文里的风格显得直言不讳，但是他并不是想切断与异性恋世界的联系。他在作品中亲和的语言和明确的诗歌意象有助于人们理解和消除对同性恋的世俗偏见。在恒菲尔新的性爱世界里，男人通过改变旧的习俗来适应自己的需要。在诗歌和散文集《仪式》(*Ceremonies*, 1992) 里，恒菲尔认为当一个人竭力维护其同性恋身份和非裔美国人身份时他将会面临在社会上的双重疏远。他的论文《忠诚》驳斥了对非裔美国同性恋者"反自然和反种族"的指控，认为非裔美国同性恋者不应该再沉默了。他说：

> 我为成千上万的人，也许数十万人，表达心声。他们生活在秘而不宣的阴影里，不能谈及帮助他们忍受苦难、促进种族建设的爱。他们普通的亲吻，尽管他们有英勇的成就，也不得不偷偷地进行，他们甜蜜的亲吻和忠诚也被种族的宣传者们无情地抹杀……他们渴望彼此亲吻，已经这样做了好几个世纪了。（Gates：2608）

通过这段文字，恒菲尔揭露一个仇视同性恋的社会所忽略了的社会问题。虽然他是名诗人，但是由于其卓越的散文才能和影响力，他在20世纪90年代初期才获得了越来越多的关注和认可，成为美国文坛的又一颗新星。

恒菲尔于1993年在洛杉矶盖特博物馆担任驻馆艺术家。同年，他关于艾滋病问题的作品获得格里戈利·科洛瓦科斯奖。他于1995年11月4日去世，享年58岁。为了表彰他的突出贡献，非裔男同性恋协会宣布1995年12月10日为国家纪念日。全国各地举行追思会，颂扬恒菲尔为全世界同性恋文学艺术的先驱者，颂扬他为同性恋文学发展所作出的独特贡献。

### 2. 贝尔·胡克斯（bell hooks, 1952—  ）

格洛利娅·琼·瓦特克恩斯（Gloria Jean Watkins）以笔名"贝尔·胡克斯"（bell hooks）闻名于美国文坛，被称为杰出的当代非裔美国作家、女权主义者和社会活动家。胡克斯主要通过后现代主义视角，探索在教育、艺术、历史、性行为、大众媒体和女权主义等领域的种族、阶级和性别问题。

胡克斯于1952年9月25日出生在肯塔基州霍普金斯维尔的普通劳动阶层家庭，父亲是一名普通的看门人，母亲是家庭主妇。从童年起，胡克斯就如饥似渴地读书。她起初在种族隔离的黑人学校读书，后来转入一所教师和学生主要是白人的学校。她毕业于霍普金斯维尔中学。1973年她从斯坦福大学毕业，获得英国文学学士学位；1976年从威斯康星大学麦迪逊分校毕业，获得文学硕士学位。1983年她在加利福尼亚大学圣克鲁斯分校获得文学博士学位，其博士论文研究的是非裔美国作家托尼·莫里森。

1976年，她在南加利福尼亚大学担任英文教授和种族学高级讲师。1978年，她发表了第一部诗集《我们在那里哭泣》（*And There We Wept*），首次使用她的笔名"贝尔·胡克斯"。"贝尔"取自母亲的教名，"胡克斯"来源于外婆的名字。她认为她作品中最重要的是"作品本身，而不是我是谁"，因此，她的笔名都是用小写字母写成的。在20世纪80年代初期她在加利福尼亚大学圣克鲁斯分校和圣弗兰西斯科州立大学任教。1981年她出版了第一部主要书籍《难道我不是女性？：黑人女性和女权主义》（*Ain't I a Woman?: Black Women and Feminism*）。这本书出版后，影响很大，被公认为对后现代女权主义思想的形成作出了重大贡献。在80年代中后期，她在耶鲁大学担任非洲和非裔美国学教授、在俄亥俄州的欧柏林学院担任女性学和非裔美国研究的副教授和在纽约城市学院担任英国文学的讲师。2004年她在肯塔基州的贝利尔学院担任教授。1991年，她的散文作品《渴望：种族、性别和文化政治学》(*Yearning*: *Race*, *Gender*, *and Cultural Politics*) 获得美国图书奖和哥伦布基金奖。她的其他重要散文作品是《黑色的面容：种族和表征》(*Black Looks*: *Race and Representation*, 1992)、《骨黑：少女时期回忆录》(*Bone Black*: *Memories of Girlhood*, 1996)、《都是关于爱：新视角》(*All about Love*: *New Visions*, 2000)、《交流：女性寻找爱》(*Communion*: *The Female Search for Love*, 2002)、《见证》(*Witness*, 2006) 和《讲授批判性思维：实践中的智慧》(*Teaching Critical Thinking*: *Practical Wisdom*, 2010)。

胡克斯最著名的著作是《难道我不是女性?》(1981)。这部书的出版大大提高了她在美国学界的声誉，她由此被称为杰出的左派和后现代主义政治思想家和文化评论家。这部书审视了几个反复出现的主题：性别歧视和种族主义对黑人女性的历史影响、对黑人女性身份的贬低、媒体作用与描述、教育制度、白人至上—资本主义—男权制的思想、黑人女性的边缘化和在女权运动中对种族和阶级问题的漠视。在这本书里，她认为性别歧视和种族主义在奴隶制期间同流合污，并把黑人女性的地位降到美国社会最低的社会阶层，她们的生活状况也最为糟糕。白人女性绝对主义者和主张扩大女性参政权者更容易和弗雷德里克·道格拉斯等黑人男性绝对主义者取得共识，然而每当黑人女性发言时，南方种族隔离主义者横加非难，指责黑人女性的乱交和不道德行为。胡克斯指出，这些白人女性改革者更关注的是白人的道德观，而不是引起非裔美国人恶劣生存环境的原因。她进一步指出在奴隶制时期形成的偏见今天仍然对黑人女性造成恶劣的影响。她相信奴隶制允许白人社会把白人女性美化为女神般的纯洁处女，把非裔美国女性丑化为淫荡无耻的妓女。这些偏见和错误观念极大地贬低了黑人女性的人格，而这种偏见一直延续至今。胡克斯还认为黑人民族主义在很大程度上是渲染父权制和厌女症的运动。同时，她指出，女权主义运动主要是白人中产阶级和上层阶级的事，强化了性别歧视、种族主义和阶层偏见，并没有表达出身贫寒的少数族裔女性的正当要求。

## 3. 米歇尔·费思·华莱士（Michele Faith Wallace, 1952—  ）

米歇尔·费思·华莱士是当今美国文坛才华横溢但争议颇大的文化批评家之一。她不仅是文笔犀利的评论家，而且在现实生活中还是富有同情心、为人慷慨的女性。同时，她还以女权主义作家的身份和艺术家费思·林戈尔德的女儿而闻名。在很多方面，她的作品被美国学界视为沟通爱丽丝·沃克的先驱性作品与嘻哈一代非裔女性作家的桥梁。

华莱士于 1952 年 1 月 4 日出生在纽约。她在哈莱姆读完小学和中学。在少女时代，她经常离家出走，与其母亲的冲突一度白热化。她曾在墨西哥迷恋上了一名吸毒的男朋友，后被母亲通过美国驻墨西哥大使馆的外交途径强行带回家。之后，她渐渐喜欢上了读书和创作。1979 年她出版了第一部书《黑人大丈夫与超级女性的神话》（*Black Macho and the Myth of the Superwoman*）。这部书出版后立即引起轰动，而她也因此一举成名。在这部书里，她批判了黑人民族主义和性别歧视。此后，她关于文学、电影和大众文化等方面的作品在很多地方出版发行，从而把她推上了新一代非裔美国知识分子领袖的地位。华莱士关于视觉文化及其与种族和性别的关系的论文很有创见和说服力，她对艺术、电影和电视中的非裔女性身份问题的研究引起大众文化中关于种族和性别的新批判性思维。华莱士作品的特点是思路清晰、观点有说服力，受到广大读者的喜爱。华莱士从纽约城市学院获得学士学位（1974）和硕士学位（1990）；1996 年她从纽约大学获得电影学哲学博士学位。2004 年她在杜克大学出版社出版了专著《黑色图案与视觉文化》（*Dark Designs and Visual Culture*）。该书收录了 50 多篇论文和一些访谈录，探究了通俗文化与视觉文化的相互关系。目前，她在纽约城市大学城市学院和研究生中心担任英文教授。

华莱士的代表作是论文集《布鲁士的隐身性：从流行到理论》（*Invisibility Blues: From Pop to Theory*, 1990）。这部论文集由 24 篇论文组成，这些论文的完成时间是 1972 年至 1990 年之间。这部书被美国学界公认为非裔美国女权主义史的里程碑。这部书的原版本收录了华莱士对母亲、艺术家费思·林戈尔德的评价、对早年哈莱姆生活的回忆、对自己作家之路的反思、对非裔美国艺术家佐拉·尼尔·赫斯顿、斯派克·里和麦克尔·杰克森文化遗产的调研。在该书的最新版本里，华莱士还增加了前言和一些在20世纪70年代和80年代拍摄的家庭照片。作者的目的是引起读者关注非裔美国女性在美国文化中的窘境，探究黑人女性话语权缺失的社会原因和种族原因。她的非裔女性视角使她的观点完全不同于白人中产阶级女权主义者，有助于把非裔美国妇女的人权问题提上议事日程。华莱士把文学批评与大众文化结合起来，从而以一个更加充满激情的女性视角重新审视非裔美国女性问题。

# 英文参考文献

Allison, Robert J. ed. "Introduction: Equiano's Worlds." *The Interesting Narrative of the Life of Olaudah Equiano, Written by Himself.* Olaudah Equiano. Boston: Bedford, 1995. 1 – 26.

Anadolu-Okur, Nilgun. *Contemporary African American Theater: Afrocentricity in the Works of Larry Neal, Amiri Baraka, and Charles Fuller.* New York: Garland, 1997.

Baechler, Lea and A. Walton Litz, eds. *African American Writers.* New York: Charles Scribner's Sons, 1991.

Baker, Houston A., Jr. *Black Literature in America.* New York: McGraw-Hill, 1971.

Baldwin, James. *If Beale Street Could Talk.* New York: Dial, 1974.

Baraka, Amiri. *The Autobiography of LeRoi Jones.* Chicago, Ill.: Lawrence Hill, 1997.

Barksdale, Richard K. and Keneth Kinnamon, eds. *Black Writers of America: A Comprehensive Anthology.* New York: Macmillan, 1972.

Bastasch, Michael. "Black Community Still Suffering from 'Disproportionately High Unemployment Rates'". May 6, 2013. < http://dailycaller.com/2013/02/05/report-black-community-still-suffering-from-disproportionately-high-unem-ployment-rates/ >.

Beavers, Herman. "Prodigal Agency: Allegory and Voice in Ernest J. Gaines's A Lesson before Dying." *Contemporary Black Men's Fiction and Drama.* Ed. Keith Clark. Urbana and Chicago: U of Illinois P, 2001. 135 – 54.

Beck, Stefan. "Beside the Golden Door." *The New Criterion.* 27 (2008): 31.

Bell, Bernard W. *The Afro-American Novel and Its Tradition.* Amherst: U of

Massachusetts P, 1987.

Bennett, Lerone, Jr. *Before the Mayflower: A History of the Negro in America*. New York: Johnson, 1964.

Berlin, Ira. *Many Thousands Gone: The First Two Centuries of Slavery in North America*. Cambridge, Massachusetts: Harvard UP, 1998.

Bloom, Harold, ed. *Modern Critical Review: Ralph Ellison*. New York: Chelsea House, 1986.

Bogumil, Mary L. *Understanding August Wilson*. Columbia, South Carolina: U of South Carolina P, 1999.

Bone, Robert. *The Negro Novel in America*. New Haven and London: Yale UP, 1965.

Bontemps, Arna. *American Negro Poetry*. New York: American Century Series, 1963.

Brown, Rosellen. "A Chorus of the Motherless." *The New Leader*. 91 (2008): 31-33.

Brown, Sterling. *Negro Poetry and Drama and The Negro in American Fiction*. New York: Atheneum, 1969.

Brown, Williams Wells. "Clotel; or, The President's Daughter." *Three Classic African-American Novels* [C]. Ed. Henry Louis Gates, Jr. New York: Vintage, 1990. 3-223.

Bruce, Dickson D. *Black American Writing from the Nadir: The Evolution of a Literary Tradition 1877-1915*. Baton Rouge and London: Louisiana State UP, 1989.

Bruce, Dickson D, Jr. *The Origins of African American Literature 1680-1865*. Charlottesville and London: UP of Virginia, 2001.

Bruck, Peter & Wolfgang Karrer, eds. *The Afro-American Novel Since 1960*. Amsterdam: B. R. Gruner, 1982.

Butler-Evans, Elliott. *Race, Gender, and Desire: Narrative Strategies in the Fiction of Toni Cade Bambara, Toni Morrison, and Alice Walker*. Philadelphia: Temple UP, 1989.

Butler, Robert, ed. *The Critical Response to Richard Wright*. Westport, Connecticut: GP, 1995.

Byerman, Keith. "Walker's Blues." *Modern Critical Review: Alice Walker*. Ed. Harold Bloom. New York: Chelsea, 1989. 1–80.

Chatman, S. *Coming to Terms: The Rhetoric of Narrative in Fiction and Film*. London: Cornell UP, 1990.

Chesnutt, Charles W. "The Marrow of Tradition." *Three Classics of African American Novels*. Ed. Henry Louis Gates, Jr. New York: Vintage Books, 1990. 465–747.

Christina, Barbara. *Black Women Novelists: the Development of a Tradition, 1892–1976*. Westport, Connecticut: GP, 1980.

Clark, Keith, ed. *Contemporary Black Men's Fiction and Drama*. Urbana and Chicago: U of Illinois P, 2001.

Clark, Keith. "Healing the Scars of Masculinity: Reflection on Baseball, Gunshots, and War Wounds in August Wilson's Fences." *Contemporary Black Men's Fiction and Drama*. Ed. Keith Clark. Urbana and Chicago: U of Illinois P, 2001. 108–34.

Coleman, James W. "Clarence Major's *All-Night Visitors*: Calibanic Discourse and Black Male Expression." *Contemporary Black Men's Fiction and Drama*. Ed. Keith Clark. Urbana and Chicago: U of Illinois P, 2001. 89–107.

Coleman, James W. *Black Male Fiction and the Legacy of Caliban*. Lexington, Kentucky: UP of Kentucky, 2001.

Colin, Philip C., ed. *Contemporary African American Women Playwrights: A Casebook*. New York: Routledge, 2007.

Collins, Patricia Hill. *Black Feminist Thoughts: Knowledge, Consciousness, and the Politics of Empowerment*. New York: Routledge, Chapman and Hall, 1991.

Collins, Robert O. *Africa: A Short History*. Princeton, N.J.: Markus Wiener, 2006.

Countryman, Edward. *How Did American Slavery Begin?* New York: St. Martin's, 1999.

Crossley, Robert. "Reader's Guide." *Kindred*. Octavia E. Butler. Boston: Beacon, 2003. 265–87.

Dabney, Virginius. *The Jefferson Scandals: A Rebuttal*. New York: Dodd, Mead, 1981.

Dainton, Barry. *Stream of Consciousness: Unity and Continuity in Conscious Experience.* New York: Routedge, 2000.

Dane, Joseph A. *The Critical Mythology of Irony.* Athens: U of Georigia P, 1991.

Darksdale, Richard and Keneth Kinnamon. *Black Writers of America: A Comprehensive Anthology.* New York: Macmillan, 1972.

*The Declaration of Independence and The Constitution of the United States: With an Introduction by Pauline Maier.* New York: Bantam, 1998.

Delany, Samuel R. *The Einstein Intersection.* Hanover: Wesleyan UP, 1967.

Diehl, Digby. "A Stiff Shot of Black and White." *Los Angeles Times Book Review* 29 (1990): 3.

Dodds, Barbara. *Negro Literature for High School Students.* Champaign, Illinois: National Council of Teachers of English, 1968.

Donovan, Josephine. *Feminist Theory: The Intellectual Traditions of American Feminism.* New York: Continuum, 1992.

Dorman, James H. and Robert R. Jones. *The Afro-American Experiences: A Cultural History Throughout Emancipation.* New York: John Wiley & Sons, Inc., 1974.

Dorson, Richard M. *American Negro Folktales.* Greenwich, Conn: Fawcett, 1956.

Du Bois, W. E. B. *The Souls of Black Folk.* New York: Bantam, 1989.

Early, Gerald. "Afterword." *Savage Holiday.* Richard Wright. Jackson: UP of Mississippi, 1994. 223 – 35.

Eckhoff, Sally S. "Crime Rave." *The Village Voice* 38 (1990): 74.

Ellison, Ralph. *Invisible Man.* Beijing: Foreign Language Teaching and Research Press, 2000.

Emig, Rainer and Oliver Lindner, eds. *Commodifying (Post) Colonialism: Othering, Reification, Commodification and the New Literatures and Cultures in English.* New York: Editions Rodopi, 2010.

Ensslen, Klaus. "Collective Experience and Individual Responsibility: Alice Walker's *The Third Life of Grange Copeland.*" *The Afro-American Novel Since 1960.* Eds. Peter Bruck and Wolfgang Karrer. Amsterdam: B. R. Gruner, 1982. 189 – 218.

Fabre, Michel. "Postmodernist Rhetoric in Ishmael Reed's *Yellow Back Radio Broke Down* (1969)." *The Afro-American Novel Since 1960*. Eds. Peter Bruck and Wolfgang Karrer. Amsterdam: B. R. Gruner, 1982. 167–88.

——. *The World of Richard Wright*. Jackson: UP of Mississippi, 1985.

Farrison, W. E. *The World of Langston Hughes*. Madison: U of Wisconsin P, 2008.

Felgar, Robert. *Student Companion to Richard Wright*. Westport, Connecticut: GP, 2000.

Fisher, Dexter and Robert B. Stepto, eds. *Afro-American Literature: The Reconstruction of Instruction*. New York: Modern Language Association of America, 1978.

Flowers, Sandra Hollin. *African American Nationalist Literature of the 1960s: Pens of Fire*. New York: Garland, 1996.

Foster, Frances Smith. *Written by Herself: Literary Production by African American Women, 1764–1892*. Bloomington and Indianapolis: Indiana UP, 1993.

Fowler, R., ed. *Style and Structure in Literature*. Ithaca: Cornell UP, 1975.

Franklin, John Hope. *From Slavery to Freedom. A History of Negro Americans*. 5th ed. New York: Knopf, 1980.

Freedman, Samuel G. "A Voice from the Streets," *New York Times Magazine*, March 15, 1987. 40–49.

Friedman, Melvin. *Stream of Consciousness: a Study in Literary Method*. New Haven: Yale UP, 1955.

Frykholm, Amy. "A Mercy." *The Christian Century*. 126 (2009): 46.

Gates, Henry Louis, Jr. Gen. ed. *The Norton Anthology of African American Literature*. New York: W. W. Norton, 2004.

Gayle, Addison, Jr. *The Way of the New World: The Black Novel in America*. Garden City, N. Y.: Doubleday Anchor, 1976.

Gilman, Charlotte Perkins. *Women and Economics: A Study in the Economic Relation between Men and Women as a Factor in Social Evolution* (1898). New York: Harper, 1966.

Goldberg, N. *Wild Mind: Living the Writers' Life*. New York: Bantam, 2005.

Gounard, Jean-Francois. *The Racial Problem in the Works of Richard Wright and James Baldwin.* Trans. Joseph J. Rodgers, Jr. Westport, Connecticut: GP, 1992.

Griggs, Sutton E. *Imperium in Imperio: A Study of The Negro Race.* Sioux, SD: Nu Vision, 2008.

Gunton, Sharon R. *Contemporary Literary Criticism.* Vol. 21. Detroit: Gale, 1982.

Gordon-Reed, Annette. *The Hemingses of Monticello: An American Family.* New York: W. W. Norton, 2008.

Grassian, Daniel. *Writing the Future of Black America: Literature of the Hip Hop Generation.* Columbia, South Carolina: U of South Carolina P, 2009.

Graves, Kenyatta Dorey. "Are Love and Literature Political? Black Homopoetics in the 1990s." *Contemporary Black Men's Fiction and Drama.* Ed. Keith Clark. Urbana and Chicago: U of Illinois P, 2001. 179 – 99.

Hakutani, Yoshinobu. *Critical Essays on Richard Wright.* Boston: G. K. Hall, 1982. Byerman, Keith. *Remembering the Past in Contemporary African American Fiction.* Chapel Hill: U of North Carolina P, 2005.

Hansen, Klaus P. "William Demby's *The Catacombs* (1965): A Latecomer to Modernism." *The Afro-American Novel Since 1960.* Eds. Peter Bruck and Wolfgang Karrer. Amsterdam: B. R. Gruner, 1982. 123 – 44.

Harlan, Louis R. *Booker T. Washington: the Wizard of Tuskegee 1901 – 1915.* New York: Oxford UP, 1983.

Harper, Michael S. Harper and Anthony Walton. *The Vintage Book of African American Poetry.* New York: Vintage, 2000.

Harris, Glen Anthony, ed. *Reading Contemporary African American Drama: Fragments of History, Fragments of Self.* New York: Peter Lang, 2007.

Hendrickson, Roberta M. "Remembering the Dream: Alice Walker, *Meridian* and the Civil Rights Movement," *MELUS*, (24) 1999: 111 – 28.

Henry, Charles P. *Long Overdue: the Politics of Racial Reparations.* New York: New York UP, 2007.

Hill, Errol G. and James V. Hatch. *A History of African American Theatre.* New York: Cambridge UP, 2003.

Hill, Patricia Liggins. *Call and Response: The Riverside Anthology of the African*

*American Literary Tradition.* Boston: Houghton Mufflin, 1998.

Hodges, Graham Russell, ed. *African American History and Culture.* New York: Garland, 1997.

Holland, Endesha Ida Mae. *From the Mississippi Delta: A Memoir.* New York: Simon & Schuster, 1997.

hooks, bell. *Bone Black: Memories of Girlhood.* New York: Henry Holt, 1996.

Howe, Irving. *A World More Attractive.* New York: Horizon, 1963.

Hughes, Langston. "Writers: Black and White." *An Introduction to Black Literature in America: From 1746 to the Present.* Ed. Lindsay Patterson. New York: The Association for the Study of Negro Life and History, 1969. 281–3.

Humphrey, Robert. *Stream of Consciousness in the Modern Novel.* Berkeley: U of California P, 1954.

Inge, M. Thomas, Maurice Duke and Jackson R. Bryer. *Black American Writers Bibliographical Essays Vol. 1 The Beginnings Through the Harlem Renaissance and Langston Hughes.* New York: St. Martin's Press, 1978.

Ira, Misra. "Louisiana Justice of the Peace Keith Bardwell Refuses to Marry Interracial Couples." Politics Only. March 13, 2010. < http://www.politicsdaily.com/2009/10/16/louisiana-justice-of-the-peace-keith-bardwell-refuses-to-marry-i/ >.

Jackson, Blyden. *A History of Afro-American Literature.* Volume 1 (The Long Beginning, 1746–1985). Baton Rouge and London: Louisiana State UP, 1989.

Jacobs, Harriet A. *Incidents in the Life of a Slave Girl, Written by Herself.* Cambridge, Mass: Harvard UP, 1987.

Janifer, Raymond E. "Looking Homewood: The Evolution of John Edgar Wideman's *Folk Imagination.*" *Contemporary Black Men's Fiction and Drama.* Ed. Keith Clark. Urbana and Chicago: U of Illinois P, 2001. 54–70.

Johnson, Samuel R. *Middle Passage.* New York: Penguin, 1990.

Kakutani, Michiko. "Bonds That Seem Cruel Can Be Kind." *The New York Times.* November 4, 2008: C.

Kaplan, Harold. *The Solipsism of Modern Fiction: Comedy, Tragedy, and Heroism.* New Brunswick: Transaction Publishers, 2011.

Kawash, Samira. *Dislocating the Color Line: Identity, Hybridity, and Singularity in African-American Narrative.* Stanford, California: Stanford UP, 1997.

Kim, Jeong-Nam & James E. Grunig. *Situational Theory of Problem Solving Communicative, Cognative and Perceptive Bases.* New York: Routledge, 2011.

Watts, Jerry Gafio. *Amiri Baraka: the Politics and Art of a Black Intellectual.* New York: New York UP, 2001.

Kellner, Bruce, ed. *The Harlem Renaissance: A Historical Dictionary for Era.* New York: Methunen, 1987.

Kingsbury, Pam. "Take My Daughter." *America.* 200 (2009): 32 – 3.

Kinnamon, Keneth, ed. *Critical Essays on Richard Wright's Native Son.* New York: Twayne, 1997.

Klein, Marcus. *After Alienation: American Novels in the 20$^{th}$ Century.* New York: Alfred A. Knopf, 2012.

Krasner, David. *Resistance, Parody, and Double Consciousness in African American Theatre, 1895 – 1910.* New York: St. Martin's Press, 1997.

Kreutzer, Eberhard. "Dark Ghetto Fantasy and the Great Society: Charles Wright's *The Wig* (1966)." *The Afro-American Novel Since 1960.* Eds. Peter Bruck and Wolfgang Karrer. Amsterdam: B. R. Gruner, 1982. 145 – 66.

Langley, April C. *The Black Aesthetic Unbound: Theorizing the Dilemma of Eighteenth-Century African American Literature.* Columbus: Ohio State UP, 2008.

Larsen, Nella. *Quicksand.* New York: Alfred A. Knopf, 2006.

Larson, Gerry. "Rite of Passage." *School Library Journal.* 40 (1994): 123.

Lewicki, Zbigniew. *The Bang and the Whimper: Apocalypse and Entropy in American Literature.* Westport, Conn.: GP, 1984.

Linnemann, Russell J., ed. *Alain Locke: Reflections on a Modern Renaissance Man.* London: Louisiana State UP, 1982.

Littlewood, Roland. *Reason and Necessity in the Specification of the Multiple Self.* London: Royal Anthropological Institute Press, 1996.

Logan, Rayford W. and Irving S. Cohen. *The American Negro: Old World Background and New World Experience.* Boston: Houghton Mifflin Company, 1967.

Lorde, Audre. *Zami: A New Spelling of My Name.* Freedom, CA: Crossing Press, 1982.

Lovell, John, Jr. ed. *Black Song: The Forge and The Flame: The Story of How the Afro-American Spiritual Was Hammered Out*. New York: Macmillan, 1972.

Lusane, Clarence. *African American at the Crossroads: the Reconstruction of Black Leadership and the 1992 Election*. Boston, MA: South End Press, 1994.

——. *Race in the Global Era: African Americans at the Millennium*. Boston, MA: South End Press, 1997.

MacIntyre, Alasdair. *The Unconscious: A Conceptual Analysis*. New York: Routledge, 2004.

Major, Clarence, ed. *The New Black Poetry*. New York: International Publishers, 1969.

Margolies, Edward. *Native Son: A Critical Study of Twentieth-Century Negro American Authors*. New York: J. B. Lippincott, 1968.

Marowski, Daniel G. and Rafia Zafar. "Introduction: Over-exposed, Under exposed." *Harriet Jacobs and Incidents in the Life of a Slave Girl*. Eds. Deborah M. Garfield & Rafia Zafar. New York: Cambridge UP, 1996. 2. 102 – 10.

Marowski, Daniel G. and Roger Matuz. *Contemporary Literary Criticism*. Vol. 48. Detroit: Gale, 1988.

Marra, Kim. "Ma Rainey and the Boyz." *August Wilson: A Casebook*. Ed. Marilyn Elkins. New York: Garland, 2000. 123 – 6.

Martinez-Taboas, Alfonso *Multiple Personality: An Hispanic Perspective*. San Juan, Puerto Rico: Puente, 1995.

Mason, Theodore O., Jr., "Walter Mosley's Essay Rawlings: The Detective and Afro-American Fiction." *The Kenyon Review* 14 (1992): 174.

McCall, Dan. *The Example of Richard Wright*. New York: Jovanovich, 1969.

McDowell, Deborah. "The Self in Bloom: Alice Walker's *Meridian*." *Alice Walker: Critical Perspectives Past and Present*. Eds., Henry Louis Gates, Jr. & Appiah, K. A. New York: Amistad, 1993.

McHenry, Elizabeth. "Into Other Claws." *Women's Review of Book*. 26 (2009): 16 – 8.

McKoy, Sheila Smith. "Rescuing the Black Homosexual Lambs: Randall Kenan and the Reconstruction of Southern Gay Masculinity." *Contemporary Black Men's Fiction and Drama*. Ed. Keith Clark. Urbana and Chicago: U of

Illinois P, 2001. 16 – 36.

McSweeney, Kerry. *Invisible Man: Race and Identity*. Boston: Twayne, 1988.

Mickle, Mildred R. "The Politics of Addiction and Adaptation." *Contemporary African American Fiction: New Critical Essays*. Ed. Dana A. Williams. Columbus: Ohio State UP, 2009. 60 – 70.

Mitchell, Angelyn, ed. *With the Circle: An Anthology of African American Literary Criticism from the Harlem Renaissance to the Present*. Durham and London: Duke UP, 1994.

Mitchell, Loften. "The Negro Writer and His Materials." *An Introduction to Black Literature in America: From 1746 to the Present*. Ed. Lindsay Patterson. New York: The Association for the Study of Negro Life and History, 1969. 284 – 6.

Mobley, Marilyn Sanders. "The Haunted and the Holy." *Ms*. 184 (2008): 73 – 4.

Morrison, Toni. *Home*. New York: Alfred A. Knopf, 2012.

Mosley, Walter. *Devil in a Blue Dress*. New York: Washington Square Press, 1990.

Mullane, Deirdre. *Crossing the Danger Water: Three Hundred Years of African-American Writing*. New York: Doubleday, 1993.

Nash, William R. " 'I Was My Father's Father, and He My Child': The Process of Black Fatherhood and Literary Evolution in Charles Johnson's Fiction." *Contemporary Black Men's Fiction and Drama*. Ed. Keith Clark. Urbana and Chicago: U of Illinois P, 2001. 108 – 34.

Naylor, Gloria. *The Men of Brewster Place*. New York: Penguin, 1998.

Nelson, Jill. *Volunteer Slavery: My Authentic Negro Experience*. Chicago: The Noble Press, Inc., 1993.

Newman, Mark. *The Civil Rights Movement*. Westport, Conn: Praeger, 2004.

Nielsen, Aldon Lynn. *Black Chant: Languages of African-American Postmodernism*. New York: Cambridge UP, 1997.

Painter, Nell Irvin. *Creating Black Americans: African-American History and Its Meanings, 1619 to the Present*. New York and Oxford: Oxford UP, 2007.

Patterson, Lindsay, ed. *An Introduction to Black Literature in America: From*

*1746 to the Present*. New York: The Association for the Study of Negro Life and History, 1969.

Pereira, Kim. *August Wilson and the African-American Odyssey*. Chicago: U of Illinois P, 1995.

Perry, John C. *Myths & Realities of American Slavery: the True History of Slavery in America*. Shippensburg, Pa.: Burd Street Press, 2002.

Pope, Kenneth S. & Jerome L. Singer, ed. *The Stream of Consciousness: Scientific Investigations into the Flow of Human Experience*. New York: Plenum, 1978.

Rahming, Melvin B. "Without a Cosmology: The Psychospiritual Condition of African-American Men in Brent Wade's *Company Man* and Melvin Dixon's *Trouble the Water*." *Contemporary Black Men's Fiction and Drama*. Ed. Keith Clark. Urbana and Chicago: U of Illinois P, 2001. 155-78.

Rampersad, Arnold. "Afterword." *Rite of Passage*. Richard Wright. New York: HarperCollins, 1999. 117-43.

Rampersad, Arnold, ed. *The Oxford Anthology of African-American Poetry*. New York, Oxford UP, 2006.

Randall, Dudley, ed. *The Black Poets*. New York: Bantam, 1971.

Redding, Saunders. "The Negro Writer and His Relationship to His Roots." *An Introduction to Black Literature in America: From 1746 to the Present*. Ed. Lindsay Patterson. New York: The Association for the Study of Negro Life and History, 1969. 287-90.

Reed, Ishmael. *Flight to Canada*. New York: Macmillan, 1976.

Rice, C. Duncan. *The Rise and Fall of Black Slavery*. New York: Harper & Row, 1975.

Ringgold, Faith. *We Flew Over the Bridge: The Memoirs of Faith Ringgold*. Durham & London: Duke UP, 2005.

Rochman, Hazel. "Rite of Passage." *Booklist*. 90 (1994): 817.

Roger Matuz, eds. *Contemporary Literary Criticism*. Vol. 54. Detroit: Gale, 1989.

Royster, Philip M. "In Search of Our Fathers' Arms: Alice Walker's Persona of the Alienated Darling." *Black American Literature Forum*, 20 (1986): 347.

Schneider, Deborah. "A Search for Selfhood: Paule Marshall's *Brown Girl, Brownstones*." *The Afro-American Novel Since 1960*. Eds. Peter Bruck and

Wolfgang Karrer. Amsterdam: B. R. Gruner, 1982. 53 – 73.

Schultz, Elizabeth. "Search for 'Soul Space': A Study of Al Young's Who is Angelina? (1975) and the Dimensions of Freedom." *The Afro-American Novel Since 1960*. Eds. Peter Bruck and Wolfgang Karrer. Amsterdam: B. R. Gruner, 1982. 263 – 87.

Singh, Amritjit. *The Novels of the Harlem Renaissance: Twelve Black Writers 1923 – 1933*. University Park and London: Pennsylvania State UP, 1976.

Smethurst, James Edward. *The Black Arts Movement: Literary Nationalism in the 1960s and 1970s*. Chapel Hill and London: U of North Carolina P, 2005.

Smith, Chuck, ed. *Seven Black Plays: The Theodore Ward Prize for African American Playwriting*. Evanston, Illinois: Northwestern UP, 2004.

Southerner, Eileen and Josephine Wright, eds. *African-American Traditions in Song, Sermon, Tale, and Dance, 1600s – 1920: An Annotated Bibliography of Literature, Collections, and Artworks*. New York: GP, 1990.

Spaulding, A. T. "Commodity Culture and the Conflation of Time in Ishmael Reed's *Flight to Canada*." *Contemporary Black Men's Fiction and Drama*. Ed. Keith Clark. Urbana and Chicago: U of Illinois P, 2001. 71 – 88.

Spencer, D. P. *Narrative Truth and Historical Method*. New York: Norton, 1982.

Stephens, Gregory. *The Anti-Slavery Movement, A Lecture by Frederick Douglass before the Rochester Ladies' Anti-Slavery Society in 1855*. New York : Cambridge UP, 1999.

Stepto, Robert B. *From Behind the Veil: A Study of Afro-American Narrative*. Urban and Chicago: U of Illinois P, 1991.

Stern, Julia. "Excavating Genre in *Our Nig*." *American Literature*. 67 (1995): 43.

Sutton, Roger. "Rite of Passage." *Bulletin of the Center for Children's Books*. 47 (1994): 205.

Sweeney, Fionnghuala. *Frederick Douglass and the Atlantic World*. Liverpool: Liverpool UP, 2007.

Thomas, H. Nigel. *From Folklore to Fiction: A Study of Folk Heroes and Rituals in the Black American Novel*. New York: GP, 1988.

Thomas, Jackie. The Men of Brewster Place. *Book Reviews*. July 15, 2007.

Thornborrow, J. *Patterns in Language: Stylistics for Students of Language and Literature*. London: Routledge, 1998.

Toomer, Jean. *Cane*. New York: U Place P, 1923.

Turner, Beth. "The Feminist/Womanist Vision of Pearl Cleage." *Contemporary African American Women Playwrights: A Casebook*. Ed. Philip C. Kolin. New York: Taylor and Francis Group, LLC, 2007. 99 – 114.

Walker, Alice. *The Color Purple*. New York: Harcourt Brace Jovanovich, 1982.

——. *In Search of Our Mother's Gardens*. New York: Harcourt Brace Jovanovich, 1983.

——. *Meridian*. New York: Harcourt Brace Jovanovich, 1984.

Wallace, Michele. *Invisibility Blues: From Pop to Theory*. New York: Verso, 1990.

Ward, Selena & Brian Phillips. *Today's Most Popular Study Guides: Invisible Man*. Tianjin: Tianjin Science and Technology Translation Publishing Company, 2003.

Washington, Booker T. *Up From Slavery*. New York: Oxford UP, 1995.

Washington, Robert E. *The Ideologies of African American Literature: From the Harlem Renaissance to the Black Nationalist Revolt: A Sociology of Literature Perspective*. New York: Rowman & Littlefield, 2001.

Watson, Steven. *The Harlem Renaissance: Hub of African-American Culture, 1920 – 1930* New York: Pantheon, 1995.

Weixlmann, Joe and Chester J. Fontenot. *Studies in Black American Literature Volume I: Black American Prose Theory*. Greenwood, Florida: Penkevilley, 1983.

Werner, Craig. *Playing the Changes: From Afro-Modernism to the Jazz Impulse*. Urbana: U of Illinois P, 1994.

Wertheim, Albert. "Journey to Freedom: Ernest Gaines' *The Autobiography of Miss Jane Pittman* (1971)". *The Afro-American Novel Since 1960*. Eds. Peter Bruck and Wolfgang Karrer. Amsterdam: B. R. Gruner, 1982. 219 – 35.

Wideman, John Edgar. *Fanon*. Boston: Houghton Mifflin, 2008.

Williams, Sherley Anne. "The Blues Roots of Contemporary Afro-American Poetry." *Afro-American Literature: The Reconstruction of Instruction*. New York: The Modern Language Association of America, 1978. 72 – 87.

Wilson, August. *Fences*. New York: Plume, 1986. 61.

Worley, Demetrice A. and Jesse Perry, Jr., eds. *African American Literature: An Anthology of Nonfiction, Fiction, Poetry and Drama*. Lincolnwood, Illinois: National Textbook Company, 1993.

Work, John Wesley. *Folk Song of the American Negro*. Nashville, Tenn: P of Fisk U, 1915.

Wright, Julia, "Introduction." *A Father's Law*. Richard Wright. New York: Harper, 2008. v – xiii.

Wright, Richard. "Blueprint for Negro Writing." *New Challenge*. (1) 1937: 137 – 42.

——. *A Father's Law*. New York: Harper, 2008.

——. *Rite of Passage*. New York: HarperCollins, 1999.

——. *Savage Holiday*. Jackson: UP of Mississippi, 1954.

Zafar, Rafia. "Introduction: Over-exposed, Under exposed." *Harriet Jacobs and Incidents in the Life of a Slave Girl*. Eds. Deborah M. Garfield & Rafia Zafar. New York: Cambridge UP, 1996.

# 中文参考文献

埃里希·弗洛姆：《弗洛姆行为研究讲稿》，吴生军编译，长春：北方妇女儿童出版社2005年版。

艾周昌、舒运国：《非洲黑人文明》，福州：福建教育出版社2008年版。

伯纳德·W.贝尔：《非洲裔美国黑人小说及其传统》，刘婕等译，成都：四川人民出版社2000年版。

弗洛伊德：《弗洛伊德本能成功学》，吴生明编译，北京：北方妇女儿童出版社2005年版。

龚翰熊：《现代西方文学思潮》，成都：四川大学出版社1990年版。

金莉：《文学女性与女性文学：19世纪美国女性小说家及作品》，北京：外语教学与研究出版社2004年版。

史志康：《美国文学背景概观》，上海：上海外语教育出版社2000年版。

李桂荣：《创伤叙事：安东尼·伯吉斯创伤文学作品研究》，北京：知识产权出版社2010年版。

鲁本·弗恩：《精神分析学的过去和现在》，傅铿编译，上海：学林出版社1988年版。

卢卡奇：《历史和阶级意识》，王伟光、张峰译，北京：华夏出版社，1989年版。

马克思：《1944年经济学哲学三稿》，北京：人民出版社2000年版。

申丹：《叙事学与小说文体学研究》，北京：北京大学出版社2004年版。

西格蒙德·弗洛伊德：《精神分析导论讲演》，周泉、严泽胜和赵强海译，北京：国际文化出版公司2000年版。

初春艳、邵宗音：《从自然主义受害者到现实主义新黑人——论〈土生子〉中主人公的成长历程》，载《辽宁大学学报（哲学社会科学版）》2004年第5期，第136—140页。

董鼎山：《美国文学史上的一个黑人巨星：理查德·赖特替鲍德温、埃立逊开路》，载《作家杂志》2002年第1期，第7—9页。

方凡：《美国当代元小说理论与实践概述》，载《大众科学·科学研究与实践》2007年第20期，第78—82页。

付艳霞：《莫言小说中"元小说"技巧的运用》，载《山东文学》2004年第10期，第63—66页。

郭鸿雁：《神话的非洲特性：评〈非洲古代神话传说〉》，载《中国图书评论》2001年第4期，第49—50页。

黄贵友：《福克纳与赖特短篇小说中反叛与身份的政治关系》，载《四川外语学院学报》2004年第3期，第13—18页。

雷术海：《普菲利·罗斯〈幽灵作家〉的元小说特征解读》，载《重庆三峡学院学报》2010年第1期，第96—99页。

李娟：《如何走出"双趋冲突"的痛苦？》，载《校园心理》2008年第9期，第40—41页。

李红梅：《叙述角度越界的"陌生化"创作效果》，载《当代文坛》2007年第4期，第125—127页。

李明军、牟东莲、王光荣：《双避冲突情景中情景对言语交际策略的影响》，载《心理学探新》2008年第4期，第36—39页。

李庆善：《产业组织面临的双趋避冲突》，载《社会学研究》1992年第6期，第28—34页。

李英：《恐惧与自由》，载《理论界》2011年第1期，第105—106页。

刘捷：《美国黑人文学的传统书评》，载《绵阳师范高等专科学校学报》1997年第2期，第15—21页。

刘戈：《被牺牲掉的非裔美国女性——试论理查德·赖特〈土生子〉中的黑人妇女形象》，载《解放军外国语学院学报》2001年第4期，第88—91页。

刘丽：《诱惑·欲望·毁灭：〈麦克白〉与〈大悲寺外〉主人公形象之比较》，载《湖北第二师范学院学报》2010年第1期，第8—10页。

苗军、架锋：《人性的荒原上一种苍凉的反讽：论张爱玲小说中的苦恋主题》，载《齐齐哈尔大学学报》1999年第1期，第35—38页。

施咸荣：《美国黑人奴隶纪实文学》，载《美国研究》1990年第2期，第123—137页。

庞好农：《从〈不无笑声〉看休斯对早期黑人小说叙事模式的创新》，载《国外文学》2013年第1期，第120—126页。

庞好农：《从双重意识到三重意识：非洲裔美国文学批评的新视野》，载《中国校外教育》2008年第1期，第46—47页。

庞好农：《21世纪美国黑人小说叙事发展的新动向：评帕克斯〈奔向母亲的墓地〉》，载《外国文学》2011年第1期，第47—53页。

庞好农：《伏都教与黑人民族主义：评非洲裔美国侦探小说的内核》，载《福建论坛(社科教育版)》2011年第4期，第54—55页。

庞好农：《非洲裔美国妇女瑟莉的隐形性》，载《重庆教育学院学报》2006年第2期，第68—71页。

庞好农：《非洲裔美国人的黑人性：简评〈看不见的人〉》，载《青岛职业技术学院学报》2006年第2期，第39—42页。

庞好农：《焦虑、抑郁与虐待：评理查德·赖特的〈野性的假日〉》，载《外国文学》2007年第2期，第47—53页。

庞好农：《季语·场景·动物：理查德·赖特的经典俳句刍议》，载《福建论坛(社科教育版)》2009年第4期，第48—50页。

庞好农：《抗而不"离"：理查德·赖特对非洲裔美国人生存原则的文学观察》，载《西安外国语大学学报》2008年第1期，第35—38页。

庞好农：《赖特在女性人物塑造上的三大败笔》，载《辽宁师范大学学报》2008年第2期，第74—77页。

庞好农：《理查德·赖特笔下的黑人隐形性》，载《作家杂志》2008年第4期，第67—68页。

庞好农：《理查德·赖特笔下非洲裔美国人的他者身份》，载《四川外语学院学报》2007年第5期，第29—33页。

庞好农：《理查德·赖特笔下黑人母亲的"父化"》，载《作家杂志》2008年第3期，第84—85页。

庞好农：《精神分析视域下的性恶书写：评赖特〈住在地下的人〉》，载《西安外国语大学学报》2013年第1期，第96—99页。

庞好农：《潜意识层之死水微澜：从〈倘若比尔街能说话〉看鲍德温的心理叙事策略》，载《外语与翻译》2013年第2期，第48—55页。

庞好农：《三重意识的张力之源：理查德·赖特笔下的种族关系》，载《辽宁师范大学学报(社会科学版)》2007年第2期，第88—91页。

庞好农：《双重理想的搏击》，载《社科纵横》2007年第5期，第154—155页。

庞好农：《文化移入的悖论：评理查德·赖特的小说》，载《作家杂志》2008年第2期，第53—54页。

庞好农：《意识流中的流变与流变中的意识流——评托尼·莫里森〈恩惠〉》，载《国外文学》2012年第1期，第127—132页。

庞好农：《影子与恐惧——兼论新弗洛伊德主义视域下的〈杀影子的人〉》，载《外语教学》2013年第2期，第81—84页。

庞好农：《早期黑人废奴小说的"物化"景观——评布朗的〈克洛泰尔〉》，载《暨南学报》2013年第6期，第26—32页。

庞好农、刘敏杰：《多重人格，幻听人格与后继人格——〈穿蓝裙子的魔鬼〉之心理学视阈研究》，载《当代外语研究》2012年第10期，第65—68页。

庞好农、薛璇子：《黑人中的美国梦与美国梦中的黑人：评理查德·赖特的长篇小说》，载《外语教学》2010年第4期，第77—80页。

庞好农、薛璇子：《双重意识的演绎：评〈一个奴隶女孩的生活事件〉》，载《福建论坛(社科教育版)》2010年第6期，第52—53页。

乔国强：《美国四十年代黑人文学》，载《国外文学》1999年第3期，第63—69页。

孙毅：《克服趋避冲突》，载《吉林教育》2008年第2期，第40页。

史敏：《永不止步的身份追寻：〈柏油孩子〉的空间叙事解读》，载《译林》2011年第8期，第29—37页。

薛璇子：《黑人重建自我之三部曲：从黑洞理论解读爱丽丝·沃克的〈梅丽迪安〉》，载《作家》2011年第7期，第30—31页。

薛璇子、庞好农：《从赖特笔下的"别格"形象看非洲裔美国人的自行维权》，载《福建论坛(社科教育版)》2009年第12期，第34—35页。

薛璇子、庞好农：《非洲根文化的衰落与第三种意识的崛起：解读赖特的长篇小说〈长梦〉》，载《作家》2011 年第 6 期，第 35—36 页。

薛璇子、庞好农：《后现代叙述空间的本真还原：评维德曼〈法侬〉》，载《西安外国语大学学报》2012 年第 3 期，第 96—99 页。

熊红萍：《福柯理论视域之下的种族越界叙事》，载《法国研究》2012 年第 1 期，第 60—66 页。

许海燕：《西方现代文化思潮与二十世纪黑人小说》，载《当代外国文学》2002 年第 3 期，第 137—142 页。

王丽亚：《伊什梅尔·里德的历史叙述及其政治隐喻：评〈飞往加拿大〉》，载《外国文学评论》2011 年第 3 期，第 211—222 页。

王胜：《戏谑 调侃 戏仿———论新时期小说中的反常规叙事手法》，载《潍坊学院学报》2008 年第 5 期，第 46—48 页。

王素英：《〈在海湾〉中的叙述陌生化》，载《国外文学》2010 年第 1 期，第 123—130 页。

阎光才：《成人礼的象征与教育日常生活》，载《教育科学研究》2005 年第 9 期，第 16—18 页。

杨静：《浅谈中西成人礼文化》，载《安徽文学》2010 年第 3 期，第 279—280 页。

叶澜涛：《沉浮于欲望之间：20 世纪 90 年代城市小说的欲望化创作》，载《乐山师范学院学报》2010 年第 3 期，第 16—19 页。

支宇：《"仿真叙事"：从"符号政治经济学批判"到"去现实主义化"——一个西方后现代主义文论关键词在中国的话语个案》，载《社会科学研究》2009 年第 6 期，第 162—167 页。

朱小琳：《历史语境下的追问：托尼·莫里森的新作〈慈善〉》，载《外国文学动态》2009 年第 3 期，第 29 页。

吴迎春：《身体的伤痕：〈宠儿〉中奴隶叙事的话语分析》，载《辽宁行政学院学报》2010 年第 10 期，第 128—130 页。

袁岳：《歧视收获的也必将是歧视》，载《新京报》2005 年 5 月 1 日时事专栏 A03。

# 非裔美国历史与文学大事年表

| 年份 | 作品问世 | 重要事件 |
|---|---|---|
| 1619 | | 20名非洲人被荷兰海盗船长卖到北美大陆詹姆斯敦为奴，标志着非裔美国历史的开始。 |
| 1624 | | 第一名非裔美国孩子诞生在詹姆斯敦，接受了基督教洗礼，教名是威廉。 |
| 1663 | | 北美英属殖民地马里兰颁布了非洲人终身为奴的法令。 |
| 1693 | | 在南卡罗来纳爆发了美国革命前规模最大的奴隶起义——斯多诺起义。 |
| 1746 | 露西·泰莉：诗歌《巴尔斯之战》 | |
| 1760 | 布里敦·哈蒙：奴隶叙事《不同寻常的苦难与出人意料的判决：由黑人布里敦·哈蒙亲自执笔所写的叙事》 | 被称为"黑人之父"的理查德·艾伦出生在费城。 |
| 1761 | 朱庇特·哈蒙：诗集《夜思》 | |
| 1773 | 菲利丝·惠特莱：诗集《关于宗教和道德之各种主题的诗歌》 | 马萨诸塞州奴隶向立法机构请愿，要求获得自由。 |
| 1775 | | 美国独立战争爆发。 |
| 1776 | | 北美第二次大陆会议通过了《独立宣言》。 |
| 1777 | | 弗蒙特成为第一个宣布禁止奴隶制的北美殖民地。 |
| 1780 | | 宾夕法尼亚通过了废奴法案。 |
| 1783 | | 北美13个殖民地赢得了独立战争的胜利。 |
| 1784 | | 罗德岛通过了废奴法案；康涅狄格通过了废奴法案。 |

续表

| 年份 | 作品问世 | 重要事件 |
| --- | --- | --- |
| 1787 | | 《美国宪法》在费城通过。大陆会议禁止在《西北法令》适用地区实施奴隶制。 |
| 1789 | 奥拉多·厄奎阿娄：奴隶叙事《奥拉多·厄奎阿娄或非洲人嘎斯塔哇斯·瓦萨的生平趣叙》 | |
| 1790 | | 第一次美国人口普查统计，美国总人口：3929214 人；非裔美国人口：757208 人（占全国总人口的 19.3%）。 |
| 1794 | | 伊莱·惠特尼发明了轧棉机。 |
| 1798 | 范裘尔·史密斯：奴隶叙事《范裘尔的生平与历险记：一个非洲土著人，却在美利坚合众国生活了约 60 年，由其自叙》 | |
| 1799 | | 大约 70% 的非裔美国人出生在美国。纽约州宣布废除奴隶制。 |
| 1827 | | 第一份黑人报纸《自由之报》发行。 |
| 1829 | 戴维·沃克：散文集《戴维·沃克的呼吁，由四篇文章组成；附有序言，写给世界上的黑人居民，特别是，尤其清楚地，写给美利坚合众国的黑人居民》；乔治·摩西·霍尔敦：诗集《自由的希望》 | 辛辛那提白人暴乱，袭击黑人。1000 多名自由黑人离开该城，逃亡加拿大。 |
| 1830 | | 威廉·劳埃德·加里森创办了当时最有影响的废奴刊物《解放者》。 |
| 1831 | | 纳特·特纳领导的奴隶起义爆发。 |
| 1833 | | 美国废奴协会成立。 |
| 1834 | | 奴隶制在所有英联邦国家和地区废除。 |

续表

| 年份 | 作品问世 | 重要事件 |
| --- | --- | --- |
| 1845 | 乔治·摩西·霍尔敦：诗集《乔治·M.霍尔敦诗作：北卡罗拉纳的非裔美国诗人》；弗雷德里克·道格拉斯：自传《弗雷德里克·道格拉斯：一个美国奴隶的生平叙事》 | 梅肯·B.艾伦成为第一名黑人律师。 |
| 1846 | | 美国和墨西哥的战争爆发。 |
| 1850 | | 美国总人口：23191876人；非裔美国人口：3638808人（占全国总人口的15.7%）。美国国会通过《逃亡奴隶法案》。 |
| 1852 | 哈丽雅特·比彻·斯托：小说《汤姆叔叔的小屋》 | |
| 1853 | 威廉·威尔斯·布朗：小说《克洛泰尔：或总统的女儿》；詹姆斯·M.惠特菲尔德：诗集《美国和其他诗歌》 | 伊利诺伊州立法机关通过了一项禁止黑人居住者的法令。该法令规定任何黑人在该州停留时间超过10天，将被罚款或重新成为奴隶。 |
| 1854 | 弗兰西斯·E.W.哈珀尔：诗集《杂题诗》 | 美国国会通过《1854年堪萨斯—内布拉斯加法案》。 |
| 1855 | 弗雷德里克·道格拉斯：自传《我的奴隶生涯与我的自由》 | |
| 1856 | 威廉·威尔斯·布朗：剧本《经历；或，怎么给予北方男子脊梁?》 | 约翰·布朗起义。 |
| 1857 | 弗兰克·J.韦伯：小说《加里一家和他们的朋友们》 | 第一所黑人大学林肯大学建立。德里得·司各特裁决。 |
| 1859 | 马丁·R.德莱尼：小说《布莱克；或，美国茅屋》；哈丽雅特·E.威尔森：小说《我们的尼格》 | 阿肯色州立法机关要求自由黑人在流放和奴役这两项规定中作出选择。 |
| 1860 | | 共和党人亚伯拉罕·林肯当选为美国第十六届总统。南卡罗来纳从美国分裂，自称为独立国家。 |

续表

| 年份 | 作品问世 | 重要事件 |
| --- | --- | --- |
| 1861 | 哈丽雅特·A.雅各布斯：小说《一个奴隶女孩的生活事件》 | 密西西比成为第二个从美国分裂的州。<br>第一所为自由黑人开办的学校在弗吉尼亚创办。 |
| 1863 | | 林肯签署了《解放黑奴宣言》。 |
| 1865 | 乔治·摩西·霍尔敦：诗集《赤裸的天才》 | 南部邦联的军队于4月9日被迫在弗吉尼亚的阿坡马托克斯正式投降。<br>林肯总统被暗杀。<br>美国国会通过《美国宪法第十三个修正案》。 |
| 1866 | | 仇视黑人的"三K党"成立。 |
| 1867 | | 3月国会通过了《重建法》，取消了许多"黑色法典"中的限制性规定，在南方实施军事管制，为非裔美国人提供联邦保护。 |
| 1868 | | 《美国宪法第十四个修正案》对所有美国公民，不论是白人还是黑人，给予平等的司法保护。<br>约翰·W.密纳尔德当选为第一名黑人国会议员。 |
| 1870 | | 美国国会通过《美国宪法第十五个修正案》。<br>美国废奴协会解散。 |
| 1873 | 阿尔伯里·A.惠特曼：叙事诗《佛罗里达的强奸》 | 理查德·T.格林纳成为毕业于哈佛大学的第一名非裔美国人，后曾担任南卡罗来纳大学教授。 |
| 1874 | | 武装恐怖主义分子夺取得克萨斯州政权，结束得克萨斯州的激进重建工作。 |
| 1881 | 弗雷德里克·道格拉斯：自传《弗雷德里克·道格拉斯的生平和时代》 | 布克·T.华盛顿创办塔斯克吉学院。 |

续表

| 年份 | 作品问世 | 重要事件 |
| --- | --- | --- |
| 1882 | | 美国国会通过《排华法案》。49 名非裔美国人被私刑处死。 |
| 1883 | | 53 名非裔美国人被私刑处死。前国会议员非裔美国人约翰·R.林奇担任共和党全国会议临时主席。 |
| 1884 | | 51 名非裔美国人被私刑处死。 |
| 1885 | | 74 名非裔美国人被私刑处死。 |
| 1886 | | 74 名非裔美国人被私刑处死。 |
| 1887 | | 70 名非裔美国人被私刑处死。 |
| 1888 | | 69 名非裔美国人被私刑处死。 |
| 1889 | | 弗雷德里克·道格拉斯被任命为美国驻海地公使。94 名非裔美国人被私刑处死。 |
| 1890 | 詹姆斯·埃德温·坎贝尔:诗集《来自棚屋和其他地方的回响》 | 89 名非裔美国人被私刑处死。 |
| 1893 | 保罗·劳伦斯·邓巴:诗集《橡树与常春藤》 | 芝加哥世界博览会。 |
| 1895 | 保罗·劳伦斯·邓巴:诗集《成年人和未成年人》 | 弗雷德里克·道格拉斯去世。布克·T.华盛顿发表"亚特兰大妥协"演讲。113 名非裔美国人被私刑处死。 |
| 1896 | 保罗·劳伦斯·邓巴:诗集《平庸生活的抒情诗》 | 美国最高法院裁决了"普莱西诉弗格森"一案,支持了"隔离但是公平"的学说,使美国进入了"种族歧视年代"。78 名非裔美国人被私刑处死。 |
| 1897 | | 128 名非裔美国人被私刑处死。 |
| 1898 | 保罗·劳伦斯·邓巴:小说《未被召唤》 | 101 名非裔美国人被私刑处死。 |
| 1899 | 查尔斯·韦得尔·契斯纳特:短篇小说集《女巫》和《他年青时代的妻子》;萨藤·E.格里格斯:小说《国中之国》 | 85 名非裔美国人被私刑处死。 |

续表

| 年份 | 作品问世 | 重要事件 |
|---|---|---|
| 1900 | 保罗·劳伦斯·邓巴：小说《兰德利的爱情》；<br>查尔斯·韦得尔·契斯纳特：小说《雪松后的房子》 | 美国总人口：75994575人；非裔美国人口：8833994人（占全国总人口11.6%）。<br>106名非裔美国人被私刑处死。 |
| 1901 | 保罗·劳伦斯·邓巴：小说《狂热者》；<br>查尔斯·韦得尔·契斯纳特：小说《一脉相承》；<br>布克·T.华盛顿：自传《从奴隶制崛起》 | 105名非裔美国人被私刑处死。 |
| 1902 | 保罗·劳伦斯·邓巴：小说《众神的娱乐》 | |
| 1903 | W. E. B.杜波依斯：散文集《黑人之魂》 | 84名非裔美国人被私刑处死。 |
| 1904 | | 76名非裔美国人被私刑处死。 |
| 1905 | 查尔斯·韦得尔·契斯纳特：小说《上校的梦想》 | 57名非裔美国人被私刑处死。 |
| 1905 | 萨藤·E.格里格斯：小说《被阻止的手》 | 黑人组织"尼亚加拉运动"成立。 |
| 1906 | | 第一位著名非裔美国作家保罗·劳伦斯·邓巴去世，享年33岁。<br>52名非裔美国人被私刑处死。 |
| 1908 | 威廉·斯坦利·贝雷斯维特：诗歌《希克·维达》 | 89名非裔美国人被私刑处死。 |
| 1909 | | 59名非裔美国人被私刑处死。 |
| 1910 | | 全国有色人种协进会（NAACP）成立。 |
| 1911 | W. E. B.杜波依斯：小说《寻找银羊毛》 | 黑人组织"全国城市联盟"（NUL）成立。<br>50名非裔美国人被私刑处死。 |
| 1912 | 詹姆斯·威尔敦·约翰逊：小说《一个前有色人的自传》 | 61名非裔美国人被私刑处死。 |
| 1913 | 芬顿·约翰逊：诗集《微幻》 | 51名非裔美国人被私刑处死。 |

续表

| 年份 | 作品问世 | 重要事件 |
|---|---|---|
| 1915 | 芬顿·约翰逊：诗集《黄昏之景》 | 非裔美国领袖布克·T.华盛顿去世，享年59岁。<br>非裔美国人的大迁移，大约两百万南方非裔美国人移居北方城市。<br>"三K党"成立。 |
| 1916 | 芬顿·约翰逊：诗集《土壤之歌》；<br>安吉莉娜·维尔德·格琳克：剧本《雷切尔》 | 马库斯·贾维到美国纽约的哈莱姆，广泛宣传黑人民族主义，在种族内部建立普遍的兄弟般关系，弘扬种族自豪感和爱自己种族的精神。贾维的组织"全球黑人促进协会"。<br>50名非裔美国人被私刑处死。 |
| 1917 | | 美国加入第一次世界大战。<br>36名非裔美国人被私刑处死。<br>13名非裔美国人因参加休斯顿暴动而被处以绞刑。 |
| 1918 | | 60名非裔美国人被私刑处死。 |
| 1919 | | 哈莱姆文艺复兴开始。<br>76名非裔美国人被私刑处死。 |
| 1920 | 芬顿·约翰逊：短篇小说集《最黑暗时期的美国故事》；<br>克劳德·麦凯：诗集《新罕布什尔的春天》 | 美国总人口：105710620人；非裔美国人口：10463131人（占全国总人口9.9%）。<br>《美国宪法第十九个修正案》，赋予妇女选举权。<br>53名非裔人美国被私刑处死。 |
| 1921 | 威利斯·理查森：剧本《执事的觉醒》 | 59名非裔美国人被私刑处死。 |
| 1922 | 克劳德·麦凯：诗集《哈莱姆的阴影：克劳德·麦凯的诗歌》；<br>威利斯·理查森：剧本《土豆条女人的运气》 | 51名非裔美国人被私刑处死。 |
| 1923 | 琼·图默：小说《甘蔗》 | 马库斯·贾维因邮政诈骗罪被判处五年徒刑，但贾维认为这是一个政治阴谋。 |
| 1924 | 兰斯顿·休斯：诗歌《梦之变》 | |

续表

| 年份 | 作品问世 | 重要事件 |
|---|---|---|
| 1925 | 康蒂·卡伦：诗集《黑色》；<br>阿莱恩·洛克：论文与作品集《新黑人》；<br>威利斯·理查森：剧本《被摔坏的班卓琴》 | 马库斯·贾维被关进亚特兰大的美国联邦监狱。<br>"三K党"党徒在华盛顿特区的宾夕法尼亚大街游行示威。 |
| 1927 | 康蒂·卡伦：诗歌《来自黑塔》 | |
| 1928 | W. E. B. 杜波依斯：小说《黑色公主》；<br>克劳德·麦凯：小说《回到哈莱姆》；<br>内拉·拉森：小说《流沙》 | |
| 1929 | 克劳德·麦凯：小说《班桌琴：一个没有情节的故事》；<br>内拉·拉森：小说《越界》 | 马丁·路德·金出生在亚特兰大。<br>华尔街股票市场崩盘。 |
| 1930 | 兰斯顿·休斯：小说《不无笑声》 | |
| 1931 | 阿尔立·伯恩藤普斯：小说《上帝送走星期天》 | |
| 1932 | 康蒂·卡伦：小说《通向天堂之路》 | 富兰克林·D. 罗斯福当选为美国总统。 |
| 1933 | 克劳德·麦凯：小说《香蕉末端》；<br>斯特林·A. 布朗：诗集《南方的路》 | NAACP开始在全国协调反对种族隔离和种族歧视的斗争。 |
| 1934 | 左拉·尼尔·赫斯顿：小说《乔纳的葫芦藤》；<br>契斯特·海姆斯：短篇小说《在骚乱中的疯狂》 | W. E. B. 杜波依斯从 NAACP 辞职。 |
| 1936 | 琼·图默：长诗《蓝色的子午线》；<br>阿尔拉·伯恩藤普斯：历史小说《黑色雷霆》 | 富兰克林·D. 罗斯福再次当选为美国总统，非裔美国选民给予了大力的支持。 |
| 1937 | 左拉·尼尔·赫斯顿：小说《他们的眼睛望着上帝》；<br>理查德·赖特：文章《黑人创作蓝图》 | 威廉·H. 哈斯特成为第一名美国联邦法院非裔美国法官。 |
| 1938 | 理查德·赖特：短篇小说集《汤姆叔叔的孩子们》 | 克里斯托·伯德·弗塞特成为宾夕法尼亚州立法机关的第一名非裔美国女性成员。 |

续表

| 年份 | 作品问世 | 重要事件 |
|---|---|---|
| 1939 | 阿尔拉·伯恩藤普斯：历史小说《暮色鼓声》 | 第二次世界大战爆发。 |
| 1940 | 理查德·赖特：小说《土生子》 | 黑人戏院开业。<br>马库斯·贾维在伦敦去世，享年52岁。 |
| 1941 | 理查德·赖特：图片解说集《一千二百万黑人的声音：美国黑人的民间史》 | 非裔美国科学家查尔斯·理查德·德鲁博士在纽约城主教医院建立了最早的血浆库，在第二次世界大战期间挽救了7000人的生命。<br>美国国防部宣布组建第一个黑人空军中队。<br>日本偷袭珍珠港，美国被迫向日本宣战。 |
| 1942 | 玛格丽特·沃克：诗集《因为我的族人》 | 《黑人文摘》创刊。 |
| 1943 | | 哈莱姆种族暴动。<br>种族平等全国委员会成立。 |
| 1944 | | 富兰克林·D.罗斯福第三次当选为美国总统。 |
| 1945 | 理查德·赖特：自传《黑孩子》；<br>格温多林·布鲁克斯：诗集《在布朗兹维尔德的一条街上》；<br>契斯特·海姆斯：小说《如果他喊叫，就让他走》 | 富兰克林·D.罗斯福病逝，享年63岁。<br>日本投降。<br>第二次世界大战结束。 |
| 1946 | 安·佩特里：小说《街》 | 美国最高法院裁决：州际公交车上的种族隔离制度违法。 |
| 1948 | 左拉·尼尔·赫斯顿：小说《苏万尼的六翼天使》 | 加利福尼亚州最高法院宣布"禁止跨种族通婚的州法令"无效。 |
| 1950 | | 美国总人口：150697361人；<br>非裔美国人口：15042286人（占全国总人口10%）。<br>美国进入朝鲜战争。 |

续表

| 年份 | 作品问世 | 重要事件 |
|---|---|---|
| 1951 | | 美国纽约市政会通过了在市建设公共设施禁止种族歧视的议案。<br>华盛顿特区餐馆的种族隔离被城市上诉法院裁决违反宪法。 |
| 1952 | 拉尔夫·埃里森：小说《隐身人》 | 田纳西大学准许第一批非裔美国学生入学。<br>拉尔夫·埃里森的小说《隐身人》获得国家图书奖，并被评为该年度最佳美国小说。 |
| 1953 | 理查德·赖特：小说《局外人》；<br>詹姆斯·鲍德温：小说《向苍天呼吁》 | 美国最高法院禁止华盛顿特区餐馆的种族隔离。 |
| 1954 | 理查德·赖特：小说《野性的假日》 | 艾森豪威尔总统任命非裔美国人J.欧内斯·特维尔金斯为联邦劳工部助理部长。<br>"布朗诉托皮卡教育局案"结案。 |
| 1955 | | 罗莎·帕克斯事件爆发。<br>亚非拉国家在印度尼西亚召开万隆会议。 |
| 1956 | 詹姆斯·鲍德温：小说《乔凡尼的房间》；<br>洛兰·薇薇安·汉斯贝利：剧本《阳光下的葡萄干》 | 联邦法院裁决：蒙哥马利市内公交车种族隔离行为违反了美国宪法。 |
| 1957 | W.E.B.杜波依斯：小说《黑色的火焰》 | 艾森豪威尔总统派联邦军队到阿肯色州小石城，保护非裔美国学龄儿童进入学堂。<br>美国国会通过了自1875年以来第一个人权法案，成立了人权委员会。 |
| 1958 | 理查德·赖特：小说《长梦》 | 马丁·路德·金在纽约哈莱姆书店签名售书时被一名患了精神病的黑人妇女用刀刺入胸部，导致重伤。 |

续表

| 年份 | 作品问世 | 重要事件 |
|---|---|---|
| 1959 | W. E. B. 杜波依斯：小说《曼萨尔特建学校》；<br>波莱·马歇尔：小说《褐色女孩，褐色砂石房》 | 第一个非裔美国剧本《阳光下的葡萄干》在百老汇上演，并且由非裔美国人导演。 |
| 1960 | 格温多林·布鲁克斯：诗歌《我们真的酷》 | 艾森豪威尔总统签署《民权法案》。 |
| 1961 | W. E. B. 杜波依斯：小说《颜色词库》；<br>阿米利·巴拉卡：诗集《二十卷自杀记录的前言》 | 詹姆斯·B. 帕森斯成为担任美国联邦地区法院法官的第一名非裔美国人。 |
| 1962 | 塞缪尔·R. 德莱尼：小说《阿普特的宝石》 | 肯尼迪总统发布行政命令：禁止在联邦出资建设的居住区出现种族歧视。 |
| 1963 | 理查德·赖特：小说《今日的主》；<br>艾德丽安·肯尼迪：剧本《黑人的滑稽之家》 | W. E. B. 杜波依斯在加纳去世，享年95岁。 |
| 1964 | 洛兰·薇薇安·汉斯贝利：剧本《西德尼·布鲁斯坦窗户的标记》；<br>詹姆斯·鲍德温：剧本《黑人怨》；<br>欧内斯特·J. 盖恩斯：小说《凯瑟琳·卡尔米尔》；<br>拉尔夫·沃尔多·埃里森：论文集《阴影和行为》 | 美国国会通过《民权法案》。 |
| 1965 | | 美国国会通过《选举法案》。 |
| 1966 | 塞缪尔·R. 德莱尼：小说《新星》 | 斯托克利·卡尔迈克尔借詹姆斯·梅雷迪斯在密西西比的"反恐惧游行"之机，使"黑色权力"一词很快走红。<br>"黑豹党"成立。 |
| 1967 | 伊什梅尔·司各特·里德：小说《自由职业的扈棺人》；<br>欧内斯特·J. 盖恩斯：小说《爱和尘土》；<br>约翰·埃德加·维德曼：小说《看他处》 | 美国最高法院裁决："弗吉利亚禁止跨种族婚姻的法律"违反宪法。 |
| 1968 | 艾德·布林斯：剧本《去布法罗》；<br>艾尔德利吉·克里维尔：论文集《冰上灵魂》 | 美国国会通过《公平房屋法案》。<br>马丁·路德·金被暗杀。<br>理查德·尼克松当选为美国总统。 |

续表

| 年份 | 作品问世 | 重要事件 |
|---|---|---|
| 1969 | 阿米利·巴拉卡：诗歌《SOS》；<br>波莱·马歇尔：小说《选中的地方，无时间性的人们》；<br>伊什梅尔·司各特·里德：小说《摔坏的黄色后板收音机》；<br>小爱迪生·盖尔：专著《黑人陈述》；<br>玛雅·安吉娄：自传《我知道笼中之鸟为什么歌唱》；<br>琼·米利森特·乔丹：诗集《谁看着我？》；<br>露西尔·克里夫顿：诗集《好时代》；<br>奥古斯特·威尔森：剧本《再循环》 | 美国联邦最高法院宣布：学校必须马上终止种族隔离。 |
| 1970 | 迈克尔·S.哈珀尔：诗集《亲爱的约翰，亲爱的柯尔特龙》；<br>托尼·莫里森：小说《最蓝的眼睛》；<br>爱丽丝·沃克：小说《格兰吉·科普兰德的第三次生命》；<br>约翰·埃德加·维德曼：小说《匆忙回家》 | 在佐治亚州奥古斯塔市发生种族暴乱，有6名非裔美国人死亡，其中5名是被警察打死的。 |
| 1971 | 欧内斯特·J.盖恩斯：小说《简·皮特曼小姐自传》；<br>艾德·布林斯：剧本《在新英格兰的冬天》；<br>小爱迪生·盖尔：论文集《黑人美学》；<br>霍伊特·富勒：回忆录《非洲之行》；<br>玛雅·安吉娄：诗集《在我死之前给我一瓶凉水》 | 12名非裔美国议员抵制尼克松总统的国情咨询，原因是他长期漠视非裔美国人的请愿。塞缪尔·里·格雷邬利成为第一名非裔美国海军少将。 |
| 1972 | 伊什梅尔·司各特·里德：小说《芒博琼博》 | 尼克松再次当选为美国总统。 |
| 1973 | 玛雅·安吉娄：剧本《转移目光》；<br>托尼·莫里森：小说《苏拉》；<br>约翰·埃德加·维德曼：小说《私刑实施者》 | 非裔美国人托马斯·布拉德利当选为洛杉矶市长。<br>非裔美国人梅纳尔德·杰克逊当选为亚特兰大市长。<br>非裔美国人科尔曼·杨当选为底特律市长。 |

续表

| 年份 | 作品问世 | 重要事件 |
|---|---|---|
| 1974 | 詹姆斯·鲍德温：小说《倘若比尔街能说话》；<br>伊什梅尔·司各特·里德：小说《路易斯·安娜红色的最后日子》 | 一名黑人男子枪杀了马丁·路德·金的母亲。 |
| 1975 | 艾德·布林斯：剧本《珍妮小姐的捕获》；<br>恩托扎克·襄格：剧本《彩虹艳尽半边天》；<br>塞缪尔·R.德莱尼：小说《达尔格林》 | "伊斯兰国家"领导人艾里加·穆罕默德在芝加哥去世，享年77岁。 |
| 1976 | 伊什梅尔·司各特·里德：小说《飞往加拿大》；<br>爱丽丝·沃克：小说《梅丽迪安》；<br>贝尔·胡克斯：诗集《我们在那里哭泣》 | 吉米·卡特当选为美国总统，选举中得到非裔美国人的大力支持。 |
| 1977 | 余塞夫·科曼雅卡：诗集《奉献和其他黑马》；<br>托尼·莫里森：小说《所罗门之歌》 | W.E.B.杜波依斯的遗孀雪莉格·雷恩在北京逝世，享年69岁。 |
| 1979 | 余塞夫·科曼雅卡：诗集《失落在骨轮厂》；<br>米歇尔·费思·华莱士：专著《黑人大丈夫与超级女性的神话》 | |
| 1980 | 丽塔·达芙：诗集《角落的黄色房子》；<br>托尼·卡得·班巴拉：小说《食盐者》 | 美国总人口：226500000人；<br>非裔美国人口：26500000人（占全国总人口11.7%）。<br>佛罗里达州迈阿密种族暴动。 |
| 1981 | 恩托扎克·襄格：剧本《一张照片：摇摆中的情侣》；<br>玛丽·E.埃文斯：文集《黑人妇女作家，1950—1980》；<br>玛丽·E.埃文斯：诗集《夜星：1973—1978》；<br>托尼·莫里森：小说《柏油娃娃》；<br>约翰·埃德加·维德曼：小说《丹巴拉》；<br>约翰·埃德加·维德曼：小说《藏身之地》；<br>贝尔·胡克斯：专著《难道我不是女性？：黑人女性和女权主义》 | 阿尔尼特·R.胡巴尔德成为担任全美律师协会主席的第一位黑人妇女。 |

续表

| 年份 | 作品问世 | 重要事件 |
| --- | --- | --- |
| 1982 | 格洛利娅·内洛尔：小说《布鲁斯特地区的女人们》 | 迈阿密警察枪杀一名非裔美国人，引起种族暴乱。 |
| 1983 | 爱丽丝·沃克：小说《紫色》；约翰·埃德加·维德曼：小说《昨天派人找过你》 | 全国马丁·路德·金日设定在每年一月的第三个星期一。 |
| 1984 | 波莱·马歇尔：小说《寡妇赞歌》 | |
| 1985 | 格洛利娅·内洛尔：小说《林登山》；约翰·埃德加·维德曼：小说《霍恩伍德三部曲》；奥古斯特·威尔森：剧本《看门人》 | 弗吉尼亚非裔美国参议员 L.道格拉斯·维尔德当选为弗吉尼亚副州长。 |
| 1986 | 玛雅·安吉娄：自传《上帝所有的孩子都需要旅行鞋》；约瑟夫·比恩：文集《在生活里：黑人同性恋文集》 | 美国劳工部发布消息说，非裔美国人失业率已经从14.9%下降到14.4%。里根总统提名非裔美国人威廉·H.里恩奎斯特担任联邦最高法院首席法官。雨塔·达芙的诗集《托马斯和博拉》获得普利策诗歌奖。 |
| 1987 | 丽塔·达芙：诗集《托马斯和博拉》；托尼·莫里森：小说《至爱》 | 库尔特·L.西摩克被选举为巴尔的摩市长。 |
| 1988 | 余塞夫·科曼雅卡：诗集《奠力奇》 | 里根总统签署了公平房屋议案，进一步消除住宅区的种族歧视。 |
| 1989 | 爱丽丝·沃克：小说《我所熟悉的寺院》 | 科林·卢瑟·鲍威尔是担任美国三军参谋长联席会议主席的第一位非裔美国人。 |
| 1990 | 玛雅·安吉娄：诗集《我不会被感动》；查尔斯·约翰逊：小说《中间通道》；沃尔特·莫斯利：小说《穿蓝衫子的魔鬼》；米歇尔·费思·华莱士：论文集《布鲁士的隐身性：从流行到理论》 | 美国总人口：243709873人；非裔美国人口：29987060人（占全国总人口的12.1%）。L.道格拉斯·维尔德当选为弗吉尼亚州长，他也是在美国担任州长职位的第一个非裔美国人。 |

续表

| 年份 | 作品问世 | 重要事件 |
| --- | --- | --- |
| 1991 | 波莱·马歇尔：小说《女儿们》；<br>沃尔特·莫斯利：小说《红色死亡》；<br>埃塞克斯·亨普希：文集《从兄弟到兄弟：黑人同性恋男人的新作品》 | 苏联解体，冷战结束。<br>美国发动对伊拉克的波斯湾战争。 |
| 1992 | 玛丽·E. 埃文斯：诗集《一首黑人的好弥撒曲》；<br>托尼·莫里森：小说《爵士乐》；<br>爱丽丝·沃克：小说《拥有欢乐的秘密》；<br>格洛利娅·内洛尔：小说《妈妈日》；<br>格洛利娅·内洛尔：小说《巴利的咖啡馆》；<br>沃尔特·莫斯利：小说《白色蝴蝶》；<br>埃塞克斯·恒菲尔：诗歌和散文集《仪式》 | 伊利诺伊州的卡罗尔·莫塞莱·布劳恩成为当选为国会参议员的第一位黑人妇女。<br>美国当选总统比尔·克林顿邀请黑人诗人玛雅·安吉娄在一月的总统就职典礼上朗诵一首她自创的诗歌。 |
| 1993 | 玛丽·E. 埃文斯：诗集《我是黑人妇女》；<br>欧内斯特·J. 盖恩斯：小说《临死的教训》；<br>奥克塔维亚·E. 巴特勒：小说《播种者的预言》 | 托尼·莫里森获得诺贝尔文学奖，成为获得该奖的第一位非裔美国人。<br>丽塔·达芙被国会图书馆长命名为美国桂冠诗人，成为获得此殊荣的第一位非裔美国人。 |
| 1994 | 理查德·赖特：小说《成人礼》；<br>余塞夫·科曼雅卡：《霓虹灯方言：新诗选》；<br>塞缪尔·R. 德莱尼：小说《疯子》；<br>沃尔特·莫斯利：小说《黑人贝蒂》 | 拉尔夫·埃里森在纽约城去世，享年80岁。 |
| 1995 | 珀尔·克里吉：剧本《飞向西方》；<br>迈克尔·S. 哈珀尔：诗歌《制造灵魂的鬼》 | 非裔美国人的大集会"百万人大游行"在纽约进行。 |
| 1996 | 托尼·卡得·班巴拉：文集《深邃的视野和拯救任务：短篇小说、散文和会谈录》；<br>沃尔特·莫斯利：小说《小黄狗》 | 黑人团体抗议电影业没有给予非裔美国演员奥斯卡奖提名机会。 |

续表

| 年份 | 作品问世 | 重要事件 |
| --- | --- | --- |
| 1997 | 托尼·莫里森：小说《天堂》；<br>沃尔特·莫斯利：小说《去钓鱼》；<br>珀尔·克里吉：小说《在平常的日子里看起来疯狂的时刻》 | 非裔美国人艾尼克斯·赫尔曼就任美国政府劳工部部长。 |
| 1998 | 爱丽丝·沃克：小说《凭着父亲的微笑》；<br>格洛利娅·内洛尔：小说《布鲁斯特地区的男人们》 | DNA检测发现，美国前总统托马斯·杰斐逊至少是前奴隶萨莉·赫明斯所生育的一个孩子的父亲。 |
| 2000 | 露西尔·克里夫顿：诗集《福佑舟船：新诗选集1988—2000》；<br>托尼·卡得·班巴拉：小说《这些骨头不是我的孩子》 | 美国总人口：231421906人；非裔美国人口：36419434人（占全国总人口的12.9%）。<br>百万家庭大游行。<br>获得普利策诗歌奖的第一名非裔美国诗人格温多林·布鲁克斯去世，享年83岁。 |
| 2001 | 波莱·马歇尔：小说《钓鱼王》；<br>索尔·史戴西·威廉斯：音乐专辑《紫色的摇滚之星》；<br>珀尔·克里吉：小说《我希望有一条红裙子》；<br>苏珊-诺莉·帕克斯：剧本《夺魁的狗/斗败的狗》 | 科林·卢瑟·鲍威尔被任命为美国第65任国务卿。 |
| 2002 | 巴卡里·克特瓦纳：专著《嘻哈一代：黑人青年与非裔美国文化的危机》；<br>迈克尔·S.哈珀尔：诗集《在迈克尔特里的歌词：新诗选》；<br>沃尔特·莫斯利：小说《坏男孩布罗利·布朗》 | 黑人妇女雪莉·富兰克林当选为亚特兰大市长。<br>苏珊-诺莉·帕克斯《夺魁的狗/斗败的狗》获得2002年普利策戏剧奖。 |
| 2003 | 托尼·莫里森：小说《爱》；<br>沃尔特·莫斯利：小说《六个易日片段》；<br>珀尔·克里吉：小说《一些我认为我从来没做过的事情》；<br>苏珊-诺莉·帕克斯：小说《奔向母亲的墓地》 | |

续表

| 年份 | 作品问世 | 重要事件 |
| --- | --- | --- |
| 2004 | 琼·米利森特·乔丹：诗集《书写灵魂》；<br>沃尔特·莫斯利：小说《小斯嘎利特》 | |
| 2005 | 琼·米利森特·乔丹：诗集《被欲望指引：琼·乔丹诗选》；<br>爱丽丝·沃克：小说《现在是开启你的心灵的时候》；<br>格洛利娅·内洛尔：回忆录《1996》；<br>沃尔特·莫斯利：小说《桂之吻》；<br>珀尔·克里吉：小说《巴比伦姐妹》 | 康多利扎·赖斯被任命为美国第66任国务卿，成为担任此职的第二位非裔美国人和第一位非裔美国女性。 |
| 2006 | 珀尔·克里吉：小说《巴比伦兄弟的布鲁士》；<br>苏珊-诺莉·帕克斯：剧本《360天/360个戏剧》 | 沃尔特·莫斯利的小说《47》获得"卡尔·布兰顿学会视差奖"，他是荣获该奖的第一位非裔美国作家。 |
| 2007 | 沃尔特·莫斯利：《白人之信仰》 | |
| 2008 | 理查德·赖特：小说《父亲之法》；<br>托尼·莫里森：小说《恩惠》；<br>约翰·埃德加·维德曼：小说《法依》 | 苏珊-诺莉·帕克斯获得NAACP戏剧奖。 |
| 2009 | 苏珊-诺莉·帕克斯：剧本《父亲从战场回家》；<br>沃尔特·莫斯利：小说《长期的堕落》 | 奥巴马就任美国第44届总统，成为担任美国总统的第一位非裔美国人。 |
| 2010 | 苏珊-诺莉·帕克斯：剧本《格蕾丝之书》；<br>沃尔特·莫斯利：小说《邪恶知晓》 | 非裔美国人口达到42020743人（占全国总人口的13.6%）。<br>著名非裔美国诗人露西尔·克里夫顿去世。 |
| 2011 | 苏珊-诺莉·帕克斯：剧本《薄姬与贝丝》；<br>伊什梅尔·司各特·里德：小说《汁》；<br>沃尔特·莫斯利：小说《恐惧消除时刻》 | 美国海军海豹突击队击毙基地组织领导人奥萨玛·本·拉登。<br>"占领华尔街"抗议活动爆发。 |

续表

| 年份 | 作品问世 | 重要事件 |
|---|---|---|
| 2012 | 塞缪尔·R.德莱尼：小说《穿过蜘蛛巢的峡谷》；<br>沃尔特·莫斯利：小说《我所干的事就是射杀我的男人》；<br>托尼·莫里森：小说《家》；<br>伊什梅尔·司各特·里德：文集《走得太远：关于美国精神失常的文章》 | 奥巴马在总统大选中战胜共和党候选人罗姆尼，再次当选为美国总统。在这次美国总统选举中，黑人投票率不但高于其他少数族裔，而且首次超过白人。 |
| 2013 | 伊什梅尔·司各特·里德：文集《战士和作家：两个美国故事》；<br>玛雅·安吉娄：自传《妈妈·我·妈妈：概述》<br>沃尔特·莫斯利：小说《小格林》 | 奥巴马连任美国第45届总统。 |